Ashley Carrington, Jahrgang 1951, absolvierte eine Operngesangsausbildung und studierte Theater-, Film- und Fernsehwissenschaft, bevor er sich dem Schreiben zuwandte und 1977 freischaffender Schriftsteller wurde. Der erfolgreiche, preisgekrönte Autor verbrachte mehrere Jahre auf einer Farm in Virginia, von wo aus ihn zahlreiche Abenteuerreisen in viele Teile der Welt führten. Zur Zeit lebt er abwechselnd in Florida und im Bergischen Land.

Von Ashley Carrington sind u. a. erschienen:

Küste der Verheißung (Band 3165)
Belmont Park (Band 3135)
Hickory Hill (Band 2962)

Jessica oder Das Ziel aller Sehnsucht (Band 1388)
Jessica oder Die Insel der verlorenen Liebe (Band 2834)
Jessica oder Im Sturmwind der Leidenschaft (Band 2837)
Jessica oder Alles Glück hat seinen Preis (Band 2838)
Jessica oder Die Liebe endet nie (Band 3152)

Valerie – Erbin von Cotton Fields (Band 2021)
Valerie – Herrin von Cotton Fields (Band 2022)
sowie drei weitere Titel der Südstaaten-Saga

Dieses Buch wurde auf chlor- und säurefreiem Papier gedruckt.

Vollständige Taschenbuchausgabe Juli 1993
Droemersche Verlagsanstalt Th. Knaur Nachf., München

Umschlaggestaltung Atelier ZERO
Umschlagfoto The Brooklyn Museum, New York
Druck und Bindung Ebner Ulm
Printed in Germany
ISBN 3-426-03247-3

2 4 5 3 1

ASHLEY CARRINGTON

Fluß der Träume

Roman

Knaur

»Die Welt zerbricht jeden, und nachher sind sie an den zerbrochenen Stellen stark. Aber die, die nicht zerbrechen wollen, die tötet sie.«

In einem andern Land,
Ernest Hemingway

ERSTES BUCH

Die Debütantin

Erstes Kapitel

Es sollte die letzte warme Nacht des Jahres sein – eine Spätsommernacht, die im Buch der Erinnerungen nie zu einer unscharfen Seite verblassen, sondern für Daphne Davenport bis ans Ende aller Tage ihren einzigartigen Zauber bewahren würde.

Noch einmal hatte der scheidende Sommer über den herandrängenden Herbst obsiegt, der voll Ungeduld darauf wartete, das grüne Blätterkleid der Bäume einzufärben, die Blumen der letzten Blüten zu berauben und die Wege der Parks mit Laub zu bedecken, damit der Wind die letzten Zeugen der warmen Jahreszeit in alle Himmelsrichtungen davontrug. Ein letztes Mal wölbte sich auch ein sternenklarer, samtener Nachthimmel über Boston, ohne daß die ablandige Brise, die vom Charles River herüberwehte, den Wunsch nach einem prasselnden Kaminfeuer und daunenwarmen Bettdecken geweckt hätte.

Daphne Davenport empfand diese Nacht wie ein ganz persönliches Geschenk der Natur an sie. Ein verträumtes Lächeln lag auf ihrem Gesicht, während die Kutsche von der Tremont Hall zurück zu ihrem Elternhaus am Beacon Hill ratterte. Die Straßen waren zu dieser späten Stunde wie ausgestorben, und höchstens einmal eine Katze huschte durch den gelblichen Lichtkegel der Laternen, die dem Kutscher in den besseren Wohnvierteln der Stadt den Weg wiesen. Als sie die Beaver Street kreuzten, schaute Daphne rechter Hand aus dem Fenster. Sie erhaschte einen kurzen Blick auf den Charles River, der wie ein Strom aus flüssigem Silber den offenen Armen des Meeres entgegenfloß. Aus diesem Glitzern erhob sich die West Boston Bridge, die nach East Cambridge hinüberführte, mit ihren unzähligen stählernen Bögen und Streben wie ein filigranes Kunstwerk aus schwarzer Jade.

Eine zauberhafte Nacht, wie geschaffen, um als Debütantin beim ersten Ball in die elegante Bostoner Gesellschaft eingeführt zu werden, im Ballsaal unter funkelnden Kandelabern zu berauschenden Orchesterklängen über das Parkett zu schweben, Fruchtpunsch zu trinken, sich auf der mondbeschienenen Terrasse kokett mit dem Fächer Luft zuzufächeln, errötend die Komplimente der Verehrer entgegenzunehmen, die sich um einen scharen und sich gegenseitig in Witz und charmanter Konversation auszustechen versuchen – und um sich zu verlieben.

Alles kam ihr verzaubert vor. Hatte sie diese atemberaubend festliche, rauschende Ballnacht nicht bloß geträumt? Hatte sie wirklich mit John Singleton drei Walzer getanzt und mit David Chase auf der Terrasse geflirtet? Und war es tatsächlich Charles Parkham gewesen, *der* Charles Parkham, der eifersüchtig darüber gewacht hatte, daß nur er sie mit Fruchtpunsch versorgen durfte?

Daphne blickte auf die langstielige Rose in ihrer Hand. Charles Parkham hatte sie mit der Nonchalance und Selbstverständlichkeit des Sohnes schwerreicher Eltern aus einem der kunstvollen Blumengestecke in den Wandnischen der Eingangshalle zur Tremont Hall gezogen und ihr zum Abschied mit einem nicht minder blumigen Kompliment überreicht.

Es gibt nichts Schöneres auf der Welt, als Debütantin zu sein! dachte Daphne selig verwirrt und hatte das Gefühl, mit ihren sechzehn Jahren ein Wunder erlebt zu haben. War das Erwachsenwerden immer solch ein atemnehmendes Wunder? Heather zumindest hatte darüber kein Wort verloren. Oder hatte sie es anders erlebt?

Außer dem gleichmäßigen Hufschlag und dem Rattern der eisenbeschlagenen Wagenräder auf dem Kopfsteinpflaster war in der Kutsche nichts zu hören. Daphnes Eltern hingen ihren eigenen Gedanken nach. Ihr Vater, William Davenport, fühlte sich auf der Tanzfläche so fehl am Platze wie ein Schmied am Tisch eines Uhrmachers. Jeder Ball kostete ihn große Überwindung und stellte geradezu ein Opfer dar. In dieser Nacht hatte er das Opfer seiner Tochter zuliebe gebracht. Jetzt machte er einen erlösten Eindruck und überließ sich willig der wohlverdienten Müdigkeit. Die Augen ihrer Mutter Sophie dagegen blickten klar und hellwach; sie waren voll unverhohlener Selbstzufriedenheit. Das Lächeln auf ihrem Gesicht zeugte vom Stolz, ja Triumph einer Frau, der die Anerkennung durch die vornehme Gesellschaft seit Jahrzehnten das höchste Lebensziel war. An diesem Abend hatte sie erleben dürfen, wie ihre Tochter in diesen Kreisen von altem Geld und uraltem Bostoner Namensadel mit einem einzigen Lächeln das erreicht hatte, was sie selbst sich nur schwerlich mit Geld erkaufen konnte – nämlich mit offenen Armen aufgenommen und als zugehörig betrachtet zu werden. Ihre Tochter Daphne hatte es auf ihrem Debütantinnenball geschafft! Sie hatte die Herzen der jungen ledigen Männer aus den besten Familien der Stadt im Sturm erobert und gleichzeitig das Wohlwollen derer Eltern gewonnen, was fast noch wichtiger war. Und das bedeutete, daß auch die zwei Jahre ältere Schwester Heather endlich Zugang zu diesen Kreisen erhalten würde. Es wurde auch Zeit. Immerhin wurde Sophies Älteste im nächsten Frühling schon neunzehn. In dem Alter war sie selbst schon ein gutes Jahr verheiratet gewesen. Ja, es war an der Zeit, daß Heather unter die Haube kam – natürlich unter eine, die ihr in Boston Rang und Namen garantierte. Aber das würde jetzt nicht mehr so viele Schwierigkeiten bereiten wie noch vor ein paar Jahren, als ihnen diese Kreise gesellschaftlich verschlossen gewesen waren. Wenn die Söhne der Parkhams und Singletons bei ihnen verkehrten, würde man auch sie und ihren Mann endlich mit dem gebührenden Respekt zur Kenntnis nehmen und bei Einladungen berücksichtigen, wie es ihnen ihrer Meinung nach schon lange zustand – und wie sie es sich immer erträumt hatte. Es war ein langer, beschwerlicher Weg gewesen, von der schäbigen London Street in East Boston über Charlestown und Dorchester Hights in die Byron Street auf der vornehmen Südseite des Beacon Hill. Doch nun hatten sie es geschafft, sie alle. Von nun an würde der Name Davenport in Boston einen neuen, gewichtigen Klang haben.

Zweites Kapitel

Edward hatte die Rückkehr seiner Lieblingsschwester von ihrem Debütantinnenball, einem Ereignis, das den Haushalt in der Byron Street schon seit Wochen in Atem hielt, auf keinen Fall verschlafen wollen. Deshalb hatte er das Fenster seines kleinen Zimmers, das zur Straße hinausging, weit offenstehen lassen und versucht, wach zu bleiben. Tapfer, aber vergeblich hatte er gegen die Schläfrigkeit angekämpft. Lange vor Mitternacht waren dem Elfjährigen die Lider zugefallen und der Abenteuerroman aus den Händen gerutscht. Doch wenn er im Traum auch an einer gefährlichen Tigerjagd in Indien teilnahm, so wachte sein Unterbewußtsein dennoch darüber, daß er Daphnes Rückkehr nicht verpaßte.

Als in der nächtlichen Stille Hufschlag und Kutschengeratter laut wurden, wachte Edward augenblicklich auf. Verschlafen und noch halb in der Welt seines Traumes, richtete er sich auf.

Daphnes Kutsche! schoß es ihm durch den Kopf.

Plötzlich war er gar nicht mehr schläfrig. Er schleuderte die Decke zur Seite, sprang aus dem Bett und war mit einem Satz am Fenster, wo sich die Gardinen im Wind bewegten. Weit beugte er sich in die milde Septembernacht hinaus und sah, wie eine Kutsche oben an der Ecke bei Eddie Burdicks Mietstall in die Byron Street einbog. Das konnte nur die Kutsche mit Daphne und seinen Eltern sein! Die dunkelgrün lackierte Droschke mit den beiden brennenden Kutscherlampen machte auch tatsächlich vor dem Portal von Byron Street Nummer vierzehn halt.

Edward machte sich erst gar nicht die Mühe, nach seinen Hausschuhen zu suchen. Barfuß stürzte er hinaus auf den Flur des Obergeschosses, rannte an der mit kunstvollen Blumeneinlegearbeiten verzierten Ebsworth-Standuhr vorbei, deren Zeiger auf zehn nach eins standen, und riß die Tür zu Heathers Zimmer auf, stürmisch und ohne vorher angeklopft zu haben. Unten in der Halle hörte man Stimmen und die hohen, bewundernden Ausrufe von Fanny Dunn, dem pummeligen Hausmädchen, das so alt war wie Daphne, aber viel jünger aussah und ständig rot anlief.

»Heather...! Daphne ist zurück...! Heather! Wach auf!« rief Edward aufgeregt.

»Was ist denn?« kam es schläfrig und reichlich unwillig aus der Dunkelheit des Zimmers.

»Daphne ist zurück!«

»Na und?« fragte Heather mürrisch, setzte sich jedoch geräuschvoll im Bett auf.

»Mein Gott, sie kommt von ihrem Debütantinnenball! Sie wird eine Menge zu erzählen haben.«

»Nichts, was nicht auch noch bis morgen früh warten könnte«, murrte seine Schwester.

»Heather, das ist gemein. Als du deinen Ball hattest, haben wir auch auf dich gewartet, weißt du noch?«

»Ich hatte überhaupt keinen richtigen Debütantinnenball«, erwiderte Heather verdrossen.
»Na klar hattest du den!«
»Aber nicht in der Tremont Hall. Und nicht in einem Seidenkleid von Madame Fortescue.«
Edward verstand nicht, was das für einen Unterschied machte. »Wo man als Mädchen seinen ersten großen Ball hat und in was für einem Seidenkleid, ist doch ganz egal.«
»Von wegen!« Es klang ernstlich ärgerlich. »Aber was verstehst du Dreikäsehoch schon davon!«
Edward wollte sich nicht ausgerechnet jetzt mit ihr zanken, deshalb nahm er den Dreikäsehoch widerspruchslos hin. »Kommst du nun, oder schläfst du weiter?«
»Mach die Tür zu, ich komm' schon, Waddy – wo ich nun schon mal wach bin«, seufzte Heather.
Edward zog die Tür hinter sich zu und lief zum Treppenabsatz. Dort blieb er stehen, kauerte sich vor das handgeschnitzte Geländer und blickte zwischen den Stäben in die Halle hinunter. Während sein Vater offenbar noch den Kutscher entlohnte, legten seine Mutter und Daphne ihren Umhang ab. Neben ihnen sah Fanny in ihrem schlichten taubengrauen Kleid und der schneeweißen Schürze absolut unscheinbar aus. Vor Aufregung und Bewunderung war sie im Gesicht so rot wie eine reife Tomate angelaufen.
Edward interessierte sich gewöhnlich nicht für Mode, Frisuren und all den anderen, in seinen Augen lächerlichen Schnickschnack, den seine Mutter, seine Schwestern und auch die weiblichen Hausangestellten für so wichtig und unverzichtbar hielten. Es überstieg sein Begriffsvermögen, daß man sich wochenlang die Köpfe darüber heiß reden konnte, welcher Stoff und welcher Schnitt für ein Ballkleid zu wählen waren, und er glaubte auch nicht, als erwachsener Mann einmal mehr Verständnis dafür aufbringen zu können, daß offenbar ganze Stöße von Modemagazinen vonnöten waren, um aus den kolorierten Abbildungen von *Godey's Lady's Book, Peterson's Magazine* oder *Frank Leslie's Lady's Magazine and Gazette of Fashion* die zu diesem Kleid passende Frisur zu finden. Seine Welt war die der Bücher, die der Entdeckungen, Erforschungen und Abenteuerreisen eines Odysseus, Marco Polo oder James Cook.
Wenn er auch nichts um derlei Weiberkram gab, so war er doch sehr wohl in der Lage, das *Ergebnis* wochenlanger modischer Beratungen

mit kritischem Blick zu würdigen. Als Bruder von zwei älteren Schwestern war er in dieser Hinsicht durch eine langjährige harte Schule gegangen, und bei allem prinzipiellen Desinteresse hatte er in dieser Zeit zwangsläufig doch genug mitbekommen, um ein für sein Alter recht sicheres Urteil abgeben zu können. Und diesmal war die Garderobe seiner Mutter und seiner Schwester auch einer ganz besonderen Würdigung wert.

Mit einem stolzen Lächeln hockte er vor dem Treppengeländer und fand, daß seine Mom in dem Kleid aus dunkelrotem Atlas wirklich etwas hermachte. Es kaschierte sehr geschickt ihre korpulente Figur, und der tiefe Ausschnitt, der für ihr Alter vielleicht eine Spur weniger offenherzig hätte sein können, betonte den üppigen Busen, über dem ein Rubinkollier prangte. Nur für den vielen Puder und die Schminke hatte er nichts übrig. Aber diese Kritik wagte er sich seiner Mutter gegenüber nur in Gedanken herauszunehmen.

Was nun Daphne betraf, so war seine Brust von geradezu grenzenloser Bruderliebe und Bewunderung erfüllt. Er hing an seiner Mutter, hegte großen Respekt für seinen kräftigen, bärtigen Vater und wollte Heather bestimmt nicht missen, auch wenn sie ihn oft wie eine Gouvernante herumkommandierte und einen unangenehmen Hang zur Launenhaftigkeit besaß – doch Daphne war der strahlende Stern seines Lebens, der in seinen Augen alles und jeden in der Welt, die er kannte, überstrahlte.

Wie eine Prinzessin sah sie in dem perlweißen Seidenkleid mit den fliederfarbenen Paspelierungen und den gerüschten Puffärmeln aus. Ihre schlanke, makellos proportionierte Figur bedurfte keines enggeschnürten Korsetts, um dem geltenden Schönheitsideal zu entsprechen. Die Natur hatte sie zudem mit einem Gesicht beschenkt, in dem die rauchblauen Augen unter langen schwarzen Wimpern, ein schöner voller Mund und zarte, liebliche Züge besonders auffielen, aber auch eine energische Kinnpartie, die zweifellos das Erbe ihres Vaters war. Es war jedoch die einzigartige schwarze Haarpracht, die Edward an seiner Schwester mehr als alles andere bewunderte. Je nachdem, wie sich das Licht in ihrem Haar fing, schimmerte es in einem schwarzblauen Ton, wie er ihn bisher noch bei niemandem gesehen hatte, ein Ton, als würde man den sternenübersäten Nachthimmel zu einer unvergleichlich schwarzen Farbe einkochen – so hatte er es sich immer vorgestellt, als er noch ein kleines Kind gewesen war und sie an seinem Bett gesessen und ihm beim Licht der Nachttischlampe etwas vorgelesen hatte.

Daphne trug an diesem Abend ihr Haar bis auf einige kleine Locken über der Stirn und an den Schläfen nach hinten gekämmt und im Nacken zu drei Zöpfen geflochten, die dort eine Herzform bildeten und von einer fliederfarbenen Samtschleife zusammengehalten wurden. Zarte Fliederschleifen mit zugeschnittenen Bänderenden, die aus der Entfernung echten Blüten ähnelten, schmückten am Hinterkopf, vorn und über den Ohren ihr volles Haar. Eine einzelne dicke Haarsträhne, zu einer langen Korkenzieherlocke gedreht, fiel ihr seitlich vom Zopfherz her über die nackte linke Schulter.

Edwina Ferguson, die langjährige, altjüngferliche Zofe ihrer Mutter, hatte ihr für den Debütantinnenball die Haare aufgedreht und gesteckt, obwohl das die Aufgabe von Prudence gewesen wäre. Doch wie geschickt und lernfähig Pru auch mit Kamm und Brennschere sein mochte, so verblaßten ihre Künste doch gegen die von Edwina, die seit ihrem fünfzehnten Lebensjahr als Zofe arbeitete, und das waren immerhin schon über siebzehn Jahre, davon zehn im Hause Davenport.

Daphne und Heather teilten sich Prudence Willard, eine hagere, blaßgesichtige Neunzehnjährige, als Zofe. Sie stand erst seit dem Umzug in die Byron Street vor nicht ganz einem Jahr in den Diensten der Davenports und hatte auch noch andere Aufgaben im Haushalt zu erledigen. Nur zu gern hatte sie Edwina die Verantwortung für die Ballfrisur der jungen Miss überlassen, und sie war bescheiden genug gewesen, neidlos anzuerkennen, daß Edwina mit traumwandlerischer Fingerfertigkeit ein kleines Kunstwerk vollbracht hatte.

Edward achtete nicht auf die Stimmen, die aus der Halle zu ihm hochdrangen. Sein Blick ruhte voll unschuldiger Bewunderung auf seiner Schwester, die auf eine Bemerkung ihrer Mutter hin hell auflachte und dann mit einem leisen Jauchzer um ihre eigene Achse wirbelte, die Rose an ihre Brust gepreßt. Die Seide ihres Kleides raschelte, und die vielen gestärkten Unterröcke blitzten unter dem Saum hervor. Wenn sie so ausgelassen war, dann mußte der Ball ein voller Erfolg gewesen sein, ging es ihm durch den Sinn, und er freute sich für sie.

Ihr Vater trat durch die Tür, die hinter ihm zufiel, während sich die Kutsche vor dem Haus wieder in Bewegung setzte. Er war ein breitschultriger Mann von mittelgroßer, fast kantiger Statur, die jedem noch so guten Maßschneider Schwierigkeiten bereitet hätte, sie selbst im teuersten Abendanzug halbwegs elegant erscheinen zu lassen. Der Frack saß tadellos, was auch auf die weiße Hemdbrust zutraf. Und

dennoch machte er den Eindruck, als trüge er eine teure Zwangsjacke, deren er sich nicht schnell genug entledigen konnte – was auch genau seinem Empfinden entsprach.
William Davenport war zum Leidwesen seiner Frau kein Mann für elegante Abendgesellschaften, und er wußte das sehr wohl, ohne daß er es als einen bedauerlichen Umstand gewertet hätte. Er hielt lieber einen schweren Bierkrug in seiner großen, muskulösen Hand als den Stiel eines kristallenen Champagnerkelches. Er konnte und wollte seine Herkunft nicht verleugnen und war, was er war: ein Mann wie ein massiver Klotz; solide, beständig und trotz tadelloser Umgangsformen eben doch mit harten Ecken und Kanten. Allein das Grau, das Haupthaar und gepflegten Backenbart des Achtundvierzigjährigen erstaunlich dicht durchzog, verlieh seinem kräftigen, markanten Gesicht eine Spur jenes weltmännischen Aussehens und jener geschäftsmännisch seriösen Ausstrahlung, die seine Frau an anderen Männern so sehr bewunderte.
»Ich denke, es wird Zeit, daß du nach oben und allmählich ins Bett kommst, mein Schatz«, sagte William Davenport zu seiner Tochter, schlüpfte aus der Frackjacke und lockerte die Hosenträger. Seine Frau warf ihm einen mißbilligenden Blick zu, unterließ aber jeden Kommentar. Dabei verabscheute sie diese Hemdsärmeligkeiten ihres Mannes, ganz besonders vor dem Personal, dessen große Leidenschaft der Klatsch über die Herrschaft war, wie doch jedermann wußte.
William gab nichts auf den ungehaltenen Blick seiner Frau. Der Teufel sollte ihn holen, wenn er auch noch in seinem eigenen Haus Theater spielen mußte! »Es war für uns alle eine aufregende und anstrengende Nacht. Du wirst müde sein«, sagte er und konnte es nicht erwarten, aus den engen, schwarzen Lackschuhen zu kommen. Was tat sich der Mensch nicht alles selber an!
Daphne lachte. »Müde? Ich fühle mich frisch wie Morgentau, Dad«, übertrieb sie.
»Warum trinken wir nicht noch ein Glas Champagner zusammen und feiern Daphnes Erfolg?« schlug Sophie vor, die den erregenden Geschmack des Triumphes möglichst lange auskosten wollte.
»O ja!« rief Daphne begeistert. Der Fruchtpunsch war sehr gut gewesen, aber wohl nichts gegen ein Glas perlenden Champagners.
William schien von dem Vorschlag seiner Frau wenig angetan. Er runzelte die schwarzen, buschigen Augenbrauen, in die sich ebenfalls

schon das erste Grau schlich. »Ich hab' diese Nacht genug von diesem süßen, klebrigen Sprudelwasser getrunken, um für die ganze Woche aufstoßen zu können«, wehrte er ab.
Sophie wand sich förmlich unter seinen Worten, die so gar nicht zu der feinen Lebensart paßten, die sie in ihrem Haus um jeden Preis gewahrt wissen wollte. »William, bitte!« ermahnte sie ihn zu einer weniger derben Ausdrucksweise.
»Du weißt«, erwiderte er unbeeindruckt, »daß ich mir aus dem angeblich so noblen Getränk wenig mache. Ich wünschte vielmehr, sie hätten heute abend zumindest einen anständigen Whiskey angeboten. Die Männer, die ihren eigenen Flachmann in der Tasche hatten, waren wirklich zu beneiden«, sagte er ehrlich und zwinkerte dabei der pummeligen Fanny zu, der das Blut sofort wieder ins Gesicht schoß.
»Aber zur Feier des Tages...« setzte Sophie wieder an.
William verzog das Gesicht. »Ich wüßte nicht, was es da zu feiern gäbe«, brummte er.
Daphne machte ein betroffenes Gesicht.
»Sie war *der* Erfolg des Balls!« protestierte Sophie, in ihrem Stolz verletzt.
Er lächelte. »Sicher war sie das! Ich habe auch nicht einen Moment daran gezweifelt, daß sie alle diese blasierten und blutarmen Geschöpfe in den Schatten stellen würde.«
Daphnes Gesicht hellte sich wieder auf. Eigentlich hätte sie sich denken können, daß seine scheinbar abwertende Bemerkung in Wirklichkeit das genaue Gegenteil bedeutete.
William legte seinen Arm um ihre Schulter und drückte sie an sich. Es war eine etwas unbeholfene Geste, doch es lagen tiefe, vorbehaltlose Zärtlichkeit und Vaterliebe in ihr, die Daphne fast die Tränen in die Augen trieben. »Daß ein paar Dutzend junge Gecken und herausgeputzte Stutzer aus den besseren Kreisen meine Tochter wie Motten das Licht umschwärmt und sich zum Narren gemacht haben, ist für mich nicht Grund genug zum Feiern. Diese jungen Burschen haben nur bestätigt, was wir schon lange wissen – daß mein Augapfel hier nämlich etwas ganz Besonderes ist.«
»Dad!« Es machte Daphne verlegen, wenn ihr Vater so etwas sagte, weil sie das Gefühl hatte, es nicht verdient zu haben und daß er Edward und Heather damit unrecht tat.
»Und daran hätte sich auch nichts geändert«, fuhr William ungerührt fort, »wenn diese eleganten jungen Herren mit Blindheit geschlagen

gewesen wären und Daphne heute kein Erfolg gewesen wäre, wie du es nennst.« Er betonte das Wort »Erfolg« und verdrehte dabei die Augen, um zu unterstreichen, wie sehr ihm diese Art der Einschätzung gegen den Strich ging.

»Du weißt schon, wie ich es gemeint habe«, erwiderte Sophie säuerlich.

Er wußte in der Tat sehr gut, was sie hatte feiern wollen – nämlich den gesellschaftlichen Erfolg, die Anerkennung und das spürbare Wohlwollen. Gut, das alles mochte ihnen nützlich sein und in Zukunft beachtliche Vorteile bringen: für ihn selbst geschäftlich, für Daphne als angehende Ehekandidatin und für Sophie gesellschaftlich. Aber stärker als diese Genugtuung empfand er den alten Groll auf diese feinen Ladies und Gentlemen, deren freundliche Zuwendung seiner Frau so viel bedeutete. Denn tief in seinem Herzen sah er in der Tatsache, daß man sich nun gnädig dazu herabließ, ihn und seine Familie in diesen elitären Zirkeln nicht mehr wie einen Fremdkörper zu behandeln, eine andere Form der Beleidigung: Man ließ sie spüren, daß sie, die Emporkömmlinge, keinen wirklichen Anspruch auf solche Gunst besaßen, sondern daß diese nur gnädigerweise wie ein Ritterschlag erteilt wurde. Doch er hatte noch nie in seinem Leben vor jemandem gekniet, nicht einmal in Gedanken. Nein, einen Grund zum Feiern sah er wirklich nicht. Schon aus Prinzip würde er *darauf* keine Flasche Champagner öffnen!

»Und ich meine, daß es für das Kind Zeit ist, ins Bett zu gehen«, sagte er nun in einem Tonfall, der keinen Widerspruch zuließ. Er war müde und wollte nach der Strapaze des lärmenden Festes, das ihm stundenlanges Lächeln und unentwegt nichtssagendes Geplauder abverlangt hatte, allein sein. »Sie ist Debütantin, gewiß die schönste von ganz Boston, aber noch längst keine erwachsene Frau, die die Nächte bei Champagner durchfeiern kann.«

Daphne strahlte. »Danke, Dad... für alles!« Sie mußte sich auf die Zehenspitzen stellen, um ihm einen Kuß auf die Wange zu geben.

Er verbarg seine Rührung. »Nun mach schon, daß du nach oben kommst! Ich schätze, ich habe mich heute lange genug gequält, um mir nun einen ordentlichen Brandy als Schlummertrunk genehmigen zu dürfen«, brummte er, halb an seine Frau gewandt, und verschwand in Richtung Arbeitszimmer.

Sophie seufzte. Aber sie durfte nicht ungerecht sein. William hatte sich auf dem Ball wahrlich nicht vor seiner Pflicht gedrückt. Kein ein-

ziges Mal hatte er sich anmerken lassen, daß ihm dieses glanzvolle gesellschaftliche Ereignis ein Graus und eine Qual war, ja, er hatte sich sogar zu manch geistreicher Bemerkung aufgeschwungen. Es bestand also kein Grund, sich zu beklagen.
»Mach die Lampen hier unten aus, und geh dann zu Bett!« sagte sie zu Fanny und machte sich auf den Weg in ihr Zimmer, wo Edwina auf sie warten würde, um ihr beim Entkleiden und Ausbürsten ihrer Haare zur Hand zu gehen.
Daphne hatte indessen ihr Kleid gerafft und war schon die Treppe hochgeeilt. Als sie ihren kleinen Bruder sah, lachte sie über das ganze Gesicht. Er war ihrer Mutter wie aus dem Gesicht geschnitten und hatte genau wie Heather auch ihr dunkelbraunes Haar geerbt. Im langen, bunten Karonachthemd und mit erwartungsvoller Miene wartete er auf sie.
»Waddy!« Das war sein Kosenamen, den aber nur sie und Heather benutzen durften – und auch nur dann, wenn sie unter sich waren. »Sag bloß, du bist bis jetzt aufgeblieben!«
Er griente. »Na ja, nicht ganz. Bin zwischendurch schon mal eingeschlafen. Aber ich habe gesehen, wie die Kutsche vorgefahren ist. Und ich habe gehört, was Mom und Dad gerade gesagt haben. Dad hat recht. War doch klar, daß du alle anderen ausstechen würdest«, sprudelte er stolz hervor. »Hast du schon einen Heiratsantrag bekommen?«
Daphne lachte und fuhr ihm durch seinen wirren Haarschopf. »So schnell geht das nun auch wieder nicht. Und so wild bin ich auf einen Heiratsantrag gar nicht.«
»Aber es war toll, ja?« fragte er begierig.
»Himmlisch!« versicherte sie, und das glückliche Leuchten ihrer Augen verriet mehr als tausend Worte.
Heather lehnte am Türrahmen ihres Zimmers. Sie hatte einen malvenfarbenen Morgenmantel übergezogen und gähnte unverhohlen. Wer die beiden nicht kannte, hätte es nicht für möglich gehalten, daß sie und Daphne Schwestern waren, denn sie ähnelten einander überhaupt nicht. Das einzige, was sie gemein hatten, war die schlanke Gestalt. Die Natur hatte über Heather nicht gerade das Füllhorn ausgeschüttet, sondern eher das Mittelmaß angelegt. Ihr Haar war von einem ansprechenden, aber nicht außergewöhnlichen Braun. Das schmale Gesicht mit den prägnanten Wangenknochen hätte ausgesprochen interessant aussehen können, wenn die Nase nicht so stark

…prägt und der Mund dafür ein wenig voller gewesen wären. …uch ihre Brüste, die sie mit einer Hand umschließen konnte, hätten stärker entwickelt sein können. Nicht, daß sie häßlich gewesen wäre, davon war sie weit entfernt. Ihre Haut war rein, der Wuchs der Zähne schön und die Augenform apart, so daß sie – im ganzen gesehen – eine angenehme Erscheinung bot. Nur, was war das für ein schwacher Trost neben der bestrickenden Schönheit ihrer jüngeren Schwester?
»Na, ist dir heute der edle Ritter in der schimmernden Rüstung zu Füßen gesunken?« fragte sie gedehnt und mit einem Blick auf die Rose.
»Ach, Heather, wenn du nur heute abend dabeigewesen wärst! Ich bin mir am Anfang so verloren und hilflos vorgekommen.«
»Dir sind doch bestimmt mehr Männer hilfreich zur Seite geeilt, als du für eine Ballnacht auf deiner Tanzkarte unterbringen konntest«, meinte Heather spöttisch und mit einem Anflug von Neid.
Daphne war noch viel zu aufgewühlt und erfüllt von den aufregenden Erlebnissen ihres Debüts in der Gesellschaft, als daß sie den neidvollen Ton aus der Bemerkung ihrer Schwester herausgehört hätte. Sie nickte mit strahlenden Augen. »Es war unglaublich! Meine Tanzkarte war im Handumdrehen voll, ohne daß ich wußte, wer all die jungen Männer waren, denen ich einen Tanz reservieren mußte.«
Prudence Willard tauchte im Flur auf, korrekt angezogen, doch sichtlich verschlafen. »Möchten Sie, daß ich Ihnen beim Auskleiden helfe, Miss Daphne?« fragte sie höflich.
Daphne zögerte. Sie verstand sich gut mit Pru, wollte aber jetzt lieber mit ihren Geschwistern allein sein. Deshalb sah sie Heather an und fragte: »Würdest du das heute machen?«
Heather zuckte die Achseln. »Sicher, wenn es nicht zur Gewohnheit wird.«
Prudence war froh, daß sie sich wieder in ihre Kammer unter dem Dach zurückziehen und noch ein paar Stunden Schlaf finden konnte, bevor die Nacht herum war und sie kurz nach sechs aus den Federn mußte. Sie deutete einen Knicks an und huschte davon.
Heather und Edward folgten Daphne in ihr Zimmer, das ganz in Lindgrün und Apricot gehalten war. Während Edward eine der Porzellanlampen anzündete, trat Daphne hinter den mit Blumen bestickten Wandschirm, der neben dem Waschtisch stand, und ließ sich von ihrer Schwester das kostbare Seidenkleid im Rücken aufknöpfen.
Heather wollte nun ganz genau wissen, wie es in der Tremont Hall ge-

wesen war. Daphne mußte ihr die Räumlichkeiten und die Terrasse beschreiben. Sie fragte auch nach den Dekorationen, dem Blumenschmuck und dem Orchester. Doch was sie mehr als alles andere interessierte und mit Neugier erfüllte, war, wer alles den Ball besucht, mit wem Daphne gesprochen und wer sie zum Tanz aufgefordert hatte.

»Mom meint, alles, was in Boston Rang und Namen hat, habe sich heute dort ein Stelldichein gegeben«, berichtete Daphne bereitwillig. »Du hättest die Garderoben sehen sollen, Heather! Schönere und teurere habe ich noch in keinem Journal gesehen.«

»War Lucy Winthroph auch da?« wollte ihre Schwester wissen. »Du weißt doch, die lange Dürre aus der Chestnut Street.«

Daphne lachte. »O ja, die auch.«

»Warum lachst du?« wollte Edward wissen, der es sich auf dem Bett bequem gemacht hatte.

»Weil sie ein schreckliches Kleid getragen hat. Bestimmt ist es sündhaft teuer gewesen, denn Ausschnitt und Ärmel waren mit Perlen bestickt, aber statt einen Schnitt mit hochgeschlossenem Oberteil zu wählen, hat sie ihre nackten knochigen Schultern gezeigt. Wie ein Storch hat sie darin ausgesehen – und so hoch hat sie auch den Kopf getragen.«

Heather und Edward lachten mit ihr, und das geschwisterliche Lachen gab ihr das wunderbare Gefühl, daß sie zusammengehörten und auch zukünftig so unverbrüchlich zusammenhalten würden. Wie unterschiedlich sie auch sein mochten und wie groß der Altersunterschied zwischen ihnen auch war, sie mußten zusammenhalten, auch wenn sie sich gelegentlich mal stritten. Leider hatte sie dieses Gefühl des geschwisterlichen Gleichklangs und inneren Zusammenhalts bei Heather in letzter Zeit häufig vermißt. Doch sie verdrängte diesen schmerzlichen Gedanken schnell wieder.

»Die kleine, dicke Martha Rawley aus der Mount Vernon Street hat es da schon geschickter angestellt«, fuhr Daphne in ihrem fröhlichen Bericht fort, während sie aus den vielen Unterröcken stieg, bis sie nur noch in Leibchen und knielanger, spitzengesäumter Unterhose aus Batist hinter dem Paravent stand. Heather löste ihr nun die Schleifen aus dem Haar. »Sie trug einen Traum von einem Taftkleid, das sie glatt fünfzehn Pfund schlanker aussehen ließ. Und die Haare hatte sie hochgesteckt, zum schiefen Turm von Pisa, so daß sie auch gleich ein gutes Stück größer wirkte. Waddy, wirfst du mir mal mein Nachthemd rüber?«

»Klar doch!«
Sie schüttelte ihr Haar, daß sich die Zöpfe zu öffnen begannen. Auf das Ausbürsten würde sie verzichten. Das konnte Pru am Morgen nachholen.
»Martha Rawley!« Heather verzog das Gesicht. »Ich glaube, mit der könnte ich nie warmwerden. Die trägt die Nase so hoch, als wäre sie etwas ganz Besonderes, nur weil irgendwelche blöden Vorfahren von ihr zu den ersten Siedlern hier in Boston gehört haben. Und dabei war dieser Urahn nur ein einfacher Zimmermann! Nein, Martha ist mir zu eingebildet, genau wie Lucy der Storch.«
Edward kicherte und fühlte sich rundum glücklich, daß seine älteren Schwestern ihn bei sich duldeten und ihn sogar in ihr vertrautes Gespräch miteinbezogen.
»Aber sie ist nicht so schlimm wie Harriet Corning«, meinte Daphne, schlüpfte aus ihrer Unterwäsche und zog das Nachthemd über den Kopf. Sie band die dunkelroten Satinbänder unter der hohen und schon sehr weiblichen Brust zu einer lockeren Schleife. »Die hat mich nicht einmal begrüßt. Wie Luft hat sie mich behandelt.«
»Die hält sich wirklich für was Besseres! Dabei ist sie eine ganz dumme Gans«, sagte Heather verächtlich.
»Aber als John Singleton immer wieder mit mir getanzt hat und Charles Parkham kaum von meiner Seite gewichen ist, kam sie auf einmal an und war ganz zuckersüß«, erzählte Daphne nicht ohne Genugtuung. »Da tat sie auf einmal so, als wären wir schon seit langem die besten Freundinnen. Du wirst es nicht glauben, aber sie hat mich doch tatsächlich zu sich nach Hause eingeladen, die falsche Ziege.«
Heather machte große Augen. »Stimmt das?« fragte sie ungläubig.
»Ja, ich soll am Montag zum Tee kommen, aber ich habe noch nicht fest zugesagt. Eigentlich mag ich nicht. Aber andererseits könnte es schon recht lustig werden zu sehen, wie sie sich plötzlich verrenkt und auf Freundschaft...«
Heather schüttelte den Kopf und fiel ihr in die Rede. Harriet interessierte sie nur am Rande. »Nein, das meinte ich nicht. Hast du wirklich mit John Singleton und Charles Parkham getanzt? Bist du dir sicher, daß sie es waren?«
Daphne lächelte. »Und ob ich mir sicher bin. Schau doch auf meine Tanzkarte! Mit John habe ich sogar drei Walzer getanzt.«
»Und auch mit Charles Parkham?« vergewisserte sich Heather noch einmal, als könne sie es noch immer nicht fassen. »Dem einzigen Sohn des Besitzers von *Parkham Steel*?«

Daphne nickte. »Ja, mit *dem* Parkham. Aber er tanzt ganz miserabel, das kann ich dir sagen. Es hat mich einige Mühe gekostet zu lächeln, während er mehr auf meinen Zehen als auf dem Parkett herumgetanzt ist. Ich war richtig froh, daß auf meiner Tanzkarte kein Platz mehr für eine weitere Partie mit ihm war.«
Heather stöhnte auf. »Blaue Zehen! Himmel, das hätte ich an deiner Stelle, ohne mit der Wimper zu zucken, in Kauf genommen – und mehr! Charles Parkham ist einer der begehrtesten Junggesellen von ganz Massachusetts«, erinnerte sie ihre jüngere Schwester, völlig verständnislos, daß man so einen kapitalen Fang freiwillig vom Haken ließ. »Für ihn hättest du jede andere Tanzreservierung getrost vergessen können! Wer sich Charles Parkham angelt, hat ausgesorgt. Ein Mann wie er ist der Schlüssel zu einer goldenen Zukunft, ach, was rede ich da: zu einer diamantenen!«
Daphne griff nach ihrem Morgenmantel, zog ihn an und kam nun hinter dem Paravent hervor. Ausgelassen sprang sie zu ihrem Bruder aufs Bett und setzte sich im Schneidersitz auf die Decke. Hätte Mom sie so gesehen, hätte sie ihr gleich eine Strafpredigt gehalten, wie unschicklich so eine Position für eine junge Dame sei.
»Das mag ja sein, aber er ist nicht halb so nett wie David Chase und John Singleton. Außerdem ist er viel zu alt, schon achtundzwanzig, glaube ich«, tat sie den Parkham-Sohn ab. »John dagegen ist fünf Jahre jünger.«
»Du hast Nerven! Ich würde ihn noch mit Kußhand nehmen, wenn er schon vierzig wäre und dazu drei Brüder hätte, mit denen er sich das Vermögen seines Vaters teilen müßte«, meinte Heather.
»Ganz schön berechnend, Schwesterherz«, warf Edward ein und stichelte: »Wo bleibt denn da die Liebe?«
»Du hältst dich da besser heraus, Waddy!« beschied Heather ihn von oben herab und ganz die ältere Schwester. »Von solchen Dingen verstehst du nichts. Du wirst schon noch früh genug dahinterkommen, daß eine schöne Mitgift nicht gerade ein Heiratshindernis ist.« Heather wandte sich wieder Daphne zu. »Sag mal, hat Charles angedeutet, daß er dich besuchen kommen will?«
»Ja, schon...«
»Du Glückspilz! Mein Gott, wenn ich Amy davon erzähle, wird sie vor Neid zerplatzen«, rief Heather und sah selbst nicht gerade neidlos aus.
»Aber Charles interessiert mich nicht. Gut, er ist charmant und sieht

auch nicht schlecht aus, doch irgendwie weiß ich nichts mit ihm zu reden. Meist führt ja auch er das Wort. Mit John und David habe ich mich dagegen richtig gut unterhalten, ganz besonders mit John.«

»John Singleton ist auch keine üble Wahl«, räumte Heather ein. »Sein Vater besitzt mehr Textilfabriken als dieses Haus Zimmer. Und er hat nur eine Schwester.« Sie neigte den Kopf ein wenig und musterte Daphne eindringlich. »Hast du dich vielleicht in ihn verliebt?«

Daphne konnte nichts dagegen tun, daß eine leichte Röte der Verlegenheit ihre Wangen überzog. »Ich weiß es nicht... es kann sein... Vielleicht ein bißchen... Ich mag ihn, aber ob ich mich verliebt habe...« stammelte sie, von Heathers direkter Frage überrumpelt. »Wir waren ja kaum mal allein bei diesem Trubel, aber nett ist er schon... und er sieht auch gut aus. Er hat einen kleinen Schnurrbart, der ihn ganz verwegen aussehen läßt, und...« Sie brach ab, als ihr bewußt wurde, was ihr da alles über die Lippen sprudelte. Ihr brannten die Wangen vor Verlegenheit.

»Du *hast* dich verliebt!« stellte Heather nachdrücklich fest.

Edward grinste und sagte: »Na, das kann ja was geben, wenn die jungen Singletons, Chases und Parkhams sich bei uns bald die Klinke in die Hand geben. Mom ist bestimmt ganz aus dem Häuschen und kann es gar nicht erwarten, daß sie ihr die Aufwartung und dir den Hof machen. Aber warum sollst du dich auch nicht verlieben? Heather hat sich doch schon ein dutzendmal verliebt. Und wenn du diesen John Singleton magst, mag ich ihn bestimmt auch, Daphne.«

Sie schenkte ihm ein warmes, dankbares Lächeln.

Heather atmete tief und laut hörbar durch. »Mein Gott, was beneide ich dich um diesen Ball«, murmelte sie, und die unbeschwerte Stimmung, die eine Zeitlang das geschwisterliche Gespräch bestimmt hatte, verflog.

»Aber warum denn? Du hast doch auch einen schönen Debütantinnenball gehabt«, wandte Daphne ein, spürte aber selbst, daß sie es doch um einiges besser angetroffen hatte. Fast fühlte sie sich schuldig, weil sie ohne alle Schwierigkeiten das erhalten hatte, wovon ihre Schwester vor zwei Jahren nur hatte träumen können. Seit Heathers Debüt war einfach zu viel geschehen. Das neue Haus hier am Beacon Hill war das sichtbarste Zeichen – und eben ihre Einführung in die vornehme Bostoner Gesellschaft in der Tremont Hall.

Heather machte eine verdrossene Miene. »Ja, in Dorchester Hights, wo der Ballsaal eine bessere Turnhalle war und das Orchester sich

nicht immer auf einen Takt und einen Ton einigen konnte«, giftete sie. »Männer vom Schlag eines John Singleton oder gar Charles Parkham haben sich dort selbstverständlich nicht blicken lassen, wenn sie von der Existenz eines Debütantinnenballs in Dorchester Hights überhaupt etwas geahnt haben. Bestenfalls der Sohn des Parkham-Butlers hätte unsereinem dort die zweifelhafte Ehre gegeben.« Sie hatte Mühe, den Neid nicht allzu deutlich in ihrer erregten Stimme zutage treten zu lassen.
Daphne schämte sich jetzt, daß sie mit ihren Erlebnissen und kleinen Flirts vor ihrer Schwester geprahlt hatte. »Nun ja, es war einfach eine andere Zeit, aber in Dorchester Hights war es doch auch ganz schön.« Die Antwort klang sogar in ihren eigenen Ohren lahm, obwohl es ihre ehrliche Meinung war.
»Und ob es eine andere Zeit war!« bekräftigte Heather voller Bitterkeit. »Dorchester Hights – und dann auch noch dieser idiotische Bürgerkrieg! Von den wenigen passablen Männern, die es bei uns gab, hatten sich doch die meisten den Offiziersrock angezogen, um gegen die Südstaatler ins Feld zu ziehen. Und der Rest...« Sie ließ den Satz offen und machte nur eine wegwerfende Handbewegung.
Daphne mußte ihr insgeheim recht geben. Heathers Debüt hatte mitten im Krieg stattgefunden, im Frühjahr 1863. Da hatte der erbitterte Bürgerkrieg zwischen Nord und Süd schon im dritten Jahr getobt. Die anfängliche Kriegsbegeisterung war längst einer blutigen Ernüchterung gewichen. Hunderttausende hatten ihr Leben auf den Schlachtfeldern gelassen, und die unpersönlichen Kriegsberichte aus den Zeitungen hatten plötzlich eine völlig neue, erschreckende Bedeutung erhalten, als der Kummer in die Häuser ihrer damaligen Nachbarn und Freunde einzog. In der Straße, in der sie wohnten, hatte der Tod auf dem Schlachtfeld gleich drei Familien den Sohn genommen, und Henry Slade, der sommersprossige achtzehnjährige Bruder ihrer gemeinsamen Freundin Amanda, war ohne sein linkes Bein von der Schlacht bei Fredericksburg im Dezember 1862 nach Hause zurückgekehrt, nicht nur als Krüppel, sondern auch verbittert und um viele Jahre gealtert.
Der Krieg war nun seit knapp einem halben Jahr vorbei – für Hunderttausende Opfer um viele Jahre zu spät. Mit General Lees Kapitulation vor General Grants Unionstruppen im April 1865 in Appomattox Court House hatte die Rebellion der Konföderierten nach fast fünfjährigem Krieg ihr Ende gefunden. Ja, es war schon eine andere,

schwere Zeit gewesen, auch wenn sie selbst nur wenig davon mitbekommen hatten.
»Es tut mir leid, Heather, daß du deinen Debütantinnenball nicht auch in der Tremont Hall haben konntest«, sagte sie betrübt. »Ich hätte es dir wirklich von Herzen gewünscht.«
»Ich mir auch, weiß Gott!«
»Aber du mußt doch zugeben, daß du auch in Dorchester Hights einige nette junge Männer für dich gewinnen konntest«, versuchte Daphne sie zu trösten. »George McColl zum Beispiel, und Patrick Broady macht dir doch immer noch den Hof. Den wickelst du doch um den kleinen Finger.«
Edward nickte. »Bei dem brauchst du bloß einen Schmollmund zu machen, und schon zerfließt er vor deinen Füßen«, pflichtete er bei.
»George McColl!« Heather war geradezu entrüstet. »Wer ist schon George McColl! Glaubt ihr vielleicht, ich heirate einen Mann, der Kohlen ausfährt?«
»George ist nett und fährt keine Kohlen aus«, korrigierte Daphne sie. »Sein Vater hat eine große Kohlenhandlung, und er arbeitet dort im Büro, das weißt du ganz genau.«
Heather ging erst gar nicht darauf ein. »Mom würde es nie zulassen, daß ich mich an einen kleinen Kohlenhändler verschenke«, erklärte sie kategorisch. »Und Patrick ist nicht viel besser. Er langweilt mich mit seinem ewigen Gerede darüber, was er mal aus dem schäbigen Sägewerk seines Vaters machen wird. Dabei ist der kerngesund und denkt nicht im Traum daran, die nächsten zwanzig Jahre die Zügel aus der Hand zu geben. Bei dem hat Patrick kein Wort zu sagen. Höchstens das Ausfegen der Sägespäne kann er da neu organisieren. Außerdem hat Patrick schweißige Hände, und das kann ich auf den Tod nicht ausstehen.«
»Gegen Handschweiß kann man was tun«, bemerkte Edward keck. »Dreimal am Tag die Hände mit Kreide oder Sand einreiben. Zumindest schwört Mister Townbridge Stein und Bein darauf, daß das funktioniert.« Lewis Townbridge war der kahlköpfige Privatlehrer, der ihn seit ihrem Einzug in das Haus Byron Street Nummer vierzehn fünfmal die Woche von acht bis zwölf unterrichtete, eine der vielen Neuerungen, die William Davenports Geschick an der Börse und der Umzug mit sich gebracht hatten.
Bestürzung über Heathers harsches, herzloses Urteil trat in Daphnes graublaue Augen. »Wie kannst du nur so über ihn reden! Ihr seid doch schon über ein Jahr... liiert und so gut wie verlobt!«

Heather schnaubte verächtlich und warf den Kopf auf eine Art zurück, die Daphne unwillkürlich an Harriet Cornings arrogante Kopfhaltung erinnerte – zu Beginn des Balls. »Verlobt?« wiederholte sie fast empört, als hätte Daphne ihr etwas Anstößiges unterstellt. »Wie kommst du denn auf diese absurde Idee? Das hätte *er* vielleicht ganz gerne, aber so dumm werde ich nicht sein. Für einen Mann wie Patrick bin ich mir wirklich zu schade, wo wir nun dazugehören.« Der letzte Satz war ihr gedankenlos herausgerutscht.
Daphne furchte leicht die Stirn. Sie mochte diese berechnende Seite ihrer Schwester gar nicht. Früher war Heather nicht so gewesen. Launisch und in vielen Dingen merkwürdig eigensinnig, das ja, aber doch nicht so kaltherzig kalkulierend und allein nur auf den eigenen materiellen Vorteil bedacht.
»Was meinst du mit ›dazugehören‹?«
Heather warf ihr einen wütenden Blick zu. Sie fühlte sich ertappt. »Ach, das weißt du doch ganz genau. Tu nicht so, als ob ich es dir erst noch erklären müßte. Wer hat denn mit Charles Parkham getanzt und ein Auge auf John Singleton geworfen?« fragte sie spitz zurück. »Also tu jetzt bloß nicht so scheinheilig!«
Daphne nahm die gehässige Bemerkung unwidersprochen hin, obwohl es ihr weh tat, so etwas ausgerechnet von ihrer eigenen Schwester vorgeworfen zu bekommen. »Du meinst also mit ›dazugehören‹ das Haus hier in der Byron Street und...«
Heather fiel ihr gereizt ins Wort. »Ja, Beacon Hill, Waddys Privatlehrer, Pru, die Kutsche, die sich Dad bestellt hat, Moms neuen Schmuck und deinen Ball in der Tremont Hall«, rasselte sie herunter. »All das und noch einiges mehr meine ich damit. Und ich will Pru oder Edwina heißen, wenn ich mich mit einem Mann begnügen werde, der mir weniger bieten kann als mein eigener Vater. Wir sind jetzt wer. Endlich! Und wir können Ansprüche stellen.«
Die letzten Sätze klangen sehr vertraut in Daphnes Ohren. Seit ihr Vater das Haus am Beacon Hill gekauft hatte, bekamen sie von ihrer Mutter häufig derartige Äußerungen zu hören. War ihr Vater zugegen, fielen sie ein bißchen weniger kraß aus als gewöhnlich. Oft waren es Bemerkungen mit mahnendem Charakter, als wären sie plötzlich andere Menschen geworden, die nun an sich und an alle anderen völlig neue Maßstäbe anlegen müßten. Das gefiel ihr nicht. Nicht, daß sie selber frei von Stolz, Eigensucht und Geltungsdrang gewesen wäre. Mein Gott, sie war sechzehn! Sie genoß sehr wohl das neue,

komfortable Leben einer nicht nur hübschen, sondern nun auch reichen Tochter, deren Vater eine glückliche Hand an der Börse bewiesen hatte und in die vornehmsten Clubs aufgenommen worden war. Und selbstverständlich schmeichelte es ihr, daß sie bei *dem* Debütantinnenball von Boston in die Gesellschaft eingeführt worden war. Aber das hieß doch noch längst nicht, sich seinen Umgang nun einzig und allein unter dem Gesichtspunkt des sozialen Standes auszusuchen. Bestimmt würde sie mit Harriet keine Freundschaft eingehen oder gar Charles Parkham ermutigen, ihr den Hof zu machen, und mochte er eines Tages auch noch so viele Millionen erben.
All das hätte sie ihrer Schwester am liebsten geantwortet, doch sie wollte nicht ausgerechnet jetzt mit ihr streiten, und Heather machte ganz den verkniffenen Eindruck, als warte sie nur darauf, sich mit ihr in die Wolle zu geraten. Deshalb erwiderte Daphne nur: »Ich weiß nicht, ob das richtig ist, wie du denkst, aber das mußt du ja wohl selber wissen.«
»Danke für die Großzügigkeit, Prinzessin«, gab ihre Schwester sarkastisch zurück und erhob sich. »So, ich bin müde und geh' jetzt zu Bett.«
Edward hatte schon mehrfach herzhaft gegähnt, machte jedoch keine Anstalten, seinen Platz auf dem Bett zu räumen.
»Danke für deine Hilfe, Heather!« sagte Daphne, als Heather schon den Türknauf in der Hand hatte.
»Das war heute dein großer Tag, Schwester«, erwiderte diese maliziös. »Und wenn du klug bist, ziehst du daraus auch die richtigen Lehren. Gute Nacht!«
Edward zog die Augenbrauen hoch. »Mann o Mann, Heather ist ja mal wieder ganz schön in Fahrt geraten«, meinte er spöttisch.
Daphne seufzte. »Ja, das ist sie wohl.«
»Ich glaube, sie ist ganz schön neidisch auf diesen Charles und deinen John Singleton.«
»Obwohl dazu überhaupt kein Anlaß besteht. Wir haben nur zusammen getanzt und uns ein wenig unterhalten – was ich auch mit vielen anderen getan habe, wie das nun mal auf einem Ball so ist«, dämpfte sie übertriebene Erwartungen, eine Mahnung, die auch an ihre eigene Adresse gerichtet war.
»Patrick tut mir leid. Ich mag ihn. Er hat mich nie wie ein kleines Kind behandelt«, sagte Edward ein wenig traurig. »Ob sie ihn jetzt wirklich fallenläßt?«

»Ich fürchte ja.«
»Ich finde ein Sägewerk ganz toll.«
Daphne lächelte nur. Die Anstrengung des langen, aufregenden Tages machte sich nun bei ihr bemerkbar. Müdigkeit breitete sich wie eine warme, schwere Woge in ihrem Körper aus, erfüllte sie von den Zehenspitzen bis in die Augenlider.
»Daphne?«
»Mhm?«
»Sind wir jetzt wirklich wer, wie Heather gesagt hat, weil wir statt in Dorchester Hights nun hier am Beacon Hill wohnen?« wollte er wissen.
»Na ja, in den Augen der anderen wohl schon«, gab sie zögernd zu. »Vor allem, wenn man ein Haus südlich der Pickney Street hat.«
Interessiert sah er sie an. »Du meinst, die nördliche Seite ist nicht so gut?«
»So heißt es zumindest. Die schönsten und teuersten Häuser stehen nun mal auf dieser Seite, und je höher man am Beacon Hill wohnt, desto größer ist auch das Ansehen«, erklärte sie ihm. »Du kennst doch die Herrenhäuser oben in der Mount Vernon Street und am Louisburg Square.«
Er nickte.
»In solchen Häusern wohnen die ganz Reichen wie Charles Parkhams und Harriet Cornings Eltern.«
»Aber dann gehören wir ja doch noch nicht dazu, wie Heather meint, wo wir doch noch ziemlich unten am Hügel wohnen«, wandte er ein.
Sie schmunzelte. »Ich weiß nicht so recht, wie sie das gemeint hat, Waddy. Es gibt eben auch unter den Reichen noch himmelweite Unterschiede. Für einen Parkham sind wir bestimmt noch arme Schlukker, während unsere alten Nachbarn aus Dorchester Hights Dad bestimmt schon für einen Krösus halten.«
»Ich glaube, Dad macht sich gar nicht viel daraus.«
»Das glaube ich auch«, pflichtete sie ihm bei. Es war ihre Mutter gewesen, die darauf gedrängt hatte, daß ihr Vater ein schönes Haus am Beacon Hill erwarb.
»Wenn Dad so weitermacht, wohnen wir vielleicht bald auch weiter oben.«
»Ja, kann schon sein«, murmelte Daphne müde.
Er merkte, daß sie darauf wartete, sich schlafen legen zu können, und rutschte vom Bett. »Ich geh' dann mal. Schlaf schön!«

»Ja, du auch.«
»Und grüß mir deinen verwegenen John Singleton.«
Fragend blickte sie ihren Bruder an.
»Na, du wirst doch bestimmt von ihm träumen«, erklärte er mit einem gutmütigen Grinsen und huschte dann hinüber in sein Zimmer.
Mit einem wohligen Seufzer streckte sich Daphne unter der Decke aus, kuschelte sich in das Kopfkissen und kehrte in Gedanken zum Ball in die Tremont Hall zurück. In bunten, eindringlichen Bildern traten die schönsten Momente des Abends noch einmal vor ihr geistiges Auge, und in fast allen stand John Singleton im Mittelpunkt: groß, stattlich, dunkelblond, mit attraktiven männlichen Zügen und einem Lächeln auf dem Gesicht, das wie eine zärtliche Verheißung war.
Sie lächelte mit geschlossenen Augen und preßte das kühle Kissen fester an ihre Wange, während in einem der Gärten in der Nachbarschaft eine Katze miaute und einen Hund aus dem Schlaf holte, der sofort in die Nacht hinausbellte.
»Ach, John«, murmelte sie schon halb im Schlaf. Wie sehr freute sie sich auf den morgigen Kirchgang! Diesmal konnte Reverend Egbert Campbell noch so lange und einschläfernd predigen, es würde ihr nicht das geringste ausmachen. Denn John hatte versichert, daß er den Gottesdienst an diesem Sonntag um nichts auf der Welt versäumen wolle, wo er nun wisse, daß sie zugegen sein werde.
Der Schatten eines Zweifels fiel über ihre Vorfreude. Waren seine Worte auch so gemeint gewesen, wie sie sie verstanden hatte? Oder gehörten sie nur zu jenen galanten Schmeicheleien, die auf einem Ball so zahlreich blühten wie Wildblumen auf einer Frühsommerwiese? Wird er wirklich kommen? Diese bange Frage nahm sie mit in den Schlaf. Doch ihr Traum wurde von keinem Zweifel und keiner bangen Ungewißheit getrübt, sondern entführte sie in eine Welt unbeschwerter zärtlicher Freude.

Drittes Kapitel

Wie zürnender himmlischer Donner brandete die Musik durch das Kirchenschiff. Der Organist, der verwitwete Bruder von Reverend Campbell und sonst ein stiller Mann von unscheinbarer Erscheinung, stieg mit Vehemenz in die Pedale. Er zog die Register, als hänge die Rettung ihrer aller Seelen davon ab, und griff in die Tasten, als gelte es, schon vor der Predigt die selbstsüchtige und hoffärtige Gemeinde von Beacon Hill mit der reinigenden Kraft seines donnernden Orgelspiels aus ihrem sündigen, gottlosen Leben zu reißen und zu gläubiger Einkehr zu bewegen.

Nathan Campbells wuchtiges Orgelspiel war beinahe so gefürchtet wie die monotone Langatmigkeit seines predigenden Bruders. Dieser ließ sich zwar mit Vorliebe über das Jüngste Gericht und das ewige Höllenfeuer aus, das den Gottlosen drohe, doch im Gegensatz zu Nathan Campbell gelang es ihm nie, seine Zuhörer aufzurütteln. Seiner Sprache fehlte die plastische Darstellungskraft, die sein Bruder der Orgel entriß. Aus seinem Mund nahm sich das Höllenfeuer wie ein gemütliches Kaminfeuer an einem kühlen Herbsttag aus.

Daphne hatte es so eingerichtet, daß sie ganz außen in der Bank saß, direkt am Mittelgang vorne rechts. Jede Familie hatte in der Kirche ihre eigene Reihe oder zumindest einen Teil einer ganz bestimmten Bank, und niemand anders nahm dort Platz, auch wenn die Familie einmal nicht erschien. Früher hatte hier Mister Galloway mit seiner Familie den Gottesdienst der Gebrüder Campbell über sich ergehen lassen. William hatte von dem schwergewichtigen Tuchhändler, der mit seiner Frau und vier Kindern nach New York übergesiedelt war, nicht nur das Haus Nummer vierzehn in der Byron Street erworben, sondern damit auch gleichzeitig das Recht auf die ersten Plätze in dieser Reihe, auch wenn dies nirgendwo niedergeschrieben stand. Was diese Festlegung betraf, so wurde darüber auch nicht gesprochen, es handelte sich dabei um eine stillschweigende, allseits akzeptierte Übereinkunft in der Gemeinde. Daran hielten sich auch die weniger begüterten Kirchgänger, die nicht das Privileg eines stets reservierten Stammplatzes genossen und sich im hinteren Drittel jeden Sonntag einen freien Platz wählen konnten.

Daphne trug ein züchtig hochgeschlossenes Kleid aus dunkelrotem

Taft. Es war schlicht im Schnitt, unterstrich aber gerade dadurch ihre schlanke, anmutige Gestalt und die außergewöhnliche Schönheit ihrer vollendeten Gesichtszüge, weil nichts von ihnen ablenkte. Der burgunderrote Taft bot einen herrlichen Kontrast zu ihrem blauschwarzen Haar, das Pru ihr an diesem Morgen ausnehmend hübsch frisiert hatte. Es schaute unter einem verspielten Bonnet hervor, das mit demselben Taft wie ihr Kleid überzogen war. O ja, sie hatte sich auf diesen Kirchgang fast so gründlich vorbereitet wie auf den gestrigen Ball und bot den berückenden Anblick eines bildhübschen Mädchens, das an der Schwelle zur Frau stand. Die knospende Weiblichkeit versprach schon jetzt eine berauschende Blüte.

Doch John war nicht gekommen!

Keiner der Singletons saß in der Bank in der vierten Reihe auf der anderen Seite des Mittelgangs, wo Johns Familie gewöhnlich dem Gottesdienst beiwohnte. Die verwaiste Bank war wie eine stumme, aber dennoch beredte Zurückweisung.

Galantes Ballgeplauder. Nichts weiter!

Die Enttäuschung traf Daphne tief, und sie hatte Mühe, sich ihre verletzten Gefühle nicht anmerken zu lassen. Steif und mit beherrschtem Gesicht saß sie neben ihrer Schwester, um deren Mundwinkel ein spöttisches Lächeln spielte. Starr blickte sie auf das Kreuz, das Symbol des Leidens.

Nathan Campbell schwang sich an der Orgel zu neuen Höhen und zu noch voluminöseren Klängen auf, ließ die Luft wie Sturmwind durch die Pfeifen brausen und stürzte sich in das Finale der Introduktion, als wolle er die Mauern von Jericho zum Einsturz bringen.

Genau in dem Moment, da der letzte baßdröhnende Akkord durch das Kirchenschiff hallte und die Gemeinde benommen von dem furiosen Spiel in den Bänken verharrte, hörte man die Eingangstür knarren. Dann kamen Schritte, die in der plötzlichen Stille überlaut klangen, den Mittelgang entlang. Nicht eilig und nicht zögernd, sondern selbstbewußt, als mache es dem Nachzügler nichts aus, vor aller Augen zu spät zum Gottesdienst zu erscheinen.

Unwillkürlich hielt Daphne den Atem an. Ihre Hände, die in dünnen weißen Handschuhen steckten, umklammerten das Gesangbuch, als wolle sie es zerquetschen.

Es waren eindeutig die Schritte eines Mannes. *John?*

Sie wagte nicht, den Kopf auch nur um einen Inch nach links zu drehen, als die Schritte näher kamen und der Mann auf ihrer Höhe stehenblieb. Nur ihre Augen bewegten sich.

Er war es! Gekleidet in einen dunkelbraunen Anzug aus feinstem Tuch, einen Spazierstock mit geschnitztem Elfenbeinknauf lässig unter dem Arm und sein Gesangbuch in der anderen Hand, nahm er drüben in der Familienbank der Singletons Platz.
Daphne jubilierte innerlich. Er war also doch gekommen! Was immer ihn aufgehalten hatte, er stand zu seinem Wort. Und am liebsten hätte sie sich zu Heather umgedreht, um zu sehen, welches Gesicht sie jetzt machte.
Von Reverend Campbells weitschweifiger Predigt nahm Daphne an diesem Sonntag nicht einmal das Thema wahr. Für sie gab es nur John. Würde er sich nach ihr umblicken? Sie brauchte nicht lange zu warten. Kaum hatte er sich gesetzt und der Reverend das Wort an die Gemeinde gerichtet, zog er ein Schnupftuch aus der Rocktasche und tat so, als wende er sich höflich ab, um sich dezent die Nase zu schneuzen. Doch seine Augen suchten Daphne und blieben auf ihr ruhen, als er sie entdeckt hatte. Er nickte ihr kaum merklich zu und lächelte sie über den Mittelgang hinweg an.
Es war ein Lächeln, das ihr ein herrliches Gefühl der Schwäche durch den Körper jagte. Ihre Knie wurden weich, und sie war froh, daß sie saß und eine feste Lehne in ihrem Rücken spürte.
Bevor er sich wieder nach vorne wandte, erwiderte sie sein Nicken und Lächeln und kam sich dabei vor, als habe sie etwas besonders Mutiges gewagt.
»Paß bloß auf, daß du keinen starren Blick kriegst!« raunte Heather ihr zu.
Daphne senkte schuldbewußt den Kopf, weil sie im Hause Gottes solche Blicke mit einem Mann tauschte. Doch nichts konnte das glückliche Lächeln von ihrem Gesicht vertreiben, zu groß waren die Freude und die Erregung, die sie beherrschten.
John Singleton schien über Nacht ein ausgewachsener Schnupfen befallen zu haben, der ihn immer wieder dazu zwang, zu seinem Taschentuch zu greifen – und sich diskret abzuwenden. Ungewöhnlich für einen aufmerksamen Beobachter war daran nur, daß er sich stets nach rechts umdrehte und sein Blick dabei immer nur zu Daphne Davenport wanderte.
Heather konnte sich dazu eine spitzzüngige Bemerkung nicht verkneifen, worauf Sophie ihren Töchtern pflichtgemäß einen mahnenden Blick zuwarf, damit sie mit dem Flüstern aufhörten. Doch dabei zwinkerte sie Daphne zu und gab ihr zu verstehen, daß ihr die beson-

dere Aufmerksamkeit, die der junge Singleton ihrer jüngeren Tochter schenkte, nicht entgangen und auch nicht unwillkommen war.
Daphne konnte es nicht erwarten, daß Reverend Campbell beim Gottesdienst ein Ende fand. Dann demonstrierte ihnen sein Bruder zum Abschluß noch einmal, daß eine Orgel mehr als nur ein Instrument zur gefälligen Begleitung von kirchlichen Gesängen sein konnte. Endlich durften sie mit Gottes Segen hinaus in den sonnigen Tag!
Während ihr Vater sich noch der leidigen Pflicht unterzog, ein paar höfliche Worte mit dem Reverend zu wechseln, und Edward bei ihm blieb, wartete Daphne mit wild klopfendem Herzen auf John und hoffte inständig, zumindest ein paar Minuten mit ihm allein sein zu können.
John wußte, was die Etikette von ihm verlangte, und begrüßte erst Daphnes Mutter. Sein Handkuß war formvollendet und zauberte ein huldvolles Lächeln auf Sophies fülliges Gesicht.
»Ich bedaure sehr, Sie und alle anderen mit meinem verspäteten Eintreffen in der Andacht gestört zu haben, Madam«, entschuldigte er sich mit entwaffnendem Charme, und die Worte flossen ihm glatt und weich und wohlklingend über die Lippen.
»Oh, so etwas passiert einem jeden von uns dann und wann einmal, Mister Singleton«, erwiderte Sophie, ganz hingerissen von seiner liebenswürdigen Art, aus der bei allem Selbstbewußtsein doch auch Ehrerbietung sprach.
»Nein, nein, es ist ganz unverzeihlich«, widersprach er mit Nachdruck, doch sein fröhlicher Blick nahm seinen Worten den Ernst, »zumal der Grund meiner Verspätung ein überaus profaner ist: Ich kann zu meiner Entschuldigung nichts weiter anführen, als daß meine ganze Familie verschlafen hat. Eine bedauerliche, mißverständliche Weisung an das Personal, von der ich mich auszuschließen vergessen habe. Ich hätte es mir nie verziehen, wenn ich den heutigen Gottesdienst verpaßt hätte.« Dabei blickte er kurz zu Daphne hinüber, als nehme er sie erst jetzt zum erstenmal an diesem Morgen zur Kenntnis.
Sie errötete bis über die Ohren.
Sophie schmunzelte. »Ja, ja, das Spiel unseres begnadeten Organisten war in der Tat die Predigt seines Bruders wert.« Scherzhaft tat sie so, als wisse sie nicht, wie er das gemeint hatte. »Der Gute hat sich heute mal wieder übertroffen.«
John erwiderte das Schmunzeln. »Manchmal könnte man direkt

Angst um die Grundfesten unserer Kirche bekommen, wenn Mister Campbell sich so von seinem musikalischen Genie mitreißen läßt«, pflichtete er ihr bei.
»Da ist etwas Wahres dran. Doch heute hat mir eher Ihre Gesundheit angst gemacht, Mister Singleton«, meldete sich nun Heather zu Wort.
»Miss Davenport«, er neigte zur Begrüßung höflich den Kopf, »wie schön, daß ich das Vergnügen habe, nun auch Ihre persönliche Bekanntschaft zu machen. Doch würden Sie mir gnädigerweise verraten, womit ich Ihre Sorge geweckt habe?«
»Sie schienen mir sehr verschnupft zu sein, als säße Ihnen eine ernsthafte Erkrankung im Blut«, sagte Heather spöttisch, und Daphne hätte sie dafür erwürgen können.
Auch Sophie hatte sich unwillkürlich ein wenig versteift, und sie überlegte, wie sie die Situation mit einer scherzhaften Bemerkung retten könnte.
Das war jedoch nicht nötig. John wußte sich ohne Zögern geschickt und mit Sinn für Humor aus der Affäre zu ziehen. »Ihre Besorgnis schmeichelt mir, Miss Davenport, obgleich ich sie ganz sicherlich nicht verdient habe, hätte doch eigentlich Ihre Aufmerksamkeit einzig und allein der stets unvergleichlichen Predigt von Reverend Campbell gelten müssen...«
Da hast du es, Heather! frohlockte Daphne im stillen über den eleganten Seitenhieb, den John ihrer Schwester damit versetzt hatte.
Heather lächelte etwas gekünstelt. Aber sie hatte die charmant verpackte Zurechtweisung verstanden.
Sophie reagierte mit einem amüsierten, dezenten Lachen auf die hintersinnige Antwort. John Singleton hatte ihr allein schon deshalb gefallen, weil er Kenneth Singletons einziger Sohn und damit Alleinerbe der Singleton-Textilfabriken war. Doch nun erwärmte sie sich auch für den jungen Mann, der für sie hinter diesem Namen zum Vorschein kam. Was für eine Schlagfertigkeit und Eleganz in der Wortwahl! Wenn doch William nur eine Spur dieses Charmes besäße! Und was Heather betraf, nun, die hatte diesen verbalen Nasenstüber sehr wohl verdient. Solche Bemerkungen standen ihr nicht zu, auch wenn sie die ältere Schwester war und schon eine verheiratete Frau hätte sein können. Aber sie war es eben nicht. Noch nicht!
»Dieser Reiz, der mich in der Kirche befallen hat«, fuhr John lächelnd fort, »ist aber gewiß kein Grund zu ernsthafter Sorge. Er hat sich ja

hier im Freien sogleich wieder verflüchtigt, wie Sie zweifellos bemerkt haben«, erwiderte er doppeldeutig und wollte sich nun Daphne zuwenden, die schon voller Ungeduld darauf wartete, ihm in die Augen schauen und ein paar Worte mit ihm reden zu können. Es war ihr egal, wenn Heather und ihre Mutter sie dabei nicht eine Sekunde aus den Augen lassen und nicht ein Wort überhören würden, das sie wechselten.

Ihre Geduld wurde auf eine harte Probe gestellt, denn in dem Moment gesellten sich William und Edward zu ihnen, und die Höflichkeit verlangte es, daß John ihren Vater begrüßte und ihm seinen Respekt bezeugte.

Daphnes Vater war gutgelaunt und die Freundlichkeit in Person. Das lag jedoch weniger an seiner Sympathie für John Singleton als an der Erleichterung, den Gottesdienst der Gebrüder Campbell einmal mehr überstanden zu haben. Trat er aus der Kirche und auch noch in ein so sonniges Licht, dann überkam ihn jedesmal eine tiefe Dankbarkeit, daß er sich nur einmal die Woche dieses Kreuz auferlegen mußte. Wie beglückend war jedesmal aufs neue das Wissen, daß es noch sieben lange Tage dauern würde, bis er wieder auf der harten Kirchenbank Platz nehmen mußte, um seinen wöchentlichen Bußgang abzuleisten. Denn er hegte die feste Überzeugung, daß es einen Akt tätiger Buße für vermeintliche oder tatsächliche Sünden darstellte, Nathan *und* Egbert Campbell freiwillig über sich ergehen zu lassen.

»Einen schönen guten Tag, Mister Davenport!«

»Ah, der junge Singleton!« grüßte William lebhaft und mit dem unbeschwerten Lächeln eines Mannes, der den angenehmen Teil des Tages noch vor sich wußte. »Ja, ja, der Tag könnte jetzt gar nicht prächtiger sein. Ich sehe, meine Frauen haben Sie schon gleich mit Beschlag belegt.«

»Um der Wahrheit die Ehre zu geben, war ich es, der sich diese Freiheit herausgenommen hat, Mister Davenport«, erwiderte John artig.

Daphne bemerkte, daß ihr Bruder ihn mit großen aufmerksamen Augen musterte, und sie wußte, daß Waddy ihn mögen würde – und umgekehrt. Alle würden sie John mögen, es konnte gar nicht anders sein, so charmant und attraktiv, wie er war!

»Eine Freiheit, die ich Ihnen jederzeit gern einräume, Mister Singleton«, versicherte Sophie huldvoll und sonnte sich in der Aufmerksamkeit der anderen Mütter heiratsfähiger Töchter. Nicht wenige blickten mit kaum verhohlenem Neid zu ihnen herüber und tuschelten.

Daß der junge Singleton ihrer Daphne den Hof machte, war bestimmt das Gesprächsthema des Tages und würde in Windeseile auch bei denen die Runde machen, die weder am gestrigen Ball noch am heutigen Gottesdienst teilgenommen hatten. Gut so! Das war genau die Art Gerede, die sie liebte und genoß, weil sie ihre gesellschaftliche Stellung festigte.

John deutete eine Verbeugung an. »Eine Ehre, die gleichzeitig ein Vergnügen ist, Missis Davenport, und die ich sehr zu schätzen weiß«, bedankte er sich, denn indirekt hatte Daphnes Mutter ihm damit zu verstehen gegeben, daß er in ihrem Haus jederzeit ein gern gesehener Gast war und daß man seinem Interesse an ihrer Tochter Daphne wohlwollend gegenüberstand. Letzteres war in seinen Kreisen die wichtigste Voraussetzung, wollte man überhaupt eine Chance haben, der Wahl seines Herzens näher zu kommen und um Gunst zu werben.

»Mir schien es, als wären Sie ein bißchen spät aus den Federn gekommen, junger Mann«, bemerkte William nun mit jovialer Belustigung. »Aber wem kann man es verübeln, daß er den seligen Hafen des Schlafes auch nur eine Minute früher als unbedingt nötig verläßt, wenn er weiß, daß ihn draußen auf dem sonntäglichen Meer hier Sturmgebraus und dort träge Flaute erwarten, nicht wahr?«

John nutzte diese entspannte Atmosphäre, um seinen Herzenswunsch zu äußern. »Erlauben Sie, daß ich Sie auf Ihrem Heimweg begleite und Ihrer Tochter Daphne ein wenig Gesellschaft leiste?« erkundigte er sich. »Natürlich nur, sofern Sie selber keine anderen Pläne haben.«

William schmunzelte. »Nur zu, Mister Singleton! Ich wüßte nichts, was dagegen spricht. Ob aber Daphne Ihre Gesellschaft genehm ist, müssen Sie meine Tochter schon selber fragen«, fügte er verschmitzt hinzu.

»Miss Davenport?« wandte John sich nun endlich Daphne zu. »Gestatten Sie mir das Vergnügen eines gemeinsamen Spaziergangs?«

Daphne errötete, und das Herz schlug ihr vor Aufregung bis in den Hals. Sie fürchtete, die Stimme könne ihr den Dienst versagen, weshalb sie sich mit einem zustimmenden Nicken begnügte. Doch ihr strahlender Blick machte allemal wett, was ihrer stummen Zustimmung an Aufmunterung fehlte.

Seite an Seite gingen sie die Straße hinunter. Ihre Eltern waren so taktvoll, ihnen ein wenig Abstand einzuräumen, und blieben einige Schritte hinter ihnen. Noch immer schlug Daphnes Herz wie wild, und sie kam sich wie ein dummes Mädchen vor, weil sie nichts zu sagen wußte. Auf dem Ball war sie in seiner Gegenwart nicht so gehemmt gewesen. Aber nun war die Situation eine andere. Daß John mit ihren Eltern gesprochen und sie um einen Spaziergang gebeten hatte, bedeutete mehr als alle Aufforderungen zum Tanz auf dem Ball.

»Sie haben wirklich ganz reizende Eltern, Miss Davenport«, begann er schließlich ein Gespräch.

»O ja, danke«, murmelte sie und ärgerte sich über ihre einfallslose Antwort. Sie war doch sonst nicht auf den Mund gefallen!

»Haben Sie sich etwa auch Sorgen um meine Gesundheit gemacht?« wollte er wissen.

»O nein«, antwortete sie und biß sich auf die Zunge. Wenn sie so weitermachte, würde sein Interesse bestimmt rasch erlöschen. Ein Mann wie er wollte seine Zeit gewiß nicht mit einer spröden Gans verbringen, die außer ein paar einsilbigen Antworten nichts über die Lippen brachte.

»Schade. Es hätte mir schon geschmeichelt, wenn auch Sie sich Gedanken um mich gemacht hätten«, neckte er sie.

Sie nahm sich ein Herz, ihm ihre Zuneigung zu zeigen. »Nun ja, Gedanken habe ich mir schon gemacht...«

»So?« fragte er gespannt.

»Ja, als der Gottesdienst begann und ich Sie in Ihrer Bank vermißte«, erklärte sie.

»Sie haben mich tatsächlich vermißt?« Er klang erfreut.

Daphne spürte, daß er sie anblickte, und ihre Wangen röteten sich aufs neue. »Ja... ich dachte schon, Sie hätten vergessen, was Sie mir gestern auf dem Ball versprochen haben.«

»Ich bin kein Mann von leichtfertigen Versprechungen, Miss Davenport«, versicherte er ihr.

»Ich gebe zu, ich hatte meine Zweifel.« Die Hemmung wich allmählich von ihr, und sie begann das kokette Wortgeplänkel zu genießen.

»Es war mir sehr ernst damit, und ich hätte es mir in der Tat nicht verziehen, wenn ich den heutigen Kirchgang verschlafen hätte. Nicht, daß mir viel am Orgelspiel und an der Predigt gelegen hätte, bei allem Respekt für Reverend Campbell und seinen Bruder. Aber daß ich mit Erschrecken aus dem Bett gesprungen bin, mich in aller Eile angekleidet habe und zur Kirche geeilt bin, ist allein Ihr Verdienst.«

»Sie schmeicheln mir, Mister Singleton.«

»Ganz und gar nicht!« beteuerte er. »Ich wäre untröstlich gewesen, wenn ich Sie durch meine ungewollte Abwesenheit in Ihren Gefühlen verletzt hätte – sofern Sie mir überhaupt so viel Bedeutung beimessen, daß ich in der Lage bin, Sie zu verletzen.« In seinen Worten lag eine unausgesprochene, aber dennoch deutliche Frage.
Daphne wollte sie nur zu gern beantworten. »Ich glaube schon, daß mich Ihr Fernbleiben sehr... betrübt hätte«, sagte sie leise.
»Das ist mehr, als ich mir erhoffen durfte«, erwiderte er mit zärtlichem Unterton. »Ich bin dem Schicksal dankbar, das uns... nun ja, zusammengebracht hat.«
»Sie meinen, es war Schicksal?« fragte sie, mit einem raschen, herausfordernden Seitenblick. »Nicht Zufall?«
»Ich glaube fest daran, daß es eine Fügung des Schicksals war, Miss Davenport«, bekräftigte er.
»Und worauf gründen Sie diesen festen Glauben?«
»Auf die Tatsache, daß ich eigentlich erst nächste Woche aus England zurückgekehrt wäre, hätte ich mich an die abgesprochenen Reisepläne gehalten.«
»Oh, Sie waren in England?« fragte sie interessiert, während sie die Mount Vernon Street verließen und nun der schmalen West Cedar Street nach Süden folgten.
Er nickte. »Ja, die letzten vier Monate. Davor habe ich in Havard gewohnt und mich auf meinen Abschluß vorbereitet. Es ist mir nicht ganz leichtgefallen, denn theoretische Studien gehören nicht zu meinen Stärken. Aber ich habe sie hinter mich gebracht. Im Frühjahr habe ich meinen Abschluß gemacht und bin dann dem Vorschlag meines Vaters gefolgt, in der Firma eines seiner Handelspartner in London praktische Auslandserfahrung zu sammeln.«
Jetzt verstand Daphne, weshalb sie ihn nie mehr in der Kirche gesehen hatte und ihm erst auf dem Debütantinnenball wieder begegnet war.
»London! Das klingt sehr aufregend und interessant.«
Er lachte. »Das war es auch. Ich habe dort viel gelernt und viele neue Freunde gewonnen, was natürlich auch für unser Unternehmen von Vorteil ist.«
»Dann sind Sie sicher nur sehr ungern wieder nach Boston zurückgekehrt«, sagte sie und hoffte auf eine ganz bestimmte Antwort.
John enttäuschte sie nicht. »Hätte ich von unserem Treffen schon vor meiner Abreise nach England gewußt, wäre das Schiff gewiß ohne mich gefahren.«

»Sie sind wirklich ein sehr geschickter Schmeichler, Mister Singleton. Ich nehme an, auch das gehört zu Ihren praktischen Auslandserfahrungen«, scherzte sie.
Er lachte amüsiert. »Die Kunst der Schmeichelei wäre gewiß nicht erfunden und kultiviert worden, wenn alle Frauen von so bezauberndem Aussehen und Wesen wären wie Sie, Miss Davenport. Denn dann würde jedes noch so kunstvolle Kompliment vor der Wahrheit der Natur verblassen.«
Ihr Herz raste vor Freude bei seinen Worten, und ihr Gesicht glühte unter der Hitze ihres wild pulsierenden Blutes. Noch nie hatte ihr jemand etwas so Wunderbares gesagt.
»Sie... Sie machen mich ganz verlegen«, brachte sie mit belegter Stimme hervor. »Als Gentleman sollten Sie wissen, daß sich so etwas nicht schickt.«
»Ich gebe zu, ich sollte mir mehr Zurückhaltung auferlegen«, pflichtete er ihr scheinbar bei. »Denn wenn Sie erröten, sehen Sie noch hinreißender aus, und ich laufe Gefahr, nur noch Sie anzusehen und über den nächsten Stein zu stürzen.«
Daphne mußte über diese Erwiderung leise auflachen. »Ich fürchte, mein Tadel fruchtet bei Ihnen nicht. Sie können es einfach nicht seinlassen!«
»Möchten Sie das denn?«
Daphne war Frau genug, um der geschickten Falle, die seine Frage barg, elegant aus dem Weg zu gehen, indem sie dem Gespräch eine andere Richtung gab. »Sie haben mir noch immer nicht gesagt, weshalb Sie eher aus England zurückgekehrt sind.«
»Das ist schnell erklärt. Ich hatte eine Passage auf der *Caledonia* gebucht, die erst nächste Woche hier in Boston einläuft. Doch dann befiel mich eine unerklärliche Unruhe, die weder mit Heimweh noch mit geschäftlichen Belangen etwas zu tun hatte. Einer ganz spontanen Eingebung folgend, buchte ich dann auf die *Ocean Signal* um, von der ich durch meine geschäftlichen Verbindungen wußte, daß sie bereit zum Auslaufen war. So bin ich eben früh genug nach Boston zurückgekommen, um den Debütantinnenball nicht zu versäumen. Sie mögen das für eine Laune des Zufalls halten, doch ich bin überzeugt, daß es eine Fügung des Schicksals war – Vorsehung. Es hat so und nicht anders sein sollen.«
Nur zu gern wollte auch sie daran glauben. Ja, es mußte die Vorsehung im Spiel gewesen sein. Wie sonst wäre es zu erklären gewesen,

daß alles so günstig zusammengefallen war: Dads geschäftlicher Erfolg, der es ihnen erst ermöglicht hatte, am Beacon Hill ein teures Haus zu erwerben und in die vornehmen Kreise der Bostoner Gesellschaft aufgenommen zu werden, ihr sechzehnter Geburtstag, der genau in dieses glückliche Jahr gefallen war, und Johns verfrühte Rückkehr aus London. Sprach das nicht wirklich alles für eine höhere Fügung?

»Es ist zumindest eine interessante Vorstellung, daß es so sein könnte«, räumte sie zurückhaltend ein.

»Nur interessant?« fragte er enttäuscht. »Nicht vielleicht ein bißchen mehr, Miss Davenport?«

»Vielleicht«, ließ Daphne sich zu einem Zugeständnis erweichen und blieb vor dem Haus Byron Street Nummer vierzehn stehen. Es war ein schönes Backsteingebäude mit einem Obergeschoß und einem ausgebauten Dachgeschoß. Die großen Erkerfenster und das tiefe Portal mit dem Rundbogen und dem bunten Glaseinsatz über der prächtigen Kassettentür gaben dem Haus eine großzügige und beinahe schon herrschaftliche Note. Der gepflegte Vorgarten wurde von einem schmiedeeisernen Gitter aus gewundenen Lanzen umschlossen, und auf der hinteren Seite schloß sich ein hübscher Garten an, der größer war, als das Grundstück auf den ersten Blick vermuten ließ.

»So, hier wohnen wir«, sagte Daphne, obwohl sie annahm, daß er das schon längst wußte.

Er seufzte. »Sind wir schon in der Byron Street? Ich kann es kaum glauben, erschien mir doch der Weg noch vor Tagen erheblich länger. Ein viel zu kurzer Spaziergang, wie ich zu meinem allergrößten Bedauern feststellen muß.«

»Ja, diesmal kam mir der Weg auch sehr viel kürzer vor als sonst«, stimmte sie ihm bei und hoffte, ihre Eltern und Geschwister würden sich noch etwas Zeit lassen. Sie hatten ein Stück entfernt Nachbarn getroffen und unterhielten sich mit ihnen. »So schnell ist mir die Zeit noch nie vergangen. Mir ist, als hätten wir erst vor wenigen Augenblicken die Kirche hinter uns gelassen.«

»Darf ich das als Kompliment werten, Miss Davenport?«

Daphne nickte, und sie schauten sich einen Moment lang in stummer Zwiesprache in die Augen. In ihren Blicken lag das, was sie noch nicht in Worte zu fassen wagten, weil die Zeit dafür noch nicht gekommen war.

»Werden Sie bald wieder ins Ausland reisen?« erkundigte sie sich.
»Würde es Ihnen denn etwas ausmachen?« fragte er zurück.
»Ja, sehr«, gestand Daphne verlegen, aber freimütig und erwartete seine Antwort mit bangem Herzen.
Er lächelte sie an. »Auch ich könnte mir nichts Schlimmeres vorstellen, als jetzt Boston den Rücken kehren zu müssen, Miss Davenport. Noch vor einer Nacht hätte ich es nicht ausgeschlossen, meinen Vater darum zu bitten, mich nach Syracuse oder Albany zu schicken. Dort haben wir neue Fabriken aufgebaut, und dort könnte ich beweisen, daß ich in London etwas gelernt habe.«
»Bestimmt drängt es Sie danach, es Ihrem Vater gleichzutun und seine Achtung zu gewinnen, indem Sie sich erfolgreich diesen großen Aufgaben stellen, von denen Sie gerade gesprochen haben. Aber... können Sie das denn nicht auch hier in Boston?«
»Oh, doch«, beruhigte er sie. »Wir haben ein großes Kontor im Hafen, das sich um die Abwicklung unserer Überseegeschäfte kümmert. Ich denke, das wäre nach London genau die richtige Aufgabe für mich, und ich sehe keinen Grund, weshalb mein Vater mit dieser Wahl nicht einverstanden sein sollte. Ich habe ihn bisher nie enttäuscht – und gedenke das auch in Zukunft nicht zu tun, weder geschäftlich noch privat.«
Sie hatte Mühe, sich ihre Erleichterung nicht allzu deutlich anmerken zu lassen. »Es würde mich sehr freuen, wenn Sie diese Wahl mit ganzem Herzen treffen«, meinte sie doppelsinnig.
»Sie können gewiß sein, daß es sich so verhält. Doch wie interessant meine neuen Aufgaben auch werden und wie sonnig dieser Herbst auch sein mag, die Tage und Wochen werden mir grau und trostlos vorkommen, wenn ich Sie nicht wiedersehen kann, Miss Davenport. Darf ich hoffen, daß es nicht bei diesem einen Spaziergang bleiben wird und Sie mir die Gunst gewähren, Sie so oft zu besuchen, wie es die Schicklichkeit gerade noch erlaubt?«
Daphne erglühte unter seinem inständig bittenden Blick. »Ich wüßte nichts, was mir mehr Freude bereiten könnte als Ihre Gesellschaft, Mister Singleton«, erwiderte sie mit leicht zitternder Stimme.
Er strahlte über das ganze Gesicht. »Einige meiner Studienkollegen in Harvard haben stets behauptet, ich sei ein Glückspilz und bekäme ganz unverdient von allem immer nur das Beste. Ich habe das bisher für die maßlose Übertreibung einiger unkritischer, neidvoller Kleingeister gehalten. Doch nun bin ich geneigt, mich ihrer Ansicht anzuschließen.«

»Sie sollten so etwas nicht sagen. Sie bringen mich in Verlegenheit. Zudem könnte es sein, daß ich so einfältig bin, Ihre Worte ernstzunehmen«, forderte sie ihn heraus.
Er gab sich betroffen. »Genau das sollen Sie auch, Miss Davenport! Ich wäre zutiefst enttäuscht, wenn Sie meinen Worten nicht den Ernst beimessen würden, der ihnen gebührt. Ich habe gewiß meine Schwächen. Doch wenn Sie mich erst näher kennengelernt haben, werden Sie zweifellos erkennen, daß Leichtsinn und Unverbindlichkeit nicht zu ihnen gehören. Und was Ihre Verlegenheit betrifft«, fügte er mit einem bewundernden Blick hinzu, »so erlauben Sie mir die Bemerkung, daß Rot unstreitig eine jener Farben ist, die Ihnen hinreißend zu Gesicht stehen. Die Wahl Ihres exquisiten Kleides in diesem Farbton beweist, daß ich Ihnen damit kaum etwas Neues verrate.«
Wenn es nach Daphnes Willen gegangen wäre, hätten sie diese aufregende Unterhaltung noch stundenlang fortgeführt. Am liebsten wäre sie mit ihm zehnmal um den Beacon Hill oder durch den Stadtpark am Ufer des Charles River spaziert. Sie konnte sich an ihm einfach nicht sattsehen, und auch wenn sie so tat, als begegne sie seinen Komplimenten mit einer guten Portion Skepsis, so konnte sie in Wirklichkeit nicht genug von ihnen bekommen. Bis in die Nacht hätte sie dieses prickelnde Spiel fortsetzen mögen. Doch Theda Banks, ihre Köchin, hatte sicher schon längst den Sonntagsbraten im Ofen und Fanny den Tisch mit feinstem Porzellan und Kristall gedeckt, so daß Daphne höchstens noch ein paar Minuten mit John vergönnt waren.
Er sah zu ihren Eltern hinüber, die den Nachbarn gerade einen guten Tag wünschten und weitergingen. »Ich fürchte, jetzt heißt es, sich verabschieden, Miss Davenport«, seufzte er.
»Wann ...« setzte Daphne zu der wichtigsten Frage an, die sie sich in diesem Moment vorstellen konnte.
»Sagen Sie mir, wann Sie mich von der Qual des Wartens auf unser nächstes Wiedersehen erlösen möchten«, fiel er ihr mit gedämpfter, drängender Stimme ins Wort.
»Morgen!« kam ihre Antwort wie aus der Pistole geschossen. »Am Nachmittag. Montags von drei bis fünf hat meine Mutter ihren Jour fixe, wo sie Besuch empfängt, ohne daß man sich vorher anmelden muß.«
Die Familie kam näher. Ihre Eltern hatten einen Ausdruck des Wohlwollens auf dem Gesicht, Edward grinste, und Heather verzog halb spöttisch, halb herablassend den Mund.

»Dann werde ich morgen kommen, um... halb vier.«
»Und ich werde warten«, antwortete sie schnell.
Ein letzter Blick, der wie ein zärtliches Versprechen war, dann nahm er ihre Hand und hauchte einen Kuß auf die Röschen ihres Handschuhs.
Daphne wartete nicht ab, bis er sich von ihren Eltern verabschiedet hatte. Mit gerötetem Gesicht lief sie die drei Stufen zum Eingangsportal hoch. Den Türklopfer brauchte sie nicht zu betätigen. Kaum hatte sie die Hand nach der bronzefarbenen Löwenpranke ausgestreckt, da riß Fanny schon von drinnen die Tür auf und verriet damit, daß sie die ganze Zeit in der Halle gestanden und sie beide wohl beobachtet hatte.
Es kümmerte Daphne nicht, und sie hörte auch nicht hin, als das Hausmädchen etwas zu ihr sagte, vielmehr lief sie mit wehenden Röcken die Treppe ins Obergeschoß hoch, stieß die Tür von Edwards Zimmer auf und stürzte atemlos ans Fenster. Mit der rechten, zitternden Hand schob sie die Gardinen zurück, während sie die linke zur Faust geballt an ihre Brust preßte, als könne das den jagenden Rhythmus ihres Herzens dämpfen.
John stand noch unten vor dem eisernen Gitterzaun des Vorgartens und wandte sich gerade zum Gehen. Er schaute zu ihr herauf, als habe er geahnt, daß sie ihm von einem der vorderen Fenster nachblicken würde. Er schickte ihr ein Lächeln hoch und hob den Spazierstock zum Gruß.
Daphne antwortete ihm mit einem zaghaften Winken und sah ihm nach, wie er mit sichtlich beschwingtem Schritt die Straße entlangging. Aufgewühlt bis in ihr tiefstes Inneres und wie berauscht von zuviel Champagner, so stand sie am Fenster. Nicht der Ball, sondern dieser Spaziergang mit John Singleton, so kurz er auch gewesen war, hatte ihr Leben verändert. In der Tremont Hall war alles ein charmantes, unverbindliches Spiel gewesen. Harmlose Flirts und galante Aufmerksamkeiten, die jeden Ball erfolgreich erscheinen lassen. Und übertriebene Komplimente in einer unbeschwert ausgelassenen Atmosphäre, in der schöne Worte so lange wahr sind, wie das Orchester spielt und das Licht der Kandelaber sich in den Wandspiegeln funkelnd bricht.
Erst dieser Spaziergang hatte ihr die Gewißheit gebracht, daß seine Beteuerungen auch im Licht des Tages Bestand hatten. Vor ihren Eltern hatte er seine ernsthafte Absicht, in aller Form um sie zu werben,

deutlich genug zum Ausdruck gebracht. Und was sie beide unter vier Augen gesprochen hatten, war in seiner tiefen Bedeutung so eindeutig gewesen, daß sie es kaum zu glauben vermochte. Doch sie hatte noch immer den zärtlichen Klang seiner Stimme in den Ohren und brauchte sich bloß des Ausdrucks zu erinnern, mit dem er sie angeschaut hatte, um den Zweifel in ihr zum Verstummen zu bringen. Heather hatte recht gehabt. Sie hatte sich in John Singleton verliebt, und sie spürte, daß er ihre Gefühle erwiderte. Nein, sie spürte es nicht nur, sie wußte es jetzt!

Viertes Kapitel

»Du bist wirklich nicht ganz bei Trost!« schimpfte Heather und machte den Eindruck, als wolle sie sich die Haare raufen. »Wie kannst du nur so eine ausgemachte Dummheit begehen! Warum hast du mich denn nicht wenigstens gerufen?«
»Ich bin mir nicht bewußt, eine Dummheit begangen zu haben«, erwiderte Daphne ruhig und sah zu Fanny hinüber, die soeben zu ihnen in den Salon trat, in den Händen eine Kristallvase mit einem herrlichen Blumenstrauß. »Stell ihn drüben auf das Piano, Fanny.«
»Sehr wohl, Miss Daphne.«
»Es war eine unverzeihliche Torheit, ihn so kühl abblitzen zu lassen«, erregte sich ihre Schwester und störte sich dabei nicht im mindesten an der Gegenwart des Hausmädchens. Heather hatte es sich angewöhnt, ungerührt in einem Gespräch fortzufahren, wenn Fanny oder Pru zugegen waren, auch wenn es dabei um sehr private Dinge ging. »Du machst zuviel Aufhebens um das Personal, Daphne«, hatte sie einmal abschätzig gesagt. »Die haben ihre neugierigen Ohren sowieso überall. Und nur Personal gibt etwas auf den Klatsch von Personal. Du mußt dir angewöhnen, nicht immer mitten im Satz zu stocken, wenn Pru oder Fanny auftaucht. Das haben wir nicht nötig.«
Daphne hatte sich dennoch nicht daran gewöhnt, und als Fanny sich mit dem Arrangieren der Blumen allzuviel Zeit nahm, sagte sie: »Danke, das mache ich schon selber, Fanny. Schau doch bitte, ob Theda noch etwas Tee für uns hat!«

Erst als das Hausmädchen den Salon, der mit kostbaren Möbeln aus Walnußholz eingerichtet war, verlassen hatte, gab Daphne ihrer Schwester eine Antwort. »Es besteht wirklich kein Grund, daß du dich so erregst...«

»Kein Grund? Ich habe tausend Gründe, mich über dein einfältiges Benehmen zu erregen!«

»Habe ich dir je Vorschriften gemacht, wie du mit Patrick umzugehen hast?«

Heather verdrehte die Augen. »Patrick! Patrick! Wer ist schon Patrick?« rief sie aus. »Wie kannst du Charles bloß mit so einem... Niemand wie Patrick vergleichen! Du hast *Charles Parkham* die kalte Schulter gezeigt! Und das nun schon zum zweitenmal in einer Woche. Erst letzten Sonntag, als er dich zu einer Spazierfahrt eingeladen hat...«

»Ich kann ja schlecht am Morgen mit John spazierengehen und am Nachmittag mit Charles ausfahren – wo ich doch montags wieder mit John verabredet war«, wandte Daphne ein.

»... und dann heute schon wieder! Er bringt dir diesen umwerfenden Blumenstrauß, und du läßt ihm einfach ausrichten, du seist heute indisponiert!« fuhr sie, vom Einwand ihrer Schwester ungerührt, fort. »Nicht einmal zu einer Tasse Tee hast du ihn ins Haus gebeten!«

»Warum sollte ich auch? Ich bin nicht an ihm interessiert, das weißt du ganz genau. Und nichts liegt mir ferner, als ihm Hoffnungen zu machen, wo es nichts für ihn zu erhoffen gibt«, erwiderte Daphne, nun erstmals eine Spur ungehalten. »Du machst einfach zuviel Wirbel um ihn.«

»Ich mache überhaupt keinen Wirbel, ich versuche nur, dir klarzumachen, wie kindisch und naiv du dich verhältst. Einen Charles Parkham schickt man nicht einfach von der Tür wie einen gewöhnlichen Bittsteller oder Hausierer!«

»Jetzt übertreibst du schamlos!« warf Daphne ihrer Schwester vor. »Niemand hat ihn wie einen Hausierer behandelt. Und die heutige Abfuhr hat er sich selber zuzuschreiben. Letzten Sonntag habe ich mit ihm gesprochen und ihm deutlich genug zu verstehen gegeben, daß sein Besuch schmeichelhaft sei, aber sich doch besser nicht wiederholen solle. Ich habe auch John Singleton erwähnt und erwartet, daß er die richtigen Schlüsse daraus ziehen und mich nicht weiter in Verlegenheit bringen würde.«

Heather sah sie mit grimmiger Verständnislosigkeit an. »Wie kann

dich ein Charles Parkham in Verlegenheit bringen, indem er Interesse an dir bekundet? Entweder bist du noch naiver, als ich geglaubt habe, oder auf eine ganz raffinierte Art arrogant.«
Daphne warnte sie mit wütendem Blick: »Fang nicht wieder davon an, daß er der begehrteste Junggeselle von ganz Boston ist! Ich habe genug von diesem Gerede. Ich bin nicht an ihm interessiert. Basta!«
»Nicht an ihm interessiert zu sein und ihn von der Tür zu weisen sind zwei verschiedene Paar Schuhe, Schwester«, belehrte Heather sie gouvernantenhaft, um dann mit beißendem Spott hinzuzufügen: »Und es hat ja auch niemand von unserer Prinzessin verlangt, sich ernsthaft Gedanken darüber zu machen, welch grausames Schicksal es doch wäre, seine Frau sein zu müssen.«
»Du wirst gemein, Heather«, sagte Daphne verletzt. Wenn ihre Schwester sie in diesem Ton Prinzessin nannte, dann empfand sie ihre Schönheit als Last und als bedrückende Kluft, die sie daran hinderte, mit Heather das innige schwesterliche Verhältnis zu haben, das sie einmal verbunden hatte und das sie sich zurückwünschte. Früher waren sie unzertrennlich gewesen, ein Herz und eine Seele. Doch es lag nun schon einige Jahre zurück, daß sie noch mit mädchenhafter Unschuld kicherten, wenn sie in einem Buch auf eine romantische Stelle stießen. Damals hielten sie einen Kuß für die intimste Zärtlichkeit zwischen Mann und Frau, und sie wußten nichts von »dem anderen«, das sie in ihrer Hochzeitsnacht erwartete und auch verschämt »eheliche Pflicht« genannt wurde. Und damals glaubten sie auch noch an ihr gegenseitiges hochheiliges Versprechen, nur Zwillinge zu heiraten und gemeinsam in einer Doppelhochzeit vor den Altar zu treten.
»Du magst es vermutlich nicht allzu gern hören, aber gemein ist es nicht.« Heather ließ nicht von ihr ab. »Es zeugt leider wirklich von ausgesprochener Dummheit oder Arroganz, wenn du dich so gegenüber Charles Parkham verhältst. Gut, dein angehimmelter John Singleton macht dir schöne Augen und läßt seit einer Woche keinen Tag verstreichen, ohne dir sein Interesse und seine... Zuneigung zu beteuern. Aber wer garantiert dir denn, daß das so bleibt und auch dahin führt, wo du ihn haben willst – nämlich vor dem Traualtar mit einem Ring am Finger?«
»Damit ist es mir nicht so eilig«, entgegnete Daphne kühl.
Auf dem Gesicht ihrer Schwester zeigte sich ein spöttischer Ausdruck. »Mir kannst du nichts vormachen. Du bist doch über beide Ohren in John verliebt, unsterblich verliebt. Und du willst ihn ganz

allein für dich. Und jede junge Frau in unserem Alter will den Ring am Finger tragen. Das ist nun mal unsere Bestimmung, oder willst du vielleicht so eine alte Jungfer werden wie Edwina?«

Daphne vermochte diesem Gedankengang nicht zu folgen. »Würdest du mir mal bitte verraten, was das alles soll? Erst unterstellst du mir, ich wolle John so schnell wie möglich vor den Traualtar zerren, und dann kommst du mir mit Edwina. Ich glaube, du weißt selber nicht, worum es dir in Wahrheit geht.« Und fast war sie versucht, die gehässige Bemerkung hinzuzufügen: Vermutlich regst du dich bloß so auf, weil du neidisch auf meine Verehrer bist.

Heather blieb neben dem Piano stehen. »Und ob ich das weiß! Das hier«, sie deutete auf den Blumenstrauß, »ist deine Garantie, daß du nicht sitzenbleibst – und John Singleton sicher an der Leine hältst. Was kostet es dich denn, ein wenig nett zu Charles Parkham zu sein und ihm das Gefühl zu geben, er könnte vielleicht doch noch eine Chance bei dir haben? Doch bloß ein Lächeln und die Bereitschaft, dann und wann ein paar Stunden in seiner Gesellschaft zu verbringen. Was meinst du, wie es John beflügeln wird, sich deiner zu versichern, wenn er sieht, daß sich auch ein Charles Parkham ernsthaft um dich bemüht! Ich gehe jede Wette ein, daß er schon bald mit Dad über eure Verlobung sprechen wird, wenn er erfährt, daß nicht nur er, sondern auch Charles in diesem Haus willkommen ist.«

Daphne dämmerte nun, worauf ihre Schwester hinaus wollte. »Du meinst, ich soll den einen gegen den anderen ausspielen und John eifersüchtig machen, indem ich mich auch von Charles umwerben lasse?« vergewisserte sie sich.

»So wie du das sagst, klingt es, als hätte ich dir was Unmoralisches vorgeschlagen, dabei ist es doch etwas ganz Normales. Wir müssen nun mal unsere Chancen wahren, Daphne.«

Diese schüttelte energisch den Kopf. »O nein, so ein gemeines Spiel werde ich mit John nicht treiben.« Sie liebte ihn doch! Wie konnte sie ihm da so etwas Hinterhältiges antun, ihn bewußt verletzen wollen?

»Es ist nicht gemein! Das machen alle so. Es ist doch gar nichts dabei, sich auch von anderen ein wenig den Hof machen zu lassen! Noch bist du keinem verpflichtet und kannst tun und lassen, was du willst. Und du wärst klug beraten, wenn du auf mich hören und ruhig mal mit Charles einen Spaziergang machen würdest. Aber wenn du mir nicht glaubst, frag doch Mom! Es steigert deinen Wert!« beschwor Heather sie.

»Entweder John liebt mich wirklich, dann brauche ich ihn auch nicht mit einem anderen Verehrer grundlos eifersüchtig zu machen, oder er liebt mich nicht – und einen Mann, der mich nicht liebt, kann ich genauso wenig heiraten wie jemanden, den *ich* nicht liebe«, erklärte Daphne kategorisch.
Heather machte eine ungehaltene Handbewegung, als wolle sie die Auffassung ihrer Schwester wie einen lästigen Krümel von der Tischdecke fegen. »Liebe ist nicht alles im Leben. Außerdem sind Vernunftehen, auf die du so verächtlich hinabsiehst, oft die glücklicheren Ehen, weil die Liebe da Zeit hat, sich langsam zu entwickeln und auf gegenseitiger Achtung aufzubauen, während von dieser romantischen schwärmerischen Liebe, die du für so unverzichtbar hältst, nachher in der Ehe kaum noch was übrigbleibt. Frag doch Mom! Sie sagt dasselbe, und sie wird es ja wohl am besten beurteilen können.«
»Mich interessiert nicht, was andere sagen und wie andere ihr Leben einrichten. Ich spiele mit John jedenfalls kein falsches Spiel, Heather. Dafür bedeutet er mir viel zuviel«, beharrte Daphne auf ihrem Standpunkt. »Außerdem wäre es auch Charles gegenüber unfair, ihn im Glauben zu lassen, ich würde etwas für ihn empfinden.«
»Mein Gott, du benimmst dich wie diese dummen Puten in den blöden Romanen, die wir früher mal gelesen haben!« fuhr ihre Schwester auf und rauschte quer durch den Salon zur Flügeltür, die in die Halle führte. »Mom wird jedenfalls alles andere als entzückt sein, wenn sie nach Hause kommt und erfährt, daß du Charles Parkham so kühl abgefertigt hast. Immerhin könnte er ja uns *allen* gesellschaftlich von Nutzen sein. Aber du denkst immer bloß an dich.« Türeschlagend verließ sie den Salon.
Daphne war vom Vorwurf ihrer Schwester betroffen und im ersten Moment versucht, ihr nachzueilen. Doch was hätte sie ihr schon sagen können, was sie versöhnt hätte? Es mochte schmerzlich für Heather sein, daß Männer wie John Singleton und Charles Parkham nicht zu ihren Verehrern zählten. Sie, Daphne, hatte eben Glück gehabt, was man ihr aber doch nicht zum Vorwurf machen konnte. Bestimmt hätte sie John nicht weniger gemocht, wenn sein Vater keine Textilfabriken, sondern »nur« ein Sägewerk besessen hätte. Ganz sicher nicht. Und was nutzte es ihrer Schwester, wenn sie Charles ermutigte? Davon hatte Heather bestimmt keinen Vorteil, auch wenn sie da anderer Ansicht war. Es war kaum anzunehmen, daß er sich ihrer Schwester zuwenden würde, wenn er merkte, daß John der Mann ihrer Wahl war.

Betrübt über die Mißstimmung, die diese unschöne Auseinandersetzung zwischen ihnen geschaffen hatte, saß sie in einem der chintzbezogenen Sessel und grübelte darüber nach, warum Heather und sie in letzter Zeit so häufig aneinandergerieten. Sie hatte doch wahrlich keine Veranlassung, neidisch auf sie zu sein. Ein Leben als unscheinbares, unbeachtetes Mauerblümchen fristete Heather nun wahrlich nicht. Es gab genügend interessante Männer aus angesehenem und auch vermögendem Elternhaus, die ihrer Schwester ihre Aufwartung machten und hofften, ihre Zuneigung und mehr zu gewinnen. Patrick war nur einer von ihnen, und wenn er ihren Ansprüchen nicht gerecht wurde, dann gab es genug andere, denen sie ihre Gunst schenken konnte. Weshalb also diese Verbissenheit und vorwurfsvolle Art, die sie seit kurzem ihr gegenüber an den Tag legte?

Vermutlich ist es nur der Name Charles Parkham, sagte sie sich, als sie keine andere vernünftige Erklärung für das Verhalten ihrer Schwester fand. In ein paar Wochen, wenn sie sich einem anderen Verehrer zugewandt hat, wird sie es gar nicht mehr wahrhaben wollen, daß sie wegen Charles einmal so wütend auf mich gewesen ist.

Daphne hoffte es zumindest und nahm wieder das Buch zur Hand, in dem sie gelesen hatte, als Charles in seiner prächtigen Kutsche vorgefahren war. John hatte es ihr vor zwei Tagen geschenkt. Es war ein spannender, romantischer Roman. *The Forbidden Marriage* von Helen Hubback, von der sie auch schon *The Wife's Sister* sowie *Love And Duty* verschlungen hatte. Sie hatte sich sehr über das Geschenk gefreut. Der dunkelgrüne Ledereinband war golden geprägt, und das Papier war von allerfeinster Qualität.

Wie ihr Bruder las Daphne für ihr Leben gern, während sie an stundenlangen Handarbeiten und Patiencen, die ihre Mutter und ihre Schwester bevorzugten, wenig Gefallen fand. Doch nach dem heftigen Wortwechsel mit Heather vermochte sie sich jetzt nicht auf die Lektüre zu konzentrieren.

Sie wäre sowieso bald unterbrochen worden, denn wenig später kehrte ihre Mutter von Besorgungen zurück. Und es dauerte nicht lange, da kam sie zu ihr in den Salon. Sie trug ein taubengraues Stadtkleid aus Popeline mit doppelter Knopfleiste und hohem Kragen, der ihren Hals mit einer weißen Rüschenkrone umschloß. Das Gewand war für ein Straßenkleid fast zu elegant, verlieh ihr jedoch eine sehr strenge Note. Ihr ernster Gesichtsausdruck unterstrich diesen Eindruck noch.

Daphne brauchte ihre Mutter nur anzusehen, um zu wissen, daß Heather ihr schon alles brühwarm erzählt hatte. Und Sophies erste Frage bestätigte ihre Annahme.

»Sind das die Blumen von Charles Parkham?« Sophie machte eine knappe Kopfbewegung in Richtung Piano.

»Ja. Um einiges zu bombastisch für einen unangemeldeten Besuch«, antwortete Daphne bissig und gab damit zu erkennen, daß sie sich in keiner Weise einer Unhöflichkeit oder gar Verfehlung schuldig fühlte.

Sophie musterte das aufwendige Blumengebinde. »Nun ja, er hat zweifellos übertrieben«, räumte sie mit versöhnlichem Tonfall ein und setzte sich zu Daphne. »Aber manchmal ist die gute Absicht wichtiger als die nicht ganz makellose Ausführung, mein Kind.«

»Die gute Absicht allein wird dir bestimmt nicht genügen, wenn dir deine Schneiderin die Rechnung für ein mißratenes Kleid vorlegt, Mom«, erwiderte Daphne schlagfertig. »Oder gar für eine Abendgarderobe, die du überhaupt nicht bestellt und für die du auch keine Verwendung hast.«

Sophie schmunzelte wider Willen. »Du weißt dich deiner Haut geschickt zu wehren, mein Kind, aber dieses Talent war dir ja schon von klein auf gegeben. Was nun die gute Absicht einer Schneiderin und eines Charles Parkham betrifft, so kann man schlecht Holzäpfel mit Orangen vergleichen.«

»Ich mag eine Frucht nicht allein schon deshalb, weil sie teuer und exotisch ist.«

»Lassen wir diese Wortspielereien, Daphne, so amüsant sie sind. Du hättest ihn zumindest ins Haus bitten müssen«, tadelte Sophie ihre Tochter und schaute sie dabei ernst an.

»Er hatte sich nicht angemeldet, und ich hätte gerade ein Bad nehmen oder mich in einer anderen Situation befinden können, die es mir unmöglich machte, Besuch zu empfangen«, verteidigte sie sich.

»Du hast hier im Salon gesessen und gelesen!«

»Heather hat wirklich nichts ausgelassen«, stellte Daphne verstimmt fest.

»Es gibt nichts, was du deiner Schwester vorwerfen könntest«, nahm Sophie ihre Ältere in Schutz. »Sie hat dich nicht verpetzt, wenn du darauf anspielst, sondern es nur gut gemeint.«

»Richtig, wie Charles«, warf Daphne sarkastisch ein.

»Jawohl! Sie ist nun mal deine ältere Schwester und wirklich besorgt um dich – so wie auch ich und dein Vater nur dein Wohlergehen im Auge haben, mein Kind«, versicherte Sophie. »Es war nicht nur ungehörig, Charles Parkham nicht zu empfangen, sondern auch überaus unklug.«

»Hätte ich vielleicht Fanny oder Pru bitten sollen, sich als Anstandsdame zu uns zu setzen?« hielt Daphne dagegen, nicht bereit, Kritik an ihrem Verhalten hinzunehmen. »Du warst doch mit Edwina weg, und Dad ist auch nicht im Haus.«

»Bei einem Gentleman wie Charles Parkham hätte die Gegenwart deiner älteren Schwester dem Anstand voll und ganz Genüge getan, was du sehr wohl weißt«, wies Sophie sie zurecht. »Du wolltest nur nicht, und das ist eine unverzeihliche Unhöflichkeit.«

Daphne zuckte die Achseln. »Er weiß es ja nicht. Und wozu hätte es auch gut sein sollen, Mom? Mein... mein Herz gehört nun mal John, und ihr habt doch selbst gesagt, daß euch diese Verbindung sehr willkommen ist.«

»Von einer Verbindung kann wohl noch keine Rede sein, Daphne, und es wäre töricht, wenn du jetzt schon Dinge voraussetzen würdest, über deren Entwicklung erst die Zukunft entscheiden wird«, dämpfte Sophie allzu hochgespannte Erwartungen bei ihrer Tochter. »Sicher ist uns der junge Singleton herzlich willkommen, und sollte er eines Tages tatsächlich um deine Hand anhalten, dann werden wir euch unseren elterlichen Segen gewiß nicht verweigern. Aber noch hat er sich ja nicht erklärt, und es wäre wohl auch noch um einiges zu früh, diesen Schritt zu tun – für beide Seiten.«

Daphne senkte den Kopf, die Wangen leicht gerötet.

»Bis zu einer offiziellen Verlobung solltest du deshalb deinen Umgang nicht allein auf den jungen Singleton beschränken«, fuhr ihre Mutter fort. »Womit ich dich nicht dazu auffordern will, anderen jungen Männern bewußt den Kopf zu verdrehen. Doch ich halte es für deine Zukunft für enorm wichtig, daß du dir alle gesellschaftlichen Möglichkeiten offenhältst. Wir sind nicht mehr in Dorchester Hights, mein Kind. Du wirst einmal eine wichtige Rolle in der vornehmen Gesellschaft von Boston spielen.« Stolz sprach aus ihrer Stimme. »Deshalb ist es äußerst unklug, sich die Sympathien eines Mannes wie Charles Parkham zu verscherzen. Er ist schon jetzt ein Mann von großem Einfluß.«

Daphne machte eine gequälte Miene. »Das weiß ich, Mom. Aber würdest du mir mal verraten, wie ich John und Charles unter einen Hut

bekommen soll, ohne meine eigenen Gefühle zu verraten und mich in Johns Augen schuldig zu machen?«
Sophie wertete diese Frage als Zeichen von Einsicht, und ihr Gesicht nahm einen weichen, mütterlichen Ausdruck des Verstehens an. »Dies ist für dich eine wunderbar aufregende und zugleich auch schwere Zeit, das weiß ich wohl. Verliebt zu sein kann in deinem Alter eine süße Last sein...«
Daphne empfand ihre Liebe ganz und gar nicht als Last, sondern als etwas Beglückendes und Befreiendes. Sie hielt es jedoch für ratsam, ihrer Mutter jetzt nicht zu widersprechen.
»Es ist aber auch eine Zeit, in der eine junge, wohlerzogene Dame aus gutem Haus, wie du es bist, ihre erste große Gelegenheit bekommt, sich zu beweisen und Verantwortung zu übernehmen«, fuhr ihre Mutter wohlmeinend fort. »Dazu gehört nun mal, daß man ein Fingerspitzengefühl dafür entwickelt, was sich schickt und wie man seinen Charme einsetzen muß, um bei Männern wie Charles Parkham unsichtbare Grenzen zu ziehen, ohne daß man jedoch ihre Gewogenheit verliert.«
»In der Theorie klingt das alles sehr plausibel«, murmelte Daphne.
»Du mußt nur guten Willens sein, dann wird sich schon alles finden, mein Kind«, beteuerte Sophie. »Ich schlage vor, du schreibst Charles Parkham ein paar nette Zeilen, in denen du dich für den wunderbaren Blumenstrauß bedankst und bedauerst, leider nicht in der Lage gewesen zu sein, ihn zu empfangen.«
Charles quasi einen Entschuldigungsbrief schreiben? Das gefiel Daphne gar nicht, und sie machte einen Schmollmund. »Muß das wirklich sein, Mom?«
»Ja, das bist du ihm mindestens schuldig«, sagte Sophie mit Nachdruck und gab damit zu verstehen, daß jede weitere Diskussion darüber von vornherein sinnlos war. Ein Lächeln trat plötzlich auf ihr Gesicht, als wäre ihr ein überraschender Gedanke gekommen, wie diese Angelegenheit auf elegante Weise zur Zufriedenheit aller zu bereinigen war. »O ja! Wenn du ihm schon schreibst, informiere ihn doch bitte davon, daß wir Ende des Monats einen kleinen Hausball veranstalten werden und er dazu selbstverständlich herzlich eingeladen ist!«
Daphne sah ihre Mutter verdutzt an. »Hausball? Schon jetzt, im September? Aber es war doch ausgemacht, daß ich meinen Hausball erst in der Vorweihnachtszeit, im Dezember, habe!« wandte sie ein und

fügte in Gedanken zu: Das wäre die ideale Gelegenheit, meine Verlobung mit John bekanntzugeben. Das kannst du mir doch nicht antun!

Sophie lachte vergnügt. »Sicher, der bleibt. Wir geben eben zwei Bälle. Warum auch nicht? Dies ist deine Saison, mein Kind, und niemand soll sagen können, daß wir mit den anderen nicht mithalten können. Außerdem erhält damit auch Heather Gelegenheit, ein paar neue Gesichter kennenzulernen und womöglich gewisse Weichen zu stellen. In ihrem Alter muß man sich schon ernstlich Gedanken um die Zukunft machen. Ein Ball schon jetzt im September ist da recht günstig. Bis zum Monatsende sind es ja noch drei Wochen. Zeit genug, um die nötigen Vorbereitungen zu treffen und Einladungen rauszuschicken. Ja, freust du dich denn nicht?«

»Doch, sicher«, antwortete Daphne mit sehr gemischten Gefühlen.

Sophie lächelte zufrieden, daß sie die Dinge wieder ins Lot gebracht hatte. William würde zwar wenig erfreut sein, wenn er hörte, daß das Haus schon bald wieder kopfstehen sollte, aber das bekam sie schon hin. Es reichte, ihm vor Augen zu führen, daß Heather allmählich auf das kritische Alter zuging, in dem sich die Wahl eines geeigneten Ehekandidaten von Jahr zu Jahr schwieriger gestaltete.

»Vergiß bitte nicht, den Brief zu schreiben, Daphne!« ermahnte sie ihre Tochter, bevor sie hinausging, um sich umzukleiden. »Und wenn du nichts dagegen hast, würde ich gern einen Blick drauf werfen, bevor du ihn abschickst.«

»Natürlich habe ich nichts dagegen, Mom.«

Daphne seufzte geplagt, als sie wieder allein war. Ein Hausball schon in drei Wochen! Das paßte ihr überhaupt nicht. Sie hatte mittlerweile Einladungen zu einem halben Dutzend anderer Bälle erhalten, die alle aus dem Kreis der Debütantinnen kamen, die sie in der Tremont Hall kennengelernt hatte oder von ihrer Mitarbeit für den Kirchenbazar her kannte. Auf diese Bälle freute sie sich schon sehr, weil sie die in Begleitung von John besuchen und sicherlich auch genießen würde. Doch bei ihrem eigenen Hausball sah es anders aus. Da er zu ihren Ehren stattfand und sie indirekt als Gastgeberin fungierte, würde es zu ihren Pflichten gehören, sich um *alle* Gäste angemessen zu kümmern – besonders um die männlichen, zumal sie keinem versprochen war und noch keinen Verlobungsring trug. Darauf zu hoffen, daß John sich ihr schon bis dahin erklärt und mit ihren Eltern gesprochen hatte, war zu vermessen. Sich schon nach drei Wochen zu verloben

entsprach nicht den Regeln der Etikette. Also waren ihr höchstens zwei, drei Tänze mit John gestattet.
Unlustig unterzog sie sich der Aufgabe, das Schreiben an Charles Parkham aufzusetzen. Und wenn sie für den Nachmittag nicht mit John verabredet gewesen wäre, hätte sie die Angelegenheit vor sich hergeschoben. Doch sie wollte nicht den Unmut ihrer Mutter herausfordern. Bei einer ähnlichen Situation hatte sie Heather die Erlaubnis zu einem Spaziergang zwar nicht verweigert, sie aber unter einem recht fadenscheinigen Vorwand aufgefordert, schon nach einer halben Stunde wieder nach Hause zurückzukehren. Eine Wiederholung dessen wollte sie nicht riskieren.
Sie quälte sich redlich, um den richtigen Ton zu treffen, der freundlich und dankbar für die Aufmerksamkeit, jedoch nicht zu vertraulich klingen sollte. Knapp zwei Stunden und ein gutes Dutzend Entwürfe benötigte sie für die vierzehn Zeilen, die am Schluß den Eindruck vermittelten, als wären sie ihr glatt und ohne Unterbrechung aus der Feder geflossen. Wie schwierig war doch mitunter der leichte Ton!
Der einzige Lichtpunkt war, daß ihre Mutter das Ergebnis ihrer Mühen mit einem zufriedenen Nicken zur Kenntnis nahm und ihr einen schönen Nachmittag mit John wünschte.
Wie stets bei solchen Rendezvous übernahm Edwina die Rolle der Anstandsdame, denn ihre Mutter fand es meist zu lästig, persönlich ein Auge auf ihre Töchter zu halten, wenn sie in männlicher Begleitung das Haus verließen.
Daphne war kaum sechs gewesen, als Edwina Ferguson Zofe ihrer Mutter geworden war – nach einer bitteren Enttäuschung mit einem Mann, dessen Namen sie nie wieder in den Mund genommen hatte. Daphne war daher quasi von Kindheit an mit Edwina vertraut, was zu einem entsprechend herzlichen Verhältnis geführt hatte. Denn hinter der Maske strenger Zurückhaltung verbarg sich ein warmherziger Mensch, der sich diese äußere Kühle nur auferlegte, um nicht noch einmal bitterlich verletzt zu werden.
Doch so gut Daphne sich auch mit ihr verstand, ihre Aufgabe und Verantwortung als Anstandsdame nahm Edwina dennoch sehr genau. Sie hatte ein klares Bild von dem, was in jeder Phase einer Beziehung zu einem Mann schicklich und was mit eisernem Verbot belegt war. Und sie versäumte es nie, Daphne diese ehernen Regeln vor jedem Treffen mit John aufs neue in Erinnerung zu rufen.
»Du wirst dich eines angemessenen Schrittes befleißigen, der es mir

erlaubt, euch zu folgen, ohne außer Atem zu geraten. Jede Art von Berührungen ist zu unterlassen. Nur beim Einsteigen und Verlassen der Kutsche ist es dir gestattet, dich auf seinen Arm zu stützen. Aber bitte, halte dich nicht eine Ewigkeit an ihm fest!«
»Ja, Edwina«, sagte Daphne geduldig.
»Des weiteren schickt es sich nicht, sich bei ihm einzuhaken. Das steht nur Verlobten zu. Und bemüh dich erst gar nicht, mich hinters Licht führen zu wollen, wie Heather es einmal versucht hat, indem sie vorgab, sich den Knöchel verstaucht zu haben und nun plötzlich einer Stütze zu bedürfen! In solchen Fällen halte ich es für meine Pflicht, diesem Knöchel augenblicklich absolute Schonung zukommen zu lassen, was eine unverzügliche Rückkehr nach Hause bedeutet.«
»Ja, Edwina.«
»Ich erwarte, daß du deinem Verehrer keine langen schmachtenden Blicke zuwirfst und auf das sittliche Empfinden der anderen Spaziergänger Rücksicht nimmst. Für den Austausch von Gefühlen dieser Art ist die Öffentlichkeit der falsche Ort. Und halte den Parasol stets so, daß er eure Köpfe nicht verdeckt. Ich könnte daraus falsche Schlüsse ziehen und mich veranlaßt fühlen, anderes als eine unschuldige Nachlässigkeit zu vermuten.«
»Ja, Edwina«, sagte Daphne gehorsam. Sie konnte den Sermon der Belehrungen schon auswendig herunterleiern, hütete sich jedoch, Ungeduld zu zeigen.
»Taschentücher oder Handschuhe fallen dir hier im Haus nicht aus der Hand, deshalb gehe ich davon aus, daß auch im Park nichts Derartiges zu Boden flattern wird, was euch der Gefahr enthebt, beim gleichzeitigen Bücken mit den Köpfen zusammenzustoßen.«
»Ja, Edwina.«
»Solltet ihr den Wunsch äußern, ein Teehaus aufzusuchen, so werde ich keine Einwände erheben, sofern es sich um eine Lokalität von untadeligem Ruf handelt. Ich erwarte jedoch, daß du nicht neben ihm, sondern ihm gegenüber am Tisch Platz nimmst und den schicklichen Abstand wahrst.«
»Ja, Edwina.«
Und dann kam sie endlich zum Schlußwort, mit dem sie stets ihre Ermahnungen abschloß: »Halte Schulter und Rücken gerade, unterlasse aufreizende Bewegungen oder Blicke und vergiß nie, daß deine Ehre dein höchstes Gut ist!«
»Ja, Edwina.«

»Hast du noch irgendwelche Fragen?«
»Nein, Edwina.«
»Dann bleibt nur zu hoffen, daß Mister Singleton mit der Pünktlichkeit auf gutem Fuß steht«, bemerkte Edwina trocken und mit einem Blick auf die kleine Uhr, die sie an einer Kette um den Hals trug.
Daphne verkniff sich ein belustigtes Lächeln, nahm doch Edwina ihre Rolle so ernst, daß es schon fast wieder lustig war. Aber die Zofe bestand nun mal auf diesem Ritual.
John war auf die Minute pünktlich, und sie fuhren unter einem sonnigen Himmel zum Park, der sich in Ufernähe des Charles River um einen langgezogenen See erstreckte. Gemächlichen Schrittes, wie Edwina es von ihnen erwartete, spazierten sie durch die gepflegten Anlagen und fütterten die Enten und stolzen Schwäne auf dem See mit alten Brotresten, die Daphne sich von Theda hatte einpacken lassen. Den Wunsch, ein Teehaus aufzusuchen, verspürten beide nicht. Denn dann hätten sie ihrer verliebten Unterhaltung Zügel anlegen und auf Edwinas Gegenwart Rücksicht nehmen müssen.
»Miss Ferguson ist gewiß eine reizende Person«, sagte er, als die Sonne an Kraft verlor und es langsam Zeit wurde, an die Rückkehr zu denken. Es lag jedoch eine Einschränkung in seinen Worten.
»Ja, Edwina ist für mich mehr eine Tante, die sich strenger gibt, als sie in Wirklichkeit ist«, erklärte Daphne und war gespannt, worauf er hinauswollte.
»Aber auch noch so nette Tanten können mit ihrer Anwesenheit manchmal den Reiz einer Begegnung schmälern«, bedauerte er. »Nicht daß ich undankbar erscheinen möchte, Miss Davenport. Ich schätze mich glücklich, überhaupt mit Ihnen zusammensein zu dürfen... Aber um wieviel zauberhafter müßte es sein, wenn ich einmal Gelegenheit hätte, Sie ganz allein für mich zu haben. Können Sie diesen Wunsch verstehen?«
»O ja!« versicherte sie von ganzem Herzen. »Mir ergeht es genauso, Mister Singleton.«
»Auf die Erfüllung dieses Herzenswunsches werde ich wohl noch etwas warten müssen. Doch die Erfüllung eines anderen, nicht weniger großen Wunsches liegt ganz allein in Ihren Händen.«
»In meinen?«
»Ja.«
»Dann sagen Sie ihn mir, Mister Singleton! Wenn es wirklich in mei-

ner Macht steht, Ihnen einen solchen Herzenswunsch zu erfüllen, so werde ich es mit allergrößter Freude tun«, versicherte sie erwartungsvoll.

»Würden Sie es für verfrüht oder gar für eine große Anmaßung halten, wenn ich Sie darum bitte, statt Mister Singleton John zu mir zu sagen... und Sie Daphne nennen zu dürfen?«

Ihr Gesicht erglühte vor Freude. »Ich halte es für nichts von beidem, sondern glaube vielmehr, daß Sie *mir* einen Wunsch von den Augen abgelesen haben«, sagte sie und fügte mit zärtlicher Stimme hinzu: »John.«

»Sie wissen nicht, wie glücklich Sie mich damit machen – und wie oft ich diesen wunderbaren Namen, der so trefflich zu Ihnen paßt, schon vor mich hingesagt habe... Daphne.«

Die Art, wie er ihren Namen aussprach, vermittelte ihr das Gefühl, als würde er sie streicheln. Sie wünschte, sie könnten sich jetzt an der Hand fassen und Hand in Hand zur Kutsche zurückgehen. Auf alle Fälle glaubte sie, leicht wie eine Feder geworden zu sein und fast schwerelos an seiner Seite dahinzuschweben.

Drei Tage später besuchten sie zusammen eine glanzvolle Aufführung von Rossinis *Der Barbier von Sevilla*. John hatte auch Heather und Sophie eingeladen, und beide hatten ursprünglich zugesagt. Daß Daphne die Aufführung dann doch allein mit John besuchte, verdankte sie Heathers Launenhaftigkeit, einem glücklichen Zufall und der Spontaneität ihres Vaters.

William hatte am frühen Nachmittag das vornehme Hotel *Atlantic* aufgesucht, um einem New Yorker Broker, mit dem er sich für den nächsten Tag verabreden wollte, eine Nachricht zu hinterlassen. In der Lobby hatte er dann einen alten Jugendfreund getroffen, den er schon seit Jahren nicht mehr gesehen hatte, seit dieser nach Pittsburgh gezogen war und es dort zu etwas gebracht hatte. Er war mit seiner Frau für ein paar Tage nach Boston gekommen, um ihr die Stadt zu zeigen, in der er aufgewachsen und aus eigener Kraft den armseligen Verhältnissen seines Elternhauses entronnen war. In seiner Wiedersehensfreude lud William die beiden spontan zum Abendessen in die Byron Street ein, was bei Sophie einen heftigen Wutausbruch zur Folge hatte. Die Opernaufführung spielte dabei nur eine untergeordnete Rolle. Sophie haßte einfach die unfeine Art, in der William kurzfristige Einladungen ohne Rücksprache mit ihr aussprach, ihren Haushaltsplan über den Haufen warf und sie zwang, quasi aus dem Stand heraus »Wildfremde« zu bewirten – und dann auch noch solche, die aus dem Dunstkreis von East Boston stammten. Die Männer würden den ganzen Abend über die alten Zeiten sprechen, die sie doch ein für allemal zu vergessen wünschte. Doch letztlich hatte sie sich seinem Willen gebeugt und den Jugendfreund und dessen Ehefrau zum Abendessen in ihrem Haus willkommen geheißen.

Kurz nach dem Streit ihrer Eltern war es dann Heather eingefallen, daß sie nun doch keine Lust mehr auf den *Barbier von Sevilla* verspürte. Da aber mangelnde Lust kein ausreichender Grund war, ihrer Schwester den Abend zu verderben, zog sie sich auch noch mit einer vorgeblichen Migräne in ihr Zimmer zurück. Daß Edwina Daphne in die Theaterloge der Singletons begleitete, war undenkbar. Damit war der Abend mit John in der Oper eigentlich gestrichen.

Doch Daphne dachte nicht daran, sich damit abzufinden. »Ich bin ja wohl alt genug, um auch ohne eine Anstandsdame in Gesellschaft eines Gentleman an einer Opernaufführung teilzunehmen!« kämpfte sie um den Abend, auf den sie sich schon so gefreut hatte. »Und hast du nicht selbst gesagt, daß ich nun alt genug sei, um wichtige Verantwortung zu übernehmen? Aber wie kann ich das denn tun, wenn ihr mir nicht vertraut und mir keine Gelegenheit dazu gebt, Mom?«

Ihre Mutter hegte Bedenken, doch ihr Vater ergriff ihre Partei. »Ich denke auch, daß wir Daphne guten Gewissens der Obhut von Mister Singleton anvertrauen können – einmal ganz davon abgesehen, daß eine Opernloge ja nicht das intime Séparée einer schummrigen Absteige ist.«

Sophie mußte sich auch in diesem Punkt dem Willen ihres Mannes beugen. »Also gut«, erteilte sie schließlich ihre Erlaubnis, wenn auch mit sichtlichem Widerwillen. »Aber er bringt dich unverzüglich nach Hause, sowie die Veranstaltung aus ist!«

Daphne fiel ihr freudestrahlend um den Hals. »Natürlich! Danke, Mom!«

Und so ging der Wunsch der beiden, endlich einmal ohne Aufpasserin zusammensein zu können, in Erfüllung. Alle, die sie an diesem Abend im Foyer und in der mit dunkelrotem Samt ausgeschlagenen Loge sahen und frei von Neid waren, fanden, daß sie ein bezauberndes Paar abgaben. Viele Operngläser wurden auf ihre Loge gerichtet – ganz besonders auf Daphne, die ein blaßgelbes Seidenkleid mit den dazu passenden Schleifen im schwarzblauen Haar trug.

»Gefällt es Ihnen, Daphne?« fragte John leise, als der Figaro zu seiner ersten Arie auf der Bühne erschien.
»Wunderbar«, antwortete sie, verzaubert von der Atmosphäre des Theaters und seiner Gegenwart, die sie so intensiv wie nie zuvor empfand. Sie saßen sich so nahe, daß sie ihre Hand nur ein wenig nach rechts zu bewegen brauchte, um seinen Arm zu berühren. Und wie Rosina dort unten auf der Bühne, die von ihrer Liebe zu Graf Almaviva erfüllt war, so sehnte auch sie sich nach einem Liebesbeweis ihres Geliebten.
»Meine Gattin sollst du werden, bald auf ewig bin ich dein«, sang der Graf in der neunten Szene, als der Figaro ihn in der Gewitternacht mit Rosina zusammenführte.
»Deine Gattin, süßer Name, ach, welch seliges Geschick!« antwortete Rosina ihm.
»Bist du glücklich?«
»Ach, mein Geliebter!«
Die beiden Liebenden besiegelten im Duett ihr Eheversprechen: *»Holde Bande, sie schlingen ewig sich zum Kranz im Glück der Liebe! Almaviva und Rosina sind ein hochbeglücktes Paar...«*
In dem Moment nahm John sich ein Herz und griff nach Daphnes Hand. Sie erschauerte glücklich unter seiner Berührung und erwiderte den zärtlichen Druck seiner Finger, die sich um ihre schlossen. Rosinas Worte, die zu Rossinis Musik zu ihnen hochgetragen wurden, waren die ihren, und der Graf, der ihr seine unverbrüchliche Liebe beteuerte, war in Wirklichkeit John. Ja, sie war sein! Und ihr Herz sang mit: *»Wie bin ich glücklich!... O nie gekanntes, neues, ersehntes Glück!«*
Sie hielten sich an der Hand, bis der Vorhang fiel.
Auf dem Weg ins Theater hatte Daphne in der Kutsche John gegenüber gesessen. Als sie nun zurückfuhren, war es für sie beide eine Selbstverständlichkeit, daß sie Seite an Seite auf der weichgepolsterten Rückbank saßen. Wieder nahm er ihre Hand, und eine Weile fuhren sie schweigend durch die Nacht. Doch es war kein verlegenes oder gar trennendes Schweigen, sondern eines der Verbundenheit zweier Herzen, die im selben Takt schlugen.
John hatte dem Kutscher mit leiser Stimme die Weisung erteilt, sich für den Heimweg Zeit zu lassen und dem schwarzen Wallach einen gemütlichen Trott zu gönnen.
Als es nur noch ein paar Abzweigungen bis zur Byron Street war,

wandte John sich Daphne zu, ohne ihre Hand loszulassen. »Daphne...« begann er stockend.

»Ja, John?« Sie sah ihm in die Augen, lächelnd und bereit für das, was kommen mußte – und was sie sich ersehnte.

»Wissen Sie, wieviel ich für Sie empfinde?«

»Ja, ich glaube es zu wissen. Aber natürlich kann mich mein Gefühl auch täuschen«, gab sie leise zurück.

»Ich wünschte, ich könnte Sie in mein Herz und meine Seele schauen lassen, damit Sie niemals wieder Zweifel haben, wieviel Sie mir bedeuten.«

»Es wäre schön, wenn das möglich wäre, John. Aber vielleicht...« Sie führte den Satz nicht zu Ende.

»Ja?« Hoffnungsvolle Erregung schwang in dieser einen Silbe mit.

Sie zögerte einen Moment, ob sie es wagen konnte, der Stimme ihres Herzens zu folgen. Dann fragte sie: »Können Sie mir nicht *zeigen*, wieviel Sie für mich empfinden?«

Er schluckte. »Daphne, führen Sie mich nicht in Versuchung! Ich könnte mich vergessen und Ihre verführerischen Lippen, die solches von sich geben, mit einem Kuß zum Schweigen bringen. Und könnte ich Ihnen dann jemals wieder ohne Scham in die Augen blicken?« Sein begehrender Blick ruhte erwartungsvoll auf ihr und war wie eine stumme Bitte.

»Ja, das kannst du, John. Immer und ewig.« Ihre Stimme war ein Flüstern.

»Oh, Daphne!« Es klang wie ein glücklicher Seufzer, als hätte sie ihn aus langer Qual erlöst. Er nahm ihr Gesicht in seine Hände, beugte sich zu ihr und küßte sie so behutsam, als fürchte er, mehr Intensität könne sie in ihrer mädchenhaften Unschuld verstören.

Daphne schloß die Augen, als sich seine Lippen auf ihren feuchten, leicht geöffneten Mund legten und ihr den ersten wahren Kuß ihres Lebens gaben. Sie erzitterte, schlang ihre Arme um seinen Körper und schmiegte sich an ihn, ohne daß sich ihre Lippen voneinander lösten. Niemals sollte er sie loslassen! Mochte dieser Kuß doch bis in alle Ewigkeit andauern!

John gab einen Laut von sich, der wie ein unterdrücktes Stöhnen klang, und seine Hände glitten von ihren Wangen über den Hals zu den Schultern hinunter. Seine Fingerspitzen strichen über ihre nackte, empfindsame Haut und schienen sich durch den seidenen Stoff ihres Kleides hindurchzubrennen, als sie sich dort auf ihre Rip-

penbögen legten, wo ihre Brüste ansetzten und sich mit schwellenden Rundungen gegen die kühle Seide preßten.
Diese Zärtlichkeiten in der Dunkelheit der Kutsche lösten in Daphne ein Schwindelgefühl der Glückseligkeit und der Verwirrung aus. Es war ein so ungekanntes, überraschend himmlisches Gefühl, das seine Lippen und Hände in ihr hervorriefen – als verstehe ihr Körper diese stumme Sprache des Begehrens und der Sinnlichkeit besser, als sie es sich je zu erträumen gewagt hatte. Es war ein erregendes Prickeln, das sie von den Lenden bis in die Spitzen ihrer Brüste durchströmte.
Keiner wußte später zu sagen, wie lange dieser Kuß gedauert hatte, in dem sie versunken waren wie in einem unentrinnbaren Mahlstrom der Sinnlichkeit. Sie fuhren atemlos und verstört auseinander, als die Kutsche plötzlich mit einem kleinen Ruck vor der Hausnummer vierzehn in der Byron Street zum Stehen kam.
Flammende Röte überzog Daphnes Gesicht, als sie John in die Augen blickte. Ihr war, als habe sie sich ihm in völliger Schamlosigkeit nackt gezeigt. Sein Kuß und seine Hände hatten sie ihre Erziehung vergessen lassen. Ihr Körper war der Kontrolle ihres Verstandes, der über ihre Ehre zu wachen hatte, entglitten.
»John . . .« Sie suchte nach Worten der Entschuldigung. »Daphne, ich liebe dich«, ließ er sie gar nicht zu Wort kommen. Sein Atem ging schnell, als liege eine große körperliche Anstrengung hinter ihm. »Ich habe mich vom ersten Augenblick an, als ich dich in der Tremont Hall sah, in dich verliebt. Und jetzt weiß ich, daß ein Leben ohne dich für mich unvorstellbar ist. Es wäre ein Leben ohne Sonne und Lachen – und ohne Liebe.«
Daphne war unendlich erlöst, daß John ihr Verhalten offenbar ganz und gar nicht für unschicklich gehalten hatte, sondern ihn vielmehr in seinen Gefühlen für sie bestätigt hatte, und sie strahlte ihn überglücklich an. »Auch ich liebe dich, John, und kann ohne dich nicht mehr sein.«
Die Haustür ging auf. Sophies Umrisse zeichneten sich im hellen Viereck der Tür ab.
John stieß den Kutschenschlag auf. »Denk an mich, wenn du zu Bett gehst – vielleicht spürst du dann die Küsse, die ich dir in Gedanken schicken werde«, flüsterte er ihr zu, um ihr dann beim Aussteigen zu helfen und sich bei ihrer Mutter für das Vertrauen zu bedanken, ihre Tochter zum Opernabend ohne Begleitung mitkommen zu lassen.

Daphne wunderte sich, daß sie nicht bis in die Haarwurzeln schamrot anlief und sich der Erdboden nicht unter ihr auftat, als ihre Mutter wissen wollte, wie denn die Aufführung gewesen sei und ob John sich auch untadelig verhalten habe.

»Ja, das tat er in jeder Beziehung, Mom. Er hat sich keine Freiheiten herausgenommen, wenn du das meinst«, versicherte sie, und es war noch nicht einmal gelogen, denn immerhin war sie es ja gewesen, die ihn dazu aufgefordert hatte. Er war daher also nur ihrem Wunsch gefolgt.

»Gut, gut. Dann freut es mich, daß du einen schönen Abend gehabt hast, mein Kind. Meiner war dagegen weniger angenehm zu nennen. Dein Vater hat sich förmlich in der Vergangenheit gesuhlt«, beklagte sie sich. »East Boston! Als ob es da auch nur etwas gegeben hätte, das der Erinnerung, geschweige denn des Prahlens wert wäre. Ich hoffe, er wird uns in Zukunft von dieser Art Besuch verschonen.«

Daphne stimmte folgsam zu, wie es ihre Mutter erwartete, und hatte es dann eilig, in ihr Zimmer zu kommen. Als Pru endlich gegangen und sie unter die Bettdecke geschlüpft war, kehrte sie in Gedanken wieder zu John in die Kutsche zurück, während er sie geküßt hatte. Als sie daran dachte, welche Erregung er in ihr hervorgerufen hatte, schämte sie sich noch im nachhinein und erschrak ob der Heftigkeit ihrer Gefühle. Die Süße der Lust war stärker als ihre anerzogene Schamhaftigkeit gewesen, die bis dahin solch sündige Regungen mit Liebe nicht in Zusammenhang gebracht hatte. Die Wollust des Fleisches war die sündige Droge verirrter, haltloser Menschen, denen Gottes Strafe gewiß war – so hatte Reverend Campbell oft genug von der Kanzel gepredigt und den unzüchtigen Sinnesrausch als etwas Häßliches und Animalisches verdammt.

Aber konnten diese wunderbaren Gefühle, die die Liebe in ihr geweckt hatte, etwas Schlechtes und nicht von Gott Gewolltes sein? Nein, sie wollte es nicht glauben. Ihre Liebe war rein, und dann mußte auch das, was diese Liebe mit ihrem Körper geschehen ließ, rein und wahrer Ausdruck ihrer Zuneigung sein.

Aber wenn es auch nicht so wäre, John liebt mich so und nicht anders und ich ihn – und so soll es immer sein! sagte sie sich mit erstarktem Selbstbewußtsein, das seine Kraft aus ihrer Liebe und dem festen Glauben an eine gemeinsame Bestimmung zog. John und ihr gehörte die Zukunft.

Fünftes Kapitel

»Das wurde auch Zeit, Fanny!« herrschte William das Hausmädchen an, als es ihm die Zeitung an den Tisch brachte. »Ich möchte nicht noch mal erleben, daß die Zeitung nicht an meinem Platz liegt! Sonst kannst du dich gleich nach einer anderen Stellung umsehen!«

Fanny wurde so weiß wie ihre Schürze. »Es... wird... bestimmt nicht wieder passieren, Sir!« stammelte sie, von seinem Wutausbruch völlig überrascht und genauso bestürzt wie seine Familie, die sich am Samstagmorgen zum gemeinsamen Frühstück im Eßzimmer eingefunden hatte. »Ich weiß nicht, wieso sie verlegt...«

»Ich will keine Entschuldigungen hören, sondern die Zeitung pünktlich an meinem Platz vorfinden«, fuhr er ihr barsch über den Mund. »Das wär's! Du kannst gehen!«

»Ja, Sir.« Bestürzt eilte sie aus dem Zimmer und wäre fast noch über den Teppich vor der Tür gestolpert. Mister Davenport hatte in dem ganzen Jahr noch nie ein unfreundliches Wort zu ihr gesagt. Und nun dies! Wegen einer dummen Zeitung, die ohne ihre Schuld nicht an ihrem Platz gelegen hatte. Hatte sie sich so in ihm getäuscht? Fanny verstand die Welt nicht mehr.

Daphne, Heather und Edward zogen unwillkürlich die Köpfe ein und warfen sich verstörte Blicke zu. Was war an diesem Morgen bloß in ihren Vater gefahren? Er neigte doch sonst so gar nicht zu cholerischen Anfällen.

»Findest du nicht, daß du die arme Fanny reichlich barsch angefahren hast?« fragte Sophie verständnislos. »War das denn wirklich nötig, William?«

»Ja«, beschied er sie knapp.

Sophie schüttelte den Kopf. »Ich halte es überhaupt für eine Unsitte, daß du ausgerechnet bei Tisch die Zeitung lesen mußt.«

»Das ist dir ganz unbenommen«, brummte er.

»William, bitte! Hat das denn nicht wirklich Zeit bis später?« fragte sie höflich.

»Nein, hat es nicht«, erwiderte er gereizt und schlug die Seite mit den Börsennachrichten auf. Sein Blick glitt über die lange Spalte mit den Notierungen. Die *Boston & Lowell Railroad* hatte den Verlust vom Vortag wieder wettgemacht. Solide Firma. Wäre eine erstklassige An-

lage gewesen. Auch die *Eastern-* und die *Concord Railroad*-Aktien hatten zugelegt. Die Arbeit des neuen Direktoriums zeigte Erfolg. Die Dividende würde sich dieses Jahr sehen lassen können. Zu dumm, daß er da nicht vor dem Engagement der neuen Direktoren eingestiegen war. Er mußte blind gewesen sein. Die *Firemans Insurance* hatte etwas verloren, war aber mit fünfundneunzig noch immer gut bewertet. Große Versicherungen wie diese warfen immer ihren Profit ab. Nur als Spekulationsobjekte taugten sie wenig. Es sei denn, eine Fusion mit einer anderen Firma stand an oder ein Börsenhai versuchte die Aktienmehrheit aus irgendwelchen Gründen zusammenzukaufen. Dann konnte man im Kielwasser dieser Kauf- und Abwehrschlacht im Handumdrehen ein Vermögen machen – sofern man früh genug auf den Zug sprang und seine Gewinne realisierte, bevor diese künstlich erzeugte Hausse wie ein Windei in sich zusammenfiel.
William erfaßte mit einem Blick, daß die Bergwerksaktien wie erwartet in Bewegung geraten waren. Der Kurs für die *Phoenix Mining* und die *Canada Copper* war weiter eingebrochen. Beide hatten schwere Verluste hinzunehmen. Nur die *Huron Mining* hatte sich bei vierzig halten können. Bei allen anderen war der Kurs butterweich geworden. Kein Wunder nach dem Ende des Bürgerkrieges. Die Industrie des Nordens hatte fünf lange, gewinnverwöhnte Jahre mit lukrativen Staatsaufträgen rechnen und gar nicht genug liefern können. Der Bedarf von Armee und Flotte an Waffen, Geschützen und Kriegsmaterial aller Art war schier unersättlich gewesen. Dieser endlose Strom hatte den Krieg mit seinen Materialschlachten gegen den industriell stark unterentwickelten Süden letztlich auch zu Gunsten des Nordens entschieden. Die Fabriken auf neue Produkte umzustellen und neue Märkte zu erschließen würde jetzt einige Zeit dauern.
Zum Glück war er nicht in diese absehbare Baisse geraten, sondern hatte seine Anteile an der *Toltec Mining* früh genug abgestoßen – fünf Tage bevor die Nachricht von General Lees Kapitulation die Großstädte an der Ostküste erreicht hatte. Denn daß Lee keine Chance mehr gegen Grants Truppen hatte, hatte auf der Hand gelegen, als Grant in Richmond einmarschiert war. Schon eine Woche später mußte der Held des Südens dann auch die Waffen strecken.
Aber was nützte ihm das jetzt? Das war Schnee vom vergangenen Jahr. Er hatte sein ganzes Geld längst in diesen gottverdammten *Michigan Steel*-Aktien angelegt, und die rutschten täglich tiefer in den Keller. Jetzt standen sie schon bei sechsundzwanzig. Das war ein Verlust

von über fünfzig Prozent in einer Woche. Aber das war noch nicht einmal das Schlimmste. Zum Teufel, es wurde Zeit, daß der Abschluß mit der *Great Lakes Railroad* endlich zustandekam. Oder sollte Hatfield vielleicht...?

Nein! Dieser Möglichkeit wollte er nicht einmal in seinen Gedanken Platz einräumen. Auf Rufus Hatfield war Verlaß. Mußte Verlaß sein. Diesmal stand nicht nur sein Barvermögen auf dem Spiel, sondern auch seine Firma. Er hatte die *Davenport Iron Works* bei dieser Spekulation mit in die Waagschale geworfen. Was für ein Teufel hatte ihn bloß geritten, daß er sich dazu hatte hinreißen lassen? Aber es war ja ein todsicherer Tip gewesen, ein Geschäft, bei dem gar nichts hatte schieflaufen können, denn Hatfields Bruder saß ja im Vorstand der *Great Lakes Railroad*. Eine bessere Garantie konnte man sich bei solch einer Spekulation gar nicht wünschen. Es würde alles wie geplant ablaufen. Er wollte noch immer daran glauben. Was blieb ihm auch anderes übrig? Seine Zukunft hing davon ab, daß die *Michigan Steel* tatsächlich wie Phönix aus der Asche an der Börse in den Kurshimmel von hundert, ja vielleicht sogar von hundertzwanzig aufstieg. Anschließend aber würde er die Finger von solch heißen Geschäften lassen und sein Vermögen in einem breit gestreuten Portfolio anlegen.

William hörte seinen Namen, fuhr aus den Gedanken auf und ließ die Zeitung sinken. Er sah seine Frau an. »Hast du mit mir gesprochen?«

»Und ob ich mit dir gesprochen habe! Die ganze Zeit schon!« sagte Sophie vorwurfsvoll.

»Dann wirst du es wohl wiederholen müssen, denn ich habe kein Wort mitbekommen.«

»Ja, das habe ich schon gemerkt«, erwiderte Sophie gekränkt und tupfte mit der Serviette geziert ihre Mundwinkel ab. »Es geht um die venezianischen Spiegel...«

William furchte die Stirn. »Was für Spiegel?« unterbrach er sie.

»Wenn du dich bei Tisch nicht immer in die Zeitung vergraben würdest, bräuchte ich mich auch nicht ständig zu wiederholen«, bemerkte sie spitz.

»Was ist nun mit den Spiegeln?« wollte er ungehalten wissen.

»Es sind drei einzigartige venezianische Spiegel mit alten barocken Rahmen, eine wahre Augenweide«, wiederholte Sophie nun ihr Anliegen. »Ich habe sie gestern bei *Wilshire & Sons* gesehen. Sie würden wunderbar in die Halle passen und sie gleich doppelt so groß erschei-

nen lassen. Mister Wilshire hat mir versichert, daß er sie unverzüglich liefern und anbringen kann.«
»Das wundert mich nicht«, brummte William. »Er wird sich jedoch einen anderen Kunden suchen müssen.«
»Aber William, sie kosten doch nur zweihundert Dollar!«
»Alle zusammen?«
Irritiert sah sie ihren Mann an. »Nein, natürlich nicht. Zweihundert Dollar das Stück. Es sind doch wertvolle alte Stücke!«
»Sechshundert Dollar! Das schlag dir aus dem Kopf!« brauste er auf. »Die Spiegel kommen mir nicht ins Haus! Und ich möchte dich bitten, deine Ausgaben künftig auf ein vernünftiges Maß zu reduzieren.«
Diese Zurechtweisung, und das auch noch vor den Kindern, machte sie im ersten Moment sprachlos. Einen solchen Ton war sie von ihm nicht gewohnt. Und was waren schon sechshundert Dollar, wenn ihre Eingangshalle dadurch das Flair eines italienischen Palastes bekam?
Sie straffte sich. »William! Ich habe Mister Wilshire schon mein Wort gegeben, daß ich die Spiegel...« setzte sie zu erregtem Widerspruch an.
»Das interessiert mich nicht!« schnitt er ihr scharf das Wort ab. »Sag ihm eben, du hättest es dir anders überlegt! Diese verdammten Spiegel werden jedenfalls nicht gekauft. Und damit basta!« Er schlug mit der flachen Hand auf den Tisch, daß Teller und Tassen klirrten, sprang abrupt auf, wobei sein Stuhl beinahe umkippte, und verließ wütend das Eßzimmer. In der Halle forderte er Fanny schroff auf, ihm seinen Umhang zu bringen. Dann schlug die Haustür hinter ihm zu.
Im Eßzimmer herrschte fassungsloses Schweigen. Sophie war das Blut aus dem Gesicht gewichen, und wie erstarrt saß sie am Tisch.
»War das wirklich unser Dad?« fragte Edward mit einem schiefen Grinsen in die angespannte Stille, die sich plötzlich über das ganze Haus gelegt hatte.
Sophie fuhr zu ihm herum, und bevor sie selber begriff, was sie da tat, landete ihre flache Hand mit einem scharfen Klatschen auf seinem Gesicht.
Daphne zuckte zusammen, als habe sie die Ohrfeige erhalten. Weinend stürzte ihr Bruder aus dem Zimmer. Das Herz schnürte sich ihr zusammen. Was war bloß plötzlich in ihren Vater gefahren?

Sechstes Kapitel

In der Nacht zum Montag bezog sich der Himmel über Boston. Die grauen Wolken, die vom Meer heranzogen, brachten zwar keinen Regen, bereiteten den blauen, sonnenwarmen Tagen an New Englands Küste jedoch fürs erste ein Ende.

Graue Wolken hatten sich auch über Daphnes Gemüt gelegt. Lustlos saß sie am Piano und mühte sich mit dem Klavierspiel. Die Noten von *Out On The Weary Ocean* und *Leave Me Not Yet* standen auf dem hochgeklappten Notenständer, dessen überladenes Schnitzwerk eine griechische Leier darstellte.

Diese beiden Lieder sollte sie am Abend ihres Hausballs zum besten geben. Ihrer Mutter war diese Idee gekommen, und sie war davon nicht wieder abzubringen gewesen.

»Ich verstehe gar nicht, warum du dich so dagegen sträubst, mein Kind?« hatte sie halb verwundert und halb verstimmt über den Widerstand ihrer Tochter gesagt. »Als junge unverheiratete Frau muß man seine Vorzüge ins beste Licht rücken. Und du hast doch eine hübsche Stimme und spielst gefällig Klavier. Eine kleine Kostprobe von beidem wird deinem Ball ein ganz besonderes, persönliches Glanzlicht aufsetzen. Was dir nur noch fehlt, ist ein wenig mehr Sicherheit. Aber die wirst du schon bekommen, wenn du die nächsten Tage fleißig übst.«

Damit war die Diskussion beendet gewesen und ihr Vortrag auf dem Ball zum festen Programmpunkt erklärt worden.

»*Out on the weary ocean ... my burden'd gaze I strain*«, begann Daphne noch einmal mit der ersten Strophe, verstummte aber schon nach wenigen Augenblicken, als sie an John dachte.

Sie seufzte. John war an diesem Vormittag zwar nicht zu einer Reise über den Ozean aufgebrochen, aber doch nach Albany und Syracuse. Sein Vater wollte ihm die neuen Fabriken zeigen, die er dort in Betrieb genommen hatte.

»Aber in spätestens einer Woche bin ich wieder zurück«, hatte John sie zu trösten versucht.

Eine ganze lange Woche ohne ihren Geliebten!

Daphne saß eine ganze Weile gedankenversunken. Es war still im Haus. Ihre Mutter war mit Edwina in die Stadt gefahren. Heather hatte sich zu einem Besuch ihrer Freundin Amy entschlossen, und Edward war mit seinem Hauslehrer im Naturkundemuseum. Nur ihr Vater war im Haus, und der hatte sich in sein Arbeitszimmer zurückgezogen.

Schweren Herzens nahm Daphne das Klavierspiel wieder auf. Sie versuchte sich an dem zweiten Lied, dessen traurig-sehnsüchtiger Text ihr aus der Seele sprach: »*Leave me not yet, cold and forsaken, wilt thou forget the wows that thou hast taken...*«

Sie sang mit leiser Stimme und versank in Melancholie, so daß sie das Pochen des Türklopfers nur unbewußt wahrnahm. Sie hörte auch nicht, daß jemand zu ihr in den Salon trat.

Erst die Stimme ihres Vaters holte sie aus ihrem verträumten Spiel.

»Schön, wie du spielst und singst. Du solltest dich viel öfter ans Piano setzen«, lobte er sie.

Daphne brach ab und fuhr herum. »Ich habe gar nicht gehört, daß du ins Zimmer gekommen bist, Dad.«

Er schmunzelte. »Das habe ich gemerkt. Wenn ich dich störe, sag es nur!«

»Nein, nein, du störst überhaupt nicht«, versicherte sie.

»Gerade ist die neue Kusche gekommen«, teilte er ihr mit. »Sie steht vor der Tür. Ich dachte, du würdest sie dir vielleicht ansehen wollen.«

»O ja, gern!« Daphne war gespannt auf die Kutsche, die ihr Vater beim besten Wagenbauer von Boston in Auftrag gegeben hatte.

Das Gefährt übertraf all ihre Erwartungen. Der geschlossene Wagen war in einem dunklen Weinrot gehalten, während die schmalen Zierleisten einen grauen Anstrich trugen. Beide Farben harmonierten wunderbar miteinander und fanden sich sowohl auf dem Kutschbock als auch auf den Rädern wieder. Die Speichen waren weinrot, während Nabe und Radkranz grau gehalten waren. Auf der Seite prangte auf dem Schlag ein elegant geschwungenes D aus Blattgold. Der Apfelschimmel, der stolz und ruhig im Geschirr stand, paßte perfekt zu dieser herrschaftlichen Kutsche.

»Na, gefällt sie dir?« fragte William.

»Gefallen? Sie ist ein Traum!« rief Daphne begeistert und sog den Duft von frischem Holz, Lack und Leder tief ein. Das teuerste Parfüm hätte nicht besser riechen können.

Er lachte. »Das freut mich.«

»So einen warmen Glanz habe ich noch nie gesehen, Dad.«

»Sie ist ja auch ein dutzendmal lackiert worden, da kann sie schon einen edlen Glanz haben. Und die Federung ist die beste, die es derzeit gibt«, erklärte er stolz und öffnete den Schlag. »Ich glaube, innen hat Mister Coolidge auch keine schlechte Arbeit geleistet.«

Das war eine gewaltige Untertreibung, denn auch für den Innenraum waren nur die teuersten Hölzer und Stoffe verwendet worden. Die Sitzbänke waren weich gepolstert und mit dickem, weichem Samt bezogen, der einige Töne heller war als das Weinrot der Außenbemalung. Die Bespannung der Seitenwände und des Wagenhimmels bestand aus perlgrauer Seide. Erst bei näherem Hinsehen fiel ins Auge, daß es sich bei dem feinen Muster im Seidenstoff um ein immer wiederkehrendes verschlungenes D handelte – D wie Davenport.

Daphne war von der Kutsche und dem Apfelschimmel ganz hingerissen, und sie machte aus ihrer Begeisterung keinen Hehl. Der Kutscher, der bei Eddie Burdicks Mietstall angestellt war und in seinem langen, schwarzen, messinggeknöpften Rock und mit Zylinder auf dem Bock saß, verzog das wettergegerbte Gesicht zu einem Lächeln. Es machte ihm sichtlich Freude, ein derart stattliches Gefährt zu lenken. Diese Freude würde er gewiß noch öfter haben, denn da die Häuser in der Byron Street über keine eigenen Stallungen verfügten, würde Daphnes Vater Kutsche und Pferd in Burdicks Mietstall unterstellen und sich dessen Kutscher bedienen.

William lächelte über die Begeisterung seiner Tochter. In seinem Lächeln lag jedoch ein wehmütiger Zug. »Was hältst du davon, wenn wir eine Ausfahrt machen?« fragte er, einer spontanen Regung folgend. »Nur wir beide.«

Daphne lachte. »Das wäre ja eine richtige Jungfernfahrt!«

»Richtig.«

»Nichts lieber als das, Dad! Von mir aus können wir sofort los.«

»Auch wenn es noch nicht wirklich kalt ist, so hat es sich doch ein wenig abgekühlt. Ein warmes Cape könnte daher nicht schaden«, riet er ihr und rief nach Fanny.

Das Mädchen brachte Daphnes kastanienbraunen Umhang, der gut zu ihrem braunen Kleid paßte, während sich ihr Vater noch Hut und Spazierstock reichen ließ.

Daphne war über diese Möglichkeit, ihren Dad nach langer Zeit endlich wieder einmal ganz für sich allein zu haben, so glücklich, daß sie sogar ihre Trübsal über Johns einwöchige Reise vergaß. Sie hatte ihrem Dad immer sehr nahegestanden, näher als ihrer Mutter, und

schon als kleines Kind war sie wunschlos glücklich gewesen, wenn sie bei ihrem Vater im Arbeitszimmer auf der Ledercouch sitzen oder still auf dem Teppich spielen durfte, während er Geschäftspapiere studierte und der Raum sich mit dem würzigen Geruch seiner Zigarre füllte.
»Wohin fahren wir?« fragte sie, als er neben ihr in der Kutsche Platz nahm und den Schlag zuzog.
»In die Vergangenheit«, antwortete er rätselhaft.
»In die Vergangenheit?« wiederholte sie. »In welche Vergangenheit denn?«
»In meine«, sagte er, und die Kutsche fuhr ruckend an.
»Da bin ich aber gespannt«, sagte Daphne in fröhlicher Erwartung und strich über das samtene Polster, das sich ihrer Hand anzuschmiegen schien. »Um diese wunderbare Kutsche wird man uns bestimmt in der ganzen Byron Street beneiden, Dad! Ach was! Am ganzen Beacon Hill!«
Er lächelte verhalten. »Der Neid wird sich gewiß in Grenzen halten. Außerdem kann Neid sich auch sehr schnell in Schadenfreude verwandeln, wenn sich das Glück eines Tages von einem abwendet, mein Kind. Deshalb soll man nie den Kopf zu hoch tragen«, sagte er mit sanftem Tadel.
»Trage ich den Kopf denn zu hoch, Dad?«
Er tätschelte ihre Hand. »Nein, du nicht. Du hast dich am wenigsten von uns allen verändert.«
Der ernste Ton ihres Vaters verwunderte sie. »Du meinst, daß wir uns alle verändert haben, seit wir aus Dorchester Hights weggezogen sind?«
»Ja, aber nicht erst seit wir Dorchester Hights verlassen haben. Das hat schon viel früher begonnen, Daphne.«
»Aber, ist es nicht ganz normal, daß man sich verändert, wenn man älter wird und es zu etwas bringt, so wie du es getan hast, Dad?« wandte sie ein.
»Das hängt immer ganz davon ab, um welche Art der Veränderung es sich dabei handelt. Das Pendel kann nach beiden Seiten ausschlagen, zum Guten und zum Schlechten.«
»Glaubst du wirklich, daß es bei uns zum Schlechten ausgeschlagen ist?« wollte sie wissen.
Er zögerte, und seine Antwort blieb vage. »Wir haben es uns angewöhnt, Geld und Erfolg als etwas Selbstverständliches hinzunehmen.

Wir sind uns unserer selbst einfach zu sicher geworden. Ich schließe mich nicht davon aus, ganz im Gegenteil.«

»Zu sicher? Wie meinst du das?« Sie hatte sich die Ausfahrt als ein unbeschwertes, vergnügliches Erlebnis vorgestellt, war aber alles andere als traurig über den nachdenklichen, ja geradezu ernsten Ton, den ihr Vater angeschlagen hatte. Es erfüllte sie vielmehr mit Stolz und Freude, daß er sie für erwachsen genug hielt, um mit ihr solche Gedanken zu teilen. Und irgendwie hatte sie das Gefühl, daß er ihr etwas sehr Privates anvertraute, von dem noch nicht einmal ihre Mutter Kenntnis hatte.

»Wer aus der Welt der Armut in die des Reichtums aufsteigt, bleibt meist nicht so, wie er war, als er am Fuß der Leiter stand und mit ehrgeizigem Blick nach oben blickte. Mit jeder Sprosse, die er erklimmt, wirft er etwas ab, von dem er meint, daß er es jetzt nicht mehr braucht oder daß es ihn bei seinem weiteren Aufstieg nur behindert. Häufig will er nicht mehr an das erinnert werden, was sein Leben am Fuß dieser wackeligen Leiter bestimmt hat. Dabei hat er gerade aus dieser reichen Muttererde seiner Herkunft die Kraft bekommen, ohne die sein Aufstieg unmöglich gewesen wäre«, erklärte er ihr, während die Kutsche die Joy Street hinunterfuhr und dann in die belebte Cambridge Street einbog. Hier machte sich ein wildes Gedränge von Kutschen, Reitern, schwerbeladenen Fuhrwerken und Straßenhändlern mit Handkarren gegenseitig die Fahrbahn streitig. Es herrschte lärmende Betriebsamkeit. In das Rattern unzähliger Räder mischten sich barsche Rufe, begleitet vom scharfen Knall der Kutscherpeitschen, sowie das Schnauben und Wiehern nervöser Pferde, die Stimmen der Passanten, Musik und Gelächter aus den offenstehenden Türen von Kneipen und aus der Ferne die Dampfsirenen von Lokomotiven. Die Luft war wie ein bunter Flickenteppich aus Geräuschen, der je nach Tageszeit seine Farbe und Intensität veränderte.

»Wenn so jemand dann sehr weit oben ist«, fuhr Daphnes Vater fort, »kann es passieren, daß er auf einmal merkt, daß er die Wurzeln zu seiner Vergangenheit vom Stamm geschlagen hat und plötzlich nicht mehr in fester Erde steht, sondern wurzellos im Treibsand. Zwar habe ich nie den Fehler begangen, die Wurzeln meiner Herkunft zu durchtrennen. Aber dennoch habe ich auf dem langen Weg nach oben etwas Wichtiges verloren, das einmal der Schlüssel meines Erfolges war.«

Daphne blickte ihn beunruhigt an. »Was ist es, das du verloren hast?«

»Den scharfen Blick, der sich von nichts trüben ließ, und die gesunde Mischung aus Ehrgeiz, Wagemut und nüchterner Kalkulation.«
»Und all das willst du verloren haben? Das glaube ich dir einfach nicht, Dad.«
Ein freudloses Lächeln glitt über sein Gesicht. »Du hast genauso recht wie ich. Verloren habe ich weder scharfen Blick noch Ehrgeiz, Wagemut und kühle Berechnung. Nur haben sich im Laufe der Jahre die Gewichte verschoben, nicht von heute auf morgen, sondern ganz allmählich. Tja, und auf einmal stimmt die erfolgreiche Mischung nicht mehr, obwohl doch noch alle Zutaten vorhanden sind. Erfolg und Alkohol haben auf den Menschen eben eine sehr ähnliche Wirkung.«
»Beides berauscht?«
»Richtig. Wenn man ihn in kleinen gemäßigten Dosierungen genießt, regt Erfolg an – wie auch ein, zwei Gläser Brandy anregend wirken. Doch je mehr man von beidem konsumiert, desto unklarer wird der Blick und desto träger der Geist. Kurzum: Man bekommt einen Rausch und bezahlt für ihn am nächsten Morgen mit einem Kater. Natürlich gibt es auch Ausnahmen. Das sind dann jene Menschen, die jeden, ohne zu wanken, unter den Tisch trinken können und die Unannehmlichkeiten eines Katers nicht kennen. Diese Leute gibt es unter Trinkern genauso wie unter Erfolgsverwöhnten.« Und sarkastisch fügte er hinzu: »Ich wünschte, mir wäre diese Gabe mit in die Wiege gelegt worden.«
»Aber du kannst doch stolz sein auf das, was du geschaffen hast, Dad!« erwiderte Daphne, um ihn aufzumuntern.
»O ja, ich kann wahrhaftig stolz sein«, pflichtete er ihr bei, doch in seiner Stimme schwang ein bitterer Unterton mit.
Mittlerweile hatten sie die breite Commercial Street erreicht und fuhren an den Hafenanlagen vorbei. Werften, hohe Lagerhallen und Kontorhäuser aus dunkelrotem Backstein reihten sich dicht an dicht. Frachtagenten und Schiffsausrüster hatten hier ihre Büros und Warenlager. Und an den Kaimauern lagen Schiffe aus aller Herren Länder, die ihre Fracht löschten oder neue übernahmen. Ein Heer von Masten und Schornsteinen ragte in den trüben Himmel.
Daphne war überrascht, als der Kutscher hinter der Lincoln Pier das Gefährt von der Commercial Street lenkte und nach rechts auf den Vorplatz der Battery Pier einbog, wo sich die Anlegestelle der Fähre befand, die zwischen Boston und East Boston verkehrte.

»Setzen wir über?«
Er nickte. »Ich sagte doch, daß wir eine Fahrt in die Vergangenheit unternehmen.«
Sie rollten auf die Dampffähre, auf der schon drei Fuhrwerke und eine weitere private Kutsche auf die Überfahrt warteten.
»Laß uns aussteigen und ein wenig die Füße vertreten! Ich liebe die frische Seeluft, und im Hafen gibt es immer etwas Interessantes zu sehen«, schlug William vor, und sie verließen die Kutsche, um sich zu den anderen Passagieren zu gesellen, die rechts von der offenen Fährplattform an der brusthohen Reling standen. Das allgemeine Interesse galt dem Segelmanöver eines stolzen Viermasters, der gerade aus der etwas weiter südlich gelegenen *Union Wharf* ausgelaufen war. Voller Bewunderung beobachtete Daphne, mit welch katzenhafter Sicherheit und Schnelligkeit die Seeleute in die Takelage aufenterten und die Segel setzten. Ein Segel nach dem anderen fiel von den Rahen, flatterte kurz und blähte sich dann im Wind, während sich der Clipper auf den Backbordbug legte und allmählich Fahrt aufnahm – einem Ziel entgegen, das vielleicht auf der anderen Seite des Globus lag – Tausende von Seemeilen und Wochen auf hoher stürmischer See entfernt.
Als an der Battery Pier die Leinen losgeworfen wurden und die Fähre mit qualmendem Schornstein die halbe Meile nach East Boston hinüberdampfte, war der Viermaster schon im sich weitenden Schlund der Boston Bay zwischen einer Vielzahl von kleineren Schonern, Briggs und Dampfschiffen auf Spielzeuggröße zusammengeschrumpft.
Die Maverick Pier von East Boston war schnell erreicht, und die Fahrt ging weiter. Es war keine schöne Gegend, durch die sie kamen, auch als sie das Hafenviertel hinter sich gelassen hatten. Die Straßen waren zwar weniger schmutzig, wurden jedoch von einfachen Häusern und Mietblöcken für die untere Schicht geprägt. Die vernachlässigten Fassaden bekundeten das Desinteresse ihrer Besitzer an einem gefälligen Äußeren. Diese Häuser hatten Gewinne in Form von möglichst hohen Mieteinnahmen bei möglichst geringen Instandhaltungskosten zu erwirtschaften, und das sah man ihnen an. Das Heulen einer Lokomotive und das Rattern eines Güterzuges verrieten die Nähe einer Bahnlinie. Es handelte sich dabei um die *Eastern Railroad*, wie Daphnes Vater erklärte, deren Gleise am Hafen in die Grand Junction, einen wahren Fächer von neun Abzweigungen, von denen jede bis zur Laderampe einer anderen Pier verlief, mündeten.

»Ich bin wirklich gespannt, wohin du mich führst, Dad«, sagte Daphne und dachte, daß ihre Mutter und auch Heather schon längst protestiert und zur Umkehr in »zivilisierte« Viertel gedrängt hätten.
»Schau nur gut hin!« forderte er sie lebhaft auf. »Das ist meine Muttererde, von der ich vorhin gesprochen habe. In dieser üblen Gegend, die mir lange Jahre ganz und gar nicht übel vorkam, bin ich aufgewachsen. Auf diesen Straßen habe ich meine ersten Kämpfe ausgefochten und mich zu behaupten gelernt. Da drüben in diesen Kolonialwarenladen an der Ecke Chelsea und Porter Street habe ich so manchen Cent getragen. Himbeerbonbons waren das Höchste für mich – bis ich Tabak und Bier entdeckte. Und da hinten, wo jetzt der neue Eisenbahnschuppen steht, war früher ein freier Platz. Da habe ich mir zum erstenmal eine blutige Nase geholt. Aber mein Gegner sah auch nicht viel besser aus, das kannst du mir glauben!« Er lachte in Erinnerung an seine Jugenderlebnisse.
»Du hast dich mit anderen geprügelt?« fragte Daphne, mehr belustigt und an weiteren Geschichten interessiert als schockiert.
Er lachte erneut. »Gewiß doch! Ein Mann muß sich behaupten und als Mann beweisen – im Faustkampf und an der Theke. So war das in dieser Gegend nun mal zu meiner Jugend, und ich bezweifle, daß sich daran in der Zwischenzeit auch nur das geringste geändert hat.«
»Hast du dich oft mit anderen schlagen müssen?«
»Mir scheint, du hast vergessen, daß ich als einziger Sohn eines Schlossers aufgewachsen bin.«
Daphne runzelte die Stirn. »Schlosser? Ich dachte immer, dein Vater sei Maschinenbauer gewesen.«
Er verzog das Gesicht zu einem bedauernden Lächeln. »Das ist etwas, das deine Mutter auf unserem gemeinsamen Weg zum Wohlstand sehr rasch hinter sich gelassen hat: die ungeschminkte Wahrheit über eure Großeltern. Nicht daß sie euch etwas vorgelogen hätte. Doch sie hat es nun mal vorgezogen, den Schlosser zum Maschinenbauer aufzuwerten und das Tuch des Schweigens über alles andere auszubreiten, woran sie nicht mehr erinnert werden wollte. Doch niemand kann vor seiner eigenen Vergangenheit fliehen. Man muß auf ihr aufbauen und zu ihr stehen – auch zu den unschönen Dingen und den unvermeidlichen Fehlern.«
Daphne wurde sich zum erstenmal richtig bewußt, daß sie in der Tat kaum etwas über ihre Eltern wußte, was weiter als zehn, zwölf Jahre zurücklag. Ihre Großeltern waren alle früh gestorben, und weder Dad

noch Mom hatten Geschwister, die ihnen bei Familientreffen Geschichten von früher hätten erzählen können. Sie empfand diese Wissenslücke über die Herkunft ihrer Eltern als einen Mangel.

Ihr Vater kehrte zu seinem munteren Tonfall zurück. »Ja, mein Vater war Schlosser und ein Hüne von einem Mann. Herumspielen gab es für ihn nicht. Ich bin quasi bei ihm in der Schlosserei aufgewachsen, und er hat mir gar keine andere Wahl gelassen, als schnell kräftig und ausdauernd zu werden. Ich glaube, ich habe schon den Hammer geschwungen, bevor ich noch richtig laufen konnte.«

Daphne lachte mit ihm, als sie sich das vorstellte.

»Als ich dann vierzehn, fünfzehn war, gab es keine Raufereien mehr. Sogar die Älteren verzichteten darauf, sich mit mir anzulegen«, erzählte er nicht ohne Stolz, während die Kutsche in die Marion Street einbog und dann zwei Häuser hinter einer großen Holzhandlung zum Stehen kam. Er stieß den Schlag auf, klappte die Trittstufe aus und reichte seiner Tochter die Hand, um ihr beim Aussteigen behilflich zu sein. Auf der anderen Straßenseite hielten Kinder in verschlissener Kleidung im Spielen inne und warfen ihnen neugierige Blicke zu. Die elegante Kutsche erweckte auch die Aufmerksamkeit der Passanten und des schnauzbärtigen Krämers, vor dessen Geschäft sie stehengeblieben war. Er trug eine ausgewaschene Schürze um seinen hageren Leib und fegte gerade die beiden Treppenstufen, die zu seinem Geschäft hochführten.

»Kann ich etwas für Sie tun, Sir?« erkundigte er sich sogleich beflissen.

»Danke, nein«, wehrte William ab. »Wir unterbrechen hier nur kurz unsere Spazierfahrt.«

»Spazierfahrt, so so«, murmelte der Krämer mit gerunzelten Brauen und begab sich kopfschüttelnd in sein Geschäft. Die Vergnügungen der feinen Herren nahmen manchmal wahrlich groteske Formen an. Auf Spazierfahrt in die Marion Street! In den Dreck, den die Züge der elenden *Eastern Railroad* hundertmal am Tag aufwirbelten und zu ihnen in die Straße trieben! Wenn er das seiner Frau erzählte! Kaum glauben würde sie es – und doch gleich zur Nachbarin hinüberlaufen, um ihr davon zu berichten. Na, bestimmt lag sie schon längst im Fenster und fragte sich, was diese Kutsche wohl in ihrer Straße verloren hatte.

»Hier an dieser Stelle, wo jetzt die beiden Mietshäuser stehen, befand sich die Schlosserei meines Vaters«, erklärte William, als die Laden-

tür hinter dem Krämer zufiel. »Es war ein großer Schuppen, der hinten in einen kleinen Anbau überging, in dem wir unsere winzige Wohnung hatten. Mein Vater war ein fleißiger Mann, doch er war kein Geschäftsmann. Wer ihn nicht gleich bezahlen konnte, konnte dennoch getrost zu ihm kommen und darauf bauen, daß mein Vater auf Kredit für ihn arbeitete. Und wenn einer nicht zahlte, dann unternahm er nichts, um ihn an seine Schulden zu erinnern. Das empfand er als etwas Unmoralisches. ›Er wird schon seine Gründe gehabt haben, warum er das Geld noch immer nicht gebracht hat. Bestimmt drücken ihn viel wichtigere Ausgaben wie für Kleidung, Medizin und Essen‹, pflegte er zu sagen, wenn meine Mutter ihm in den Ohren lag, er solle doch endlich seine Außenstände eintreiben. Daß jemand absichtlich nicht zahlen wollte, obwohl er dazu in der Lage gewesen wäre, weigerte er sich standhaft zu glauben. Wir kannten zwar keinen Hunger, aber nie hat er auch nur annähernd genug verdient, um an den Erwerb eines kleinen, wenn auch noch so bescheidenen Hauses denken zu können. Hätte er unser Haus in Dorchester Hights gesehen, er hätte es kaum zu betreten gewagt und mich gefragt, welchen Geldtransport ich denn überfallen habe, um es zu bezahlen.«
»Schade, daß ich ihn nicht mehr kennengelernt habe«, bedauerte Daphne. »Ich hätte ihn bestimmt gemocht.«
Er lächelte. »Ja, da bin ich mir auch ganz sicher. Er ist Jahrzehnte zu früh gestorben.«
»An einer Krankheit?«
»Nein, es war ein Unfall. Er half beim Errichten eines Wasserturms für die Eisenbahn und wurde dabei von einem Schraubenschlüssel tödlich am Kopf getroffen – durch die Unvorsichtigkeit eines Trottels, der oben auf der Plattform am Kessel arbeitete und dabei mit dem Fuß einen Kasten mit Werkzeug über die Kante stieß. Mein Vater war auf der Stelle tot. Keine zwölf Monate später folgte ihm meine Mutter ins Grab. Sie starb im wahrsten Sinne des Wortes an gebrochenem Herzen. Erst da habe ich erkannt, wie sehr sie sich geliebt hatten. Mein Gott, das liegt nun schon achtundzwanzig Jahre zurück – und doch kommt es mir vor, als wäre es erst gestern gewesen.«
Daphne sah, daß die Erinnerung ihn auch jetzt noch schmerzte, und stumm legte sie ihm ihre Hand auf den Arm. Einen Augenblick standen sie schweigend da und blickten auf das Haus, an dessen Platz einmal die Schlosserei gestanden hatte.
»Ich möchte dir noch etwas zeigen. Es liegt nicht weit von hier. Nur

ein paar Straßen. Laß uns das Stück zu Fuß gehen!« sagte er dann und gab dem Kutscher die Anweisung, in der London Street auf sie zu warten.
Daphne hatte nichts dagegen einzuwenden und hakte sich bei ihrem Vater ein. »Wie hast du Mom kennengelernt?« wollte sie wissen.
Er lächelte. »Das war sechs Jahre nach dem Tod meiner Eltern, im Mai des Jahres 1843. Aber du greifst der Geschichte vor, die ich dir erzählen will.«
»Ich wollte dich nicht drängen, Dad.«
»Als ich die Schlosserei meines Vaters übernahm, erschütterte gerade die Wirtschaftspanik von 1837 das Land. Reiche wurden über Nacht arm, und Arme sanken noch tiefer ins Elend«, fuhr er in seiner Lebensgeschichte fort, während sie gemächlich die Straße hochgingen. »Mein Vater hätte diese schlimmen Jahre vermutlich geschäftlich nicht überstanden. Doch ich vermochte mich zu behaupten, weil ich härter war als er, was die Außenstände anging.«
»Du hast also nicht auf Kredit gearbeitet«, folgerte sie.
»Nein, ich konnte es mir einfach nicht leisten. Aber das war es nicht, was mir half, diese schwierige Zeit nicht nur zu überstehen, sondern sogar beachtliche Gewinne zu erwirtschaften. Ich änderte radikal die Geschäftspolitik. Mein Vater hatte immer gut zu tun. Doch es waren zumeist geringfügige Arbeiten, die auch einen dementsprechend geringfügigen Profit abwarfen. Zudem hatte er sich nie von sich aus um Aufträge gekümmert, sondern darauf gewartet, daß ein Kunde mit seinen Wünschen zu ihm kam. Er war eben der Schlosser des Viertels – aber mit dieser Nachbarschaft war 1837 weniger denn je Geld zu verdienen. Ich wollte große Aufträge, die sich rechnen ließen. Und ich zog los und hörte mich um, wo größere Bauvorhaben geplant waren. Denn in jeder Depression gibt es nicht nur Verlierer, sondern auch Gewinner, die ihre Chance nutzen, um für ein Butterbrot etwas zu erwerben, Häuser hochzuziehen und Fabrikanlagen zu bauen.«
»Wolltest du mit deinem Ein-Mann-Betrieb gleich eine Fabrik errichten?« neckte sie ihn.
Er lachte vergnügt. »Damals habe ich mir alles zugetraut. Was hatte ich groß zu verlieren? Ich war gerade zwanzig, sah aber zu meinem Glück älter aus. Wie gesagt, ich hörte mich um und bekam Wind von einem Bauvorhaben der Eisenbahn am Hafen. Es gelang mir, zu dem Abteilungsleiter vorzudringen, der für die Ausschreibung und die Überwachung des Bauvorhabens zuständig war, und mich bei ihm in

ein gutes Licht zu setzen. Er forderte mich auf, ein Angebot vorzulegen, nachdem ich ihm versichert hatte, daß meine Firma, die *Davenport Iron Works*, selbstverständlich in der Lage sei, einen so umfangreichen Auftrag in der vorgesehenen Zeit zu bewältigen.«

»Doch diese Firma gab es damals noch gar nicht, nicht wahr?« vermutete Daphne.

»Du hast es erfaßt. Die Schlosserei meines Vaters hatte keinen Firmennamen; sie war in der Gegend nur als Eds Werkstatt bekannt gewesen. Der Name *Davenport Iron Works* fiel mir erst ein, als mich dieser Abteilungsleiter danach fragte. Und das halbe Dutzend Arbeiter, das ich für die Ausführung dieses Auftrages benötigte, existierte nur in meiner Phantasie. Es war ein riskantes Spiel, das beinahe an Hochstapelei grenzte, denn ich gaukelte ihm eine Firma vor, die es gar nicht gab – noch nicht! Wenn ich daran denke, daß er bloß Erkundigungen hätte einzuziehen brauchen, um meinem Schwindel auf die Spur zu kommen...« Er schüttelte über seine jugendliche Unverfrorenheit verwundert und stolz zugleich den Kopf. »Ob ich so überzeugend auf ihn gewirkt hatte oder aus welchen Gründen auch immer, er stellte jedenfalls keine Nachforschungen an, während ich mich an die Kalkulation machte. Sie kostete mich fast eine ganze Woche, in der ich nichts weiter tat, als Materialkosten und Löhne von Arbeitern zu berechnen, die ich noch gar nicht hatte. Um es kurz zu machen: Ich erhielt den Auftrag, der meiner Firma für drei Monate Arbeit garantierte. Das war in jener Zeit ein wahres Göttergeschenk. Nur enthielt der Vertrag auch eine gepfefferte Konventionalstrafe, die für jede angebrochene Woche, die den vereinbarten Fertigstellungstermin überschritt, fällig wurde. Und ich war noch immer ein Ein-Mann-Betrieb, als ich den Vertrag unterschrieb!«

»Himmel, konntest du denn überhaupt noch ruhig schlafen?« wunderte sich Daphne.

Er lachte kurz auf. »Wenn du wüßtest, wie oft ich mitten in der Nacht schweißgebadet aufgewacht bin! Aber es war meine Chance, und ich nutzte sie«, fuhr er fort. »Mit dem Auftrag in der Tasche machte ich mich auf die Suche nach den Fachkräften, die ich brauchte. Natürlich hatte ich schon vorher meine Fühler ausgestreckt, und die Depression, die viele die Arbeit gekostet hatte, schlug sich nun für mich günstig zu Buche. Ich muß gestehen, daß ich den Männern, die im Handumdrehen auf meiner Lohnliste standen, kaum mehr als einen Hungerlohn zahlte.«

Es fiel Daphne schwer, sich ihren Vater in der Rolle eines Arbeitgebers vorzustellen, der seine Leute ausbeutet. »Eine schlecht bezahlte Arbeit zu haben ist immer noch besser, als arbeitslos zu sein.«
Er zuckte die Achseln, als wolle er diesen Punkt seiner Vergangenheit nicht näher beleuchten. »Meine Kalkulation beruhte auf diesen niedrigen Löhnen, sonst hätte ich den Auftrag erst gar nicht erhalten«, rechtfertigte er sich. »Außerdem trug ich allein das Risiko. Die Männer konnten ›nur‹ ihre neue Arbeitsstelle verlieren, ich dagegen setzte die Schlosserei aufs Spiel. Meinen Berechnungen nach konnte ich mir maximal zwei Wochen Terminüberschreitung erlauben – um gerade noch mit heiler Haut, finanziell aber total nackt aus dem Abenteuer herauszukommen. Bei drei Wochen würde ich genauso mittellos dastehen wie die von mir angeheuerten Männer.«
»Aber du hast es geschafft, Dad. Sonst würden wir heute nicht am Beacon Hill wohnen.«
»Ja, damals habe ich den Grundstein gelegt, Daphne. Aber es ist auch nur um Haaresbreite gutgegangen«, erinnerte er sich mit einem schweren Seufzer. »Du darfst nicht vergessen, daß ich bis dahin immer auf mich allein gestellt war. Und nun mußte ich auf einmal sechs Arbeiter führen und möglichst effektiv einsetzen. Dazu hatte ich mich mit den Zulieferfirmen herumzuschlagen, die natürlich meine Unerfahrenheit auszunutzen versuchten. Die ersten Wochen waren für mich ein einziger Alptraum. Nichts wollte klappen. Versprochene Materiallieferungen kamen nicht zum vereinbarten Termin, und meine Leute konnten nicht weitermachen. Aber auch ich machte eine Menge Fehler, so daß wir dem Zeitplan erschreckend weit hinterherhinkten. Irgendwie gelang es mir dann doch noch, alles rechtzeitig unter Dach und Fach zu bekommen. Einen Tag bevor die erste Konventionalstrafe fällig gewesen wäre, waren die Arbeiten abgeschlossen. Und wir hatten so gute Arbeit geleistet, daß man mir sogleich einen Folgeauftrag übertrug und ich meine Männer weiter beschäftigen konnte. Ich machte in den nächsten Jahren gute Geschäfte mit der Eisenbahn und zwei großen Werften, die drüben am Maverick River gebaut wurden, blieb jedoch in dem schäbigen Anbau wohnen. Für mich selbst gab ich so gut wie kein Geld aus. Ich war ehrgeizig und hatte nichts dagegen, mich von der Arbeit auffressen zu lassen. Und ich machte es mir zur Regel, von jedem Dollar Gewinn sechzig Cents wieder in den Betrieb zu investieren, zwanzig Cents als Rücklage zu verwenden – und zwanzig Cents in Aktien anzulegen.«

Daphne war von der Geschichte ihres Vaters fasziniert. Ihr war, als habe sich ihr plötzlich ein fesselndes Buch geöffnet, das zu lesen schon immer ihr innigster Wunsch gewesen war, das man ihr aber vorenthalten hatte, weil es gewisse anstößige Stellen enthielt.

»Erzähl weiter, Dad!« drängte sie ihn und drückte seinen Arm. »Du bist also zur Börse gekommen.«

Er lachte amüsiert. »Noch längst nicht! Die paar Aktien, die ich damals besaß, waren nicht der Rede wert. Doch sie spornten mich an, mehr über Börsengeschäfte zu erfahren und alles darüber zu lesen, was ich in die Hände bekommen konnte. Tja, und dann kam der sonnige Mai des Jahres 1843, als ich deine Mutter kennenlernte.«

»Seid ihr euch im Park begegnet?« fragte sie begierig.

»Im Park?« Er lachte schallend auf. »Ich wußte damals gar nicht, wie ein Park von innen aussieht, mein Kind! Ich kannte nur meine Arbeit. Nein, ich traf sie an dem einzigen Ort, an dem ich jemanden wirklich zur Kenntnis nahm – nämlich in der Schlosserei. Sie kam mit ihrem Vater, dem seligen Robert Allison. Er bat mich, eine kleine Arbeit auszuführen, was ich jedoch ablehnen wollte, da ich dafür keine Zeit hatte. Doch deine Mutter verstand es, mich mit ihrem Charme zu überreden. Und von da an war es um mich geschehen. Wir heirateten noch im selben Jahr.«

»Moms Vater war doch Arzt, nicht wahr?«

»Ja, das war er«, antwortete William, doch der betrübte Gesichtsausdruck verriet seiner Tochter, daß es auch über ihren Großvater mütterlicherseits etwas gab, was sie noch nicht wußte.

»Erzählst du es mir?«

»Was denn?«

»Irgend etwas war doch mit meinem Großvater, das sehe ich dir an.«

William blieb stehen und schaute sie ernst und prüfend an. »Nun gut, ich habe dir eine Reise in die Vergangenheit versprochen, und es soll eine ohne jene Beschönigungen und Auslassungen sein, die in unserem Haus die Gespräche über die vergangenen Zeiten bestimmt haben.«

»Gespräche, die sowieso sehr selten stattgefunden haben«, bemerkte Daphne trocken.

Er widersprach nicht. »Ja, ich hätte es nicht zulassen dürfen. Ich habe das genauso zu verantworten wie deine Mutter, die sich ihres Vaters geschämt hat, denn er war... nun ja, ein Quartalssäufer.«

»Ein Alkoholiker?« Daphne war betroffen.

Sie gingen weiter. »Ja, aber einer, der wochenlang trocken bleiben konnte, um dann plötzlich tagelang zu trinken, bis zur Besinnungslosigkeit. Wenn er seine trockene Phase hatte, dann war Robert Allison ein feiner, belesener Mann, mit dem man sich wunderbar unterhalten konnte. Ich habe ihm viel zu verdanken und ihn sehr gemocht. Ein Jammer, daß der Alkohol ihn in seinen Krallen hatte. Doch auch wenn er in einem seiner tagelangen Besäufnisse steckte, wurde er nie streitsüchtig oder gar gewalttätig. Er kippte das Zeug still in sich hinein, bis er nicht mehr in der Lage war, seinen Arm zu heben.«
Sie schluckte. »Wie schrecklich. Und Mom hat das alles mitgemacht?«
»Ja, und sie ist wohl nie darüber hinweggekommen, daß ihr Vater, dem eine große Karriere als Arzt offengestanden hätte, in ihrem Viertel als der ›Fusel-Doktor‹ bekannt war. Er wurde nicht einmal von den einfachen Leuten oft genug konsultiert, um mit den Einnahmen seine Familie über Wasser halten zu können. Charlotte, seine Frau, sicherte den Lebensunterhalt der Familie, indem sie Klavierstunden gab und sich mit allerlei Nebenbeschäftigungen ein Zubrot verdiente. Sie war eine Frau, die nie klagte und ihr Kreuz mit einer beeindruckend stoischen Haltung trug.«
»Wie schrecklich«, flüsterte Daphne.
»Ja, es war wirklich ein schreckliches Schicksal, für sie alle«, bestätigte William und bog mit Daphne in die London Street ein, die zu beiden Seiten von schmalbrüstigen Häusern gesäumt war. Nicht weit von der Straßenecke entfernt, wartete die Kutsche auf sie.
Vor einem dieser Häuser, die alle gleich unscheinbar aussahen, blieb ihr Vater stehen. Er wies auf die schmale Treppe, die zur Haustür hochführte. »Über diese Schwelle dort habe ich deine Mutter an unserem Hochzeitstag getragen. Dieses Haus war mein Hochzeitsgeschenk für sie. Himmel, wie stolz ich war! Ich weiß noch genau, was ich für dieses Haus bezahlt habe: achthundertfünfzig Dollar, weniger als mich die neue Kutsche da gekostet hat. Aber das war auch vor über zwanzig Jahren.«
»Hier habt ihr gewohnt, Mom und du?« Es war mehr eine verwunderte Feststellung als eine Frage.
»Ja, hier haben wir vier sehr glückliche Jahre verbracht«, sagte er mit einem wehmütigen Ausdruck. »Ich kam mir wie ein König vor, besonders als deine Mutter dann endlich in anderen Umständen war und deine Schwester unter dem Herzen trug. Zur Welt gekommen ist

Heather jedoch in dem Haus in Charlestown, in das wir 1847 umgezogen sind. Die Schlosserei in der Marion Street war mir längst zu klein geworden, und als ich mit den *Davenport Iron Works* in die Nähe des Trockendocks der Marine übergesiedelt bin, haben wir dieses Haus aufgegeben und ein größeres in Charlestown bezogen. Kannst du dich noch an das erinnern?«

»Nur ganz schwach.«

Er nickte. »Richtig, du warst ja auch erst vier, als wir nach Dorchester Hights zogen.« Gedankenversunken stand er vor dem Haus, während ihn eine Flut von Erinnerungen in die Vergangenheit entführte. Dann wandte er sich abrupt ab, als müsse er sich mit Gewalt von der Macht vergangener Jahrzehnte losreißen. »Das war es, was ich dir noch zeigen wollte. Fahren wir zurück! Deine Mutter wird sich schon Sorgen machen, wo wir bloß bleiben.«

Sie stiegen in die Kutsche, und es ging zurück zur Anlegestelle der Fähre. Diesmal verließen sie die Kutsche während der Überfahrt nicht.

»Es war damals eine aufregende Zeit, in der ich in meinem ungestümen Tatendrang nur die Sterne als Grenze akzeptierte. Nichts schien unerreichbar«, kehrte er noch einmal in die frühen Jahre seines Aufstieges zurück. »Als wir 1846 bis 1848 Krieg mit Mexiko führten und uns Kalifornien, Neu-Mexiko und das Gebiet bis zur Rio-Grande-Grenze einverleibten, erlebten die *Davenport Iron Works* einen weiteren kräftigen Aufschwung, der es mir ermöglichte, die Firma auf ein großes Gelände in Charlestown umzusiedeln. Und ich machte meine ersten großen Geschäfte an der Börse. Von da an bin ich nicht mehr davon losgekommen.«

»Es ist mir ein Rätsel, wie man mit dem Kaufen und Verkaufen von irgendwelchen Papieren ein Vermögen verdienen kann«, erwiderte Daphne. »Also, für mich ist die Börse ein Buch mit sieben Siegeln.«

»Man kann sein Vermögen auch genausogut verlieren. Weißt du, wie man am schnellsten zu einem kleinen Vermögen kommt?«

»Nein. Wie denn?«

»Indem man mit einem möglichst großen an der Börse zu spekulieren beginnt«, antwortete er sarkastisch. »Denn das Aktiengeschäft ist nun mal Fluch und Segen zugleich. Des einen Gewinn ist des anderen Ruin. Es ist wie mit der Materie im Kosmos. Nichts geht verloren. Was sich hier in Dampf verflüchtigt, schlägt sich dort als warmer Regen nieder.« Seine Mundwinkel zuckten. »Nur weiß man leider nie

ganz sicher, wo sich etwas in Rauch auflöst und wo der Regen niedergeht.«
Die Fähre legte an der Battery Pier an, und die Kutsche reihte sich in den mittäglichen Verkehr auf der Commercial Street ein, der nichts von seiner ameisenhaften Betriebsamkeit verloren hatte. Erst als das Rathaus hinter ihnen lag und sie sich dem Parlamentsgebäude näherten, das am oberen Ende der Mount Vernon Street auf der Kuppe des Beacon Hill aufragte, wurde es auf den Straßen merklich ruhiger, und der Apfelschimmel konnte nun schneller ausgreifen.
»Ich bin dir sehr dankbar, daß du mich auf diese Reise in deine und auch Moms Vergangenheit mitgenommen hast, Dad«, brach Daphne nun das einträchtige Schweigen, das seit dem Übersetzen geherrscht hatte. Wie ihr Vater, so war auch Daphne im Strom der Gedanken versunken, den die Fahrt und die Erzählungen ihres Vaters bei ihr bis auf den Grund aufgewühlt hatten. An diesem Vormittag hatte sie mehr über ihre Eltern erfahren als in den sechzehn Jahren zuvor – und vor allem die Wahrheit. All dies zu verarbeiten würde seine Zeit dauern.
Er wandte sich ihr zu und nahm ihre Hand. »Ich war es dir und auch mir einfach schuldig, mein Kind. Du sollst wissen, woher wir kommen und wo unsere Wurzeln sind, denn es sind auch immer deine Wurzeln. Der Wahrheit über die Vergangenheit eines Menschen fehlt nun mal der schattenlose Glanz jener Legendenbildung, mit der man gewöhnlich vergangene Jahrzehnte veredelt. Es gibt mir ein gutes Gefühl, diese Wahrheit wenigstens mit dir teilen zu können. Bei Heather habe ich leider den richtigen Zeitpunkt verpaßt, und Edward ist noch zu jung. Bei dir jedoch weiß ich all das, was ich dir anvertraut habe, in umsichtigen Händen.« Das war ein versteckter Hinweis, ihr Wissen um die Vergangenheit der Davenports und der Allisons für sich zu behalten.
Sein Vertrauen rührte Daphne, und sie drückte seine Hand. »Ich bin froh, daß ich mit dir in der Marion und in der London Street war, Dad.«
Er lächelte, doch es war ein trauriges Lächeln. »Ich mußte dir all das einfach zeigen und sagen, weil ich weiß, daß zumindest du verstehen wirst ... wenn das Leben auf deine Wünsche und Träume schon keine Rücksicht nimmt. Außerdem: Wie können wir das Morgen begreifen, wenn wir das Gestern nicht kennen?«
Daphne verstand nicht, wie er das mit ihren Wünschen und Träumen meinte, sollte aber später noch oft an diesen Satz denken.

Siebtes Kapitel

Daphne war zu jung und unerfahren und viel zu sehr mit ihren eigenen Problemen beschäftigt, um die Zeichen richtig deuten zu können, die ihr Vater setzte. Daß er in den Tagen, die ihrem Ausflug nach East Boston folgten, kaum ansprechbar und ungewöhnlich verschlossen war, brachte auch sie nur mit dem anstehenden Hausball und der nervösen Geschäftigkeit ihrer Mutter in Verbindung. Es verwunderte auch keinen, daß er sich kaum noch zu den Mahlzeiten blicken ließ, fast den ganzen Tag außer Haus verbrachte und sich abends in sein Arbeitszimmer einschloß. Daß seine gesunde Gesichtsfarbe einer kränklichen Blässe gewichen war und sich neue, scharfe Furchen um Mund und Augen gegraben hatten, schrieb man allgemein der Tatsache zu, daß er sich zuwenig Schlaf und in der Zurückgezogenheit seines Arbeitszimmers zuviel Brandy gönnte. Letzteres war kein Gesprächsthema im Haus der Davenports, aber doch allen bekannt. Er machte sich auch keine Mühe, die leeren Flaschen zu verstecken oder sich nüchterner zu geben, als er war, wenn er anderen in der Halle oder auf der Treppe begegnete.

»Dad benimmt sich unmöglich!« entrüstete sich Heather eines Abends nach dem Essen. »Er hat kaum etwas gegessen, kein Wort gesagt, aber eine ganze Flasche Wein getrunken. Und jetzt ist er in seinem Arbeitszimmer zu Brandy übergegangen.«

Edward grinste. »Na, wenn man dich und Mom unablässig darüber reden hört, ob die Dekorationsstoffe nun lavendelblau oder doch besser altrosa sein sollen, kann einem ja auch der Appetit vergehen und die Lust auf was Stärkeres kommen«, zog er sie auf.

»Sehr witzig, Waddy. Ich finde es jedoch überhaupt nicht lustig, daß Dad die ganze Mühe uns und Mom überläßt und seine Brandyorgien feiert.«

»›Orgien‹ ist ja nun wohl übertrieben«, meinte Daphne. »Du weißt doch, wie er solchen Trubel haßt. Und du kannst nicht sagen, daß Dad auch nur einmal aus der Rolle gefallen wäre.«

»Hoffentlich kippt er das gräßliche Zeug nicht auch am Ballabend so maßlos in sich hinein«, hoffte Heather, während ihre Miene Zweifel ausdrückte. »Das wäre wirklich peinlich. Stell dir mal vor, was John von ihm denken würde!«

»Dir wäre es aber bestimmt viel peinlicher, wenn du dir keinen neuen Verehrer angeln könntest«, zog Edward das Thema wieder ins Spaßige. »Trotz Madame Fortescues Zauberkünsten und ihrer Schneiderinnen.«
Heather wurde rot. »Jetzt reicht es! Mach sofort, daß du aus meinem Zimmer kommst!« forderte sie Edward auf und drohte ihm mit erhobener Hand. »Du hättest ein paar hinter die Ohren verdient.«
Edward, dem es sowieso zu langweilig geworden war, dem Gespräch seiner älteren Schwestern über das Fest zuzuhören, reagierte auf den Zimmerverweis mit einem fröhlichen Grinsen. »Du gehst viel zu schnell die Palme hoch, Schwesterherz«, meinte er von der Tür her. »Vielleicht solltest du es auch mal mit einem Brandy versuchen.«
Heather warf eine Haarbürste nach ihm, die jedoch nur noch die geschlossene Tür traf.
Als Daphne später kurz zu ihrem Bruder hineinschaute, kamen sie wieder auf ihren Vater zu sprechen. »Meinst du, daß Dad aus irgendeinem anderen Grund als dem Ball so merkwürdig ist?« fragte er besorgt.
»Was sollte das denn für ein Grund sein?« fragte Daphne zurück.
Er zuckte die Achseln. »Keine Ahnung. Ich dachte, du wüßtest vielleicht was.«
Daphne schüttelte den Kopf. »Es ist bestimmt nur der Ball. Du weißt doch, daß ihm solche Feste ein Greuel sind.«
»Aber er hat noch nie so viel getrunken«, wandte er ein. »Und er ist auf einmal so einsilbig und gar nicht mehr richtig ansprechbar.«
»Das gibt sich schon wieder«, sagte Daphne zuversichtlich, doch in dieser Nacht konnte sie lange nicht einschlafen. Diesmal waren es nicht sehnsüchtige Gedanken an John, die sie wach hielten, sondern ein unerklärliches Gefühl der Unruhe plagte sie. Sie fragte sich zum erstenmal ernsthaft, ob das Verhalten ihres Vaters nicht vielleicht doch einen anderen Grund haben mochte. Der ernste Ton, in dem er auf der Kutschfahrt mit ihr gesprochen hatte, und der gelegentliche Anflug von Bitterkeit und Selbstvorwurf kamen ihr wieder in den Sinn. Sie erinnerte sich an seine Worte über Vermögen, die man an der Börse genauso schnell wieder verlieren kann, wie man sie gewonnen hat. Und auf einmal erschien ihr die ganze Fahrt in einem völlig neuen Licht – wie auch sein völlig unverständlicher Wutausbruch wegen der drei venezianischen Spiegel.
Daphne nahm schließlich in ihren unruhigen Schlaf die dunkle Ahnung mit, daß sich irgend etwas Unheilvolles zusammenbraute.

Der nächste Tag brachte die entsetzliche Gewißheit.
Daphne fragte sich später oft, welchen Verlauf ihrer aller Leben wohl genommen hätte, wenn sie an jenem Vormittag nicht Edwards handbemalte Lesezeichen vergessen hätte. Sie waren wie die gefälligen Handarbeiten von ihr und Heather für den nächsten Kirchenbasar bestimmt, der an Thanks Giving stattfand.
Sie befand sich schon an der Kreuzung River und Chestnut Street, als ihr einfiel, die Lesezeichen ihres Bruders nicht in den Korb gelegt zu haben, den sie am Arm trug. Sie hätte sie auch an einem anderen Tag zum Gemeindehaus mitnehmen können, doch da es ein heiterer, sonniger Tag war, machte es ihr nichts aus, noch einmal zurückzugehen und sie zu holen.
Sie war darauf vorbereitet, das Haus leer vorzufinden. Pru hatte ihren freien Tag, Theda war mit Fanny auf dem Markt, Heather befand sich in Edwinas Begleitung auf einer langwierigen Anprobe bei Madame Fortescue und Mister Townbridge hatte das schöne Wetter genutzt, um Edwards Sammlung gepreßter Pflanzen und Blumen durch eine Auswahl herbstlich verfärbter Blätter zu ergänzen und seinen Biologieunterricht *in natura* abzuhalten. Da die Eltern einen Termin mit dem Leiter des Ensembles, das beim Ball aufspielen sollte, hatten, war Daphne auf ihren Schlüssel angewiesen. Doch kaum hatte sie die Tür aufgeschlossen, da merkte sie, daß ihre Eltern das Haus noch nicht verlassen hatten. Sie stritten sich. Ihre erregten Stimmen drangen aus dem Salon zu ihr in die Halle.
»Du hast schon am Morgen zur Flasche gegriffen und bist betrunken!« rief ihre Mutter mit schriller Stimme.
»Und ob ich getrunken habe!« kam die laute Antwort ihres Vaters. »Aber betrunken bin ich nicht. Ich wünschte, ich wäre es. Vielleicht könnte ich es dann besser ertragen.«
»Du *mußt* betrunken sein! Ich wüßte sonst keine Erklärung für deine... grotesken Bekenntnisse«, erwiderte sie, ihrer Stimme nach am Rand der Hysterie.
»Es mag grotesk in deinen Ohren klingen, Sophie, aber das ändert doch nichts daran, daß es die Wahrheit ist.«
»Ich will nichts mehr davon hören. Du sollst dich schämen, mich auf so niederträchtige Weise schockieren zu wollen! Nicht einmal dein betrunkener Zustand kann dafür als Entschuldigung herhalten.« Ihre Stimme, in der ein entsetzter und beschwörender Ton mitschwang, kippte fast um.

Daphne biß sich auf die Lippen. Das war keine der üblichen zänkischen Auseinandersetzungen, sondern ein erbitterter Streit.
Unter diesen Umständen hielt sie es nicht für ratsam, sich bemerkbar zu machen. Sie mußte nur rasch hoch in Edwards Zimmer und die Lesezeichen holen. Ihre Eltern würden bei ihrem häßlichen Streit gar nichts davon mitbekommen.
Lautlos ließ sie die Tür ins Schloß gleiten und schlich auf Zehenspitzen zur Treppe.
»Nichts liegt mir ferner, als niederträchtig zu sein oder dich schockieren zu wollen«, antwortete ihr Vater bitter. »Es ist jedoch die traurige Wahrheit: Wir sind ruiniert, Sophie.«
Daphne erstarrte am Fuß der Treppe.
Ruiniert?
Sie mußte sich verhört haben. Doch in ihrem Innersten wußte sie schon in diesem Moment, daß dies nicht der Fall war und ihr Vater jedes Wort so gemeint hatte, wie er es gesagt hatte! Die Spiegel! Die Fahrt nach East Boston! Segen und Fluch der Börse!
»Nein! Nein! Sag, daß es nicht wahr ist! William, ich flehe dich an! Es kann nicht wahr sein!«
»Es ist wahr! Du weißt nicht, wie schwer es mir fällt, dir dabei ins Gesicht zu blicken, aber ich kann es dir nicht länger verschweigen: Ich habe alles Geld an der Börse verloren«, bekräftigte er noch einmal mit rauher Stimme. »Ich habe mich gigantisch verspekuliert. Das große Geschäft hat sich als Seifenblase erwiesen. Der Abschluß mit den *Great Lakes Railroad* ist nicht zustande gekommen, und *Michigan Steel* hat Konkurs angemeldet. Die Aktien, die ich aufgekauft habe, sind nur noch Cents wert.«
»Aber das ist doch unmöglich! Du hast doch gesagt, daß du einen todsicheren Tip von Rufus Hatfield bekommen hast und ihr ein Vermögen machen würdet!«
»Todsicher war er schon – für unseren Ruin. Nein, es gibt nichts mehr zu hoffen, Sophie. Der Konkurs ist kein Gerücht mehr, sondern eine Tatsache. Die Aktien sind wertlos. Der Traum ist ausgeträumt. Ich habe alles auf diese vorgeblich todsichere Karte gesetzt – und alles verloren.«
»Nicht alles. Du hast nur das Aktienpaket verloren, nicht wahr?«
»Nein, Sophie«, erwiderte er mit gebrochener Stimme. »Ich habe auch die Firma verloren.«
Ein Schrei ungläubigen Entsetzens drang aus dem Salon durch den Spalt der Flügeltüren zu Daphne hinaus.

»Ich habe die Firma weit über ihren Wert mit Wechseln belastet, um überhaupt so viele *Michigan Steel*-Aktien kaufen zu können. Und diese Wechsel werden heute fällig. Du hast mich damals genauso dazu ermuntert wie Rufus Hatfield, dem ich sie ausgestellt habe.«

»Weil ich dir vertraut habe.«

»Ja, so wie ich Hatfield. Ich bin erledigt.«

»Das ist ja reiner Wahnsinn! Wie hast du nur so etwas Irrsinniges tun können, unsere Existenz so leichtfertig aufs Spiel zu setzen? Wage es ja nicht, mir zu sagen, daß du nun keinen Ausweg weißt! Es muß einen geben!« schrie sie außer sich, noch immer nicht bereit, die grausame Wahrheit zu akzeptieren.

»Es gibt keinen. Die Firma, das Haus, dein Schmuck, die Einrichtung – all das wird kaum reichen, um die Schulden zu begleichen. Wir werden alles verkaufen und noch einmal neu anfangen müssen. Und natürlich werden wir uns kein Personal mehr leisten können. Es wird so sein wie früher in East Boston. Irgendwie werden wir schon klarkommen.«

»Du kannst nicht ganz bei Sinnen sein! Glaubst du im Ernst, ich würde noch einmal in eine so schäbige Bude wie das Haus in der London Street ziehen?«

»Was willst du dann tun? Dir vielleicht einen Revolver in den Mund stecken und abdrücken, wie es dein Vater getan hat?« hielt er ihr vor. »Willst du die Kinder sich selbst überlassen?«

»Wie kannst du es wagen...« Die Stimme versagte ihr den Dienst.

»Es tut mir leid, Sophie. Ich wollte dich nicht verletzen, aber du mußt einfach begreifen, wie die Dinge liegen. Wir sind nicht mehr reich. Wir sind arm. Da hilft alles Schreien und Beschwören nichts.«

Sie beschimpfte ihn auf das unflätigste. Dann: »Ich denke nicht daran, mich damit abzufinden, daß du unsere Existenz und die Zukunft unserer Kinder verspielt hast. Und du wirst dich gefälligst auch nicht damit abfinden! Noch ist nichts verloren. Du mußt mit Hatfield sprechen. Er hat dich doch zu dieser irrsinnigen Spekulation verleitet und die Wechsel angenommen. Er kann dich deshalb nicht fallenlassen.«

»Ich bezweifle, daß er das nicht kann.«

»Er ist ein Ehrenmann und so reich, daß er einen solchen Verlust zehnmal besser verkraften kann als wir.«

»Ich befürchte, daß er an diesem Geschäft nicht einen einzigen Cent verloren und mich bewußt getäuscht hat.«

»Aber das ist doch lächerlich! Er war dir immer sehr wohl gesonnen und hat dir doch oft genug wichtige Informationen zukommen lassen. Also weshalb hätte er dich bewußt in den Ruin treiben sollen?«
»Ich weiß es nicht, aber ich werde den häßlichen Verdacht nicht los, daß er es so und nicht anders geplant hat – von Anfang an.«
»Unsinn! Sprich mit ihm! Er wird dir helfen. Hatfield muß die Wechsel einfach aussetzen und dir Zeit lassen, sie über einen längeren Zeitraum einzulösen. Die Firma wirft genug Gewinn ab, um die Schulden in ein paar Jahren aus der Welt zu schaffen. Das Haus werden wir natürlich unter keinen Umständen aufgeben. Das lasse ich mir nicht nehmen. Ich bin höchstens bereit, Pru zu entlassen, vielleicht auch noch Fanny. Edwina wird eben in dieser schwierigen Zeit mehr Aufgaben übernehmen müssen.«
»Du machst dir zu viele Hoffnungen, Sophie. Mit ein paar Einsparungen allein ist es nicht getan, dafür ist der Verlust zu groß. Und ich glaube auch nicht, daß Hatfield auf so einen Vorschlag eingehen wird. Das einzige, was ich vielleicht bei ihm erreichen könnte, ist, daß er mich zum Direktor der *Davenport Iron Works* macht.«
»Angestellter bei der Firma, die dir einmal selbst gehört hat?« Grenzenlose Verachtung lag in ihren Worten, die sie wie ekligen Schleim ausspuckte. »Wie kannst du dich nur so erniedrigen wollen – allein schon vor mir! Was hat denn *dein* Direktor zu sagen? Er ist doch bloß eine lächerliche Marionette, die tut, was du ihm vorschreibst. Und du willst dir jetzt von einem anderen sagen lassen, wie du den Betrieb zu führen hast? Niemals! Ich müßte mich ja schämen und könnte niemandem mehr in die Augen blicken. Man würde uns nirgendwo mehr einladen. Zumindest nicht bei den Leuten, die zählen! Und was würde dann aus Heather und Daphne? Ihre Zukunft wäre ruiniert. Nein, Hatfield muß dir die Firma lassen. Wenn du das erreichst, werde ich dir vielleicht verzeihen können, was du getan hast.«
»Sophie...«
»Geh mir aus den Augen, William! Arrangiere dich mit Hatfield! Wie du das machst, ist mir egal. Doch trete mir nicht unter die Augen und sage mir, du hättest auch das Haus und die Firma verloren! Dann... dann solltest du dir lieber wünschen, du wärest tot«, fuhr sie ihn mit wildem Zorn an. »Mein Gott, ich hätte nie gedacht, daß ich dich eines Tages für einen verabscheuungswürdigen Versager halten würde. *Und jetzt geh endlich zu Hatfield!*«
Daphne hatte dem Wortwechsel mit wachsender Bestürzung ge-

lauscht, ohne sich von der Stelle zu rühren. Sie war von dem, was sie gehört hatte, wie benommen. Doch als sie die schweren Schritte des Vaters hörte, löste sie sich aus dieser Starre ungläubigen Entsetzens. Jetzt noch über die Treppe zu verschwinden, dafür war es zu spät. Und so huschte sie in den Schatten des Flures hinter dem Treppenaufgang, der zu den Küchenräumen führte.

Sie sah, wie ihr Vater aus dem Salon trat. Ihre Mutter stieß die Tür von innen mit einem lauten Knall zu, der wie ein Pistolenschuß durchs Haus hallte. Einen Augenblick stand William mit hängenden Schultern, eingefallenem Gesicht und blutunterlaufenen Augen in der Mitte der Eingangshalle. Aus dem Salon kam Sophies wildes Schluchzen, aus dem Verzweiflung und ohnmächtiger Zorn klangen.

Daphne hielt den Atem an. Ihr Vater stand nur ein paar Schritte von ihr entfernt. Er brauchte den Kopf jetzt bloß ein wenig nach rechts zu drehen, um sie zu entdecken. Doch er fuhr sich nur mit der Hand über die Augen. Dann ging er in sein Arbeitszimmer hinüber, ohne die Tür hinter sich zu schließen. Sein Gang hatte etwas Schleppendes, als kostete es ihn übermäßige Anstrengung, einen Fuß vor den anderen zu setzen.

Daphne war zu erschüttert und verstört, um sich in dieser Situation Rechenschaft über ihr eigenes Verhalten ablegen zu können. Sie folgte einem inneren Zwang, trat aus dem Halbdunkel des Flurs und ging auf die Tür des Arbeitszimmers zu. Sie wußte nicht, was sie tun würde, wenn ihr Vater sie sah. Doch sie konnte sich jetzt nicht unbemerkt aus dem Haus schleichen und so tun, als habe sie nichts gehört – und als habe sich nichts in ihrem Leben geändert.

Sie erwartete irgend etwas von ihrem Vater, ohne dies im Moment benennen zu können. Es war mehr ein Gefühl als ein bewußter Gedanke.

Sie trat in die offene Tür. Ihr Vater stand gebückt am Schreibtisch. Eine Flasche Brandy, gut um die Hälfte ihres Inhaltes erleichtert, stand auf der Schreibunterlage neben einem Glas, das gefüllt war. Die unterste Schublade hatte er weit aufgezogen. Gerade wollte sich Daphne bemerkbar machen, als er ganz nach hinten in das Fach griff und sich wieder aufrichtete, einen Revolver in der Hand.

In ihrem Schreck wich sie unwillkürlich von der Tür zurück, preßte eine Hand vor den Mund. Noch bevor sie sich gefaßt hatte, kam ihr Vater aus dem Zimmer. Abrupt, wie gegen eine Wand gelaufen, blieb er stehen.

»Daphne!« stieß er erschrocken hervor.
Sein Atem roch stark nach Alkohol, doch es machte ihr nichts aus.
»Dad...«
»Was machst du hier?«
»Ich... ich habe Edwards Lesezeichen für den Basar vergessen.« Wie unsinnig das klang, angesichts des Dramas, das sich zwischen ihren Eltern abgespielt hatte und sie noch alle in seinen schicksalhaften Strudel reißen würde – denn dieses Drama hatte gerade erst seinen Anfang genommen.
Schluchzend und unverständliches Jammern drang aus dem Salon. Gedämpft. Doch in der Stille des Hauses zu deutlich, um verbergen zu können, daß hinter diesen Flügeltüren eine Welt zusammengebrochen war.
»Ich habe dich gar nicht kommen hören.«
Sie senkte den Kopf, schwieg, und er begriff.
»Du hast alles gehört, nicht wahr?«
»Ja.« Sie brachte das Wort kaum über die Lippen.
»Dann brauche ich dir ja nichts mehr zu sagen, Daphne. Nur noch, daß es mir leid tut... vor allem für dich, Heather und Edward. Aber sogar das klingt schäbig, nicht wahr? Für mein Versagen gibt es wirklich keine Entschuldigung.«
Es würgte sie in der Kehle. »Dad...« Sie wollte ihn nach dem Revolver fragen. Er hatte ihn sich hinter den Hosenbund gesteckt. Die klobige Form zeichnete sich unter seiner grauen Seidenweste ab.
In dem Moment berührte er ihre Wange. Seine Finger strichen sanft über ihre Haut. »Es liegen schwere Zeiten vor uns, Daphne. Deine Mutter...« Er wußte nicht weiter. »Bitte sei so lieb und geh zu ihr! Ich glaube, sie kann deinen Beistand jetzt gut gebrauchen. Und vergiß nie, daß ich dich immer liebe.«
Es klang wie ein Abschied, und ihre Augen füllten sich mit Tränen.
»Dad! Bitte, geh jetzt nicht zu Hatfield!«
»Jeder hat irgendwann im Leben so einen Bittgang auf sich zu nehmen, und wer ihn nur einmal antreten muß, kann sich schon glücklich schätzen«, erwiderte er, nahm seinen Umhang vom Haken der Garderobe und stürzte aus dem Haus.

Achtes Kapitel

Daphne war unschlüssig, was sie nun tun sollte. Sie fühlte sich schwindelig, als hätte sie den Brandy getrunken und nicht ihr Vater. Zögernd ging sie auf die Tür des Salons zu, den Revolver in der Hand ihres Vaters vor Augen. Wozu hatte er die Waffe an sich genommen? Was, um Gottes willen, hatte er vor?

Angst bemächtigte sich ihrer, und sie riß die Tür auf und lief zu ihrer Mutter in den Salon. Von einem Weinkrampf geschüttelt, saß Sophie auf der Couch. Die Tränen hatten ihre Schminke verschmiert. Sie sah zum Erbarmen aus, doch Daphnes einzige Sorge galt in diesem Moment ihrem Vater.

»Mom! Wo wohnt Mister Hatfield?« fragte sie drängend.

Sophie blickte nur verstört auf, schüttelte den Kopf und überließ sich wieder ihrer Verzweiflung.

Daphne packte sie hart an der Schulter und rüttelte sie.

»Mom! Ich muß es wissen! Dad hat einen Revolver eingesteckt. Wo wohnt Mister Hatfield?«

»Revolver?« fragte Sophie verständnislos.

»Ja! Gott weiß, was er damit vorhat.«

»Dieser Narr! Dieser gottverdammte Narr!«

»Die Adresse, Mom!« beschwor Daphne sie.

»Sein Stadthaus ist am Louisburg Square... Nummer fünf.«

Daphne rannte, ohne ein weiteres Wort zu verlieren, aus dem Zimmer. Sie mußte ihren Vater unbedingt einholen, bevor er Hatfields Haus erreichte. So schnell sie konnte, lief sie die Straße hoch. Als sie an der River Street um die Ecke bog, hoffte sie, ihn vor sich zu sehen. Doch keiner der Passanten ähnelte in Statur und Gang ihrem Vater. Sie hastete weiter und zögerte, als sie an die Kreuzung Chestnut–River Street gelangte. War er schon hier abgebogen, oder hatte er die Mount Vernon Street zum Louisburg Square genommen?

Mit aufgelöstem Haar und wehenden Röcken rannte sie weiter in Richtung Mount Vernon Street und folgte der Straße dann hügelan. Die verwunderten Blicke der Fußgänger, an denen sie keuchend vorbeirannte, und die ärgerlichen Rufe, die man ihr hinterherschickte, wenn sie Entgegenkommende anrempelte, nahm sie gar nicht zur Kenntnis. Ihr Herz hämmerte im jagenden Rhythmus ihrer Füße, während das Blut in ihren Ohren rauschte und ihre Lungen nicht genügend Luft zu bekommen schienen. Seitenstiche schossen mit scharfem Schmerz durch ihren Körper, doch die Angst trieb sie weiter und ließ sie die Schmerzen ignorieren. Nirgends war ihr Vater zu sehen.

Endlich! Der Louisburg Square! Den herrschaftlichen Häusern mit ihren säulenflankierten Portalen im neugriechischen Baustil sah man an, daß die Besitzer im wahrsten Sinne des Wortes eine Klasse für sich waren. Die Gebäude am langgestreckten Platz zählten zu den allerersten Adressen von Boston. Der Stolz aller Anwohner war der gepflegte Park im Zentrum des Platzes, der von alten Ulmen umstanden und von einem schmiedeeisernen, viktorianische Handwerkskunst repräsentierenden Zaun umschlossen war. Statuen des Kolumbus und des Aristides schmückten die freien Rasenflächen am südlichen und nördlichen Ende des Parks.

Mit fliegendem Atem blieb Daphne an der Ecke stehen. Ihr Blick fiel auf die Nummer des Hauses gleich links von ihr. Es war die Nummer zwei. Also mußte fünf auf der anderen, östlichen Seite des Platzes liegen.

Sie lief am Zaun entlang – und sah plötzlich ihren Vater. Er verschwand gerade im Eingang eines der prächtigsten Häuser.

»Dad!« schrie sie.

Die Tür fiel hinter ihm zu.

Daphne überquerte die Straße und nahm das halbe Dutzend Stufen, das zum korinthischen Säulenportikus hochführte, mit zwei ganz undamenhaften Schritten. Mit der Faust hämmerte sie an die Tür. Fast wäre sie nach vorn gestürzt, als ihr von einem älteren, distinguiert wirkenden Mann geöffnet wurde, der seiner Kleidung nach nur der Butler sein konnte.

»Miss, diese ungehörige Art des ...« setzte er mit mißbilligendem Gesichtsausdruck und Tonfall an.

Daphne fiel ihm atemlos ins Wort. »Mein Vater ... Bringen Sie mich zu meinem Vater! ... Er ist gerade hier hereingegangen ... Er will zu Mister Hatfield.«

Eine Augenbraue hob sich. »Oh, dann sind Sie Miss Davenport?« Es klang nicht so, als mache das in seinen Augen irgendeinen Unterschied.

»Ja, um Gottes willen, bringen Sie mich zu den beiden, sonst passiert ein Unglück!« bedrängte sie ihn. »Wo ist mein Vater?«

Der Butler schien noch immer nicht geneigt, die Tür, die er bis auf einen Spalt wieder geschlossen hatte, zu öffnen. »Ich glaube nicht, daß Mister Hatfield...«
Erneut fiel sie ihm ins Wort. »Mein Vater hat einen Revolver! Ich weiß nicht, was er damit vorhat, aber ich befürchte das Schlimmste!«
Erschreckt weiteten sich die Augen des Butlers. »Mein Gott, warum haben Sie das nicht gleich gesagt!« Hastig gab er die Tür frei, und Daphne stürzte an ihm vorbei in eine mit kostbaren Antiquitäten ausgestattete Halle, deren freischwingende Treppe ihr unter normalen Umständen vor Bewunderung den Atem geraubt hätte. Hier sprachen jeder Teppich und jedes Gemälde von Reichtum und exquisitem Geschmack, wobei letzterer auch der eines Innenarchitekten sein konnte. Aber für solche Details hatte Daphne in dieser Situation weder Augen noch Zeit.
»Kommen Sie!... Sie sind im Billardzimmer!«
Daphne blieb an der Seite des Butlers, und als er die Hand nach der Tür ausstreckte, hinter der das Billardzimmer liegen mußte, kam sie ihm zuvor. Sie stieß die Tür auf, drängte den Butler zur Seite und stand schon im Zimmer.
Es war ein holzgetäfelter Raum mit zwei kleinen, grünledernen Sitzgruppen rechts und links von der Tür, Parkettboden und chinesischen Seidenteppichen. Der Kamin an der hinteren Längswand genau gegenüber der Tür war – mit seiner Einfassung aus grünblauem Marmor – ein Prunkstück und erinnerte mit seinen kleinen Halbsäulen und dem schweren, vorspringenden Sims an die Miniaturausgabe eines reichverzierten griechischen Tempeleingangs. Ein Feuer loderte hinter dem Kaminschirm.
Beherrscht wurde das Zimmer jedoch von dem großen Billardtisch. Er war mit grünem Tuch bespannt, und seine schweren Füße, die als Löwenpranken gearbeitet waren, schienen sich in das Parkett zu krallen.
Der Tisch mit seinen bunten Kugeln trennte die beiden Männer. Rufus Hatfield stand auf der anderen Seite des Raumes direkt vor dem Kamin, während Daphnes Vater vor dem Billardtisch unweit der Tür stand. Er hatte den Revolver gezogen und hielt ihn auf Hatfield gerichtet.
»Dad! Tu es nicht« rief Daphne entsetzt.
Erschrocken fuhr er herum. »Daphne!... Mein Gott, du hast hier nichts zu suchen!« stieß er verstört hervor und wich hastig zwei Schritte zurück. Dann schrie er den Butler an: »Halten Sie meine

Tochter zurück, sonst drücke ich ab!« Der Revolver war wieder auf Hatfield gerichtet.
Kräftige Hände schlossen sich von hinten um Daphnes Arme und hielten sie fest.
»Dad! Nimm doch Vernunft an! Du stürzt uns nur alle ins Unglück!« beschwor Daphne ihren Vater und versuchte vergeblich, sich aus dem Griff des Butlers zu befreien.
»Sehr wahr!« bemerkte Hatfield mit kühler Ruhe.
»Der da hat uns schon längst ins Unglück gestürzt!« stieß William dumpf hervor. »Es war ein abgekartetes Spiel. Er hat meinen Ruin planmäßig betrieben, um meine Firma in die Hand zu bekommen. Er hat es gerade selber zugegeben!«
»Und wenn es so ist, Dad! Irgendwie werden wir schon zurechtkommen. Mit dem Revolver machst du alles nur noch schlimmer! Du wirst ins Gefängnis kommen!«
»Das schreckt mich nicht! Er soll nicht ungestraft davonkommen, dieser Lump!«
»Sie sollten auf Ihre Tochter hören, Davenport«, sagte Hatfield, den der Revolver scheinbar nicht im mindesten beeindruckte. »Sie tun Ihrer Familie nicht gerade einen großen Gefallen, wenn Sie jetzt durchdrehen und später wegen Mordes vor Gericht stehen. Die Börse ist kein Kinderspielplatz, wo es um eine Handvoll Murmeln und ein paar blaue Flecken beim Rangeln geht. Das haben Sie von Anfang an gewußt. Sie haben hoch gepokert, sich bluffen lassen und verloren. Früher haben Sie an den Verlusten anderer blendend verdient, diesmal hat es Sie erwischt. Akzeptieren Sie die Spielregeln wie ein Gentleman, und lassen Sie endlich die verdammte Waffe sinken! Dann will ich den Vorfall vergessen.«
Daphne fand nun erstmals Zeit, Rufus Hatfield eingehend zu mustern, während er auf ihren Vater einredete. Er war ein untersetzter Mann, etwa Ende Fünfzig. Die kurzen Arme, die den Billardstock fest umschlossen hielten, und seine gedrungene Gestalt gaben ihm ein bulliges Aussehen. Unterstrichen wurde dieser Eindruck noch von seinem fleischigen Gesicht und dem scheinbaren Fehlen eines Halses. Sein massiger Kopf schien ansatzlos auf den Schultern zu ruhen. Nur der elegante Anzug und das silbergraue Haar, das an den hohen Schläfen schon stark gelichtet war, milderte diesen Eindruck ein wenig. Eine Diamantnadel auf seiner Krawatte funkelte so kalt wie seine Augen, die über einer Nase saßen, die mit ihrer scharf geschnittenen

Form so gar nicht zu dem fleischigen Gesicht passen wollte. Nichts wies darauf hin, daß er um sein Leben fürchtete.
»O nein!« erwiderte William nun erregt. »Dies war nicht irgendeine Spekulation, Hatfield! Kein Spiel mit gerecht verteilten Chancen! Sie haben mein Vertrauen erschlichen und mich lange Zeit glauben lassen, wir seien Freunde, um mir dann das Messer in den Rücken zu stoßen.«
»Dann haben Sie die Börse nie wirklich begriffen, Davenport. Da gibt es keine Freunde, sondern nur Gewinne und Verluste.« Verachtung sprach aus seiner Stimme. »Haie mögen vielleicht zeitweilig in Schwärmen jagen, aber letztlich reißt sich jeder seine eigene Beute – und zwar nur für sich allein. Ein Hai kennt kein Vertrauen, nur den Geruch des Blutes und die Jagd nach neuer Beute. Sie haben für Ihren Fehler bezahlt, wie das nun mal täglich am Aktienmarkt der Fall ist. Lecken Sie Ihre Wunden, und ziehen Sie sich zurück, solange Sie dazu noch eine Chance haben!«
»Lassen Sie meinem Vater die Firma, und geben Sie ihm einen Zahlungsaufschub! Er wird seine Schulden bis auf den letzten Cent begleichen, das wissen Sie. Bitte, haben Sie ein Einsehen, Mister Hatfield! Die Firma ist sein Lebenswerk!« bettelte Daphne.
»Schweig, Daphne!« herrschte ihr Vater sie an. »Du brauchst dich vor einem Charakterschwein seines Schlages nicht zu erniedrigen!«
Rufus Hatfield blickte sie an. Ein spöttisches Lächeln umspielte seinen Mund. »Offenbar möchte er lieber, daß seine Tochter Zeugin eines kaltblütigen Mordes wird. Das wäre immerhin eine Möglichkeit zu beweisen, daß er in seiner Skrupellosigkeit sogar noch konsequenter ist als ich, der ich immerhin nur sprichwörtlich über Leichen gehe. Die Waffe ist stets das letzte Argument des Versagers. Doch der mit einem Rest Anstand schießt sich die Kugel in den eigenen Kopf.«
Instinktiv spürte Daphne, daß Rufus Hatfield mit diesem ätzenden Spott den Bogen überspannt hatte. Ihr Vater war wie eine Klaviersaite bis an die Grenze der Belastbarkeit angespannt gewesen. Die Tage und Nächte quälender Angst vor dem Ruin, der viele Alkohol, der endgültige Zusammenbruch, die Erkenntnis, von Anfang an verraten worden zu sein, und dann noch diese eisige Verachtung – das war zuviel.
Daphne wußte in diesem Moment, daß ihr Vater schießen würde, weil er keinen anderen Ausweg zu wissen meinte und wenigstens die Selbstachtung wahren wollte. Mit aller Kraft riß sie sich los und stürzte zu ihrem Vater. »Nein! Nicht!« schrie sie in panischer Angst.

William drückte in dem Moment ab, in dem sie ihm in den Arm fiel. Der Schuß löste sich mit einem ohrenbetäubenden Knall. Die Kugel verfehlte Rufus Hatfield nur um eine Handbreit, traf auf den Marmor des Kamins, wurde abgelenkt und bohrte sich in die Wandtäfelung. Mit einem erstickten Aufschrei wankte Rufus Hatfield zurück, während das Queue seinen Händen entglitt und krachend auf das Parkett fiel.

»Er hat geschossen!« rief der Butler fassungslos und kalkweiß im Gesicht. »Er hat auf Sie geschossen, Sir! ... Das war ein Mordversuch!«

William starrte auf den Revolver in seiner Hand, aus dem ein dünner Faden scharfen Rauches stieg. Er schüttelte den Kopf, als komme er plötzlich zu sich und könne nicht begreifen, daß er einen Menschen hatte töten wollen. »O mein Gott ...« murmelte er und schleuderte die Waffe voller Abscheu von sich. Sie landete zwischen den Billardkugeln und riß das grüne Tuch auf. Mit einem Satz sprang Rufus Hatfield vor und nahm die Waffe an sich.

Daphnes Vater wankte wie ein Betrunkener zur Tür. Der Butler wollte ihm den Weg versperren, doch Hatfield befahl: »Lassen Sie ihn gehen, Graham! Die Polizei wird sich später um ihn kümmern. Ich will hier jetzt keinen Auflauf. Und sorgen Sie dafür, daß die Hausangestellten nicht herumlaufen wie verschreckte Hühner.«

»Ja, Sir.« Der Butler ließ William vorbei.

Daphne war einen Augenblick unendlich erlöst gewesen. Die Kugel hatte ihr Ziel verfehlt, Hatfield nicht einmal einen Kratzer abbekommen. Doch seine Worte erinnerten sie daran, daß ihr Vater damit noch längst nicht um eine Verhaftung und Verurteilung herumgekommen war. Was er getan hatte, war ein Mordversuch gewesen – vor Zeugen. Darauf konnte er eine langjährige Gefängnisstrafe erhalten.

Sie hatte ihrem Vater folgen wollen, blieb jedoch, wo sie stand. Sie mußte mit allen Mitteln versuchen, Hatfield von einer Strafverfolgung abzubringen.

»Mister Hatfield, bitte! Lassen Sie es dabei bewenden! Rufen Sie nicht die Polizei! Er war nicht bei Sinnen. Und Sie haben ihn noch gereizt. Er hat die letzten Tage kaum geschlafen und wußte gar nicht, was er da beinahe Ensetzliches angerichtet hätte. Mein Vater ist doch kein Mörder! Wir haben alles an Sie verloren – bitte, nehmen Sie uns jetzt nicht auch noch unseren Vater!« sprudelte es beschwörend aus ihr hervor.

»Es war versuchter Mord.«

»Lassen Sie Gnade vor Recht ergehen! Es ist Ihnen ja gottlob nichts geschehen. Sie *können* nicht so grausam sein, ihn auch noch ins Gefängnis zu bringen. Es wäre sein Tod«, flehte sie ihn an. »Und wie sollten dann meine Mutter, meine Geschwister und ich zurechtkommen?«
Der Butler wartete an der Tür, ob er nun die Polizei benachrichtigen sollte oder nicht.
Rufus Hatfield sah sie für einen langen Augenblick an. Dann sagte er: »Noch keine Polizei, Graham! Und lassen Sie uns bitte allein!«
»Sehr wohl, Sir.« Der Butler zog die Tür geräuschlos hinter sich ins Schloß.
Daphne bangte um das Schicksal ihres Vaters, das in der Hand dieses Mannes lag. Sie wagte kein Wort zu sagen, weil sie Angst hatte, in diesem kritischen Moment irgend etwas Falsches von sich zu geben.
Rufus Hatfield ließ sich Zeit. Er legte den Revolver auf den Kaminsims und bückte sich nach dem Billardstock. Mit der Spitze schob er das kleine Dreieck aufgerissenen Stoffes zurück, während er offensichtlich nachdachte.
Dann schaute er Daphne an. »Möglich, daß ich jetzt tot in meinem Blut gelegen hätte, wenn du nicht so geistesgegenwärtig gehandelt hättest.«
Sie schluckte. »Ich weiß nicht…«
»Auf diese Entfernung hätte er mich gar nicht verfehlen können.«
»Ich glaube nicht, daß er wirklich auf Sie gezielt hat«, log sie.
»Er hat – und das weißt du so gut wie ich«, stellte er klar und kam langsam um den Billardtisch herum, ohne den Blick von ihr zu lassen. Er lächelte spöttisch. »So gesehen, hast du mir also das Leben gerettet, und ich müßte dir dankbar sein. Denn das ist es doch, was man von seinem Lebensretter erwarten kann – Dankbarkeit, nicht wahr?«
Daphne hatte das Gefühl, als gehöre er nicht zu denjenigen, die viel von Dankbarkeit halten – nicht einmal gegenüber Lebensrettern.
»Ich habe es nicht getan, um Ihnen das Leben zu retten, sondern um meinen Vater vor einem Mord und seinen Folgen zu bewahren.«
Seine Augenbrauen gingen in die Höhe. »Willst du damit sagen, daß du es aus purem Eigennutz getan hast?« fragte er lauernd nach.
Sie zögerte nur kurz. »Ja.«
Sein Lächeln wurde eine Spur freundlicher. »Du bist ehrlich. Das gefällt mir. Menschen, die sich nicht von Gefühlsduselei leiten lassen, sondern aus purem Eigennutz handeln und auch noch dazu stehen, haben meine Sympathie.«

»Wie mein Vater Ihre Sympathie hatte?« konnte sich Daphne nicht verkneifen zu fragen.
»Nichts ist so, wie es auf den ersten Blick scheint. Dein Vater besaß in der Tat einmal meine Sympathie. Doch dann machte er den Fehler, mir bei einem Geschäft, an dem ich sehr interessiert war, Konkurrenz zu machen. Es hat ihm damals, wie ich mich erinnere, einen ansehnlichen Gewinn eingebracht – und ihn heute sein ganzes Vermögen gekostet«, berichtete er genüßlich.
»Sie haben alles bekommen, was Sie wollten. Bitte, geben Sie sich damit zufrieden, und rufen Sie nicht die Polizei!« bat sie noch einmal.
»Ich bin Geschäftsmann.«
»Was hat das damit zu tun?«
»Ich bezahle gewöhnlich für das, was ich haben will, einen angemessen Preis – und lasse mich ebenso angemessen bezahlen, wenn man etwas von mir will.«
»Aber Sie haben uns doch schon alles genommen!« wandte sie verzweifelt ein. »Uns wird nichts bleiben. Die Firma, das Haus, der Schmuck meiner Mutter, alles, was von Wert ist, werden wir hergeben müssen. Wovon sollen wir Sie darüber hinaus denn noch bezahlen?«
»Es gibt neben Geld auch noch andere Möglichkeiten, eine Schuld zu begleichen.«
Daphne wartete auf eine Erklärung.
»Wie alt bist du?« fragte er.
»Sechzehneinhalb.«
»Du siehst älter aus – und du bist schön, Daphne. Ich habe eine Schwäche für schöne *junge* Frauen«, sagte er und ließ seinen Blick mit unverhohlenem Begehren über ihren Körper gleiten.
Das Erschrecken, das sie befiel, schnürte ihr die Kehle zu. »Ich verstehe nicht...« brachte sie gepreßt hervor.
Er lächelte. »Ich glaube, du verstehst sehr wohl, was ich meine«, erwiderte er, und die Spitze des Billardstocks berührte ihre linke Brust und vollführte einen kleinen Kreis. »Du kannst mich mit deinem Körper bezahlen.«
Sie zuckte unter der unverschämt intimen Berührung zurück, während das Blut aus ihrem Gesicht wich. »Wie können Sie es wagen, so etwas... Monströses von mir zu verlangen?« stieß sie mit zitternder Stimme hervor.
Sein Lächeln verlor nichts von seiner Selbstsicherheit. »Wer spricht

hier denn von verlangen, Daphne? Ich habe dir ein Angebot gemacht, nichts weiter. Es steht dir natürlich völlig frei, es abzulehnen. Ich habe noch nie eine Frau zwingen müssen, das Bett mit mir zu teilen.«
»Sie sind ja...« Ihr fehlte das Wort, das ihrer Empörung und ihrem Abscheu gerecht geworden wäre.
»Ein skrupelloser, lüsterner alter Bock?« machte er sich über sie lustig. »Ist es das, was du sagen wolltest? Tu dir nur keinen Zwang an. Ich kann ein offenes Wort vertragen. Es kümmert mich nicht, für was und für wen man mich hält, solange ich bekomme, was ich will.«
»Mich werden Sie nicht bekommen!« schleuderte sie ihm entgegen.
Er hob gleichgültig die Schultern. »Wie ich schon sagte, es ist nichts weiter als ein Angebot. Davon Gebrauch zu machen, ist dir überlassen.« Er wandte sich um und warf einen Blick auf die Kaminuhr. »Es ist jetzt kurz nach zehn. Mein Angebot gilt bis heute nachmittag um... fünf Uhr. Um sechs habe ich eine Verabredung. Wenn du bis fünf nicht zu mir gekommen bist, werde ich die Angelegenheit der Polizei übergeben. Du hast also Zeit genug, dir zu überlegen, was dir mehr am Herzen liegt: das Leben deines Vaters und das Schicksal deiner Familie oder deine Unschuld.« Sein Gesicht verzog sich. »Zumindest gehe ich davon aus, daß du noch Jungfrau bist.«
Daphne wurde blutrot. »Wie kann man nur so schamlos und gemein sein?« keuchte sie.
»Ach, das kommt ganz allmählich mit den Jahren. Du wirst es auch noch erleben«, antwortete er leichthin.
»Ich verabscheue Sie!«
Er lächelte verständnisvoll. »Ich weiß. Das macht es ja um so reizvoller, zumal ich dich ja nicht heiraten, sondern nur einmal deinen jungen Körper kosten will. Ich darf dir versichern, daß du bei mir mehr Vergnügen erleben wirst als neunzig von hundert Frauen in ihrer Hochzeitsnacht. Wer weiß, vielleicht bist du hinterher sogar ganz froh, daß du bei mir deine Unschuld verloren hast und nicht in den Armen eines plumpen, unerfahrenen Jünglings.«
Ihr war, als habe Rufus Hatfield ihren geliebten John in den Dreck gezogen und auch sie schon in den Schmutz seiner Verworfenheit gezerrt. Sie konnte diese abscheulichen Reden, die Gefühle wie Liebe und Zärtlichkeit verhöhnten, nicht länger ertragen.
»Ich wünschte, Dad hätte Sie nicht verfehlt!« entfuhr es ihr in ihrem Ekel. Sie glaubte, ersticken zu müssen, wenn sie auch nur eine Minute länger in seiner Gegenwart blieb, und wandte sich zur Tür.

Er lachte selbstsicher. »Wir sehen uns ja noch: heute irgendwann bis gegen fünf – sonst spätestens vor Gericht«, rief er ihr nach.
Tränenblind stürzte sie aus dem Haus. Die Sonne fiel durch das sich verfärbende Blätterkleid der Ulmen und warf ein helles Fleckenmuster auf den Rasen. Vögel zwitscherten in den Bäumen, und Kinderlachen kam aus einer Seitenstraße. Doch Daphne nahm nichts davon wahr. Ihr war es, als habe sich die Welt in einen tiefen, schwarzen und eisigen Schlund ohne Hoffnung verwandelt, in einen Schlund, der sich um sie herum geöffnet hatte und ihr keinen Fluchtweg ließ.
In welche Richtung sie auch schritt, der Sturz in die bodenlose Tiefe war unausweichlich.

Neuntes Kapitel

Die Anprobe bei Madame Fortescue hatte diesmal weniger Zeit und Geduld in Anspruch genommen als befürchtet. Heather und Edwina waren daher schon zurück, als Daphne nach Hause kam, völlig verzweifelt und einer Panik nahe.
Heather eilte ihr sofort entgegen. »Ein Glück, daß du endlich zurück bist! Es muß irgend etwas passiert sein«, rief sie aufgeregt. »Mom hat sich in ihr Zimmer eingeschlossen und weint. Sie hat auch irgend etwas zertrümmert. Wir haben Glas splittern hören. Ich wollte zu ihr, aber sie läßt niemanden zu sich.«
Daphne sah sie mit rotgeweinten Augen an, unfähig, etwas zu sagen.
Heather stutze. »Himmel, du siehst ja aus, als wäre dir der Leibhaftige begegnet! Du bist ja weiß wie Kreide! ... Sag bloß, du weißt, was hier vorgefallen ist!«
Daphne schüttelte die Hand ihrer Schwester ab. »Bitte, laß mich.« Sie erkannte ihre eigene Stimme nicht wieder. Jetzt nur keine Fragen! Ihr war so übel, daß sie glaubte, sich jeden Moment erbrechen zu müssen.
»Daphne! So sag doch was!« bedrängte Heather sie. »Ich seh' dir doch an, daß du etwas weißt! Spiel jetzt bloß nicht die Geheimnisvolle! Sag schon, was passiert ist!«

Daphne riß sich mit aller Macht zusammen. »Ein Streit«, antwortete sie abgehackt, »zwischen Mom und Dad.«
»Aber das muß doch mehr als nur ein Streit gewesen sein, wenn Mom sich so verhält«, wandte Heather ein. »Worüber haben sie sich denn gestritten.«
»Ich... ich weiß es nicht.«
»Du lügst. Und ob du es weißt! Du willst es nur für dich behalten«, klagte ihre Schwester sie an.
»Heather, ich kann es dir nicht sagen.« Daphnes Gesicht verzerrte sich unter ihrer inneren Qual. »Das müssen dir Mom und Dad schon selber sagen.«
»Daphne! ... Warte!«
»Ich kann nicht!« Sie lief die Treppe hoch.
»Du bist gemein. Aber das werde ich mir merken, wenn du wieder einmal etwas von mir willst, das verspreche ich dir!« rief Heather ihr wütend nach.
Daphne rannte in ihr Zimmer, verriegelte die Tür von innen und warf sich auf ihr Bett. Das Kissen erstickte ihr verzweifeltes Aufschluchzen.
»Du kannst mich mit deinem Körper bezahlen«, hörte sie Rufus Hatfields Stimme immer und immer wieder. »Du kannst mich mit deinem Körper bezahlen... Du kannst mich mit deinem Körper bezahlen.«
Er verlangte, daß sie sich ihm hingab. Aber wie konnte sie das denn tun, wo sie doch John liebte und nur ihm als Frau gehören konnte, wenn sie verheiratet waren?
Wenn John doch jetzt bloß bei ihr wäre! Bestimmt wüßte er einen Rat. Er würde nicht zulassen, daß Hatfield ihren Vater und damit gleichzeitig ihre Angehörigen ruinierte. Seine Familie hatte Macht in Boston. Vielleicht würde sein Vater Dad helfen und die Wechsel übernehmen. Ganz sicher würde John alles in seiner Macht Stehende tun, um ihr und ihrer Familie zu helfen. Doch sie konnte ihn nicht erreichen, auf keinen Fall vor fünf Uhr nachmittags. Warum mußte er ausgerechnet an diesem Tag zu einer Reise aufbrechen, am Tag ihrer größten Not?
Du kannst mich mit deinem Körper bezahlen.
Nein! Nie könnte sie das. Allein schon die Vorstellung war so irrwitzig wie abscheulich. Die einzigen Intimitäten, die sie bisher mit einem Mann ausgetauscht hatte, waren die Küsse mit John gewesen und

seine Hände auf dem Ansatz ihrer Brüste. Und danach war sie sich schon verrucht vorgekommen, weil sie es dazu hatte kommen lassen. Sich Hatfield hingeben und sich von ihm schänden lassen? Unmöglich!

Doch wenn sie nicht auf seine erpresserische Forderung einging, würde er seine Drohung zweifellos wahrmachen und Dad wegen Mordversuchs vor Gericht bringen. Er würde kein Mitleid haben und ihren Vater hinter Gitter bringen. Wie viele Jahre standen auf Mordversuch? Zehn? Zwanzig? Konnte sie das zulassen? Konnte sie wirklich tatenlos zusehen, wie ihr Vater abgeführt und zu einem Verbrecher gestempelt wurde? Zehn, fünfzehn Jahre Gefängnis war gleichbedeutend mit einem langsamen Tod.

Konnte sie das vor ihrem Gewissen verantworten, nichts zu tun, wenn es doch in ihrer Macht stand, ihren Vater vor diesem entsetzlichen Schicksal hinter Gefängnismauern zu bewahren?

Die Wahl, die sie treffen mußte, marterte sie wie ein glühendes Messer, das sich ihr ins Herz bohrte. Denn wofür sie sich auch immer entschied, sie würde darunter leiden und hinterher nicht mehr die sein, die sie vorher gewesen war. Egal, ob sie ihren Vater einer langjährigen Gefängnisstrafe auslieferte oder ihren Körper verkaufte, sie würde den Rest ihres Lebens dafür bezahlen müssen.

Eine Uhr tickte in ihrem Schädel, während sie immer wieder von Hatfields Stimme heimgesucht wurde. Minuten verstrichen, wurden zu Viertelstunden, halben Stunden, ganzen Stunden.

Mehrmals pochte Heather gegen ihre Tür und verlangte, eingelassen zu werden. Auch Edwina bat sie um Einlaß und Erklärung für das unerklärliche Verhalten ihrer Herrin, die auch ihre Zofe und Vertraute nicht in ihre Nähe ließ. Ein Verhalten, das noch mysteriöser und beunruhigender wurde, nachdem nun auch sie, Daphne, sich eingeschlossen hatte. Sogar Edward meldete sich auf dem Flur, doch hörbar von Heather angestiftet, sie nun endlich zu überreden, ihre Tür zu öffnen und mit dem Geheimnis herauszurücken.

Daphne antwortete keinem.

Der Mittag verging, und die Sonne begann ihre absteigende Bahn. Die Schatten im Garten wurden länger, und die Stille, die sich im Haus eingestellt hatte, lastete unheilvoll und wie ein bleiernes Gewicht auf allen Bewohnern.

Sie würde zu Hatfield gehen und *es* tun. Daphne wußte das schon längst. Hatte es vermutlich schon in dem Moment gewußt, als er seine

Bedingung ausgesprochen hatte. Doch sie fand Stunde um Stunde nicht die Kraft, sich zu erheben, das Haus zu verlassen und den schweren Gang anzutreten.
Was hatte Dad gesagt?
»Jeder hat irgendwann im Leben seinen Bittgang auf sich zu nehmen.«
Bei Dad hatte dieser bittere Tag zumindest über dreißig Jahre länger auf sich warten lassen als bei ihr, die sich nun mit sechzehneinhalb der lüsternen Willkür eines Mannes wie Rufus Hatfield unterwerfen mußte. Sie hatte keine Wahl. Es wurde Zeit, daß sie sich auf den Weg zum Louisburg Square machte. Sie wusch sich am Waschtisch das Gesicht und kniff sich in die Wangen, um Farbe in ihre bleiche Haut zu zwingen.
Daphne hatte gehofft, unbemerkt aus dem Haus schlüpfen zu können. Doch ihre Schwester hörte, wie sie den Riegel ihrer Zimmertür zurückschob, und tauchte augenblicklich auf dem Flur auf.
»Würdest du vielleicht jetzt die Güte haben, uns darüber aufzuklären, was in diesem Haus vor sich geht?« fragte sie mit bitterem Vorwurf.
»Heather, bitte quäl mich nicht!«
»Du bist gut! Wer spannt denn hier wen auf die Folter?« hielt Heather ihr gereizt vor und folgte ihr zur Treppe. »Ich möchte endlich wissen, was zwischen Mom und Dad vorgefallen ist. Und ich finde es gemein, daß du nichts sagst. Ich bin ja wohl kein dummes Dienstmädchen, sondern immer noch deine ältere Schwester!«
Daphne spürte, daß Heather nicht lockerlassen würde. Irgend etwas mußte sie ihr sagen, wenn sie nicht riskieren wollte, daß ihre Schwester nicht von ihrer Seite wich.
»Also gut, ich werde es dir sagen... zumindest das, was ich weiß«, rang sie sich zu einem Kompromiß durch, der zwischen Lüge und Wahrheit lag. »Unsere Eltern hatten sich heute in den Haaren, weil Dad sich verspekuliert und einen schweren Verlust an der Börse gemacht hat. Ich habe keine Ahnung, um was für ein Geschäft es sich da handelt, aber auf jeden Fall ist es ein schwerer Schlag.«
»Ach, du Schreck!« meinte Heather in einem Tonfall, als gehe es nur um ein verlorengegangenes Portemonnaie. »Und deshalb so ein Aufstand?«
»Na ja, er hat wohl sehr viel Geld verloren...«
»Wo willst du hin?« wollte ihre Schwester wissen, als Daphne sich das leichte Cape umlegte.

»Ich muß die Sachen für den Basar abgeben«, log Daphne. »Heute vormittag bin ich nicht dazu gekommen.«
Ein argwöhnischer Blick traf sie.
Daphne nahm schnell den Korb an sich, den wohl Fanny auf die Bank unter der Garderobe gestellt hatte, und eilte zur Tür hinaus, bevor ihre Schwester es sich noch überlegen konnte, ob sie sie begleiten solle.
Die paar Straßen zum Louisburg Square wurden zum längsten Weg ihres Lebens – und doch war er nicht lang genug. Sie wünschte, sie würde ihr Ziel nie erreichen und immer so weitergehen, wie in Trance.
Doch dann stand sie plötzlich vor dem Portal von Hausnummer fünf. Graham öffnete ihr die Tür und schien nicht im mindesten überrascht, sie zu sehen. Sein Gesichtsausdruck verriet keine Gefühlsregung, doch er behandelte sie mit ausgesuchter Höflichkeit.
»Mister Hatfield erwartet Sie oben, Miss Davenport. Wenn Sie mir bitte folgen würden«, bat er sie und ging voran.
Die Treppe, die sie hinter dem Butler ins Obergeschoß hochstieg, empfand Daphne wie die Leiter zum Schafott. Jeder Schritt brachte sie ihrer Schändung näher.
Graham öffnete eine Tür und führte sie in einen kleinen Salon, dessen Einrichtung eine sehr männliche Note trug. Zwei Glasschränke mit Büchern sowie ein mit Papieren übersäter Schreibtisch verrieten, daß dies wohl das Arbeitszimmer des Hausherrn war.
»Mister Hatfield bittet Sie, einen Augenblick zu warten«, sagte der Butler, wies auf die beiden Sessel vor dem Kamin und zog sich diskret zurück.
Daphne rührte sich nicht von der Stelle. Das Herz schlug ihr im Halse, und ihr Magen war ein einziges gähnendes Loch der Übelkeit.
Noch konnte sie zurück. Sie brauchte nur wegzulaufen.
Die Verbindungstür zum Nebenzimmer ging auf, und Rufus Hatfield trat ins Zimmer. Er trug einen gesteppten Hausmantel aus mitternachtsblauer Seide. Das Monogramm RH war in Gold auf die linke Brusttasche gestickt.
»Schön, daß du gekommen bist, Daphne«, sagte er in unbeschwertem Plauderton. »Du hast mich tatsächlich eine Stunde länger warten lassen, als ich angenommen habe. Hat der Korb irgendeine Bedeutung?«

Daphne wurde sich erst jetzt bewußt, daß sie den Korb wie ein Schild vor ihren Leib gepreßt und seinen Bügel mit beiden Händen umklammert hielt. »Nein...«
Er kam zu ihr. »Dann wollen wir ihn doch zur Seite stellen«, sagte er und nahm ihn ihr ab. Als er nach ihrer Hand griff, zuckte sie zurück. Er lächelte. »Ich weiß, du bist aufgeregt. Aber so schreckhaft solltest du nicht sein! Ich habe nicht vor, dich auf die Folterbank zu legen, mein Kleines. Wir wollen uns doch gegenseitig Vergnügen bereiten, und ich verstehe mich auf diese Art des Vergnügens. Dies ist nicht das Ende der Welt.« In seiner Stimme lag genauso viel Beruhigung wie Warnung. »Und jetzt komm!«
»Nein!«
Er hob die Augenbrauen. »Wie meinst du das – nein?«
»So nicht!« stieß Daphne hervor. »Ich verlange eine Sicherheit, daß Sie nichts gegen meinen Vater unternehmen.«
»Du hast mein Wort. Das ist Sicherheit genug.«
»Mir nicht. Ich will das schriftlich. Sonst bekommen Sie mich nicht in Ihr... Bett.« Sie hatte Mühe, das Wort auszusprechen.
Sein Gesicht verzog sich zu einem breiten, belustigten Grinsen. »Schau an, du bist wirklich nicht auf den Kopf gefallen! Du willst also etwas Schriftliches von mir. Hast du dir vielleicht auch schon überlegt, was ich dir bestätigen soll? Vielleicht, daß wir übereingekommen sind, deine Unschuld gegen meine Nachsicht einzutauschen?« spottete er.
»Nein! Daß der Schuß aus dem Revolver meines Vaters ein Unfall war und daß er Sie nicht bedroht hat«, verlangte sie. »Es muß eindeutig sein, daß er nichts Strafbares getan hat.«
Rufus Hatfield seufzte scheinbar geplagt. »So ist es immer mit euch Frauen. Gibt man euch den kleinen Finger, langt ihr gleich mit beiden Händen kräftig zu. Aber du sollst deinen Willen haben.« Er setzte sich an den Schreibtisch, griff zu Feder und Papier, überlegte kurz und begann dann zu schreiben. Augenblicke später kehrte er zu ihr zurück und reichte ihr das Schreiben zur Begutachtung. »Zufrieden so?«
Sie überflog die Zeilen. »Ja, so ist es gut«, murmelte sie.
»Aber viel kannst du nicht damit anfangen«, wandte er ein. »Was willst du deinem Vater erzählen, wie du zu dieser Bestätigung gekommen bist? Er mag an der Börse die Witterung verpaßt haben, aber ein Dummkopf ist er gewiß nicht.«

»Er wird das hier nicht zu Gesicht bekommen, solange Sie zu Ihrem Wort stehen.«
»Und wenn nicht?«
»Dann wird dieses Schreiben Sie vor Gericht und vor aller Welt zu einem dreckigen Lügner und Erpresser stempeln«, drohte sie ihm.
»Und dich zu einem käuflichen Mädchen«, gab er zu bedenken.
»Das ist mir dann egal«, versicherte sie.
Er sah sie fast nachdenklich an. »Das würdest du für deinen Vater wirklich tun? Vor Gericht zugeben, daß du dich an mich verkauft hast? Man würde dich eine Hure schimpfen, und niemand würde dann noch etwas mit dir zu tun haben wollen.«
Fest und kalt hielt sie seinem Blick stand. »Alles würde ich für ihn tun. Weil ich ihn liebe.«
»Mein Sohn ist so alt wie du und meine Tochter drei Jahre älter. Keiner von beiden würde mir auch nur sein Taschentuch leihen, wenn ich in eine Pfütze trete, geschweige denn sich so für mich opfern. Tja, sie geraten ganz nach ihrem Vater. Der Apfel fällt eben nicht weit vom Stamm.« Obwohl er sich über sich selbst lustig zu machen schien, hatten sich seine Augen verdunkelt und zeigten nicht den geringsten Anflug von Humor.
Er zuckte die Achseln, und der Schatten verschwand von seinem Gesicht. »Ich denke, damit ist das Geschäftliche erledigt, und wir können nun zum angenehmen Teil unseres Wiedersehens übergehen.«
Schneller und lauter schlug ihr Herz, während Eiseskälte sich in ihrem Körper ausbreitete.
»Komm!« forderte er sie auf.
Stumm und wie eine hölzerne Marionette folgte sie ihm ins angrenzende Schlafzimmer, das einen starken Kontrast zum sehr maskulinen Arbeitszimmer bildete. Die Wände waren mit Seide bespannt, die mitternachtsblau schimmerte wie sein Hausmantel, während die Vorhänge aus schwerem, goldenen Brokat gearbeitet waren. Und in diesem blaugoldenem Königsgemach prangte ein Himmelbett mit Draperien und Bezügen aus karmesinroten Satin, wie man es auch in einem exklusiven Freudenhaus hätte antreffen können.
Rufus Hatfield ging zu einem kleinen Servierwagen mit Getränken. Er füllte zwei Gläser aus zwei verschiedenen Karaffen und brachte ihr ein Glas. »Ein milder Port«, sagte er.
Sie nahm das Glas zwar entgegen, schüttelte aber den Kopf.
»Nun trink schon! Port ist gut gegen Herzklopfen und Angst vor dem

großen Unbekannten«, sagte er. »Also trink! Es wird dir helfen, nicht so verkrampft zu sein. Nicht nippen! Runter damit! Auf einmal!«
Daphne leerte das Glas in einem Zug. Was konnte sie jetzt auch noch verlieren, was nicht sowieso schon verloren war? Und wenn der Port ihr half, diese Sache leichter zu ertragen, dann sollte sie fast noch um ein zweites Glas bitten.
Rufus Hatfield nahm ihr das leere Glas ab, schlüpfte aus seinen Hausschuhen und setzte sich auf das Bett. Er lockerte seinen Gürtel etwas und gönnte sich einen Schluck von seinem besten Brandy. »Ich bin soweit. Zieh dich aus, Daphne! Aber bitte ohne Hast. Ich möchte etwas davon haben.«
Er hat nichts darunter an! fuhr es ihr durch den Kopf, als sie seine nackten Beine unter dem Hausmantel hervorlugen und ein Stück behaarte Brust im nun klaffenden Ausschnitt sah. Sie erschauerte. Wenn er den Hausmantel auszog...
»Was ist? Worauf wartest du noch?«
»Es... es ist zu hell.«
»Dummes Zeug! Ich will sehen, was ich mir eingehandelt habe. Ich bin sicher, du bist nackt eine noch größere Augenweide. Und nun fang endlich an! Ich gebe zu, daß ich es nicht erwarten kann, zu sehen, was sich unter deinem züchtigen Kleid an fraulichen Formen verbirgt.«
Daphne wollte ihm den Rücken zudrehen.
Er lachte. »Wenn du dich umdrehen sollst, sage ich es dir schon. Aber solange ich das nicht tue, bleibst du schön so stehen. Und nun mach endlich! Oder soll ich kommen und das Ausziehen persönlich übernehmen?«
Daphne schüttelte den Kopf, preßte die Lippen aufeinander und begann mit zitternden Händen, ihr Kleid aufzuknöpfen. Sie wünschte sich tausend Knöpfe und kein Ende. Doch den Schluß der Knopfleiste hatte sie schnell erreicht.
»Mhm«, machte er wohlgefällig, als sie das dunkelgrüne Kleid zu Boden sinken ließ und aus dem gebauschten Stoffring zu ihren Füßen stieg. »Weiter! Allzu spannend brauchst du es auch nicht zu machen. Und jetzt die Unterröcke – aber bitte einen nach dem anderen!«
Daphne zog sich weiter aus.
»Hübsche Wäsche. Siehst wirklich ganz reizend darin aus. Wir kommen des Pudels Kern schon näher!«
Sie hielt den Blick gesenkt und versuchte, nicht daran zu denken, daß

Hatfield keine drei Schritte von ihr entfernt jede ihrer Bewegungen beobachtete und ihren Körper mit lüsternen Blicken taxierte. Doch seine Kommentare machten diese Selbsttäuschung schon im Ansatz zunichte.

»Langsam mit den Strümpfen! Stell das Bein dabei auf den kleinen Hocker!« gab er ihr ganz genau Anweisung, wie er es haben wollte, und sie reagierte wie ein willenloses Wesen. »Ja, aber nicht abwenden! Schon besser so.«

Dann trug sie nur noch ihre knielange Batistunterhose und das Leibchen, das ihre Brust fest umschloß.

»Erst das Leibchen!«

Daphne zögerte. Dann zog sie es aus dem Bund, schob es über ihre Brüste und streifte es sich über den Kopf. Mit einem leisen Rascheln fiel es auf ihre Unterröcke.

»Du hast wahrlich keinen Grund, deine Brüste zu verstecken. Also nimm die Arme runter!« forderte er sie auf.

Kraftlos sanken ihre Arme herab, und mit entblößter Brust stand sie vor ihm. Ihr war, als könne sie seine Blicke auf ihrer nackten Haut spüren.

»Jetzt die Hose!«

Sie löste das Band, und ihre Brüste wippten, als sie sich vorbeugte, um sich nun auch noch des letzten Kleidungsstückes zu entledigen.

»Ich wußte es!« stieß er mit belegter Stimme hervor, als sie nun splitternackt seinen Blicken ausgesetzt war. Von heißer, wild pulsierender Erregung erfüllt, weidete er sich an ihrem Anblick. Er wußte gar nicht, worauf er seine Augen zuerst richten sollte. So jung und schon zu so sinnlicher Schönheit erblüht! Diese langen, schlanken Beine! Das schwarze Haar, das sich zwischen ihren Schenkeln verführerisch kräuselte! Die Taille! Und dann diese wunderbaren Brüste mit ihren rosigen Höfen und kirschkerngroßen Warzen! Wie zwei paradiesische Birnen wölbten sie sich ihm entgegen. Und er würde der erste sein, der diese Frucht und alles andere zum erstenmal kosten würde!

»Du bist für die Liebe erschaffen. Komm her!«

In ihren Augen lag Angst, und sie wünschte, der Boden möge sich unter ihr öffnen, sie verschlingen und sie von dieser Qual der Erniedrigung erlösen. Doch nichts dergleichen geschah, und sie folgte seinem Befehl. Am ganzen Leib zitternd, trat sie zu ihm ans Bett. Sie schloß die Augen, ballte die Hände zur Faust und stand still.

Oh, Gott! Laß es bitte schnell vorbeigehen! flehte sie in ihren Gedan-

ken, als seine Hände verlangend über ihren Körper glitten. Sie wollte aufschreien und zurückspringen, als er ihre Brüste anfaßte. Doch sie war wie gelähmt. Warum wurde sie nicht ohnmächtig? Überall waren seine Hände!
»Leg dich zu mir!« Er zog sie zu sich auf das kühle Laken. »Und mach gefälligst die Augen auf! Ich möchte nicht gern an meine Frau erinnert werden.«
Widerwillig gehorchte sie. Doch sie blickte starr zum blutroten Baldachin des Himmelbettes hoch, während er nun seinen Hausmantel auszog.
Es ist nur ein entsetzlicher Alptraum... Es ist nicht Wirklichkeit... Ich träume nur. Ich träume nur, sagte sie sich immer wieder, als er sich nun über sie beugte und an ihren Brüsten saugte, während seine Hände sie erneut überall berührten. Doch es funktionierte nicht. Schon gar nicht, als er eine Hand zwischen ihre Schenkel schob und sie da unten berührte. Sein Finger teilte ihr weiches, unschuldiges Fleisch und bewegte sich hin und her. Gleichzeitig knetete er mit der anderen Hand ihre rechte Brust. Und dann spürte sie etwas Hartes, Heißes an ihrem Schenkel. Sie hatte noch nie einen Mann auch nur halbwegs nackt gesehen, nicht einmal ihren Bruder. Doch sie wußte, was es war, was sich da pochend an ihr rieb. Mit diesem Ding würde er sich gleich in ihren Leib bohren, ihr die Unschuld rauben und sich das nehmen, was nur dem Mann zustand, den sie liebte und der ihr angetraut war. Es würde Rufus Hatfields Samen sein, der sich in ihren Leib ergoß.
Er wird mir ein Kind machen! schoß es ihr durch den Kopf, und sie vermochte sich nun nicht länger zu beherrschen. Tränen rannen ihr über das Gesicht, und ihr Körper begann zu zittern.
»Hör auf zu weinen!« fuhr er sie heiser an. »Wir haben eine Abmachung getroffen, und du wirst dich daran halten – aber ohne diese Heulerei!«
Doch Daphne hatte nicht die Kraft, die Tränen zurückzuhalten. Unablässig rannen sie ihr über das Gesicht. »Ich... ich kann nichts... dagegen tun«, schluchzte sie. »Ich habe Angst... es ist so erniedrigend... O Dad... Dad!« Sie schlug die Hände vors Gesicht.
Er fluchte und zog seine Hand aus ihrem Schoß zurück. »Verdammt noch mal, wenn du so steif wie ein Brett daliegst und wie eine Rotznase flennst, kann einem ja jegliche Lust vergehen. Hör endlich auf!«

Es half nichts.
Plötzlich setzte er sich auf ihre Oberschenkel, packte sie an den Handgelenken und riß sie hoch. »Also gut, du wirst mein Haus so verlassen, wie du es betreten hast – als Jungfrau!« schrie er sie fast an. »Aber der Teufel soll mich holen, wenn ich es mir auch noch selber machen muß. Deine Hände wirst du ja wohl noch zu gebrauchen wissen!«
Daphne verstand zunächst nicht. Doch als er ihre Hände nahm und sie zu seinem Schoß führte, begriff sie. Sie mußte ihren Ekel überwinden, um sein hartes Glied zu umfassen und es so zu machen, wie er es wünschte.
»Fester! Und bis zur Spitze hoch!« stieß er barsch hervor und knetete ihre Brüste, daß es schmerzte.
Daphne biß sich auf die Lippen, während sich ihre Hände um sein Glied auf und ab bewegten. Ihn so zu bearbeiten, schien ihr fast so widerwärtig, als wenn er sein Glied zwischen ihre Schenkel gestoßen hätte. Doch sie würde ihre Unschuld nicht verlieren und auch nicht schwanger werden.
»Ja! Weiter! Weiter!«
Daphne fühlte plötzlich, wie sein Glied in ihren Händen noch mehr anschwoll. Im selben Augenblick gab er ihre Brüste frei, krümmte sich nach hinten und stöhnte wollüstig auf. Warm schoß es zwischen ihren Fingern hervor und traf sie auf Brust und Bauch.
Noch ein langgezogenes Stöhnen aus seinem Mund, dann war es vorbei.
Sie wagte nicht, sich zu rühren.
Fast brüsk schob er ihre Hände von seinem Glied und starrte sie mit grimmiger Miene an. »Jede billige Nutte von den Docks hätte es besser gekonnt.«
Angst, versagt und ihren Vater nun doch dem Gefängnis ausgeliefert zu haben, schoß so heiß und jäh in ihr hervor wie gerade sein Samen, den er ihr auf den Körper gespritzt hatte. »Es tut mir leid, ich...«
»Spar dir deine Worte!« schnitt er ihr das Wort ab und rutschte von ihr. Er griff nach seinem Hausmantel und zog ihn über. »Du magst verdammt hübsch sein, aber zur Mätresse bist du kaum geboren. Ich muß ein ausgemachter Narr gewesen sein, daß ich geglaubt hatte, ich könnte mein Vergnügen mit dir haben.«
Sie sprang auf. Ihre Scham, ihm völlig nackt und zudem auch noch so besudelt preisgegeben zu sein, wog in diesem Moment nichts im Vergleich zu der Angst, die sie erfüllte. »Mister Hatfield! Bitte verzeihen

Sie mir, wenn ich Sie enttäuscht habe! Ich wollte es nicht!« beteuerte sie.
Mit einer ärgerlichen, energischen Bewegung knotete er seinen Gürtel. »Ja, das habe ich gemerkt. Eine Heulsuse im Bett, deren Hände allein im Umgang mit Stricknadeln Erfahrung haben! Mein Gott, wie konnte ich mich bloß auf so etwas einlassen!«
»Lassen Sie nicht meinen Dad unter meiner Ungeschicklichkeit leiden! Bitte, lassen Sie mir das Schreiben! Ich flehe Sie an!« Sie fiel vor ihm auf die Knie. »Zerstören Sie nicht auch noch unsere Familie! Ich komme wieder, wenn Sie es wollen! Ich werde versuchen, Sie beim nächstenmal nicht zu enttäuschen. Ich werde alles tun, wenn Sie mir nur Dad nicht nehmen!«
Grob packte er sie am Arm und zerrte sie hoch. »Laß den Unsinn! Du brauchst nicht vor mir auf den Knien zu liegen!« knurrte er, doch in seinem Blick war auf einmal etwas Weiches. »Ich habe dir mein Wort gegeben, und das gilt.«
Dankbar und erlöst schluchzte Daphne auf.
»Ein Handtuch, mit dem du dich säubern kannst, findest du im obersten Fach der Kommode da drüben. Und dann zieh dich an!« forderte er sie auf, nahm die Brandy-Karaffe vom Servierwagen und begab sich in sein Arbeitszimmer.
So schnell war Daphne noch nie in ihren Kleidern gewesen. Als sie aus dem Schlafzimmer kam, wagte sie nicht, ihm ins Gesicht zu schauen. Sie hob ihren Korb auf und sah zu ihrer unendlichen Erleichterung, daß Hatfields Schreiben noch immer darin lag.
»Warte!«
Sie erstarrte in der Tür, auf einen plötzlichen Meinungsumschwung gefaßt. Wachsbleich im Gesicht und quälende Angst in den Augen, sah sie ihn an.
Er trat zu ihr, Geld in der Hand. Ein sarkastisches Lächeln zog seinen rechten Mundwinkel hoch. »Zehn Dollar. Sie sind für dich.«
Er wollte sie bezahlen! Wie eine Hure! Ihr Gesicht verzerrte sich. »Behalten Sie Ihr Geld!«
»Nimm es! Fünfzig Cent sind für das, was du im Bett wert warst. Der Rest ist für deine Überwindung – und für die Liebe zu deinem Vater.« Seine Stimme hatte einen rauhen Klang. »Nun nimm das Geld schon! Irgendwann einmal wirst du es bestimmt gut gebrauchen können. Aber laß es niemanden sehen. Du dürftest Schwierigkeiten haben, zu erklären, woher du so viel Geld hast.«

Die Vernunft gewann die Oberhand über ihren Stolz. Zudem gab es keinen Vergleich zu dem, was er ihr genommen hatte. Sie steckte das Geld ein. »Ich werde Dad sagen, daß Sie mir Ihr Wort gegeben haben, nicht zur Polizei zu gehen.«

»Tu das! Aber ich werde es ihm morgen noch einmal selber sagen, wenn ich mir euer Haus ansehe. Es kommt mir ganz zupaß. Ich habe schon seit einiger Zeit nach einem hübschen Haus Ausschau gehalten, mit dem ich meiner derzeitigen Geliebten eine vorübergehende Freude bereiten kann«, sagte er bösartig, als wolle er bei Daphne erst gar keine falschen Vorstellungen aufkommen lassen und seine Gemeinheit noch einmal unter Beweis stellen. »Sie wird sich köstlich amüsieren, wenn ich ihr die Geschichte von dem sechzehnjährigen Mädchen erzähle, das den Körper einer bildhübschen Frau besitzt, leider aber auch die Sinnlichkeit eines Bretts und Hände, die einem Mann so viel Lust zu verschaffen wissen wie die einer vertrockneten Betschwester.«

Daphne riß die Tür auf und konnte nicht schnell genug aus dem Haus kommen. Sie stürzte hinaus auf die Straße. Jetzt war sie sicher! Sie hatte Hatfields schriftliche Erklärung. Ihr Vater würde nicht im Gefängnis enden.

Sie spürte, wie ihr das Leibchen an der Brust klebte. Hastig überquerte sie die Straße und lief in den Park. Hinter einem Busch erbrach sie sich auf den Rasen, bis nur noch bittere Galle kam.

Zehntes Kapitel

»Worauf wartest du noch?« zischte Sophie. Ihr Gesicht war von roten Flecken übersät, als hätte sie über Nacht Ausschlag bekommen. »Nun sag es ihnen schon! Erzähl ihnen deine Heldentaten, von denen inzwischen bestimmt schon die ganze Stadt weiß! Oder hat dich auf einmal der letzte Rest Mut verlassen? Soll ich Fanny bitten, dir eine Flasche Brandy zu bringen? Obwohl billiger Fusel wohl angebrachter wäre, nicht wahr?«

William schien noch mehr in sich zusammenzufallen. Es war ihm anzusehen, daß er die ganze Nacht keinen Schlaf gefunden und sicher auch getrunken hatte. Seine Haut war grau wie Zigarrenasche. Unter den geröteten Augen zeichneten sich dunkle Ringe ab. Und die Furchen, die sich die letzten Tage in sein Gesicht gegraben hatten, ließen dieses wie die zerknitterte Visitenkarte eines gebrochenen Mannes wirken.

»Sophie, bitte! Mach es uns allen nicht noch schwerer, als es schon ist!« bat er mit einer Stimme, die für einen Mann seiner Statur erschreckend kraftlos war.

»Schwer?« stieß sie schrill hervor. »Was für ein lächerliches Wort! Du hast uns alle ins Unglück gestürzt!«

Edward, Heather und Daphne saßen mit bleichem Gesicht am Tisch. Niemand hatte das Frühstück bisher auch nur angerührt. Verstört von den beunruhigenden Ereignissen des letzten Tages warteten Daphnes Geschwister auf eine Erklärung ihres Vaters, der erst vor einer halben Stunde nach Hause zurückgekehrt war.

Heather ertrug die Anspannung und Ungewißheit nicht länger. »Von was für einem Unglück ist hier überhaupt die Rede? Seit gestern steht das ganze Haus kopf, aber uns läßt man im Dunkeln. Mom und Daphne hüllen sich in Schweigen, und du läßt dich den ganzen Tag nicht blicken, Dad. Dürfen Edward und ich jetzt endlich auch erfahren, was so Schreckliches passiert ist?« Ihre Frage war aggressiv, vom respektlosen Tonfall ihrer Mutter ermuntert.

Sophie wies mit ausgestrecktem Finger anklagend auf ihren Mann. »Er hat unsere Existenz verspielt – und eure Zukunft! Das ist passiert.«

»Am Spieltisch?« fragte Edward naiv.

»Nein, an der verfluchten Börse!« schrie Sophie. »Alles hat er verloren: das Haus, die Firma – alles! Sogar dieses Porzellan!«

Heather hatte nach den Worten ihrer Schwester angenommen, ihr Vater habe einen sehr empfindlichen Verlust erlitten. Doch nicht im Traum hätte sie daran gedacht, daß es so schlimm und der Verlust total sein könne. Sie wollte es nicht glauben.

»Alles?« wiederholte sie fassungslos. »Aber... das ist doch unmöglich! Mom hat übertrieben, nicht wahr, Dad?«

William mußte sich zwingen, seiner Tochter in die Augen zu blicken, als er ihr die letzte Hoffnung raubte: »Nein, sie hat nicht übertrieben, Heather. Es ist so, wie sie gesagt hat. Ich habe mich an der Börse gigantisch verspekuliert. Es tut nichts zur Sache, daß ich einem gemei-

nen Komplott zum Opfer gefallen bin. Tatsache ist, daß von meinem Vermögen kein Cent mehr übrig ist und mir dieses Haus juristisch seit gestern schon nicht mehr gehört. Ja, ich habe im wahrsten Sinne des Wortes alles verloren. Und fast hätte ich noch mehr verloren als nur mein Vermögen.« Sein Blick ging kurz zu Daphne hinüber, die ihm bei seiner Rückkehr mitgeteilt hatte, daß Rufus Hatfield auf eine strafrechtliche Verfolgung verzichten werde.
Daphne lächelte gequält. Der Zusammenbruch traf sie genauso schlimm wie alle anderen. Was sie gestern in Hatfields Schlafzimmer hatte über sich ergehen lassen müssen, hatte ihr Körper wohl schadlos überstanden, nicht jedoch ihre Seele. Sie hatte entsetzliche Angst vor der Zukunft – und um ihre Liebe. Doch in diesem Moment litt sie mit ihrem Vater. Sie wünschte, Mom würde nicht so gnadenlos über ihn herfallen und ihm in ihrer Wut und Verachtung nicht noch zusätzliche Wunden schlagen. Was nützte es auch, wenn sie ihm Vorwürfe machte und ihm Worte wie Peitschenhiebe um die Ohren schlug? Es änderte nichts an den Tatsachen und riß ihre Familie nur sinnlos auseinander, wo sie doch jetzt alle mehr denn je zusammenstehen mußten, um diesen Schicksalsschlag zu verkraften. Doch sie hatte nicht das Recht, ihrer Mutter ins Wort zu fallen und sie um mehr Mäßigung zu bitten, wie sie es gern getan hätte.
Edward war am wenigsten bestürzt, sondern eher verwundert und neugierig. In seinem Alter hatten Geld und gesellschaftliches Ansehen keinen wirklich praktischen Wert. Das Leben, das ihm wichtig war, spielte sich in seinem Zimmer und in seinen Gedanken und Büchern ab. Und die Abenteuerer, von denen er las, waren nie als reiche Männer in die Welt hinausgegangen, sondern eher als arme Schlukker. Sie hatten in exotischen Ländern ihr Glück gemacht, was ja auch viel spannender war.
»Sind wir jetzt arm?« fragte er deshalb fast erwartungsvoll, als stehe ihnen ein großes Abenteuer bevor.
»Ja«, bestätigte William knapp.
»So arm wie Fanny und Pru?«
Ein bitteres Lächeln flackerte kurz in Davenports übernächtigten Augen auf. »Im Augenblick haben sie vielleicht sogar mehr in ihrem Sparstrumpf, als uns bleiben wird, wenn das alles vorbei ist.«
»Wie kannst du es wagen, darüber auch noch Scherze zu machen!« brauste Sophie wutentbrannt auf. »Armut ist ein Fluch. Und du hast uns diesen Fluch auferlegt.«

»Es war nicht als Scherz gemeint«, erwiderte William mit der Ruhe eines Mannes, der sich endgültig geschlagen weiß und sein Schicksal angenommen hat. »Das einzige, was man uns wohl lassen wird, dürften ein paar persönliche Dinge und unsere Kleidung sein. Doch wir werden nicht umhin können, diese in der Pfandleihe zu versetzen, um etwas Geld in die Hand zu bekommen.«
Heather gab einen Laut der Empörung und des Protestes von sich. »Erwartest du etwa, daß ich vielleicht in grobem Leinen und einfachem Kaliko herumlaufe?« stieß sie ungläubig hervor.
»Einmal abgesehen davon, daß wir jeden Dollar bitter nötig haben werden: Möchtest du dich zum Gespött der Leute machen, indem du in einem teuren Seidenkleid von Madame Fortescue am Waschtrog stehst oder beim Fleischer darum bittest, anschreiben lassen zu dürfen?«
Heather machte entsetzte große Augen. »Waschtrog? Das kann nicht dein Ernst sein! Ich bin doch kein Dienstmädchen, Dad!«
»Du bist immer nur das, was du bezahlen kannst«, erwiderte er müde. »Also mach dich mit dem Gedanken vertraut, daß sich vieles in unserem Leben ändern wird – nicht nur die Garderobe! Die Zeit der Seidenkleider und der Dienstboten ist vorbei, zumindest fürs erste.«
»Nie im Leben werde ich auch nur einen Fuß in eine Pfandleihe setzen!« rief Sophie.
Er hob die Schultern. »Ich werde dir die Schande schon abnehmen. Aber ich fürchte, daß wir alle unseren Fuß in Geschäfte und Räume werden setzen müssen, von deren Existenz zumindest unsere Kinder bisher nur eine vage Vorstellung gehabt haben.«
»Das ist ja purer Wahnwitz!« wehrte sich Heather noch immer, das Unabänderliche zu akzeptieren. »Wenn ich in so einem schäbigen Kleid daherkomme, läßt Amy mich nicht einmal durch den Dienstboteneingang ins Haus. Und nicht einmal Patrick würde mich dann noch eines Blickes würdigen.«
»Ich denke, du machst dir nichts aus ihm, wo er doch schweißige Hände und sein Vater nur ein blödes Sägewerk hat?« spottete Edward.
Heather fuhr mit verzerrtem Gesicht zu ihm herum und hob schon die Hand zum Schlag. Doch sie bekam sich noch unter Kontrolle. Sie funkelte ihn an, war jedoch unfähig, etwas zu sagen. Es traf sie selber wie ein scharfer Schlag ins Gesicht, daß Patrick, dem sie voller Überheblichkeit den Laufpaß gegeben hatte, plötzlich für sie zu einer blen-

denden Partie geworden war, von der sie nur noch träumen konnte. Sie hatte nach viel höheren, strahlenderen Sternen greifen wollen, und nun war sogar ein bleicher Mond wie Patrick in unerreichbare Ferne gerückt. Es war ein Schock, der sie bis ins Mark erschütterte, ohne daß sie jetzt schon in der Lage gewesen wäre, alle Konsequenzen zu begreifen.

»Was wirst du tun, Dad?« Daphne erhob zum erstenmal die Stimme, seit sie zur Aussprache im Eßzimmer Platz genommen hatte.

»Mir Arbeit suchen, mein Kind«, lautete die Antwort. »Mister Hatfield, an den ich die Firma verloren habe, wird mich gewiß nicht anstellen.«

»Wage es auch ja nicht, ihn darum zu bitten!« zischte Sophie voller Verachtung.

William verzog das Gesicht. »Keine Sorge, er wird es genauso wenig in Betracht ziehen, mich als Direktor anzustellen, wie jene Leute, die ich bisher für Freunde gehalten und bereits erfolglos nach einer derartigen Anstellung in ihren Betrieben gefragt habe.«

Sophies Hand krallte sich in den weißen Damast des Tischtuches. Insgeheim hatte sie fest damit gerechnet, daß ihr Mann zumindest eine leitende Stellung finden könne, die den Sturz aus den Höhen der Gesellschaft ein wenig linderte. Doch nun dämmerte ihr, daß die Katastrophe noch schlimmere Ausmaße annehmen würde, als sie bisher schon befürchtet hatte.

»Was ist mit James Waterville und Grover Martin?« fragte sie.

Er winkte ab. »Sie waren alle voller Anteilnahme und gaben gute Ratschläge, aber keiner hat für mich Verwendung. Auch McIntyre und Pewton nicht. Sie können beim besten Willen nichts Adäquates für mich finden, wie sie mir mit größtem Bedauern versicherten. Und als ich ihnen sagte, daß ich mich auch mit einer weniger adäquaten Position zufriedengeben würde, um mich erst einmal über Wasser halten zu können, waren sie peinlich berührt und hatten auf einmal alle wichtige Termine, die sie nicht verpassen durften. Natürlich hat keiner von ihnen versäumt, mir seine Freundschaft zu versichern und zu versprechen, an mich zu denken, wenn ihm etwas Passendes für mich zu Ohren komme«, fügte er illusionslos und sarkastisch hinzu. »Aber ich weiß schon jetzt, daß sie es bei Worten bewenden lassen werden. Finde Freunde in der Not! Ich jedenfalls habe keine gefunden.«

»Irgend etwas wirst du schon finden – auch ohne diese angeblichen Freunde«, zwang sich Daphne zu einer Äußerung der Zuversicht,

denn der Schmerz der Enttäuschung in den Augen ihres Vaters schnitt ihr ins Herz.
Er versuchte zu lächeln, doch das Lächeln kam über eine Grimasse nicht hinaus. »Sicher werde ich etwas finden, Daphne. Gute Schlosser werden stets gesucht. Nur habe ich meinen erlernten Beruf schon seit über zwanzig Jahren nicht mehr ausgeübt. Es wird interessant sein festzustellen, was davon noch geblieben ist.«
»Schlosser? Du willst wieder als Schlosser in die Gosse zurückkehren?« schrie Sophie ihn an. »Du mußt den Verstand verloren haben!«
»Ich werde Arbeit suchen und finden. Das ist alles, was ich euch versprechen kann«, erwiderte er bedrückt. »Und nun bitte ich dich, deinen Schmuck zusammenzuräumen und bereitzustellen. Allen Schmuck bitte. Es hat keinen Sinn, irgend etwas zu unterschlagen.«
Zitternd sprang Sophie vom Stuhl auf, riß sich die doppelte Perlenkette vom Hals und schleuderte sie ihm ins Gesicht. »Da hast du deinen Schmuck! Und die Ringe noch dazu!« Sie zerrte sie sich von den Fingern und warf sie vor ihm auf den Tisch, daß sie über das Geschirr sprangen. »Versager! Gottverdammter Versager! Verflucht sei der Tag, an dem ich dich getroffen habe!« Sie rannte aus dem Zimmer.
William legte die Ringe und die Perlenkette mit zitternder Hand auf den Teller vor sich. »Nehmt es ihr nicht übel«, sagte er mit leiser Stimme in die bestürzte Stille. »Es war einfach zuviel für sie. Ich weiß, daß ich eure Mutter sehr enttäuscht habe... und euch auch.«
Heather stand mit einer heftigen Bewegung auf. »Ich nehme Mom gar nichts übel«, stieß sie kalt hervor. »Ihr nicht!« Und auch sie stürzte aus dem Eßzimmer.
Daphne sah, wie sich Tränen in den Augen ihres Vaters sammelten. Sie spürte das Verlangen, zu ihm zu gehen, sich an ihn zu schmiegen und ihm zu sagen, daß sie ihn liebe, was auch geschehen war und noch geschehen würde. Doch sie vermochte sich nicht von ihrem Platz zu rühren.
Edward schluchzte. Tränen liefen ihm über das Gesicht. Daphne griff nach seiner Hand und hielt sie fest. Dabei wünschte sie, jemand würde *sie* festhalten, ihr Trost und Zuversicht geben. Oh, John, dachte sie, warum bist du jetzt nicht bei mir und sagst mir, daß du mich liebst und immer lieben wirst, was meiner Familie auch zustoßen mag?
»Dad...«

»Ja, mein Kind?«
»Wir werden es schaffen, nicht wahr?« Ihre Stimme war tränenerstickt.
Es dauerte zwei, drei Sekunden, bis er den Kopf hob und sie über den Tisch hinweg ansah. »Natürlich. Irgendwie schaffen wir es schon, mit Anstand aus dem Schlamassel herauszukommen und uns ein neues Leben aufzubauen«, versicherte er. Doch seine Augen straften ihn Lügen, denn in ihnen war nur eines zu lesen: Hoffnungslosigkeit.

Elftes Kapitel

Rufus Hatfield ließ an diesem Vormittag nicht lange auf sich warten. Es war noch nicht zehn Uhr, als er in seiner luxuriösen Kutsche vorfuhr, die von zwei Rotfüchsen gezogen wurde. Er kam nicht allein.
»Daß Sie nicht bei Wasser und Brot in einer Zelle sitzen, verdanken Sie der Überredungskraft Ihrer Tochter«, waren seine ersten barschen Worte, als er, gefolgt von einem Herrn in schwarzem Anzug, ins Haus trat und William ihm entgegenkam. Er trug einen sandbraunen Umhang mit einem kostbaren Pelzkragen. Ein blutroter Rubin füllte die silberne Krone, die das obere Ende seines exzentrischen Spazierstockes zierte. Seine Aufmachung und sein ganzes Auftreten waren eine einzige Beleidigung.
Und William mußte sie schlucken, auch wenn er daran würgte wie an einer fetten, schleimigen Kröte. »Meine Familie wird es Ihnen danken«, zwang er sich zu sagen.
»Und Sie?« forderte Hatfield ihn heraus.
»Welche Antwort erwarten Sie?« fragte William mit steinernem Gesicht.
»Zum Teufel damit!« erwiderte Hatfield grob. »Sie interessieren mich nicht, Davenport. Ich erwarte von Ihnen nur, daß Sie die Papiere, die ich mitgebracht habe, unterschreiben. Sie betreffen die Übereignung Ihrer Firma und dieses Hauses. Ein kurzer Rundgang, und dann sind Sie mich los. Alles andere wird Mister Buttonwood von *Buttonwood & Bready* für mich erledigen. Er ist mein Bevollmächtigter bei der Ab-

wicklung unseres letzten gemeinsamen Geschäftes.« Er lächelte sarkastisch.
Bei der Nennung seines Namens deutete Mister Buttonwood eine knappe Verbeugung an. Er war ein hagerer Mann in den Vierzigern und von asketischem Aussehen. In dem schwarzen Anzug und mit dem Kneifer auf der Nase sah er wie ein humorloser Gerichtsvollzieher aus. Unter seinem Arm trug er jedoch eine teure lederne Aktenmappe mit Messingecken. Sie verriet, daß schon sein Tageshonorar das Monatsgehalt eines Gerichtsvollziehers bei weitem überstieg. Und wenn man die Qualität seiner Schuhe und Kleidung einer näheren Musterung unterzog, konnte man feststellen, daß er nur in den ersten Geschäften der Stadt arbeiten ließ.
»Ich denke nicht, daß ich Sie für die Prüfung und Gegenzeichnung der Dokumente lange in Anspruch nehmen muß, Mister Davenport«, sagte er mit geschäftsmäßiger Höflichkeit, die persönliche Gefühle gänzlich ausschloß.
»Natürlich nicht! So wie die Dinge bei ihm liegen, kann er sich das Durchlesen der Papiere sogar sparen«, sagte Hatfield höhnisch. »Ich könnte ihm sogar noch Taschenuhr und Siegelring abnehmen, wenn ich wollte.«
William beherrschte sich. Er würde sich nicht noch einmal zu einer sinnlosen Tat hinreißen lassen. »Dann bringen wir es doch hinter uns, damit ich weiß, was mir noch geblieben ist!« sagte er gepreßt und machte eine knappe Handbewegung in Richtung Arbeitszimmer.
»Was Sie am Leib tragen, Davenport! Wenn Sie Glück haben«, sagte Hatfield gehässig.
Sie brauchten wirklich nicht lange, um die von Buttonwood vorbereiteten Übereignungsurkunden durchzugehen. Der Wert seiner Firma und seines persönlichen Besitzes reichte kaum, um die Wechselschuld zu begleichen. William unterschrieb wortlos ein Papier nach dem anderen.
»Mister Buttonwood wird eine Auflistung aller Wertgegenstände vornehmen, die sich in Ihrem Besitz befinden, Davenport«, teilte Hatfield ihm mit. »Möbel, Gemälde, Schmuck, Tafelsilber, Porzellan und andere Dinge von Wert gehen pauschal in meinen Besitz über. Was Sie an persönlichen Habseligkeiten mitnehmen dürfen, habe ich Mister Buttonwood auf einer gesonderten Liste aufgeführt. Damit sind wir dann quitt. Ich gebe Ihnen und Ihrer Familie drei Tage, das Haus zu räumen. Irgendwelche Einwände?«

Welche Einwände hätte William schon haben können? Er durfte sich eher glücklich schätzen, daß Hatfield seine Ansprüche gegen ihn nicht bis auf den letzten Cent eintrieb. Denn dann hätte er nicht einmal bei Null neu anfangen müssen, sondern mit ein paar hundert Dollar Restschulden.

Als die letzte Übereignungserklärung unterzeichnet war, krönte Hatfield seinen Triumph mit einem Rundgang durch das Haus. Dabei legte er eine Arroganz und Unverschämtheit an den Tag, wie sie verletzender nicht hätte sein können. Sogar Buttonwood zeigte gelegentlich Anzeichen von Irritation über soviel Mangel an Rücksicht auf die Gefühle eines Mannes, der doch schon geschlagen am Boden lag.

Als ihnen Fanny im Flur begegnete, winkte Hatfield sie zu sich. »Du gehörst hier zum Personal?« fragte er.

»Ja, Sir.«

William bereute jetzt, daß er nicht schon vor Hatfields Erscheinen dem Personal reinen Wein eingeschenkt hatte. »Das ist Fanny Dunn, unser Hausmädchen. Sie hat sich als sehr tüchtig und anstellig erwiesen.«

Hatfield musterte das Mädchen. »Wenn das stimmt, brauchst du dich nicht nach einer neuen Stellung umzusehen. Gute Kräfte werde ich übernehmen«, erklärte er großspurig. »Auf jeden Fall ist dir der Lohn für diesen Monat garantiert, auch wenn Mister Davenport dir den restlichen Lohn nicht mehr auszahlen kann. Alles weitere klären wir, wenn die Davenports das Haus verlassen haben – also in drei Tagen.«

Fanny starrte erst Hatfield und dann William an, mit verstörtem Blick und offenem Mund. Es hatte Klatsch unter dem Personal gegeben, doch daß es um ihre Herrschaft so schlimm bestellt war, hätte keiner von ihnen anzunehmen gewagt.

»Rufus Hatfield ist der Name deines neuen Arbeitgebers«, teilte dieser ihr mit. »Ich werde nachher noch selber mit den restlichen Dienstboten sprechen. Doch du kannst allen schon ausrichten, daß ich sie vorerst übernehmen werde.«

»Ja, Sir.«

»Gut, dann tu das auch«, entließ er sie.

Fanny hastete den Flur und die Treppe hinunter. Theda würde der Schlag treffen, wenn sie diese unglaubliche Neuigkeit erfuhr.

Als Hatfield vorgefahren war, hatte sich Daphne unverzüglich in ihr Zimmer begeben. Sie wollte ihn nie wieder sehen. Sie wollte verges-

sen, daß es ihn überhaupt gab – und daß sie sich in seinem Schlafzimmer so hatte erniedrigen müssen.
Doch er bestand darauf, jedes Zimmer zu sehen, und so blieb ihr letztlich nichts anderes übrig, als ihn einzulassen.
»Ah, das Zimmer Ihrer Tochter Daphne, die den Mut hatte, mir die Stirn zu bieten«, sagte er süffisant.
Daphne war auf die andere Seite ihres Bettes zurückgewichen und hielt sich am Bettpfosten fest. Allein sein Anblick verursachte ihr schon Übelkeit, und die gräßlichen Erinnerungen erfüllten sich bei seinem Eintreten mit neuem Leben. Unter seinem Blick fühlte sie sich wieder nackt.
Hatfield stieß den Stickrahmen, der auf dem Bett lag, mit seinem Spazierstock an. »Nicht recht gelungen, diese Handarbeit, will mir scheinen. Ich denke, deinen Händen fehlt die nötige Erfahrung. Nun ja, der eine beherrscht das Flötenspiel und der andere die Kunst der flinken Hand«, sagte er spöttisch und lächelte dabei.
Du dreckiges Schwein! dachte Daphne voller Abscheu und wagte nicht, ihren Vater anzusehen. Sie hatte Angst, er könne merken, daß sie für seine strafrechtliche Verschonung Hatfield einen abscheulichen Preis hatte zahlen müssen. Und daß seine Bemerkungen voller verdorbener, schmutziger Anspielungen auf ihr intimes Zusammensein waren.
»Können wir weiter?« fragte William schroff.
»Nur keine Hast, mein Freund! Ich verdanke Ihrer Tochter immerhin ein sehr stimulierendes Erlebnis...«
Daphne stöhnte innerlich gequält auf.
»Ich befand mich buchstäblich in ihrer Hand«, fuhr er genüßlich mit seinen widerlichen Doppeldeutigkeiten fort, von denen Daphne hoffte, daß nur sie den wahren Sinn verstand. »An diesen mißratenen Schuß, der sein wahres Ziel im Fleisch verfehlt hat, werde ich mich gewiß noch sehr lange erinnern.«
William stand mit finsterer Miene an der Tür.
Buttonwood räusperte sich dezent.
Hatfield richtete seinen Blick noch einmal schamlos auf Daphnes Brüste. »Ja, der gestrige Tag hatte zweifellos seine Reize und ungewöhnlichen Höhepunkte«, sagte er, hob den Spazierstock in einer Geste des Grußes und ging aus dem Zimmer.
Mit butterweichen Knien und einem ekelhaft flauen Gefühl im Magen sank Daphne in den kleinen Polstersessel am Fenster. Dieses

Scheusal! Noch ein, zwei Sätze mehr, und Dad hätte Argwohn schöpfen müssen!
Sophie hatte sich bei Hatfields Eintreffen, gleich ihrer jüngeren Tochter, in ihr Zimmer eingeschlossen. Sie weigerte sich noch erbitterter als Daphne dagegen, ihm Einlaß in ihre privaten Räume zu gewähren. Erst als Hatfield ihr drohte, die Tür einzutreten, kapitulierte sie. Mit einer jähen Bewegung riß sie die Tür auf. »Mein Mann kann an Sie verloren haben, was er will, Mister Hatfield, aber noch wohnen *wir* in diesem Haus! Und Sie haben kein Recht, mich in meinen eigenen vier Wänden zu belästigen!« Sie schäumte vor Wut.
»Sophie, bitte!« legte William ihr in dieser Situation mehr Zurückhaltung nahe.
»Verschon du mich bloß mit deinem Sophie-bitte-Getue!« fauchte sie ihren Mann an. »Wenn du schon nicht in der Lage bist, mich vor den Belästigungen dieses... Subjektes zu schützen, werde ich das wohl selbst in die Hände nehmen müssen.«
Hatfield genoß diese Szene sichtlich. »Sie irren sich, Verehrteste. Sie befinden sich nicht mehr in den eigenen vier Wänden, sondern sind bis zu Ihrem Auszug in drei Tagen Gast in *meinem* Anwesen. Und Sie werden mir kaum in meinem Haus Vorschriften machen wollen, nicht wahr? Wenn ich Sie also bitten dürfte, die Tür freizugeben und hier draußen auf dem Flur zu warten, bis ich mich in den Räumlichkeiten meines Hauses umgesehen habe?«
»Fahren Sie zur Hölle, Sie Mistkerl!« schrie Sophie und spuckte ihm mitten ins Gesicht.
William packte seine Frau hart am Handgelenk und zerrte sie von der Tür weg. »Bist du noch bei Sinnen?« stieß er erschrocken hervor.
Buttonwood sog scharf die Luft ein.
Hatfield schien sprachlos über diese Beleidigung. Langsam zog er ein Taschentuch hervor und wischte sich den Speichel vom Gesicht. Ein kaltes Feuer loderte in seinen Augen auf.
»Ich erinnere mich daran, daß Sie einmal sagten, Sie liebten Boston und könnten sich nicht vorstellen, einmal in einer anderen Stadt zu wohnen«, sagte er dann scheinbar völlig ohne jeden Zusammenhang.
Sophie riß sich von ihrem Mann los und gab ein verächtliches Schnauben von sich. »Erinnern Sie sich, woran Sie wollen!«
Er lächelte kalt. »Sie werden von nun an nicht mehr in Boston, sondern nur noch mit Ihren Erinnerungen an diese Stadt leben, Missis Davenport. Sie werden mit Ihrer Familie aus Boston verschwinden

und es nicht wagen, jemals wieder einen Fuß in diese Stadt zu setzen.«
»Sie sind ja verrückt geworden! Niemand wird mich aus Boston vertreiben. Und Sie schon gar nicht!«
Hatfield faltete in aller Ruhe sein Taschentuch zusammen, doch ein zuckender Muskel unter dem rechten Augenlid verriet, wie sehr die Wut in ihm arbeitete. »Ich habe mein Wort gegeben, daß ich Ihren Mann nicht vor Gericht und für den Rest seines Lebens ins Gefängnis bringe. Ich halte mein Wort. Aber ich gebe Ihnen jetzt noch ein anderes Versprechen, das ich genauso konsequent halten werde: Wenn Sie in drei Tagen Boston nicht verlassen haben, werde ich dafür sorgen, daß Ihr Mann nicht einmal mehr auf einem Abfallplatz eine Arbeitsstelle findet und niemand es wagen wird, Ihnen auch nur einen verschimmelten Schweinestall als Wohnung zu vermieten. Ich werde Sie und Ihre Familie in dieser Stadt zu Aussätzigen machen.«
Sophie dämmerte, daß sie Hatfields Macht und insbesondere seine Skrupellosigkeit unterschätzt hatte. Eisiges Entsetzen befiel sie und lähmte ihre Zunge.
William war nicht weniger entsetzt – über die Dummheit seiner Frau und Hatfields Drohung. »Das können Sie mir nicht antun! Das ist zu viel. Mein Gott, Sie können doch nicht so unmenschlich sein! Ich habe Kinder«, beschwor er ihn.
Hatfield zeigte sich unbeugsam. »Sie werden Boston verlassen. Das nehme ich nicht zurück.«
William brach der Angstschweiß aus. »Mister Hatfield, ich flehe Sie an, es sich noch einmal zu überlegen! Wenn Sie schon nichts um unser Leben geben, so seien Sie wenigstens um unserer Kinder willen nicht so grausam! Wollen Sie meinen elfjährigen Jungen und meine beiden Töchter für die im Zorn geäußerten Beleidigungen ihrer Mutter büßen lassen?«
Hatfield zögerte. »Boston ist für Sie und Ihre Familie tabu«, bekräftigte er noch einmal unerbittlich. »Ist sowieso besser, wenn Sie verschwinden. Würde nicht gut aussehen, Sie weiterhin in der Stadt zu dulden. Daß Sie auf mich geschossen haben, kann ich als Klatsch nicht mehr aus der Welt schaffen. Da ist es das wenigste, daß ich Sie zur Strafe aus der Stadt gejagt habe. Das bin ich meinem Ansehen schuldig.« Er lächelte dünn. »Aber um Ihrer Kinder willen werde ich dafür sorgen, daß Sie irgendwo Arbeit finden.«
»Danke«, hauchte William.

»Mein Gott, wie ekelhaft und entwürdigend«, zischte Sophie und stürzte an den Männern vorbei den Gang hinunter.
Hatfield wandte sich an seinen Bevollmächtigten. »Bringen Sie in Erfahrung, in welcher der von mir kontrollierten Firmen außerhalb Bostons eine passende Stelle für Mister Davenport offen ist!«
Buttonwood nickte. »Um welch eine Position soll es sich handeln?«
Hatfield warf William einen kurzen Blick zu. »Um irgendeinen Buchhalterposten«, entschied er nach kurzem Zögern. »Ich bin nicht die Wohlfahrtsbehörde für gescheiterte Unternehmer. Wenn er eine bessere Stellung auftreiben kann, braucht er ja bloß zu kündigen.«
William erschauerte innerlich, und seine Lippen bebten unkontrolliert. Buchhalter! Und dafür mußte er auch noch dankbar sein!
»Gut, ich werde mich darum kümmern. Es kann aber unter Umständen ein paar Tage dauern«, gab Buttonwood zu bedenken. »Gilt als Räumungstermin dann immer noch der Freitag?«
»Nein. Die Davenports können bleiben, bis Sie etwas gefunden haben«, erklärte Hatfield schroff. »Und nun lassen Sie uns weitermachen!« Er hatte jedoch die Lust verloren, denn er verließ schon keine zehn Minuten später das Haus und überließ Buttonwood seiner Aufgabe, die Liste der Wertgegenstände zu erstellen.
Kaum war Hatfield gegangen, als Heather ins Zimmer ihrer Schwester kam. »Na, erzählst du es mir?«
»Erzählen? Was denn?«
»Die Sache mit Hatfield natürlich.«
»Da gibt es nicht viel zu erzählen«, erklärte Daphne vorsichtig und plötzlich ganz wachsam.
»So? Da bist du mal wieder viel zu bescheiden«, sagte Heather spitz. »Mom hat mir erzählt, daß Dad einen Revolver bei sich gehabt hat, als er gestern zu Hatfield gegangen ist... und daß du ihm zu diesem Verbrecher gefolgt bist.«
Daphne nickte. »Ja, ich habe gar nicht lange überlegt, bin ihm nachgelaufen und habe einfach Glück gehabt, daß ich Dad gerade noch rechtzeitig vor einer schrecklichen Dummheit bewahren konnte.«
»Dad hat wirklich auf ihn geschossen?«
»Es war mehr ein Warnschuß«, log Daphne.
»Und was ist dann passiert?«
»Wie, was ist dann passiert?« Daphne stellte sich dumm.
»Na, als du mit Hatfield alleine warst?«
»Was soll schon geschehen sein? Hatfield war natürlich stinkwütend

über den Aufstand, den Dad gemacht hat. Und ich habe ihn gebeten, nichts gegen Dad zu unternehmen. Ich mußte mit Engelszungen reden, um ihm endlich das Ehrenwort abzuringen, nicht zur Polizei zu gehen.«

Ein mißtrauischer Ausdruck trat auf das Gesicht der älteren Schwester. »Also mit Engelszungen hast du geredet...«

»Ja, sicher. Du kannst dir ja denken, daß Hatfield ganz schön getobt hat«, sagte Daphne und fühlte sich unter dem prüfenden Blick ihrer Schwester reichlich unwohl.

»Und was hast du am Nachmittag von ihm gewollt? Mußtest du ihn da noch einmal besänftigen?« fragte Heather gedehnt. »Versuch bloß nicht, mir noch einmal zu erzählen, du wärst wegen des Kirchenbasars unterwegs gewesen. Diese Lüge kannst du dir sparen, weil ich weiß, daß du bei Hatfield warst.«

Daphne erschrak und wurde blaß. »Woher weißt du das?« stieß sie hervor.

Heather lächelte stolz. »Weil ich Fanny hinterhergeschickt habe. Ich hab' dir das mit dem Basar nämlich keinen Augenblick geglaubt.«

Fieberhaft suchte Daphne nach einer harmlosen Lüge, die ihren zweiten Besuch bei Hatfield einleuchtend erklärte. »Er hat es sich noch überlegen wollen, und deshalb wollte ich nachfragen und notfalls noch weiter auf ihn einreden, falls er noch immer unschlüssig gewesen wäre«, versuchte sie sich herauszuwinden und merkte selber, wie wenig überzeugend das klang.

»Ich denke, er hatte dir schon am Vormittag sein Ehrenwort gegeben?« machte Heather sie auf ihren Widerspruch aufmerksam.

»Nein, das hat er mir erst am Nachmittag gegeben«, beharrte Daphne.

»Und dafür willst du fast eine Stunde bei ihm gewesen sein? Das glaube ich nicht«, sagte Heather ihr auf den Kopf zu. »Das Ammenmärchen kannst du vielleicht Waddy aufbinden, mir aber nicht.«

Die Wut, daß die eigene Schwester ihr nachspioniert und sich dabei auch noch des Hausmädchens bedient hatte, verdunkelte Daphnes rauchblaue Augen und gab ihnen einen kämpferischen Glanz. Nie und nimmer würde sie Heather die Wahrheit erzählen! Niemals würde ihr die Schwester glauben, daß sie splitternackt mit Hatfield im Bett gelegen und dennoch ihre Unschuld bewahrt hatte. Damit wollte sie ihr nicht einmal absichtliche Bösartigkeit unterstellen. Wäre sie an Heathers Stelle gewesen, hätte sie so eine Geschichte vermutlich auch völlig unglaubhaft gefunden. Außerdem: Wie hätte sie ihr auch erzählen können, was tatsächlich zwischen ihr und Hatfield vorgefallen war? Niemals würden ihr diese Abscheulichkeiten in Worten über die Lippen kommen.

»Und wenn du es tausendmal für ein Ammenmärchen hältst, es hat sich so und nicht anders abgespielt«, erwiderte sie heftig und drehte den Spieß um: »Aber wenn du mir nicht glaubst, kannst du mir ja verraten, was sich da deiner Meinung nach abgespielt haben soll.«

Heather machte eine gereizte Miene. »Was weiß ich! Du warst fast eine Stunde mit diesem... Charakterlumpen zusammen, und nicht ich. Also wirst mir schon du diese Frage beantworten müssen.«

»Ich habe sie dir schon beantwortet«, erwiderte Daphne noch einmal mit allem Nachdruck und sagte sich, daß Angriff die beste Verteidigung ist. Sie mußte ihrer Schwester jetzt sofort den Wind aus den Segeln nehmen, damit kein Raum für unausgesprochene und damit auch unwidersprochene Verdächtigungen blieb. »Aber falls du dir irgendwelche schmutzigen Gedanken und Sorgen um meine Unschuld gemacht haben solltest, so kann ich dich beruhigen, besorgte Schwester: Ich habe sie nicht in Hatfields Haus verloren und dort auch sonst nichts getan, was ich nicht mit meinem Gewissen vereinbaren kann.«

Empört holte Heather Luft. »Mir so etwas zu unterstellen ist ja wohl der Gipfel. Immerhin wird man ja wohl noch fragen dürfen, was du ohne Anstandsdame so lange bei ihm getan hast!«

»Ich habe Dads Haut gerettet und uns davor, als Kinder eines Verbrechers beschimpft zu werden«, antwortete Daphne erzürnt. »Das habe ich in der Zeit getan, in der du Fanny aufgetragen hast, mir nachzuspionieren. Ich habe wirklich eine ganz feine Schwester!«

Mit einem Laut der Empörung wirbelte Heather herum und stürmte aus dem Zimmer ihrer Schwester, den Kopf in den Nacken geworfen und begleitet vom seidigen Rascheln ihres Kleides.

Merkwürdigerweise hatte Daphne in diesem Moment nur einen Gedanken: Das Rascheln von Seide – auch das wird schon bald der Vergangenheit angehören. Arme Heather... arme Mom. Die Idee, daß es auch arme Daphne heißen müßte, kam ihr gar nicht. Ihre unverbrüchliche Liebe zu John schien sie von dem grausamen Schicksal auszunehmen. Dem nagenden Zweifel ihres Unterbewußtseins schenkte sie keine Beachtung.

Später dann setzte sie einen verzweifelten Brief an John auf, versiegelte ihn und legte ihn einem sehr viel kürzeren Schreiben an seine Mutter bei. Darin bat sie darum, den Brief dem Sohn doch umgehend nachzuschicken. Sie überlegte sogar, ob sie bei Johns Mutter nicht persönlich vorstellig werden sollte, verwarf diesen Gedanken jedoch, hatte er sie doch noch nicht mit seinen Eltern bekannt gemacht. Das sollte nach seiner Rückkehr geschehen, so hatte er ihr versprochen, und sie war gar nicht so begierig darauf gewesen, schon so schnell in seine Familie eingeführt zu werden. Jetzt bereute sie es, nicht schon eine frühere Gelegenheit wahrgenommen zu haben.

Die Tage, die folgten, wurden für alle zur Qual. Allein Edward bewahrte seine unbekümmerte Verträumtheit. Zwar tat es ihm leid, daß Mister Townbridge nun nicht mehr erschien, um ihn zu unterrichten, doch das war auch alles. Das Getuschel der Nachbarn berührte ihn ebenso wenig wie das veränderte Verhalten des Personals. Fanny und Pru erledigten ihre Pflichten wie sonst auch, legten jedoch ein auffallend respektloses, manchmal sogar unverschämt schadenfrohes Benehmen an den Tag. Sogar Theda ließ sich davon anstecken und, als Sophie einen zu stark gewürzten Braten bemängelte, zu einer dreisten Erwiderung hinreißen, die ihr normalerweise die augenblickliche Kündigung eingebracht hätte. Allein Edwina hielt ihrer Herrin die Treue und litt mit ihr. Sie hatte Sophie versprochen, so lange bei ihr zu bleiben, bis sie Boston verlassen mußten.

Daphne und Heather machten die bittere Erfahrung, die ihr Vater schon vor Tagen gemacht hatte, als er sich an seine vermeintlichen Freunde um Hilfe gewandt hatte: Ihre Freundinnen hatten auf einmal keine Zeit mehr für sie und ließen sich schließlich verleugnen. In Windeseile hatte sich herumgesprochen, daß die Davenports über Nacht in Armut versunken und in dem Haus in der Byron Street nur noch geduldet waren. Armut schien eine ansteckende Krankheit zu sein, denn jeder hütete sich, in ihre Nähe zu kommen.

Daß sie Boston verlassen mußten, hielt William vor seinen Kindern geheim. Hauptsächlich wegen Daphne. Er wußte, daß sie sich mit Händen und Füßen dagegen wehren würde, mit ihnen zu gehen.

Und so war es dann auch. Am Freitag hatte Buttonwood endlich etwas für William gefunden. »Es handelt sich um den Posten eines Buchhalters, wie Mister Hatfield mir aufgetragen hat«, teilte er ihm unter vier Augen im Arbeitszimmer mit.

»Und wo?« fragte William knapp.

»Bei der *Abbott Steam Company*, einer Dampfmaschinenfabrik in

Bath. Recht angesehene Firma mit Geschäftsverbindungen bis hinunter nach Rhode Island.«
»Bath?« wiederholte William bestürzt. »Ist das nicht oben im Norden?«
Buttonwood nickte. »Richtig. Bath liegt in Maine, am Kennebec River. Mit dem Dampfschiff eine gute Tagesreise von Boston entfernt.«
»Maine! Um Gottes willen, haben Sie denn nichts hier in Massachusetts finden können?«
»Bedauerlicherweise nicht, Mister Davenport. Das ist die einzige freie Stelle, die ich Ihnen anbieten kann. Mister Hatfield läßt Ihnen ausrichten, daß es Ihnen selbstverständlich freisteht, sie abzulehnen. Doch wie Sie sich auch entscheiden, das Haus muß spätestens am Dienstag morgen geräumt sein, auch das läßt er Ihnen ausrichten.«
»Das hätte ich mir denken können.«
Buttonwood zog einen Zettel hervor. »Falls Sie die Stelle annehmen, können Sie dienstags in der Frühe mit der *David Burton* nach Bath aufbrechen. Sie legt um acht Uhr von der Central Pier ab. Ankunftszeit in Bath ist gegen sechs.«
»Aber die Passage haben Sie noch nicht gebucht, oder?« fragte William grimmig.
»Ich wollte nur hilfreich sein, Mister Davenport«, kam es kühl zurück.
William fühlte sich entsetzlich müde. »Entschuldigen Sie! Es ist ungerecht, meine Ohnmacht an Ihnen auszulassen. Was können Sie mir noch über die Anstellung sagen?«
»Der Monatslohn liegt bei fünfzig Dollar...«
»Fünfzig Dollar!« William faßte sich an den Kopf. Diese Summe hatte er in glücklichen Tagen monatlich allein im Club ausgegeben. Und jetzt sollte er davon eine fünfköpfige Familie ernähren!
»Zu der Stellung gehört aber auch ein Haus in Bath«, fuhr Buttonwood nun fort. »Es dürfte für Ihre Familie groß genug sein und schlägt dennoch nur mit sieben Dollar im Monat zu Buche.«
»Das läßt Mister Hatfields Angebot natürlich in einem ganz anderen Licht erscheinen«, murmelte William sarkastisch.
Buttonwood zuckte die Achseln. »Natürlich steht es Ihnen frei...«
»Ich weiß, ich weiß!« fiel William ihm ins Wort und konnte seinen Zorn nur mühsam unter Kontrolle halten. »Mir ist freigestellt, welche gottverdammte Schlinge ich mir um den Hals lege. Dabei habe ich überhaupt keine Wahl, und das wissen Sie so gut wie ich!«

»Ich *bin* nicht die schlechte Nachricht, Mister Davenport, ich übermittle nur Mister Hatfields Angebot. Sie müssen sich noch heute entscheiden, damit ich nach Bath telegrafieren kann, daß die Stelle besetzt ist. Bis zum Mittag muß ich Ihre definitive Antwort wissen.«
William nahm das Angebot an, und dann teilte er seinen Kindern mit, daß sie Boston am Dienstag verlassen und nach Bath ziehen würden.
»Bath in Maine? Am Kennebec River?« fragte Edward und hatte nichts Wichtigeres zu tun, als diesen Ort auf der Landkarte von Maine zu suchen.
Heather führte sich auf wie eine Furie und mußte mit einer Ohrfeige zum Schweigen gebracht und aus dem Zimmer geschickt werden.
Daphne war entsetzt. Sie fühlte sich von ihrem Vater verraten. »Am Dienstag sollen wir Boston verlassen? Für immer? Dad, das ist unmöglich! Ich kann nicht fort von hier... Das kannst du mir nicht antun!«
»Ich muß es uns allen antun, mein Kind.« Der Schmerz in ihren Augen zerriß ihm das Herz. »Keiner von uns hat eine Wahl.«
»Aber ich kann nicht von Boston fort, Dad«, rief sie. »Ich muß auf Johns Rückkehr warten... Wir lieben uns, Dad. Das weißt du doch! Du kannst unmöglich so grausam zu mir sein, mir John zu nehmen!«
»Ich weiß, daß du sehr viel für den jungen Singleton empfindest«, erwiderte er behutsam, »doch ich hege meine Zweifel, daß seine Gefühle stark genug sind, um diese veränderte Situation unbeschadet zu überstehen.«
»Sie sind stark genug«, versicherte Daphne ihrem Vater und gleichzeitig sich selber. »John liebt mich, Dad! Und deshalb kannst du nicht von mir verlangen, daß ich Boston verlasse.«
»Du irrst. Du wirst mit uns kommen«, erwiderte er unbeugsam. »Ich kann dich hier nicht allein zurücklassen. Wo solltest du auch bleiben? Und glaubst du, ich verlasse mich auf deine Hoffnung, daß John zu dir stehen und dich heiraten wird, wenn er zurückkommt? Ich möchte dir nicht weh tun, aber in unserer jetzigen Lage kann ich auf derlei vage Hoffnungen keinerlei Rücksicht nehmen.«
»Dad! Bitte, laß mich hier!« flehte sie ihn an.
Er blieb hart. »Das kommt überhaupt nicht in Frage, Daphne! Du bist noch zu jung. Wir bleiben zusammen. Außerdem«, seine Stimme nahm einen versöhnlichen Klang an, »verlierst du John bestimmt nicht dadurch, daß du mit uns nach Bath ziehst. Wenn du dir deiner und seiner Liebe so sicher bist, wird sich zwischen euch doch

nichts ändern. Oder liebst du ihn plötzlich nicht mehr, nur weil er in Albany oder Syracuse ist?«
»Nein, natürlich nicht...«
»Wenn er dich also tatsächlich liebt und zur Frau möchte, wird er auch nach Bath kommen und bei mir um deine Hand anhalten. Wir sind ja nicht aus der Welt, mein Kind! Es ist ja nur eine Tagesreise von Boston. Für jemanden, der aufrichtig liebt, ist das keine Entfernung. Du brauchst ihm nur unsere neue Adresse zu hinterlassen. Ich habe sie dir hier aufgeschrieben.«
Daphne vermochte der Argumentation ihres Vaters nichts entgegenzusetzen. Natürlich hatte er recht, wenn er sagte, daß eine kurzzeitige Trennung einer wahren Liebe nichts anhaben kann und eine Tagesreise keine Entfernung ist. Und dennoch machte ihr die Vorstellung angst, Boston zu verlassen, ohne John vorher noch einmal gesehen und gesprochen zu haben – und noch einmal von ihm gehört zu haben, daß er sie liebte und unbeirrbar zu ihr stand.

Zwölftes Kapitel

William ging noch am selben Tag zum Hafen und buchte im Büro des Agenten für seine Familie eine Passage auf der *David Burton.*
»Fünf Personen für Dienstag nach Bath. Sehr wohl, mein Herr. Wenn Sie dann bitte einen Blick auf die Kabinenliste werfen möchten«, sagte der Mann hinter dem Schalter und griff nach seinem Kabinenplan. Er ging ganz selbstverständlich davon aus, daß dieser elegant gekleidete Herr für sich und seine Familie Kabinen buchen würde.
»Danke, das ist nicht nötig«, wehrte William ab. »Nur einfache Überfahrt.«
»Aber dann steht Ihnen lediglich der Aufenthaltsraum für die einfache Klasse zur Verfügung. Und auf den Holzbänken gibt es keine reservierten Plätze.«
»Das ist schon in Ordnung so«, versicherte William.
Der Buchungsagent sah ihn verwundert an und zuckte dann die Ach-

seln. »Wie Sie meinen. Dann macht das fünf Dollar und sechzig Cent.«
William bezahlte, nahm die Billetts an sich und machte sich auf der Stelle auf die Suche nach einem Pfandleiher, der ihnen ihre teure Garderobe abnahm. Der neue Buchhalter der *Abbott Steam Company* konnte schlecht in der Kleidung eines Direktors nach Bath kommen, und das galt auch für seine Frau und seine Kinder. Er hatte schon im dritten Geschäft Glück. Der Inhaber verwies ihn an ein Bekleidungsgeschäft in der Nebenstraße, das einen regen Handel mit getragener Kleidung betrieb. Geführt wurde das Geschäft von einem schwergewichtigen Schneider namens Russell Tate.
»Ich bin gern bereit, Ihnen ein Angebot zu machen, Mister Davenport«, versicherte der Schneider eifrig, als er hörte, daß die gesamte Garderobe einer ehemals sehr wohlhabenden Familie zum Verkauf stand. Er witterte ein lukratives Geschäft. Modellkleider aus dem Atelier von Madame Fortescue! An solche Kreationen kam er höchstens einmal in fünf Jahren.
»Dann fangen wir doch gleich mit diesem Anzug an, damit ich sehe, was Sie zu zahlen bereit sind, Mister Tate«, sagte William und zupfte an seinem Jackett.
Russell Tate befühlte den Stoff. »Bester Flanell. Gibt leider nicht viele Kunden in meiner Nachbarschaft für so vornehme Anzüge«, schränkte er sofort ein und bot ihm eine Summe, die kaum ein Fünftel des Anschaffungspreises betrug.
William handelte zäh mit ihm und kaufte für den Erlös drei einfache Anzüge, die Russell Tate in seinem Angebot hatte. Einen davon zog er gleich an. Er kam sich darin fremd und unwohl vor. Er würde sich daran gewöhnen müssen.
Russell Tate rief seine Frau ins Geschäft, übernahm großzügig die Kosten für eine Mietdroschke und begleitete William nach Hause, um die zum Verkauf stehende Garderobe in Augenschein zu nehmen und ihm ein Gesamtangebot zu machen.
Sophie und Heather weigerten sich, mit diesem Mann auch nur ein Wort zu wechseln. Daphne und Edward halfen ihrem Vater, alle Kleider zu Mister Tate in den Salon hinunterzubringen, wo er sie begutachtete.
»Jeder von uns behält nur zwei gute Kleidungsstücke«, hatte William bestimmt. »Doch es muß etwas sein, das ihr auch bei einer besonderen Gelegenheit anziehen könnt, ohne wie Hochstapler zu wirken.

Alle teuren Abendroben und Seidenkleider werden verkauft. Das gilt auch für Unterröcke, Hüte, Schuhe und Umhänge. Wir können in Bath nicht in einer einfachen Nachbarschaft wohnen und gleichzeitig wie vermögende Leute herumlaufen. Das gibt nur böses Blut und wird uns das Leben noch schwerer machen.«

Daphne wählte ihr burgunderrotes Taftkleid und das aus perlgrauem Popeline. Auch sie schmerzte es, sich von all den schönen Sachen trennen zu müssen, die in den letzten Jahren ein selbstverständlicher Teil ihres Lebens gewesen waren.

»Aber wenn wir alles hergeben, brauchen wir doch neue Kleidung«, wandte sie ein.

»Für einfachere, aber gediegene Kleidung stehe ich gerne zur Verfügung«, bot sich Russell Tate sofort an, nachdem er mit William handelseinig geworden war. »Ich mache Ihnen auch einen Sonderpreis.«

»Gut. Kümmern Sie sich darum! Aber Sie werden die Sachen schon herbringen müssen. Ich glaube nicht, daß ich meine Frau dazu bewegen kann, Ihr Geschäft aufzusuchen und dort die Anproben vorzunehmen.«

»Das ist kein Problem. Ich bringe Ihnen die Sachen gerne ins Haus. Ich kenne nun ja die Maße Ihrer Familie.«

Russell Tate kehrte am Samstag mit Dutzenden von schlichten Kleidern, Röcken, Blusen, Schuhen, Umhängen und Hüten sowie Jakken, Hemden und Hosen für Edward und William zurück. Daphne und Edward deckten sich unter bedrücktem Schweigen mit Kleidung ein, wie man sie in einfachen Familien trug. Es war ein Vorgeschmack auf das, was sie in Bath erwartete.

William konnte zuerst jedoch weder Sophie noch Heather dazu bewegen, die Kleider anzuprobieren und ihre Wahl zu treffen. Dann riß ihm der Geduldsfaden. »Wenn ihr nicht auf der Stelle unten im Salon erscheint und euch um eure Klamotten kümmert«, brüllte er durch den Flur, »könnt ihr meinetwegen die beiden guten Kleider, die ihr zurückbehalten habt, so lange tragen, bis sie euch in Fetzen vom Leib fallen. Bis dahin seid ihr aber schon längst zum Gespött der Leute geworden. Nur kommt mir dann nicht damit, daß ihr etwas anderes zum Anziehen haben wollt! Ihr werdet euch die Sachen selber nähen müssen, und wie ich eure Nähkünste einschätze, werden diese Kleider zehnmal schäbiger aussehen als das einfachste Kleid, das Mister Tate euch anzubieten hat. Ich gebe euch eine Minute, es euch zu überlegen. Dann schicke ich Mister Tate aus dem Haus.«

Daraufhin gaben Sophie und Heather ihren Widerstand auf. Mit eisigen Mienen erschienen sie ihm Salon. »Diese entsetzliche Demütigung verzeihe ich dir nie!« zischte seine Frau ihn an.
Sein Zorn war wie ein Strohfeuer in sich zusammengefallen. »Ich mir auch nicht, Sophie. Aber es muß nun mal sein«, erwiderte er niedergeschlagen.
Es war erniedrigend für sie alle. Hatfields Liste der persönlichen Dinge und Haushaltsgegenstände, die er ihnen mitzunehmen erlaubte, war kurz gehalten, Haushaltsleinen und Bettbezüge durften sie nur aus dem Vorrat wählen, der für das Personal bestimmt war. Auch Bestecke, Küchenutensilien und Geschirr orientierten sich an dieser einfachen Qualität.
Am Sonntag nachmittag war alles in vier große Überseekoffer verpackt, die William in einer Pfandleihe am Hafen erstanden hatte. Daphne hatte noch immer keine Nachricht von John erhalten, dabei hatte er doch am Wochenende von seiner Reise zurücksein wollen. Erst am späten Montag nachmittag hatte das schreckliche Warten ein Ende, als ihr ein Bote einen Brief von ihm überbrachte.
Angst und unerschütterliche Zuversicht erfüllten sie gleichermaßen, als sie den Brief in den Händen hielt und damit in ihr Zimmer lief. Zitternd riß sie das Siegel auf und entfaltete den Bogen. Sie las, und schon nach den ersten Zeilen wurde sie wachsbleich.

Liebe Daphne,
die Nachricht von dem harten Schicksalsschlag, der Dich und Deine Familie getroffen hat, erreichte mich in Syracuse. Ich wünschte, ich könnte Deinem Vater helfen. Doch wie man mir mitgeteilt hat, sind die Umstände dergestalt, daß jede Hilfe zu spät kommt. Wie ich Deinen Vater einschätze, ist er zudem kein Mann, der ein Almosen akzeptieren würde. Es ist bitter, was Du ertragen mußt – jetzt und auch später. Sei versichert, daß ich mit Dir leide, aber das ist auch schon alles, was mir zu tun bleibt. Denn es ist uns nicht immer gegeben, der Stimme unseres Herzens zu folgen. Ich habe mich dem Willen meines Vaters gebeugt und die Leitung unserer Fabrik in Albany übernommen. Wenn Du diesen Brief erhältst, werde ich schon wieder auf dem Weg dorthin sein. Vielleicht fügt es das Schicksal, daß wir uns eines Tages unter glücklicheren Umständen wiedersehen. Ich weiß, daß ich Dir einen großen Schmerz zufüge und daß es Dir wenig Trost schenken wird, wenn ich Dir versichere, daß der Schmerz in meinem Herzen nicht weniger heftig ist, aber ich kann mich nicht gegen den Willen meiner Eltern stellen. Ich werde die wunderbare, allzu kurze Zeit mit Dir stets

als kostbaren Schatz in meiner Erinnerung hüten. Verzeih mir, daß ich nicht den Mut aufgebracht habe, Dir all das persönlich zu sagen. Ich wünsche Dir und Deiner Familie alles Gute und vertraue darauf, daß Du Dein Glück auch ohne mich finden wirst.

In Liebe Dein John

Der Brief entglitt ihren zitternden Händen, bevor ihre Tränen sich mit seiner Tinte vermischen konnten. John hatte sie verraten! Hatte ihre Liebe dem Willen seiner Eltern geopfert! Und sie hatte fest daran geglaubt, daß seine Liebe so stark wie die ihre und von nichts zu erschüttern sei. Wie hatte sie sich in ihm getäuscht! Er hatte nur mit ihren Gefühlen gespielt, denn sonst hätte er diesen Brief nie geschrieben.

Und er wagte es auch noch, mit »In Liebe – Dein John« zu unterschreiben! Wollte er sie zu alledem noch verhöhnen? Wie konnte er nach diesen Zeilen überhaupt noch von Liebe sprechen?

Die Tür ging leise auf. Ihr Vater trat ein. Er brauchte nur ihr tränenüberströmtes Gesicht zu sehen, um zu wissen, daß sich seine Befürchtung bestätigt hatte. Daphnes verlorener Traum traf ihn beinahe so sehr wie der Verlust all seines Geldes. Wieder ein scharfer Dorn mehr im Nadelkissen seines Gewissens. Gut, Daphne war jung, und es gab mehr als nur diese eine Liebe, besonders in ihrem Alter. Aber das war keine Entschuldigung für das, was er ihr mit seinem Spekulationsdesaster angetan hatte, und noch weniger ein Trost für sie in dieser Stunde der herzlosen Zurückweisung.

»Ich weiß, daß du ihn geliebt hast«, sagte er und strich ihr über das seidige Haar. »Aber er hat dich nicht genug geliebt, um sich dich auch ohne reiche Mitgift zur Frau zu wünschen. Es wird dir wie Spott in den Ohren klingen, aber ein Mann, der dich nicht um deiner selbst willen begehrt, ist es nicht wert, daß du ihm auch nur eine Träne nachweinst. Du sollst weinen, mein Kind. Du hast das Recht darauf und brauchst dich deiner Tränen nicht zu schämen. Ja, weine nur, aber allein um dich und aus Zorn und Enttäuschung, weil du einem Blender dein Herz geschenkt hast. Doch weine nicht um ihn! Er hat dir seinen wahren Charakter gezeigt. Wir mögen jetzt arm sein, doch verglichen mit der Armseligkeit seiner Gefühle und seines Charakters bist du reich, Daphne.«

»Ich ... werde nicht um ihn weinen«, brachte sie schluchzend hervor. »Doch laß mich jetzt bitte allein!«

Daphne machte in dieser Nacht kein Auge zu. Sie zog sich erst gar nicht fürs Bett aus. Es blieb unberührt. Schließlich brach der Tag ihrer Abreise an. Schon vor dem Morgengrauen verließen sie das Haus, in dem sie nicht einmal ein Jahr gewohnt hatten. Eddie Burdick hatte ihnen ein Fuhrwerk zur Verfügung gestellt. Daphne saß mit ihren Geschwistern hinten auf den Überseekoffern, während sich ihre Eltern zum Kutscher auf den Bock quetschten.
Edward lehnte sich verschlafen und mit einem seiner Lieblingsbücher im Schoß an Daphnes Seite.
»Dein geliebter, treuer John hat dich also wie eine heiße Kartoffel fallenlassen, ja?« meinte Heather. »Ich habe es doch gleich gewußt. Warum soll es dir auch...«
Daphne sah sie nur an, da wandte ihre Schwester den Kopf und ließ den gehässigen Satz unbeendet.
Kurz nach sechs Uhr gingen sie an Bord der *David Burton*. Nebelschwaden trieben über dem grauen Wasser. Die Heizer begannen mit dem Anfeuern der Kessel, und schwarzer Qualm quoll aus den beiden hohen Schornsteinen. Im Osten stieg eine kraftlose Sonne auf und tauchte den Hafen in ein diffuses Licht.
Als der Schaufelraddampfer gegen acht unter dem lauten Tuten seiner Dampfhörner von der Central Pier ablegte, blieb nicht nur Boston hinter Daphne zurück, sondern auch die unbeschwerte Zeit ihrer Jugend. Ihre körperliche Unberührtheit hatte sie im Haus Hatfields bewahren können, doch dafür hatten er und John ihr die Unschuld der Seele geraubt.

ZWEITES BUCH

Die Stadt am Fluß

Erstes Kapitel

Mit schäumender Bugwelle glitt die *David Burton* den Kennebec River flußaufwärts. Die mächtigen Schaufelräder zu beiden Seiten des Schiffes arbeiteten geräuschvoll unter ihrem Gehäuse und gruben sich unermüdlich in die klaren Fluten des Flusses. Das Wasser schien unter den rhythmisch klatschenden Schlägen der hölzernen Schaufeln zu kochen und brodelte bis unter die Schutzkästen hoch.

Daphne stützte sich auf die Backbordreling. Unter ihren Händen und Füßen spürte sie die leichte Vibration des Schiffes, die aus dem Bauch des Raddampfers kam, wo sich die glutheißen Kessel befanden. Sie hatte das Stimmengewirr im Aufenthaltsraum nicht länger ertragen – das Weinen der Babys, das Lachen der kartenspielenden Männer, das Getratsche der Frauen – und den beißenden Rauch billiger Zigarren. Hier draußen an Deck hatte sie ihre Ruhe.

Stunde um Stunde war die *David Burton* vor der Küste von Massachusetts, New Hampshire und schließlich vor den zerklüfteten Ufern von Maine nordwärts gedampft. Am frühen Nachmittag hatten sie dann den Leuchtturm von Pond Island passiert, der die Einfahrt in den Kennebec markierte. Danach waren die Ufer schnell näher gerückt, und inzwischen war der Fluß auf eine Breite von etwas mehr als einer halben Meile zusammengeschrumpft. Daß er eine der Hauptverkehrsadern dieser Region war, bewies die hohe Anzahl von entgegenkommenden Schiffen. Auf ihrer Fahrt stromaufwärts waren der *David Burton* bisher schon acht Dampfer, zwölf hochseetüchtige Segelschiffe und gut zwei Dutzend Schoner von mittlerer Tonnage begegnet.

Daphnes Blick glitt über die endlose Weite der Wälder. Die bunte Laubverfärbung war in Maine schon bedeutend intensiver als in Boston. Wälder! Welch unermeßliche Wälder säumten den Fluß! Zu beiden Seiten des rasch dahinfließenden Kennebec erstreckten sie

sich bis zum Horizont, überzogen tiefgestaffelte Hügelketten und reichten oftmals bis unmittelbar ans Ufer. Hier und da wurden sie von weiten Lichtungen, Weiden und Feldern durchschnitten.
»Die Schatzkammern von Maine«, sagte eine Stimme hinter ihr, und im selben Augenblick zog eine würzige Wolke Tabakrauch an ihrer Nase vorbei.
Daphne fuhr aus ihrer fast gedankenleeren Betrachtung der Natur auf, deren Weite und scheinbare Unberührtheit sie als tröstend empfunden hatte. Ihr Blick fiel auf einen Mann, der etwa Mitte bis Ende Zwanzig sein mußte. Er war von großer, schlanker Gestalt und kräftig in den Schultern. Sein gelocktes, dunkelblondes Haar, das einen Stich ins Rötliche hatte, war vom Wind zerzaust. Er trug einen dunkelbraunen Stadtanzug von ordentlicher Qualität, darunter ein sauberes, jedoch kragenloses Hemd, das verriet, daß er seinen Lebensunterhalt mit der Kraft seiner Hände verdiente. In seinem rechten Mundwinkel hing eine Pfeife. Daphne sah blaue Augen in einem gebräunten Gesicht mit wettergegerbten, männlichen Zügen.
»Wie bitte?« fragte sie reserviert.
»Die Wälder, auf die Sie nun schon seit Pond Island blicken«, sagte er und machte mit der Pfeife in der Hand eine weit ausholende Bewegung. »Sie sind eine unserer großen Schatzkammern. Es ist harte Knochenarbeit, sich im Herbst bis ins goldene Herz der guten Holzreviere durchzuschlagen, den halben Winter dort draußen zu leben und Baum um Baum zu schlagen, während einem die Spucke auf den Lippen gefriert. Doch es lohnt den Einsatz.«
»Das klingt, als würden Sie etwas davon verstehen.« Ihre Stimme klang nicht so, als sei sie sehr daran interessiert, das Gespräch mit diesem fremden Mann fortzusetzen.
Er lachte auf. »Genug! Fünf Winter habe ich die Axt geschwungen und jedesmal geschworen, nie wieder in die eisige Einsamkeit hinauszuziehen. Doch der Vorsatz hat immer nur einen Sommer gehalten.«
Er ist also Holzfäller, überlegte sie, obwohl seine Ausdrucksweise so gar nicht der eines Hinterwäldlers entspricht, und sie fragte sich, was ein einfacher Holzfäller in Boston zu tun hatte.
»Wer einmal im Frühjahr zur Zeit der Schneeschmelze das Flößen mitgemacht hat, vergißt den Anblick sein Lebtag nicht«, fuhr er fort. »Dann wimmelt es auf dem Saco, dem Androscoggin, dem Penobscot und dem Kennebec nur so von Hunderttausenden von Baumstämmen, daß man schon genau hinschauen muß, wenn man noch Wasser

sehen will. Man kann die Flüsse dann fast trockenen Fußes überqueren – wenn man den Mut dazu hat. Denn wer zwischen die tonnenschweren Stämme gerät, dem kann so schnell ein Bein vom Leib gequetscht werden, wie eine scharfe Schere durch Papier schneidet.«
Daphne nickte höflich, ermunterte ihn jedoch nicht, das Gespräch fortzusetzen. Sie erwartete, daß er sie wieder sich selber überließ. Doch er entfernte sich nicht, sondern fragte statt dessen: »Sie sind zum ersten Mal in Maine, nicht wahr?«
»Sieht man mir das an?« fragte sie zurück.
»Der Umfang Ihres Gepäcks legt diese Vermutung nahe«, erklärte er freimütig. »Ich war schon an Bord, als Sie sich mit Ihrer Familie in Boston eingeschifft haben. Ich hoffe, Sie nehmen mir meine Neugier nicht übel.«
»Warum sollte ich? Sie liegen mit Ihrer Vermutung richtig. Mein Vater tritt in Bath eine... neue Stellung an«, antwortete sie und war überrascht, daß sie sich von diesem Fremden nun doch in ein Gespräch verwickeln ließ. Aber warum auch nicht? Alles, was sie von ihren trüben Gedanken ablenken konnte, sollte ihr willkommen sein.
»Bath läßt sich natürlich nicht mit einer Stadt wie Boston vergleichen. Das wird für Sie alle sicher eine große Umstellung werden.«
Sie seufzte. »Das wird es wohl.«
»Ich persönlich jedoch komme gern nach Bath zurück. Große Städte sind nichts für mich, und Bath ist ein sehr lebendiger Ort, das kann ich Ihnen versichern«, fügte er schnell hinzu, als wolle er ihr Mut machen. »In keiner anderen Stadt werden so viele Schiffe auf Kiel gelegt wie hier. Nicht einmal Boston oder New York können da mithalten. Die Schoner und Clipper aus Bath gelten als die besten der Welt. Der Schiffbau gehört wie unsere Holzindustrie zu den drei mächtigen wirtschaftlichen Säulen von Maine.«
»Und was ist die dritte Säule?« wollte Daphne wissen. Es konnte nicht schaden, ein wenig über diese Region zu erfahren, in der sie sich niederließen und wer weiß wie lange leben würden.
»Das weiße Gold.«
Daphne runzelte die Stirn. »Weißes Gold? Darunter kann ich mir nichts vorstellen.«
»Oh, damit meinen wir das Eis«, erklärte er. »Das Eis von Maine ist das begehrteste Eis in der ganzen Welt, und es wird nach London und Kalkutta, New Orleans und Rio de Janeiro verschifft. Im Winter sind Tausende damit beschäftigt, das Eis aus den Seen und Flüssen zu sä-

gen, die Blöcke in riesigen Lagerhallen drei, vier Stockwerke hoch zu stapeln und vom Frühjahr bis tief in den Sommer auf die Schiffe zu verladen, die das kristallklare Maine-Eis in aller Herren Länder bringen. Dann reißt der Strom der Segelschiffe auf unseren Flüssen nicht ab. Dann wimmelt es nur so von Masten in Bath und anderswo. In Bangor, oben am Penobscot, hat man vor dem Krieg einmal einhundert einlaufende Schiffe gezählt – an einem einzigen Tag!« Der Stolz des Einheimischen sprach aus seiner begeisterten Stimme.

»Eis im Sommer nach Kalkutta?« fragte Daphne ungläubig. »Aber in der Hitze muß es doch schmelzen!«

Er lachte. »Die Blöcke werden mit Stroh und Sägemehl abgedeckt. Natürlich schmilzt gut ein Drittel der Ladung während einer so langen Reise. Aber der Rest erzielt so gigantische Gewinne, daß sogar ein Abschmelzen auf die Hälfte der ursprünglichen Eisfracht nicht weiter ins Gewicht fällt.«

»Kaum zu glauben!« sagte sie erstaunt.

»Ja, die jährliche Eisernte ist für Maine genauso bedeutend wie die Baumwollernte für den Süden oder Weizen und Rinder für den Mittleren Westen.«

Eine kleine Siedlung mit zwei, drei Dutzend Häusern, ein paar Schuppen und einer Anlegestelle tauchte am Ufer auf. Ein trostloser, armseliger Anblick, den nicht einmal das Abendrot der in den Wäldern versinkenden Sonne mildern konnte.

Die Schatten, die vom Ufer auf den Fluß vordrangen und nun am Rumpf der *David Burton* hochstiegen, hatten kühle Luft im Gefolge. Nur das Oberdeck, das den Kabinenpassagieren vorbehalten war, lag noch im Abendlicht. Daphne fröstelte und zog den Umhang fester um ihre Schultern.

Der gebündelte Lichtstrahl aus der Glaskanzel eines Leuchtturmes durchzuckte vor ihnen im Abstand von einigen Sekunden das Zwielicht der einsetzenden Dämmerung.

»Der Leuchtturm von Doubling Point auf Arrowsic Island. Wir haben es gleich geschafft.« Erleichterung klang aus der Stimme des Holzfällers.

Kurz darauf näherten sie sich einer scharfen Flußbiegung, und der Dampfer verlor spürbar an Geschwindigkeit, während der Rudergänger im Steuerhaus das Ruder scharf herumwarf.

»So, jetzt ist es nur noch ein Katzensprung«, sagte der Fremde an ihrer Seite und klopfte seine Pfeife an der Reling so aus, daß die Asche

vom Schiff weg geweht wurde. »Hinter der nächsten Biegung liegt Bath.«
Daphne trat von der Reling zurück. »Dann werde ich mal meinen Eltern und Geschwistern Bescheid sagen, daß es gleich soweit ist. Vielleicht wollen sie sich das auch hier draußen anschauen«, sagte sie. »Schönen Dank für Ihre Erklärungen!«
»Gern geschehen, und gutes Einleben in Bath!« wünschte er ihr.
»Ja, hoffentlich«, erwiderte Daphne, nickte ihm freundlich zu und begab sich in den Aufenthaltsraum, ohne daß sie seinen Namen erfahren hatte.
Ihre Familie hatte eine Holzbank in der Nähe des Niedergangs belegt, weil dort genügend Platz für die sperrigen Koffer war. Edward war noch immer in sein Buch vertieft. Er hatte die ganze Fahrt über kaum einmal den Kopf gehoben, außer als sein Vater Kaffee und Limonade beim Ausschank geholt und Butterbrote verteilt hatte. Heather hielt eine Kreuzsticharbeit in den Händen, und ihre Mutter blickte starr geradeaus, durch jeden hindurch und ohne einen festen Punkt zu fixieren.
»Wir sind gleich da? Na endlich!« rief William erleichtert und sprang von der Bank auf. »Kommt, sehen wir uns Bath an!«
»Und wer paßt auf die Koffer auf?« fragte Heather eher lustlos.
»Geht ihr nur! Ich bleibe hier«, sagte Sophie, die sich in abweisendes Schweigen gehüllt hatte, seit sie das Haus in der Byron Street verlassen hatten. »Ich bekomme dieses elende Bath früh genug zu sehen.«
William ging mit seinen Kindern an Deck und stellte sich an die Backbordreling zu den anderen Passagieren, die nach fast zehnstündiger Fahrt genauso begierig waren, das Ziel ihrer Reise auftauchen zu sehen.
»Da ist es!« rief Edward aufgeregt.
Bath mit seinen knapp vierzehntausend Einwohnern lag auf dem Westufer des Kennebec River, zwölf Meilen von der Küste flußaufwärts. Die Stadt ähnelte einem Schlauch. Sie erstreckte sich über eine Länge von mehr als fünf Meilen, dehnte sich im Kern jedoch nur eine knappe Meile landeinwärts aus. Etwa zweihundert Yard hinter dem Ufer stieg das Land leicht an und ging in eine sanft geschwungene Hügelkette über.
Nahe am Fluß standen die Häuser, Werkstätten, Fabriken, Lagerhallen und anderen Gebäude aus Holz, rotem Backstein und grauem Granit dicht an dicht und vier Straßenblocks tief. Dahinter auf den Hü-

geln war die Bebauung schon sichtlich dünner, und zwischen den einzelnen Häusergruppen lagen freie Flächen, die auf Käufer und Baumeister warteten.

Doch wo und wie kräftig das Herz dieser Stadt schlug, fiel jedem Ankömmling schon auf den ersten Blick ins Auge: Die Uferfront von Bath bestand bis auf einige Sägewerke und das Eisenbahndepot der *Kennebec & Portland Railroad* in fast seiner gesamten Länge aus einer endlosen Reihe von Schiffswerften, in denen Schiffe jeder Größe in den unterschiedlichsten Baustadien auf Kiel lagen; bei dem einen zeichnete sich gerade erst das Gerippe des Spantenwerks ab, während in der Nachbarwerft ein stolzer Dreimaster auf seinen Stapellauf harrte.

Wie die unterschiedlich langen Zinken eines beschädigten Kammes ragten die Hafenanlagen zwischen der Pine Street im Süden und der Moodeys Avenue im Norden weit in den Fluß hinaus. An fast jeder Pier lag ein Schiff, so daß das Gewirr von Masten, Rahen, Takelage und Schornsteinen beinahe den Blick auf die dahinter liegende Stadt verwehrte.

Daphne mußte unwillkürlich daran denken, was der Fremde ihr über Bath als Hauptstadt des amerikanischen Schiffbaus erzählt hatte. Sie sah nun mit eigenen Augen, daß er nicht übertrieben hatte. Die vielen Schiffe und die unübersehbare Geschäftigkeit gefielen ihr und machten ihr Mut. Insgeheim hatte sie mit einem verschlafenen Nest gerechnet, doch ein Ort der trägen Beschaulichkeit, der Stille und der Eintönigkeit war Bath nun wahrlich nicht. Langweilig würde es hier auf jeden Fall nicht werden. Um das zu wissen, brauchte man kein Hellseher zu sein.

Mit stark gedrosselter Maschine glitt die *David Burton* im schwindenden Licht des Tages an den tiefen Hafenbecken vorbei und steuerte dann eine Pier an, die in unmittelbarer Nähe des Eisenbahndepots lag.

»Was für ein primitives Provinznest!« sagte Heather mürrisch. »Hier können sich doch nur betrunkene Seeleute und Hafenarbeiter wohl fühlen.«

»Du hast die unbedarften Holzfäller und Flößer vergessen. Für die ist Bath bestimmt ein Paradies«, fügte Daphne spontan hinzu.

Heather sah sie irritiert an und wußte mit dem Einwurf nichts anzufangen. Schnippisch drehte sie den Kopf zur Seite, während der Dampfer langsam herumschwenkte. Die Schaufelräder kamen für einen Moment zum Stillstand, und so mancher unerfahrene Passagier hielt erschrocken den Atem an, als die Kaimauer rasch näher kam und ein Zusammenstoß unvermeidlich schien. Dann aber setzten sich die Schaufelräder mit einem scheinbar widerwilligen Ächzen erneut in Bewegung, diesmal jedoch rückwärts. So nahmen sie gerade noch rechtzeitig die letzte Fahrt aus dem Schiff. Die *David Burton* glitt längsseits und kam mit einem sanften Ruck an den Pollern zum Liegen. Sie waren angekommen.

»Weißt du, wo unser Haus ist und wie wir mit all den Koffern hinkommen, Dad?« erkundigte sich Edward.

»Nein, aber Mister Buttonwood hat mir versichert, daß uns jemand abholen und zu unserem Haus bringen wird«, antwortete William. »Ein gewisser James Jenkins, ein zuverlässiger Mann, wie er sagte.«

»Das wird sich erst noch zeigen«, meinte Heather skeptisch, die offenbar mit dem Schlimmsten rechnete.

»Notfalls nehmen wir uns eine Droschke«, beruhigte er sie. »Ich habe ja die Adresse, Pearl Street Nummer sechs.«

William konnte sich das Geld für die Droschke sparen, denn James Jenkins wartete schon mit einem Fuhrwerk auf sie. Er war ein kleiner, stämmiger Mann, der seine Glatze unter einer speckigen Lederkappe verbarg. Er stand am Fuße der Gangway, als die Passagiere von Bord gingen, und sprach William an.

»Sie müssen William Davenport sein!« sagte er leutselig und streckte dem Ankommenden seine schwielige Hand entgegen. »Jenkins ist mein Name, James Jenkis.«

William erwiderte den kräftigen Händedruck. »Sie müssen eine gute Beschreibung erhalten haben, Mister Jenkins«, begrüßte er ihn erfreut.

Jenkins lachte und entblößte dabei einige verfaulte Zähne. »Eine Familie mit einem Sohn und zwei hübschen Töchtern, deren Vater die Statur eines Holzfällers hat: So schwer war das gar nicht zu erraten.« Er wandte sich an Sophie und zog seine Kappe. »Willkommen in Bath, Ma'am! Ich hoffe, Sie hatten eine angenehme Überfahrt.«

Sophie warf ihm einen ungnädigen Blick zu, als habe er sich einer groben Taktlosigkeit schuldig gemacht. Verwirrt über ihre Reaktion, sah Jenkins William an.

»Es war ein langer Tag, und meine Frau ist froh, wieder festen Boden unter den Füßen zu haben«, sagte der entschuldigend. »Wenn Sie mir jetzt bei dem Gepäck behilflich sein würden...«

»Natürlich.«
Gemeinsam schleppten sie die Koffer vom Schiff und luden sie auf den Pferdewagen. Dann fuhren sie los, vorbei an einer Messinggießerei und langen Lagerhallen. Über die Broad, Front und Elm Street gelangten sie auf die Washington Street, die Hauptstraße von Bath, die parallel zum Ufer die Stadt von Nord nach Süd durchzog. Sie war breit, tadellos gepflastert und von einer Allee von Gaslaternen gesäumt.
Von James Jenkins erfuhr William, daß die *Abbott Steam Company*, für die er als Fuhrmann arbeitete, an der Centre Street lag und damit am westlichen Ende der Stadt. »Ein Fußmarsch von gut drei Meilen von Ihrem Haus in der Pearl Street. Aber Sie können die Abkürzung über die Chestnut Street nehmen. Und wenn Sie wollen, nehme ich Sie morgens mit. Ich wohne nur ein paar Straßen weiter.«
»Das wäre sehr freundlich und gewiß eine Erleichterung«, nahm William das Angebot dankend an, »besonders im Winter.«
James Jenkins nickte. »Der Maine-Winter hat es in sich, das kann ich Ihnen sagen!« bekräftigte er. »Letztes Jahr hat es Tage gegeben, an denen der Schnee so hoch lag, daß ich den guten alten Homer gar nicht erst einzuspannen brauchte, weil ich nicht weit gekommen wäre.«
Sophie gab einen Laut von sich, der so klang, als wolle sie sagen: Hier wundert mich überhaupt nichts. Die reinste Wildnis, in die du uns verschleppt hast, William!
Kurz darauf bogen sie in die Pearl Street ein, die an ihrem oberen Ende vom Schienenstrang der *Kennebec & Portland Railroad* gekreuzt wurde, ein untrüglicher Hinweis darauf, daß es sich hierbei nicht um eine der besseren Wohngegenden von Bath handelte. Die Häuser, an denen sie vorbeifuhren, bestätigten dies. Es waren Einfacheleutehäuser, von denen nicht ein einziges aus Stein errichtet war. Grobe Feldsteine bildeten bestenfalls ein kniehohes Fundament, die Grundfläche war fast ausnahmslos quadratisch gehalten und das Giebeldach spitz wegen der Last des Schnees.
»So, hier sind wir!« James Jenkins zog die Zügel und brachte Homer zum Stehen.
Das Haus Nummer sechs unterschied sich von den anderen in dieser Straße nur dadurch, daß es ein wenig größer war. Ansonsten war es im neuenglischen Stil erbaut wie alle anderen auch. Sogar in der hereinbrechenden Dunkelheit war sofort zu erkennen, daß ein neuer An-

strich schon seit vielen Jahren nötig war. Die ehemals weißen Außenwände aus sich überlappenden Eichenbrettern hatten ein schmutziggraues Aussehen, und das Grün der Fensterläden, von denen einige im Obergeschoß bedrohlich schief in ihren Aufhängungen hingen, war großflächig abgeplatzt und ließ dunkles, verwittertes Holz zum Vorschein kommen.

»Ein bißchen vernachlässigt, aber Tatkraft und ein paar Eimer Farbe werden hier wahre Wunder wirken«, sagte Jenkins aufmunternd, während die Davenports bedrückt still blieben, wickelte die Zügel um die Eisenstange der Bremse und schwang sich vom Kutschbock.

Die Tür des Nachbarhauses ging auf, und eine hagere Frau in einem derben, rostbraunen Kleid und umgebundener Schürze kam über den verwilderten Vorgarten auf sie zu. Ihr grauschwarzes Haar trug sie streng nach hinten gekämmt und im Nacken zu einem dicken Knoten zusammengesteckt. Sie hielt eine brennende Petroleumlampe in der Hand und roch nach Kohl.

»Sie müssen die Davenports sein, unsere neuen Nachbarn! Ich bin Audrey Young. Matthew, mein Mann, ist noch nicht zu Hause, aber er wird bestimmt bald kommen und Ihnen zur Hand gehen. Hier sind die Schlüssel für das Haus. Gründlich gefegt und gelüftet habe ich es schon heute morgen, zusammen mit Sarah, meiner Ältesten«, fiel sie mit einem wahren Wortschwall über die neuen Nachbarn her und gab ihnen auch keine Gelegenheit, ihre Begrüßung in irgendeiner Form zu erwidern. Denn sie redete gleich weiter, während sie die Stufen zur Veranda hochging und den Schlüssel ins Schloß steckte.

»Kommen Sie, ich zeige Ihnen das Haus! An Möbeln steht ja nicht mehr viel drin. Kein Wunder! Das meiste ist ja auch bei den ständigen Streitereien zu Bruch gegangen. Die Hancocks, die vorher in diesem Haus wohnten, waren eine echte Nachbarschaftsplage. Nicht daß es meine Art wäre, über jemanden herzuziehen, der sich nicht rechtfertigen kann ...«

»Natürlich nicht«, warf Sophie ein.

Audrey Young entging der Sarkasmus. »Aber Sie können hier in der Straße fragen, wen Sie wollen, Sie werden von allen dasselbe zu hören bekommen! Sie waren eine Plage. Vor allem er. Wenn er doch bloß nicht Tag für Tag zu diesem selbstgebrannten Fusel gegriffen hätte. Kein Wunder, daß er bei *Abbott* rausgeflogen ist und sein Leben nun als einer dieser Tagelöhner am Hafen fristet, die von der Hand in den Mund leben und dann nicht wissen, wie sie über den Winter kommen

sollen. Aber was rede ich da. Die Hancocks interessieren Sie bestimmt so wenig wie den Teufel die zehn Gebote. So, hier sind wir! Halt mal die Lampe, junger Mann!«
Edward nahm die Petroleumlampe, und die Nachbarin öffnete die Haustür.
Zur ebenen Erde verfügte das Haus über zwei große Zimmer, die zur Straße hinausgingen, und über eine geräumige Küche mit einem kleinen Anbau. Eine recht steile Treppe führte ins Obergeschoß, das in vier fast gleich große Räume unterteilt war. In jedem Zimmer stand eine einfache Bettstelle. Schrank und Waschtisch fanden sich dagegen nur in zweien. Dafür war allen Zimmern ein muffig-feuchter Geruch gemein. Und braune Kränze unter der Decke verrieten, daß es schon mehr als einmal durchs Dach geregnet hatte. Eine Toilette gab es im ganzen Haus nicht. Der Abtritt befand sich in einem kleinen Holzhäuschen im Garten.
William hatte Mühe, nach außen Ruhe zu bewahren. Um das Haus in einen einigermaßen wohnlichen Zustand zu versetzen, waren mehr als nur Tatkraft und ein paar Eimer Farbe vonnöten. Es gab nicht ein Fenster mit Gardinen in diesem Haus und nirgendwo ein Stück Läufer auf den knarrenden Dielenbrettern. Die Matratzen wollte sich William erst gar nicht näher besehen. In der Küche stand ein Tisch mit sechs dazu passenden Stühlen. Dagegen befand sich im Wohnzimmer nicht ein einziges Möbelstück. Es fehlte hier an so vielem. Von dem Geld, das er durch den Verkauf der teuren Garderobe erzielt hatte, würde nicht mehr viel übrigbleiben, auch wenn sie sehr sparsam einkauften und sich bei allem mit einfacher Qualität zufriedengaben.
»Die Dielen knarren, und das Dach muß wohl auch mal ausgebessert werden«, meinte Audrey munter. »Mein Mann geht Ihnen dabei gern zur Hand. Bei uns macht er auch alles. Aber ansonsten ist das Haus noch ordentlich in Schuß.«
Sophie war mit versteinertem Gesicht von Zimmer zu Zimmer gegangen. »Ordentlich in Schuß? Noch nicht einmal meinem Personal hätte ich solche Zimmer anzubieten gewagt!« sagte sie nun.
William zuckte zusammen und warf seiner Frau einen beschwörenden Blick zu.
Audrey zog die Stirn in Falten. »Sagten Sie Personal?« fragte sie verwirrt und als glaube sie, sich verhört zu haben.
Glücklicherweise drang in diesem Moment die Stimme des Fuhr-

manns zu ihnen hoch. »Mister Davenport! Sagen Sie mir, wo Sie Ihre Koffer hinhaben wollen, dann lade ich schon mal ab!«

»Warten Sie!« rief William zurück, dankbar für diese Ablenkung, die ihn und seine Frau von einer Erklärung entband. »Ich packe mit an. Für einen sind die Kisten zu schwer.«

»Sarah und ich helfen Ihnen nachher«, bot Audrey an, als sie die Treppe wieder hinunterstiegen. »Aber erst müssen Sie zu uns zum Essen kommen.«

»Das ist wirklich sehr freundlich von Ihnen, Missis Young, aber...« William versuchte, eine höfliche Ablehnung zu formulieren.

»Es gibt kein Aber«, fiel sie ihm burschikos ins Wort. »Sarah hat extra für Sie gekocht, und sie versteht sich aufs Kochen, meine Älteste. Wozu sind denn Nachbarn da? Nach einer so langen Reise ist Ihre Frau bestimmt nicht in der Stimmung, sich noch an den Herd zu stellen. Außerdem haben Sie ja auch gar nichts im Haus. Nein, nein, Sie essen heute bei uns. Wir erwarten Sie in einer halben Stunde, einverstanden?«

William kam seiner Frau zuvor, die schon den Mund öffnete. »Also gut, wir kommen, Missis Young.«

»Keinen Fuß setze ich in das Haus dieses tratschenden Weibes!« erregte sich Sophie, nachdem Audrey Young gegangen und das Gepäck ins Haus gebracht war. James Jenkins hatte den halben Dollar, den William ihm hatte zustecken wollen, fast entrüstet von sich gewiesen.

»Du kannst dich meinetwegen mit ihr an einen Tisch setzen, doch mich kriegst du nicht in ihr Haus.«

»Eine gräßliche Frau«, pflichtete Heather ihr bei.

»Wieso denn gräßlich? Ich find' sie lustig«, meinte Edward. »Und sie will uns doch nur helfen.«

»Richtig«, sagte William gereizt. »Sie hätte es nicht nötig gehabt, das Haus für uns zu fegen. Sie ist eine überaus hilfsbereite Frau, und wir können es uns nicht leisten, die Youngs vor den Kopf zu stoßen. Sie sind unsere Nachbarn, und wir können dankbar sein, daß wir von ihnen so freundlich aufgenommen werden. Das ist keine Selbstverständlichkeit!«

»Ich gehe nicht!« beharrte Sophie.

»Verdammt noch mal, das ist ein Gebot der Höflichkeit!« wurde William nun laut.

Daphne nickte. »Dad hat recht. Wir können sie nicht vor den Kopf stoßen. Und sie meint es doch wirklich nur gut«, redete sie ihrer Mutter gut zu.

»Wer bin ich denn, daß ich mir über so eine Person Gedanken machen müßte?« protestierte Sophie.
»Die Frau eines einfachen Buchhalters von *Abbott Steam*«, erinnerte William sie wütend. »Es wird Zeit, daß du dich daran gewöhnst und aufhörst, dich wie eine Dame zu benehmen, der das Personal alle Arbeiten abnimmt! Die Zeiten sind vorbei! Und wenn du nicht bereit bist, die Einladung unserer Nachbarn anzunehmen, wirst du dafür sorgen müssen, daß hier Essen auf den Tisch kommt. Oder möchtest du deine Kinder mit leerem Magen zu Bett schicken? Ich werde unseren Lebensunterhalt bei *Abbott Steam* verdienen – und du wirst hier im Haus deine gottverdammte Pflicht als Frau und Mutter erfüllen!«
»In diesem Ton sprichst du nicht mit mir!« zischte sie.
»Ich spreche in dem Ton mit dir, den du verdienst. Halte von mir, was du willst!« gab er schneidend zurück. »Doch wage es nicht, unsere Kinder unter deiner Verbitterung über mein geschäftliches Versagen leiden zu lassen!«
Sophie erblaßte.
»Du wirst mit uns zu den Youngs kommen!« befahl William. »Und du wirst es unterlassen, so lächerlich arrogante Bemerkungen wie soeben von dir zu geben – schon um unserer Kinder willen. Oder möchtest du sie in dieser Nachbarschaft zum Gespött der Leute und zu Außenseitern machen? Überlege es dir gut, Sophie!«
Sie warf ihm einen Blick zu, den man fast haßerfüllt hätte nennen können, doch sie kam mit zu den Youngs.
Matthew Young war inzwischen nach Hause gekommen, ein grobschlächtiger Mann in Williams Alter, jedoch von geselligem und herzlichem Wesen. Sein Gesicht war von unzähligen kleinen Narben übersät, aber wenn er lachte, was oft der Fall war, vergaß man das schnell. Er arbeitete im Eisenbahndepot.
Die Youngs hatten zwei Kinder: die achtzehnjährige Sarah und einen vierjährigen Nachzügler, der auf den Namen Colin hörte.
Daphne interessierte sich vor allem für Sarah. Diese hatte das flachsblonde Haar, das sie zu einem Zopf geflochten trug, von ihrem Vater geerbt, die klaren Gesichtszüge und die flache Brust jedoch waren eindeutig das Erbe ihrer Mutter. Der Blick ihrer braunen Augen erinnerte Daphne an den ängstlichen Blick eines jungen Rehs.
Verlegen begrüßte sie Daphne, nachdem Heather sie mit einem knappen Kopfnicken abgefertigt hatte. »Und du heißt Daphne?« fragte sie schüchtern.

»Ja, der Name kommt aus dem Griechischen und heißt übersetzt Lorbeer«, erklärte Daphne freundlich.
»Ich wünschte, ich hätte auch einen so schönen Namen«, erwiderte sie, und die Bewunderung in ihren Augen verriet, daß sie sich mehr als nur Daphnes ungewöhnlichen Namen wünschte.
»Sarah finde ich aber auch schön«, sagte Daphne und spürte, daß sie in der Nachbarstochter bestimmt eine gute Freundin finden würde. So etwas wußte sie stets schon nach wenigen Minuten.
»Wirklich?« Sarah sah sie zweifelnd an.
»Ganz bestimmt«, versicherte Daphne. »Deine Mutter hat gesagt, daß du so nett gewesen bist, für uns alle zu kochen.«
Ein zaghaftes Lächeln zeigte sich auf Sarahs Gesicht. »O ja, Kohl mit Kartoffeln und Schweinerippe. Ich koche gern. Hoffentlich schmeckt es euch auch.«
»Ganz bestimmt.«
Gegessen wurde in der großen Wohnküche. Die Töpfe mit dem dampfenden Essen kamen direkt vom Herd auf den Tisch. Matthew schenkte sich und William Bier aus einem großen irdenen Krug ein, während alle anderen selbstgemachte Limonade bekamen.
»Langt nur kräftig zu!« forderte Matthew sie lebhaft auf, nachdem er sein Glas erhoben, sie als Nachbarn willkommen geheißen und mit William auf gute Nachbarschaft angestoßen hatte. »Es ist genug da.«
Edward und William kamen dieser Aufforderung nur zu bereitwillig nach, denn sie hatten Hunger. Auch Daphne aß mit gutem Appetit und fand, daß Sarah ein wenn auch deftiges, so doch wirklich schmackhaftes Essen auf den Tisch gebracht hatte. Sarah nahm das Lob, in das auch Edward und William aus ganzem Herzen einstimmten, mit freudigem Erröten entgegen, und Audrey lächelte stolz. Nur Heather und Sophie beließen es bei einer eher höflichen Bemerkung und stocherten in ihrem Essen herum. Sie beteiligten sich auch kaum an dem Gespräch, was angesichts Audreys Redseligkeit glücklicherweise kaum ins Gewicht fiel. Zudem verwickelte William den Nachbarn gleich in ein angeregtes Gespräch über Bath und das Leben in dieser Stadt, wobei sich herausstellte, daß Matthew ein Mann war, der das Wort fast so gern führte wie seine Frau.
Daphne hatte es so eingerichtet, daß sie zwischen ihrem Bruder und Sarah saß, so daß sie sich ein wenig mit dieser unterhalten konnte. Als sie das Haus der Youngs anderthalb Stunden später verließen, wußte sie, daß sie eine neue Freundin gewonnen hatte.

»Kohl mit Schweinerippe!« sagte Sophie verächtlich, als sie in ihr Haus zurückgekehrt waren und sich nun daranmachten, die Betten für die Nacht zu beziehen. »Es würde mich nicht überraschen, wenn mir heute nacht davon schlecht wird.«
»Und mich würde es angenehm überraschen, wenn es dir gelingen sollte, innerhalb von vier Wochen auch nur annähernd so gut zu kochen wie Sarah«, erwiderte William grimmig. »Denn das gehört von nun an wieder zu deinen Haushaltspflichten.«
»Red du nicht von Pflichten, der du die deine schändlich mißachtet hast!« zeterte sie. »Denn hättest du auch nur einen Funken Verantwortungsgefühl gehabt, würden wir jetzt nicht hier hausen müssen.«
»Dieses Haus ist zehnmal besser als das Gebäude, in dem ich aufgewachsen bin, und nicht einen Deut schlechter als dein Elternhaus, Sophie. Und in den ersten zehn Jahren unserer Ehe sind wir auch sehr gut ohne Köchin zurechtgekommen. Tu nur nicht so, als wäre einer von uns mit dem goldenen Löffel im Mund und mit Hauspersonal auf die Welt gekommen. Wir stammen beide aus ärmlichen Verhältnissen.«
»Du vielleicht. Mein Vater war ein angesehener Arzt.«
»O ja, angesehen beim Wirt seiner Stammkneipe und beim Fuselhändler«, gab er erzürnt zurück. »Dein Vater war ein Alkoholiker und in seiner Nachbarschaft als Arzt so angesehen, daß deine Mutter bei anderen Leuten putzen und bügeln gehen mußte, um Brot und Kartoffeln einkaufen zu können.«
»Du bist gemein, Dad!« begehrte Heather auf. »Wie kannst du Moms Vater nur so verleumden!«
William sah sie traurig an, und jeglicher Zorn war aus seiner Stimme gewichen, als er ihr antwortete: »Es ist keine Verleumdung, Heather, sondern diesmal die ungeschönte Wahrheit, die ihr eigentlich schon vor vielen Jahren hättet erfahren sollen. Mein Vater war ein einfacher Schlosser und der von Sophie ein Quartalssäufer, der das Leid, das er seiner Familie zugefügt hat, nicht länger ertragen konnte und sich deshalb eine Kugel durch den Kopf geschossen hat.«
»Stimmt das, Mom?« fragte Heather verstört und ungläubig.
Sophie zögerte.
»Willst du sie noch immer anlügen? Deine eigenen Kinder?« fragte William erschütternd müde.
Ihr Gesicht verzerrte sich, weil sie erkannte, daß die Lügen nicht länger aufrechterhalten werden konnten. »Mein Vater war krank. Aber

du hättest besser daran getan, dir an meinem Vater ein Beispiel zu nehmen!« schleuderte sie ihm entgegen.
»Mom!« stieß Daphne entsetzt hervor.
In Edwards Augen glitzerten Tränen.
Sogar Heather war bestürzt.
In Williams Gesicht zuckte es. »Legen wir unsere Worte heute nicht auf die Goldwaage. Es war ein schrecklich langer Tag, und wir sind wohl alle ein bißchen überreizt heute«, sagte er mit rauher Stimme. »Wir sollten jetzt besser ins Bett gehen, damit wir den morgigen Tag mit neuer Kraft angehen können.«
Sophie wußte, daß sie einen Schritt zu weit gegangen war, doch sie konnte sich nicht zu einem versöhnlichen Wort oder einer entschuldigenden Geste überwinden. Unter bedrücktem Schweigen zog sich jeder in sein Zimmer zurück.
Eine halbe Stunde später ging die Tür zu Daphnes Zimmer leise auf, und die schmale Figur ihres Bruders zeichnete sich im Mondlicht ab, das durch das nackte Fenster in den Raum fiel.
»Daphne?« wisperte er.
»Ja, Waddy?«
»Schläfst du schon?«
Sie mußte schmunzeln. »Meinst du, ich spreche im Traum mit dir?«
»Tut mir leid, wenn ich dich geweckt habe.«
»Ich habe noch nicht geschlafen. Und nun komm schon!« forderte sie ihn auf, rückte zur Wand hinüber und schlug die Bettdecke zurück.
Lautlos wie ein Wiesel huschte er durch das Zimmer und schlüpfte zu ihr unter die Decke. »Aber erzähl bloß Mom und Heather nichts davon!« bat er ängstlich. Große Jungen schlichen sich nicht zu ihren älteren Schwestern ins Bett, um dort Trost und Geborgenheit zu suchen.
»Warum sollte ich auch? Wo wir doch nur ein bißchen reden wollen, nicht wahr?« beruhigte sie ihn und baute seinem Selbstbewußtsein eine goldene Brücke.
»Ja, nur ein bißchen reden«, griff er ihre gnädige Lüge auf, während er sich in Wirklichkeit heulend einsam in seinem Zimmer vorgekommen war. »Du, Daphne ...?«
»Ja?«
»Ob das wirklich stimmt, was Dad über seinen Vater und den von Mom gesagt hat?«
»Ja, es stimmt. Ich weiß es.«

Er glaubte ihr und fragte nicht, woher sie das so genau wußte. Wenn Daphne sagte, es stimmte, dann verhielt es sich auch so. Sie hatte ihn noch nie angelogen. Er seufzte. »Ich mag es nicht, wenn Mom und Dad sich so streiten.«
»Nein, ich auch nicht. Es ist häßlich.«
»Vielleicht wird es wieder gut zwischen ihnen, wenn wir uns hier eingelebt und es uns im Haus schön gemacht haben«, hoffte er.
»Bestimmt«, sagte Daphne, obwohl sie nicht daran glaubte.
»Ich mag die Youngs. Du auch?«
»Mhm, sie sind nette Leute. Sie haben sich so viel Mühe gemacht, und dabei sind wir ihnen doch völlig fremd.«
»Meinst du, daß mich Mister Young einmal mit ins Depot nimmt und auf eine Lok klettern läßt?«
»Ich weiß nicht, ob so etwas verboten ist. Aber wenn es möglich ist, wird er es bestimmt einmal einrichten.«
Er gähnte. »Vielleicht werde ich später mal Lokführer.«
Sie lächelte. »Du kannst alles werden, was du wünschst, Waddy, du mußt es nur fest genug wollen.«
»Ich will, daß wir uns alle wieder so verstehen wie früher«, murmelte er, schon halb im Schlaf.
Daphne legte einen Arm um seine Schulter, und er schmiegte sich an sie. »Es wird alles wieder gut, du wirst sehen«, tröstete sie ihn.
Im nächsten Moment war er eingeschlafen. Sie lauschte seinem ruhigen Atem, und die Nähe ihres Bruders schenkte auch ihr Trost in dieser ersten mondhellen Nacht in Bath.

Zweites Kapitel

Noch vor Tagesanbruch war William aus dem Bett. Sophie stellte sich schlafend, obwohl auch sie längst wach lag. Ein Zug ratternder Güterwaggons hatte dafür gesorgt. William spürte, daß sie nicht mehr schlief. Er war jedoch nicht allzu unglücklich darüber, daß sie so tat, als höre sie nicht, wie er sich wusch und anzog. Morgendliches Gekeife war das letzte, was er sich wünschte. Ihre Tiraden und giftigen Vorwürfe kannte er mittlerweile zur Genüge.

Als er in das erste graue Licht des Tages hinaustrat, kam Homer gerade an der Deichsel des Fuhrwerks die Straße hoch getrottet. William schwang sich zu James Jenkins auf den Kutschbock, tauschte mit ihm einen kurzen, freundschaftlichen Händedruck aus und schlug den Mantelkragen hoch.

»Wird nicht mehr lange auf sich warten lassen, der Winter«, brummte James, dessen Hände in wollenen Handschuhen mit abgeschnittenen Fingerspitzen steckten.

»Malen Sie bloß nicht den Teufel an die Wand, Mister Jenkins!«

»James, okay?«

»Für Sie dann Bill, James.«

Der Fuhrmann nickte, während der Wagen über die Gleise rumpelte und dann auf der etwas höher gelegenen High Street nach Süden fuhr.

»So soll's sein, Bill.« Damit war die Freundschaft zwischen ihnen besiegelt.

»Im letzten Jahr kam der erste Schnee Ende Oktober, und am zwölften Dezember war der Fluß zugefroren«, nahm James seinen Gesprächsfaden wieder auf. »Und dieses Jahr wird der Schnee auch nicht viel später kommen. Andere haben das in den Knochen, ich dagegen lese das von der Laubfärbung ab. Sehen Sie da drüben die Bäume vor der North Grammar School?«

»Ja, welch ein prächtiges Rot, als würden sie in Flammen stehen«, sagte William und dachte bei der Nennung der Schule daran, daß es eine seiner ersten Aufgaben sein mußte, für Edwards weitere Ausbildung zu sorgen.

»Ist zu rot für Ende September, gut zehn Tage zu früh«, erklärte James und nickte nachdrücklich. »Und dementsprechend früh wird auch der Winter kommen. Sie dürfen keine Zeit verlieren, Bill!«

»Womit?«

»Um sich frühzeitig einen guten Vorrat an Holz und Kohle anzulegen.«

William lachte leise. Natürlich! Himmel, es gab so vieles, worum er sich von nun an wieder selber kümmern mußte!

»Kohle steht zur Zeit bei neun Dollar fünfzig die Tonne, und bestes Hartholz kriegt man am billigsten bei Craig Dow, der für einen Klafter acht Dollar berechnet. Weichholz liegt bei ihm um anderthalb Dollar drunter«, informierte James ihn. »Doch das billigste Holz ist noch immer das, das man am Flußufer und im Wald selber sammelt, auch wenn die Zeit dafür jetzt nicht mehr die beste ist.«

»Ich werde mich gleich darum kümmern.«
William war um neun schon wieder zurück. Morton Webster, der Direktor der Dampfmaschinenfabrik, hatte ihn nur zu einem Gespräch in sein Büro gebeten, ihm einen Überblick über seine zukünftige Arbeit gegeben und dann die Großzügigkeit besessen, ihm den Rest der Woche freizugeben, selbstverständlich unbezahlt, damit er die Tage nutzen konnte, um das Haus herzurichten.
Sarah hatte ihnen eine große Blechkanne mit Kaffee herübergebracht sowie Butter, selbstgebackenes Brot und hausgemachtes Apfelgelee.
William griff zu Papier und Stift, um eine Einkaufsliste zu erstellen. Die Liste der Dinge, die dringend angeschafft werden mußten, wurde länger und länger.
»Wir werden Missis Young bitten müssen, uns zu begleiten«, sagte er schließlich. »Denn wir wissen nicht, wo man all das am preisgünstigsten bekommt.«
»Mach das nur! Du verstehst dich ja so gut mit dieser Person«, sagte Sophie kühl. »Ich habe im Haus genug zu tun.«
Daphne begleitete ihren Vater zu Audrey Young, die ihnen beim Einkaufen gern mit Rat und Tat zur Seite stehen wollte. »Aber sollte nicht besser auch Ihre Frau zugegen sein?« fragte sie verwundert.
»Meine Frau fühlt sich leider nicht sehr wohl«, antwortete er, ohne daß er hätte lügen müssen, »und ist kaum in der Lage, die Einkäufe mit uns zu besorgen.«
»Wie bedauerlich«, sagte Audrey trocken. »Dann wollen wir mal. Am besten fangen wir in *Gattling's Generalstore* an, damit Sie was in Ihre Küchenschränke bekommen. Der Laden ist gleich um die Ecke an der Washington Street.«
Sie zogen bis in den Nachmittag hinein von Geschäft zu Geschäft und gönnten sich nur eine kurze Mittagspause. William wurde es abwechselnd heiß und kalt, als er sah, wie rasch sein Geld dahinschmolz. Audrey führte ihm dabei ständig vor Augen, wie unvollständig seine Liste war und wie wenig Sophie noch von Haushaltsführung verstand.
»Sie brauchen doch einen Waschtrog, Mister Davenport! Und ich habe keinen unter Ihren Sachen gesehen, die Sie mitgebracht haben.«
Dasselbe galt für Besen, Kehrschaufel, Bügeleisen, Kohleneimer und vieles andere mehr. Kleinkram. Doch auch die acht Cent für einen Milchtopf summierten sich mit den fünfundvierzig Cent für das Bügeleisen und den vierundfünfzig Cent für zwei Wassereimer schnell

zu mehr als einem Dollar. Und im Handumdrehen kam ein Dollar zum anderen.
Doch ohne Audreys Beistand und ihr fast schon schamloses Feilschen mit den Händlern wäre William viel schlechter gefahren und mit noch weniger Geld in der Tasche nach Hause gekommen.
»Sechs Cent der Yard für diesen Gardinenstoff?« entrüstete sie sich im Stoffgeschäft. »Sie wollen hier wohl französische Preise einführen, Mister Brooker! Dafür kann man sich ja schon in Seide wickeln. Außerdem vergessen Sie, daß Mister Davenport mehr bei Ihnen kaufen will als nur ein paar Längen für ein einziges Fenster. Vorausgesetzt, Sie machen ihm ein faires Angebot, und das liegt meiner Meinung nach bei dreieinhalb Cent den Yard. Und den Ballen grünen Vorhangstoff haben Sie auch schon das ganze Jahr im Regal liegen. Da müssen Sie mindestens anderthalb Cent den Yard nachlassen.«
Mister Brooker war nicht weniger entrüstet. »Vier Cent für diesen herrlich duftigen Stoff? Da kann ich mir ja auch gleich selber die Kehle durchschneiden!«
»Bei Ihren Preisen wird Ihnen wohl auch gar nichts anderes übrigbleiben«, gab Audrey spitz zurück, schob den Stoff zurück und wandte sich zum Gehen. »Kommen Sie, Mister Davenport! Ich habe gedacht, Mister Brooker würde sich glücklich schätzen, den Buchhalter von *Abbott Steam* als neuen Kunden zu gewinnen. Aber er hat das wohl nicht mehr nötig. Vermutlich beliefert er nur noch Direktoren. Zumindest lassen das seine Preise vermuten.«
»Nun seien Sie doch nicht immer gleich so kratzbürstig!« rief Mister Brooker hastig. »Wir werden schon einen Weg finden, uns auf einen anständigen Preis zu einigen.«
»Na, dann spitzen Sie Ihren Stift mal ordentlich an, wenn bei Ihren Zahlen was Anständiges herauskommen soll!«
Sie einigten sich bei den Gardinen auf viereinhalb Cent und beim Vorhangstoff auf einen Cent Nachlaß. Audrey machte bis zum Schluß eine mißmutige Miene. Doch als sie draußen auf der Straße standen, lachte sie sich ins Fäustchen. »An Ihnen hat er heute nicht viel verdient, das kann ich Ihnen sagen! So billig bin ich noch nie an guten Stoff gekommen. Zum Glück war seine Frau nicht im Laden. Die hätte sich nicht so breitschlagen lassen.«
Daphne hatte sich schon lange nicht mehr so vergnügt wie auf dieser Einkaufstour mit Audrey, und auch ihr Vater hatte seinen Spaß.
»Ich weiß wirklich nicht, wie ich Ihnen dafür danken soll, Audrey.«

»Indem Sie mich gewähren lassen. So, und jetzt sehen wir mal, was wir aus Bert Winston herausquetschen können. Er führt unten am Hafen ein Lager mit gebrauchten, aber noch guten Möbeln. Den müssen Sie zappeln lassen! Nicht ein einziges freundliches Wort! Am besten bleiben Sie stumm und setzen eine Leichenbittermiene auf! Wenn Sie irgend etwas sehen, was Ihnen gefällt, dann tun Sie bloß so, als würden Sie das Stück eher auf dem Müll als in seinem Geschäft vermutet haben«, trug sie ihm auf. »Schütteln Sie den Kopf, und sagen Sie irgend etwas wie zum Beispiel: ›Mein Gott, was für scheußliche Polster!‹ damit ich weiß, woran Sie interessiert sind. Den Rest erledige ich dann schon.«

Und *wie* sie Bert Winston erledigte! Im wahrsten Sinne des Wortes. Er war förmlich in Schweiß gebadet, als sie mit ihm fertig war, und glaubte auch noch, ihr ewig zu Dank verpflichtet zu sein, weil sie Mister Davenport ein ganzes Fuhrwerk voll Möbel aufgeschwatzt hatte, die dieser eigentlich gar nicht hatte kaufen wollen.

Am Abend kam James mit seinem Fuhrwerk, um die Möbel und anderen schweren Sachen abzuholen, die William mit Audrey eingekauft hatte.

Sophie sagte nichts über die Möbel, die die Männer ins Haus schleppten. Doch ihr Schweigen war beredt genug.

Daphne schmerzte es, daß ihre Mutter nicht ein einziges anerkennendes Wort fand, nachdem sich ihr Vater und Audrey doch soviel Mühe gegeben hatten, für das zur Verfügung stehende Geld die bestmögliche Einrichtung zu erstehen. Sie fand, daß die Sachen alle recht gut gewählt waren und dem Haus eine erste wohnliche Note gaben. Sie selbst freute sich insbesondere über die kleine Waschkommode mit dem drehbaren Spiegel in der Mitte und der blauen Emailleschüssel, die in die Platte eingelassen war. Der Spiegel hatte zwar unten rechts einen kleinen Sprung, und an der Schüssel war der Emaillebelag an den Kanten etwas abgestoßen, aber zusammen mit dem Sisalläufer und der Wäschetruhe bekam ihr Zimmer dennoch schon eine behagliche Note. Jetzt fehlten nur noch die Vorhänge, die erst genäht werden mußten.

Es waren jedoch nicht allein Näharbeiten zu verrichten. Die nächsten Tage waren von morgens bis abends angefüllt mit tausend anderen Dingen, die erledigt werden mußten. Und dabei wurde jede Hand gebraucht. Nur Edward war größtenteils davon ausgenommen, denn William bestand darauf, daß er die Schule besuchte, und meldete ihn schon am Donnerstag in *Thornton's Boy School* an.

»Sie kostet zwar drei Dollar im Quartal plus Schulbücher und was sonst noch anfällt, aber der Junge soll die beste Ausbildung erhalten, die wir uns leisten können«, erklärte er. »Er soll eines Tages frei entscheiden können, was er einmal werden möchte, und nicht darauf angewiesen sein, den Lebensunterhalt mit seiner Hände Arbeit zu verdienen.«

»Oder Buchhalter zu werden wie sein Vater«, fügte Sophie hinzu, war aber völlig seiner Meinung, was Edwards weiteren Werdegang betraf. Sonst gab es freilich kaum noch etwas, worin sie mit ihrem Mann übereinstimmte. Zwar begann sie sich allmählich in ihr Schicksal zu fügen und sich zu bemühen, ihrer Rolle als Frau eines einfachen Buchhalters gerecht zu werden, was die Haushaltsführung anging, doch beschränkte sie sich dabei auf das Allernotwendigste, sei es in der Küche oder am Waschtrog. Sie tat ihre Pflicht, aber auch nicht einen Handgriff mehr – schon gar nicht für William. Sie stellte den Topf mit der Linsensuppe auf den Tisch, füllte jedoch nicht seinen Teller. Sie wusch und bügelte seine Sachen, doch ein wirklich faltenloses Hemd oder frisch gestärkte Hemdkragen bekam er nur, wenn Daphne zum Bügeleisen griff. Sie hörte auf, ihm ständig in Gegenwart der Kinder bittere Vorwürfe und ihn verachtenswert zu machen, doch sie strafte ihn mit Nichtbeachtung und hatte an tausend Kleinigkeiten etwas auszusetzen.

Und so teilte sie zwar noch das Bett mit ihm, nicht aber mehr die Lust des Fleisches. Als er zwei Wochen nach ihrer Ankunft in Bath eines Nachts den Versuch unternahm, sich mit ihr zu versöhnen, schob sie seine Hand wortlos von ihrem Busen und drehte ihm den Rücken zu. Am nächsten Abend kam er zwei Stunden später als gewöhnlich nach Hause. Sie roch den Alkohol und das Parfüm an ihm, verlor jedoch kein Wort darüber.

Er war im Freudenhaus bei einer dieser Dirnen. Gut so! Da gehört er auch hin! Soll er doch bezahlen! Ich bezahle auch meinen Teil, dachte sie grimmig und war froh, daß dieser Aspekt ihrer Ehe ein Ende gefunden hatte.

Allmählich kehrte eine gewisse Routine in ihrer aller Leben ein, die das Zusammensein zwar nicht übermäßig erfreulich, aber zumindest doch erträglich machte.

Drittes Kapitel

Eisblumen bedeckten das Fenster, und die Luft im Zimmer war so kalt, daß Daphnes Atem wie Dampf aufstieg. Am liebsten hätte sie sich noch einmal umgedreht und sich bis über die Ohren unter die Decken verkrochen. Doch dies war nicht irgendein x-beliebiger Wintertag, sondern der erste Tag des neuen Jahres 1866.

Was wird uns das neue Jahr wohl bringen? fragte sie sich, während das Grau hinter dem filigranen Netzwerk der Eiskristalle allmählich heller wurde und einen Stich ins Blaue bekam.

Über drei Monate lebten sie nun schon in Bath. Der Winter war früh gekommen, wie James Jenkins es vorausgesagt hatte. In der dritten Oktoberwoche fiel eines Nachts der erste Schnee. Sechs Wochen war der Kennebec von diesem Tag an noch schiffbar, und in dieser Zeit erlebte der Hafen eine hektische Betriebsamkeit, wie sie erst der Frühling wiederbringen würde. Die Wintervorräte in den Lagerhallen wurden aufgefüllt, und letzte wichtige Warenlieferungen, auch von der *Abbott Steam,* gingen aus Bath hinaus. Auf drei Werften wurde unter Hochdruck gearbeitet, um zwei Schoner und eine Brigg noch vor dem Zufrieren des Flusses ins Wasser zu bringen. Das letzte dieser drei Schiffe lief am dritten Dezember bei dichtem Schneefall nach Portland aus, um dort den Rest seines Riggs zu erhalten. Fünf Tage später war der Kennebec zugefroren. Nun wartete man darauf, daß das Eis rasch dick genug wurde, um mit der Eisernte beginnen zu können.

Drei Monate! Sie kamen ihr eher wie drei Jahre oder noch mehr vor. Boston und das Haus in der Byron Street mit all seinem Komfort schienen zu einem anderen Leben zu gehören, das noch klar in ihrer Erinnerung lebte, doch keinen rechten Bezug mehr zur jetzigen Wirklichkeit besaß.

Und John? Ja, auch nach über drei Monaten schmerzte es noch immer, wenn sie an ihn dachte. Doch sie litt nicht mehr unter dem Verlust seiner Liebe, sondern nur noch unter seinem Verrat. So wie sie Hatfield für die erniedrigenden Handlungen, zu denen er sie gezwungen hatte, auf ewig hassen würde, so würde sie auch John niemals verzeihen, daß er sie mit kalter Berechnung von sich gestoßen hatte, als sie plötzlich nicht mehr die Tochter eines reichen Mannes gewesen war.

Mutig schlug sie die Decken zurück und stand auf. Die Kälte im Zimmer kroch ihr an Armen und Beinen unter das Nachthemd und ließ sie erschauern. Einen Augenblick kämpfte sie mit der Versuchung, sich noch einmal in die Wärme des Bettes zu flüchten, widerstand ihr aber und trat rasch an die Waschkommode. Sie füllte die Schüssel mit einem Schwall Wasser und schlug es sich mit beiden Händen ins Gesicht. Ihr war, als habe sie ihr Gesicht in ein Kissen aus tausend eisigen Nadeln gepreßt, und der Atem stockte ihr. Doch dann prickelte es warm auf ihrer Haut.

Sie beeilte sich, daß sie in warme Sachen kam. Lange, wollene Strümpfe, die bis hoch zu den Oberschenkeln reichten und dort von Bändern gehalten wurden, waren in diesen kalten Maine-Wintern unabdingbar ebenso wie knöchellange Unterhosen, Unterröcke aus Roßhaar, wollene Leibchen und Blusen aus dickem Flanell.

Daphne nahm die hohen Schnürstiefel, die sie zu Weihnachten bekommen hatte, in die Hand und ging auf Socken zu ihrer Schwester hinüber.

Heather lag noch in tiefem Schlaf und reagierte ungehalten, als Daphne sie weckte. »Laß mich schlafen!«

»Es ist Neujahr!«

»Na und?«

»Hast du vergessen, was wir ausgemacht haben? Daß wir heute Mom und Dad mit einem Frühstück im vorgeheizten Zimmer überraschen wollen?« erinnerte Daphne sie. Der erste Januartag war in diesem Jahr auf den Montag gefallen, und *Abbott Steam* hatte wie alle anderen Betriebe in der Stadt seinen Arbeitern und Angestellten einen Tag unbezahlten Urlaub gewährt.

Heather rieb sich die Augen. »Meine Idee war das nicht.«

»Aber du warst dafür«, sagte Daphne mit gedämpfter Stimme. »Also komm jetzt, du bist doch sowieso schon wach!«

»Du bist einfach ekelhaft munter«, maulte Heather, schälte sich aber aus der Decke und setzte sich auf die Bettkante. Sie rieb sich die Oberarme. »Manchmal habe ich fast den Eindruck, dir macht dieses primitive Leben hier Spaß.«

»Was heißt hier Spaß? Es ist, wie es ist. Ich habe mich damit abgefunden, das ist alles«, erwiderte Daphne und ging über den Flur, um zu sehen, ob ihr Bruder schon auf war.

Edward stand in seiner dicken Cordhose, aber mit nacktem Oberkörper und wassertriefendem Gesicht am Waschtisch, das Haar ganz

wirr, aber ein fröhliches Grinsen auf dem Gesicht. Daphne fand, daß er noch schmaler geworden war. Er hatte nicht ein Gramm Fett auf den Rippen, war jedoch sehnig muskulös und immer guter Dinge. Von ihnen allen hatte er den gesellschaftlichen Abstieg am besten verkraftet. Er hatte Bath von der ersten Stunde an in sein Herz geschlossen und in der Schule sofort freundschaftlichen Anschluß gefunden. Obwohl noch immer ein Bücherwurm, verbrachte er jetzt auch viel Zeit mit seinen Kameraden aus der Nachbarschaft. Am liebsten trieben sie sich im Hafen und in der Nähe des Eisenbahndepots herum, denn dort gab es immer etwas Interessantes zu beobachten.
»Ich komme sofort«, versprach er.
Auf Zehenspitzen ging Daphne die Treppe hinunter, zog sich nun die Schnürstiefel an und machte dann in der Küche Feuer. Unter der Asche fand sie noch einen Rest Glut. Mit trockenem Reisig und ein paar Fetzen Papier war das Feuer schnell entfacht, und bald brannten die ersten Scheite lichterloh.
Heather und Edward gesellten sich wenig später zu ihr. Während Edward sich um das Feuer in der guten Stube kümmerte und dann den Tisch deckte, stellten sich die beiden Schwestern an den Herd. Es sollte ein besonders schönes Frühstück geben mit gedünsteten Kartoffelscheiben, Röstzwiebeln und Omelett, dazu Brot, Butter, Marmelade und ein paar Scheiben von dem geräucherten Schinken, der in der Speisekammer am Haken hing.
Wohlige Wärme breitete sich von den unteren Räumen im Haus aus, und dann stieg der Duft von frisch aufgebrühtem Kaffee und in der Pfanne brutzelnden Kartoffeln auf. Edward lief nun hoch, um die Eltern zum Frühstück zu bitten.
William ließ nicht lange auf sich warten. Er kam die Treppe heruntergepoltert, gut gelaunt und mit dem festen Vorsatz, das neue Jahr voller Optimismus anzugehen. »Na, wenn das nicht eine tolle Überraschung ist, Kinder! Und wie köstlich das riecht! Da bekommt man ja einen Bärenhunger«, freute er sich. »Einen besseren Jahresanfang kann man sich wirklich nicht wünschen.«
Auch Sophie fand ein anerkennendes Wort für ihre Kinder, doch ihr Lob fiel bei weitem nicht so enthusiastisch aus. »Ach ja, Fanny und Theda hätten es wirklich nicht viel besser gekonnt«, sagte sie mit einem schweren Seufzen und nutzte damit auch diese Gelegenheit, um wieder einmal auf das schwere Kreuz hinzuweisen, das sie zu tragen hatte. »Was wohl aus der guten Theda und vor allem aus der armen Edwina geworden sein mag?«

Daphne und Edward sahen sich nur an. Ihre Mutter hatte sich angewöhnt, ihrer Stimme einen Ausdruck von Hinfälligkeit und Leiden zu geben. Und ihren leicht gequälten Gesichtsausdruck hatte sie in den letzten Monaten dermaßen perfektioniert, daß sie den Eindruck erweckte, als bekämpfe sie tapfer und willensstark eine schwere Krankheit, ohne jedoch völlig die Schmerzen, die sie peinigten, verbergen zu können. Es gab keinen Tag, an dem sie nicht darüber klagte, wie sehr sie doch unter heftigen Migräneanfällen und anderen argen körperlichen Gebrechen zu leiden habe. Fragen nach der Art dieser Beschwerden wehrte sie jedoch mit scheinbar tapferer Duldsamkeit ab: »Ach, laßt nur! Was bringt es, euch mit Dingen zu belasten, die nicht zu ändern sind. Ich werde lernen müssen, damit zu leben.«

William und seine Kinder mußten ihrerseits lernen, damit zu leben, daß Sophie sich in diese vermeintlichen Krankheiten flüchtete und darauf bestand, daß stets eine Flasche von *Doctor Samuel Polk's Migränesaft* im Hause war. Dieses süße, milchige Heilmittel war, wie sie behauptete, die einzige Medizin, die ihr Linderung verschaffte. Deshalb nahm sie *Doctor Polk's* regelmäßig dreimal am Tag in nicht zu geringen Dosen. Daß sie sich danach spürbar besser fühlte, fand William so verwunderlich nicht, denn seines Wissens bestand diese angebliche Medizin zu achtzehn Prozent aus Alkohol.

Als er es wagte, sie darauf hinzuweisen, daß sie ebensogut dreimal am Tag einen ordentlichen Brandy trinken und dabei immer noch Geld sparen könne, bekam Sophie einen fürchterlichen Wutanfall. Sie beschimpfte ihn auf das übelste und unterstellte ihm, sich nur über sie und ihre Mitgliedschaft beim örtlichen Temperenzler-Verein lustig machen zu wollen. Im November war sie nämlich dieser Enthaltsamkeitsbewegung beigetreten, die gegen die sittliche Verderbtheit des Hafenviertels und insbesondere gegen jeglichen Genuß von Alkohol zu Felde zog. Ziel dieser Vereinigung war es, Bath zu einem »trockenen Bezirk« zu machen, in dem die Herstellung und der öffentliche Ausschank von Alkohol per Gesetz verboten waren. Doch diese knapp drei Dutzend Fanatiker, die sich gelegentlich mit Transparenten vor besonders berüchtigten Rum-Spelunken und Freudenhäusern postierten und fromme Lieder sangen, befanden sich in einer Hafenstadt wie Bath auf verlorenem Posten. Aber das tat ihrem verbissenen Eifer keinen Abbruch. Im Kreis dieser verknöcherten Frauen und Männer fühlte sich Sophie wohl und geachtet. Ihr Eintreten für

die Limonaden-Liga, wie der Temperenzler-Verein spöttisch im Volksmund hieß, gab ihr zudem einen plausiblen Grund in die Hand, jeglichen Kontakt mit den Youngs und ihren anderen Nachbarn zu meiden: Ein Haus, in dem der Teufel Alkohol willkommen war, betrat sie seit dem November nicht mehr.
William hatte sich auch damit abgefunden. Es war sowieso viel vergnüglicher, ohne seine Frau mit James und Ted Brown von gegenüber bei Matthew in der Küche zu sitzen, billige Zigarren zu rauchen, daß die Luft zum Schneiden war, und sich aus dem großen Steinkrug die Gläser zu füllen, der Matthew Youngs selbstgebrannten Schnaps enthielt. Fürwahr ein Teufelszeug, das nicht von ungefähr *White Lightning* – Weißer Blitz – hieß. Aber auch Teds Pfirsich-Brandy hatte es in sich. Auf der Zunge war er mild, und sanft wie Öl floß er die Kehle hinunter, im Magen aber entwickelte er eine beachtliche Wirkung – später auch in Kopf und Gliedmaßen.
Das Neujahrsfrühstück verlief relativ harmonisch, was wohl auch daran lag, daß jeder von ihnen für diesen Tag etwas vorhatte. Sophie traf sich mit den Frauen vom Temperenzler-Verein, und Edward konnte es nicht erwarten, mit seiner Freundesclique zum Schlittenfahren auf die Hügel hinter dem Maple-Grove-Friedhof zu kommen. Heather hatte sich mit Nancy, Alice und Bess verabredet, ihren Freundinnen aus der Nachbarschaft, die nichts außer Männern, Mode und Klatsch im Kopf hatten. Daphne wollte mit keiner von ihnen so richtig warmwerden.
»Nancy hat schon die Januarausgabe von *Godey's Lady's Magazine*«, teilte Heather ihnen beim Frühstück voller Neid mit und warf ihrem Vater einen bedeutsamen Blick zu, denn dieser hatte es bisher abgelehnt, die drei Dollar für ein Jahresabonnement überhaupt in Erwägung zu ziehen.
»Wie schön für sie«, sagte er jetzt auch nur trocken und wischte Fett und Zwiebelreste mit einem Stück Brot vom Teller. Dann zog er seine Taschenuhr hervor. »Na, dann werde ich mich mal zu James auf den Weg machen. Ich hab' versprochen, ihm beim Schneeschippen zur Hand zu gehen. Er hat es schon gestern kaum geschafft, den Hof vor seinem Schuppen freizubekommen. Ich schätze, wir werden mächtig ins Schwitzen kommen.«
Sophie verzog geringschätzig den Mund. »Wenn's nur beim Schneeschaufeln bliebe! Richtig warm wird es euch wohl eher von seinem Fusel werden«, murmelte sie.

William sparte sich eine Erwiderung. Er erhob sich vom Tisch, fuhr Edward liebevoll durchs Haar und sagte: »Das habt ihr heute wirklich ganz lieb gemacht.« Ernst fügte er noch hinzu: »Euch allen ein schönes neues Jahr! Möge es uns zumindest Zufriedenheit bringen!«

»Zufriedenheit!« wiederholte Sophie ungehalten, als er die Küche verlassen hatte. »Wenn ich nicht wüßte, daß er diesen Unsinn tatsächlich so meint, könnte man das glatt für Hohn halten.« Sie faßte sich an den Kopf.

»Brauchst du deine Medizin, Mom?« fragte Edward scheinbar unschuldig besorgt, doch Spott blitzte in seinen Augen. Er hatte mitbekommen, was sein Vater über die wahre Zusammensetzung dieses Heilmittels gesagt hatte, und glaubte ihm jedes Wort.

Sophie setzte wieder ihre leidende Miene auf. »Ja, ich denke, ich sollte vorsorglich etwas von *Doctor Polk's* Medizin zu mir nehmen. Es liegt noch ein anstrengender Tag vor mir, denn die Verantwortung, die auf den Schultern unserer wenigen Getreuen liegt, drückt schwer. Aber um der guten Sache willen sind wir zu jedem Opfer bereit.«

»*Doctor Polk's* wird dir schon über die Runden helfen, Mom!« versicherte Edward, zwinkerte Daphne zu, als er vom Stuhl aufsprang, und holte die Flasche aus dem Küchenschrank. Seine Mutter machte aus dem Abmessen der milchigen Flüssigkeit jedesmal eine umständliche Prozedur, als müsse sie sich erst seelisch darauf einstellen, dieses Mittel zu sich zu nehmen. Edward nutzte die Gunst des Augenblicks, um sich klammheimlich davonzustehlen.

Somit blieben Daphne und Heather auf dem Abwasch sitzen. Denn zum *Doctor Polk's*-Ritual gehörte es, daß ihre Mutter sich nach der Einnahme ein halbes Stündchen hinlegen mußte. Nur so vermochte das Mittel ihrer felsenfesten Überzeugung nach seine Wirkung richtig zu entfalten – womit sie vermutlich gar nicht mal so falsch lag.

»Kommst du mit zu Nancy?« fragte Heather, als sie den Tisch abräumten.

»Ich würde schon ganz gern mit dir gehen, aber leider kann ich nicht«, antwortete Daphne diplomatisch und stellte den Kessel mit Wasser auf die Herdplatte. »Ich habe Sarah schon versprochen, nachher zu ihr zu kommen.«

»Sarah!« Heather sprach den Namen gedehnt aus und verdrehte dabei die Augen. »Das ist doch die langweiligste Kuh in ganz Bath! Ach was, in ganz New England!«

»Du tust ihr unrecht, Heather. Sarah ist nett, hilfsbereit und aufrichtig.«

»Ja, so nett wie ein Paar graue kratzige Wollsocken.«
»Wollsocken halten am besten warm«, ging Daphne scherzhaft darüber hinweg, weil sie am Neujahrstag nicht mit ihrer Schwester streiten wollte.
Daphne hätte gern mehr mit ihrer Schwester unternommen, das war nicht gelogen gewesen. Doch in Gesellschaft von Nancy, Alice und Bess kam sie sich immer fehl am Platze vor. Deren ganzes Denken und Reden kreiste nur ums Heiraten und welcher der ledigen Männer wohl für wen in Frage käme. Schlimmer noch war aber das böse Getratsche über andere Mädchen und junge Frauen, denen wer weiß welche Verfehlungen nachgesagt wurden. Über diese sogenannten Flittchen wurde mit einer geradezu leidenschaftlichen Ausführlichkeit geredet und spekuliert – wie weit Mary denn Gregg wohl rangelassen habe und ob Lydia wirklich bis zum »Letzten« gegangen war, wie man sich hinter vorgehaltener Hand erzählte. Alle beteuerten dabei immer wieder ihre Abscheu und daß sie sich selbst »so« und »du weißt ja wo« niemals anfassen lassen würden. Doch in Wirklichkeit konnten sie nicht genug von diesem schlüpfrigen Gerede bekommen und suhlten sich förmlich in den Bildern, die sie empört, aber mit genüßlicher Weitschweifigkeit ausmalten.
Einmal hatte Daphne auch das beklemmende Gefühl gehabt, als würde ihre Schwester sie immer wieder eindringlich mustern und dabei an jenen Nachmittag denken, den sie allein in Hatfields Haus verbracht hatte. Nein, sie wollte auf keinen Fall ihre Zeit in Gesellschaft dieses Tratschvereins verbringen! Sie freute sich darauf, den Tag mit Sarah zusammenzusein, in der sie eine wahre Freundin gefunden hatte.
Daphne beeilte sich mit dem Abwasch, legte noch ein paar Scheite nach und verließ noch vor Heather des Haus. Die bedrückende häusliche Atmosphäre war vergessen, sowie die Tür hinter ihr zufiel und sie durch den tiefen Schnee zu den Youngs hinüberging. Was für ein herrlicher Neujahrstag! Nicht eine Wolke zeigte sich am stahlblauen Himmel. Kleine Eiszapfen hingen an den Kanten der vorspringenden Dächer, die mit Schnee bedeckt waren. Die Bäume sahen mit ihrer blendend hellen Pracht wie gemalt aus. Der anheimelnde Geruch der Holzfeuer, deren Rauch aus den Kaminen aufstieg, lag in der klaren Luft.
Als sie die Stufen zur Veranda des Nachbarhauses hochging, kreuzte Daphne die Fährte einer Katze, die ihre Spuren im Neuschnee hinterlassen hatte.

Sarah hatte schon voller Ungeduld auf sie gewartet. »Alles Gute zum neuen Jahr!« rief sie fröhlich.
»Ja, dir auch, Sarah!« Sie umarmten sich. Daphne tauschte auch mit Sarahs Eltern herzliche Wünsche aus und widmete sich ein paar Minuten dem kleinen Collin. Dann aber drängte Sarah schon zum Aufbruch.
»Missis Moore wird schon ganz unruhig sein und ein dutzendmal aus dem Fenster geschaut haben, wo ich nur bleibe.«
»Von mir aus können wir sofort los, Sarah.«
»Gut. Ich habe ihr einen Rosinenkuchen gebacken. Den liebt sie mehr als alles andere«, sagte Sarah, schlang sich einen dicken Schal um den Hals, zog sich die rote selbstgestrickte Mütze über die Ohren und griff nach ihrem Korb. Sie gingen hinaus. »Hast du auch wirklich Lust mitzukommen, Daphne?«
»Aber ja! Ich helfe dir doch gern. Und bei uns zu Hause hält mich nichts, das weißt du ja.«
Sarah seufzte. »Ich bin auch jedesmal froh, wenn ich aus dem Haus bin. Ich scheue die Arbeit bestimmt nicht, und daß ich zudem noch auf Collin aufpassen muß, macht mir eigentlich nicht viel aus. Wenn meine Mutter nur nicht so ein Tyrann wäre! Sie erschlägt mich mit ihrem Redestrom. Manchmal habe ich tatsächlich das Gefühl zu ersticken, und dann muß ich raus. Findest du, daß ich undankbar bin?« fragte sie, während sie durch den hohen Schnee stapften.
Daphne schüttelte den Kopf. »Ganz bestimmt nicht. Ihr seid einfach zu verschieden. Ich habe mit meiner Mutter auch meine... na ja, Schwierigkeiten. Und wenn man älter wird, will man sich eben nicht mehr so herumkommandieren lassen, als wäre man noch ein dummes Kind.«
»Das stimmt. Deshalb bin ich auch so froh, daß ich diese Arbeit gefunden habe.«
Sarah führte Catherine Moore, einer älteren alleinstehenden Dame, quasi das Haus. Seit fast einem Jahr kam sie dreimal die Woche für vier, fünf Stunden zu ihr und verrichtete alle Arbeiten, die in einem Haushalt getan werden mußten. Sie kaufte auch für sie ein, kochte ihr stets für den nächsten Tag vor und nahm zudem noch Flick- und Näharbeiten mit nach Hause. Und beide Seiten fanden dieses Arrangement sehr zufriedenstellend. Catherine Moore wußte nämlich nicht nur Sarahs gutes Essen und ihren Fleiß zu schätzen, sondern auch die Ansprache, die sie dadurch erhielt und die ihrem Leben die Einsamkeit nahm.

»Missis Moore ist ja eine wirklich nette Frau, aber lohnt sich diese Stelle denn überhaupt für dich?« fragte Daphne, die mit ihr noch nie über die Bezahlung gesprochen hatte, aber das interessierte sie jetzt. Seit einiger Zeit machte sie sich nämlich Gedanken, ob sie sich nicht auch eine Arbeit suchen solle, bei der sie etwas dazuverdienen konnte.
Sarah zuckte die Achseln. »Was heißt schon lohnen? Bei Missis Moore bekomme ich einen Dollar die Woche.«
»Also dreiunddreißig Cent pro Arbeitstag, was etwa acht Cent pro Stunde bedeutet«, rechnete Daphne.
»Weniger, denn sie bezahlt mich nicht nach Stunden, sondern pauschal. Vier Stunden bin ich mindestens bei ihr. Aber jetzt im Winter brauche ich mehr Zeit, weil ich dann noch Holz hacken und die Asche aus den Öfen holen muß, und das Waschen dauert auch viel länger als sonst.«
»Vier Dollar im Monat sind natürlich nicht gerade eine fürstliche Bezahlung«, meinte Daphne.
»Mehr kann Missis Moore aber nun mal nicht ausgeben, und ich bin zufrieden. Denn meine Eltern erlauben mir, daß ich alles Geld behalten und für meine Aussteuer sparen kann.«
»Aber sucht nicht die *Lowell Cotton Mill* noch immer Mädchen und Frauen für die Arbeit an den Web- und Spinnereimaschinen?«
»O ja, in diesen Fabriken kannst du natürlich eine Menge mehr Geld verdienen«, räumte Sarah ein. »Ich habe selbst ein halbes Jahr bei *Lowell Cotton* gearbeitet.«
Daphne blieb überrascht stehen und sah sie an. »Du hast da gearbeitet?«
»Ja, als Spulerin. Da war ich gerade sechzehn. Als ich eingearbeitet war, habe ich fünfundachtzig Cent am Tag bekommen«, erzählte sie.
»Das ist ja fast soviel, wie du jetzt pro Woche bei Missis Moore bekommst«, stellte Daphne fest, während sie einem Schlittenfuhrwerk Platz machten, dessen Kufen gerade mit metallischem Kreischen über die vom Schnee befreiten Eisenbahnschienen kratzten.
»Richtig, aber ich habe es dennoch nicht einmal sechs Monate dort ausgehalten. Warst du schon einmal in so einer Fabrik?«
»Nein.«
»Es ist die Hölle, das kannst du mir glauben.« Sie folgten der High Street nach Süden. »Allein schon der unglaubliche Lärm der über zehntausend ratternden Spindeln, die von dröhnenden Dampfmaschinen angetrieben werden, kann dich kaputtmachen. Denn du

mußt deine zehn bis dreizehn Stunden an den Maschinen aushalten, ob du nun dreizehn oder sechsundzwanzig bist. Aber noch viel schlimmer als der Lärm und die Hitze im Sommer sind die Baumwollfussel. Wie feiner, aber dichter Staub erfüllen sie die Luft in der Halle, und du kannst versuchen, was du willst, du atmest diese Flusen bei jedem Atemzug mit ein. Im Handumdrehen ist dein Mund ausgetrocknet, und du meinst, du mußt ersticken.«
Daphne war betroffen, hatte sie sich doch bisher noch keine Gedanken über die Arbeitsbedingungen in solchen Fabriken gemacht. »Mein Gott, das ist natürlich schlimm.«
Sarah winkte ab. »Es kommt noch schlimmer, Daphne. Zuerst versuchst du, dich mit Kaugummi zu behelfen, damit dein Mund feucht bleibt. Aber schon nach kurzer Zeit hilft dir das auch nicht mehr. Du schluckst zuviel von dem Zeug hinunter, so daß du ständig Erstikkungsanfälle hast. Und dann machst du es wie all die anderen Mädchen und Frauen: Du greifst zum Schnupftabak.«
»Was?« fragte Daphne ungläubig. »Schnupftabak? Aber wozu soll denn der gut sein?«
Sarah lachte bitter auf. »Oh, es wird nicht geschnupft, sondern man schmiert sich das Zeug an den Gaumen. Die ersten Tage wird dir davon so schlecht, daß du glaubst, du müßtest sterben. Aber nach einer Woche hast du dich daran gewöhnt, und dann schluckst du die Fussel auch nicht mehr hinunter, sondern spuckst sie mit dem Schnupftabak aus.«
Daphne schüttelte sich bei der Vorstellung. »Das ist ja gräßlich!«
Sarah nickte. »Fünf Monate habe ich ausgehalten, dann konnte ich einfach nicht mehr. Nachts habe ich unter Alpträumen gelitten. Ich träumte immer wieder, in einem Berg von Baumwollfusseln zu erstikken. Und tagsüber habe ich mich mehrmals übergeben und meinen Arbeitsplatz verlassen müssen. Wäre ich nicht von mir aus gegangen, man hätte mich keine Woche später rausgeschmissen. Es war entsetzlich, und es ist mir schleierhaft, wie man das Jahr für Jahr ertragen kann. Aber wenn man eine Familie zu ernähren hat...« Sie seufzte. »Nein, ich bin froh, daß ich bei Missis Moore arbeiten kann. Solche Arbeit geht mir gut von der Hand und macht mir Freude, und da nehme ich es gern in Kauf, im Monat nur vier Dollar zu verdienen. Solange ich zu Hause wohne und keine eigene Familie zu unterhalten habe, kann ich es mir auch erlauben.« Sie lächelte, doch Daphne bemerkte den wehmütigen Ausdruck in ihren Augen. Sarah hatte ihr

einmal gestanden, daß sie sich eigene Kinder und einen arbeitsamen, aufrichtigen Mann wünschte. Letztes Frühjahr hatte sie auch einen ernsthaften Verehrer gehabt, mit dem sie sich eine gemeinsame Zukunft gut hatte vorstellen können. Er hieß Jerry Marston, war vierundzwanzig und arbeitete auf der Houghton-Werft. Doch dann erlitt er einen schweren Unfall, bei dem er seine rechte Hand verlor – und letztlich auch seine Freiheit. Denn nach diesem schweren Unfall war er wie verwandelt und wollte vom Ehestand nichts mehr wissen. Arbeitslos und verbittert schloß er sich einer Diebesbande an, die in Lagerhallen einbrach. Bei einem dieser Einbrüche wurde er auf frischer Tat ertappt, wie er die Tür eines Geräteschuppens einzudrücken versuchte. Seit dem Sommer saß er im Gefängnis von Augusta eine mehrjährige Gefängnisstrafe ab.

»Ich wünschte, ich hätte auch so eine Arbeitsstelle«, sagte Daphne.

»Vielleicht kennt Missis Moore jemanden, der eine Haushilfe braucht«, schlug Sarah vor, »ich werde sie auf jeden Fall fragen.«

Viertes Kapitel

Catherine Moore war eine freundliche, mollige Frau in den späten Fünfzigern, die eigentlich noch munter genug gewesen wäre, um sich allein um ihr kleines Häuschen zu kümmern. Doch sie liebte den Luxus, bekocht und versorgt zu werden und mit Sarah ein Schwätzchen zu halten, während diese in der Küche Kartoffeln schälte, kochte oder bügelte, und sie konnte sich diese Ausgabe auch gut leisten.

Daphne hatte Sarah schon häufig zu ihr begleitet und ganz selbstverständlich mitgearbeitet, jedoch jede Bezahlung abgelehnt. »Kommt gar nicht in Frage! Ich nehme nicht einen Cent!« hatte sie gleich beim erstenmal gesagt. »Eigentlich müßte ich dir noch was zahlen, denn du bringst mir so viel bei, als würde ich bei dir in die Lehre gehen.« Damit hatte sie nicht übertrieben, denn Sarah brachte ihr wirklich alles bei, was sie über Haushaltsführung wußte, und daß sie mittlerweile ein schmackhaftes Essen zubereiten konnte, verdankte sie ebenfalls ihrer Freundin.

»O ja, ich wüßte schon jemanden, der eine tatkräftige Hand im Haus dringend gebrauchen kann und nicht auf den Cent zu sehen braucht«, sagte Catherine Moore, während sie sich ein zweites Stück von Sarahs vorzüglichem Rosinenkuchen gönnte. »Die gute Eleanor hat es wieder sehr mit der Gicht und kommt kaum noch aus dem Rollstuhl, und soviel ich weiß, hat sie sich erst vor kurzem mit ihrer letzten Haushilfe überworfen, so daß diese Stelle frei ist.«
»Oh, das klingt ja ganz vielversprechend!« freute sich Daphne.
Catherine Moore machte eine skeptische Miene. »Du bist besser beraten, wenn du dir gar nichts versprichst, meine Liebe. Eleanor braucht zwar jemanden im Haus, aber ob du mit ihr auskommst...« Sie ließ den Satz offen und warf Daphne einen Blick zu, der verriet, daß sie das für sehr unwahrscheinlich hielt. »Sie hat immer wieder neues Personal im Haus gehabt. Aber keiner ist länger als eine Woche geblieben. Und nach dem Tod ihres Mannes, der Herrgott habe ihn selig, ist sie noch kratzbürstiger und unleidlicher geworden, als sie es schon früher gewesen ist. Sie sagt, sie lebt gern allein, aber es bekommt ihr nicht – und denjenigen, die ihr etwas Gutes wollen, noch viel weniger. Eleanor Bancroft ist alles andere als ein Segen für ein junges Mädchen wie dich, das laß dir gesagt sein!«
»Ich kann es ja mal versuchen«, meinte Daphne. »Zu verlieren habe ich doch nichts. Würden Sie mir denn so etwas wie eine Empfehlung geben, Missis Moore?«
Diese lachte glucksend. »Eine Empfehlung? Nicht einen Blick würde sie darauf werfen. Sie traut nur einem einzigen Menschen wahre Urteilskraft zu: sich selber! Geh nur hin und sag, daß ich dich geschickt habe. Aber ich bin noch nicht einmal sicher, ob ich dir Glück wünschen soll.«
»Sagen Sie mir nur, wo sie wohnt, Missis Moore!«
»An der Lincoln Street. Gleich links das dritte Haus, wenn du aus der Academy Street kommst.«
Daphne machte sich sofort auf den Weg. Sie war gespannt auf diese Eleanor Bancroft. Wenige Minuten später stand sie vor dem Haus – und war überrascht. Hatte Missis Moore nicht gesagt, daß Missis Bancroft allein wohnte? Aber dafür war das Haus, das auf einer Anhöhe thronte, doch viel zu groß! Es war ein stattliches Wohnhaus mit mindestens zehn Räumen. Auch wenn es nicht mit einem der Häuser am Beacon Hill gleichzusetzen war und einen etwas vernachlässigten Eindruck machte, so stellte es ihr Haus in der Pearl Street jedoch weit

in den Schatten. Wer dieses Haus gebaut hatte, hatte zweifellos nicht sparen müssen, sondern war zumindest wohlhabend gewesen, denn es hatte sogar im Obergeschoß eine überdachte Veranda.

Daphne klopfte. »Hallo, Missis Bancroft?« rief sie.

»Die Tür ist offen! Einen Butler gibt es hier nicht!« antwortete ihr aus dem Haus eine hohe Stimme, die wie ein rostiges Scharnier schnarrte.

Daphne trat ein und erlebte die zweite Überraschung, als sie im verdunkelten Salon Eleanor Bancroft gegenüberstand. Aus irgendeinem Grund hatte sie eine füllige Person wie Missis Moore erwartet. Doch die Hausherrin war hager wie ein Ladestock und schien im Gesicht nur aus faltiger Haut und spitzen Knochen zu bestehen. Sie hatte eine scharf gebogene Nase, die Daphne unwillkürlich an den Schnabel eines Papageis denken ließ. Der Kopf war bis auf ein paar Büschel grauer Haare fast kahl. Ihr Alter ließ sich schwer schätzen, doch sie war den Siebzigern gewiß näher als den Sechzigern. Aber dennoch wirkte sie nicht wie eine Greisin, die auf den Tod wartete. Der Blick ihrer Augen war nicht im mindesten getrübt, sondern so klar und eisig wie Gletscherwasser. Und ihrer Kleidung war, ganz im Gegensatz zum Haus, keine Nachlässigkeit anzusehen. Eine Perlenkette, dreifach gelegt, hing um ihren faltigen Hals. Lavendelblauer Taft, der mit reichlich viel Spitze besetzt war, umhüllte ihren hageren Körper. Sie saß in einem Rollstuhl. Die von Gichtknoten gezeichneten Hände ruhten auf einem Krückstock, der quer über den Armlehnen lag.

»Was willst du?« fragte Eleanor Bancroft barsch, nachdem sie Daphne kurz gemustert hatte.

»Ich heiße Daphne Davenport und suche Arbeit im Haushalt.«

»Wer hat dich geschickt?« Ihre Augen hatten sich zu zwei mißtrauischen Schlitzen verengt, und ihre Fragen kamen kurz und knapp wie die Befehle eines Feldwebels auf dem Exerzierplatz.

»Direkt geschickt hat mich niemand, Missis Bancroft. Meine Freundin Sarah Young, die dreimal die Woche zu Missis Moore kommt und ihr den Haushalt macht...«

»Catherine hat dich also geschickt«, fiel sie ihr ungnädig ins Wort. »Das alte Tratschweib hält mich wohl schon für so tatterig, daß ich mich nicht mehr allein um meine Belange kümmern kann, ja?«

»Das hat sie nicht gesagt...«

»Sondern was dann?« schnarrte die Alte.

Was für eine giftige Hexe! Ich hätte mir den Gang sparen können, dachte Daphne insgeheim und antwortete: »Daß Sie kratzbürstig und unleidlich sind und ich mir eigentlich erst gar nicht die Mühe machen sollte, bei Ihnen vorstellig zu werden, weil es ja doch keiner länger als eine Woche bei Ihnen aushält.«

Daphne hatte damit gerechnet, daß sie ihr auf der Stelle die Tür weisen würde. Doch der schmale Mund der alten Frau verzog sich zu einem beinahe belustigten Lächeln. »So, hat sie das gesagt?«

»Ja.«

»Und du stimmst ihr jetzt zu?«

»Die Freundlichkeit in Person sind Sie nicht gerade.«

Der Mundwinkel sank wieder herunter. »Ich habe nie etwas darum gegeben, was andere über mich denken und welche Schwachsinnigkeiten sie über mich in die Welt setzen.«

Daphne schwieg und wartete.

»Ich habe bisher nur schlechte Erfahrungen gemacht. Mit allen! Du wirst da keine Ausnahme machen. Entweder seid ihr faul, schlampig, geldgierig, diebisch oder unverschämt im Auftreten oder gleich alles zusammen wie dieses Miststück Nellie, der ich vor zwei Tagen die Krücke an den Kopf geschmissen habe, damit sie mir ein für allemal aus den Augen kommt.«

Daphne hatte das Gefühl, als wolle die Frau sie herausfordern. »Das wird sich zeigen«, erwiderte sie gleichmütig. »Aber irgend jemanden werden Sie ja wohl statt dieser Nellie anstellen müssen, wenn Sie kaum noch etwas selber machen können, Missis Bancroft.«

Ihr Blick wurde fast feindselig. »Mag sein, aber ich weiß bisher noch keinen Grund, der für dich sprechen könnte.«

»Aber auch keinen, der dagegen spricht.«

»Wer schnell mit der Zunge ist, ist meist ein Taugenichts bei der Arbeit.«

»Ich glaube nicht, daß ich Sie an Schlagfertigkeit übertreffe, Missis Bancroft«, erwiderte Daphne kühl. »Aber deshalb würde ich mir doch nicht die Unverschämtheit herausnehmen, Sie einen Taugenichts zu schimpfen.«

Die knöchrigen Hände umklammerten den Krückstock, hoben ihn kurz an und knallten ihn energisch auf die hölzernen Armlehnen, als wolle sie sich jegliche Widerworte verbitten. »Du bist reichlich keck für dein Alter, Daphne! Nun gut, du sollst zeigen dürfen, was in dir steckt. Aber glaub ja nicht, du könntest mir das Geld aus der Nase ziehen! Komm näher, und zeig mir deine Hände!«

Daphne folgte der Aufforderung und streckte der Alten ihre Hände hin.
»Dreh sie um! Ich will die Innenflächen sehen.«
Daphne tat auch das.
»Ha!« Ein Ausruf grimmigen Triumphes. »Die Hände eines Mädchens, das noch nie etwas in die Finger genommen hat, das rauher war als ein samtenes Haarband! Keine Hornhaut, keine Schwielen! Und du willst für mich arbeiten?«
»Die Schwielen werden schon kommen. Ich weiß, daß ich arbeiten kann.«
»Ja, ja, und bei mir willst du üben, ja? In meinem Haus willst du deine ersten Teller zerschlagen, deine ersten Gerichte anbrennen lassen und mit dem Bügeleisen deine ersten Löcher in meine Sachen sengen!« höhnte sie und gab Daphne keine Gelegenheit, irgend etwas darauf zu erwidern. Denn bissig fuhr sie fort: »Komm mir also bloß nicht mit unverschämten Lohnforderungen! Ich seh' dir doch an der Nasenspitze an, daß du noch völlig grün hinter den Ohren bist und kaum eine Backform vom Waschtrog unterscheiden kannst! Es wird hier alles drunter und drüber gehen.«
Daphne ging spontan ein Wagnis ein. Sie ahnte, daß Eleanor Bancroft sich ein Vergnügen daraus machen würde, ihre Unerfahrenheit im Haushalt dazu auszunutzen, sie ganz tief in der Wochenpauschale zu drücken. Statt jetzt mit ihr um einen angemessenen Lohn zu feilschen, bot sie ihr deshalb an: »Bezahlen Sie mir am Ende der Woche das, was ich Ihrer Meinung nach wert bin.«
Damit erzielte sie sichtliche Verblüffung. »Du willst eine ganze Woche auf Probe arbeiten und es mir überlassen, was ich dir dann an Lohn zahle?«
»Ja.«
Eleanor Bancroft legte den Kopf etwas schief und beäugte sie mit dem lauernden Blick eines Raubvogels, der leichte Beute wittert. »Und was ist, wenn ich der Ansicht bin, daß du vielleicht keine drei Cent wert bist?«
Daphne zuckte die Achseln. »Dann zahlen Sie mir eben nur zwei.«
Eleanor Bancroft fixierte sie argwöhnisch. »Ich weiß nicht, was mich an dir stört, aber ich werde es schon noch herausfinden. Bin bisher noch allen auf die Schliche gekommen. Aber gut, machen wir es so. Am Ende der Woche bekommst du, was du verdient hast. Keinen Cent mehr!«

»Aber auch keinen weniger!« verlangte Daphne.
Eleanor Bancroft lachte kurz und spöttisch. »Du kriegst, was du verdient hast, das habe ich doch gesagt. Und nun Schluß damit! Wann kannst du anfangen?«
»Sofort.«
»Worauf wartest du denn noch?« schnappte sie. »Siehst du nicht, daß das Feuer heruntergebrannt ist? Und wasch dir hinterher gefälligst die Hände, bevor du mein Bett machst!«
Daphne machte sich an die Arbeit.

Fünftes Kapitel

Catherine Moore hatte die Wahrheit gesagt. Eleanor *war* ein Tyrann. Was sie ihr jedoch nicht erzählt hatte, war, daß Eleanor Bancroft sich dessen selbst bewußt war – und daß ihr diese Rolle ein fast schon sadistisches Vergnügen bereitete.
Es gab nichts, was Daphne ihr recht machte. Ständig nörgelte sie an ihr herum und überschüttete sie mit höhnischen Bemerkungen über ihre mangelnde Erfahrung. Das Bittere daran war, daß sie zum Teil recht hatte. Daphne fehlte die Erfahrung. Sarah hatte ihr zwar eine Menge beigebracht. Doch das war noch längst nicht genug, um von heute auf morgen einer Frau wie Eleanor Bancroft den Haushalt zu führen. Folglich machte sie Fehler. Aber sie gab mehr als nur ihren guten Willen. Sie plagte und mühte sich redlich, und nie machte sie einen Fehler zweimal. Doch das wußte die bissige Alte nicht zu würdigen. Es gab genug anderes, was sie an ihr und ihrer Arbeit auszusetzen fand.
Im Vergleich zu Eleanor Bancroft kam Daphne ihre eigene Mutter auf einmal fast wie die Herzlichkeit in Person vor, denn Eleanor ließ nun wirklich kein einziges gutes Haar an ihr. Sie war mit nichts zufriedenzustellen. Stets war der Tee zu heiß oder zu kalt, war das Essen zu salzig oder zu fade, säuberte sie die Feuerstellen zu rasch oder zu langsam, bügelte sie übertrieben sorgfältig oder zu oberflächlich.
»Kein Wunder, daß deine Mutter keine Verwendung für dich im

Haushalt hat! Du bist wirklich für nichts zu gebrauchen!« giftete sie immer wieder. »Du trägst deine Untauglichkeit so deutlich vor dir her wie ein gefallenes Mädchen seinen dicken Bauch.«
Aber sie beließ es nicht allein dabei, an ihr herumzukritteln und ihr unablässig Vorhaltungen zu machen. Sie nahm sich auch das Recht heraus, ihrem Unmut mit dem Krückstock den nötigen Nachdruck zu verleihen. Immer wieder schlug sie ihr damit auf Arme und Beine, um sie zur Arbeit anzutreiben oder um zu verhindern, daß sie etwas falsch machte, wie sie behauptete. Bald waren Daphnes Arme und Beine von blauen Flecken übersät.
Daphne steckte alle verletzenden Worte klaglos und ohne Widerworte ein – nicht jedoch die Schläge. Am dritten Tag hatte sie genug davon. Sie brachte gerade das Tablett mit der Suppenschüssel ins Zimmer.
»Himmel Herrgott, das hat ja eine Ewigkeit gedauert! Nun beeil dich schon! Kalte Suppe kann ich auf den Tod nicht ausstehen. Also ein bißchen flott!« quengelte Eleanor und hob den Stock, um ihr gegen die Beine zu schlagen.
Daphne blieb einen Schritt vor ihr stehen, das Tablett in den Händen und ein gefährliches Funkeln in den Augen. »Wagen Sie es nicht noch einmal, mich zu schlagen, Missis Bancroft!«
»Was erdreistest du dich?« fuhr diese auf, und auch ihre Augen sprühten ein wildes Feuer. »Was glaubst du denn, wer du bist? Ich muß nicht ganz bei Sinnen gewesen sein, als ich mich bereit erklärte, dir eine Chance zu geben! Nichts kannst du! Und dann noch Widerworte geben und unverschämte Reden führen! Ich wußte doch, daß du keinen Deut besser bist als alle anderen vor dir!«
»Ich habe nie behauptet, daß ich alles kann, sondern nur, daß ich mir alle Mühe geben werde, schnell zu lernen. Sie können mich jederzeit hinausschmeißen und sind mir auch nicht einen Cent schuldig! Aber schlagen lasse ich mich nicht! Von niemandem!« erwiderte Daphne mühsam beherrscht und ohne den Blick von Eleanor abzuwenden. Sie spürte, daß ihr Arbeitsverhältnis an einem kritischen Punkt angelangt war. Möglich, daß sie jetzt hinausgeworfen wurde. Aber das mußte sie in Kauf nehmen.
Eleanor Bancroft starrte sie durchdringend an. Dann stieß sie mit der Krücke wütend auf dem Boden auf. »Ja, weshalb auch! Bei dir fruchtet sowieso nichts! Noch nicht einmal Schläge! Und stell jetzt endlich die Suppe auf den Tisch, bevor mir ernstlich der Kragen platzt!« herrschte sie Daphne an.

Mit zitternder Hand füllte Daphne ihr den Teller. Sie hatte dieses Duell für sich entschieden. Die Schläge mit der Krücke hörten von Stund an auf. Nicht jedoch der beißende Hohn und die Nörgelei. Jede Nacht quälten sie Alpträume, in denen sie wirklich alles falsch machte, und mehr als einmal fuhr sie schweißnaß aus einer dieser gräßlichen Visionen auf.

Und dann kam der Samstagnachmittag.

Zahltag.

Daphne hatte ihr frischen Tee in den Salon gebracht. Damit war die Arbeit für diese Woche getan. Für den Sonntag hatte sie ihr vorgekocht.

»Dein Geld liegt auf dem Kaminsims!« sagte Eleanor Bancroft schroff, die ihren Rollstuhl vor den kleinen Teetisch geschoben hatte, so daß sie nun mit dem Rücken zum Feuer saß.

Mit pochendem Herzen trat Daphne an den Kamin. Als sie die Münzen sah, wurde ihr fast übel. Auf dem Kaminsims lagen fünfzig Cent.

Fünfzig Cent für sechs Tage Arbeit! Und sie hatte keinen Tag weniger als fünf Stunden bei ihr gearbeitet! Nein: geschuftet war das richtige Wort. Umgerechnet waren das gerade anderthalb Cent pro Stunde!

Daphne war wie vor den Kopf geschlagen. Sie hatte ihr jede Gemeinheit zugetraut, aber nicht diese Ungerechtigkeit.

»Hast du etwas an deinem Lohn auszusetzen?« wollte Eleanor Bancroft mit barscher Stimme wissen.

Daphne schluckte ihre Enttäuschung und ihre Wut hinunter. Sie dachte nicht daran, sich auch nur irgendeine Gefühlsregung anmerken zu lassen. »Den Lohn, den ich Ihrer Meinung nach verdient habe – das war unsere Abmachung. Und wenn Sie mir also fünfzig Cent zahlen, dann waren diese gut dreißig Stunden Arbeit wohl nur so wenig Lohn wert. Nein, ich beklage mich nicht, Missis Bancroft.«

»Aber du wirst für dieses Geld natürlich nicht weiterarbeiten wollen«, sagte sie hämisch und schlürfte ihren Tee, bevor sie fortfuhr: »Na los, sag schon, daß du ohne einen festen Lohn Montag nicht wiederkommen wirst!«

Daphne zögerte, dann steckte sie das Geld ein und erwiderte: »Nein. Belassen wir es bei unserer Abmachung. Ich komme Montag wieder, und Sie zahlen mir, was ich wert bin. Ich vertraue darauf, daß Sie ein Gefühl für Gerechtigkeit haben. Einen schönen Sonntag.«

Damit hatte Eleanor Bancroft nicht gerechnet, und in sprachloser Verblüffung blickte sie ihr nach.

Die nächste Woche war nicht weniger hart als die erste. Doch inzwischen kannte sich Daphne im Haus von Eleanor Bancroft aus und war mit vielen ihrer Vorlieben und Abneigungen vertraut, so daß ihr weniger Fehler unterliefen. Sie bekam eine gewisse Sicherheit und hörte nur noch mit halbem Ohr auf Eleanors Tiraden. Doch es blieb harte, anstrengende Arbeit, denn das Haus war groß, und obwohl Eleanor nur einige der Räume bewohnte, bestand sie darauf, daß auch die anderen Zimmer geputzt und so gehalten wurden, als würden sie morgen schon gebraucht.

»Sie ist eine verdammte alte Hexe, ein giftspritzender Tyrann!« klagte sie Sarah ihr Leid, als sie am Mittwoch zusammen nach Hause gingen. »Nicht eine ruhige Minute läßt sie mir. Ständig hält sie mich auf Trab. Ich glaube, sie wartet nur darauf, daß ich ihr den Kram vor die Füße schmeiße und aufgebe.«

»Und? Wirst du das tun?«

»Den Teufel werde ich tun! Vor dieser Hexe krieche ich nicht zu Kreuze. Ich glaube, das ist das einzige Spiel, das ihr Spaß macht – ihr Personal so lange zu triezen, bis es mit den Nerven fertig ist und aufgibt. Aber den Triumph gönne ich ihr nicht. Bei mir wird sie auf Granit beißen. Wir werden ja sehen, wer die besseren Nerven hat und wer länger durchhält!« sagte Daphne mit grimmiger Entschlossenheit.

»Aber für fünfzig Cent die Woche! Das ist doch noch nicht einmal ein Hungerlohn!« gab Sarah zu bedenken. »Das kriegt ja schon der Dreikäsehoch, der drüben in der Schreinerei nur den Boden kehrt und Botengänge macht.«

»Das ist mir egal. Sie weiß, daß ich mehr wert bin als einen lausigen halben Dollar, und ich will, daß sie das zugibt«, erwiderte Daphne.

Am Samstag nachmittag lagen wieder nur fünfzig Cent auf dem Kamin. Wortlos steckte sie das Geld ein und machte am nächsten Montag mit zusammengebissenen Zähnen weiter. Doch Eleanor Bancroft dachte offenbar nicht daran, Daphnes Wert höher einzuschätzen und sie entsprechend zu bezahlen. Sie verlor auch nicht ein einziges anerkennendes Wort darüber, als Maine in der dritten Woche von schweren Schneestürmen heimgesucht wurde und Daphne dennoch pünktlich wie immer zur Stelle war, die Einkäufe erledigte und klaglos im eisigen Wind Veranda und Vordach von der Last des Schnees befreite. Auch an diesem dritten Zahltag fand Daphne nur einen halben Dollar und nicht einen Cent mehr auf dem Kamin vor.

Am vierten Samstag wieder nur fünfzig Cent.

Zwei Dollar für einen ganzen Monat Arbeit!
Daphne war den ganzen Sonntag über zutiefst deprimiert und mutlos. Sarah hatte recht. Es brachte nichts, sich für diesen Hungerlohn abzurackern. Sollte Eleanor doch ihren Triumph haben! Sie konnte und wollte sich einfach nicht mehr für einen halben Dollar die Woche schinden lassen. Sie würde nicht wieder hingehen.
Aber am Montag morgen war sie dann doch wieder pünktlich in der Lincoln Street, und sie schluckte das Genörgel hinunter, als würde Eleanor Bancroft sie mit Goldstücken überhäufen. Sie wußte selbst nicht mehr zu sagen, warum sie dennoch aushielt. Denn eigentlich rechnete sie nicht mehr damit, daß ihre Arbeit eines Tages doch noch anerkannt und angemessen bezahlt werden würde.
Und dann, am Ende der sechsten Arbeitswoche, fand Daphne drei Dollarstücke an der Stelle vor, wo samstags bisher immer nur fünfzig Cent gelegen hatten.
Drei Dollar!
Sie glaubte ihren Augen nicht trauen zu können. Die Freude war so groß, daß sie einem Schwächegefühl gleichkam. Drei Dollar! Sie wagte nicht, das Geld an sich zu nehmen. Vielleicht war dieses Geld für etwas ganz anderes gedacht, und die fünfzig Cent lagen diesmal woanders für sie bereit.
»Nimm es! Es gehört dir!« forderte Eleanor sie schroff auf, als habe sie ihre Gedanken erraten.
»Ja, aber ...«
»Diese Woche hast du dir zwei Dollar verdient«, fuhr sie ihr herrisch ins Wort: »Das ist von nun an dein Lohn. Der dritte Dollar ist für deine Ausdauer in den ersten Wochen, wo du mich fast zur Weißglut gebracht hast mit deiner Unerfahrenheit. Aber du bist zäh und wenigstens gewillt, zu arbeiten und zu lernen. Bei dir sind Hopfen und Malz noch nicht verloren.«
Daphne wußte nicht, was sie sagen sollte. Sie hatte es geschafft und Eleanor gezwungen, ihr Gerechtigkeit widerfahren zu lassen. Sie hatte zudem die borstige, stachelige Schale dieser alten Frau durchbrochen und tatsächlich gefunden, was sie dort zu finden geahnt hatte: einen weichen Kern, zumindest aber ein Gefühl für Gerechtigkeit.
»Ich danke Ihnen, Missis Bancroft«, sagte sie gerührt und schloß ihre Hand um die drei herrlichen Münzen. »Ich werde Sie auch nicht enttäuschen.«
»Dafür werde ich schon Sorge tragen«, warnte Eleanor sie, als wolle

sie jegliche Freude gleich im Keim ersticken. »Du hast schnell gelernt, und vielleicht wird ja wirklich noch mal was aus dir. Aber wenn du nicht spurst und glaubst, dich auf diesen ersten spärlichen Lorbeeren ausruhen zu können, stehst du schneller wieder auf der Straße, als du bis drei zählen kannst, das verspreche ich dir!«
Daphne lächelte verhalten. »Das glaube ich Ihnen aufs Wort, Missis Bancroft.«
»Und jetzt geh mir aus den Augen! Mir reicht es, daß ich dich die Woche über jeden Tag im Haus habe«, sagte Eleanor mit der ihr eigenen kratzbürstigen Art. »Einmal wird man seinen Tee ja wohl noch ungestört trinken können! Und gib gefälligst acht, daß die Fußmatte nicht wieder verrutscht und kein Schnee ins Haus weht, wenn du endlich gehst!«
»Ja, Missis Bancroft.«
»Denke auch daran! Mit diesem ›Ja, Missis Bancroft‹ ist es nicht getan!«
Daphne schmunzelte. »Ja, Missis Bancroft. Und einen schönen Sonntag«, sagte sie, zog die Tür hinter sich zu und trat hinaus in den kalten Februarnachmittag, der in das weiche Zwielicht der einbrechenden Dämmerung getaucht war.
Zwei Dollar! Von nun an würde sie zwei Dollar die Woche nach Hause tragen. Mit ihrer eigenen Hände Arbeit verdient! Tränen der Freude rannen ihr über das Gesicht, und ihre Hand in der Tasche blieb den ganzen Heimweg über um die drei Dollarstücke geschlossen.

Sechstes Kapitel

»Wie konntest du dich nur für so etwas hergeben? Und dann auch noch, ohne unsere Erlaubnis eingeholt zu haben!« Sophie tobte vor Zorn, während Heather hinter ihrem Rücken schadenfroh feixte. »Was sollen die Leute bloß von uns denken?«
»Ich habe nichts getan, dessen ich mich schämen müßte, Mom!« verteidigte sich Daphne.
»*Ich* schäme mich für dich!« brauste Sophie auf. »Und deinem Vater

wird es nicht anders ergehen, wenn er erfährt, daß du in fremder Leute Häuser auf den Knien liegst und Böden polierst.«

»Ich poliere nicht nur Böden, sondern führe Missis Bancroft den ganzen Haushalt. Wie es Sarah bei Missis Moore tut.«

»Widersprich mir nicht!« fauchte Sophie erzürnt. »Putzfrau! Das ist deiner unwürdig!«

Zwei Monate hatte Daphne vor ihren Eltern und Geschwistern geheimhalten können, daß sie eine Arbeitsstelle im Haushalt angenommen hatte. Es war nicht sonderlich schwer gewesen. Ihr Vater kam immer erst spät von seiner Arbeit nach Hause, und ihre Mutter war viel zu sehr mit sich selbst und ihrem Temperenzler-Verein beschäftigt gewesen, um sich Gedanken darüber zu machen, mit welcher Tätigkeit ihre Kinder die Tage verbrachten. Wie Heather hatte sie zwar gewußt, daß Daphne ständig mit Sarah zusammen war und sie auch zu ihrer Arbeitsstelle bei Missis Moore begleitete, und es war ihr auch gleichgültig gewesen, daß sie dort Sarah zur Hand ging. Doch daß sie schon seit Jahresbeginn gegen Bezahlung in einem anderen Haus alle anfallenden Arbeiten erledigte, hätte sie nicht zu träumen gewagt.

»Was ist ihrer unwürdig?« fragte William, der gerade ins Haus gekommen war und den letzten Satz seiner Frau noch mitbekommen hatte.

»Daß sie sich als Dienstmädchen verdingt!«

William blickte verständnislos von ihr zu Daphne. »Dienstmädchen? Worum geht es hier überhaupt?«

»Ich habe...«, setzte Daphne zu einer Erklärung an.

»Du redest nur, wenn du gefragt wirst!« schnitt Sophie ihr das Wort ab und sagte zu William: »Ja, du hast richtig gehört. Deine Tochter putzt und wäscht und kocht in fremden Häuser. Und das schon seit zwei Monaten!«

»Stimmt das, Daphne?«

»Ja, Dad.«

»Ich hätte nie geglaubt, daß sie uns so hintergehen und beschämen würde!« fuhr Sophie aufgebracht fort. »Und wenn Martha Northam heute nicht zufällig bei dieser Missis Bancroft um eine Spende für unseren Verein vorgesprochen und unsere Tochter dort beim Polieren des Fußbodens gesehen hätte, wüßten wir jetzt immer noch nichts davon. Ich bin vor Scham fast im Boden versunken, als Martha mich vorhin darauf ansprach. Wie stehe ich jetzt vor den Frauen da? Blamiert bis auf die Knochen! Von meiner eigenen Tochter!«

»Was hast du dazu zu sagen, Daphne?« fragte William streng, aber nicht schockiert.
»Was soll ich schon groß dazu sagen, Dad? Es stimmt. Ich führe Missis Bancroft seit Jahresbeginn den Haushalt. Ich kaufe für sie ein, koche, mache ihre Wäsche und putze natürlich auch. Aber was ist daran denn so schlimm? Ich schäme mich jedenfalls nicht. Ganz im Gegenteil! Ich bin stolz, daß ich das aus eigener Kraft geschafft habe und nun zwei Dollar die Woche verdiene.«
Ein kaum merkliches Schmunzeln zuckte um Williams Mundwinkel. »Ich habe nicht gesagt, daß du dich dafür schämen müßtest. Ich möchte nur wissen, weshalb du uns nicht gefragt hast, ob wir dieser Tätigkeit zustimmen.«
»Weil ich Angst hatte, daß Mom Zeter und Mordio schreien und es mir nicht erlauben würde«, gestand sie.
»Natürlich nicht!« sagte Sophie und schoß einen empörten Blick in ihre Richtung. »Wer sind wir denn?«
»Außerdem wußte ich nicht, ob ich es überhaupt durchhalten würde«, fügte Daphne hinzu, »denn Missis Bancroft ist ein richtiger Drachen und Tyrann. Ich konnte ihr anfangs kaum etwas recht machen, und sie hat mir auch nur fünfzig Cent Wochenlohn gezahlt. Ich wollte nicht von euch ausgelacht werden, deshalb habe ich euch meine Arbeit bis jetzt verschwiegen.«
»Aber jetzt bekommst du zwei Dollar«, stellte William fest. »Du hast dir also Missis Bancrofts Wohlwollen erarbeitet.«
Daphne zuckte die Achseln. »Das wohl nicht, eher ihren widerwilligen Respekt.«
»Was soll dieses unsinnige Gerede?« fuhr Sophie gereizt dazwischen. »Du wirst nicht mehr in dieses Haus gehen! Du wirst bei keinem im Haushalt arbeiten! Das haben wir nicht nötig. Es schadet nur unserem Ruf.«
»Wieso soll das unserem Ruf schaden, wenn ich es leid bin, zu Hause herumzusitzen, und lieber etwas Sinnvolles tun möchte?« begehrte Daphne auf.
»Dich als Dienstmädchen zu verdingen ist keine sinnvolle Arbeit! Du bist eine Davenport und keine Young oder Jenkins! Und gewöhn dir diesen trotzigen Ton erst gar nicht an! So kannst du vielleicht mit Sarah reden, aber nicht mit mir!«
»Dad, bitte!« wandte sich Daphne hilfesuchend an ihren Vater.
Dieser räusperte sich. »Nun ja, du hättest vorher wirklich erst mit uns

darüber sprechen sollen«, tadelte er sie sanft. »Doch wenn ich es recht betrachte, kann ich nichts Ehrenrühriges daran finden, daß du dieser Missis Bancroft den Haushalt führst. Ganz im Gegenteil. Ich bin angenehm überrascht, daß du das aus eigener Kraft geschafft hast.«

»William!« rief Sophie empört. »Das kann ja wohl nicht dein Ernst sein!«

»O doch, es ist mein Ernst, Sophie«, erwiderte er ruhig. »Arbeit hat noch keinem geschadet – egal, welchen Namen man trägt. Und es kann nur von Nutzen sein, daß Daphne sich selbst zu helfen und zu behaupten weiß. So gesehen ist sie wirklich eine echte Davenport.«

»Aber nicht als Putzfrau!« rief Sophie schrill. »Das ist nicht ihre Aufgabe!«

»So? Was ist denn ihre Aufgabe?« wollte er mit einem Anflug von Ungehaltensein wissen.

Ihn traf ein flammender Blick aus zornigen Augen. »Ihre Chancen zu wahren, um sich so gut wie möglich zu verheiraten. Das ist ihre und Heathers wichtigste Aufgabe, und das weißt du ganz genau. Aber welche einfache Putzfrau macht schon eine gute Partie? Willst du sie vielleicht mit irgendeinem dahergelaufenen Bauerntölpel oder Fuhrmann verheiraten?«

»Die Töchter eines einfachen Buchhalters sind nicht gerade Prinzessinnen mit reicher Mitgift, die ungestraft auf dem hohen Roß sitzen können«, gab William trocken zu bedenken. »Heather und Daphne sollen ihre Wahl mit Umsicht und mit dem Herzen treffen, nicht aber mit der Nase zu hoch in der Luft.«

»Ja, das verdanken sie dir, daß sie jetzt nur noch die schäbige Auswahl in diesem Drecknest haben!« warf Sophie ihm vor.

»Ich denke gar nicht daran, so früh zu heiraten! Und wenn es dann doch einmal soweit sein sollte, will ich nicht abhängig von meinem Mann sein, sondern auf eigenen Füßen stehen können. Wer mich als Putzfrau nicht will, soll mich auch nicht mit einem ganzen Sack voll Goldstücke bekommen«, wehrte sich Daphne und wußte, daß sie damit auch ihrem Vater aus dem Herzen sprach. Sie hatte nicht vergessen, was er damals zu ihr gesagt hatte, als sie Johns Brief in den Händen gehalten und geglaubt hatte, vor Schmerz sterben zu müssen. Sie war diese ewigen Reden und Ermahnungen leid. Ständig hing ihre Mutter ihnen mit ihren Belehrungen über die kluge Wahl einer guten Partie und über die weibliche Bestimmung, die ihrer Überzeugung nach allein in der Ehe lag, in den Ohren. Daß sie sich ihrem eigenen

Mann jedoch verweigerte und ihm das Leben so schwer wie möglich machte, fand sie damit offenbar gut vereinbar. Töchter mußten unter die Haube gebracht werden, damit sie versorgt waren. Und das möglichst, bevor sie die Zwanzig überschritten und mit jedem weiteren Jahr immer schwerer »an den Mann zu bringen« waren. Wie eine Ware, die man zum höchstmöglichen Preis verschacherte! Aber nicht mit ihr! Das hatte sie sich geschworen. Die bittere Erfahrung mit John und das Erlebnis mit Hatfield hatten sie von romantischen Träumen kuriert.

Sophie schnaubte verächtlich. »So, du willst also unabhängig sein! Als Putzfrau mit zwei Dollar in der Woche, ja? Das ist die Unabhängigkeit der Armut!« höhnte sie. »Also laß dieses lächerliche Gefasel!«

Daphne fühlte sich verletzt, denn sie war stolz auf die zwei Dollar. »Das ist kein Gefasel! Das ist ja erst ein Anfang...«

»Der Anfang wovon?« hakte ihre Mutter sofort und mit ätzendem Spott nach. »Von einer Karriere als Putzfrau vielleicht?«

»Ich weiß es noch nicht. Ich weiß nur, daß ich selber etwas schaffen will und nicht darauf warten kann, daß mir möglichst schnell eine gute Partie über den Weg läuft«, bot ihr Daphne Trotz, Tränen in den Augen. »Und ich werde es schaffen.«

»Ja, dich und uns alle zum Gespött der Leute zu machen, das wirst du damit schaffen!«

»Du brauchst den Spott nicht mehr zu fürchten, Mom!« stieß Daphne in ihrem Zorn hervor. »Über dich, deine Limonaden-Liga und dein Gehabe, etwas Besseres als unsere Nachbarn sein zu wollen, macht man sich ja schon längst lustig!«

Sophie wurde puterrot im Gesicht und gab Daphne eine schallende Ohrfeige, daß ihr die Tränen in die Augen schossen. »William! Du hast diese Unverschämtheit selber gehört! Ich verlange, daß du sie auf der Stelle gebührend dafür bestrafst und ihr verbietest, irgendwo als Dienstmädchen zu arbeiten!«

»Die Ohrfeige hat sie verdient«, sagte William mit harter, unbeugsamer Stimme. »Aber ich denke nicht daran, ihr auch nur irgendeine Arbeit zu verbieten, sofern sie nicht die Regeln der Sittlichkeit verletzt. Im Gegenteil. Ich ermuntere sie dazu und wäre alles andere als betrübt, wenn sich andere in diesem Haus an ihr ein Beispiel nehmen würden. Wer etwas mit in die Ehe bringen möchte, wird sich das schon selber verdienen müssen!«

Heather erblaßte.

»So, und jetzt will ich kein Wort mehr darüber hören und zu Abend essen! Wo steckt Edward überhaupt?« wollte er das Thema wechseln.
»Ein Buchhalter und eine Putzfrau! Mir ist der Appetit vergangen!« Sophie stürzte mit verzerrtem Gesicht aus der Küche. Und von der Treppe rief sie mit wehleidiger Stimme: »Heather, meine Medizin!... Ich glaube, mir platzt der Schädel! Nicht einmal meinem ärgsten Feind würde ich diese Schmerzen wünschen! Heather!... Aber wer nimmt in diesem Haus schon Rücksicht auf mich?... Heather! Meine Medizin!«
»Ich komme ja schon, Mom!« Mit vorwurfsvollem Blick holte Heather die Flasche *Doctor Polk's* aus dem Schrank und ging nach oben.
»Der Teufel weiß, warum ich überhaupt noch nach Hause komme!« murmelte William bitter und nahm seinen warmen Umhang, den er über einen Stuhl gelegt hatte. »Ich werde woanders etwas essen, wo ich willkommen bin und mich nicht wie ein Verbrecher fühlen muß!« Damit stiefelte er aus dem Haus.
Mit brennender Wange saß Daphne am Tisch. Sie hatte diese Auseinandersetzung mit ihrer Mutter gewonnen – doch was bedeutete das schon im Vergleich zu dem entsetzlichen Gefühl, die eigene Familie langsam, aber unaufhaltsam zerbrechen und in feindliche Lager zersplittern zu sehen?

Siebtes Kapitel

Wenn Eleanor ein paar freundliche Worte mit Daphne wechselte, was selten genug geschah, dann drehte sich ihr kurzes Gespräch um Bücher. Seit die Gicht sie ans Haus fesselte und Handarbeiten für sie nicht mehr in Frage kamen, hatte sie die faszinierende Welt der Bücher entdeckt. Stunde um Stunde saß sie im Rollstuhl vor dem Kamin mit einem Buch auf der Lesestütze, ohne daß ihre Augen ermüdeten. So scharf und ausdauernd wie ihre Augen war von ihrem gebrechlichen Körper nur noch ihre Zunge.
Bis in den späten Herbst hinein hatte Eleanor noch selbst die Stadtbü-

cherei von Bath aufgesucht, die an der Washington Street gleich neben der Corinthian Hall lag. Sie umfaßte über sechstausend Bände, die für fünfzig Cent im Quartal zur Ausleihe standen. Jetzt kam eine ältere Dame, die bei der Bücherei angestellt war, regelmäßig am Freitag zu ihr ins Haus, um gelesene Bücher abzuholen und bestellte Titel zu bringen.
Paula Cane hieß die freundliche Dame, die immer denselben altmodischen Hut mit den dicken Hutnadeln trug und nie anders als nach Veilchen roch. Sie war unverheiratet, jedoch alles andere als eine alte, verbitterte Jungfer.
Daphne mochte sie und freute sich schon immer darauf, wenn sie am frühen Freitagnachmittag die neuen Bücher für Eleanor brachte und eine Tasse Tee mit ihr trank. Das war die einzige Stunde der Woche, wo Eleanor einmal ihre Scharfzüngigkeit ablegte und ein freundliches Wesen an den Tag legte.
Es war am letzten Freitag im März, als Paula Cane wieder einmal mit energischem Schritt die Stufen zur Veranda hocheilte, den Korb am Arm, in dem die Bücher sorgfältig in Leinentücher und dann noch in Wachspapier eingewickelt lagen.
»Was wir heute doch für ein ungemütliches Wetter haben! Halb Regen, halb Schnee. Da lob' ich mir doch die klirrende Kälte. Die geht einem nicht so in die Knochen wie dieses Naßkalte«, sagte sie, während sie sich die Schuhe auf der Matte abtrat. Doch auf ihren rosigen Wangen lag ein fröhliches Lächeln. »Aber was beklage ich mich. Es geht auf den Frühling zu! Freuen wir uns, daß der Winter in ein paar Wochen hinter uns liegt!«
Daphne führte sie in den Salon. »Missis Bancroft kann Sie heute leider nicht begrüßen, Missis Cane. Sie liegt zu Bett.«
»Zu Bett? Es ist doch hoffentlich nichts Ernstes?« fragte Paula Cane betroffen.
»Nein, mehr eine Unpäßlichkeit des Magens. Ich habe ihr eine Wärmflasche gemacht und gerade erst nach ihr geschaut. Sie schläft. Es besteht wirklich kein Grund zur Besorgnis.«
»Das zu hören freut mich«, sagte Paula erleichtert. »Aber bestellen Sie ihr dennoch eine gute Besserung von mir.«
»Das tue ich gern.« Daphne mußte sich ein Schmunzeln verkneifen. Eleanor hatte auf weißen Bohnen zu Mittag bestanden, obwohl sie die überhaupt nicht vertrug. Kein Wunder, daß sie schmerzhafte Blähungen bekommen und es vorgezogen hatte, unter diesen Um-

ständen auf die Tasse Tee und das Geplauder mit Paula Cane zu verzichten.

»So, da haben wir *Found in The Snow* von Amy Graham, eine recht nette Geschichte«, sagte Paula Cane, während sie die mitgebrachten Bücher aus dem Korb nahm und auswickelte. »*The Indiaman's Daughter* von William Spencer. Nicht schlecht, aber sagen Sie doch Missis Bancroft, daß sein neuer Roman *Waifwood* wirklich lesenswert ist. Ah, ja *Armadale* von Wilkie Collins, ein Buch, das ich selber verschlungen habe.« Sie legte die Bücher auf den Teetisch und packte die drei gelesenen von der letzten Woche ein. Dann fragte sie: »Hat Missis Bancroft Ihnen gesagt, was ich ihr nächste Woche an Lektüre mitbringen soll?«

Daphne nickte. »Ja, ich habe Ihnen die Titel aufgeschrieben«, sagte sie und reichte ihr einen Zettel.

»Oh! Sie haben ja eine ausgezeichnete Handschrift!« stellte Paula Cane überrascht fest, als hätte sie nicht gedacht, daß Daphne des Schreibens mächtig sei – und schon gar nicht in so vollendeter Form.

Daphne nahm das Lob mit einem Lächeln entgegen. »Ich hatte eine gute und strenge Lehrerin.«

»Sie waren hier im Lyceum?«

»Nein. Ich komme aus Boston«, blieb Daphne vage in ihrer Antwort.

»Na, mit dieser akkuraten Handschrift können Sie jederzeit bei uns in der Bibliothek Arbeit finden«, meinte Paula Cane und steckte den Zettel ein.

Daphne horchte sofort auf. »Meinen Sie wirklich?«

»Aber sicher. Hätten Sie vielleicht Interesse?«

»Sehr sogar!« beteuerte Daphne. »Sofern ich es mit meiner Arbeit hier bei Missis Bancroft vereinbaren kann.«

»Wie lange sind Sie denn hier bei ihr im Haus tätig, Daphne?«

»Von zehn bis um drei.«

»Nun, dann sprechen Sie doch mal mit Missis Elizabeth Walsh. Sie leitet die Bücherei«, schlug Paula Cane vor. »Und schieben Sie es nicht auf die lange Bank, wenn Sie ernsthaft interessiert sind. Denn ich weiß, daß Missis Walsh eine neue Kraft sucht. Die junge Lydia, die bei uns an der Ausgabe sitzt und die Kartei führt, wird bald niederkommen und sich dann ihrer Familie widmen. Das wäre doch etwas für Sie!«

»Bis wann treffe ich Missis Walsh in der Bücherei an?«

»Heute bis um fünf.«
»Dann werde ich sie nachher gleich aufsuchen«, beschloß Daphne.
»Tun Sie das! Ich werde schon mal ein gutes Wort für Sie einlegen«, versprach Paula Cane augenzwinkernd. »Es würde mich freuen, wenn Sie die Stelle bekämen.«
»Mich auch!«
Daphne bekam sie. Die Leiterin examinierte sie mit Wohlwollen und war sichtlich erfreut, eine Tochter aus gutem Haus für die offene Stelle gefunden zu haben. Denn in dem Gespräch, das Daphne mit ihr führte, kam sie nicht umhin, ihr von ihrer Erziehung und ihrem Leben in Boston zu erzählen. Sie ging dabei zwar nicht ins Detail, doch Elizabeth Walsh konnte sich auch so zusammenreimen, daß ihr Vater früher einmal eine bedeutend höhere Position als die eines Buchhalters bekleidet hatte. Sie war jedoch einfühlsam genug, nicht zu lange nach den Gründen für ihre Übersiedlung von Boston nach Bath zu forschen. Ihr genügte es zu wissen, daß Daphne die Erziehung einer höheren Tochter genossen hatte, aufgeweckt und gepflegt in ihrer Erscheinung war und sich mit der bescheidenen Entlohnung zufriedengab.
»Ich kann den Dienstplan so arrangieren, daß Sie die Buchausgabe von vier bis um sieben übernehmen, Miss Davenport. Dann schließen wir. Doch Sie werden dann noch bis halb acht zu tun haben. Werden Ihre Eltern damit einverstanden sein?« erkundigte sie sich.
»Ganz bestimmt«, versicherte Daphne.
»Was nun die Bezahlung betrifft, so werden Sie bei uns bestimmt keine Reichtümer anhäufen können«, fuhr Elizabeth Walsh mit einem bedauernden Seufzer fort. »Finanziell sind wir wahrlich nicht auf Rosen gebettet. Ich kann Ihnen anderthalb Dollar die Woche zahlen. Sind Sie damit einverstanden?«
Daphne mußte nicht erst lange überlegen. »Ja, das bin ich!«
»Gut. Dann heiße ich Sie bei uns herzlich willkommen, Miss Davenport! Ich hoffe, Sie werden sich bei uns wohl fühlen und sich schnell einarbeiten.«
Daphne war überglücklich und gab in ihrem Überschwang von ihrem sauer verdienten Geld fast einen Dollar aus, um für ihren Vater Tabak und für ihre Mutter, Heather und Edward sündhaft teure, aber hübsch verpackte Süßigkeiten zu kaufen, denn dafür waren sie alle zu haben, ganz besonders ihre Mutter. Mit den Geschenken machte sie allen eine große Freude, und für kurze Zeit waren sie wieder eine Familie, in der gelacht und gescherzt wurde.

Bevor Daphne an diesem Abend zu Bett ging, holte sie ihr Sandelholzkästchen hervor, das sie vor Jahren einmal zum Geburtstag geschenkt bekommen hatte. In diesem wohlriechenden Kästchen verwahrte sie ihr Geld. Ganz unten lag der Zehn-Dollar-Schein von Rufus Hatfield. Sein Anblick verursachte ihr jedesmal ein unangenehmes Gefühl, und wenn sie ihn in die Hand nahm, fühlte sie sich wieder beschmutzt. Doch aus einem unerfindlichen Grund tauschte sie ihn weder in Hartgeld noch in einzelne Dollarnoten ein.
Hatfields Geldschein war von einer Schicht Münzen bedeckt, die sie mindestens einmal die Woche nachzählte, obwohl sie immer genau wußte, wieviel sie schon angespart hatte: Nach den Ausgaben für die Geschenke waren es noch sechzehn Dollar und vierzig Cent. Die zehn Dollar von Hatfield bezog sie in ihre Rechnung nie mit ein.
Und von nun an würde sie anderthalb Dollar mehr die Woche verdienen! Und sie brauchte dafür nicht zu kochen und zu putzen, sondern mußte nur Eintragungen vornehmen und Bücher ausgeben. Was machte es da aus, daß sie dafür zusätzlich einundzwanzig Stunden arbeiten mußte und sich ihr Stundenlohn nur auf etwas mehr als sieben Cent belief! Es kümmerte sie nicht. Im Gegenteil. Sie war ausgesprochen glücklich, nicht mehr allein auf die Arbeit in Missis Bancrofts Haushalt angewiesen zu sein. Die Tätigkeit in der Bücherei würde ihr bestimmt viel Freude bereiten.
Und so war es auch. Schon am nächsten Tag nahm sie voller Stolz hinter dem langen Tisch mit den vielen Karteikästen und der Lampe mit echtem Porzellanschirm Platz und ließ sich von Paula Cane in ihre Arbeit einweisen. Im Handumdrehen hatte sie begriffen, was auf die Karteikarten der Mitglieder einzutragen war und wie das System der Katalogisierung funktionierte.
Daphne liebte die Atmosphäre der Bücherei, die gedämpften Stimmen, das Rascheln der Zeitungen und Magazine, die man sich für den gemütlichen Leseraum ausleihen konnte, den Geruch der hohen Holzregale und der Bücher, die durch ihre Hände gingen, und den der dunkelblauen Tinte, womit sie ihre Eintragungen machte. Nach den anstrengenden Stunden bei Eleanor mit ihrem ständigen Genörgel empfand sie die Bücherei als einen Hort des Friedens und der Ruhe, zumal sie sich sehr schnell die Sympathie der anderen Angestellten und der regelmäßigen Ausleiher erwarb. Wie gut es doch tat, auch mal ein lächelndes Gesicht zu sehen und ein freundliches Wort zu hören!

Manchmal tauchte Sarah kurz vor Büchereischluß auf, um auf sie zu warten und sie nach Hause zu begleiten. An einem dieser Abende Mitte April gingen sie die Washington Street hoch und blieben hier und da vor einem Geschäft stehen, um sich die Auslagen anzusehen. Die Luft war mild und ließ den Frühling erahnen, der den Winter von Tag zu Tag stärker zum Rückzug zwang. Das Eis war aufgebrochen und trieb in immer kleiner werdenden Schollen den Fluß hinunter, der nun wieder bis hinauf nach Augusta schiffbar war. Die ersten riesigen Flöße waren bereits auf dem Kennebec zu den großen Sägewerken nach Bowdoinham und in die Merrymeeting Bay westlich von Bath gedriftet worden.

Die Tage wurden länger, so daß die Gaslaternen auf der Washington Street erst gegen Abend angezündet werden mußten. An den Nordhängen der Hügel lag zwar hier und da noch ein Rest Schnee, doch dort, wo die Sonne hinkam, brach die Erde schon unter dem frischen Grün auf, das sich dem Licht entgegenstreckte. Die ersten Blumen entblätterten mutig ihre Blüten, und überall begannen die Bäume zu knospen und allmählich ein neues Blätterkleid anzulegen.

Sarah und Daphne waren gerade vor dem Hutgeschäft der Putzmacherin Virginia Parker stehengeblieben und bewunderten die im Schaufenster ausgestellten Frühlingskreationen, als Andrew, der zwanzigjährige Sohn von James Jenkins, mit dem Fuhrwerk vorbeikam.

»Brrr!« machte er, zügelte den Braunen genau auf der Höhe des Geschäftes und rief: »Einen schönen guten Abend zusammen! Darf ich den jungen Damen eine Fahrgelegenheit anbieten?«

Die Freundinnen wandten sich überrascht um.

»Hallo, Andrew!« grüßte Sarah.

Auch Daphne begrüßte ihn. »Danke, aber wir sind noch recht gut zu Fuß.«

Andrew lachte sie an. »Das weiß ich. Aber ich würde euch wirklich gern nach Hause bringen. Man weiß ja nie, was für lichtscheues Gesindel sich so auf den Straßen herumtreibt«, sagte er mehr scherzend als um ihre Sicherheit besorgt. Und dabei wandte er die Augen nicht von Daphne. Voller Bewunderung ruhte sein Blick auf ihr.

»Und du meinst, bei dir sind wir vor allen schrecklichen Gefahren sicher, ja?« fragte Daphne mit fröhlichem Spott.

Andrew grinste über das offene, sommersprossige Gesicht und legte

seine rechte Hand auf die Höhe seines Herzens. »Gar keine Frage! Für dich würde ich mein Leben hergeben!« beteuerte er, auf ihren scherzhaften Ton eingehend.
»Und für mich?« wollte Sarah wissen.
»Mindestens mein Halstuch!«
Sie lachten. »Na, wenn das so ist, können wir uns ja glücklich schätzen, unter deinem besonderen Schutz zu stehen«, meinte Sarah. »Komm, fahren wir mit ihm!«
Daphne wollte Sarah den Vortritt lassen, doch die zwinkerte ihr zu und bedeutete ihr, zuerst auf den Kutschbock zu steigen, so daß sie an Andrews Seite saß. Denn es war kein Geheimnis, daß Andrew Jenkins Daphne sehr mochte und keine Gelegenheit versäumte, ihr seine Zuneigung zu zeigen – wenn auch auf angenehm zurückhaltende Art. Er versuchte jetzt auch nicht, näher an Daphne heranzurücken oder sie beim Anfahren scheinbar zufällig mit dem Arm zu berühren, als er die Zügel leicht auf den Rücken des Braunen klatschen ließ. Diese Freiheit hätte er sich nie herausgenommen, dafür bedeutete sie ihm zuviel. Er war schon für Daphne entbrannt, als er ihr das erstemal begegnet war, knapp eine Woche nach ihrer Ankunft in Bath. Damals hatte er gemeinsam mit seinem Vater und Matthew Young das schadhafte Dach ausgebessert. Doch er hatte sich erst viel später getraut, sie einmal anzusprechen, obwohl er sonst gar nicht schüchtern war. Mehr als ein paar unverbindliche freundliche Gespräche hatte es seitdem auch nicht gegeben. Der Winter war eben die schlechteste Jahreszeit, um anzubändeln und seiner Angebeteten den Hof zu machen, zumal er mit seinem Vater in den Monaten der Eisernte von morgens bis spät in die Nacht mit ihren beiden Fuhrwerken im Einsatz gewesen war, und zwar in Dresden, gut fünfzehn Meilen weiter flußaufwärts und auf der Ostseite des Kennebec gelegen. Sie hatten dort Verwandte, bei denen sie in diesen Monaten, die immer einen guten Profit abwarfen, wohnten. Denn auf der Flußstrecke zwischen Dresden und Gardiner, das kurz vor Augusta lag, wurde das ganz große Eisgeschäft gemacht. Hier hatten sich die mächtigsten und finanzkräftigsten Eisfirmen angesiedelt, die einen entsprechenden Bedarf an Männern und insbesondere an Fuhrwerken hatten. Denn hier standen zehnmal mehr Lagerhallen für die schweren Eisblöcke als im Umkreis von fünf Meilen um Bath. Ja, es waren geschäftlich sehr befriedigende Monate gewesen, doch wie sehr hatte er sich Tag für Tag nach Bath zurückgesehnt – und damit nach Daphne. Das war ihm noch nie zuvor passiert. Er

war glücklich, daß diese Zeit der Einsamkeit und Sehnsucht endlich hinter ihm lag – und Daphne an seiner Seite saß.

Sie flachsten ein wenig herum, während Andrew den Braunen auffallend langsam die Straße hochtrotten ließ. »Na, wie war euer Tag heute?« wollte er dann wissen.

Sarah wußte, daß die Frage mehr an Daphne als an sie gerichtet war. »Wie üblich«, faßte sie sich deshalb kurz.

Andrew blickte zu Daphne.

»Bei mir gibt es auch nicht viel zu erzählen«, sagte sie, doch dann fiel ihr etwas ein, was sie zur allgemeinen Erheiterung beitragen konnte. »Außer daß Missis Bancroft sich mal wieder übertroffen hat.«

»Was war denn? Erzähl schon!« forderte er sie auf.

»Ach, sie hat den ganzen Tag etwas gesucht, was sie mir als Schlamperei vorwerfen könnte, jedoch beim besten Willen nichts gefunden, was nicht so war, wie sie es haben wollte«, berichtete Daphne. »Sogar an den Biskuits, die ich ihr machen mußte, fand sie nichts auszusetzen. Das muß sie derart gewurmt haben, daß sie mich in ihrer Wut plötzlich anfauchte, wie ich es wagen könne, ihr den Tee mit Milch zu servieren. Als ich sie daran erinnerte, daß sie ihren Tee seit Jahr und Tag mit Milch und Zucker trinkt, sprang sie mir fast ins Gesicht und behauptete, ich müsse nicht mehr alle Tassen im Schrank haben, und ob ich sie wohl schon für senil halte.«

Andrew lachte. »Das erinnert mich an meine Oma. Die wollte auch nie mehr das wahrhaben, was sie fünf Minuten vorher von sich gegeben hatte.«

Daphne schmunzelte, obwohl ihr am Nachmittag überhaupt nicht zum Lachen zumute gewesen war. »Tja, jetzt wird sie die nächsten Tage ihren Tee eben ohne Milch bekommen.«

»Bis sie dich wieder anfährt, daß sie doch seit eh und je Milch in den Tee nimmt«, prophezeite Sarah.

»Garantiert«, stimmte Daphne ihr zu.

»Du hast bei der alten Hexe wahrlich ein schweres Los«, bedauerte Andrew sie. »Ich glaube, ich an deiner Stelle hätte ihr alles schon längst vor die Füße geworfen. Warum suchst du dir nicht eine andere Stelle? Ich bin sicher, daß du etwas Besseres finden würdest.«

»Ach, ich habe auch schon oft mit dem Gedanken gespielt, bringe es aber einfach nicht übers Herz«, gestand Daphne. »Ich kann sie nicht im Stich lassen. Irgendwie habe ich mich auch an ihre Art gewöhnt,

und ich glaube, daß sie es gar nicht so bitterböse meint, wie es bei ihr immer klingt.«
»Du machst es dir wirklich nicht leicht«, sagte Andrew bewundernd. »Aber du mußt auch mal an dich denken und dir ein bißchen Vergnügen gönnen.«
»Wie meinst du das?« wollte sie wissen.
»Na, ja...« Andrew druckste kurz herum, dann platzte er heraus: »Ich wollte dich fragen, ob du morgen mit mir zum Tanzen gehst, Daphne.«
Daphne war überrascht, während Sarah ihr den Ellbogen leicht in die Seite stieß, als wolle sie sie ermuntern, die Einladung anzunehmen.
»In der Percy's Hall spielt morgen eine Band auf«, fuhr Andrew in seiner Verlegenheit hastig fort. »Ron Coogan und seine Fiddler. Sie sollen sehr gut sein und schon in Augusta in der Waverly Hall aufgetreten sein. Sie nehmen aber nur fünf Cent Eintritt. Du bist natürlich eingeladen – und du auch, Sarah«, fügte er schnell hinzu.
»Oh, das ist aber nett von dir, Andrew«, sagte Sarah erfreut und wandte sich ihrer Freundin zu. »Findest du nicht auch?«
Daphne war leicht errötet. »Ja, das ist wirklich nett, Andrew. Aber ich weiß nicht, ob meine Eltern etwas dagegen haben«, antwortete sie zurückhaltend.
»Aber was sollten sie denn dagegen haben?« fragte Andrew verwundert. »Wenn sie doch wissen, daß du mit mir dort hingehst... Ich meine, dein Vater kennt mich doch, und ich glaube, daß er mir so vertraut, wie du mir vertrauen kannst.« Flammende Röte überzog dabei sein Gesicht.
Daphne mochte ihn und seine unbekümmerte, lebenslustige Art. Und Vertrauen hatte sie zu ihm auch. Er war so aufrichtig und ehrenhaft wie sein Vater. Zudem sah er auch noch nett aus. Der Gedanke, mit ihm in die Percy's Hall zum Tanzen zu gehen, hatte also durchaus etwas Verführerisches.
»Ja, vermutlich werden sie nichts dagegen haben«, räumte sie ein. »Ich muß sie aber auf jeden Fall fragen, Andrew.«
Er strahlte, daß sie seine Einladung zum Tanzen annahm. Ihre Bereitschaft machte ihm Mut, eine beinahe schon zu kecke Frage zu stellen: »Und? Wirst du sie *gerne* fragen und sie notfalls umzustimmen versuchen?«
Sarah half ihrer Freundin geistesgegenwärtig aus der Klemme.

»Willst du sie nun zum Tanzen einladen oder sie ins Kreuzverhör nehmen, Andrew?«
Andrew grinste verlegen. »Nee, zum Tanzen natürlich«, sagte er, warf Daphne einen entschuldigenden Blick zu und lenkte die Aufmerksamkeit schnell von seiner Person ab. »Deine Schwester wird morgen übrigens auch kommen.«
»Heather geht morgen zum Tanzen?«
»Ja.«
»Woher weißt du das?«
»Ich habe vorhin Gus an der Sewall Pier getroffen. Da hat er es mir erzählt.«
»Gus?« fragte Daphne verwirrt. Heather hatte in den vergangenen Monaten mit den verschiedensten Männern geflirtet. Aber an einen Gus konnte sie sich nicht erinnern.
»Na, Gus Atkins. Sein Vater hat doch die Schreinerei an der Bowery«, erklärte Andrew. »Ein großer, schwarzhaariger Bursche mit einem Kreuz wie ein Schrank.«
Daphne zuckte die Achseln. Sie konnte sich nicht erinnern, daß sie ihn einmal gesehen, geschweige denn seinen Namen aus dem Mund ihrer Schwester vernommen hatte. Doch letzteres war nicht weiter verwunderlich, da sie ja selbst den ganzen Tag außer Haus und Heather nicht gerade ein Ausbund an Gesprächigkeit war, wenn es um Männer ging – zumindest ihr gegenüber. Mit ihren Freundinnen hatte sie diesen Gus Atkins bestimmt schon tausendmal durchgehechelt.
»Wenn deine Schwester morgen zum Tanzen geht«, fuhr Andrew fort, während das Fuhrwerk in die Pearl Street einbog, »dann wirst doch auch du keine Schwierigkeiten mit deinen Eltern haben, oder?«
»Nein, nicht anzunehmen«, räumte Daphne ein. Immerhin war sie jetzt ja schon siebzehn, wenn auch erst seit knapp vier Wochen, und da durfte man in den Kreisen, zu denen sie jetzt gehörten, schon mit einem Mann tanzen gehen.
Das Fuhrwerk hielt vor dem Haus. Sarah und Daphne vereinbarten mit Andrew, daß er sie morgen kurz nach halb acht abholen solle. Daphne war sicher, daß Missis Walsh sie ausnahmsweise pünktlich um sieben Uhr gehen lassen würde.
»Ich freue mich jetzt schon sehr auf morgen, Daphne«, sagte Andrew zum Abschied.
Daphne schenkte ihm ein Lächeln. »Ja, ich auch.«
Andrew strahlte sie überglücklich an und fuhr fröhlich pfeifend davon.

»Na, den hat es aber schwer erwischt«, neckte Sarah ihre Freundin.
»Ach, was!« wehrte Daphne verlegen ab.
Sarah lachte. »Nun tu mal nicht so, als wäre nichts! Andrew ist bis über die Sommersprossen in dich verliebt! Schon wie er dich anschaut.«
»So? Wie schaut er mich denn an?« Daphne machte ein betont skeptisches Gesicht.
Das fand Sarah nun zu komisch. Sie legte einen Arm um Daphnes Schulter und schüttelte vergnügt den Kopf. »Mein Gott, was rede ich mir denn den Mund fusselig. Du weißt ja selber viel zu gut, daß Andrews Herz für dich in Flammen steht – und zwar lichterloh.«
»Na, na!«
»Oh, ja! Er ist nur nicht so ein Draufgänger wie Jack von gegenüber und Bill, der so viel Charme hat wie eine Brechstange. Andrew ist da aus einem anderen Holz geschnitzt. Er weiß sich zu benehmen und redet auch nicht schlüpfrig daher. Außerdem ist er tüchtig. In ein paar Jahren hat Andrew sein eigenes Fuhrunternehmen. Darauf würde ich einen Jahreslohn verwetten. Ich finde, daß er ganz toll zu dir paßt.«
Daphne sah sie überrascht und zugleich belustigt an. »Sag mal, hat er dich dafür bezahlt, daß du ihn mir so eindringlich anpreist?«
»Du weißt, daß ihm so etwas noch nicht einmal im Traum einfallen würde. Nein, ich freue mich nur für dich. Du hast die letzten Monate hart genug gearbeitet, so daß du jetzt auch mal an dich denken mußt, Daphne. Bitte sei mir nicht böse, wenn ich das sage, aber im Gegensatz zu dir denkt deine Schwester doch nur an ihr Vergnügen. Abgesehen von ein bißchen Hausarbeit, habe ich sie noch nie einen Handgriff tun sehen. Du hast mir ja selber erzählt, daß Heather nicht daran denkt, sich Arbeit zu suchen.«
Nein, das hält sie für vulgär und unter ihrer Würde, ging es Daphne durch den Kopf, zu Heathers Verteidigung sagte sie jedoch: »Mich hat ja auch keiner gezwungen, arbeiten zu gehen, Sarah. Ich tue es freiwillig, weil ich sonst schreckliche Langeweile hätte. Den Tag so vertrödeln, wie meine Schwester es tut, kann ich nicht. Mir macht es Spaß zu arbeiten, etwas zu schaffen ... und irgendwie auch unabhängig zu sein. Ich meine, mit den dreieinhalb Dollar die Woche komme ich zwar nicht weit ...«
»Davon könntest du immerhin schon außer Haus leben und nach Abzug von Kost und Logis sogar noch einen halben Dollar übrigbehalten«, warf Sarah ein.

»... aber ich habe sie immerhin selber verdient und sehe, daß ich mich behaupten kann«, fuhr Daphne fort. »Heather hat diesen Ehrgeiz nicht.«
»Ach, sie kann ja auch tun und lassen, was sie für richtig hält«, meinte Sarah, die nicht zu sehr auf Heather herumhacken und damit ihre Freundin verletzen wollte. Denn merkwürdigerweise nahm Daphne ihre Schwester stets in Schutz, wenn jemand etwas wenig Schmeichelhaftes über sie sagte. »Ich fände es einfach nur schade, wenn du dir und Andrew keine Chance geben würdest. Er ist es wirklich wert – und dir wünsche ich einen Mann wie ihn von ganzem Herzen.«
Die Wärme, die in den Worten ihrer Freundin lag, berührte Daphne.
»Und wie steht es mit dir?«
»Wie meinst du das?«
»Jetzt stell *du* dich nicht dumm!«
Ein Schatten flog über Sarahs Gesicht. »Ach, weißt du, ich bin einfach noch nicht über Jerry hinweg«, gestand sie mit sehnsüchtigem Unterton. »Er fehlt mir.«
»Aber er hat dir doch damals die kalte Schulter gezeigt, wie du mir erzählt hast. Und es ist doch schon fast ein Jahr her!« Daphne dachte an John. Keine Sekunde trauerte sie ihm jetzt noch nach. Wenn sie überhaupt noch etwas für ihn empfand, dann kalte Wut – und den Wunsch, sich eines Tages dafür zu rächen, daß er sie in der Stunde der größten Not verraten hatte. Mit Hatfield und ihm hatte sie noch eine Rechnung zu begleichen – und irgendwie würde ihr das auch gelingen, wie lächerlich das in ihrer derzeitigen Situation auch klingen mochte.
Sarah zuckte die Achseln. »Das sage ich mir ja auch immer wieder. Er ist auf die schiefe Bahn gekommen und sitzt im Gefängnis. Kein Mann für mich, ich weiß. Ich müßte ihn längst vergessen haben. Aber ich habe ihn nicht vergessen. Was nutzt der klarste Verstand, wenn das Herz eine andere Sprache spricht?«
Sarah tat ihr leid, weil sie einem Verbrecher nachhing, doch das verbarg Daphne vor ihr. Aufmunternd sagte sie: »Wenn das Tanzen für mich gut sein soll, wie du behauptet hast, dann ist es das auch für dich. Wir gehen morgen gemeinsam zum Tanzen. Vielleicht lernst du jemanden kennen, der dir gefällt.«
Die Haustür der Youngs flog auf und Audrey erschien, die Fäuste in die Hüften gestemmt. »Sagt mal, wollt ihr da draußen Wurzeln schlagen? Ich möchte bloß wissen, was es so Interessantes zu bereden gibt,

daß ihr nicht ins Haus kommt. Dieses unaufhörliche Gerede ist bei euch jungen Hühnern eine wahre Krankheit. Das plätschert so munter dahin wie eine Quelle im Frühling«, sprudelte es über ihre Lippen, und es wäre ihr nie in den Sinn gekommen, ihre Worte auch auf sich selbst zu beziehen. »Hast du vergessen, daß du mir versprochen hast, den Hefeteig zu kneten, Sarah? Aufgehen tut er ja von selbst, aber die Arbeit davor erledigt sich nicht von alleine – und schon gar nicht mit den Lippen. Rom ist mit der Hände Arbeit aufgebaut worden, nicht mit endlosem Schwatzen!«

Sarah seufzte geplagt. »Ja, ich komme, Mutter!« rief sie und setzte leise hinzu: »Ich mag sie ja, wenn sie mich nur nicht immer so bevormunden würde, als wäre ich kaum älter als Collin!«

»Wem sagst du das«, sagte Daphne mitfühlend.

»Ich wünschte, ich hätte einen plausiblen Grund, um endlich ausziehen zu können. Aber das kann ich wohl nur mit dem Ehering am Finger, und wann das sein wird...« Sarah seufzte noch einmal.

»So etwas geht manchmal schneller, als man denkt«, meinte Daphne. »Warte mal morgen ab!«

Sarahs Gesicht hellte sich wieder auf. »Und das ausgerechnet von dir, wo du gerade noch so getan hast, als wäre Andrew nicht die Bohne in dich verliebt!... Bis morgen dann!«

»Ja, gutes Kneten!«

Daphne ging ins Haus. Als sie ihren Eltern vom morgigen Tanzabend in der Percy's Hall erzählte, hatten diese nichts dagegen einzuwenden, daß sie dort hinging. Sophie bemängelte nur, daß sie ausgerechnet mit Andrew Jenkins zum Tanz gehen wolle.

»Was hast du gegen den jungen Jenkins?« fragte William fast ärgerlich, bevor Daphne noch etwas sagen konnte. »Er ist nett, anständig und ein Bursche, wie man ihn sich aufrechter wohl nicht wünschen kann.«

»Es gibt bestimmt auch noch andere aufrechte junge Männer, die sich ihren Lebensunterhalt nicht gerade auf dem Kutschbock verdienen müssen«, erwiderte Sophie spitz. »Den jungen Atkins zum Beispiel.«

Heather warf ihrer Schwester einen selbstgefälligen Blick zu.

Edward verdrehte die Augen, um Daphne zu verstehen zu geben, daß er auf ihrer Seite stand.

»Ich kenne diesen Gus Atkins nicht, was ja vielleicht noch kommen wird...« sagte William grimmig.

»Ganz sicher, Dad«, sagte Heather zuckersüß.
»...aber ich kenne Andrew und wüßte keinen, dem ich meine Tochter lieber anvertrauen würde«, fuhr er unbeirrt von Heathers Einwurf fort. Und zu Daphne gewandt setzte er liebevoll hinzu: »Es wurde auch Zeit, daß du mal wieder unter Menschen kommst, mein Kind.«
»Aber ich bin doch jeden Tag von vier bis um sieben unter Menschen«, scherzte sie.
»Ich glaube nicht, daß allzu viele junge Männer die Bücherei besuchen«, erwiderte er augenzwinkernd und wechselte dann geschickt das Thema, indem er Edward nach der Schule fragte.
»So, du hast dir also den Kutscher geangelt«, sagte Heather nach dem Essen, als sie allein in der Küche waren.«
»Und du Gus Atkins«, gab Daphne zurück.
»Gus ist himmlisch!« schwärmte ihre Schwester sofort. »Sein Vater hat die drittgrößte Schreinerei in der Stadt, hast du das gewußt?«
»Ich habe noch nicht einmal gewußt, daß dieser Gus Atkins überhaupt existiert, geschweige denn, daß du ein Auge auf ihn geworfen hast.«
»Er hat mit *mir* angebändelt!« korrigierte ihre Schwester sie stolz und wirkte so vergnügt wie schon lange nicht mehr. »Ich war gerade bei Nancy, als er die Lieferung einer herrlichen Rosenholzkommode für ihre Eltern beaufsichtigte. Er hat mir sofort Komplimente gemacht. Von da an ist er mir immer wieder über den Weg gelaufen, und zwar so oft, daß es gar kein Zufall mehr sein konnte. Gestern sind wir am Fluß langspaziert!«
»Na, wenn das Edwina wüßte!« scherzte Daphne.
Heather lachte. »Die hätte einen Anfall bekommen, wenn sie uns gesehen hätte. Ich habe mich nämlich bei ihm eingehakt. Weißt du schon, was du morgen anziehst?«
»Nein, darüber habe ich mir noch keine Gedanken gemacht.«
»Komm, wir gehen nach oben und stöbern unsere Schränke durch!« forderte Heather sie auf, und an diesem Abend war aller Zwist zwischen ihnen vergessen, wie in alten Zeiten, als sie unzertrennlich gewesen waren. Daphne war so froh darüber, daß sie Heather bereitwillig ihre besten Strümpfe und zwei hübsche Haarbänder lieh. Zudem versprach sie ihr, sich morgen um ihre Frisur zu kümmern, denn praktisch veranlagt war Heather nicht. Sie hatte noch immer nicht gelernt, mit der Brennschere richtig umzugehen. Aber wenn Daphne ihrer Schwester helfen konnte, tat sie es gern. Und sie war ohne Neid,

daß sich Gus Atkins, der wohl eine gute Partie war, für Heather interessierte. Sie selbst versprach sich von dem morgigen Tanzabend keine weltbewegende Veränderung ihres Lebens, sondern nur eine vergnügliche Ablenkung. Sie mochte Andrew und fühlte sich in seiner Gesellschaft wohl. Doch von einem Gefühl prickelnder Erregung oder gar Liebe konnte keine Rede sein.
Daphne nahm sich vor, dafür zu sorgen, daß er sich erst gar keine falschen Hoffnungen machte. Sie wollte nicht, daß er durchmachte, was sie mit John erlebt hatte. Dafür hatte sie Andrew zu gern.

Achtes Kapitel

Heather hatte ihr bestes Kleid aus honiggelbem Chiffon mit dunkelbraunen Blumenstickereien um den Ausschnitt angezogen. Es stammte noch aus einer der namhaftesten Schneidereien von Boston und paßte im Ton ausgezeichnet zu ihrem Haar und ihren braunen Augen. In diesem Kleid würde sie gewiß die bestangezogene Frau in der Percy's Hall sein – und genau das war auch ihre Absicht. Gus sollte mehr als nur große Augen bekommen!
Als Daphne von der Bücherei nach Hause kam, war ihre Schwester schon mit Gus auf dem Weg zur Tanzveranstaltung. Die Haare hatte sie sich schon am Morgen frisieren lassen. Daphne mußte sich nun beeilen, damit sie pünktlich fertig war, wenn Andrew um halb acht vor der Tür stand.
Eingedenk ihres Vorsatzes, nicht zu verführerisch auf ihn zu wirken, beschränkte sie sich darauf, das flaschengrüne Leinenkleid anzuziehen, das sie im März zum Geburtstag geschenkt bekommen hatte. Es war hübsch, wenn auch nicht gerade raffiniert im Schnitt, und nach dem Standard ihres Viertels ein Kleid, das man nur »für gut« trug, also an Sonntagen oder zu besonderen Anlässen. Natürlich hielt es keinen Vergleich mit Heathers Kleid oder ihrem eigenen wunderschönen roten Taftkleid aus. Aber es stand ihr gut und betonte ihre Fraulichkeit, ohne daß sie darin besonders auffallen würde. Was Daphne jedoch immer vergaß, war, daß sie mit ihrem außergewöhn-

lich blauschwarzen Haar, ihren bildhübschen Gesichtszügen und ihrer ganzen Erscheinung auch im schäbigsten Kattunkleid noch bezaubernd aussah.
»Andrew wird an sich halten müssen, um nicht über dich herzufallen, wenn er dich sieht«, meinte Sarah, die schon auf sie gewartet hatte und ihr beim Umziehen und Frisieren zur Hand ging. Sie trug ein blau-weiß geblümtes Kleid, das sie ganz reizend aussehen ließ.
»Nun übertreib mal nicht!«
Sarah hatte nicht übertrieben. Als Andrew sie auf die Minute genau um halb acht abholen kam, starrte er sie im ersten Moment wie verzaubert an. »Himmel, das kann einem ja regelrecht den Atem nehmen!« stieß er dann bewundernd hervor.
»Ich wette, solche Sachen sagst du auch zu Homer und deinem Braunen«, versuchte Daphne ihre Verlegenheit mit einem burschikosen Scherz zu verbergen.
»Nein, nein! Du siehst wirklich ganz... ganz wunderbar aus! Wie eine richtige Lady!« beteuerte er.
»Was heißt hier ›wie eine richtige Lady‹, Andrew?« protestierte Sarah. »Sie ist eine!«
»Kommt, laß uns gehen, sonst ist der Abend herum, bevor wir auch nur ein Lied von dieser Band gehört haben, die doch so toll sein soll«, lenkte Daphne von sich ab und musterte Andrew aus den Augenwinkeln. Er sah gut aus in der schwarzen Hose, dem frischen, weißen Hemd und der dunklen Jacke. Ganz ungewohnt, ihn in solcher Kleidung zu sehen, wo er sonst doch in derben, strapazierfähigen Sachen herumlief. Er hatte sich richtig fein gemacht. Ja, mit ihm konnte man sich sehen lassen.
Die Percy's Hall war ein recht hochtrabender Name für das einstökkige Gebäude aus dunkelbraunem Backstein, das direkt im Hafengebiet lag, zwischen Oak Grove und Summer Street. Der Saal war zwar geräumig und verfügte sogar über eine kleine Bühne mit Vorhang, aber wirklich wichtige Veranstaltungen fanden ein paar Straßen weiter in der vornehmen Corinthian Hall statt. Alan Percy, der bullige Besitzer, der sich in dandyhafter Aufmachung gefiel, machte sein Geld mit den billigen Vergnügungen und Festen für die einfache Bevölkerung von Bath und Umgebung. Daß er Ron Coogan und seine Fiddler für einen Auftritt gewinnen konnte, verdankte er allein der Tatsache, daß Ron Coogan vor Jahren in diesem Saal seinen ersten größeren Auftritt gehabt hatte und dem Besitzer treu geblieben war.

Die jungen Leute, die an diesem Abend den Saal füllten, die Tanzfläche bevölkerten und sich am Ausschank drängten, freuten sich, daß so eine gute Band hier aufspielte. Doch letztlich wären sie auch mit einer weniger professionellen Musikergruppe zufrieden gewesen, ging es ihnen doch meist nicht darum, gute Musik zu hören, sondern ihre Mädchen auszuführen oder neue Freundschaften zu knüpfen.
Es ging schon hoch her, als Sarah, Daphne und Andrew eintrafen. Ein freier Tisch war nicht mehr zu finden, aber was machte das schon. Andrew bat Daphne sofort um einen Tanz, und auch Sarah hatte bald einen jungen Mann gefunden, der nicht mehr von ihrer Seite wich.
Große Feinheiten waren auf der Tanzfläche nicht gefragt. Dies war nicht der Ort für Modetänze und gezierte Haltungen, wie sie auf Debütantinnenbällen und vornehmen Gesellschaften zu sehen waren. Der einfache Schieber, die fröhliche Polka und eine ausgelassene Hopserei, die sich *Flatfoot Dance* nannte, waren die Tänze, die in Percy's Hall das Treiben auf dem Parkett beherrschten und den Männern Gelegenheit gaben, ihrer Auserwählten näher zu kommen, sie herumzuwirbeln und um die Taille zu fassen.
Daphne vergnügte sich ganz ausgezeichnet und mußte insgeheim darüber lachen, als sie sich vorstellte, was etwa Amy wohl für ein Gesicht machen würde, wenn sie sie so tanzen sehen könnte. Wie anders, reglementierter und steifer war doch ihr Leben in Boston gewesen! Amy wäre vermutlich in Ohnmacht gefallen, wenn sie auf einem Ball jemand so um die Taille gefaßt hätte, wie Andrew es bei ihr tat.
Andrew machte ihr immer wieder Komplimente, wie schön sie doch aussehe, wie gut sie tanze und wie sehr sie alle anderen Mädchen aussteche, und die Verliebtheit sprach ihm bei jedem Blick aus den Augen.
Daphne achtete jedoch darauf, daß er nicht zu übermütig wurde und glaubte, sie erobert zu haben. Zog er sie zu eng an sich, drückte sie sich sofort von ihm ab, und seinen verliebten Reden setzte sie eine fröhliche Unbekümmertheit entgegen, die sie manchmal mit leicht spöttischer Zurechtweisung würzte, um seine Erwartungen zu dämpfen.
Ihre Schwester legte sich diese Zurückhaltung nicht auf, wie sie beobachten konnte. Heather flirtete heftig mit Gus Atkins, der wirklich ein gutaussehender Mann von kräftiger Statur und offensichtlich für Heather entbrannt war.

»Na, du bist ja ganz schön wild auf der Tanzfläche«, neckte Daphne sie, als Andrew und Gus Getränke holten und die Schwestern kurz zusammenstanden.
»Gus hat eben Feuer im Blut! Hast du gesehen, wie toll er tanzt? Nicht so wie die anderen Bauerntölpel. Er ist ein richtiger Mann!« strahlte Heather. »Und er ist ganz wild nach mir.«
»Ja, das ist nicht zu übersehen. Es sieht wirklich so aus, als hättest du ihm den Kopf verdreht«, erwiderte Daphne und gönnte ihrer Schwester die Freude.
»Gus ist ein Hecht im Teich von glotzäugigen Karpfen – und ich habe ihn am Haken. Und ich werde dafür sorgen, daß er nicht mehr davon loskommt«, raunte Heather ihr mit vor Aufregung gerötetem Gesicht zu. »Da kommt er! Du, ich muß zu ihm. Viel Spaß noch mit deinem netten Kutscher!« Sie dachte nicht daran, Gus ihrer Schwester vorzustellen.
Daphne nahm es ihr auch nicht übel. Sie verbrachte einen schönen Abend in Gesellschaft von Andrew, Sarah und deren Eroberung Phil, der ein lustiger Unterhalter war, sowie einigen anderen Mädchen und jungen Männern aus der Nachbarschaft. In einer großen Clique zogen sie dann nach Hause, als es auf elf Uhr zuging.
Heather blieb noch.
»Hat es dir gefallen?« fragte Andrew, als sich die Gruppe aufgelöst hatte und er im Vorgarten der Davenports stand.
»Es war ein wunderschöner Abend, Andrew«, versicherte Daphne.
»Ja, das fand ich auch. Ich wünschte, er wäre nicht so schnell vergangen.«
»Das ist bei schönen Dingen meist so.«
»Daphne...«
»Mhm?«
Er nahm ihre Hand. »Wirst du wieder mal mit mir ausgehen? Ich meine, auch mal auf einen Spaziergang oder so?« fragte er und blickte ihr zärtlich in die Augen.
Sie drückte seine Hand und zog dann die ihre zurück. »Wenn ich es einrichten kann«, antwortete sie vorsichtig und jedes Wort abwägend. »Aber du weißt ja, daß ich zwei Arbeitsstellen habe, und wenn ich dann nach Hause komme, bin ich meist müde und muß auch noch im Haushalt ein wenig mit anpacken. Da bleibt mir nicht viel Zeit für Müßiggang.«
»Das verstehe ich natürlich.« Es klang betrübt.

»Ich mag dich, Andrew«, sagte sie nun offen, »und ich bin auch gern mit dir zusammen. Aber ich möchte mich nicht zu irgend etwas verpflichtet fühlen. Als wir noch in Boston lebten, habe ich eine sehr schmerzliche Erfahrung machen müssen, und ich habe mir geschworen, mich so schnell nicht wieder auf etwas einzulassen. Danach steht mir zur Zeit bei all der Arbeit auch nicht der Sinn.«

»Ich werde dich nie zu etwas drängen, Daphne!« beteuerte er eilfertig. »Wenn ich nur dann und wann mal vorbeikommen und sonntags manchmal etwas mit dir unternehmen kann.«

»Ich weiß das sehr zu schätzen, Andrew, glaube mir«, sagte sie sanft. »Aber wir sollten es so nehmen, wie es kommt, ja?«

Er schluckte und zwang sich dann zu einem Lächeln. »Natürlich. Du hast ja völlig recht. Es ist dumm von mir gewesen, daß ich überhaupt damit angefangen habe.«

»Nein, das war es nicht. Es war lieb von dir, Andrew«, beruhigte sie ihn, dankte ihm noch einmal für den schönen Abend und eilte dann ins Haus.

Andrew Jenkins war gewiß ein Mann, der es wert war, geliebt zu werden, ging es ihr durch den Kopf, während sie sich fürs Bett fertigmachte. Auf ihn konnte eine Frau bauen – als Ehefrau und Mutter. Doch merkwürdigerweise hegte sie gar nicht mehr den dringenden Wunsch wie noch vor einem guten halben Jahr, so schnell wie möglich vor den Traualtar zu treten. Ihr gefiel ihr Leben, so wie es war, obwohl sie es sich wahrlich nicht leicht machte. Woran das wohl liegen mochte? An der Freiheit, ihr Leben nach eigenem Ermessen gestalten und etwas Eigenes schaffen zu können?

Sie vermochte nicht mit letzter Sicherheit zu sagen, woran es lag. Sie wußte jedoch, daß sie dieses Gefühl der Selbständigkeit, Eigenverantwortung und Freiheit um nichts auf der Welt missen wollte. Zumindest vorerst nicht.

Neuntes Kapitel

Daphne lag schon im Bett, als Heather den Heimweg von der Percy's Hall antrat – nur von Gus Atkins begleitet, wie sie es sich gewünscht hatte. Gleich hinter Oak Grove hatte sie sich bei ihm eingehakt und auch die andere Hand vertraulich auf seinen Arm gelegt, als bedürfe sie zu so später Stunde seiner Stütze und seines Schutzes.
Ihm gefiel es.
»Wo gehst du denn hin! Das ist aber nicht der richtige Weg zur Pearl Street«, sagte sie in gespieltem Protest, als sie die Washington Street überquert hatten und er sie die stille Oak Street hochführte, statt den kürzesten Weg zu ihrer Straße einzuschlagen.
»Es führen tausend Wege nach Rom und immerhin auch ein gutes Dutzend in die Pearl Street, Heather.«
»Aber nicht jeder davon ist nach meinem Geschmack!«
»Die Nacht ist doch milde, und ich dachte mir, daß du vielleicht auch deine Freude an einem kleinen Spaziergang zum Abschluß haben würdest«, erwiderte er einschmeichelnd und fügte neckend hinzu: »Oder hast du es schon so eilig, wieder nach Hause zu kommen?«
»Hältst du mich für ein kleines Kind?« fragte sie keck zurück.
Er sah sie von der Seite an, ein spöttisches Lächeln auf den Lippen. Betont zögernd antwortete er dann: »Na, ich sag' besser nicht, wofür ich dich halte.«
»So? Traust du dich nicht?« forderte sie ihn heraus und drückte seinen Arm.
»Och«, sagte er gedehnt. »Mit ›sich trauen‹ hat das nichts zu tun, eher damit, ob es klug ist, dir das zu verraten«, neckte er sie.
»Das ist nicht fair von dir!« beklagte sie sich und zog einen Schmollmund.
»Was ist nicht fair?«
»Daß du mich erst neugierig machst und dich dann in Schweigen hüllst«, warf sie ihm vor und tat so, als wolle sie seinen Arm loslassen.
Gus hielt ihre Hand fest. »Also gut, ich werde dir verraten, wofür ich dich halte. Aber sag hinterher nicht, ich sei ein unverschämter Kerl. Denn wenn du mich nicht so bedrängt hättest, würde es jetzt nicht über meine Lippen kommen!« Er machte es spannend und vermit-

telte dabei so gar nicht den Eindruck, als fürchte er sich vor ihrer Reaktion.

»Nun sag es schon endlich!« drängte sie voller Neugier.

»Ich halte dich für etwas ganz Besonderes, Heather«, sagte er nun mit ernster Stimme. »Für umwerfend hübsch und aufregend und... liebenswert.«

Ihr Herz schien vor Freude einen gewaltigen Satz zu machen. Er hatte ihr eine Liebeserklärung gemacht! Das war mehr, als sie zu diesem Zeitpunkt erhofft hatte. Gus Atkins fand sie hübsch, aufregend und liebenswert! Jetzt durfte sie bloß nichts Falsches sagen!

»Oh, das klingt nett, Gus«, zwang sie sich, unbeeindruckt zu wirken. »Aber Männer sind mit solchen Reden ja immer schnell bei der Hand. Und wer weiß, wie vielen Mädchen du das schon gesagt hast.«

»Sicher hat es früher Mädchen gegeben, denen ich so etwas Ähnliches gesagt habe«, räumte er freimütig ein, »aber einer *Frau* noch nicht!«

»Wirklich nicht?« fragte sie leise und voll freudiger Erregung.

»Ganz bestimmt nicht!« versicherte er und blieb stehen. Sie waren fast ans obere Ende der Middle Street gelangt, wo es noch viele unbebaute und von Bäumen bestandene Grundstücke gab. Nicht von ungefähr hatte er diesen Weg eingeschlagen. Dies war ein idealer Ort, um seiner Auserwählten eine Liebeserklärung zu machen und zu versuchen, mehr als nur geflüstertes Wort und einen verheißungsvollen Blick als Antwort zu erhalten. »Ich liebe dich, Heather.«

»Oh, Gus...«

»Empfindest du denn auch etwas für mich?«

Sie sah ihn mit strahlenden Augen an. »Ja, oh ja, das tue ich...«

»Sagst du es mir?«

»Ich liebe dich, Gus«, hauchte sie.

»Ich kann es kaum glauben, daß es wahr ist«, flüsterte er und wagte es dann: »Ich möchte dich jetzt küssen, Heather. Ich habe den ganzen Abend an nichts anderes denken können. Ich möchte dich in meinen Armen halten und deinen wunderbaren Mund auf meinen Lippen spüren.«

»Ja, Gus.« Sie gab ihre Einwilligung und ließ es geschehen, daß er sie in den nachtschwarzen Schatten der Bäume zog. Dort legte er seine Arme um sie, beugte sich zu ihr hinunter und küßte sie. Erst übten seine Lippen nur einen sanften, zärtlichen Druck aus. Doch als er spürte, daß sie seinen Kuß mit Hingabe erwiderte, wurde er kühner und teilte ihre Lippen mit seiner Zunge.

Heather war überwältigt. Noch nie zuvor hatte ein Mann sie so geküßt. Eigentlich hätte sie über die Art, wie er seine Zunge in ihren Mund schob, schockiert sein müssen, doch sie war es nicht. Im Gegenteil. Es erregte sie ungemein. Gus war wirklich ein Mann, und er verstand sich aufs Küssen. Wie verrückt mußte er nach ihr sein, wenn er sie so küßte.

Auf einmal spürte sie seine Hände auf ihrem Busen. Eigentlich hätte sie sich nun von ihm lösen oder aber zumindest seine Hände wegschieben müssen. Doch sie tat nichts dergleichen. Keiner hatte sie je zuvor so berührt. Niemals hätte Patrick Broady gewagt, sich diese Freiheiten bei ihr herauszunehmen. Und sie hätte es auch niemals zugelassen, daß er sie mit seinen schweißigen Händen berührt hätte. Doch Gus Atkins war nicht Patrick, sondern ein richtiger Mann! Ihm erlaubte sie es, ja es gefiel ihr sogar und erregte sie mit jedem Augenblick mehr.

Er streichelte über ihre Brüste, während seine Zunge mit ihrer spielte, liebkoste sie durch den Stoff hindurch und knetete sie mal sanft, mal kräftig und voller Begehren. Sie spürte, wie sich ihre Brustwarzen unter seinen forschenden, reizenden Fingerspitzen aufrichteten und hart wurden. Hitze durchströmte ihren Körper. Und dann schob er ihr eine Hand in den Ausschnitt, streichelte ihre nackte Haut und umfaßte ihre linke Brust, soweit es ihr Mieder zuließ.

Sie fühlte sich wie berauscht und wünschte, er möge nicht aufhören. Ihre Brüste schienen unter seinen Händen anzuschwellen, und auch in ihrem Schoß fühlte sie einen erregenden Druck, der nach mehr verlangte. Ihr war, als würde sie zum erstenmal ihren Körper und seine Fähigkeit zur Leidenschaft entdecken. Doch dann mahnte die Stimme der Vernunft sie, ihm nicht jetzt schon zuviel Intimität zu gewähren, wie sehr sie es auch genießen mochte.

Heather trat atemlos einen halben Schritt von ihm zurück. Seine Hand rutschte dabei aus ihrem Ausschnitt. Sie hielt sie fest, so daß sie auf dem Ansatz ihrer Brüste lag. »Gus, ich... ich weiß nicht, was du mit mir getan hast!« stieß sie verstört hervor.

Er lächelte schief. »Bin ich zu stürmisch gewesen?«

»Du bist der erste, der mich so geküßt... und so berührt hat, Gus«, flüsterte sie.

»Ich wollte zärtlich zu dir sein und dir zeigen, wie sehr ich dich liebe. Sag, hat es dir nicht gefallen?«

Sie zögerte bewußt. »Doch, aber es... es hat mich auch sehr verwirrt,

Gus. Und du hast mich richtig überrumpelt. Ich bin noch nie mit einem Mann allein bei Nacht nach Hause gegangen, geschweige denn so geküßt und... gestreichelt worden«, unterstrich sie ihre Unschuld.
»Es tut mir leid, wenn ich dich erschreckt habe. Ich habe mich wohl von meinen Gefühlen zu dir hinreißen lassen.«
Sie lächelte. »Du hast mich nicht erschreckt, Gus. Du hast mich nur verwirrt... und ganz schwindelig gemacht. Und jetzt bring mich nach Hause!«
»Treffen wir uns morgen?«
»Mal sehen«, ließ sie ihn zappeln, obwohl sie nichts lieber wollte, als morgen, übermorgen und jeden weiteren Tag mit ihm zusammenzusein. »Du kannst ja am späten Vormittag mal bei uns reinschauen.«
Als sie in ihrem Bett lag, konnte sie vor Aufregung lange nicht einschlafen. Gus liebte und begehrte sie! Er war das kleine Wunder, das sie herbeigefleht hatte, seit ihr Vater sie mit seiner Spekulation ins Unglück gestürzt hatte. Gus war ihre Rettung aus der Verbannung in ein von Armut geprägtes Leben. Wäre der Fall ihres Vaters nicht so tief gewesen, hätte sie in Boston gewiß eine viel bessere Partie machen können, doch es hatte keinen Sinn, verlorenen Träumen nachzuhängen und die Chancen darüber zu verpassen, die sich ihr jetzt boten. Gus konnte ihr immerhin eine gesicherte Existenz bieten, die weit über der eines Buchhalters bei *Abbot Steam* lag. Die Atkins besaßen neben der gutgehenden Schreinerei Immobilien in Bath. Es war ein solides Vermögen, das Gus als einziges Kind erben würde. Mehr konnte sie gar nicht erhoffen. Ihre Mutter würde stolz auf sie sein – und Daphne große Augen bekommen.
Heather verstand ihre Schwester nicht. Es überstieg ihr Begriffsvermögen, wie sie sich bloß dazu hergeben konnte, einer alten Frau wie dieser Eleanor Bancroft das Haus zu führen und sich von ihr tyrannisieren zu lassen. Und dann hockte sie auch noch in der Bücherei, um sich ein paar Dollar mehr im Monat zu verdienen. Das hatte sie doch überhaupt nicht nötig. Bei ihrem Aussehen! Ihre Freundinnen machten sich schon über Daphne lustig, und mehr als einmal hatte sie sich für ihre Schwester geschämt, daß diese so wenig Stolz besaß und sich freiwillig zu einem billigen Putzmädchen degradierte. Kein Wunder, daß sich trotz ihrer bildhübschen Erscheinung nur ein Bauerntölpel wie Andrew Jenkins für sie interessierte. Heather hätte diesem besseren Kutscher nicht mal einen Tanz gewährt. Bestimmt roch er immer nach Pferden, auch wenn er saubere Sachen anhatte. So etwas fand sie abstoßend.

Na, vielleicht war es ganz gut, daß Daphne so wenig Ehrgeiz entwikkelte, was Männer betraf, die eine gute Partie waren. Wenn sie mit diesem schäbigen Leben zufrieden war, würde sie die letzte sein, die sie davon abhalten wollte. Und irgendwie nötigte ihr Daphnes Arbeitseifer widerwillige Bewunderung ab. Es gehörte schon Zähigkeit dazu, Tag für Tag diese herabwürdigende Arbeit zu leisten und dabei noch fröhlich zu bleiben.

Heather ließ ihre Hände über ihre Brüste wandern, so wie Gus es getan hatte, und lächelte dabei. Es war schön gewesen und hatte sie sehr erregt. Sie mochte zwar nicht die Schönheit ihrer Schwester besitzen, doch jetzt wußte sie, daß es auch ihr gegeben war, einen Mann wie Gus Atkins mit ihren körperlichen Reizen verrückt zu machen und ihn dahin zu bekommen, wo sie ihn haben wollte – nämlich in den sicheren Hafen der Ehe. Mit diesem triumphierenden Gefühl schlief sie ein.

Gus holte sie am nächsten Tag zu einer Spazierfahrt ab, und natürlich richtete er es so ein, daß sie außerhalb von Bath ein einsames, idyllisches Plätzchen fanden, wo sie ungestört waren und sich küssen und streicheln konnten. Diesmal jedoch ließ sie nicht zu, daß er sie am Busen berührte. Er sollte sich ruhig nach ihr verzehren und nicht glauben, sie sei so leicht zu haben. Und er war verrückt nach ihr, das stand außer Frage.

In den folgenden Wochen waren sie so häufig zusammen, wie Gus es einrichten konnte. Er wurde immer ungeduldiger und drängender in seinen sexuellen Wünschen. Doch sie hielt ihn hin, und es wurde Ende Mai, bis sie ihm endlich erlaubte, ihre Brust zu entblößen und sie dort zu küssen. Sie lernte auch, ihre anfängliche Abscheu vor seiner Männlichkeit zu überwinden und ihn dort so zu streicheln, wo und wie er es ihr zeigte. Sie hatte Macht über ihn, doch sie wußte auch, daß er sich nicht mehr lange mit dieser Ersatzbefriedigung zufriedengeben würde. Er war kein schüchterner Junge wie Patrick, sondern ein Mann, der genau wußte, was er wollte. Sie war sicher, daß er schon die einschlägigen Häuser am Hafen aufgesucht und dort erfahren hatte, welche Lust eine Frau einem Mann mit ihrem Körper bereiten kann.

Als sie an einem wunderschönen Sonntagnachmittag im Juli mit dem offenen Landauer über die Old Brunswick Road zur Merrymeeting Bay fuhren und sich dort am Ufer, weitab von der Straße, zu einem Picknick ins warme Gras setzten, wußte sie, daß *es* geschehen würde.

Gus hatte kaltes Huhn, Roastbeef, frisches Brot, Nußkuchen und Obst sowie eine Flasche Rotwein mitgebracht. Und während die Nachmittagssonne auf den Parasol fiel, den Heather aufgespannt hatte, ließen sie es sich schmecken und redeten über ihre Zukunft.

»Lange wird Dad es wohl nicht mehr machen«, sagte er und nagte dabei ein Hühnerbein ab. »Du weißt, er hat es auf der Lunge, und die Ärzte sagen, daß er sich schonen muß. Bisher hat er nichts darauf gegeben, doch allmählich wird er einsehen, daß er das Geschäft mehr und mehr in meine Hände legen muß.«

»Das tut mir leid für deinen Vater, aber für dich freue ich mich«, sagte sie und frohlockte innerlich. Wenn Gus das Geschäft seines Vaters übernahm, war das genau die richtige Zeit für sie zu heiraten. »Und wann, glaubst du, wird er sich zur Ruhe setzen?«

»Spätestens im Herbst. Meine Eltern schauen sich im Augenblick nach einem netten Haus etwas außerhalb der Stadt um, wo die Luft besser ist.« Er warf den Knochen hinter sich ins Gebüsch, wischte sich die Hände an der Serviette ab und nahm einen Schluck Wein. »Tja, dann habe ich das Haus in der Elm Street ganz für mich.«

»Ganz *allein* für dich? Wird es dir nicht ein bißchen zu groß und trostlos vorkommen?« fragte sie hintersinnig und sah ihn mit einem Lächeln an, das ihre Gedanken verriet. »Bist du wirklich zum Einsiedler geboren?«

Er beugte sich zu ihr und zog sie auf die Decke nieder. »Ich glaube nicht, daß ich das Haus ganz allein bewohnen werde«, sagte er schmunzelnd und strich über ihren Busen, ließ seine Hand über ihren Bauch hinabgleiten und fuhr über ihre Oberschenkel.

»Nein? Wirst du dir vielleicht einen Hund zulegen?« neckte sie ihn.

»Das nun nicht gerade, aber anschmiegsam muß der Mitbewohner schon sein«, ging er auf ihren scherzhaften Ton ein und schob seine Hand nun unter ihr Kleid, um an ihrer Unterhose zu ihrem Schoß zu wandern. »Und auch die erregenden Rundungen an den richtigen Stellen haben, etwa so wie du sie besitzt.«

»Etwa?«

»Genauso«, sagte er mit einem leisen Lachen, das von Begehren erfüllt war, und fuhr mit den Fingerkuppen über die weiche Erhebung zwischen ihren Beinen.

»Ach, Gus, du sollst das doch nicht tun!« seufzte sie, während das Blut in ihr zu pulsieren bekann. »Du weißt doch ganz genau, wie schwer es mir fällt, dich immer zurückweisen zu müssen.«

»Du mußt ja gar nicht«, erwiderte er, ohne mit seinen Liebkosungen aufzuhören.

»Doch, ich muß. Ich bin noch keine verheiratete Frau«, hielt sie ihm mit einem erneuten Seufzer vor, der ihm zeigen sollte, wie sehr auch sie es sich eigentlich wünschte, seinem Drängen nach Vereinigung nachgeben zu dürfen.

»Ich liebe dich, Heather, das weißt du. Und ich bin regelrecht verrückt nach dir wie nach keiner anderen zuvor«, versicherte er. »Aber ich kann keine Frau heiraten, die mich nicht wirklich und bedingungslos liebt.«

»Aber ich liebe dich doch!« protestierte Heather.

»Wenn du mich wirklich liebst, dann macht es doch keinen Unterschied für dich, ob du dich erst nach unserer Heirat ganz hingibst oder vorher schon«, sagte er eindringlich und fuhr schnell fort: »Ich möchte wissen, daß wir auch wirklich in *allem* so wunderbar zusammenpassen, wie ich es mir erträume... und auch glaube, daß es sein wird. Aber ich werde nicht den Fehler begehen, den mein Vater gemacht hat. Er hat nämlich erst nach seiner Heirat festgestellt, daß meine Mutter nicht... nicht leidenschaftlich ist und alles nur als Ehepflicht über sich hat ergehen lassen.«

Das war ganz eindeutig ein Ultimatum, und Heather rang einen Augenblick mit sich, ob sie standhaft bleiben oder aber seinem Drängen nachgeben solle. Aber hatte sie denn eine andere Wahl? Sie spürte, daß Gus meinte, was er sagte. Er würde die Katze nicht im Sack kaufen, wie wenig schmeichelhaft diese Überlegung auch für sie sein mochte. Doch wenn sie ihn nicht verlieren wollte, konnte sie ihre Unschuld nicht länger verteidigen, als hinge ihr Leben davon ab.

»Ich liebe dich, Gus, und sehne mich danach, dir ganz die Frau zu sein, die du dir wünschst... mit Leib und Seele«, sagte sie deshalb mit bebender Stimme. »Ich bin erzogen worden, mich nur meinem angetrauten Mann hinzugeben, doch ich verstehe deine Sorge, auch wenn sie völlig unbegründet ist, und weil ich dich jetzt schon als meinen Mann betrachte, soll es geschehen. Doch bitte sei sanft zu mir. Noch nie hat mich ein Mann nackt gesehen...«

»Mein Liebstes, habe keine Angst. Ich werde ganz zärtlich zu dir sein«, versicherte er und bedeckte ihr Gesicht mit einer Flut von Küssen.

Heather hatte Mühe, ihre Verkrampfung vor ihm zu verbergen, während er sie zu entkleiden begann. Als er ihr Kleid und Leibchen ausgezogen hatte, wollte sie ihm Einhalt gebieten. Doch sie verbiß sich ihre Worte, die ihr schon auf der Zunge lagen. Hastig fuhr er aus seinen Sachen. Sein steifes Glied erschreckte sie, und als schließlich auch ihr Höschen fiel und sie nackt im Sonnenlicht lag, wünschte sie, es wäre wenigstens Nacht.

»Sei ganz ruhig«, flüsterte er, während er ihren Körper streichelte und ihre Brüste küßte. »Du wirst es mögen, das verspreche ich dir. Ich werde es dir schön machen, so schön, daß du nie davon genug bekommen wirst.«

Seine Hand öffnete ihre Schenkel, und seine Finger teilten ihren Schoß, öffneten das zarte jungfräuliche Fleisch, das noch keine Männerhand berührt hatte. Doch allzu rasch legte er sich auf sie.

»Küß mich!« bat Heather mit gepreßter Stimme, als sie sein heißes, hartes Glied zwischen ihren Beinen spürte, das sich ihr entgegendrängte.

»Ja ja«, murmelte er. »Zieh die Beine höher an. Ja, so ist gut. Oh, mein Gott, wie habe ich auf diesen Moment gewartet!« Und dann stieß er in sie hinein.

Beinahe hätte Heather vor Schmerz laut aufgeschrien, als er sie aufriß und sich tief in sie hineinbohrte. Sie bäumte sich unter ihm auf, doch er merkte es in seiner Wollust kaum. Feuer schien sich in ihrem Unterleib auszubreiten, während er sie mit heftigen Stößen nahm.

Es muß dir Spaß machen! Du mußt ihm zeigen, wie sehr es dir gefällt! schoß es ihr durch den Kopf. Er will eine leidenschaftliche Frau! Jetzt geht es um deine Zukunft! Und wenn es noch so schmerzt, du mußt so tun, als sei es das Schönste auf der Welt! Du willst doch Missis Heather Atkins werden!

Missis Atkins!

Der Gedanke gab ihr die Kraft, den Schmerz zu ignorieren und ihm Lust vorzugaukeln. Sie gab ein unterdrücktes wollüstiges Stöhnen von sich.

»Es gefällt dir, nicht wahr?« keuchte er, stützte sich mit einer Hand neben ihr auf der Decke ab und knetete mit der anderen ihre linke Brust.

»O ja, es ist schön, Gus«, stieß sie hervor und zwang sich zu einem glücklichen Lächeln. »Ich... ich spüre dich überall!« Das tat sie fürwahr!

Sein Atem wurde schneller. »Du machst mich so verrückt, daß es mir schon gleich kommt!«

Sie schlang ihre Arme um seinen Leib und bewegte ihr Becken so, wie sie meinte, daß es ihm gefallen würde. Sie kam ihm mit ihrem Schoß entgegen, als könne sie es nicht erwarten, sein Glied wieder tief in sich zu spüren. Dabei konnte sie es nicht erwarten, daß diese Qual ein Ende nähme.

»Heather! ... Oh, Heather!« stöhnte er Augenblicke später. »Jetzt! ... Jetzt!«

»Ja, ja!« rief sie. »Es ist schön ... Es ist wunderschön! Ich liebe dich! Ich liebe alles an dir! Komm nur!«

Unter lautem Stöhnen entlud er sich in ihr und sank dann ermattet auf sie. Heather verbarg ihr schmerzverzerrtes Gesicht an seiner Schulter und streichelte ihn, während sie ihm wieder und wieder beteuerte, wie wunderbar es gewesen sei und wie glücklich sie sich fühle.

Etwas später bereute sie, nicht zurückhaltender gewesen zu sein, denn er glaubte, sie ein zweites Mal beglücken zu müssen. Diesmal zeigte er mehr Ausdauer, was die Qual für sie schier unerträglich machte. Doch eisern hielt sie durch. Wenn dies der Preis war, um Missis Atkins zu werden, dann würde sie ihn bezahlen.

Heather bezahlte ihn in den nächsten Wochen noch so manches Mal, wenn sie auch nicht mehr zuließ, daß er sie an ihren fruchtbaren Tagen nahm und sich in ihr ergoß.

Zehntes Kapitel

William streifte die schwarzen Ärmelschoner von den Ellbogen, legte sie gefaltet oben auf die Rechnungsbücher und verschloß die Schublade. Den Schlüssel gab er beim Bürovorsteher ab, der den Buchhalter mit einem unverbindlichen Nicken in den Feierabend entließ.

»Na, da hätte ich es mit meiner letzten Fuhre ja gar nicht besser einrichten können!« rief James Jenkins, als er ihn aus dem Fabrikgebäude treten sah. Er stand mit seinem Fuhrwerk vor der Laderampe. Zwei Arbeiter luden gerade die letzten Kesselbleche vom Wagen, die er vom Hafen abgeholt hatte. »Los, steig auf, Bill! Wir können sofort los.«

William winkte ab. »Danke, James, aber heute nicht. Ich geh' lieber zu Fuß. Brauche frische Luft und Bewegung.«
James nickte verständnisvoll. »Ist mir sowieso schleierhaft, wie man sein Leben in einem Büro verbringen kann. Wenn ich nicht hier oben auf dem Kutschbock sitzen könnte, würde ich eingehen wie eine Primel im Kohlenkeller«, sagte er grinsend. »Besonders bei diesem Wetter! Es muß bei euch da drinnen ja so heiß sein wie im Maschinenraum eines Dampfers!«
William erwiderte das Grinsen. »Dafür frieren wir im Winter. Nimmt man dann den Mittelwert aus Sommer und Winter, kommt dabei eine sehr angenehme Durchschnittstemperatur für das Jahr heraus.«
James lachte. »Typisch Buchhalter!« rief er. »Sehen wir uns heute noch im *Albion*?«
»Ich werd' auf ein Bier reinschauen.«
»Gut, bis dann!«
Gemächlichen Schrittes machte sich William auf den Heimweg. Die Stunde Fußweg kam ihm an diesem Tag sehr gelegen. Nicht nur wegen der Luft und der Bewegung. Es gab so vieles, was ihm durch den Kopf ging und gut bedacht werden wollte. Er machte sich Sorgen. Seit Wochen schon. Und außer Mabel hatte er keinen, dem er sich anvertrauen und mit dem er darüber reden konnte. Mabel war eine warmherzige Frau und schenkte ihm die Geborgenheit und Zärtlichkeit, die er bei Sophie nicht mehr fand. Aber letztendlich stand sie bei diesen Problemen, die ihn und seine Familie betrafen, doch abseits.
Gerüchte gingen in der Firma um, die ihm gar nicht gefielen. Sie beunruhigten ihn zutiefst, auch wenn es sich nur um Gerüchte handelte und nichts so heiß gegessen, wie es gekocht wird. Dennoch: Die meisten Gerüchte haben zumindest einen wahren Kern. Und es mußte schon einen ernsten Grund haben, weshalb dieser sauertöpfische Norman Frazer, ein Bilanzprüfer aus Augusta, sich fast eine geschlagene Woche bei *Abbott Steam* umgeschaut hatte. Stumm wie ein Fisch hatte er sich Rechnungs- und Auftragsbücher und was es sonst noch an Unterlagen gab, vorgenommen und sich seitenweise Notizen gemacht. In jeden Winkel der Firma hatte er seine Nase gesteckt, die so spitz war wie eine Schreibfeder.
Niemand hatte sich zunächst einen Reim darauf machen können. Bis dann die ersten Gerüchte aus dem Vorzimmer des Direktors gesickert waren: Norman Frazer nahm eine Wertschätzung der Firma vor. Natürlich hatte sich jeder gleich die Frage gestellt, was dahintersteckte.

Wollte jemand bei *Abbott Steam* einsteigen? Stand eine Fusion mit einer anderen Firma ins Haus? War nicht die *Clatterbuck Steam Company* in Augusta, ihr schärfster Konkurrent, schon vor Jahren an *Abbot Steam* interessiert gewesen? Ging es vielleicht sogar um einen Totalverkauf?
Was immer auch von der Firmenspitze überlegt und geplant wurde, alles deutete auf eine schwerwiegende Veränderung hin – und das bedeutete zuerst einmal Unsicherheit für jeden, der bei *Abbott Steam* in Brot und Arbeit stand.
William grübelte darüber nach, was zu unternehmen war. Viel gab es nicht, was er tun konnte, um sich vor dem Ungewissen zu schützen. Aber eine Idee, die ihm vor ein paar Tagen gekommen war, schien es gewiß wert, intensiver verfolgt zu werden. Und er wußte nur eine Person, die er damit betrauen konnte – seine Tochter Daphne. Er war stolz auf das, was sie sich freiwillig aufgebürdet hatte und klaglos ertrug. In einem gewissen Sinne sah er sich in ihr wieder. Sie war sein charakterliches Ebenbild. In seiner Jugend war er so gewesen wie sie: aufgeweckt, zupackend und ohne Scheu, sich die Hände schmutzig zu machen, wenn es darum ging, sich noch einen Dollar extra zu verdienen. Ein Jammer, daß sie kein Mann war. Aber was beklagte er sich! Sie würde auch als Frau ihren Weg machen, dessen war er sicher. Und um Edwards Zukunft brauchte er sich auch keine Sorgen zu machen. Er zeigte so ausgezeichnete Leistungen in der Schule, daß Mister Thornton persönlich ihn schon aufgesucht und ihm ans Herz gelegt hatte, seinen Sohn nach Brunswick auf die *Junior Academy* zu schicken, die dem renommierten Bowdoin College angeschlossen war, damit er später studieren könne. Unterbringung und Schulgebühren würden aber ein Vielfaches von den drei Dollar betragen, die Mister Thornton im Quartal von seinen Schülern nahm. Der Schulleiter hatte zwar versprochen, sich für Edward einzusetzen und ihm ein Stipendium zu verschaffen. Aber auch dann würde er noch mindestens fünf Dollar dazuzahlen müssen – *im Monat*, nicht im Quartal!
Aber durfte er seinem Sohn diese einzigartige Chance verwehren? Sein Vermögen und sein Unternehmen hatte er verloren. Davon war nichts mehr übrig, was er Edward vererben konnte. Doch er war verpflichtet dafür zu sorgen, daß er die bestmögliche Ausbildung erhielt, die ihn später in die Lage versetzte, den Beruf seiner Wahl zu ergreifen – sei es nun den des Arztes oder den des Rechtsanwaltes. Was immer ihm erstrebenswert schien, er sollte dazu die nötigen Voraussetzungen er-

halten und eine akademische Karriere machen können. Und dafür würde er jeden Cent zusammenkratzen. Das war er ihm schuldig.
Nach dem Abendessen nahm er Daphne beiseite. »Könntest du mir einen Gefallen tun?«
»Sicher, Dad. Was soll ich tun?«
»Ich nehme an, du hast in den letzten sechs, sieben Monaten gelernt, sehr genau auf die Preise beim Einkaufen zu achten und zu kalkulieren.«
Daphne schmunzelte. »Und ob ich das gelernt habe! Bei Missis Bancroft muß alles auf den halben Cent genau stimmen. Aber was hat das mit dem Gefallen zu tun, von dem du gesprochen hast?«
»Ich möchte, daß du mir ausrechnest, wie hoch im Schnitt täglich unsere Lebenshaltungskosten sind«, sagte er.
»Aber du weißt doch, wieviel du Mom wöchentlich an Haushaltsgeld gibst«, wandte sie ein.
Er schüttelte den Kopf. »Damit kann ich nichts anfangen. Ich weiß, daß sie einiges davon für ihren... Verein abzweigt, und in dem wöchentlichen Haushaltsgeld sind ja auch die Kosten für einige Dinge enthalten, die mit der reinen Ernährung nichts zu tun haben.«
»Die Flaschen *Doctor Polk's*?«
Er nickte. »Zum Beispiel.«
»Ich soll also ausrechnen, was wir in der Woche für Essen und Trinken ausgeben«, stellte sie fest.
»Ja, aber nicht für die ganze Familie, sondern pro Kopf gerechnet. Und da Edward ja wie ein Erwachsener ißt, wird es die Rechnung nicht verzerren, wenn du die wöchentlichen Kosten am Schluß durch fünf teilst.«
»Das kann ich gerne machen, Dad«, sagte Daphne bereitwillig. »Verrätst du mir denn auch, was du damit bezweckst? Mom wird es bestimmt nicht gern hören, wenn du ihr vorwirfst, sie gebe zuviel Geld aus. Und wenn ich dir dann auch noch alles ausgerechnet habe... Ich meine, ich möchte ihr doch nicht so in den Rücken fallen. Sie hat sich in letzter Zeit wirklich bemüht, umsichtig einzukaufen.«
»Es ehrt dich, daß du deine Mutter in Schutz nimmst, Daphne«, sagte er mit einem liebevollen Lächeln. »Aber das ist in diesem Fall überhaupt nicht nötig. Es geht mir nicht darum, deiner Mutter Verschwendung nachweisen zu wollen. Diese Aufstellung, die du bitte auch in Frühstück, Mittag- und Abendessen unterteilst, sofern dir das möglich ist, diese Aufstellung hat absolut nichts damit zu tun. Ich

weiß, daß du jetzt natürlich brennend gern wissen möchtest, weshalb ich diese Zahlen brauche. Aber ich möchte dich um Geduld bitten. Es wäre zu früh, jetzt schon darüber zu reden.«
Daphne akzeptierte seine Erklärung und stellte auch keine weiteren Fragen. Noch am selben Abend machte sie sich an die Arbeit. Da tags darauf Sonntag war, konnte sie ihre genauen Listen am nächsten Morgen gleich fortführen. Und zwar völlig ungestört. Ihr Vater war mit James unterwegs, ihre Mutter traf sich mit ihren Gesinnungsgenossinnen vom Verein, Edward war zum Ballspiel auf dem großen Sandplatz jenseits der Eisenbahnschienen – und Heather war mit Gus auf dem Volksfest, das drüben in Wollwich stattfand, auf der anderen Seite des Kennebec.
Als Andrew kam und sie ebenfalls einlud, doch mit ihm die Fähre nach Wollwich zu nehmen und sich den Rummel dort anzuschauen, erteilte sie ihm eine Absage. Sie war froh, daß sie diesmal nicht zu lügen brauchte, weshalb sie keine Zeit für ihn hatte. Sie brauchte bloß auf die vielen beschriebenen Blätter auf dem Küchentisch zu weisen.
»Ich kann wirklich nicht, Andrew. Ich muß eine wichtige Arbeit für meinen Dad erledigen, und dafür gibt es keinen besseren Tag als heute, wo ich Ruhe im Haus habe«, sagte sie, damit er erst gar nicht auf die Idee kam, zu bleiben und sich zu ihr zu setzen.
Er machte ein enttäuschtes Gesicht. »Den ganzen Sommer über hast du nur drei-, viermal richtig Zeit für mich gehabt, und jetzt haben wir schon August. Immer hast du irgend etwas zu erledigen. Denkst du denn nicht auch einmal an etwas anderes als an deine Arbeit?« fragte er mit kaum verborgenem Vorwurf in Stimme und Miene.
Daphne sah ihm offen ins Gesicht. »Soweit ich es beeinflussen konnte, habe ich mein Leben so eingerichtet, wie ich es für mich für richtig halte, Andrew. Und ich bin damit zufrieden. Es tut mir leid, wenn du dir etwas anderes erhofft hast, aber ich kann nicht aus meiner Haut, ich will es auch gar nicht.«
Es schmerzte, das sah sie ihm an. »Willst du mir damit sagen, daß ich besser nicht wiederkommen soll?« fragte er mit belegter Stimme.
Sie schüttelte den Kopf. »Nein, das wäre das andere Extrem, Andrew. Können wir denn nicht einfach gute Freunde sein, die sich mögen, ohne jedoch ein... ein Paar zu werden?«
Er wich ihrem Blick aus und schaute auf seine blankgeputzten Schuhe. »Einfach nur Freunde? Ich habe mir mehr, viel mehr gewünscht...«
»Ich weiß, Andrew«, sagte sie leise und mit Bedauern.

Er schwieg, dann machte er eine vage Geste. »Freunde... Ich weiß nicht, Daphne«, murmelte er niedergeschlagen. »Ich werde darüber nachdenken.«
Daphne saß eine Weile gedankenversunken da, bevor sie ihre Arbeit wiederaufnahm. Machte sie einen schweren Fehler, daß sie sich dagegen sträubte, eine Bindung einzugehen? Sie war, wie ihre Schwester und alle anderen Mädchen, die sie kannte, in der Überzeugung aufgewachsen, daß es für sie nichts Wichtigeres gab, als einen Ehemann zu finden, eine gute Partie, und somit fürs Leben »versorgt« zu sein. Noch vor einem Jahr hatte sie es fast für ein Naturgesetz gehalten, daß man als Mädchen danach zu trachten hatte, noch vor dem zwanzigsten Lebensjahr verheiratet zu sein, und daß man sich auf die Rolle als Ehefrau und Mutter einzustellen hatte. Heather glaubte noch immer unerschütterlich daran, daß es nichts Erstrebenswerteres gebe, als den Ehering am Finger zu tragen. Doch bei ihr war diese Überzeugung ins Wanken geraten. Es war mehr ein Gefühl, das sie nicht so recht in Worte zu fassen vermochte, warum sie nicht mehr an das glauben konnte, was noch bis vor einem Jahr ihre Mädchenträume beherrscht hatte und ihr als Erfüllung ihres Daseins vorgekommen war: eine Hochzeit in Weiß, ein gesichertes Leben an der Seite eines erfolgreichen Geschäftsmannes, Kinder und ein Haus, in dem sie die junge, glückliche Mistress war und der Mann einen Hort der Geborgenheit fand, wenn er von seinen anstrengenden Geschäften nach Hause kam. Sicher hatten die Enttäuschung, die sie mit John erlebt hatte, sowie das Auseinanderbrechen ihrer eigenen Familie etwas damit zu tun. Doch es erklärte längst nicht, weshalb sie sich so anders *fühlte* und weshalb da etwas tief in ihr gärte, nämlich die Ahnung, daß es noch etwas anderes gab. Etwas, das den Einsatz lohnte, gesucht und entdeckt zu werden.
Was immer es auch sein mag, heute werde ich es bestimmt nicht herausfinden, sagte sie sich schließlich und schob ihre grüblerischen Gedanken beiseite, um sich wieder auf ihre Aufgabe zu konzentrieren.
Am Nachmittag war sie damit fertig. Gewissenhaft ging sie alles noch einmal durch, konnte jedoch keinen einzigen Fehler finden.
Als ihr Vater nach Hause kam, setzte sie sich mit ihm hinter dem Haus unter einer ausladenden Rotbuche auf die Bank. James hatte sie ihnen aus alten Brettern gezimmert.
»Du bist schon fertig?«
»Bis auf den halben Cent ausgerechnet!« verkündete sie stolz und

reichte ihm das Blatt, auf dem sie die wichtigsten Posten und Zahlen noch einmal fein säuberlich von ihren Schmierzetteln übertragen hatte.
»Nein, lies es mir vor und erklär es mir gleich!« bat er. »Ich verstehe nun wahrlich nichts von Haushaltsführung.«
»Gern.« Daphne brauchte eigentlich gar nicht vom Blatt abzulesen, denn sie konnte die Zahlen mittlerweile im Schlaf herunterrasseln. »Beginnen wir mit dem Frühstück. Ich bin davon ausgegangen, daß wir im Schnitt jeden zweiten Tag ein Ei essen – ob nun gekocht, als Spiegelei oder unter Bratkartoffeln. Bei zwölf Cent für ein Dutzend Eier macht das pro Kopf und pro Frühstück einen halben Cent. Milch schlägt bei acht Cent der Quart mit einem Cent zu Buche. Tee und Kaffee noch einmal mit einem halben Cent.« Hier unterbrach sie ihre Aufzählung. »Da gemischter Tee zur Zeit sechzig Cent das Pfund und Kaffee gerade einunddreißig Cent kostet, kann man hier noch gut einen Cent in der Woche sparen, wenn wir während der Woche vorwiegend Kaffee trinken und Tee nur noch am Sonntag.«
Er lächelte. »Einsparungen dieser Art schwebten mir eigentlich nicht vor, als ich dich bat, diese Aufstellung zu machen. Aber dennoch danke ich dir für den Hinweis.«
Daphne war gespannt, was er denn damit bezwecke, fuhr aber erst einmal fort: »Für Zucker und Sirup kommt ein Cent dazu. Selbst eingemachte Marmelade kostet kaum einen viertel Cent, das ist das Billigste von allem. Käse und Schinken, immer eines über den anderen Tag, summieren sich dagegen auf einen Cent. Für Butter und Schmalz noch einmal soviel. Brot drei viertel Cent und Kartoffeln, bei vierzig Cent der Buschel, auch knapp einen Cent.«
»Das Frühstück kommt also auf...?«
»Sieben bis siebeneinhalb Cent«, teilte sie ihm mit. »Das ist aber schon ein sehr reichhaltiges Frühstück, wie du und Edward es liebt. Dafür fällt für dich aber zum Mittag nicht viel an, weil du ja nur Brote mit in die Firma nimmst. Ich habe das folgendermaßen ausgerechnet...«
William hob abwehrend die Hand. »Laß gut sein, Daphne! Ich bin sicher, daß du sorgfältige Arbeit geleistet und sogar die Messerspitze Bratenfett und die Prise Salz nicht vergessen hast. Wir brauchen deine Liste deshalb nicht Posten für Posten durchzugehen. Sag mir, was unter dem Strich für eine erwachsene Person herauskommt!«
»Ich bin von einem normalen Speiseplan ausgegangen, der abwech-

selnd Geflügel, Fisch und Fleisch vorsieht. Im Durchschnitt kommt man dabei auf einen Preis von zehn Cent das Pfund«, stellte Daphne noch ihrer abschließenden Berechnung voran. »Pro Tag und pro Person belaufen sich die Kosten dann auf etwa fünfundzwanzig Cent.«

»Pro Woche also auf eindreiviertel Dollar«, rechnete William aus.

Daphne nickte. »Da ist dann aber auch alles enthalten. Man kann aber mit Leichtigkeit noch zehn, fünfzehn Cent pro Person und Woche einsparen«, sagte sie.

»Ich hoffe, daß das nicht nötig sein wird«, meinte William nachdenklich.

»Aber es könnte passieren?« fragte sie.

»Wer weiß, was die Zukunft bringt?«

»Wenn du Sorgen hast, Dad, warum nimmst du dann nicht das Geld, das ich bei Missis Bancroft und in der Bücherei verdiene?« bot sie ihm zum wiederholtenmal an.

Er tätschelte beruhigend ihre Hand. »Leg es nur auf die hohe Kante, mein Kind! So schlecht ist es noch nicht um uns bestellt. Sollte es eines Tages nötig sein, dann ist es gut zu wissen, daß du einen beachtlichen Teil zu unserem Lebensunterhalt beitragen kannst. Aber vorher schwebt mir etwas anderes vor, wie wir das Geld für Edwards Schule in Brunswick zusammenbekommen können, ohne uns dafür allzusehr krummlegen zu müssen.«

»Es sind fünf Dollar im Monat, nicht wahr?«

»Ja, und die können wir damit verdienen, daß wir einen Logiergast ins Haus nehmen«, rückte er nun mit seiner Überlegung heraus.

»Einen Untermieter?« fragte Daphne überrascht.

»Ja, ich denke, wir können gut drei Dollar fünfzig pro Woche für Kost und Logis nehmen. Und deiner Rechnung nach bleiben uns dann nach Abzug der Kosten genau ein Dollar fünfundsiebzig Profit. Das sind volle sieben Dollar im Monat. Davon können wir Edward auf das Junior College schicken und behalten sogar noch etwas für uns übrig, und das kann nicht schaden.«

»Aber wo willst du einen Logiergast denn unterbringen, Dad? Wir haben doch gar kein Zimmer frei?«

Sophie stieß die Küchentür auf, die in den Garten hinausführte, und rief zum Essen.

William erhob sich. »Das läßt sich schon einrichten. Wir werden eben alle ein wenig Unbequemlichkeit in Kauf nehmen müssen«, sagte er. »Laß uns bei Tisch weiter darüber reden!«

Daphne machte ein bedenkliches Gesicht. Sie selbst hatte gegen einen Logiergast nichts einzuwenden, war sie doch von morgens bis abends aus dem Haus. Doch ihre Mutter würde sich mit Händen und Füßen gegen einen Untermieter zur Wehr setzen, das wußte sie jetzt schon.

So war es auch. Als William davon zu reden anfing, brauste Sophie sofort auf: »Einen Untermieter? Bei uns? Das kommt überhaupt nicht in Frage?«

»Wir können das Geld gut gebrauchen, Sophie«, versuchte er sie mit ruhiger Stimme zu überzeugen. »Es wäre eine Schande, wenn Edward die Chance, dieses Junior College zu besuchen, nicht wahrnehmen könnte, nur weil wir die fünf Dollar zusätzlich im Monat nicht aufbringen können.«

»Rede du nicht von Schande!« herrschte Sophie ihn an. »Wer war es denn, der uns in diese Situation gebracht hat? In Boston hat Edward einen Hauslehrer gehabt, und später hätte er die Harvard-Universität besuchen können, ohne daß uns die Ausgaben auch nur ein bißchen geschmerzt hätten. Du hast das doch alles verspielt! Aber ich lasse mich nicht noch mehr von dir demütigen, indem ich einen Untermieter unter meinem Dach dulden muß! Ein Fremder kommt mir nicht ins Haus!«

Edward schluckte. Es berührte ihn schmerzlich, daß er der Anlaß dieser Auseinandersetzung war, und mit auf den Teller gesenktem Kopf sagte er: »Ich will gar nicht nach Brunswick, Dad. Meinetwegen braucht ihr euch keine Gedanken zu machen. Ich komme auch so zurecht.«

»Dieses Urteil steht dir vielleicht in sechs, acht Jahren zu«, erwiderte William mit sanftem Tadel. »Doch bis dahin werden wir dafür sorgen, daß du die beste Ausbildung erhältst, die wir uns leisten können. Dir sollen später alle beruflichen Wege offenstehen. Deshalb wirst du nach Brunswick auf das College gehen.«

»Dann laß dir etwas anderes einfallen! Such dir eine besser bezahlte Stellung, als es dieser lächerliche Buchhalterposten bei *Abbott Steam* ist!« forderte Sophie ihn erzürnt auf. »Was sollen denn die Leute denken, wenn wir einen Logiergast bei uns aufnehmen, der mit uns vielleicht auch noch an einem Tisch sitzt! Und wie stellst du dir das denn vor? Du erwartest doch nicht im Ernst, daß ich einem Fabrikmädchen oder gar einem Mann Bett und Zimmer mache und ihn bekoche und bediene wie eine Schankfrau!«

»Genau das ist es, was ich von dir erwarte, Sophie. Heather wird dir dabei sicher eine Hilfe sein«, sagte William nicht ohne Sarkasmus.

»Das kommt ja gar nicht in Frage! Wie stehe ich dann da?«
Heather sprang ihrer Mutter zur Seite. »Und wie man über uns reden würde! Gus würde mich bestimmt keines Blickes mehr würdigen«, übertrieb sie.
»Du redest dummes Zeug!« Nun wurde William ärgerlich. »Viele ehrbare Familien haben Logiergäste, und niemand erregt sich darüber. Nein, ich denke nicht daran, Edwards Zukunft eurer Verbohrtheit zu opfern. Wir brauchen das Geld!«
»Aber Daphne bringt doch viel mehr als siebeneinhalb Dollar nach Hause«, sagte Heather hinterhältig. »Und sie hat doch schon mehrmals angeboten, davon etwas zum Haushalt beizutragen. Wenn sie diese fünf Dollar abgibt, ist doch alles in Ordnung, und wir brauchen das Haus nicht mit einer fremden Person zu teilen.« Und zu Daphne gewandt fügte sie hinzu: »Das muß dir doch auch viel lieber sein, oder?«
»Ich gebe die fünf Dollar gern, Dad. Ich möchte auch, daß Edward auf dieses College geht.«
William gab ihr keine Antwort, sondern fixierte Heather aus zusammengekniffenen Augen. »Du solltest dich schämen! Deine jüngere Schwester arbeitet und müht sich ab, während du auf deiner faulen Haut liegst und nur herumtändelst.«
»Ich tändle nicht herum«, protestierte sie. »Gus und ich werden heiraten!«
»Das wird sich zeigen. Noch hat er jedenfalls bei mir nicht um deine Hand angehalten.«
Heather errötete. »Er wird bald das Geschäft seines Vaters übernehmen. Dann wird er schon kommen.«
William machte eine wegwerfende Handbewegung. »Tatsache ist, daß du nicht einen Finger rührst, wenn es nicht unbedingt nötig ist. Und solange du nur allein an dich denkst und nichts für die Familie tust – glaubst du, ich bestrafe da Daphnes Arbeitseifer, indem ich ihr das hart erarbeitete Geld abnehme, damit du weiterhin deine Bequemlichkeit hast?«
Heather wurde hochrot im Gesicht.
»Du tust ihr unrecht!« verteidigte Sophie sie aufgebracht. »Du solltest vielmehr dankbar sein, daß Heather *nicht* arbeiten gegangen ist, ihre Chancen genutzt und so einen guten Fang gemacht hat. Ein Ehemann ist zehnmal wichtiger, als ein paar Dollar zu verdienen.«
Daphne zuckte innerlich zusammen, und Edward saß stumm und blaß an ihrer Seite.

»Natürlich ist es sehr löblich, daß Daphne so eifrig ist«, fuhr Sophie schnell fort, um dem letzten Satz die verletzende Schärfe zu nehmen. »Aber du kannst sie nicht mit Heather vergleichen. Im nächsten Jahr wird sie zwanzig, und da war es doch überaus klug, daß sie die Zeit für die Wahl ihres Zukünftigen genutzt hat. Bei Daphne ist das noch nicht so eilig. Sie ist ja zwei Jahre jünger, und wenn sie sich an den jungen Jenkins hält, ist sie auch bald versorgt.«

»Mom, bitte! Fang nicht schon wieder damit an!« bat Daphne.

»Du könntest dich Andrew gegenüber wirklich ein wenig entgegenkommender zeigen«, tadelte Sophie sie. »Er hält große Stücke auf dich, wenn du verstehst, was ich meine.«

»Nur zu gut«, seufzte Daphne, dieses Themas überdrüssig. »Aber für mich wird er nie mehr als ein guter Freund sein. Das habe ich ihm heute klipp und klar gesagt.«

»Das war aber sehr töricht von dir!«

»Wenn sie doch lieber bei Fremden im Haushalt arbeitet«, warf Heather gehässig ein.

»Schluß damit! Das ist jetzt nicht unser Thema«, ging William energisch dazwischen. »Ich habe nichts dagegen, wenn es zu einer Heirat bei euch kommt, Heather. Aber was den Untermieter und Edwards Ausbildung betrifft, lasse ich mich nicht umstimmen, Sophie. Wir nehmen einen Logiergast ins Haus!«

»Das ist ja lächerlich! Wo willst du ihn denn unterbringen? Vielleicht in der Küchenkammer?« höhnte Sophie.

»Nein, er oder sie wird unser Zimmer bekommen«, bestimmte er energisch. »Es ist das größte im Obergeschoß. Wir werden in Heathers Zimmer umziehen. Sie und Daphne werden sich ein Zimmer teilen. Da Heather so zuversichtlich ist, schon bald Missis Atkins zu heißen, wird es ihr ja nicht schwerfallen, mit dieser Regelung einverstanden zu sein. Und wenn Edward nach Brunswick geht und sie bis dahin immer noch bei uns wohnt, kann sie sein Zimmer haben. Damit ist uns allen geholfen.«

Sophie gab sich noch längst nicht geschlagen, und der Streit setzte sich bis in die Nacht fort. Als Daphne zu Bett ging, hörte sie noch immer die erregten Stimmen ihrer Eltern. Doch ihr Vater blieb hart. Sie würden einen Logiergast ins Haus nehmen und Edward nach Brunswick schicken. Da ließ er nicht mit sich handeln, weder im Guten noch im Bösen.

Schon am nächsten Tag wurden die Zimmer umgeräumt, und noch

einmal ging William zu Bert Winston, um die fehlenden Möbel für das zu vermietende Zimmer zu erstehen: Bett, Tisch, zwei Stühle und ein kleines Wandregal. Da Daphne sich aus Platzgründen nun Schrank und Waschtisch mit ihrer Schwester teilen mußte, konnten sie diese Möbelstücke aus Heathers Zimmer übernehmen.
Einen Untermieter zu finden war nicht schwer. Aus der ländlichen Umgebung drängten viele alleinstehende junge Männer und Frauen in die Stadt, die in den Fabriken, Werften und anderen Betrieben Arbeit fanden und eine Unterkunft suchten. Der Wechsel war allerdings häufig, besonders bei den jungen Mädchen, doch das mußte man in Kauf nehmen.
William aber hatte Glück. Der erste Interessent, der bei ihm vorsprach, stellte sich als ein strebsamer junger Mann von vierundzwanzig Jahren heraus. Er machte von Anfang an einen ausgezeichneten Eindruck. Gilbert Everson war als Versicherungsvertreter bei der bekannten *Atlantic Home & Land Insurance* angestellt, hatte sich seine ersten Sporen in Gardiner verdient und war nun in das Büro nach Bath versetzt worden. Das Zimmer sagte ihm zu. Er war auch mit den verlangten dreieinhalb Dollar pro Woche einverstanden und zahlte gleich im voraus.
Sophie mußte sich überwinden, den Untermieter zu begrüßen. Sie machte es so kurz wie möglich. Mit verschlossenem Gesicht führte sie ihn in das Eßzimmer, wo sie bisher nur an Sonntagen die Mahlzeiten eingenommen hatten. Doch da sie ihn schlecht mit an den einfachen Küchentisch bitten konnte, war geplant, daß sie von nun an alle im Eßzimmer zu den Mahlzeiten Platz nahmen.
»...zum Mittag bekommen Sie Brote mit. Zweimal in der Woche zusätzlich ein Stück kaltes Geflügel oder Schweinefleisch. Handtücher gibt es jede Woche neu, Bettwäsche alle vierzehn Tage«, zählte sie nüchtern auf. »Ein Bad wird extra berechnet. Zehn Cent für ein kaltes, fünfzehn für ein warmes. Hochtragen müssen Sie sich Bottich und Wasser aber selbst.«
»Natürlich, Missis Davenport«, sagte er höflich.
»Rauchen im Zimmer ist streng verboten. Nur nach den Mahlzeiten können Sie hier unten...«
»Ich bin Nichtraucher, Ma'am.«
»Alkohol...« setzte Sophie an.
Nun schritt William ein. »Alkoholische Getränke sind mit dem Kostgeld nicht abgedeckt. Doch wenn Sie mal ein Bier oder einen Brandy

wünschen, werde ich für ein geringes Aufgeld dafür sorgen«, sagte er konziliant und warf seiner Frau einen warnenden Blick zu, ihm ja nicht zu widersprechen.

»Das ist sehr freundlich von Ihnen, doch das dürfte sehr selten der Fall sein. Ich vertrage geistige Getränke leider nicht gut und habe daraus die entsprechenden Konsequenzen gezogen«, sagte Gilbert Everson mit einem verlegenen Lächeln.

Sophies Gesicht hellte sich etwas auf. Einen Saufkumpanen würde ihr Mann in diesem Logiergast jedenfalls nicht finden, und dafür konnte man schon dankbar sein.

»Untersagt ist auch Damenbesuch«, vergaß sie aber nicht zu erwähnen. »Und außerhalb des Zimmers erwarte ich, daß Sie in schicklicher Weise gekleidet sind – auch wenn Sie nachts einmal den Abtritt außer Haus benützen. Und meinen Töchtern gegenüber erwarte ich von Ihnen das untadelige Benehmen eines Gentleman.«

»Selbstverständlich, Missis Davenport«, versprach Gilbert Everson. »Sie werden bestimmt keinen Grund zur Klage finden.«

»Das will ich Ihnen auch nicht geraten haben, Mister Everson«, sagte Sophie abschließend. »Denn dann sind Sie die längste Zeit Logiergast bei uns gewesen, das schwöre ich Ihnen.«

»Nehmen Sie sich die etwas harschen Worte meiner Frau nicht allzusehr zu Herzen, Mister Everson!« sagte William entschuldigend, nachdem Sophie die Tür der Küche hinter sich geschlossen hatte. Er nahm an, daß sie jetzt zu ihrer »Medizin« griff. »Sie sind in unserem Hause herzlich willkommen, und wir werden alles tun, damit Sie sich bei uns auch wohl fühlen.«

»Danke, Mister Davenport«, sagte Gilbert erfreut über diesen herzlichen Ton nach der kühlen Begrüßung durch die Hausfrau. »Ich werde mich bemühen, Ihr Familienleben so wenig wie möglich zu stören.«

Am nächsten Tag zog er im Haus Pearl Street Nummer sechs ein. Am selben Tag suchte William Mister Thornton auf. Edwards Anmeldung an der Junior Academy in Brunswick stand nun nichts mehr im Wege.

Elftes Kapitel

William steckte sich seine Pfeife an, hüllte sich in Rauchwolken und schlug das *Kennebec Journal* vom Vortag auf. Er war nach dem sonntäglichen Mittagessen, das ein wirkliches Festmahl gewesen war, jedoch viel zu träge, um die Artikel eingehend zu studieren. Er überflog sie nur und gab dazu seinen Kommentar ab.

»Kriege, Kriege, wohin man auch schaut«, sagte er kopfschüttelnd. »England hat in Burma frische Truppen ins Gefecht geschickt, in China leidet die Bevölkerung noch immer unter den Verwüstungen der Taiping-Aufstände, Napoleon III. rasselt mal wieder mit dem Säbel, und die Italiener liegen sich mit den Österreichern in den Haaren, die doch wahrhaftig glauben, ihnen mit ihrer Flotte gewachsen zu sein. Und was macht Kaiser Maximilian in Mexiko? Er klammert sich an die Macht, als habe er noch eine Chance, mit heiler Haut aus diesem Bürgerkrieg herauszukommen.«

»Die Menschen haben eben aus früheren Kriegen nichts gelernt«, meinte Gilbert Everson, der sich nach dem Essen zu ihm unter die Buche gesetzt hatte. Das Laubkleid über ihnen begann sich schon herbstlich zu färben.

»Sie sagen es, Gilbert«, pflichtete William ihm grimmig bei. »Ich hoffe nur, wir Amerikaner haben aus den Schrecken unseres Bürgerkrieges gelernt. Doch wenn es um Macht und Profit geht, ist auch unsere Regierung nicht gerade zimperlich. Das sehen Sie ja daran, wie sie mit dem Süden umspringt. Das Land jenseits der Mason-Dixon-Linie liegt völlig am Boden. Es ist im Krieg ausgeblutet, auch wirtschaftlich, doch niemand im Norden schert sich darum. Im Gegenteil. Wir Yankees pressen jetzt alles aus den Südstaaten heraus, was wir kriegen können. Militärverwaltungen machen mit Kriegsgewinnlern und Finanzhaien gemeinsame Sache. Ich hege wahrlich keine großen Sympathien für die Rebellen. Doch wenn ich mich recht erinnere, haben wir den Krieg geführt, um die Union zu erhalten. Aber wie wollen wir jemals wieder zu einer Nation zusammenwachsen, wenn wir da unten wie die Vandalen hausen und ihnen nicht nur ihren Stolz nehmen, sondern auch die wirtschaftliche Grundlage ihrer Existenz? Und das Schäbigste an der ganzen Sache ist, daß dabei ausgerechnet die Schwarzen auf der Strecke bleiben. Man hat ihnen zwar die Freiheit gegeben, läßt sie jetzt aber mit dieser abstrakten Errungenschaft allein, weil es eigentlich keinen interessiert, wie sie nun zurechtkommen sollen. Kein Wunder, daß sie verelenden und der Süden nicht einmal zu Unrecht behaupten kann, daß es den Schwarzen unter der alten Herrschaft im Vergleich zu heute geradezu blendend gegangen ist. Und dafür haben Hunderttausende ihr Leben gelassen! Es ist mehr als nur bittere Ironie.«

»Das klingt wahrlich bedenklich«, stimmte Gilbert ihm zu. »Aber ich verstehe nicht viel von Politik. Ich komme ja kaum mal dazu, die Zeitung zu lesen. Dazu bleibt mir gar keine Zeit. Schon gar nicht, seit Mister Darlton erkrankt ist, unser stellvertretender Bezirksleiter.«

»Das sollten Sie aber, Gilbert«, meinte William mit wohlwollender Kritik. »Sie sind ein ehrgeiziger junger Mann, dazu sparsam, und das gefällt mir. Aber statt jeden Tag bis in die Nacht in Ihrem Zimmer über Ihren Papieren zu hocken, sollten Sie ruhig mal einen Blick in die Zeitung werfen. Auch wenn Ihnen das keine neue Police und Provision einbringt.« Er zwinkerte ihm zu und tippte dann auf einen Artikel. »Obwohl dieser Beitrag nicht gerade dazu angetan ist, einem Normalsterblichen die Freude an der Arbeit zu stärken.«

»Was steht denn da, Mister Davenport?« fragte Gilbert mit höflichem Interesse.

»Ah, so etwas wie eine Gehaltsliste der gekrönten Häupter Europas«, sagte William spöttisch. »Der russische Zar führt sie an, und zwar mit einem Jahreseinkommen von umgerechnet achtundzwanzig Millionen Dollar. Dagegen nehmen sich die knapp sieben Millionen des türkischen Sultans und die fünf Millionen des Papstes fast bescheiden aus, finden Sie nicht auch?«

Gilbert lachte. »Mein Gott, mir würden die Zinsen eines einzigen Jahres reichen, um bis ans Ende meines Lebens zufrieden leben zu können!«

»Die englische Königin wird mit ihren rund zwei Millionen im Jahr auch recht zufrieden sein«, sagte William sarkastisch, »während Frankreichs König doch gelegentlich ins Grübeln kommen dürfte. Denn er streicht zwar noch satte achteinhalb Millionen per anno ein, steht aber auch mit sechzehn Millionen bei seinen Gläubigern in der Kreide. Vielleicht sollte er ein paar Schlösser weniger bauen und statt Wein ab und zu mal Wasser bei seinen täglichen Hoffesten kredenzen lassen. Ah, welche Bescheidenheit! Hören Sie sich den abschließen-

den Kommentar des Mannes an, der diesen Artikel verfaßt hat! Da schreibt er doch mit fast rührender Empörung: ›Und der Präsident des größten und mächtigsten Landes erhält nur die klägliche Summe von fünfundzwanzigtausend Dollar!‹ *Kläglich!* Was sagen Sie dazu?«
Gilbert verzog das Gesicht. »Ich würde mich ohne Zögern aufopfern, Präsident Johnson von diesem Joch zu befreien und an seiner Stelle klaglos ein derart klägliches Leben zu führen.«
»Sie sind eben ein aufrechter Patriot. Klägliche fünfundzwanzigtausend Dollar! Was für eine Frechheit!« Ärgerlich schlug William Davenport die Zeitung zu und klemmte sie sich unter das Bein. »Wenn man so etwas liest, fragt man sich doch, was man falsch gemacht hat.«
Gilbert nickte. »Politiker hätte man werden sollen.«
»Das werde ich Edward ans Herz legen. Er hat das Zeug dazu, das weiß ich.«
»Bestimmt. So ein intelligenter Junge ist mir noch nie begegnet. Sie können wirklich stolz auf ihn sein. Und wo er jetzt nach Brunswick auf die Academy geht, sind die Weichen für seine Zukunft bereits gestellt.«
»Ja, ich bin auch stolz auf ihn«, gab William zu. »Morgen ist sein großer Tag. Ich bringe ihn höchstpersönlich nach Brunswick. Das lasse ich mir nicht nehmen. Es fällt mir genauso schwer wie ihm, daß er dann nur noch in den Ferien bei uns sein kann, aber alles hat nun mal seinen Preis.«
Während Gilbert und William im Garten auf der Bank saßen und sich über Politik und Edwards Zukunft unterhielten, bügelte Daphne in der Küche die Hemden des Untermieters. Ihre Mutter war nicht bereit gewesen, sich Gilbert Eversons Wäsche anzunehmen. Daphne dagegen hatte nicht lange gezögert, sich für das übliche Entgelt an den Waschtrog und das Bügelbrett zu stellen.
Sophie stand am Fenster und schaute zu den beiden Männern hinaus. »Du gefällst ihm.«
Daphne fuhr aus ihren Gedanken auf. »Was hast du gesagt, Mom?«
»Daß du ihm gefällst, unserem Versicherungsvertreter.«
Daphne zuckte nur die Achseln, ohne im Bügeln innezuhalten. Daß ihre Mutter auch ständig meinte, sie mit einem Mann verkuppeln zu müssen! Erst Andrew und jetzt Gilbert Everson.
»Es ist mir schon die letzte Woche aufgefallen«, fuhr Sophie eifrig fort. »Doch vorhin beim Essen habe ich die letzte Gewißheit erhalten. Dir muß doch auch aufgefallen sein, wie er dich immer anschaut. Und

als du noch etwas Kaffee haben wolltest, ist er sofort aufgesprungen.«
»Er ist eben ein höflicher Mensch.«
»Ach was! Mit Höflichkeit hat das nichts zu tun! Wenn du ins Zimmer kommst, hat er nur Augen für dich, mein Kind. Du kannst doch nicht so blind sein, um das nicht schon selbst bemerkt zu haben.«
Daphne hütete sich, ihrer Mutter das zu bestätigen. »Mag sein, daß ich ihm gefalle, Mom. Aber ich habe kein Interesse an ihm. Ich bin nett zu ihm, wie ich es zu jedem anderen Untermieter sein würde, und kümmere mich um seine Wäsche, wofür er mich angemessen bezahlt. Das ist alles, was mich interessiert.«
»Das ist aber ausgesprochen kurzsichtig von dir«, rügte Sophie und wandte sich zu ihr um. »Mister Everson hat eine vielversprechende Karriere vor sich, das habe ich auch schon von anderen gehört.«
»So?«
»Ja, zum Beispiel von Missis Galloway. Ihr Mann ist gut mit Mister Ronstead befreundet, dem hiesigen Bezirksleiter der *Atlantic Home & Land Insurance*. Gilbert Everson hat sich bei ihm in kürzester Zeit unentbehrlich gemacht, und mit seinen Provisionen wird er dieses Jahr auf über vierhundert Dollar kommen«, berichtete sie ihr im Tonfall einer vertraulichen Mitteilung. »Dein Vater bringt gerade zweihundert Dollar mehr nach Hause, während unser Untermieter nicht mal halb so alt ist und zudem erst am Beginn seiner Laufbahn steht.«
»Das ist ja schön für ihn, wenn er so erfolgreich ist«, erwiderte Daphne ohne Interesse und ging zum Herd, um den abgekühlten Eisenblock des Bügeleisens gegen den heißen auszutauschen, der auf der Ofenplatte stand. Sie öffnete die Klemmen und ließ sie über dem heißen Block wieder zuschnappen.
»Es könnte auch zu deinem Vorteil sein«, ließ Sophie nicht locker. »An seiner Seite wärst du bestimmt gut versorgt. Zudem ist er sparsam und verjubelt sein Geld nicht in Kneipen. Er ist sehr häuslich, und daß er schlecht aussieht, kann ja wohl keiner behaupten. Er gibt sich vielleicht ein bißchen bieder und ist im Umgang mit Frauen sehr schüchtern. Aber das spricht eher für ihn, denn wenn du es geschickt anstellst, wird er wie Wachs in deinen Händen sein. Du bist hübsch und hast alles, um einen Mann wie ihn um den Finger wickeln zu können. Ja ja, schau mich nicht so ungläubig an! Du kannst ihn dir ganz leicht schnappen und seine Frau sein, bevor er weiß, wie ihm geschieht.«

»Ich habe nicht vor, ihn mir zu ›schnappen‹, Mom«, entgegnete Daphne nun mit mehr Nachdruck. »Du brauchst ihn mir also gar nicht schmackhaft zu machen. Ich werde bestimmt nicht seine Frau. Da wird er sich schon eine andere suchen müssen. Und ich wäre dir sehr dankbar, wenn du endlich damit aufhören würdest, mich unter die Haube bringen zu wollen. Ich suche keinen Mann! Zumindest jetzt noch nicht. Und wenn ich einmal heirate, dann nicht weil ich versorgt sein will, sondern weil ich diesen Mann liebe und nur ihn haben will.«

»Ich verstehe das nicht«, erregte sich Sophie. »Daß du immer so widerspenstig sein mußt! Liebe! Liebe! Das ist doch nur romantisches Geschwätz, das du aus deinen Büchern hast! Liebe bringt kein Essen auf den Tisch, und Liebe bezahlt auch keine Kleiderrechnungen! Heather hat das schon immer begriffen und unzählige andere in deinem Alter auch. Nur du hängst diesen lächerlichen Hirngespinsten von ewiger Liebe nach. Es wird Zeit, daß du aufwachst, Daphne! Deine Kindheit, wo du ungestraft von dieser Liebe träumen durftest, ist längst vorbei. Du bist jetzt eine Frau und mußt lernen, so zu handeln, wie es die Wirklichkeit erfordert.«

»Ich glaube nicht, daß Liebe nur etwas für kleine Mädchen und romantische Romane ist, Mom. Ich jedenfalls werde nie einen Mann heiraten, den ich nicht aus ganzem Herzen und nur um seiner selbst willen liebe«, bekräftigte Daphne.

»Wie kann man nur so naiv und verbohrt zugleich sein!« erregte sich ihre Mutter. »Wo hast du denn deine Augen? Siehst du denn nicht, was von der *Liebe* deines Vaters zu mir geblieben ist?« Sie sprach das Wort voller Verbitterung aus. »Nichts als Hohn und Demütigungen!«

»Das ist es vermutlich«, sagte Daphne unwillkürlich.

»Das ist *was?*« kam sofort die scharfe Frage.

Daphne senkte den Blick, doch ihre Stimme war fest und selbstsicher, als sie antwortete: »Der Grund, warum ich nicht heirate, nur um versorgt zu sein. Es muß mehr als das sein. Ich möchte nicht eines Tages vor einem Scherbenhaufen stehen, so wie ihr jetzt. Ich könnte damit nicht leben... mit dem, was ihr euch gegenseitig antut.«

Ihre Mutter machte einen schnellen Schritt auf sie zu und hob die Hand zum Schlag, zornesrot im Gesicht. Doch im letzten Augenblick beherrschte sie sich, wurde sich bewußt, daß sie ihre Tochter dafür strafen wollte, weil sie es gewagt hatte, die Wahrheit auszusprechen.

Sie ließ die Hand sinken, ballte sie jedoch zur Faust. »Sprich nie wieder so mit mir! Nie wieder, hörst du!« stieß sie mit zitternder Stimme hervor, bevor sie aus der Küche stürzte, die Augen mit Tränen gefüllt.
Bedrückt nahm Daphne ihre Bügelarbeit wieder auf. Es schmerzte sie, daß sie kein herzliches Verhältnis mehr mit ihrer Mutter verband, seit sie sich in Bath niedergelassen hatten, und daß es keinen Familienzusammenhalt mehr gab. Sie wollte weder ihrer Mutter noch ihrem Vater weh tun, doch ständig sah sie sich gezwungen, für einen der beiden Partei zu ergreifen – und sich damit gegen den anderen zu stellen. Meist war das ihre Mutter.
Warum nur läßt Mom mich nicht in Frieden? fragte sie sich niedergeschlagen. Warum zwingt sie mich immer wieder, mit ihr zu streiten, wo sie doch längst weiß, daß ich anders denke als sie und Heather? Warum toleriert sie nicht, daß ich meinen eigenen Weg zu finden versuche. Was ist denn daran so falsch, daß ich mich noch nicht binden möchte?
Traurigkeit erfüllte sie. Es war für sie sowieso ein trauriger Tag, auch wenn draußen die Sonne schien und sie versuchte, sich das nicht anmerken zu lassen. Edward würde ihr fehlen, natürlich auch den anderen. Seine unbekümmerte Art und die Zuneigung, die er ihnen allen schenkte, hatten ihnen oftmals geholfen, die scharfen Gegensätze in der Familie für die Dauer einer Mahlzeit zu vergessen. Ohne sich dessen bewußt zu sein, war er der neutrale Vermittler zwischen zwei verfeindeten Parteien gewesen. Ja, er würde ihnen allen sehr fehlen, und das Zusammenleben würde sich ohne ihn noch schwieriger gestalten.
Am Abend, als Edward seine Sachen gepackt hatte, brachte Daphne ihm ihr Abschiedsgeschenk. Mit hängenden Schultern saß er auf dem Bett, wie ein junger verängstigter Vogel, der am Rand des Nestes sitzt und nun seinen ersten Flug wagen soll, hinaus in eine Welt, die er nicht kennt und die er eigentlich auch gar nicht gegen die Nestwärme eintauschen möchte.
»Na, bereit für das große Abenteuer, Waddy?« fragte sie betont heiter, obwohl auch ihr das Herz schwer war.
Sein Gesicht blieb verzagt. »Ich will nicht weg, Daphne.«
Sie setzte sich zu ihm. »Ich weiß, daß es dich jetzt ganz schön hart ankommt, von uns wegzugehen. Mir wäre an deiner Stelle bestimmt genauso mulmig zumute. Aber das wird sich garantiert schnell legen, wenn du erst einmal in Brunswick bist und Freunde gemacht hast.«

»All meine Freunde sind doch hier«, sagte er mit hängendem Kopf. »Und in Brunswick kenne ich keinen einzigen.«
»Als wir nach Bath kamen, hast du doch auch keinen gekannt. Und was ist jetzt? Du hast mehr Freunde als ein Bär Haare auf dem Fell! Das wird in Brunswick genauso sein.«
Ein schwaches Lächeln hellte seine traurigen Gesichtszüge auf. »Meinst du?« fragte er halb zweifelnd, halb hoffnungsvoll.
»Ich wette mit dir um eine Tüte deiner Lieblingskaramellbonbons, daß du mindestens die Finger deiner beiden Hände brauchst, um all deine neuen Freunde aufzuzählen, wenn du Weihnachten zurückkommst. Denn wer dich nicht mag, der muß schon ein ausgemachter Sauertopf und Miesepeter sein – und der kann dir dann sowieso gestohlen bleiben.«
Edwards Lächeln wurde eine Spur zuversichtlicher. »Mit dir wette ich lieber nicht. Aber ich hoffe, du behältst recht und ich bekomme wenigstens nette Stubenfreunde. Mister Thornton meint, daß ich vielleicht sogar in ein Zweierzimmer komme, weil sie den Wohntrakt erst letztes Jahr durch einen neuen Flügel erweitert haben. Das wäre natürlich besser, als sich zu viert eine Bude zu teilen. Aber Hauptsache, die anderen Jungen sind in Ordnung.«
»Sie sind ja alle neu dort. Das macht es dir bestimmt leichter, sofort Anschluß zu finden.«
Edward seufzte. »Ach, wenn doch schon mal die erste Woche vorbei wäre und ich wüßte, wie das Leben da so ist!«
»Du wirst schon zurechtkommen, Waddy. Das weiß ich. Ich bin auch richtig stolz auf dich, daß du dieses Stipendium bekommen hast und nach Brunswick gehen darfst«, fuhr Daphne aufmunternd fort. »Wir sind alle stolz auf dich, vergiß das nicht! Nur ganz wenige bekommen so eine Chance. Ich bin sicher, daß du die Familienehre der Davenports dort im Sport und mit tollen Zensuren genauso hochhältst, wie du es hier an Mister Thorntons Schule getan hast. Stell dir mal vor, eines Tages bis du ein berühmter Arzt, Anwalt oder Professor!«
»Glaubst du das wirklich?«
Daphne nahm seine Hand, die sich ganz kalt anfühlte, und sah ihm ernst in die Augen. »Ja, das wirst du, Waddy! Es steckt in dir, das weiß ich«, sagte sie aus tiefster Überzeugung. »Du wirst uns eines Tages alle weit überflügeln und den Namen Davenport berühmt machen. Nicht nur in Brunswick, Bath oder Boston – sondern in ganz Amerika!«

Edward wollte lachen, doch das Lachen blieb ihm in der Kehle stekken, als er dem eindringlichen Blick seiner Schwester begegnete. In ihren rauchblauen Augen stand ein intensiver Ausdruck, den er nicht zu deuten wußte, der ihm jedoch unter die Haut drang und ihn erschauern ließ – als habe er eiskalten Stahl berührt und einen Blick auf eine ihm völlig fremde Daphne erhascht.

»Ja, das wirst du!« bekräftigte sie noch einmal. »Ich glaube an dich, Waddy. Du wirst es schaffen – und du wirst wie hier in Bath zu den Besten gehören.«

Er verzog das Gesicht. »Daphne! Du tust mir weh!«

Daphne hatte gar nicht gemerkt, daß sie seine Hand mit schmerzhaftem Griff gedrückt hatte. Schnell gab sie sie frei. »Tut mir leid, Waddy.« Sie atmete durch, und die merkwürdige Spannung, die sie befallen hatte, wich von ihr. »Ich habe noch was für dich.« Sie hatte ihm eine herrliche Ausgabe des *Universal Gazetteer – Geographical Dictionary* gekauft, eine in dunkelbraunes Schweinsleder gebundene Enzyklopädie der Geographie und Weltgeschichte, illustriert mit zweihundert Stichen. Es war ein kostbares Geschenk, und sie hatte dafür tief in ihr Sandelholzkästchen greifen müssen.

»Mensch, Daphne! Bist du verrückt geworden?« stieß er fassungslos hervor, als er den dicken Wälzer auspackte und dann in der Hand hielt. »So ein teures Buch! Das muß ja ein Vermögen gekostet haben!«

Sie lachte. »Du wirst es gut gebrauchen können. Wenn du irgend etwas über irgendeinen Teil der Welt suchst, brauchst du bloß nachzuschlagen.«

Er war begeistert und vertiefte sich gleich in die Stiche auf den ersten Seiten, die ein orientalisches Fest und eine Reiterarmee in Borneo zeigten. Dann blätterte er das Buch voller Andacht durch, das auf über achthundert Seiten geographische, naturkundliche, geschichtliche und politische Auskunft gab – angefangen mit jenen dreizehn westeuropäischen Flüssen, die Aa hießen, bis hin zum letzten Eintrag Zircon, einem Mineral aus Ceylon, wie er erstaunt zur Kenntnis nahm.

»Komm, laß uns mal nachschauen, was unter Brunswick steht!« schlug sie vor.

Sie fanden das Stichwort auf Seite einhundertzweiunddreißig. Es gab gleich vier Einträge unter dem Namen Brunswick. Einmal Brunswick in Niedersachsen, dann Brunswick Wolfenbüttel am Ocker, die Provinz New Brunswick im britischen Canada und ganz zuletzt Bruns-

wick im Cumberland County von Maine, am Südufer des Androscoggin River gelegen, sechsundzwanzig Meilen nordöstlich von Portland.
»Die *Junior Academy* ist nicht erwähnt.«
Daphne schmunzelte. »Na, das wäre wohl auch ein bißchen zuviel verlangt.«
»Aber über das *Bowdoin College* steht was drin!« rief Edward beim Weiterlesen aufgeregt. »Hier: ›Aber was die Stadt besonders hervorhebt, ist das *Bowdoin College*, das hier im Jahre 1806 gegründet und nach James Bowdoin, Gouverneur von Massachusetts, benannt wurde.‹ ... Dann werden der Präsident sowie die Professoren aufgezählt und die einzelnen Fakultäten ... Das hier wird dich interessieren, Daphne: Die Bücherei des College umfaßt achtzehntausend Bände.«
»Da kommen wir in Bath natürlich nicht mit«, meinte sie.
Er lachte plötzlich auf. »Du, ich kann dir jetzt schon sagen, wann ich Ferien habe und wie lange die im Jahr insgesamt dauern. Das steht nämlich auch hier drin: ›Es gibt dreimal Ferien, im Mai, September und Dezember, von insgesamt dreizehn Wochen. Beginn des Schuljahres ist im September.‹ ... Ja, und das ist morgen.«
Am nächsten Morgen gab es auf dem Bahnsteig einen tränenreichen Abschied. Auch Heather liefen die Tränen über die Wangen. Dann stieg Edward mit den Eltern in den Zug, der sich wenig später in Bewegung setzte.
»Mach es gut, Waddy!« rief Daphne noch, als Edward sich weit aus dem Abteilfenster beugte und ihnen zuwinkte.
Eleanors Unleidlichkeit machte ihr an diesem Tag mehr als sonst zu schaffen, und sie war froh, als sie ihr den Nachmittagstee gebracht hatte und sich auf den Weg zur Bücherei machen konnte.
Montags gab es gewöhnlich viel zu tun, und es war ihr ganz recht so. Arbeit half ihr stets, wenn sie bekümmert war. Zudem galt es, einige hundert neue Bücher in die Kartei aufzunehmen, die aus dem Bibliotheksnachlaß eines vermögenden Kaufmanns stammten.
Schnell wurde es Abend. Um zehn vor sieben stand plötzlich ein gutaussehender Mann vor ihrem Tisch. Mit seinem wettergegerbten Gesicht und den dunkelblonden, rötlich schimmernden Haaren kam er ihr irgendwie bekannt vor, obwohl sie sicher war, ihn noch nie zuvor in der Bücherei gesehen zu haben.
Er lächelte sie aus tiefblauen Augen an. »Das ist aber eine nette Überraschung! So trifft man sich wieder. Nun, haben Sie sich gut in Bath eingelebt, Miss ...?«

»Davenport.« Daphne blickte ihn verwirrt an.
Er sah ihr an, daß sie sich nicht an ihn erinnerte, und setzte zu einer Erklärung an: »Es war vor einem Jahr, auf der *David Burton*...«
»Natürlich!« rief sie und erinnerte sich wieder. Er war der Mann, der sie an Deck angesprochen hatte, kurz bevor sie Bath erreicht hatten. Der Holzfäller! »Entschuldigen Sie, daß ich mich nicht so schnell wieder an Sie erinnert habe.«
Er runzelte in gespielter Betrübnis die Stirn. »Das ist aber nicht gerade ein Kompliment. Zumal ich glaubte, bei Ihnen mit meiner Lobeshymne auf die Reichtümer Maines einen bleibenden Eindruck hinterlassen zu haben.«
»Aber daß ich Sie schon mal gesehen hatte, wußte ich«, versicherte sie.
»Es war ja auch nur eine sehr flüchtige Begegnung«, sagte er verständnisvoll, »und Sie hatten damals gewiß tausend neue Eindrücke zu verarbeiten.«
Daphne nickte. »Das kann man wohl sagen.«
»Und wie gefällt es Ihnen in Bath?«
»Sehr gut, wirklich.«
»Besser als in Boston?«
Daphne zögerte. »Schwer zu sagen. Boston gehört für mich irgendwie zu einer anderen Welt, die ich aber nicht vermisse. Ich fühle mich hier sehr wohl und möchte auch nicht mehr zurück.«
»Das freut mich zu hören. Wieder einer mehr, der dem Zauber von Maine erlegen ist«, sagte er mit einem freundlichen Lächeln.
»Und wie war das Jahr für Sie, Mister...?«
»Oh, entschuldigen Sie meine Gedankenlosigkeit, daß ich mich Ihnen noch nicht vorgestellt habe! McKinley, Scott McKinley ist mein Name.« Er zwinkerte ihr zu. »Uralter verarmter irischer Landadel, der sich vor hundertzwanzig Jahren in die Neue Welt abgesetzt hat, um dem Schuldturm zu entgehen und neue Beutegründe zu finden. Aber aufrechte mutige Rebellen, als es im Unabhängigkeitskrieg darum ging, den verhaßten Briten die amerikanischen Kolonien aus der Krone zu brechen.«
Sie lachte. »Da haben Sie ja einen stolzen Stammbaum vorzuweisen.«
Er machte eine skeptische Miene. »Das ist immer eine Frage des Standpunktes, Miss Davenport. Mein Großvater und auch mein Vater haben immer gesagt: ›Adlige und gekrönte Häupter unterscheiden

sich von anderen Schurken und Halsabschneidern nur dadurch, daß sie im richtigen Augenblick auf der Seite der Gewinner gestanden haben und nun die Gesetze erlassen, die anderen verbieten, dasselbe zu tun, was sie zu Macht und Reichtum gebracht hat.‹«

»Das könnte auch von meinem Vater stammen«, sagte sie belustigt und dachte verwundert, daß er für einen Holzfäller viel zu gebildet sprach. Und das Buch, das er ausleihen wollte, gehörte zur anspruchsvollen philosophischen Literatur. Noch nie war ihr ein einfacher Arbeiter begegnet, der sich für derart schwere Lektüre interessiert, geschweige denn diese verstanden hätte.

»Das macht ihn mir jetzt schon sympathisch«, sagte Scott McKinley.

»Haben Sie den letzten Winter wieder in ihren geliebten Wäldern verbracht?« erkundigte sie sich.

Schmunzelnd hob er die Augenbrauen. »Habe ich so von ihnen geschwärmt?«

»›Die Schatzkammern von Maine‹. Das war Ihr erster Satz. Daran erinnere ich mich noch genau. Aber ich war auch wirklich von den Wäldern beeindruckt.«

Er nickte. »Das stimmt, aber so ohne weiteres läßt sich dieses Land seine Schätze nicht entreißen. Man muß schon darum kämpfen. Mit der Wildnis, dem Wetter und der Einsamkeit. Letzten Winter haben wir zwei Männer bei einem Blizzard verloren.«

»Oh, das tut mir leid.«

»Unter den Seeleuten fordern Stürme ihre Opfer, in den Wäldern zahlen die Holzfäller ihren Tribut. Damit muß man leben oder sich nach einem weniger gefährlichen Beruf umsehen.«

»Indem man etwa in einer Bücherei arbeitet und sich vom gefährlichen Leben in den Wäldern nur erzählen läßt«, scherzte sie.

»Zum Beispiel«, ging er auf ihren heiteren Tonfall ein, ein gewinnendes Lächeln auf den Lippen. »Obwohl ich glaube, daß auch jeder scheinbar noch so harmlose Beruf seine ganz spezifischen Gefahren birgt.«

»Also auch meiner?«

»Sicher.«

»Das ist ja interessant. Mit welchen Gefahren muß ich denn rechnen?«

»Ihr Beruf birgt eine Menge Gefahren, wenn ich es recht überlege«, sagte er plötzlich mit ernsthafter Nachdenklichkeit. »Ihnen droht ein Leben aus zweiter Hand, ein Leben nur aus Büchern. Heute zum Beispiel haben Sie den Sonnenuntergang über Donnells Pond verpaßt. Morgen ist es vielleicht der Farbenrausch der Herbstwälder in der Mittagssonne, übermorgen der sanfte Schneefall in der Abenddämmerung oder das lautlose Kreisen eines Adlers im ersten Licht des Tages, und im nächsten Jahr verpassen Sie vielleicht den Tanz der Forellen in den Stromschnellen.«

Verblüffung zeigte sich auf ihrem Gesicht. »Das ist ja eine schon fast lyrische Liebeserklärung an die Natur, Mister McKinley. Sie scheinen das Leben im Freien sehr zu lieben«, sagte sie merkwürdig berührt.

Er lächelte nun verlegen. »Ja, das tue ich. Und was das Lyrische betrifft, so verdanke ich das wohl meinen irischen Vorfahren. Die Iren wußten schon immer besser, Gedichte und Balladen zu schreiben, als mit den nüchternen Dingen des Lebens klarzukommen.«

»Davon verstehe ich nichts. Aber Sie machen mir den Eindruck, als hätten Sie weder mit dem einen noch mit dem anderen Probleme.«

Er griente. »Sie vergessen, daß alle Iren geborene Schauspieler sind, Miss Davenport.«

»Mag sein. Aber ich glaube nicht, daß Sie damit auch nur *einen* Baum fällen und den Fluß hinunterflößen könnten.«

Er lachte. »Da haben Sie recht.«

»Wird es nicht bald Zeit, daß Sie mit Ihren Kollegen in die Wälder ziehen und irgendwo Ihr Wintercamp aufschlagen?« fragte Daphne. »Ich habe gelesen, daß die meisten Crews schon aufgebrochen sind.«

»Diese Saison findet ohne meine Axt statt«, antwortete er. »Ich habe für diesen Winter bei der *Washburn Ice Company* als Eiscutter angeheuert und werde auf den Eisfeldern arbeiten.«

Missis Walsh räusperte sich und blickte bedeutungsvoll zur Uhr, die über dem Durchgang zum Leseraum hing. Es war schon zwei Minuten nach sieben.

»Oh, wenn Sie Ihr Buch noch haben wollen, muß ich mich beeilen. Eigentlich haben wir schon geschlossen«, sagte sie, hätte aber das Gespräch mit ihm gern noch fortgesetzt. »Ich hole es Ihnen schnell.«

»Tut mir leid, daß ich Sie so lange aufgehalten habe«, sagte er, als sie mit dem Buch zurückkam und es in seine Karteikarte eintrug.

»Sie haben mich nicht aufgehalten. Es war nett, mit Ihnen zu reden, Mister McKinley.«

»Ja, das fand ich auch.«

»Einen schönen Abend noch!«

Er nickte und wandte sich zum Gehen. »Oh, ich glaube, ich habe Ihnen damals auf der *David Burton* den vierten Reichtum unseres Landes ganz unterschlagen«, sagte er dann noch.
»Und der wäre?« fragte sie interessiert.
»Außergewöhnlich schöne Frauen«, sagte er mit einem fröhlichen Glitzern in den Augen.
Daphne errötete, empfand dieses sehr direkte Kompliment aus seinem Mund jedoch nicht als aufdringlich. Sie lachte. »Das irische Blut in Ihren Adern läßt sich wirklich nicht verleugnen, Mister McKinley!«
»Jeder muß lernen, mit seinen Schwächen zu leben und das Beste daraus zu machen«, scherzte er.
»Ich habe das Gefühl, daß Sie sich mit Ihren Schwächen schon recht gut arrangiert haben.«
»Nichts täuscht so sehr wie die fröhliche Miene eines Iren«, sagte er zum Abschied mit einem verschmitzten Lächeln und verließ die Bücherei.
Daphne schüttelte belustigt den Kopf. Ein interessanter und zugleich auch rätselhafter Mann, dieser Scott McKinley. Ein einfacher Holzfäller und Eiscutter, der anspruchsvolle Literatur las und sich wie ein Harvard-Absolvent auszudrücken vermochte – und der zudem auch noch natürlichen Charme besaß.
Sie freute sich jetzt schon darauf, ihn bald in der Bücherei wiederzusehen. Aber um so ein Buch, wie er es sich ausgeliehen hatte, durchzulesen, bedurfte es schon einiger Zeit. Sie wünschte, er hätte sich eine weniger anspruchsvolle Lektüre ausgesucht.
Zwei Tage später brachte er das Buch schon zurück. Wieder um kurz vor sieben. Er trug einfache Kleidung – derbe Halbschuhe, grobe Hosen, rotblaues Flanellhemd, ärmellose Felljacke, buntes Halstuch –, sah aber dennoch nicht so aus, als komme er von der Arbeit. Diesmal war sein Haar ordentlich gekämmt, und sie glaubte sogar, den dezenten Duft eines Rasierwassers an ihm wahrnehmen zu können.
»Hat es Ihnen nicht gefallen?« fragte sie.
»Oh, es hat mir ganz ausgezeichnet gefallen«, erwiderte er und sah sie dabei an, als habe er dabei etwas ganz anderes im Sinn als die philosophische Schrift.
»Und was kann ich heute für Sie tun, Mister McKinley?«
»Haben Sie *Bleak House* von Charles Dickens?«

»Ja, aber ich muß schon sagen, daß Sie mich erstaunen. Erst leihen Sie sich ein Werk von Schopenhauer aus, und zwei Tage später wollen sie einen solchen Roman.«

»Ich interessiere mich eben für viele verschiedene Dinge, Miss Davenport. Wer den freien Flug des Adlers liebt, muß daher nicht zwangsläufig den dunklen Grund eines Gewässers hassen. Meine Großmutter pflegte nach einer sauren Gurke gern ein Brot mit Melasse zu essen«, erzählte er zu Daphnes Belustigung. »Und *Bleak House* soll eines von Dickens' besten Büchern sein.«

Sie nickte eifrig. »Ich habe es verschlungen, obschon es ein sehr düsteres Bild der englischen Gesellschaft zeichnet. Es ist also eher saure Gurke als Sirupbrot, Mister McKinley. Habsucht, Korruption und Rechtswillkür sind die Themen dieses Romans. Manchmal ist es regelrecht deprimierend.«

»Na, dann trifft es sicher auch auf Amerika zu«, bemerkte er spöttisch.

Als Daphne die Bücherei um halb acht verließ, war sie überrascht, Scott McKinley vor der Tür vorzufinden. Er saß auf der untersten Eingangsstufe und las im Licht der Gaslaterne in *Bleak House*.

»Ein grandioser Anfang, diese Londoner Nebelszene. Ein echter Dikkens«, sagte er bewundernd und schlug das Buch zu. »Ich werde den Roman verschlingen, das weiß ich jetzt schon.«

»Missis Walsh hält es für sein mit Abstand bestes Werk«, meinte Daphne.

»Und Sie?« fragte er.

»Ich habe noch längst nicht alles von ihm gelesen«, räumte sie ein, »aber das Buch hat auch mich sehr beeindruckt, das sagte ich Ihnen ja schon. Doch *David Copperfield* hat mir persönlich noch besser gefallen.«

Er ging neben ihr her und warf ihr einen spöttischen Seitenblick zu. »Heißt das, daß Sie viel von Disziplin, Pflichterfüllung und häuslicher Treue halten?« fragte er fast herausfordernd. »Denn diese Tugenden sind doch das zentrale Thema des *David Copperfield*, nicht wahr?«

Seine Kenntnis überraschte sie ebensosehr wie seine Frage. »Ja, das stimmt. Doch ich wüßte nicht, was es an diesen Tugenden auszusetzen gäbe, Mister McKinley.«

»Gar nichts, nur wann wird aus einer Tugend wie Disziplin oder Pflichterfüllung eine Untugend, die dann eigentlich Selbstgeißlung und Feigheit heißen müßte?«

»Feigheit?« fragte Daphne verständnislos. »Wie kann denn Pflichterfüllung jemals Feigheit sein?«
»Wenn man sich zum Beispiel in diese tugendhafte Bastion zurückzieht, um unbequemen Entscheidungen aus dem Weg zu gehen«, führte er an.
Und ehe sie sich versahen, waren sie in eine angeregte Diskussion über die Grenzen von Pflichterfüllung und Selbstdisziplin vertieft, die andauerte, bis sie in die Pearl Street kamen.
»Interessant, was Sie darüber denken, Miss Davenport«, sagte er, als sie sich voneinander verabschiedeten. »Vielleicht sollte ich den *Copperfield* noch einmal lesen – diesmal mit Ihren Augen.«
»Wer war das, der dich da nach Hause begleitet hat?« fragte wenig später ihre Mutter neugierig, als Daphne ins Haus trat.
»Das war Mister McKinley, ich habe ihn in der Bücherei kennengelernt.«
»Und was ist er von Beruf?« wollte Sophie sofort wissen.
»Holzfäller«, antwortete Daphne, in Gedanken noch ganz bei dem interessanten Gespräch, das sie mit Scott McKinley geführt und das den Heimweg zu einem ungemein kurzweiligen Spaziergang gemacht hatte.
»Wie bitte? Ein Holzfäller?«
»Ja, ein Holzfäller, manchmal arbeitet er aber auch als Eiscutter.« Daphne lachte unwillkürlich, als sie in Gedanken hinzufügte: So wie er manchmal Schopenhauer liest und dann einen Roman von Dikkens.
Sophie sah sie ärgerlich an. »Mach dich nur über mich lustig! Aber wundern würde es mich gar nicht, wenn du uns eines Tages tatsächlich einen Holzfäller ins Haus bringen würdest«, sagte sie verstimmt und stieg mit gerafften Röcken die Treppe hoch, um Gilbert Everson zum Abendessen zu bitten.

Zwölftes Kapitel

»Bitte nicht!«
»Was ist denn heute mit dir los? Ich glaube, du bist überhaupt nicht bei der Sache.«
»Ich... ich muß mit dir reden.«
»Das können wir doch auch noch nachher.«
»Nein, ich muß *jetzt* mit dir darüber sprechen.«
»Muß das sein?«
»Ja!... Es ist passiert.«
»*Was* ist passiert?«
»Ich bin schwanger!«
Gus zog seine Hand unter ihrem Rock hervor, als habe er sich die Finger verbrannt. »Für solche Witze habe ich nichts übrig, Heather!« sagte er ärgerlich.
»Ich mache keine Witze.«
Er richtete sich auf und rückte unwillkürlich von ihr ab. »Das kann nicht sein!« stieß er mit ungläubigem Erschrecken hervor. »Unmöglich, was du da sagst! Ich habe immer aufgepaßt.«
»Nicht immer!« widersprach sie. »Mindestens zweimal hast du nicht aufgepaßt.«
Ärger spiegelte sich in seinen Gesichtszügen. Gus' Eltern waren für ein paar Tage in Augusta, das Personal hatte seinen freien Nachmittag, und er hatte Heather zum erstenmal in sein Elternhaus gebracht, um diese günstige Gelegenheit zu nutzen. Für die Liebe im Freien oder in dem Heuschober jenes Bauern, dessen Sohn zu seinen Freunden zählte, war es mittlerweile zu kalt geworden. Und er hatte es endlich einmal in einem weichen Bett mit ihr treiben wollen – wie bei *Fanny's* oder *Dolly's Pink Saloon*, wo man sich mit den Freudenmädchen in Himmelbetten mit rosafarbener Bettwäsche verlustieren konnte. Er hatte schon eine Erektion gehabt, als er sie durch die Hintertür ins Haus gelassen hatte. Und nun kam sie ihm mit einer solchen Hiobsbotschaft! Das war mehr als eine kalte Dusche für seine wollüstige Begierde. Es war ein Tiefschlag. Und was für einer!
»Und wenn schon! Da hast du doch deine unfruchtbaren Tage gehabt!« hielt er ihr ungehalten vor. »Zumindest hast du mir das gesagt.«

Heather schluckte. Das Gespräch entwickelte sich völlig anders, als sie es erhofft hatte. Seit einer Woche kämpfte sie nun schon mit sich, wie sie es ihm am schonendsten beibringen sollte. Und nun, da sie sich endlich ein Herz genommen hatte, bekam sie statt Zuspruch und Beistand Vorwürfe zu hören. Dabei hatte er doch all die Zeit seinen Spaß mit ihr gehabt! Daß er nicht gerade erfreut sein würde, damit hatte sie gerechnet, nicht jedoch mit Vorwürfen.

»Was willst du damit sagen, Gus?«

Er sprang vom Bett auf und fuhr in seine Hose. »Was soll ich damit schon sagen wollen, verdammt noch mal? Natürlich, daß ich mich auf dein Wort verlassen habe, das will ich damit sagen!«

»Aber du hast doch gewußt, daß es dennoch passieren kann«, erwiderte sie.

»Zum Teufel, ich habe noch nie ein Mädchen geschwängert, und du bist nicht die erste, mit der ich geschlafen habe!« entfuhr es ihm in seiner Wut.

Das traf sie wie eine Ohrfeige. »Aber nun ist es geschehen, Gus.« Ihre Stimme bat um Verständnis, um ein liebendes Wort.

Doch er fragte nur rauh: »Bist du dir auch ganz sicher?«

»Ja, ich habe meine Tage bisher immer pünktlich bekommen. Nie sind sie auch nur vierundzwanzig Stunden ausgeblieben, und jetzt sind sie schon fast einen Monat überfällig.«

»Vielleicht hast du dich verrechnet.«

»Nein, ich weiß, daß ich schwanger bin.«

»Reizend, ganz reizend!«

Heather rutschte vom Bett und trat zu ihm, legte ihm eine Hand auf die Brust. »Gus, wir lieben uns doch... und wir... wir wollten doch sowieso heiraten«, erinnerte sie ihn mit leiser, beschwörender Stimme.

»Heiraten?« Er stieß das Wort wie bitteren Speichel aus. »Wie stellst du dir das vor? Glaubst du, ich kann Hals über Kopf das Aufgebot bestellen und vor den Traualtar treten? Da kennst du aber meine Eltern schlecht. Wenn wir jetzt unsere Verlobung bekanntgeben würden, könnten wir frühestens zu Weihnachten heiraten, und dann wird man es dir schon ansehen, daß du schwanger bist. Ich mach' mich doch nicht zum Gespött der Leute, wenn meine Frau ein halbes Jahr nach der Heirat ein Kind zur Welt bringt!«

»Aber es ist doch unser Kind!« beschwor sie ihn. »Du kannst mich doch jetzt nicht allein dafür verantwortlich machen, daß es geschehen ist!«

Er schob ihre Hand weg und starrte sie mit finsterer Miene an. »Schlag dir das mit der Heirat aus dem Kopf!« sagte er schroff. »Das Kind muß weg!«
»Ich soll es abtreiben lassen?«
»Sicher! Was willst du denn sonst machen? Vielleicht einen Bastard in die Welt setzen?«
Tränen traten in ihre Augen. »*Unser* Kind muß nicht als Bastard auf die Welt kommen, Gus! Wenn wir schon im November heiraten, sieht man noch nichts, und wenn ich dann ein paar Wochen vor der Geburt zu angeblichen Verwandten nach Portland oder Boston reise und dort das Baby kriege, weiß doch hier keiner, wann es genau zur Welt gekommen ist, und dann...«
Er schnitt ihren verzweifelten Wortstrom mit einer knappen Handbewegung ab. »Vergiß es! Auch wenn dieser verrückte Plan Erfolg hätte, ich will nicht überstürzt heiraten. Und ich will auch kein Kind, wenn ich jetzt bald die Firma übernehme.« Damit nahm er ihr jede Hoffnung. »Du wirst das Kind abtreiben lassen!«
»Aber...«
Wieder schnitt er ihr das Wort ab. »Es gibt kein Aber, kapier das endlich!« herrschte er sie an. »Ich werde dir Geld und die Adresse einer Frau geben, die sich darauf versteht. Und wage ja nicht, jemandem zu erzählen, daß ich dich geschwängert hätte. So, und jetzt gehst du besser!«
Wie ein geprügelter Hund schlich sich Heather aus dem Haus, Tränen maßloser Enttäuschung liefen ihr über das Gesicht, während sie für ihren Heimweg dunkle Gassen und einsame Straßen wählte. Gus' kalter Zorn hatte auch den letzten Rest Hoffnung, er würde wie ein Gentleman zu ihr stehen und sie so schnell wie möglich zu seiner Frau machen, ausgelöscht wie ein kalter Januarwind ein flackerndes Kerzenlicht.
Gus wollte sie zu einer Engelmacherin schicken!
Dabei war es genauso sein Kind wie ihres! Wie konnte er nach all den Monaten der Wollust, die sie ihm geschenkt hatte, so etwas von ihr verlangen? Niemals hätte sie sich ihm hingegeben, wenn sie nicht fest darauf gebaut hätte, daß er zu seinem Wort stehen und sie im Herbst heiraten würde.
Sie weinte vor Zorn über ihren einfältigen Glauben. Und erst jetzt stiegen dunkle Ahnungen in ihr auf, als sie daran dachte, wie geschickt er ihre offizielle Verlobung immer wieder hinausgezögert hatte. Stets

hatte es einen Grund gegeben, seine Eltern noch nicht in ihre Pläne einzuweihen und noch ein paar Wochen damit zu warten. Wenn sie darüber gesprochen hatten, waren seine Einwände immer glaubhaft gewesen, und was machten schon zwei Wochen mehr oder weniger aus, hatte sie sich dann gesagt, wenn er ihr seine Liebe beteuerte. Hätte sie doch bloß seiner Forderung damals am Ufer der Merrymeeting Bay widerstanden! Warum nur hatte sie ihre Unschuld geopfert, um ihn nicht zu verlieren. War es möglich, daß sie Gus vielleicht damals schon verloren hatte, gerade weil sie seinem Drängen so schnell nachgegeben hatte?

Sie wollte es nicht wahrhaben, weil die Konsequenzen daraus einfach zu furchtbar waren. Ein uneheliches Kind! Und das passierte ausgerechnet ihr, die bisher für andere Frauen, die »leicht zu haben« waren, nichts als Verachtung und Verdammnis übriggehabt hatte. Eine unvorstellbare Schande würde sie damit über ihre Familie bringen. Wie sollte sie ihrer Mutter und ihrem Vater jemals wieder ins Gesicht sehen können? Daphne würde sie vielleicht noch zu trösten versuchen, dieses bildhübsche Putztrampel, was noch schlimmer als Hohn für sie wäre.

Ein Bastard würde ihr Leben ruinieren. Kein Mann, der etwas auf sich hielt, würde ihr dann noch einen Blick schenken. Ein Leben in Schande drohte ihr. Aber eine Engelmacherin aufsuchen, damit diese in ihr herumstocherte und das Baby in ihr tötete? Würde sie fähig sein, sich dazu zu überwinden?

Gus muß sich eines anderen besinnen. Er muß einen anderen Ausweg finden. Einen ehrbaren! redete sie sich ein und versuchte, die in ihr aufsteigende Angst unter Kontrolle zu halten. Auf keinen Fall durfte sie jetzt die Nerven verlieren und den Argwohn ihrer Eltern erregen. Niemand durfte merken, in welch entsetzliche Lage sie sich gebracht hatte.

Es kostete sie höchste Willenskraft, das Abendessen hinter sich zu bringen, ohne in Tränen auszubrechen und fluchtartig aus dem Raum zu laufen. Es war ein Glück, daß ihr Vater und Gilbert Everson das Gespräch bei Tisch bestritten. Sie ergriff die erstbeste Gelegenheit, um sich unter dem Vorwand, Edward noch einen Brief schreiben zu wollen, nach oben in ihr Zimmer zu begeben. Welch ein Glück, daß Edward in Brunswick war und sie nicht länger einen Raum mit Daphne teilen mußte. Ihrer Schwester wäre sonst bestimmt etwas aufgefallen.

Gräßliche Alpträume quälten sie, als sie endlich Schlaf fand. Am nächsten Morgen versuchte sie, sich mit Gus zu treffen. Doch sie drang noch nicht einmal bis zu seinem Büro in der großen Werkstatt vor, in der fast zwei Dutzend Schreiner und Handlanger beschäftigt waren. Er habe gerade eine wichtige Besprechung, die er nicht unterbrechen könne, ließ er ihr ausrichten, und er werde sich bei ihr melden.

Doch das geschah erst tags darauf. Und er war sehr kurz angebunden. »Ich muß gleich wieder ins Geschäft zurück«, sagte er, als sie ihn bat, doch mit ihr zum Fluß hinunterzufahren, wo sie ungestört miteinander reden konnten. »Ich bin in einer Viertelstunde mit einem wichtigen Kunden verabredet und muß vorher noch einmal die Kostenvoranschläge durchgehen.«

»Du hast die letzten Tage auffallend viele wichtige Kunden, die du meinetwegen nicht warten lassen kannst!« warf sie ihm vor und wünschte schon im nächsten Augenblick, ihr Gespräch nicht in diesem bitteren Ton begonnen zu haben.

Seine Miene verschloß sich sofort. »Eine große Schreinerei wie die unsrige im Geschäft zu halten erfordert schon ein bißchen mehr Zeit und Arbeit, als ein Sitzkissen zu besticken oder die Küche sauberzuhalten«, gab er bissig zurück.

Sie berührte zaghaft seinen Arm. »Es tut mir leid, Gus. Es sollte gar nicht so vorwurfsvoll klingen«, meinte sie reumütig. »Du hast mir nur so sehr gefehlt... jetzt, in dieser Situation.«

»Diese Situation ist bald bereinigt«, sagte er, griff in die Jackentasche und zog einen Zettel hervor. »Hier, das ist die Adresse der Frau, die sich solcher... Malheurs annimmt. Zina Hayes.«

»Gus, können wir nicht noch einmal in aller Ruhe überlegen, ob es nicht...«

Er ließ sie nicht ausreden. »Sie wohnt außerhalb der Stadt. Du mußt die Lincoln Street stadtauswärts gehen. Kurz vor der Brücke, wo die Lagerhäuser für das Eis stehen und die Sewall-Mühle, führt rechts ein Weg ab. Nach hundert Yards stößt du auf Zina Hayes Haus. Sie ist verschwiegen und erfahren, das habe ich aus berufenem Mund. Hier sind zehn Dollar, aber soviel wirst du bestimmt nicht brauchen. Meist macht sie es für zwei, drei Dollar. Manchmal nimmt sie auch fünf, mehr aber nie. Wenn du mit ihr sprichst, sag ihr, daß LB dich geschickt hat. Das ist die Abkürzung eines Namens und sichert dir ihr Vertrauen. LB! Vergiß das nicht. Und wenn du es hinter dich ge-

bracht hast, sagst du Bescheid, in Ordnung?« Er drückte ihr Zettel und Geldscheine in die Hand.
Sie hielt seine Hand fest. »Ich kann das nicht, Gus!«
Er fixierte sie scharf. »Stell dich bloß nicht so an, Heather!« zischte er. »Tausend andere haben es vor dir gekonnt, und tausend andere werden es nach dir tun. Es geht ganz schnell, habe ich mir sagen lassen, und nach ein paar Tagen bist du wieder obenauf.«
»Gus, komm wenigstens mit!« flehte sie ihn an.
»Bist du verrückt?« stieß er entgeistert hervor. »Ich soll mit dir zu dieser Zina gehen? Verdammt noch mal, habe ich das verdammte Balg im Leib oder du?«
»Sag mir wenigstens, daß du mich noch liebst und daß sich zwischen uns nichts geändert hat!« bat sie ihn, und jede Lüge war ihr in diesem Moment recht. Sie würde alles glauben, was er ihr jetzt versprach.
»Werde doch bloß nicht sentimental! Als ob mir jetzt der Sinn nach Liebesgeflüster steht!« sagte er gereizt. »Sieh besser zu, daß du das Kind los wirst – und zwar schnell. Vorher will ich dich nicht wiedersehen. Also schieb es nicht auf die lange Bank! Und jetzt wird es Zeit, daß ich ins Geschäft gehe. Habe mich schon lange genug aufgehalten.« Ohne sich um ihren flehenden, tränenfeuchten Blick zu kümmern, ließ er sie stehen, stieg in seinen überdachten Einspänner und fuhr davon.
Fassungslos und jeglicher Hoffnung beraubt, starrte sie ihm nach, den Zettel und das Geld in der Hand. Er hatte sich noch nicht einmal bemüßigt gefühlt, ihr Mut zu machen und ihr zu sagen, daß es ihm leid tue und daß er zu ihr stehen werde. Nicht ein freundliches Wort hatte er über die Lippen gebracht, vielmehr hatte er so getan, als sei ihre Schwangerschaft eine Krankheit, die sie sich selber zuzuschreiben habe und die sie nun auch allein überwinden müsse. Dabei hatte er sie doch geschwängert! Es war ihr gemeinsames Kind, das in ihr heranwuchs! Und *er* war es doch gewesen, der ihr keine Ruhe gelassen und darauf bestanden hatte, sie schon vor der Hochzeit zu nehmen. Hatte er vergessen, daß er ihr mehr als einmal die Ehe versprochen hatte? Im Herbst hatten sie heiraten wollen, das war beschlossene Sache gewesen. Und jetzt drückte er ihr die Adresse einer Engelmacherin sowie zehn Dollar in die Hand und glaubte, seiner Pflicht damit Genüge getan zu haben.
Sie schmeckte das Salz der Tränen auf ihren Lippen.
Zehn Dollar! Hatte sie vielleicht dafür ihre Unschuld geopfert und

Leidenschaft vorgetäuscht, während sie vor Abscheu und Schmerzen hätte weinen können? War das der Lohn für ihre fast unmenschliche Selbstbeherrschung, auf all seine abstoßenden sexuellen Wünsche bereitwillig einzugehen?
Wut und Verzweiflung tobten in ihr. Sie zerknüllte Zettel und Geldscheine in ihrer Faust. Gus wollte sie nicht wiedersehen, bis sie das Kind losgeworden war. Und danach? Wenn sie wirklich zu dieser Zina Hayes ging, würde danach wieder alles so sein wie vorher? Würde er sie zu seiner Frau machen, wie er es versprochen hatte? Oder würde er sie weiter hinhalten und sich nur der Freuden ihres Körpers bedienen, ohne sich irgendwelche Pflichten aufzuerlegen? Was aber war, wenn er überhaupt nichts mehr mit ihr zu schaffen haben wollte? Diese Möglichkeit erschreckte sie am meisten.

Dreizehntes Kapitel

Es war die längste und entsetzlichste Woche ihres Lebens. Der Sturz aus den paradiesischen Höhen sorglosen Reichtums in die ärmlichen Niederungen ihres Daseins in Bath kam Heather jetzt gar nicht mehr so erschreckend vor wie die Wahl, entweder ein Leben in Schande zu führen oder aber sich in die Hände einer Engelmacherin zu begeben. Beides erfüllte sie mit grenzenloser Angst.
Sie entschied sich letztlich für Zina Hayes. Was blieb ihr auch anderes übrig?
Am Samstag wollte sie zur Engelmacherin gehen. Das war der günstigste Tag. Niemand würde sie am Abend vermissen oder ihr Fragen stellen, wenn sie nach Hause kam, von dem Eingriff möglicherweise angegriffen. Ihre Mutter besuchte mit ihrem Temperenzler-Verein den Vortrag von Reverend Whineray, der von Ort zu Ort zog und den Ruf eines ebenso glühenden Redners wie fanatischen Verfechters eines generellen Alkoholverbotes genoß, und ihr Vater würde am selben Abend zusammen mit Matthew Young, James Jenkins und einigen anderen zum Boxkampf gehen. Die Amateurboxer aus dem Kennebec County traten gegen die Lokalmatadoren des Lincoln County an. Der

Alkohol, den Reverend Whineray in der Corinthian Hall verdammte, würde im Saal am Hafen, wo die Boxkämpfe stattfanden, in Strömen fließen. Und Daphne war auch aus dem Haus: Sie feierte bei den Youngs Sarahs Geburtstag.

Heather wartete die Stunde der Dämmerung ab. Endlich war es soweit. Sie legte ihren Umhang um und machte sich auf den Weg zum Haus der Engelmacherin. Ein kühler Herbstwind fegte das Laub von den Bäumen, während sie im schwindenden Licht des Tages bis zum Maple Grove Friedhof hochging, um von dort aus die Lincoln Street zu nehmen. Wann immer sie einen Reiter oder ein Gefährt hörte, das sich ihr auf der Landstraße näherte, versteckte sie sich am Straßenrand hinter Büschen und Bäumen. Zum Glück bot die Lincoln Street auf der ganzen Strecke bis zur Sewall-Mühle genügend Schutz.

Es war schon dunkel, als sie die Abzweigung kurz vor der Brücke erreichte. Die hohen, langgestreckten Lagerhäuser der *Washburn Ice Company* lagen linker Hand. Sie zeichneten sich als tiefschwarze Silhouetten vor dem Himmel ab. Die Sewall-Mühle dagegen lag hinter einem Waldstück verborgen.

Heather folgte dem sandigen Weg, der zum Haus von Zina Hayes führte. Ihr Herz raste vor Aufregung, als vor ihr Licht durch die Bäume fiel. Das mußte es sein!

Wenig später stand sie vor dem Haus. Es war eigentlich mehr ein besserer Schuppen, in den man nachträglich ein paar Fenster eingebaut hatte. Gerümpel lag auf dem Vorplatz herum, und ein durchdringender Geruch, der auf einen vernachlässigten Abort hinwies, lag in der Luft. Es war kein Ort, der Vertrauen erweckte und Ängste zu dämpfen vermochte, ganz im Gegenteil.

O Gott, gib mir die Kraft, daß ich das durchstehe! flehte Heather insgeheim, trat zur Tür und klopfte an.

Sie hörte schlurfende Schritte. Dann wurde die Tür aufgestoßen. Eine fette, grauhaarige Frau in einem formlosen Wollkleid stand im Licht des Türrahmens.

»Was willst du?« fragte sie barsch.

»Sind... sind Sie Zina Hayes?« Die Angst schien Heathers Stimme jeden Moment ersticken zu wollen.

»Ja, 'ne ganze Weile schon, genaugenommen seit meiner Geburt«, lautete die sarkastische Antwort der Frau. »Was willst du denn von Zina Hayes, meine Hübsche?«

»Ich ... ich ...«, stammelte Heather, bevor ihr wieder einfiel, was sie sagen sollte: »LB schickt mich.«
Das Gesicht der schwammigen Engelmacherin verzog sich zu einem schmierigen Grinsen. »So so, LB hat dich geschickt. Hab's mir fast gedacht. Hast also was zwischen den Beinen, was du gern loswerden willst, was?«
»Ja ...« Es war kaum zu hören.
»Na dann, komm rein in die gute Stube!«
Die sogenannte gute Stube war ein großer Raum, der Zina Hayes offensichtlich zum Kochen, Wohnen und Schlafen diente und in dem eine schreckliche Unordnung herrschte. Auf der Bettstelle hatte sich ein Hund mit verfilztem Fell breitgemacht. Speichel tropfte von seinen Lefzen, als er den fremden Geruch im Raum witterte, den Kopf hob und die milchigen, erblindeten Augen auf Heather richtete.
Diese wandte sich schnell ab. Schmutzige Wäsche lag auf dem Sofa, Töpfe und Pfannen mit Essensresten standen auf dem Herd, und auf dem klobigen Küchentisch mit der dicken Platte bemerkte sie ein halb gerupftes Huhn. Es roch nach frisch geschälten Zwiebeln und kaltem Fett. Übelkeit stieg in ihr auf.
Zina Hayes schlurfte zum Küchentisch, packte das Huhn am nackten Hals und legte es in einen Weidenkorb, der an einem Haken an der Wand hing. Dann wischte sie mit der flachen Hand Federn und Zwiebelschalen von der Tischplatte.
»Ist es dein erstes Mal?« wollte sie wissen.
Heather nickte nur stumm.
Die Engelmacherin grinste. »Gibt für alles ein erstes Mal, Kindchen. Aber das biege ich schon hin. Gibt keine in der Gegend, die so geschickt mit der Nadel ist wie ich«, prahlte sie und wischte sich die Hände an ihrem fleckigen Kleid ab. »Im wievielten Monat bist du denn?«
»Im ersten.«
Zina Hayes furchte die Stirn. »Hab's lieber, wenn sie schon ein paar Monate weiter sind. Ist eben leichter, 'ne Pflaume zu stechen als 'ne Waldbeere. Aber das mache ich schon.«
Die Angst stieg in Heather wie eine Woge auf, die aus den Tiefen des Meeres aufquillt und erst in Ufernähe hervorbricht, um sich schäumend und donnernd an den Strand zu werfen. »Wird ... wird es weh tun?«
»So viel Spaß, wie du mit dem Burschen gehabt hast, der dir den Bra-

ten in den Ofen geschoben hat, wird es nicht machen«, höhnte die fette Frau. »Aber leichter, als Kinder zu kriegen und mit 'nem Bastard geschlagen zu sein, ist es allemal. Und jetzt regeln wir erst mal das Geschäftliche. Jede Kunst hat ihren Preis, Kindchen. Und ich hab' nur 'ne ruhige Hand, wenn ich Geld in meiner Tasche weiß.«

»Natürlich!« sagte Heather hastig und tastete nach ihrem Geld. »Was verlangen Sie?«

Zina Hayes sah sie abschätzend an und bohrte dabei mit dem Zeigefinger im Ohr herum, als helfe ihr das, einen angemessenen Preis festzusetzen. »Bist im ersten Monat. Da muß ich all mein Können aufbringen. Fingerspitzengefühl und Erfahrung müssen auch bezahlt werden. Und ich pfusch' nicht rum wie andere, denen die Mädchen der Reihe nach unter den Händen wegbluten. Also ich schätze, mit fünf Dollar kommst du gut weg.«

Heathers Hand zitterte, als sie ihr fünf Dollarscheine in die offene Hand zählte. Dabei bemerkte sie, daß sie häßliche dunkelbraune Flecken auf den Fingern hatte – es war vermutlich das getrocknete Blut des geschlachteten Huhns.

»Jetzt sind wir im Geschäft, meine Hübsche!« Zina steckte das Geld ein und klatschte dann mit der flachen Hand auf die Tischplatte. »Komm, leg dich hier hin! Auf den Rücken! Du kannst alles anlassen. Ich mach' das schon.«

Heather schluckte, würgte Angst und aufsteigende Übelkeit hinunter. Mit kalkweißem Gesicht legte sie sich rücklings auf die harte Tischplatte.

Mit einer groben Bewegung schlug Zina Hayes Rock und Unterröcke bis über die Hüften zurück. »Durch die Unterhose durch geht's natürlich nicht. Die muß runter. Heb mal deinen Hintern an!«

Heather leistete der Aufforderung Folge, und die Frau zerrte ihr die lange Unterhose vom Leib. »Und jetzt rutsch bis zur Kante mit dem Hintern, zieh die Beine an und halt sie mit den Händen fest. Weißt doch, wie man die Knie spreizt, damit man dir zwischen die Beine kann«, spottete sie.

Heather zitterte am ganzen Leib vor wachsendem Entsetzen. Wie entwürdigend, sich so auf einen dreckigen Küchentisch legen zu müssen, schamlos entblößt und den zweifelhaften Abtreibungskünsten dieser schlampigen, ordinären Frau ausgeliefert zu sein.

Der Geruch im Raum schien von Sekunde zu Sekunde unerträglicher zu werden. Es roch nach Hund. Die Körperausdünstungen der Frau stachen ihr in die Nase, dazu der scharfe Geruch der Zwiebeln, und dann glaubte sie, sogar Blut riechen zu können. Das Blut des toten Tieres, zu dem sich auf dieser rauhen Tischplatte gleich auch ihr eigenes gesellen würde?

Heather glaubte, keine Luft mehr bekommen zu können, während sie sich vor ihrem geistigen Auge im eigenen Blut wälzen sah.

Zina Hayes hatte in einer Kommodenschublade gekramt und kam nun zurück. »Dann wollen wir mal dem Übel zu Leibe rücken«, sagte sie. »Aber höher mußt du die Beine schon nehmen.«

Der Blick von Heathers angstgeweiteten Augen fiel auf die lange Stricknadel, die Zina Hayes in ihren ungewaschenen Händen hielt. »Nein!« schrie sie, von Panik übermannt. Niemals würde sie diese scheußliche Prozedur über sich ergehen lassen. Dieser fetten Schlampe würde sie es niemals erlauben, in ihrem Leib herumzustochern! »Nein!... Nein!«

Sie stieß die Engelmacherin mit einem Fußtritt zurück, rollte sich vom Tisch, wäre dabei fast gestürzt und rannte zur Tür.

»Dein Geld kriegst du aber nicht zurück, wenn du jetzt wegrennst!« rief Zina ihr zu.

»Behalten Sie es!« Heather riß die Tür auf.

»Deine Unterhose, Kindchen! Du wirst dir was holen!«

Heather hörte nicht auf sie und stürzte hinaus in die Dunkelheit.

»Ich bewahr' dein Höschen für dich auf! Du kommst ja bald wieder. Bisher sind sie noch alle zu Zina Hayes zurückgekommen«, rief die Engelmacherin ihr nach und lachte schallend.

Heather hörte erst auf zu laufen, als sie die Landstraße erreicht hatte. Keuchend und von Seitenstichen geplagt lehnte sie sich gegen einen Baum. Sie preßte die Stirn gegen die rauhe Borke, bis es schmerzte. Als sei sie nur knapp dem Erstickungstod entkommen, sog sie gierig die kühle Abendluft in ihre schmerzenden Lungen. Zitternd stand sie so und wartete, bis sich das Jagen ihres Herzens gelegt hatte und das Seitenstechen abgeklungen war. Sie fühlte sich erleichtert, daß sie sich nicht zu erbrechen brauchte.

Sie erschauderte, als sie an die fette Engelmacherin und den Geruch in ihrem Schuppen dachte. Es erschien ihr jetzt unglaubhaft, daß sie sich dort wirklich auf den Tisch gelegt hatte. Augenblicke später hätte ihr Zina die Stricknadel in den Leib gebohrt.

Es überlief sie heiß und kalt, und schnell stieß sie sich nun vom Baum ab. Nichts wie fort von hier! Diesem schauderhaften Ort konnte sie gar nicht schnell genug entfliehen.

Und so hastete sie über die dunkle, einsame Landstraße der Stadt entgegen. Allmählich beruhigten sich ihre Nerven, so daß sie wieder einen klaren Gedanken fassen konnte. Sie war vor Zina Hayes davongelaufen, aber das war keine Lösung. Vor dem Kind, das in ihrem Leib heranwuchs, konnte sie nicht davonlaufen. Sie mußte es abtreiben lassen, wenn sie nicht zu einem Leben in Schande verurteilt sein wollte. Doch würde sie noch einmal die Überwindung und den Todesmut aufbringen, um zu dieser Frau zurückzukehren? Niemals! Nicht zu diesem dreckigen Weib. Gus mußte schon einen richtigen Arzt ausfindig machen, der die Abtreibung in einer zumindest menschenwürdigen Weise vornahm, in einer sauberen Umgebung und mit sauberen Instrumenten.

Ja, wenigstens das war Gus ihr schuldig, und sie würde sich nicht scheuen, ihm notfalls hart zuzusetzen. Mochte ihre Beziehung dabei auch zum Teufel gehen, ein fachgemäßer Abbruch ihrer Schwangerschaft war im Augenblick wichtiger als alles andere. Sie würde schon einen anderen finden, der sie heiratete. Nur mußte sie vorher das Kind loswerden. Daß sie dafür ihre Hoffnungen, Missis Atkins zu werden, begraben mußte, war dabei das kleinere Übel, wenn es sie auch bitter ankam, daß sie sich von Gus so hatte an der Nase herumführen lassen. Aber er sollte ja nicht glauben, sich mit der Adresse von Zina Hayes und den lächerlichen zehn Dollar aus der Verantwortung stehlen zu können. Den Zahn würde sie ihm ziehen! Und wenn sie seinen Vater mit der Wahrheit konfrontieren mußte. Der würde sich hüten, es zu einem Skandal kommen zu lassen.

Heather faßte neuen Mut. Und als sie das Haus an der Pearl Street erreichte, hatten Zorn und Entschlossenheit die Oberhand über Angst und Verzweiflung gewonnen.

Sie ging in ihr Zimmer, schlüpfte in eine frische Unterhose und begab sich hinunter in die Küche, um Holz aufzulegen und den Kaffee aufzuwärmen, der noch in der Kanne auf dem Herd stand.

Das Feuer flackerte im Herd, als sie Schritte auf der Veranda hörte. Sie ging hinaus in die Diele. Es war Gilbert Everson. Verwundert stellte sie fest, daß er nach Alkohol roch und einen unsicheren Eindruck auf den Beinen machte. Direkt betrunken war er nicht, eher angeheitert, aber dennoch war es das erste Mal, daß sie ihn so sah.

»Guten Abend, Mister Everson«, begrüßte sie ihn. »Sie sind heute aber spät dran.«

Er lächelte auf seine schüchtern verlegene Art, die so typisch für ihn

war, wenn er es mit Frauen zu tun hatte. »Eine kleine Feier, Miss Davenport«, sagte er fast entschuldigend. »Ist ja sonst nicht meine Art, aber heute konnte ich nicht nein sagen, wo mich doch Mister Ronstead, mein Chef, auf ein Glas eingeladen hat.«
»So? Was gab es denn zu feiern?«
»Meine Beförderung!« Er strahlte stolz. »Mister Darlton ist endgültig aus Krankheitsgründen ausgeschieden, und ich bin nun zum stellvertretenden Bezirksleiter ernannt worden.«
Heather horchte auf. Ein Gedanke regte sich in ihr. Noch nicht greifbar, aber doch spürbar. Sie hatte ihm bisher nicht allzuviel Beachtung geschenkt. Doch eine innere Stimme riet ihr, es diesmal zu tun. »Das freut mich wirklich sehr für Sie, Mister Everson. Sie haben Ihre Beförderung bestimmt auch verdient, wo Sie doch immer so hart gearbeitet haben.«
»Ach, ich habe doch nur meine Pflicht getan«, wehrte er bescheiden ab.
»Nein, nein, stellen Sie Ihr Licht mal nicht unter den Scheffel! Sie wohnen lange genug bei uns, daß ich das beurteilen kann. So einen hohen Posten bekommt man nicht allein für Pflichterfüllung, dafür muß man gewiß schon einiges mehr mitbringen«, schmeichelte sie ihm, und plötzlich kam ihr eine Idee. Sie war gewagt, ja fast sogar wahnwitzig zu nennen, aber einen Versuch war sie allemal wert. Was hatte sie schon groß zu verlieren?
Sie konnte nur gewinnen – nämlich Gilbert Everson zum Mann. Warum auch nicht? Er hatte zwar längst nicht Gus' Format und nicht einen Hauch seiner strahlenden Männlichkeit, aber sie hatte ja gesehen, was ihr das gebracht hatte. Warum also nicht Gilbert Everson? So eine schlechte Wahl war er gar nicht.
Er war weder gutaussehend noch häßlich, eher unscheinbar. Das Gesicht schmal, mit betonten Wangenknochen, das schwarze Haar glatt und stets leicht pomadisiert; vom Körperbau mittelgroß und sehnig, fiel er in der von ihm bevorzugten konservativen Kleidung nicht ins Auge. Doch er war auf seinem Gebiet beschlagen, ehrgeizig und entschlossen, Karriere zu machen. In seinem Alter schon stellvertretender Bezirksleiter zu sein bedeutete eine Menge und verhieß einen weiteren raschen Aufstieg. Die Kehrseite seines Ehrgeizes und Einsatzes für die Firma war seine mangelnde Erfahrung im Umgang mit Frauen. Doch das konnte für sie nur von Vorteil sein.
Sie lächelte ihn an. »Ich finde auch, daß diese Beförderung angemes-

sen gewürdigt und gefeiert werden muß, Mister Everson. Kommen Sie, wir wollen auf Ihren großen Erfolg anstoßen! Ich weiß, wo mein Vater eine Flasche guten Brandy stehen hat.«
»Das ist sehr nett von Ihnen, aber ich glaube, ich habe heute schon mehr getrunken, als mir guttut, Miss Davenport«, sagte er.
»Das können Sie mir aber nicht antun! Wo Sie doch schon längst zur Familie gehören... und ich doch sonst auch keine Gelegenheit habe, an einem Brandy zu nippen«, lockte sie ihn und zwinkerte ihm verschwörerisch zu.
Er lachte. »Also gut, einen kann ich mir wohl noch erlauben.«
Sie hakte sich bei ihm ein und ließ ihn dabei ihren Busen spüren, während sie ins Eßzimmer gingen. Sie bemerkte aus den Augenwinkeln, wie er nervös schluckte. Erregung packte sie. So muß es Leuten gehen, die auf die Jagd gehen! schoß es ihr durch den Kopf.
Heather holte den Brandy und zwei Gläser, setzte sich zu Gilbert und goß sein Glas reichlich voll. »Auf Ihr Wohl, Mister Everson! Ich wußte ja schon immer, daß in Ihnen das Zeug zu etwas Besonderem steckt.«
»Nun übertreiben Sie aber!« wandte er ein, doch seine Augen leuchteten. Er sonnte sich förmlich in ihrer Bewunderung und nahm einen kräftigen Schluck.
»Fragen Sie meinen Dad! Wie oft habe ich ihm gesagt, daß Sie etwas ganz... Außergewöhnliches an sich haben«, log sie unverfroren, denn sie wußte, daß er ihren Vater niemals danach fragen würde. »Schon Ihr Auftreten, das so beherrscht und zielgerichtet ist. ›Dad‹, habe ich meinem Vater gesagt, ›Dad, das ist ein Mann, der genau weiß, was er im Leben will. Und was er sich in den Kopf gesetzt hat, das erreicht er auch. Da ist er unbeirrbar wie Granit. Mit ihm spielt keiner sein Spielchen.‹«
»Haben Sie das wirklich gesagt, Miss Davenport?« fragte er geschmeichelt und straffte sich förmlich.
»O ja, das habe ich«, versicherte sie und fügte dann mit veränderter, sanfter Stimme hinzu: »Sagen Sie, würde es Ihnen viel ausmachen, mich nicht Miss Davenport, sondern Heather zu nennen? Das klingt nicht so schrecklich förmlich. Bisher habe ich das noch keinem Mann angeboten, aber wo Sie doch nun fast schon zur Familie gehören und wir unter einem Dach leben...« Sie warf ihm einen koketten Blick zu. »Außerdem fände ich es nett, meinen Namen aus Ihrem Mund zu hören.«

Röte zeigte sich auf seinem Gesicht. »Oh, nein... nein, es... würde mir gewiß nichts ausmachen... ich meine, im Gegenteil, es ist sehr freundlich von Ihnen, Miss Daven... äh, Heather«, stammelte er verwirrt.
Sie lachte ihn an, als habe er ihr ein großes Geschenk gemacht. »Das ist wunderbar. Darauf müssen wir aber trinken«, ermunterte sie ihn.
»Ja, natürlich. Also dann, zum Wohl... Heather!«
Sie nippte nur an ihrem Glas, während er sein Glas leerte. Sie goß ihm sofort wieder nach. »Jetzt tragen Sie eine große Verantwortung, Mister Everson. Als stellvertretender...«
Er fuchtelte mit der Hand. »Das geht aber nicht!« unterbrach er sie.
Sie stellte sich dumm. »Was geht nicht, Mister Everson?«
»Eben das! Sie können doch nicht Mister Everson zu mir sagen, während ich Heather zu Ihnen sage. Sie müssen mich von nun an Gilbert rufen!« verlangte er und hatte mit der Artikulation schon Schwierigkeiten.
Wieder stießen sie an.
Bei Gilbert Everson verhielt es sich wie bei den meisten Menschen, die selten Alkohol zu sich nehmen und ihn zudem nicht gut vertragen. Nachdem er drei Gläser geleert hatte, war es mit seiner halbnüchternen Selbstbeherrschung vorbei. Die guten Vorsätze und das Wissen um die eigene Anfälligkeit ertranken im aufsteigenden Rausch. Der kurzfristig stimulierende Geist des Brandy gaukelte ihm vor, daß alles in bester Ordnung sei und er weit entfernt davon, einem Zustand sinnloser Betrunkenheit entgegenzutrinken. Er fühlte sich doch ganz ausgezeichnet! Er hatte sozusagen den Rubikon überschritten und warf nun auch keinen Blick mehr zurück.
Heather brauchte ihn gar nicht mehr zum Trinken aufzufordern. Er bediente sich jetzt schon selber, während er ihre scheinbar interessierten Fragen nach seiner Arbeit immer weitschweifiger beantwortete. Sie wußte, daß es ein Wettlauf mit der Zeit war. Mit ihrem Vater war so schnell nicht zu rechnen, und auch Daphnes frühzeitige Rückkehr brauchte sie nicht zu fürchten. Sie würde noch lange mit Sarah und all den anderen aus der Nachbarschaft deren Geburtstag feiern. Allein ihre Mutter konnte ihr einen Strich durch die Rechnung machen, denn es war schwer abzuschätzen, wie lange Reverend Whinerays Vortrag dauert und ob sie danach sofort nach Hause zurückkam.
So angespannt sie innerlich auch war, sie beherrschte ihre Ungeduld, scherzte mit Gilbert und legte auch schon mal eine Hand vertraulich

auf seinen Arm, wenn sie über einen seiner einfältigen Witze lachte, was ihm sichtlich gefiel.
Heather war froh, daß die Brandyflasche noch fast voll gewesen war. Mit Doctor Polk's Migränesaft hätte sie Gilbert kaum in einen derart volltrunkenen Zustand bringen können. Er hatte Mühe, seine glasigen Augen offenzuhalten und nicht vom Stuhl zu kippen. Immer wieder verlor sich seine Stimme in ein unverständliches Lallen.
Heather wartete, bis auch der letzte Tropfen aus der Flasche Gilberts Kehle hinuntergeflossen war. Dann schien der rechte Moment gekommen, die Falle zuschnappen zu lassen.
»Es wird wohl Zeit, ins Bett zu gehen«, schlug sie vor.
»Kein Schluck mehr drin?« Verständnislos stierte er auf die leere Flasche, die seinen Händen entglitt und vom Tisch zu rollen drohte. Heather fing sie auf und kam gerade noch rechtzeitig, um zu verhindern, daß Gilbert vom Stuhl stürzte. Ihm gut zuredend, schleppte sie ihn die Treppe hoch. Es war Schwerstarbeit, aber schließlich hatte sie ihn in seinem Zimmer. Wie ein Sack Mehl fiel er auf sein Bett.
Sie zündete die Lampe auf seinem Tisch an. »Kommen Sie, ich helfe Ihnen, Schuhe und Jacke auszuziehen«, sagte sie und zog ihm die Schnürsenkel auf.
»Kann... schon... selber«, lallte er.
Gilbert Everson schaffte es noch nicht einmal, sich selbst die Jacke aufzuknöpfen. Er war jenseits von Gut und Böse. Als Heather ihm Schuhe und Jacke ausgezogen hatte, schnarchte er schon.
»Schlaf nur«, flüsterte sie. »Das Erwachen kommt noch früh genug.«
Sie lief schnell nach unten, spülte die Gläser, stellte sie in den Schrank zurück, wischte den Tisch ab, löschte das Licht und ging mit der leeren Brandyflasche in den Garten hinaus. Sie warf sie zwischen die Büsche auf dem Nachbargrundstück. Dann eilte sie wieder nach oben, holte das Rasiermesser ihres Vaters und kehrte zu Gilbert zurück.
Er schlief tief und fest, den Mund halb offen und laut schnarchend. Hastig zog sie sich nun aus, legte ihre Sachen ordentlich über den Stuhl und begann, auch ihn völlig auszuziehen. Es war alles andere als ein Kinderspiel. Immer wieder hielt sie inne, weil sie fürchtete, er könne aufwachen und merken, was mit ihm geschah. Doch er murmelte nur im Schlaf. Ihr stand der Schweiß auf der Stirn, als sie ihm endlich auch die lange Unterhose vom Leib gezerrt hatte. Klein und verschrumpelt wie eine ausgedörrte Frucht hing sein Glied zwischen seinen Beinen.
Heather griff zum Rasiermesser. Wenn sie vorgeben wollte, in seinem

Bett ihre Unschuld verloren zu haben, dann durfte es daran nicht den geringsten Zweifel geben. Das Bettlaken mußte Blutspuren aufweisen.
Sie setzte die scharfe Klinge auf ihren linken Handballen. Doch im letzten Moment fiel ihr ein, daß ein Schnitt an dieser Stelle auffallen und Verdacht erwecken könnte. Sie überlegte kurz. Dann schob sie seine Beine auseinander, stellte ihren linken Fuß dazwischen, winkelte das Bein etwas an, drückte die Klingenspitze in den Ballen unterhalb vom großen Zeh und zog sie zurück. Ein kurzer Schmerz, dann trat Blut aus der kleinen Schnittwunde. Sie verschmierte es auf das Laken. Mit ihrem blutigen Fußballen berührte sie anschließend sein Glied. Nicht der Hauch eines Zweifels sollte in ihm aufkommen. Die letzten Tropfen, die sie aus dem Schnitt herauspreßte, schmierte sie sich an die Schenkel. Nur ein ganz klein wenig Blut, das reichte.
Sorgfältig putzte sie die Klinge ab und legte sie wieder an die Stelle auf dem Waschtisch, wo sie das Rasiermesser gefunden hatte. Sie prüfte auch, ob sie keine Blutflecken auf den Dielen hinterlassen hatte.
Bis dahin hatte sie alles mit kalter, nüchterner Berechnung ausgeführt, und keine Gefühle waren ihr dabei in die Quere gekommen. Doch als sie dann an seinem Bett stand und sich zu ihm legen mußte, rebellierte alles in ihr. Haut an Haut würde sie in diesem schmalen Bett mit ihm liegen, seinen Alkoholatem riechen und sein Schnarchen ertragen müssen.
Doch es mußte sein!
Heather löschte das Licht, zwängte sich zu ihm ins Bett und zog die Decke über sie beide. Steif wie ein Brett lag sie anfangs da, und als er sich im Schlaf herumdrehte, um eine bessere Stellung zu finden, stieß seine Hand gegen ihre Brust. Sie zuckte zusammen und hätte ihn fast von sich gestoßen, unterdrückte den Impuls jedoch.
Sie würde diese Nacht keine Minute Schlaf finden, das wußte sie. Wenn er zu sich kam und sie an seiner Seite im Bett vorfand, mußte sie wach sein – und sie mußte richtig reagieren. Sie vertraute darauf, daß Gilbert sich mit Frauen nicht auskannte und auch sonst kein Mann war, der sich außerhalb seines Berufes seiner selbst sicher war. Er hatte zudem großen Respekt vor ihrem Vater. Was konnte er also schon groß tun? Er zappelte im Netz. Sie mußte es nur geschickt einholen und ihrer Beute jede Chance zur Flucht nehmen.
Es ging um ihren guten Ruf, um ihre Zukunft – und um ein ehrbares

Leben in gesicherten Verhältnissen. All das konnte ihr Gilbert Everson geben.
Das lange Warten auf den Morgen begann.

Vierzehntes Kapitel

Gilbert erwachte früher als gewöhnlich. Der Druck seiner Blase verkürzte seinen Schlaf und entriß ihn herrlichen Träumen von weichen warmen Frauenkörpern, von Brüsten, die sich in seine Hand schmiegten, und Beinen, die ihn begehrend umschlangen.
Er wollte sich nicht aus dieser sinnlichen Welt lösen, die ihm nur im Schlaf vergönnt war, weil er bisher noch nicht einmal den Mut gefunden hatte, ein Bordell aufzusuchen und eine Frau dafür zu bezahlen, daß sie ihn von seiner Unschuld befreite.
Und der Traum verblaßte diesmal wirklich nicht wie sonst, wenn er mit einer schmerzhaften Erektion aufwachte. Der weiche anschmiegsame Frauenkörper blieb, ja die Bilder gewannen sogar noch an Intensität. Er spürte Lippen auf seiner Haut, den sanften Luftzug eines Atems in seiner Armbeuge und sogar den Duft eines Frauenkörpers vermochte er jetzt wahrzunehmen. So perfekt war noch kein Traum gewesen.
Nur das dumpfe, pochende Gefühl im Schädel und der ekelhaft pelzige Geschmack im Mund paßten nicht zu dieser Vision seines Wunschdenkens.
Ein Hund kläffte.
Er hatte Durst.
Der Körper in seinen Armen bewegte sich. Das war zu realistisch!
War das überhaupt noch ein Traum? Wie konnte das denn noch ein Traum sein, wenn er überlegte, ob er das alles bloß träumte?
Gott, nein! Es mußte wahr sein!
Aber der Frauenkörper. Die Frau. Er spürte sie doch! Sie war da! Hier an seiner Seite!
Der Gedanke brachte Gilbert endgültig in die Wirklichkeit zurück.
Er riß die Augen auf – und erstarrte. Auf seiner Brust ruhte ein Kopf.
Er sah dunkelbraune Haare und in seinem Blickfeld weiter unten

nackte Haut. Die Rundung einer Hüfte, eine Pohälfte und ein nacktes Bein, das quer über seinen Knien lag. Es war eine Frau, gar keine Frage! Und dies war sein Zimmer. Er sah seine Kladden und Bücher in dem Wandregal über dem Bett.
Sein Gehirn war für einen Moment wie leergefegt. Der Schock der Erkenntnis, daß es sich bei dem vorgeblichen Traum um tatsächliche Wahrnehmungen gehandelt hatte, lähmte jeden Gedanken im Ansatz. Und bis auf das dumpfe Pochen in seinem Schädel empfand er gar nichts.
Eine erneute Bewegung und ein schläfriges Murmeln der Frau an seiner Seite vertrieben die geistige und körperliche Erstarrung. Er wollte von ihr abrücken. Doch die Frau protestierte im Halbschlaf murmelnd. Ihre Hand glitt über seinen Bauch. Und dabei war er ohnedies schon so erregt wie nie zuvor.
Auf einmal grinste er. Endlich war es geschehen! Er hatte mit einer Frau geschlafen. Daß es offensichtlich nur eine Dirne war, machte nichts. Hauptsache, der Anfang war gemacht. Schade nur, daß er sich so gar nicht daran erinnern konnte, wie es denn gewesen war.
Beunruhigende Fragen stellten sich plötzlich ein. Wo hatte er sie bloß aufgegabelt? Und wie kam sie zu ihm in sein Bett? Er war doch nirgends gewesen, hatte doch nur mit Mister Ronstead auf die Beförderung angestoßen. Danach war er auf direktem Weg nach Hause gegangen, und dort hatte er dann nur noch mit Miss Davenport...
Himmel, wenn Missis Davenport davon erfährt, wirft sie mich hochkant aus dem Haus! fuhr es ihm erschrocken durch den Kopf, und er schob die Frau nun sanft von sich. Wer immer sie auch sein mochte, sie mußte sich so rasch wie möglich anziehen und hinausschleichen, bevor jemand von der Familie erwachte.
Er rüttelte sie sanft an der Schulter. »Wach auf!« flüsterte er. »Du mußt gehen!«
Heather hatte sich die ganze Zeit nur schlafend gestellt, während sie in Wirklichkeit vor Aufregung fast Herzschmerzen hatte. Jetzt war der entscheidende Augenblick gekommen, der Moment der schicksalhaften Entscheidung. Jetzt kam es darauf an.
Sie hob den Kopf und fragte verschlafen: »Ja, Gilbert?«
Gilbert stieß einen unterdrückten Schrei aus, als die Haare nun ein Gesicht freigaben, das ihm erschreckend vertraut war. Er lag nicht mit einer Dirne im Bett, sondern mit Heather Davenport!

»O mein Gott!« keuchte er in fassungsloser Bestürzung. Wie hatte das passieren können?
Heather richtete sich etwas auf und sah ihn mit einem halb vertrauten, halb verlegenen Lächeln an. »Was ist, mein Liebling?« raunte sie. »Hast du schlecht geschlafen? Du, ich habe ganz wunderbar geschlafen. Ich habe mich noch nie so geborgen und glücklich gefühlt wie in deinen Armen.« Sie schlug die Augen nieder. »Du warst so lieb und zärtlich... und doch so wunderbar stark.«
Die Gedanken rasten hinter seiner Stirn, doch viele griffen ins Leere, denn aus den nebelhaften Tiefen seiner Erinnerung stiegen nur Fragmente empor. Miss Davenport hatte mit ihm auf seine Beförderung angestoßen. Sie waren zum Vornamen übergegangen. Der Brandy! Der gottverdammte Brandy! Er hatte mit ihr geschlafen! Im Haus ihrer Eltern!
Panik wallte in ihm auf. »Miss Davenport! ... Heather! ... Was... was...« Er war nicht in der Lage, in seiner Verstörung einen klaren Satz zu formulieren.
»Psst! Nicht so laut, Schatz«, flüsterte sie. »Meine Eltern könnten uns sonst hören, und wenn Dad erfährt, daß... daß du mich zur Frau gemacht hast, dann ist er zu allem fähig.«
Er stöhnte auf. »Heather! Um Gottes willen, wie... wie konnte das bloß geschehen? Ich... ich kann mich an nichts erinnern!« stieß er gequält hervor und richtete sich auf.
Dies war der kritische Moment. Heather gab sich nun verwirrt. »Du kannst dich nicht erinnern? Wie kannst du so etwas vorgeben, Gilbert, nach allem, was du gestern zu mir gesagt und mir versprochen hast... und was du mit mir getan hast!«
Ihm brach der Schweiß aus. »Was... was habe ich denn gesagt... und getan?«
Heather schlug die Hände vors Gesicht und begann zu schluchzen. »Oh, das ist gemein... so gemein. Und ich habe dir geglaubt und deinen Liebesbeteuerungen vertraut...«
»Liebesbeteuerungen?«
»Ja, wie sehr du mich liebst und daß du mich zur Frau nehmen willst«, brachte sie unter falschen Tränen hervor. »Du... du hast so wunderbare Dinge gesagt und von unserer gemeinsamen Zukunft gesprochen... und wie sehr du mich begehrst... und es nicht erwarten kannst, mich zu lieben... richtig zu lieben. Ich war so glücklich, daß du meine Gefühle, die ich nie zu zeigen wagte, er-

widerst. Und jetzt willst du von nichts mehr etwas wissen, nachdem du meine Unerfahrenheit und mein Vertrauen ausgenutzt und mir meine Unschuld genommen hast.«
Hilflos und wie vor den Kopf geschlagen saß er im Bett. Er begriff einfach nicht, wie das alles hatte geschehen können. Er hatte ihr gesagt, daß er sie liebe und heiraten wolle? Wie konnte ihm das bloß über die Lippen gekommen sein? Gut, er hatte Heather ganz nett gefunden, und ansprechend sah sie ja auch aus. Aber wenn er jemanden begehrt hatte, dann war es ihre Schwester gewesen. Nie wäre es ihm in den Sinn gekommen, Heather einen Heiratsantrag zu machen, geschweige denn, sie in sein Bett zu locken – und sie zu entjungfern, ausgerechnet er, der doch noch nie zuvor mit einer Frau geschlafen hatte.
Und doch war es geschehen.
Zum Teufel mit dem Brandy! Der war an allem schuld. Was sollte er jetzt bloß tun?
Was zwischen ihnen vorgefallen war, ließ sich nicht mehr ungeschehen machen.
Heather schwamm in falschen Tränen. »Und ich war so glücklich!« jammerte sie. »Was ist, wenn ich schwanger werde? Ich bin für mein Leben entehrt. Diese Schande! Meine Eltern werden mich verstoßen. O Gott, das ertrage ich nicht. Eher nehme ich mir das Leben!«
»So etwas darfst du nicht sagen, Heather!« sagte er entsetzt.
»Doch! Was bleibt mir denn anderes übrig? Ich kann mit dieser Schande nicht leben, Gilbert. Ich werde weggehen, und meine Eltern werden nie wieder etwas von mir hören.«
Zögernd streckte er die Hand nach ihr aus, fuhr ihr über das Haar. »Stimmt es wirklich, Heather?«
»Was?« brachte sie tränenerstickt hervor.
»Daß ... daß du mich schon immer geliebt hast ... und ich dich glücklich gemacht habe?« fragte er mit belegter Stimme und wußte in diesem Moment, daß ihm nur eine einzige Entscheidung blieb: Er mußte zu dem stehen, was er getan hatte.
Sie nahm die Hände vom Gesicht und sah ihn an. »O ja, es stimmt, Gilbert. Ich habe mir schon seit Monaten nichts sehnlicher gewünscht, als von dir ... richtig beachtet zu werden. Und ich war gestern so selig, als du mir deine Liebe gestanden ... und mir gezeigt hast, wie schön die ... die Liebe zwischen Mann und Frau sein kann.

Ich hatte schreckliche Angst davor, doch du hast sie mir genommen... und etwas Wunderbares daraus gemacht. Und nun hast du mein Glück zerstört.«
Irgendwie erfüllten ihre Worte ihn mit männlichem Stolz. Er hätte nie gedacht, daß eine Frau ihm einmal so etwas sagen würde. Und wenn er es recht überlegte, schien Heather gar keine so schlechte Wahl. Zwar war sie nicht so hübsch wie ihre Schwester, aber er stellte ja auch keinen Mann dar, auf den die Frauen flogen. Zudem liebte sie ihn offenbar und war glücklich mit dem, was er ihr bieten konnte – in jeder Hinsicht. Vielleicht sollte er dem Schicksal dankbar sein, daß es so gekommen war. Alt genug, um eine Familie zu gründen, war er ja. Und die Vorstellung, seine sexuellen Wünsche nicht mehr nur in seinen Träumen ausleben und sich selbst befriedigen zu müssen, hatte etwas sehr Erregendes an sich.
»Nichts ist zerstört, Heather«, sagte er nun und fuhr fort, sie zu streicheln, seine zukünftige Frau. »Und du wirst auch nicht in Schande leben.«
»Heißt das, du willst mich noch immer... zur Frau?« Ihre fast atemlose Freude war nun nicht mehr gespielt.
Er lächelte. »Ja, das will ich. Wir werden heiraten, Heather!«
»O Gilbert! Gilbert! Mein Liebster!« Sie flog ihm um den Hals, preßte ihren nackten Körper gegen seinen und küßte ihn überglücklich. Sie hatte es geschafft!
Noch nie zuvor hatte er eine nackte Frau in seinen Armen gehalten, jedenfalls nicht im nüchternen Zustand, wie er sich sagte, ohne zu ahnen, daß dies wirklich das erste Mal war. Und sein Körper reagierte darauf auf ganz natürliche Weise. Augenblicklich war er wieder steif und erregt.
»Ich werde nachher gleich mit deinem Vater sprechen und um deine Hand anhalten, und wir werden noch diesen Monat heiraten«, versprach er mit ernstem Nachdruck.
»Du machst mich zur glücklichsten Frau der Welt, Gilbert!« Ihre Tränen waren echt. Sie war glücklich.
»Nun, wo das alles geklärt ist, würdest du da etwas dagegen haben, mich... mit deiner Liebe zu beglücken?« fragte er und streichelte ihre Brust.
Heather spürte sein hartes Glied. »Für mich bist du jetzt schon mein Ehemann«, erwiderte sie leise und um etwas Schamhaftigkeit bemüht. »Und mein Körper und meine Liebe gehören dir, wann immer du mich begehrst, Gilbert.«

»Oh, Heather!« flüsterte er mit vor Erregung heiserer Stimme, schlug die Decke zurück und verschlang mit seinen Blicken den nackten Leib der Frau, die von nun an ihm gehörte und ihm soeben versprochen hatte, sich ihm jederzeit hinzugeben.
Zum erstenmal verspürte Heather so etwas wie sexuelle Erregung. Doch es war nicht sein schmächtiger Körper und sein krummes Glied, was sie feucht werden ließ, sondern das Gefühl des Triumphes, sich für das Unrecht, das die Männer ihr angetan hatten, angefangen von ihrem Vater bis hin zu Gus, gerächt zu haben.
Sie streckte die Arme nach ihm aus und öffnete sich ihm. »Komm, doch sei leise!« forderte sie ihn auf.
Mit einem unterdrückten Stöhnen drang er in sie ein. Er war ein unbeholfener, plumper Liebhaber. Gus war gegen ihn eine wahre Offenbarung gewesen. Doch es bekümmerte sie nicht. Ihr genügte es, wenn er sein wollüstiges Vergnügen fand. Gern überließ sie ihm ihren Körper, damit er sich nahm, wonach Männer so verrückt waren. Sie tauschte diese kurzen orgiastischen Minuten gern gegen einen Ehering und ein gesichertes Leben ein.
Seine Bewegungen wurden schneller und drängender. Haut klatschte gegen Haut. »Heather... oh, Heather!« keuchte er lustvoll, als er spürte, wie es in ihm aufstieg.
»Ja, es ist schön... es ist wunderschön so, mein Liebling. Ich liebe dich«, flüsterte sie ihm zu, als schon wenig später sein Samen in ihren schwangeren Leib strömte. Und in diesem Moment nahm sie sich vor, alles zu tun, um ihn zu lieben und ihn glücklich zu machen. Sie waren nun für ihr Leben aneinandergekettet und mußten sehen, daß sie das Beste daraus machten.
Heather blieb noch ein paar Minuten bei ihm. Dann sagte sie: »Es ist wohl besser, wenn ich mich jetzt in mein Zimmer schleiche.«
»Ja, natürlich«, murmelte er. Dem lustvollen Hochgefühl war nüchterne Ermattung gefolgt.
Heather gab ihm einen Kuß, stieg über ihn hinweg und fuhr nur in Unterhose und Leibchen. Die anderen Kleidungsstücke nahm sie über den Arm, die Schuhe in die Hand. Sie öffnete die Tür und schlich auf Zehenspitzen in den Flur.
Daphne stand auf der Schwelle ihres Zimmers, den Nachttopf in der Hand und im Gesicht einen verstörten Ausdruck.
Heather zuckte ertappt zusammen. Die Situation war eindeutig, so spärlich bekleidet, wie sie war – und die Hand noch auf dem Tür-

knauf von Gilberts Zimmer. Aber was hatte sie denn noch zu fürchten?
»Schau nicht so dumm aus der Wäsche! Wir werden heiraten, Gilbert und ich!« sagte sie laut genug, daß er es im Zimmer noch hören konnte. »Damit du es nur weißt!« Sie zog die Tür mit einem energischen Ruck hinter sich zu. Ohne eine Antwort abzuwarten, lief sie in ihr Zimmer.
Daphne hätte in diesem Augenblick auch nichts zu erwidern gewußt. Zwar war sie nicht schockiert und moralisch entrüstet, aber doch verwirrt. Gilbert und Heather? Wo Heather doch seit Monaten hinter Gus her war? Wie paßte das zusammen? In den letzten beiden Wochen war Heather zwar reichlich zugeknöpft und wohl auch kaum noch mit Gus Atkins aus gewesen. Aber von Gus so schnell zu Gilbert? Nie im Leben hätte sie das vermutet – und schon gar nicht, daß ausgerechnet ihre Schwester, die die Worte Schicklichkeit und Anstand fast so häufig im Munde führte wie ihre Mutter, die Nacht bei einem Mann verbrachte. Und wenn ihre Hochzeit zehnmal beschlossene Sache sein sollte. Es war mehr als nur komisch. Daphne hatte das dunkle Gefühl, daß irgend etwas nicht stimmte.
William erging es ebenso, als Gilbert ihn nach dem Frühstück um ein vertrauliches Gespräch bat und ihm eröffnete, Heather heiraten zu wollen.
»Wen?« fragte William nach, weil er meinte, sich verhört zu haben.
»Ich bitte Sie um die Hand Ihrer Tochter Heather, Mister Davenport«, wiederholte Gilbert noch einmal mit steifer Förmlichkeit.
»Donnerwetter, das ist ja eine größere Überraschung als Tim Codys K. O. gestern in der ersten Runde!« entfuhr es William unwillkürlich. »Darauf war ich wirklich nicht vorbereitet. Sie wollen Heather heiraten?«
»Ja, so ist es«, bekräftigte Gilbert.
William sah ihn prüfend an. Gilbert war etwas blaß um die Nase, was angesichts seiner Eröffnung nicht verwunderlich war. Sie erklärte jetzt auch die merkwürdige Atmosphäre, die an diesem Morgen bei Tisch geherrscht hatte.
»Ich hoffe, Sie werden nichts dagegen einzuwenden haben«, fuhr Gilbert nun fort, dem das Schweigen an die Nerven ging. »Ich bin in der Lage, eine Familie zu unterhalten und Ihrer Tochter ein angemessenes Leben zu bieten. Gestern bin ich zum stellvertretenden Bezirksleiter ernannt worden, und dies hielt ich für den richtigen Zeitpunkt, um bei Ihnen um Heathers Hand anzuhalten.«

William lachte kurz auf. »Himmelherrgott, natürlich habe ich nicht das geringste dagegen, Sie zum Schwiegersohn zu bekommen. Aber haben Sie denn überhaupt schon mit meiner Tochter darüber gesprochen?«

»Ich stände nicht vor Ihnen, wenn ich mir mit Heather nicht einig wäre, Mister Davenport«, versicherte Gilbert.

»Ich muß gestehen, da haben Sie mich aber völlig kalt erwischt. Daß Sie und Heather...« Er führte den Satz nicht zu Ende, sondern schüttelte schmunzelnd den Kopf. »Also das ist mir wirklich völlig entgangen, uns allen, glaube ich, sagen zu können.«

»Ich bin kein Mann, der seine Gefühle an die große Glocke hängt, und Heather tut dies wohl auch nicht«, log Gilbert. Er mußte jetzt da hindurch, so unwirklich ihm das auch selber vorkam. Doch er hatte sie entjungfert. Nachdem sie aus seinem Zimmer verschwunden war, hatte er die Blutflecken auf dem Laken bemerkt. Zwar war es ihm schleierhaft, wie er im volltrunkenen Zustand dazu fähig gewesen war, aber an den Tatsachen kam er nun einmal nicht vorbei. Er würde die Konsequenzen tragen. Und doch: Der Mann, der Heather mit einem Eheversprechen in sein Bett gelockt und ihr die Unschuld geraubt hatte, war ihm so fremd, wie ihm nur jemand fremd sein konnte...

William streckte ihm die Hand hin. »Dann bleibt mir nichts weiter zu tun, als Ihnen meinen Segen zu geben und Ihnen zu gratulieren!« sagte er herzlich. »Kommen Sie, erlösen wir Heather! Himmel, da wird sich meine Frau aber freuen, und Daphne bestimmt auch!«

Sophie war, als sie die Neuigkeit erfuhr, im ersten Moment nicht weniger platt. Sie hatte schon fest damit gerechnet, daß Gus Atkins derjenige sein würde, der Heather vor den Traualtar führte. Aber Gilbert Everson war ihr fast ebenso willkommen. Und stürmisch umarmte sie ihren zukünftigen Schwiegersohn, überaus zufrieden mit Heathers Wahl und glücklich, ihre älteste Tochter endlich unter die Haube gebracht zu haben.

Heather strahlte über das ganze Gesicht, während sie von allen Seiten Glückwünsche entgegennahm. William fiel nur auf, daß Gilbert nicht halb so viel Vergnügen daran zu finden schien, denn sein Lächeln hatte doch etwas Gequältes an sich. Er schrieb es seiner Jugend und seiner schüchternen Art zu.

Auch Daphne blieb es nicht verborgen, daß Gilbert Everson sich

nicht gerade wohl in seiner Haut fühlte und die erste Gelegenheit wahrnahm, um der Ausgelassenheit Sophies zu entfliehen. Zu gerne hätte sie gewußt, wie es so plötzlich zu dieser unerwarteten Verbindung zwischen den beiden gekommen war. Heather liebte ihn nicht, das wußte sie. In der kurzen Zeit, in der sie ein Zimmer geteilt hatten, war ihr Gespräch kurz vor dem Einschlafen dann und wann auch mal auf ihren Logiergast gekommen. Sie hatte noch genau die wenig schmeichelhaften Bemerkungen im Ohr, die Heather über Gilbert Everson gemacht hatte, auch wenn sie in seiner Gegenwart nie ein unfreundliches Wort verloren hatte.
Nein, aus Liebe und Leidenschaft wurde sie gewiß nicht Missis Everson. Warum aber dann der plötzliche Sinneswandel? Das war ausgesprochen rätselhaft. Genauso wie Gilberts Verhalten. Was mochte ihn bloß bewogen haben, um die Hand ihrer Schwester anzuhalten, nachdem er all die Monate nie auch nur eine Andeutung darüber verloren hatte, daß sie ihm etwas bedeutete?
Das war alles mehr als nur rätselhaft. Es war irgendwie beunruhigend.

Fünfzehntes Kapitel

Seit diesem Sonntag drehte sich im Haus der Davenports alles nur noch um die Hochzeit und um die Vorbereitungen derselben, was in kaum einer Familie ohne Streit und allgemeine nervliche Überreizungen vonstatten geht. Sie machten da keine Ausnahme, auch wenn es anfangs nicht danach aussah.
»Eine Hochzeit in der Weihnachtszeit, das wäre doch etwas ganz Romantisches«, schlug Sophie vor, als es darum ging, wann sich Heather und Gilbert das Jawort geben sollten.
»So lange möchten wir nicht mehr warten«, lautete Heathers Antwort. Sie betonte dabei das ›wir‹ und warf ihrem Zukünftigen einen schmachtenden Blick zu, als wären sie in so heißer Liebe zueinander entbrannt, daß jeder Tag des Wartens eine unerträgliche Folter bedeutete. Was sie betraf, entsprach das in der Tat der Wahrheit.

Gilbert fügte sich in sein Schicksal. Was änderte es, ob sie in ein paar Wochen oder ein paar Monaten heirateten? Je eher sie sich gegenseitig den Ring ansteckten, desto besser war es für sie beide, sollte Heather tatsächlich schwanger geworden sein. Die Überlegung, in der Zwischenzeit sicherlich noch Gelegenheiten zu finden, um sich an ihrer sexuellen Bereitschaft zu erfreuen, spielte zudem eine nicht ganz unwesentliche Rolle.

»Wir sind beide alt genug, um auf eine längere Verlobungszeit verzichten zu können«, unterstützte er sie deshalb, und weil das als Begründung ein wenig schwach klang, selbst in seinen Ohren, fügte er mit einem verlegenen Lächeln noch hinzu: »Ich glaube, ich könnte mich auch nicht mehr auf meine Arbeit konzentrieren, wenn ich so lange warten müßte. Und wo ich mich jetzt als Stellvertreter von Mister Ronstead bewähren muß, käme mir eine schnelle Eheschließung sowohl beruflich als auch privat sehr gelegen.«

Das war ein Argument, das ihre Eltern gelten ließen, und sie erklärten sich mit einer unverzüglichen Heirat ohne Verlobungszeit einverstanden.

»Aber schafft ihr es denn, in der kurzen Zeit eine günstige Wohnung oder gar ein kleines Häuschen zu finden und es euch dort wohnlich zu machen?« gab Sophie zu bedenken.

»Was das angeht, möchte ich nichts überstürzen«, erklärte Gilbert. »Deshalb wäre ich sehr dankbar, wenn wir vorerst noch hier wohnen bleiben könnten. Natürlich auch weiterhin gegen Entgelt. Ein Haus zu finden und hübsch einzurichten, kostet nicht nur viel Zeit, sondern auch viel Geld. Und solch hohe Ausgaben wollen wohlbedacht sein und nicht über das Knie gebrochen werden.«

Während ihre Eltern nichts dagegen einzuwenden hatten und ihnen sogar noch Edwards Zimmer anboten, das sie sich als eigenes kleines Wohnzimmer herrichten sollten, paßte das Heather überhaupt nicht. Sie bezweifelte stark, daß er das nötige Geld auf die hohe Kante gelegt hatte, um die Miete für ein hübsches Haus und die Möblierung bezahlen zu können. Den Bemerkungen ihrer Mutter in der Vergangenheit hatte sie entnommen, daß er in seinem Beruf recht ordentlich verdiente. Außer den dreieinhalb Dollar Kost- und Logiergeld in der Woche hatte er doch gar keine anderen Ausgaben. Er ging nie aus und hatte ihres Wissens auch keine Hobbies oder gar Laster, die seinen Verdienst hätten aufzehren können. Allein in den Monaten, die er schon bei ihnen wohnte, mußte er mehr als genug gespart haben, um

die auf sie zukommenden Ausgaben, ohne mit der Wimper zu zukken, begleichen zu können.
Doch hier blieb Gilbert hart. Er verbarg seinen Geiz hinter allerlei Ausflüchten und gab seiner zukünftigen Frau zum erstenmal zu verstehen, daß er nicht daran dachte, sich jedesmal ihren Wünschen zu beugen.
Der erste Streit zwischen ihnen ließ nicht lange auf sich warten. Er brach schon tags darauf aus, als sie darüber sprachen, wie die Hochzeit auszurichten sei und wer die Kosten dafür zu tragen habe. Heather wollte eine möglichst prächtige Hochzeit mit vielen Gästen und einer kleinen Musikkapelle, und als Ort für die Feier schwebte ihr die Percy's Hall vor. Ihr Vater würde das Geld dafür kaum zusammenkratzen können, das war ihr klar. Ebenso klar schien es ihr, daß deshalb Gilbert dafür zahlen würde.
Er hatte nichts gegen eine aufwendige Hochzeitsfeier, zu der er viele seiner wichtigen Kunden einzuladen und zu seinem Vorteil zu bewirten gedachte. Er war jedoch nicht bereit, die Kosten dafür zu übernehmen. »Die Ausrichtung der Hochzeit ist ganz klar die Pflicht der Brauteltern – wie sie auch dafür zu sorgen haben, daß die Braut eine entsprechende Aussteuer mit in die Ehe bringt.« Es gelang Heather nicht einmal in der folgenden Nacht, als sie in sein Zimmer schlich und zu ihm ins Bett schlüpfte, ihn zu erweichen. Es kostete sie große Überwindung, sich dafür nicht zu rächen, indem sie sich ihm verweigerte, doch war sie klug genug, es nicht zu tun.
William klärte die unerfreuliche Angelegenheit in einem Gespräch mit Gilbert unter vier Augen. »Wir hatten letztes Jahr einige schwere... Schicksalsschläge zu verkraften, Gilbert, so daß meine finanziellen Reserven zur Zeit sehr dürftig sind, um es gelinde auszudrücken«, erklärte er unumwunden. »Eine so pompöse Hochzeit, wie sie euch vorschwebt, übersteigt daher meine finanziellen Kräfte.«
»Von mir aus muß sie gar nicht so pompös sein«, stellte Gilbert sich stur.
William zuckte die Achseln. »Mir soll es recht sein. Dann feiern wir also nur im engsten Familienkreis. Mir ist das sowieso lieber.«
Das wiederum gefiel Gilbert nicht. Denn außer einem Bruder, der Erster Offizier auf einem Handelsfahrer war und derzeit irgendwo vor der peruanischen Küste die Übernahme einer Ladung stinkenden Guano-Vogelmistes überwachte, hatte er keine Familie mehr.
»So einfach muß die Feier ja nun auch nicht sein«, brummte er und einigte sich mit William schließlich darauf, bei vierzig geladenen Gä-

sten die Hälfte der Kosten zu tragen. Am Honorar für die Musik wollte er sich jedoch nicht beteiligen.
»Die schenke ich ihr«, erklärte sich Daphne sofort bereit, als sie davon erfuhr.
Letztlich bezahlte Daphne auch noch das Brautkleid ihrer Schwester. Heather hatte sich in den Kopf gesetzt, ein seidenes Brautkleid zu tragen, das sie bei der Schneiderin Ellen Swanton gesehen hatte. Es sollte die stolze Summe von vierzehn Dollar kosten. Das Kleid, das sie aus Boston hatte mitnehmen dürfen, war ihr nicht gut genug. Damit war sie ja schon mit Gus ausgegangen! Außerdem war es nicht weiß.
»Das kommt überhaupt nicht in Frage!« donnerte William, als Heather einfach nicht zu jammern aufhörte. »Vierzehn Dollar für ein Kleid, das du doch nur einmal trägst! Was sind denn das für Tollheiten! Für wen hältst du mich? Für den Besitzer von *Abbott Steam*?«
Heather ließ die Tränen laufen. »Aber ich heirate doch nur einmal im Leben!« flehte sie.
»Wer weiß!« brummte William verärgert.
»Mom, warum sagst du denn nichts?«
»Kind, ich hätte es mir auch nicht träumen lassen, daß ich dir einmal bei der Wahl deines Hochzeitskleides deinen Wunsch nicht erfüllen könnte«, sagte sie mit vorwurfsvollem Blick in Richtung ihres Mannes. »Aber wir sind hier nun mal leider in Bath und nicht mehr in Boston, wo so eine lächerliche Summe überhaupt keine Diskussion wert gewesen wäre.«
»Es ist auch hier keine Diskussion wert«, sagte William gereizt. »Ich kann das Kleid nicht bezahlen. Basta! Mehr als sieben Dollar kann ich dafür nicht aufbringen.«
Weinend lief Heather aus dem Zimmer.
Später brachte Daphne ihrem Vater die vierzehn Dollar. »Kauf ihr das Kleid, Dad! Aber sag ihr nicht, daß ich dir das Geld dafür gegeben habe! Es ist besser so – für uns alle.«
Er war gerührt und beschämt, wollte das Geld erst aber nicht annehmen. »Sie muß lernen, sich mit dem zu bescheiden, was wir haben.«
»Aber es ist doch ihre Hochzeit! Ich möchte, daß sie glücklich ist. Und ich kann das Geld doch entbehren. Ich hätte eigentlich schon längst etwas von meinem Verdienst abgeben müssen.«
»Ach, Daphne…« sagte William nur mit schwerer Stimme, nahm das Geld und hatte einen schalen Geschmack im Mund, als er Heather mitteilte, daß sie sich das Kleid doch kaufen könne, worauf sie ihm um den Hals fiel.

Es gab noch eine ganze Reihe anderer Reibereien. Zu einer äußerst hitzigen Auseinandersetzung kam es bei der Aufstellung der Gästeliste. Gilbert hatte »seine« zwanzig Gäste schon bestimmt und nahm an diesem Gespräch nicht teil. Er kümmerte sich überhaupt wenig um die Organisation der Feier. Warum auch? Das war Aufgabe der Brauteltern – und die gerieten sich in die Haare.
Sophie und Heather waren sich einig, daß die Youngs und Jenkins nichts bei der Hochzeitsfeier zu suchen hatten. »Was habe ich denn mit diesen Kutscherleuten zu tun?« wollte Heather überheblich wissen. »Und die Youngs sind nur zufällig unsere Nachbarn.«
»Eben deshalb!« sagte William ungehalten. »Hast du vielleicht vergessen, wie oft sie uns geholfen haben? Die Jenkins und die Youngs! Sie würden es uns sehr übelnehmen, wenn wir sie nicht einladen, und das zu Recht.«
»Ich will dieses Klatschweib Audrey nicht auf meiner Hochzeit haben!« blieb Heather störrisch. »Und diesen einfältigen Trampel Sarah erst recht nicht.«
»Du bist gehässig, Heather«, sagte Daphne bestürzt, »und völlig ohne Grund. Die Youngs waren immer nett, und zwar zu uns allen. Und die Jenkins sind doch wirklich angenehme Leute.«
»Richtig!« pflichtete William ihr bei.
»Ach, wirklich? Deshalb hast du Andrew wohl auch abblitzen lassen, ja?« fragte Heather spitz.
»Das hat damit doch nichts zu tun, Heather!«
»Ich finde auch, daß die Youngs und die Jenkins nicht so recht zur übrigen Gesellschaft passen«, hielt Sophie ihrer älteren Tochter die Stange. »Auf Gilberts Gästeliste stehen die Namen einiger wichtiger Geschäftsleute. Auch sein Chef, Mister Ronstead, hat zugesagt.«
»Fang jetzt bloß nicht damit an, daß Audrey, Sarah und Matthew angeblich nicht in diesen Rahmen passen!« brauste William auf. »Sie wissen sich genauso gut zu benehmen wie alle anderen. Und sie sind mir zehnmal lieber als diese wichtigen Geschäftsleute.«
»Es ist aber meine Hochzeitsfeier!« beharrte Heather wütend.
»Die wir für dich ausrichten, falls du das vergessen haben solltest, und die nicht allein dazu da ist, *deine* Freunde zu bewirten, sondern die der ganzen Familie!« belehrte er sie.
»Aber wir haben nun mal nur zwanzig Einladungen zu vergeben«, wandte Sophie ein. »Und allein meine Damen aus dem Verein...«
Eine Zornesader schwoll auf Williams Stirn an. »Von deinen Tempe-

renzler-Weibern kommt mir nicht eine an die Festtagstafel, wenn die Youngs und die Jenkins keine Einladung bekommen. Darauf kannst du Gift nehmen!« fiel er ihr ins Wort.
»Das ist ja Erpressung!« empörte sich Sophie.
»Das kannst du sehen, wie es dir beliebt! Keinen Cent werde ich zahlen. Und wenn dieses Theater noch länger so weitergeht, könnt ihr die ganze Feier vergessen!« drohte er. »Allmählich bin ich es nämlich leid, mir eure unverschämten Reden über James und Matthew und Audrey und Sarah anzuhören. Schämen müßtet ihr euch! Wir sind nichts Besseres als sie. Es wird Zeit, daß ihr das endlich in den Kopf kriegt! Und jeder Mensch kann sich glücklich schätzen, wenn er solche Freunde wie sie hat.«
Er griff zum Stift und schrieb die Namen der Youngs und Jenkins ganz oben auf die Gästeliste. Er knallte den Bleistift auf den Tisch und stand auf. »So, und jetzt könnt ihr die restlichen Plätze so vergeben, wie ihr lustig seid! Und noch etwas...« Er sah seine Frau scharf an. »Es wird Wein und Bier und Schnaps geben, wie es sich für eine zünftige Feier gehört. Komm mir also erst ja nicht damit, daß du nur Säfte und Limonade ausgeschenkt haben möchtest! Und mach deinen Frauen von der Limonaden-Liga klar, daß ich bei Tisch weder abfällige Reden über Alkoholgenuß noch verächtliches Nasenrümpfen oder ähnliches dulden werde! Das würde ich als Beleidigung unserer anderen Gäste verstehen. Ich gebe dir mein Wort, daß ich nicht zögern werde, sie vor die Tür zu setzen. Wenn du also nicht sicher bist, ob sie sich benehmen und ihre Mission vor der Tür lassen können, bist du gut beraten, sie besser gar nicht erst einzuladen.«
Entrüstet funkelte Sophie ihn an. »Ich weiß, daß dir jeglicher gesellschaftlicher Schliff fehlt und das wahre Verantwortungsgefühl fremd ist!« stieß sie schrill hervor. »Das hast du ja schon zur Genüge bewiesen, als du uns in dieses dreckige Nest verschleppt hast. Aber nicht einmal du wirst es wagen, am Tag der Hochzeit deiner Tochter einen solch gottlosen Skandal zu verursachen!«
»Wer hier zu den Gottlosen und Heuchlern zählt, will ich dahingestellt sein lassen, Frau«, entgegnete William grimmig. »Aber was den Skandal betrifft, so scheue ich den nicht. Es soll also keiner sagen können, ich hätte ihn nicht gewarnt.« Und mit schneidender, nachdrücklicher Stimme wiederholte er noch einmal: »Eine Beleidigung meiner Freunde werde ich nicht zulassen!«
»Danke, Dad, daß du so viel auf meinen Ehrentag gibst«, sagte Heather mit bitterem Sarkasmus.

William wandte sich ihr zu, das Gesicht angespannt. »Diese häßliche Bemerkung hättest du dir sparen können«, wies er sie zurecht. »Ich denke mehr an dich, als dir wohl bewußt wird. Du solltest einmal weiter als von der Nasenspitze bis zum Brautschleier schauen. Vielleicht begreifst du dann, daß ich hier deine und Gilberts Interessen vertrete. Oder glaubst du etwa, Gilberts Gäste würden eure Hochzeit in guter Erinnerung behalten, wenn sie sich bei jedem Schluck Wein, den sie sich genehmigen, den verdammten Blicken engstirniger Temperenzler ausgesetzt sähen? Manch einer könnte das Gilbert ankreiden. Aber wenn es dir nichts ausmacht, deinem Mann beruflich Knüppel zwischen die Beine zu werfen, dann blase nur kräftig in das Horn deiner ach so tugendhaften Mutter!«
Verblüfft sah Heather ihn an.
Wie immer, wenn Sophie innerlich vor Wut kochte, überzogen rote Flecken ihr kalkweißes Gesicht. »Es ist eine Schande, daß du es wagst, mich und die Arbeit meiner Mitstreiter so in den Dreck zu ziehen! Und dann auch noch vor den Kindern!« stieß sie keuchend hervor und ballte die Hände. »Aber geh nur zu deinen Saufbrüdern und Huren! Da gehörst du auch hin!«
William hatte eine scharfe Erwiderung auf den Lippen, behielt jedoch für sich, was immer er hatte sagen wollen. Kopfschüttelnd wandte er sich ab und ging wortlos aus dem Zimmer.
Daphne fragte sich mit schmerzlicher Betroffenheit, weshalb es immer so sein mußte. Diese ewigen Vorwürfe und Streitereien machten sie ganz krank. Nicht einmal Heathers Hochzeit brachte die Familie zusammen. Im Gegenteil. Der Riß, der durch ihre Familie ging, wurde immer breiter und hoffnungsloser.
»Ich weiß wirklich nicht, was Dad dazu bringt, sich so aufzuführen... wie ein Berserker«, beklagte sich Heather mit weinerlicher Stimme.
Daphne hätte gern darauf geantwortet, daß sein Benehmen niemanden verwundern dürfte, war er doch von ihr und Sophie dazu provoziert worden. Wie hatten sie auch auf die Idee kommen können, ihre Nachbarn und die Jenkins von der Hochzeit auszuschließen. Hätte Dad gegen soviel Arroganz und Undankbarkeit nicht ein Machtwort gesprochen, wären sie in der Pearl Street unten durchgewesen – und zwar nicht nur bei den Youngs. So einen Schlag ins Gesicht hätte man ihnen nicht verziehen. Aber sie wollte nicht noch Öl ins Feuer gießen und schwieg.

»Ja ja, das ist der Dank für alles, was wir durch seine Schuld ertragen müssen!« zischte Sophie.
Heather verzog das Gesicht und sagte sichtlich widerstrebend: »Aber auf Gilberts Gäste müssen wir schon Rücksicht nehmen, Mom.«
Sophies Lippen wurden zu einem schmalen Strich der Verbitterung. »Ich werde schon dafür Sorge tragen, daß die Feier ohne Mißtöne abläuft... aber nur um deinetwillen!«
Gus kam es natürlich auch zu Ohren, daß Heather und Gilbert Everson das Aufgebot bestellt hatten. Er paßte Heather eines Tages ab, als sie Besorgungen in der Stadt erledigte.
»Tag, Heather!«
»Mach, daß du verschwindest!« raunte sie und beschleunigte ihre Schritte.
Er hielt mit ihr Schritt. »Warum so unfreundlich, Kleines? Ich will dir doch nur gratulieren. Und Gratulationen sind ja wohl angebracht, wie ich gehört habe. Es schmerzt zwar, daß du dich so schnell mit Gilbert Everson getröstet hast, aber ich gönne ihn dir«, sagte er höhnisch. »Ich möchte nur zu gern wissen, wie du das eingefädelt hast. Weiß er, daß du einen Bastard mit in die Ehe bringst?«
Sie schluckte hart, doch der Kloß der Angst blieb ihr in der Kehle stecken. »Ich war bei diesem... Weibsstück und habe es wegmachen lassen«, flüsterte sie heiser.
Er lachte. »Sicher, du warst bei Zina, aber du bist weggelaufen wie ein aufgescheuchtes Huhn. Das einzige, was du bei ihr gelassen hast, ist deine Unterhose. Du bist noch immer schwanger und willst ihm nun das Kind unterjubeln. Raffiniert, muß ich schon sagen.«
»Laß mich in Ruhe, Gus! Du hast schon genug Unheil angerichtet!«
»Aber, aber! Wir hatten doch eine Menge Spaß zusammen. Ich denke, wir sollten uns noch einmal treffen – quasi zum Abschied. Heute um fünf paßt mir gut. Wie früher in der Scheune. Und sei pünktlich!«
Entsetzt blieb sie stehen. »Nein! Niemals!... Das kannst du mir nicht antun!« beschwor sie ihn.
Er grinste sie an. »Ich könnte dir etwas ganz anderes antun, indem ich etwa deinem ahnungslosen Bräutigam den guten Rat gebe, sich doch mal mit Zina Hayes über seine Braut zu unterhalten. Danach dürfte es sehr zweifelhaft sein, ob er noch Lust auf den heiligen Bund der Ehe mit dir hat, mein kleines Unschuldstäubchen.« Er zwickte sie in die Wange.

Sie schlug seine Hand weg, leichenblaß im Gesicht. »Du kannst mir Gilbert nicht nehmen, Gus!« flehte sie ihn an. »Was habe ich dir getan, daß du mir so etwas Grausames antun willst? Du hast von mir alles bekommen, was du wolltest. Du müßtest dir Vorwürfe machen... und genauso dankbar sein wie ich, daß es keinen Skandal gibt. Bitte, gib mich frei... und laß mich fortan in Ruhe!«
Gus dachte nicht daran. »Du willst, daß ich den Mund halte? In Ordnung. Ich werde dir diesen unbezahlbaren Gefallen tun. Aber du wirst dich schon dafür revanchieren müssen. Also heute um fünf in Barneys Heuschober! Dann sind wir quitt.«
»Gus!«
Er lächelte ihr zu und ließ sie einfach stehen.
»Ich werde nicht hingehen! Ich werde nicht hingehen!« murmelte sie mit zitternder Stimme vor sich hin. »Er kann meinetwegen warten, bis er schwarz wird... Er wird es nicht wagen, Gilbert auch nur ein Wort zu sagen... Er blufft nur.«
Wirklich?
Es war schon dunkel, als sie um Punkt fünf bei der Scheune eintraf. Das Brettertor stand halb offen. Gus erwartete sie bereits. »Wie schön, daß du mir das Warten ersparst, Kleines. Komm schon rein! Ich kann es gar nicht erwarten«, drang seine spöttische, selbstsichere Stimme aus dem Innern zu ihr.
Heather ging hinein, voller Angst vor der Macht, die er über sie besaß. Eine Kerosinlampe hing an einem der Stützbalken. Der Docht war tief heruntergedreht, so daß kaum mehr als ein schwaches Glimmen aus dem schützenden Glaszylinder drang.
»Gus?«
»Was hast du auf dem Herzen?« höhnte er, einen Strohhalm zwischen den Lippen und einen Stiefel auf einem Heuballen.
»Gibst du mir dein Ehrenwort, daß es nie wieder geschehen wird und du zu niemandem auch nur ein Wort sagst, was du von mir und... Zina Hayes weißt?«
»Du hast es«, sagte er lässig.
»Schwöre es beim Leben deiner Eltern und bei der heiligen Schrift!« verlangte sie.
»Ich schwöre es. Nun beruhigt?«
Sie nickte.
»Dann komm her!« verlangte er. »Nein, laß nur. Du brauchst dich nicht auszuziehen. Beug dich vor!«

Mit zusammengepreßten Zähnen gehorchte sie ihm. Er wollte sie demütigen, das war ihr klar. Aber dieses eine Mal würde sie auch noch überstehen.
Gus schlug ihre Röcke hoch, zog ihr die Unterhose herunter und nahm sie von hinten. Hart, brutal und mit mehr Vergnügen an der Erniedrigung als an der Befriedigung seiner sexuellen Lüste.
Plötzlich glitt er aus ihr heraus. »Ich denke, wir sollten zum Abschluß mal etwas anderes machen, etwas Unvergeßliches, was dir Gilbert bestimmt nicht bieten wird«, sagte er und zog ihre Pobacken auseinander.
Heather schrie vor Schmerz laut auf, als er ihr sein Glied in den After stieß. Sie wollte sich von ihm befreien, doch seine Hände krallten sich über den Hüften in ihr Kleid und hielten sie fest. Sie konnte ihm nicht entfliehen, denn vor ihr türmte sich das Heu auf.
Wimmernd sank sie auf die Ballen, als er endlich gekommen war. »Warum hast du das nur getan?« schluchzte sie und zerrte ihre Hose über ihr geschundenes Fleisch.
»Du wirst dich schon daran gewöhnen«, sagte er, während er sich eine Handvoll Heu griff und sich säuberte.
Heather blickte ihn in ungläubigem Erschrecken an. »Du hast gesagt... Du hast dein Ehrenwort gegeben!«
Er lachte verächtlich. »Was gilt ein Ehrenwort schon bei einer Hure, denn das bist du doch? Jede Frau, die nicht verheiratet ist und sich aufs Kreuz legen läßt, ist eine Hure. Also spiel dich nicht so auf! Dein Gilbert wird schon nichts davon erfahren, sofern du ihm nicht von deinem Treiben erzählst.«
»Du Schwein! Du dreckiges, mieses Erpresserschwein!« schrie Heather und stürzte sich auf ihn. Ihre Faust traf ihn auf den Mund und ließ seine Unterlippe aufplatzen.
Er gab ihr eine Ohrfeige und stieß sie von sich, daß sie wieder zwischen die Ballen fiel. »Dafür wirst du auch für meine Freunde die Beine breitmachen müssen, Kleines! Die werden sich freuen, wenn sie mal nicht dafür zu bezahlen brauchen.«
Heather sah die Heugabel, die neben ihr im Heu steckte. Sie reagierte, ohne daß Zeit gewesen wäre, über ihr Handeln nachzudenken. Es war, als flöge ihr die Heugabel förmlich in die Hand, und ihre Hände, die irgendeine unsichtbare Gewalt zu führen schien, stießen ihm die scharfen Zinken mit einer solchen Wucht in die Brust, daß sie aus seinem Rücken wieder heraustraten.

Mit einem tierischen Schrei taumelte Gus zurück und stürzte zu Boden. Schreiend umklammerte er den Stiel der Heugabel. Dann erstickte ein Schwall Blut sein entsetzliches Brüllen.
Heather war wie gelähmt und fassungslos über ihre Tat, während Gus Atkins vor ihren Augen qualvoll verendete. Doch sie verlor nicht die Nerven. Sie mußte die Spuren des Mordes verwischen!
Er war schon tot, als sie ihm die Heugabel aus der Brust zog, wofür sie all ihre Kraft aufwenden mußte. An den Stiefeln zerrte sie seinen Leichnam zu den Heuballen hinüber. Dann holte sie die Kerosinlampe. Ihre Hände zitterten, während sie den Docht hochdrehte, den Glaszylinder abnahm und das Heu in Kopfhöhe in Brand setzte. Augenblicklich loderten die Flammen auf und breiteten sich blitzschnell in alle Richtungen aus. In wenigen Minuten würde die Scheune lichterloh brennen, und von Gus Atkins würde nur noch eine verkohlte Leiche übrigbleiben.
Heather schleuderte die Lampe nach oben auf das Heu und stürzte in die Dunkelheit hinaus, während hinter ihr schon die ersten Feuerzungen an den Balken zum Dach hochstiegen.
Als die Glocken Alarm gaben und die Feuerwehr mit ihren Löschwagen ausrückte, war die Scheune ein einziges, nicht mehr unter Kontrolle zu bringendes Flammenmeer. Erst am nächsten Morgen fand man die Leiche. Gus Atkins wurde nur anhand eines Ringes identifiziert. Niemand sprach von Mord. Man hielt das Ganze für einen tragischen Unfall aufgrund leichtsinnigen Umgangs mit einer offenen Flamme. Was hätte sonst auch in Frage kommen können?
Zehn Tage später, am letzten Samstag im Oktober, fand Heathers Hochzeit statt. In cremeweißer Seide gab sie Gilbert Everson in der Winter Street Church ihr Jawort. Die anschließende Feier wurde, allen Befürchtungen zum Trotz, zu einem ausgelassenen Ereignis, von dem die Gäste noch lange mit glänzenden Augen sprachen. Und alle waren sich einig, daß Heather eine strahlende glückliche Braut und Gilbert Everson um seine Frau zu beneiden war.

DRITTES BUCH

Die Ernte des Winters

Erstes Kapitel

»Kannst du mir mal verraten, wofür ich dich überhaupt bezahle?« keifte Eleanor an einem naßkalten Novembertag, knapp zwei Wochen nach Heathers Hochzeit. »Es ist kaum noch Kohle im Haus, und du verlierst darüber nicht ein Wort! Willst mich bei diesem scheußlichen Wetter wohl im Kalten sitzen lassen, was? Bist mir eine schöne Haushilfe!«

»Missis Bancroft, ich habe Ihnen schon seit Wochen gesagt, daß Sie Ihren Vorrat an Kohle und Brennholz auffüllen müssen«, verteidigte sich Daphne, wußte jedoch, daß die alte Frau das jetzt nicht wahrhaben wollte. »Erst gestern...«

»Ach was! Rede dich jetzt nicht heraus!« fuhr Eleanor ihr wie erwartet über den Mund. »Du hast es verschlafen und willst dich herauswinden. Es ist doch immer dasselbe mit euch jungen Leuten! Statt Verantwortungsbewußtsein habt ihr tausend andere Sachen im Kopf. Kleider, Männer, Träumereien – was weiß ich, und die Arbeit wollt ihr mit links erledigen.«

Daphne kannte Eleanor mittlerweile zu gut, um überhaupt noch den Versuch zu unternehmen, mit ihr zu argumentieren. Es war vertane Zeit und brachte die Alte bloß noch mehr in Rage. Sie unterdrückte daher einen Seufzer und sagte: »Wenn Sie möchten, werde ich Mister Kendall Bescheid geben, daß er Kohle und Holz anliefert.«

»Und ob ich das möchte!« Ihr Krückstock hämmerte kurz und wütend auf den Boden. »Das wirst du auf der Stelle erledigen!«

»Jawohl, Missis Bancroft.«

»Und trödel ja nicht herum! Ich bezahl' dich nicht dafür, daß du auf der Straße herumstehst und mit Bekannten einen Schwatz hältst!«

Als ob Daphne bei diesem ungemütlichen Wetter Verlangen danach hätte, herumzutrödeln oder gar einen Schwatz auf der Straße zu halten! Manchmal waren Eleanors Gedankengänge einfach grotesk!

Daphne schlüpfte in den dicken Wollmantel, den sie sich selber geschneidert hatte, wickelte sich den Schal dreimal um den Hals und zog die Wollmütze, die Sarah ihr gestrickt hatte, über den Kopf.
Die Hände in die Taschen vergraben und den Kopf vor dem Novemberwind gesenkt, machte sich Daphne auf den Weg zur Kohlenhandlung von Mister Kendall, die sich am südlichen Ende von Bath befand. Der böige Wind, der vom Osten kam und auf dem Kennebec kurze kabbelige Wellen verursachte, fegte durch das kahle Geäst der Bäume. Tief und grau flogen die Wolken heran. Es lag Schnee in der Luft, zumindest Schneeregen, sollten die Temperaturen nicht noch um ein paar Grad fallen.
Daphne mußte an ihre Schwester denken, die sich nicht bei diesem Mistwetter auf der Straße herumzutreiben und sich auch nicht Eleanors Nörgeleien anzuhören brauchte. Sie saß jetzt vermutlich gemütlich in der Küche, eine Näharbeit im Schoß und einen Becher mit Kakao oder Milchkaffee auf dem Tisch, und klatschte mit ihrer Mutter über dieses und jenes. Heather war als Missis Everson gut versorgt, und die beiden Zimmer, um die sie sich zu kümmern hatte, nahmen nun wirklich nicht viel Zeit in Anspruch.
Der Wind blies Daphne voll ins Gesicht, als sie die Kreuzung Centre und Middle Street erreichte. In diesem Moment hätte sie ganz gern mit ihrer Schwester getauscht. Aber eben doch nur in diesem Moment, wie sie selber nur zu gut wußte. Sie gönnte Heather das so sehnlichst erstrebte und nun auch gefundene Eheglück, beneidete sie aber nicht darum. Sie selbst konnte sich nicht vorstellen, verheiratet zu sein – mit wem auch immer. Dafür war die Unruhe in ihr, die sie selbst nicht zu deuten vermochte, zu stark. Um den Bund der Ehe einzugehen, mußte sie schon viel, viel mehr verspüren als nur den Wunsch, unter die Haube zu kommen und versorgt zu sein.
Aber Heathers Hochzeit hatte ihr gefallen, die feierliche Zeremonie in der Kirche und danach das gelungene Fest. Da hatte sie schon so etwas wie Sehnsucht verspürt, zu jemandem zu gehören und zu wissen, wo ihr Platz im Leben war. Doch sie glaubte nicht, daß diese Sehnsucht dadurch zu stillen war, daß man sich Hals über Kopf entschloß, die erstbeste gute Partie zu machen, wie ihre Schwester es getan hatte. Aber hieß es nicht, daß jeder seines Glückes Schmied war? Wenn Heather mit Gilbert Everson glücklich war, würde sie die letzte sein, die sich ein Urteil über diese Eheschließung anmaßen würde.

Während sie die Middle Street hinuntereilte, ging ihr alles mögliche durch den Kopf. Der schreckliche Tod von Gus Atkins war ihrer Schwester sehr nahegegangen. Totenbleich war sie geworden, als Audrey ihnen am Tag nach dem unerklärlichen Feuer die Nachricht von seinem Tod gebracht hatte, und sie hatte ihn nie wieder mit einem Wort erwähnt. Hatte sie Gus vielleicht wirklich geliebt? Sie hatte doch schon von Heirat gesprochen. Warum nur war nichts daraus geworden? Diese Frage wußte allein ihre Schwester zu beantworten, doch sie würde ihnen die Antwort wohl schuldig bleiben.
Als sie einen schmächtigen Jungen sah, der vor einem Kolonialwarenladen beim Abladen eines Fuhrwerkes half und sich einen sichtlich schweren Sack auf die schmalen Schultern wuchtete, dachte sie an ihren Bruder. Wie schön war es doch gewesen, Waddy für ein paar Tage zu Hause zu haben! Er hatte sich in Brunswick prächtig eingelebt, wie er berichtete, und seine Leistungen ließen nichts zu wünschen übrig. In allen Fächern zählte er auch dort zu den Besten der Klasse, und darauf war die ganze Familie stolz. Waddy würde sich nicht wie dieser Junge dort den Rücken krummschuften müssen. Er würde eines Tages ein Studierter sein und in irgendeinem hochangesehenen Beruf Karriere machen. Am besten studierte er Rechtswissenschaften. Dann konnte er Anwalt oder Richter werden oder aber bei einer großen Firma einsteigen. Scott McKinley fand auch, daß ein solches Studium später die größten und vielfältigsten Berufschancen bot.
Scott McKinley.
Daphne lächelte. Wie kam es nur, daß sich dieser Mann immer wieder in ihre Gedanken einschlich? Manchmal ertappte sie sich während der Arbeit dabei, daß sie überlegte, wie er wohl über diese oder jene Sache dachte, die ihr gerade durch den Kopf ging. Sie mochte diesen rätselhaften Mann, der es immer wieder schaffte, sie mit einem provozierenden Satz in ein Streitgespräch zu verwickeln, der sie aber auch genauso leicht zum Lachen bringen konnte. Sie freute sich jedesmal, wenn sie ihn sah, und das geschah in den letzten Wochen gar nicht so selten. Mindestens zweimal, manchmal auch dreimal die Woche erschien er in der Bücherei. Immer kurz vor Feierabend. Aber nicht immer kam er, um ein neues Buch auszuleihen. Er unterhielt sich einfach gern mit ihr, hatte er ihr einmal gesagt. Und das, was er nicht sagte, spürte und las sie in seinen Blicken. Doch die Zuneigung, die er ihr entgegenbrachte, hatte anders als bei Andrew nichts Besitzergreifendes und nichts Forderndes an sich, als spüre er, daß sie sich sofort

zurückziehen und auf Distanz gehen würde, wenn er sich anders verhielt. Deshalb hatte sie auch nichts dagegen, daß er sie jedesmal nach Hause begleitete. Auf diese Spaziergänge mit ihm freute sie sich sogar ganz besonders. Sie waren so etwas wie Balsam für ihre Seele, ein Ausgleich für die Stunden harter Arbeit und endlosen Mäkelns in Eleanor Bancrofts Haus. Als das Wetter noch schön gewesen war, hatten sie manchmal sogar einen kleinen Umweg gemacht, der sie ans Ufer des Kennebec führte. Aber nie hatte er sie auch nur zufällig berührt oder sich andere Vertraulichkeiten herausgenommen.
Heather verspottete sie schon, daß sie offenbar in platonischer Liebe zu einem Holzfäller entbrannt sei. Das nahm ihre Mutter jedesmal zum Anlaß, ihr auf die eine oder andere Art zu verstehen zu geben, daß sogar eine platonische Liebe zu einem Holzfäller ein Klotz am Bein auf dem einzig wahren Weg zu einer standesgemäßen Verheiratung war. Und die Ermahnung, daß sie sich an ihrer Schwester ein Beispiel nehmen solle, ließ dann auch nie lange auf sich warten. Doch Daphne dachte nicht daran, auf das Vergnügen von Scott McKinleys Gesellschaft zu verzichten, obschon sie andererseits auch nicht daran dachte, ihre Beziehung zu ihm in eine vertrautere Phase treten zu lassen und damit zu komplizieren. Eine Entscheidung, die offenbar seine stillschweigende Zustimmung fand.
Ob er heute trotz dieses ungemütlichen Wetters wohl noch kommt? fragte sie sich, als sie die Robinson Lane erreichte. Die ersten nassen Schneeflocken wirbelten durch die Luft. Sie blieben jedoch nicht liegen, sondern schmolzen auf Dächern und Straßen augenblicklich zu Wassertropfen.
Gerade wollte Daphne sich nach links wenden und die fünzig Yards zu Mister Kendalls Kohlenhandlung auf der Robinson Lane hinuntergehen, als ihr Blick auf eine Gestalt fiel, die soeben aus der Frederic Street kam. Sie stutzte, blieb stehen, runzelte verwirrt die Stirn – und wollte erst nicht glauben, daß es sich bei diesem Mann vor ihr wahrhaftig um ihren Vater handelte.
Doch sie täuschte sich nicht. Es war ganz eindeutig ihr Vater! Bis zu dieser Parallelstraße der Robinson Lane waren es keine zwanzig Schritte. Auf die Entfernung war eine Verwechslung ausgeschlossen. Noch nicht einmal von hinten hätte sie diese kantige, großgewachsene Gestalt mit einem anderen Mann verwechseln können. Außerdem erkannte sie den Mantel und die Fellmütze mit den Ohrenschützern, die er im Winter morgens auf dem Weg zur Arbeit und abends auf

dem Heimweg trug. James hatte sie ihm beschafft, denn er wußte, was in eisigen Maine-Wintern auf dem Kutschbock warm hielt.
Ja, es war ihr Vater! Aber was machte er gegen Mittag hier in der Stadt? Er hätte doch bei *Abbott Steam* im Büro sein müssen! Und was zog er da für einen Handwagen hinter sich her?
Daphne sah näher hin und glaubte, unter der Segeltuchplane, die über den Karren gespannt war, mindestens zwei Fässer erkennen zu können. Ihre Verwirrung wuchs, und sie war versucht, ihrem Vater nachzurufen und ihn zu fragen, warum er nicht in der Fabrik sei und was er hier mache.
Doch einer inneren Eingebung folgend, gab sie sich ihm nicht zu erkennen, sondern beschloß, diesem Rätsel auf den Grund zu gehen, indem sie ihrem Vater folgte. Es bereitete ihr keine Schwierigkeiten, ihn nicht aus den Augen zu verlieren. Die Last, die er zu ziehen hatte, ließ ihn nicht sonderlich rasch vorankommen. Er schaute sich auch nicht um, so daß sie sich nicht einmal bemühen mußte, von ihm nicht bemerkt zu werden.
Ihr Vater folgte der Middle Street, die nach einer knappen halben Meile einen rechtwinkligen Knick machte und nun nicht mehr parallel zum Fluß die Stadt durchschnitt, sondern zum Kennebec hinunterführte. Rechter Hand ragte aus einem tiefen Einschnitt des Flusses der über zweihundert Yards lange Pfahlbau von Gregory Pittwells Seilerei. Eine Dampfmaschine ratterte im Innern des langen, hölzernen Gebäudes, das von weitem wie ein erstarrter Tausendfüßler aussah.
An der Ecke zur Washington Street blieb ihr Vater vor einem niedrigen Lattenzaun stehen, der das rückwärtige Grundstück einer Taverne einfaßte. Er öffnete das hüfthohe Gartentor, schob von innen einen schweren Stein dagegen und zog den Handwagen vor eine große, schräge Luke, durch die man über eine Rampe Fässer und Kisten in den Keller befördern konnte, ohne sie umständlich über eine Treppe hinunterschleppen zu müssen.
Daphne beobachtete erstaunt, wie ihr Vater einen Schlüssel hervorzog, das Schloß entriegelte, die beiden Flügel der Luke aufklappte, dann die Plane vom Handkarren losband und vier Fässer ablud, die jeweils gut fünfzehn Gallonen faßten. Die Art, wie er all dies tat, verriet, daß er sehr vertraut mit dieser Arbeit war. Und jetzt erinnerte sie sich, daß es auf der Frederic Street eine kleinere Brauerei gab. Aber was hatte das bloß zu bedeuten, daß er Bierfässer von der Brauerei zu dieser Kneipe karrte? Und das zu dieser Stunde?

»Mabel?« hörte sie nun ihren Vater in den Keller rufen. »Paß auf! Sie kommen!«
Eine weibliche Stimme antwortete ihm, doch was sie ihrem Vater zurief, konnte Daphne nicht verstehen. William packte nun das erste Faß, kippte es auf die Seite und ließ es über die Bretterrampe in den Keller hinunterrollen. Schnell waren die vier Fässer durch die Luke verschwunden. Ihr Vater schloß sie wieder, öffnete die Tür des Anbaus, schob den Handkarren hinein und ging dann um das Haus herum, um die Taverne durch die an der Washington Street gelegene Vordertür zu betreten.
Daphne folgte ihm. Nun konnte sie das bunte Wirtshausschild sehen, das neben der Tür an einer Kette hing und die Aufschrift trug: *Mabel's Cosy Corner*.
Einen Moment war sie unschlüssig, was sie tun solle. Sie hatte ein ungutes Gefühl, und irgend etwas sagte ihr, daß es vielleicht ratsamer sei, umzukehren und nicht weiter nachzuforschen, was ihr Vater zu dieser Tageszeit hier zu suchen hatte. Doch die Neugier war stärker. So ging sie die drei Stufen hoch, öffnete die Tür und trat in den Schankraum, in dem keine Gäste waren – nur ihr Vater und eine brünette, wohlproportionierte Frau um die Vierzig in einem beigebraun gestreiften Kleid. Sie standen am hinteren Ende der langen Theke.
»Hank wollte mir unbedingt noch ein Fäßchen von seinem Whiskey aufschwatzen«, sagte ihr Vater gerade, »aber ich habe ihm gesagt, daß deine Kundschaft was Besseres gewohnt ist und er das Whiskeybrennen lieber anderen überlassen soll, die sich darauf so gut verstehen wie er sich aufs Bierbrauen.«
Die Frau lachte belustigt. »Sein Whiskey ist wirklich zum Abgewöhnen, aber das will er einfach nicht wahrhaben. Und jetzt komm in die warme Küche! Das Stew wartet darauf, gegessen zu werden.«
Vertraulich legte William ihr einen Arm um die Hüfte und zog sie an sich. »Ich weiß gar nicht, was ich am meisten an dir liebe, Mabel«, sagte er in zärtlich heiterem Ton, »deine Kochkünste oder deine...«
Er kam nicht mehr dazu, seinen Satz zu beenden. Denn in diesem Augenblick bemerkte Mabel, die sich in Williams Arm gedreht hatte, Daphne bei der Tür. »Bill!« rief sie erschrocken, als wisse sie, wer dort stand.
Er fuhr herum, und Erschrecken spiegelte sich nun auch auf seinem Gesicht. »Mein Gott, Daphne!« stieß er hervor.

Für ein, zwei Sekunden waren sie alle drei wie gelähmt. Sie starrten sich an, als sei etwas geschehen, was niemand von ihnen für möglich gehalten hätte. Und so war es ja auch. Die Worte, die Daphne mitbekommen hatten, waren so eindeutig gewesen, als hätte sie ihren Vater mit dieser Frau im Bett überrascht.
Daphne überwand den Schock zuerst. Sie wirbelte auf den Absätzen herum, stieß die Tür auf und rannte hinaus in den Schneeregen.
Ihr Vater folgte ihr: »Daphne!... Daphne, bitte! Renn nicht weg!« rief er ihr hinterher.
Doch sie war so verstört, daß sie nichts auf seine Bitten gab und so schnell die Straße hochlief, wie Mantel und Röcke es zuließen. Ihr Vater hatte eine Geliebte! Er betrog ihre Mutter mit dieser Frau Mabel, die eine Taverne am Hafen führte. Ihr Vater, den sie liebte und nie eines solch schändlichen Betruges für fähig gehalten hätte! Tränen der Enttäuschung liefen ihr über das Gesicht.
Sie war jung und schnell, konnte es aber dennoch nicht mit ihrem Vater aufnehmen. Er holte sie noch vor dem Straßenknick ein, packte sie am Arm und hielt sie fest. Sie wollte sich losreißen und weiterrennen, doch sein Griff war zu fest, und fast wäre sie gestrauchelt.
»Daphne! Um Gottes willen, so bleib doch stehen!«
Sie sah ein, daß es unsinnig war, vor ihrem Vater weglaufen zu wollen. Es half nichts. Der Wahrheit konnte sie nicht den Rücken kehren. Und so blieb sie keuchend stehen, das Gesicht von Tränen und Schnee genäßt.
»Du betrügst Mom mit dieser... Mabel!« schleuderte sie ihm voller Abscheu entgegen.
»Es stimmt, ich betrüge sie mit Mabel Briggs«, gab er unumwunden zu.
Es brachte sie noch mehr durcheinander, daß er nicht einmal den Versuch unternahm, es abzustreiten. »Wie... wie kannst du das ihr und uns antun, Dad?« klagte sie ihn an.
Er atmete tief durch. »Ja, wie kann ich euch das antun? Das ist eine gute Frage, die ich mir auch schon oft gestellt habe, Daphne«, sagte er bedrückt. »Hätte ich nicht die Firma verloren, wäre es wohl nicht soweit zwischen deiner Mutter und mir gekommen.«
»Du lenkst ab, Dad!«
»Nein, ich bin vielmehr beim zentralen Thema, Daphne. Bitte, laß mich ausreden, bevor du mich verdammst!« fuhr er schnell fort, als sie zu einer Erwiderung ansetzte. »Ich habe mich katastrophal verspe-

kuliert und alles verloren, was ich mir in Jahrzehnten aufgebaut hatte. Das habe ich mir vorzuwerfen, und es wird mich wohl bis an mein Lebensende verfolgen. Aber eines habe ich mir nicht vorzuwerfen: daß ich es gewesen bin, der deiner Mutter die eheliche Treue aufgekündigt hat. Gut, sie hat mich nach der Katastrophe in Boston nicht verlassen und ist mit uns nach Bath gezogen. Aber sie hat nicht wirklich zu mir gehalten, sondern innerlich mit mir gebrochen, und das weißt du ganz genau.«

Daphne konnte ihm nichts entgegenhalten. Jedes Wort, das er sagte, stimmte. Doch es milderte ihren Schmerz nicht, sondern gab ihm höchstens einen anderen Namen.

»Sophie hat mich zwar nicht mit einem anderen Mann betrogen«, fuhr er bitter fort. »Doch sie hat sich mir verweigert. Es fällt mir schwer, mit dir, meiner Tochter, über solche intimen Angelegenheiten zu reden, die eigentlich nur Mann und Frau etwas angehen, aber wie die Dinge nun mal liegen, muß ich es tun. Euch ist die Mutter geblieben, Daphne. Doch ich habe meine Frau verloren – ihren Beistand, ihre Liebe und auch ihre Hingabe im Bett.«

Daphne senkte betroffen den Blick. Sie spürte, wie schwer es ihm fiel, darüber zu reden. Er war nie ein Mann gewesen, der seine Gefühle auf den Lippen geführt hatte.

»Ich habe versucht, mich mit meinem Schicksal abzufinden – auch mit Sophies Verachtung und Verweigerung. Ich bin auch nicht losgezogen und habe mir bewußt eine... Geliebte gesucht. Es ist einfach geschehen. Erst vor ein paar Wochen, und da kannte ich Mabel schon fast ein Jahr«, erzählte er bedrückt, während der Schneeregen über sie niederging und die Erde zu ihren Füßen aufweichte. »Ich bin noch keine fünfzig, Daphne. Und ich fühle mich noch zu jung, um mich mit einem Leben ohne die Zärtlichkeit und... Leidenschaft einer Frau abzufinden. Ich kann es nicht. Und ich gehöre auch nicht zu den Männern, die sich in gewissen Häusern für Geld das holen, was ihnen in ihrem Ehebett verweigert wird. Ich wünschte, ich könnte es. Denn dann wäre das hier heute nicht passiert... und ich müßte nicht fürchten, daß jetzt auch du mich noch verdammst und dich von mir abwendest.«

»Ich verdamme dich nicht, Dad«, brachte sie mit tränenerstickter Stimme hervor. »Ich... ich liebe dich doch! Und ich werde immer zu dir halten, was auch geschieht. Aber es tut so weh, so schrecklich weh!« Nun liefen ihr wieder die Tränen über das Gesicht.

»Oh, Daphne...« Er streckte die Arme nach ihr aus. »Wein doch nicht!«
Sie warf sich in seine Arme, preßte ihr Gesicht an das rauhe Tuch seiner Jacke und hielt sich an ihm fest, als wolle sie ihn nie wieder freigeben.
William strich ihr zärtlich und mit feuchten Augen über die Wange. »Ja ja, ich weiß, wie sehr es schmerzt. Aber ich weiß auch, daß du stark bist, mein Kind. Nichts wird dich unterkriegen. Ich habe vieles im Leben falsch gemacht, und es gibt nur wenig, worauf ich ohne jede Einschränkung stolz bin – und dazu gehörst du. Du bist das Beste, was ich im Leben erreicht habe, vielmehr was mir das Leben geschenkt hat. In allen anderen Dingen habe ich schrecklich versagt, da hat deine Mutter recht.«
»Sag so etwas nicht«, schluchzte sie. »Du bist kein Versager, Dad!«
Er seufzte schwer. »Ob Versager oder nicht, ich bin zumindest nicht vom Glück verfolgt, mein Kind. Bestimmt hast du dich schon gefragt, was ich um diese Zeit hier tue, nicht wahr?«
Daphne wischte sich die Tränen aus den Augen und löste sich widerstrebend aus der Geborgenheit der väterlichen Umarmung. »Ja, das stimmt.«
»Ich bin arbeitslos«, eröffnete er ihr.
»Man hat dir bei *Abbott Steam* gekündigt?« fragte Daphne mit ungläubigem Erschrecken.
Er nickte. »Ja, schon Ende Oktober. *Abbott Steam* ist an die *Clatterbuck Steam Company* in Augusta verkauft worden, die natürlich die wichtigen Posten hier sofort mit ihren Leuten besetzt und auch einige andere Veränderungen vorgenommen hat. Ein Teil der Produktion wird nach Augusta verlagert, was zwangsläufig Entlassungen zur Folge hat. Die Buchhaltung ist dabei auch nicht ungeschoren davongekommen. Mich hat es getroffen, weil ich erst ein Jahr bei *Abbott Steam* war.«
Verstört sah sie ihn an. »Aber warum hast du uns denn noch nichts davon gesagt?«
»Ich wollte Heather nicht die Hochzeit verderben und euch auch nicht unnötig beunruhigen, weil ich hoffte, schnell eine neue Anstellung zu finden. Aber diese Hoffnung hat sich leider nicht erfüllt«, sagte er mit sorgenvoller Miene. »Ich habe schon bei allen möglichen Firmen vorgesprochen, aber vergeblich. Es sieht nicht gut aus. Zudem steht der Winter vor der Tür. In den Steinbrüchen, Ziegeleien,

Werften, Sägemühlen und auch bei den großen Schiffsausrüstern wird mit reduzierter Belegschaft gearbeitet. Einen zusätzlichen Buchhalter können sie jetzt so gut gebrauchen wie einen Kropf. Vielleicht finde ich im Frühjahr etwas.«

Daphne hatte plötzlich ein entsetzlich flaues Gefühl im Magen. Dad war ohne Arbeit! »Ja, aber... wie kommen wir dann über den Winter? Zum Glück habe ich ja was gespart und bringe auch ein paar Dollar die Woche nach Hause, aber das wird nicht reichen. Für Waddy brauchen wir ja schon fünf Dollar im Monat. Und was ist mit dem Haus? Müssen wir ausziehen?« Die Sache mit Mabel trat in den Hintergrund.

»Ausziehen müssen wir nicht«, beruhigte er sie. »Das habe ich schon geregelt. Die *Clatterbuck Steam Company* hat für das Haus keine Verwendung und ist froh, es an uns vermietet zu haben. Und was unseren Lebensunterhalt betrifft, so mach dir mal keine Sorge. Noch ist es nicht soweit, daß du deine Ersparnisse hergeben müßtest. Ich habe schon Arbeit, wenn auch nicht als Buchhalter.«

»Arbeitest du bei... Mabel?«

»Mabel hat mir sehr geholfen in den letzten beiden Wochen. Ich helfe abends in ihrer Taverne aus und gehe ihr auch sonst zur Hand. Aber das, was sie mir dafür zahlen kann, reicht allein natürlich nicht, um uns über die Runden zu bringen. James und Matthew haben mir Aushilfsarbeiten beschafft. Besonders Matthew war mir eine große Hilfe. Er hat dafür gesorgt, daß ich beim Kohlendepot der Eisenbahn arbeiten kann.«

»Und was machst du da?«

Er verzog das Gesicht. »Na ja, ich entlade mit ein paar anderen Kohlenwaggons. Das ist zwar nichts für jemanden, der sich nicht die Hände schmutzig machen will, aber wenn man den Dreck nicht scheut und sich ranhält, bekommt man auch einen anständigen Lohn.«

Sie schluckte schwer. »Aber das ist doch harte, körperliche Arbeit, Dad! Das bist du doch gar nicht gewohnt! Wie willst du das denn durchhalten?«

Er zuckte mit einem schiefen Lächeln die Achseln. »Alles eine Sache der Gewöhnung, mein Kind. Und ich bin ja nicht gerade ein Schwächling. Früher habe ich auch harte körperliche Arbeit verrichten müssen.«

»Aber das war vor fünfundzwanzig Jahren!«

»Noch gehöre ich nicht zum alten Eisen und kann mit den anderen ganz gut mithalten. Es besteht also überhaupt kein Grund, daß du dir irgendwelche Sorgen machst. Wir bekommen den Winter schon rum, ohne daß wir den Gürtel enger schnallen müssen«, sagte er zuversichtlich. »Edward bleibt in Brunswick, und wenn ich dafür noch bis in die Nacht bei Mabel hinter der Theke stehen muß! Ich will, daß er seine Begabung nutzt und später aufs College gehen kann.«

»Du kannst jeden Cent haben, den ich verdiene, Dad!«

Er tätschelte ihr Kinn. »Das weiß ich, Daphne. Aber noch kann ich uns alle ganz gut über die Runden bringen. Wir haben ja auch noch die viereinhalb Dollar in der Woche, die Gilbert uns für die beiden Zimmer zahlt. Wir kommen schon klar.«

»Wann wirst du es Mom sagen, daß du nicht mehr bei *Abbott Steam* arbeitest?«

Er schwieg.

»Du mußt es ihr sagen, bevor sie es von anderer Seite erfährt, Dad!«

Er seufzte. »Ja, da hast du wohl recht. Ich werde es ihr heute abend sagen.« Er blickte über die Schulter zur Taverne zurück. »Möchtest du nicht für einen Augenblick mitkommen und Mabel kennenlernen? Du wirst sie mögen, da bin ich mir sicher. Sie weiß, daß ich meine Familie niemals verlassen werde, und sie hat auch nie etwas Derartiges verlangt. Sie ist seit fünf Jahren Witwe, mußt du wissen. Kinder hat sie keine.«

Daphne schüttelte den Kopf. »Nein, ich... ich kann nicht«, sagte sie beklommen. »Ich glaube dir, daß sie nett ist, aber ich möchte sie doch besser nicht kennenlernen. Es würde alles nur noch schlimmer machen. Ich könnte Mom dann nicht mehr in die Augen sehen.«

»Ja, ich verstehe«, murmelte er niedergeschlagen.

»Dad, ich muß jetzt weiter. Missis Bancroft wird schon ganz außer sich sein, wo ich nur bleibe.«

»Natürlich. Es tut mir leid, daß du meinetwegen auch noch Schwierigkeiten mit ihr bekommst. Paß auf dich auf, mein Kind!«

»Du auch, Dad... Und das mit Mabel, das... das verstehe ich jetzt besser«, fügte sie hinzu und eilte dann los.

Als sie schließlich zu Eleanor Bancroft zurückkehrte, fiel diese wie eine Tobsüchtige über sie her. Sie schäumte geradezu vor Wut.

»Ein Skandal ist das, was du dir heute erlaubst! Eine geschlagene Stunde hast du dich herumgetrieben! Und dabei ist die Kohlenhandlung nur ein paar Straßen weiter! Was nimmst du dir heraus? Bezahle ich dich vielleicht dafür, daß du dir bei mir einen geruhsamen Lenz machst?« geiferte sie. »Müßiggänger dulde ich nicht in meinem Haus! Ich lasse mich nicht ausnehmen und für dumm verkaufen! Eine geschlagene Stunde! Eine Unverschämtheit, daß du es überhaupt noch wagst, mir unter die Augen zu treten!«

»Es tut mir leid, Missis Bancroft. Ich... ich habe meinen Vater getroffen... und... mußte etwas Wichtiges mit ihm besprechen«, brachte Daphne stockend zu ihrer Entschuldigung hervor. »Sie können mir die Stunde natürlich von meinem Lohn abziehen. Es war wirklich sehr wichtig.«

»Lügen! Nichts als Lügen!« rief Eleanor schrill. »Ich kenne mich aus mit Personal! Und ich habe gedacht, du seist nicht ganz so verlogen wie all die anderen, die sich auf meine Kosten auf die faule Haut gelegt haben. Aber jetzt sehe ich, daß du keinen Deut besser bist.«

Daphne hatte auf einmal das Gefühl, als weiche alle Kraft aus ihrem Körper. Erst der Schock, daß ihr Vater eine Geliebte hatte, dann die bestürzende Nachricht, daß er seine Stellung verloren hatte und Kohlen aus Waggons schaufelte, und nun noch Eleanors Geschrei. Das war zuviel.

Seelisch erschöpft sank sie auf einen Stuhl, schlug die Hände vors Gesicht und weinte lautlos, aber mit zuckenden Schultern. Es waren Tränen der Verzweiflung und Ratlosigkeit, die unter ihren Händen hervorliefen.

Eleanor war so überrascht von Daphnes Weinkrampf, daß sie im ersten Moment nicht wußte, was sie davon halten und dazu sagen wollte.

»Auch das noch! Nahe am Wasser gebaut und empfindlich wie eine Mimose! Herrgott, wohin ist es bloß mit der Jugend gekommen!« stieß sie dann grimmig hervor, doch ihre Stimme hatte ihre verletzende Schärfe verloren. Ihre wutverzerrte Miene war einem verunsicherten Ausdruck gewichen. »Also schön, heul dich aus, und dann sieh zu, daß du das Essen auf den Tisch bekommst!«

Daphne faßte sich, zog ein Taschentuch hervor und schneuzte sich. »Entschuldigen Sie, ich...«

»Kümmer dich ums Essen!« fiel Eleanor ihr barsch ins Wort. »Von Entschuldigungen werde ich nicht satt.« Damit drehte sie ihren Rollstuhl herum und fuhr in den Salon zurück. Sie verlor jedoch kein einziges Wort mehr über die Stunde, die Daphne außer Haus gewesen war. Und als Daphne um drei ihren Wochenlohn vom Kaminsims nahm, fand sie dort wie immer ihre zwei Dollar vor und nicht einen Cent weniger.

Der Schneeregen fiel den ganzen Tag. Als gegen Abend die Temperaturen unter Null sanken und der Regen sich nun in echten Schneefall verwandelte, bildete sich an windigen Ecken und Plätzen Glatteis. Wer nicht wirklich dringende Besorgungen zu erledigen hatte, blieb zu Hause.

Es war deshalb sehr ruhig in der Bücherei, und Daphne fand Zeit, in aller Ruhe nachzudenken – über die Geliebte ihres Vaters, seine Entlassung, über die ganze Situation, denn was ihren Vater betraf, betraf sie letztlich alle. Sie konnte ihm keinen Vorwurf machen, daß er Trost und Liebe in den Armen einer anderen Frau gesucht und gefunden hatte. Er war ein lebensfroher, vitaler Mann, der recht hatte, wenn er sagte, daß er noch nicht zum alten Eisen zählte. Über diese Seite des Ehelebens ihrer Eltern hatte sie sich bisher keine Gedanken gemacht und wohl auch gar nicht machen wollen, weil das irgendwie zu einer tabuisierten Zone gehörte. Aber jetzt, da sie intensiv und voller Unbehagen darüber nachdenken mußte, kam ihr zu Bewußtsein, daß ihr Vater gewiß dieselben Bedürfnisse hatte wie Andrew, Gilbert und jeder andere Mann. Und daß ihre Mutter ihn durch ihr liebloses Verhalten förmlich in die Arme dieser fremden Frau getrieben hatte, stand völlig außer Frage. Daß er nun eine Geliebte hatte, verstand sie, und es tat ihrer Zuneigung zu ihm keinen Abbruch. Dennoch konnte sie sich tief in ihrem Innern eines Gefühl der Enttäuschung oder, besser gesagt, der Desillusionierung nicht erwehren. Ihr Vater war, solange sie denken konnte, ihr strahlendes Idol gewesen. Nun hatte sie an diesem Idol menschliche Schwächen entdeckt, die es von seinem Sockel herunterholten, und so verständlich diese Schwächen auch sein mochten, sie brachten doch eine gewisse Ernüchterung mit sich.

Als die Bücherei um sieben ihre Pforten schloß, rechnete Daphne nicht mehr damit, an diesem Tag noch Scott McKinley zu sehen. Doch als sie zwanzig Minuten später die Stufen des Portals hinunterschritt, überquerte er gerade eiligen Schrittes die Straße.

»Und ich befürchtete schon, ich würde Sie heute verpassen!« begrüßte er sie mit einem strahlenden, fröhlichen Lachen. Sein Gesicht war von der Kälte gerötet, und sein schneller Atem verriet, daß er gelaufen war.

Sie freute sich, daß er doch noch gekommen war, erwiderte jedoch spöttisch: »Das klingt ja so, als wären Sie sonst in tiefste Depression verfallen, Mister McKinley!«

»Und Sie klingen so, als könnten Sie sich nicht vorstellen, daß genau das eingetreten wäre.«
»Manchmal können Sie Gedanken lesen.«
Er schmunzelte. »Leider nur manchmal und auch dann nicht die, die mich am meisten interessieren«, entgegnete er schlagfertig, paßte sich ihrem Schritt an und fragte: »Wie war denn Ihr Tag heute?«
»So, daß ich ihn bestimmt nicht so schnell vergessen werde«, antwortete sie sarkastisch.
»Ärger?«
»Wenn es das nur wäre! Mein Vater hat bei *Abbott Steam* seine Stelle als Buchhalter verloren«, sagte sie bedrückt und war im selben Moment überrascht, daß sie ihm etwas so Privates anvertraute.
»Oh, das ist schlimm. Und was tut er jetzt?«
»Was er an Arbeit kriegen kann. Zur Zeit ist er bei der Eisenbahn beschäftigt.« Sie zögerte. »Er hilft beim Entladen von Kohlenwaggons.«
»Ein hartes Brot.«
»Ich glaube nicht, daß ihm das Sorgen macht. Er sagt, er kann mit den anderen mithalten. Aber es wird nicht den ganzen Winter über Arbeit für ihn bei der Eisenbahn geben, und ich verdiene nicht genug, um allein für die Familie sorgen zu können.«
»Mhm«, machte er. »Vielleicht kann ich etwas für Ihren Vater tun.«
Überrascht blieb sie stehen. »Sie?«
»Ja, ich.«
»Aber Sie sind doch nur Eiscutter«, entfuhr es ihr unbedacht. Sie wurde sich des Herabsetzenden ihrer Bemerkung jedoch sofort bewußt und fügte hastig und verlegen hinzu: »Entschuldigen Sie, so habe ich es nicht gemeint! Ich glaube nur nicht, daß Sie in Ihrer Stellung etwas für meinen Vater tun können.«
Er war ihr nicht böse, wie sein amüsiertes Lachen verriet. »Ich weiß schon, wie Sie das meinen, Miss Davenport. Aber ich bin immerhin *field-boss* der Eiscutter. Das bedeutet, daß ich draußen auf dem Eis der Vormann bin. Zudem stehe ich mich recht gut mit Mister Washburn.«
»Aber mein Vater versteht doch gar nichts davon!«
»Ich habe Ihren Vater nur einmal flüchtig gesehen, doch er machte auf mich einen kräftigen Eindruck.«
»Ja, das stimmt. Zupacken kann er«, versicherte sie eifrig. »Harte körperliche Arbeit macht ihm nichts aus, das hat er mir versichert.«

»Dann kann ich ihm bestimmt Arbeit verschaffen. Das Eisschneiden fordert zwar den ganzen Mann, setzt aber kein besonderes Fachwissen voraus. Was man wissen muß, lernt man in ein paar Tagen. Die Eisernte beginnt jedoch erst im Januar, sofern das Wetter mitspielt und uns schnell eine ordentliche Eisstärke beschert. Vorher kann ich leider nichts für ihn tun.«
»Oh, das macht nichts. Bis dahin kommen wir schon über die Runden. Vielleicht hat Dad Glück und findet doch noch eine Anstellung als Buchhalter. Aber es ist sehr beruhigend zu wissen, daß er notfalls bei Mister Washburn Arbeit finden kann. Ich bin Ihnen sehr dankbar, daß Sie bei Mister Washburn zumindest ein gutes Wort für ihn einlegen wollen.«
»Er hat den Job sicher, wenn er will. Ich werde die Stelle jedenfalls bis zum letzten Tag für ihn offenhalten«, versprach er ihr.
»Warum tun Sie das?«
»Weil ich Sie mag, Miss Davenport, das wissen Sie doch«, gab er sanft zur Antwort.
»Ich mag Sie auch, Mister McKinley«, sagte sie, schaute ihn dabei jedoch nicht an.
»Wollen wir nicht einen Handel schließen?«
»Was für einen Handel?« fragte sie verwirrt.
»Sie verkürzen das Mister McKinley auf ein ganz schlichtes Scott, und ich erlaube mir dafür, mich völlig ohne Hintergedanken am Klang des hübschen Namens Daphne zu erfreuen. Was halten Sie davon? Ich verspreche Ihnen, es vorerst dabei zu belassen und Sie in absehbarer Zeit auch nicht mit einem Heiratsantrag oder anderen Vorwitzigkeiten in Verlegenheit zu bringen.«
Er brachte das mit einer so herzerfrischenden Unbekümmertheit hervor, daß die Belustigung ihre aufkommende Verlegenheit bei weitem überwog. »Abgemacht! Wie könnte ich einen solchen Handel auch ausschlagen? Endlich darf ich mich vor Ihnen sicher fühlen!«
Er zwinkerte ihr zu. »Ja, vor mir sind Sie sicher, Daphne. Jetzt müssen Sie nur noch auf sich selbst achtgeben, daß Sie mir keinen Heiratsantrag machen«, neckte er sie.
»So rasch werde ich nicht heiraten, Scott! Ich glaube nicht, daß ich für die Ehe geboren bin.«
»Das dachte die Prinzessin auch, bevor sie den Frosch küßte«, erwiderte er fröhlich, während sie die Pearl Street hochgingen.
Sie wurde wieder ernst. »Danke für Ihre Begleitung und Ihre Bereit-

schaft, sich gegebenenfalls für meinen Vater einzusetzen. Das zu wissen, ist sehr beruhigend.«
»Nicht der Rede wert, Daphne«, wehrte er ab. »Wozu sind Freunde denn da? Zumindest hoffe ich, daß Sie mir die Ehre geben, mich als Ihren Freund betrachten zu dürfen.«
Wieder einmal löste seine gewählte Ausdrucksweise in ihr die Frage aus, wie ein solcher Mann zu dieser Redegewandtheit und Bildung gekommen war. Sie hoffte, einmal die Antwort darauf zu erfahren. »Ja, das dürfen Sie. Haben Sie noch einen schönen Abend, Scott!«
»Und Sie auch, Daphne!«
Der Abend nahm alles andere als einen schönen Verlauf. Beim Essen gerieten sich Heather und Gilbert in die Haare. Sie beklagte sich darüber, daß er noch immer keine Anstalten gemacht habe, für sie ein eigenes Haus zu suchen, worauf er ihr vorwarf, keine Geduld zu haben und wenig Rücksicht auf seine angespannte berufliche Situation zu nehmen.
»Wenn wir uns im Frühling nach etwas Geeignetem umsehen, ist es noch früh genug«, sagte er gereizt.
»Im Frühling? Wie stellst du dir das vor? Vielleicht bin ich dann schon in anderen Umständen und gar nicht in der Lage, mich um die Einrichtung und all das zu kümmern.« Sie hatte ihm vor zwei Tagen ihren »Verdacht« mitgeteilt, womöglich schon schwanger zu sein. Er hatte sie daraufhin mit einem Blick angeschaut, der ihr durch und durch gegangen war. Aber sie waren verheiratet, und er würde es nicht wagen, Zweifel an seiner Vaterschaft anzumelden. Er hatte sie entjungfert, daran erinnerte sie ihn oft genug.
»Wenn das der Fall sein sollte, werden wir eben bis nach der Geburt warten«, entschied er. »Ich habe zur Zeit jedenfalls viel wichtigere Dinge im Kopf, als mich um solche Sachen zu kümmern.«
»Daß du andere Dinge im Kopf hast, ist wahrscheinlich nicht zu übersehen. Aber ob sie wichtiger als ein eigenes Heim sind, wage ich zu bezweifeln«, gab Heather bissig zurück.
»Das steht dir frei, ändert aber nichts an meiner Entscheidung.«
»Die du über meinen Kopf triffst, ja?« begehrte sie auf.
Gilbert legte das Besteck aus der Hand, schob den Teller zurück und stand auf. »Mir ist der Appetit vergangen. Ich gehe nach oben arbeiten«, sagte er ärgerlich.
Mit verkniffener Miene schaute Heather ihm nach.
»Das war aber nicht sehr klug von dir«, tadelte Sophie ihre Tochter

und sah sie prüfend an, als wolle sie von ihrem Gesicht ablesen, ob sie vielleicht schon schwanger war.
Heather wandte sich mit einer ärgerlich-hochmütigen Bewegung ab. »Ich bin es leid, daß er sich immer herausredet, er habe dafür keine Zeit. Er hat es mir versprochen. Sonst hätte ich ihn erst gar nicht geheiratet.«
Daphne hob den Kopf, doch ihre Schwester wich ihrem Blick aus.
»Du solltest dankbar sein, daß Gilbert ein so ehrgeiziger, strebsamer Mann ist«, sagte nun auch William zurechtweisend. »Es eilt doch wirklich nicht so sehr mit einem eigenen Haus, wo ihr es euch in den beiden Zimmer so gemütlich gemacht habt. Außerdem haben wir das Geld, das Gilbert uns wöchentlich zahlt, jetzt bitter nötig.«
»Das wiederum ist ja wohl sehr übertrieben«, meinte Sophie.
Daphne wußte, was nun kommen mußte, und ihr Magen zog sich in Erwartung der Reaktion ihrer Mutter zusammen.
»Leider ist es keine Übertreibung«, sagte William ernst. »Die viereinhalb Dollar sind jetzt sehr wichtig. Ich habe nämlich meine Stellung bei *Abbott Steam* verloren.«
Sophies Kopf ruckte herum. »Wie bitte?«
»Ja, man hat mir gekündigt. Schon vor gut zwei Wochen. Die Firma ist an eine andere Dampfmaschinengesellschaft in Augusta verkauft worden, und man hat sofort Einsparungen vorgenommen. Ich habe es euch bisher verschwiegen, weil ich euch nicht unnötig beunruhigen wollte und glaubte, schnell eine neue Anstellung zu finden. Aber das hat sich leider als vergebliche Hoffnung herausgestellt.«
»Zwei Wochen weißt du es schon?« stieß Sophie hervor. »Und jeden Tag hast du uns vorgemacht, du fährst mit James zur Arbeit? Das ist ja die Höhe! Alle anderen wissen es schon, ja? Die ganze Nachbarschaft! Nur wir nicht! Uns spielst du etwas vor, während du dich auf den Straßen oder sonstwo herumtreibst! Das sieht dir ähnlich!«
»Ich habe mich nicht herumgetrieben. Ich habe gearbeitet und dafür gesorgt, daß wir weiterhin ein Dach über dem Kopf und Essen auf dem Tisch haben«, korrigierte er sie.
»Du hast gearbeitet? Wo denn?« fragte sie scharf.
»Bei der Eisenbahn, Kohlenwaggons entladen. Manchmal habe ich auch bei James...«
»Du hast dich als Kohlenschaufler verdingt? Das kann nicht dein Ernst sein!« fuhr Sophie ihn an.
»Es ist sehr wohl mein Ernst, und es ist nichts Ehrenrühriges, sein

Geld mit der Schaufel in der Hand zu verdienen. Es ist eine anständige Arbeit, und sie ernährt immerhin eine Familie, falls du das vergessen haben solltest. Also führ dich nicht so auf! Oder wäre es dir lieber, ich würde untätig herumsitzen und mich einen Dreck darum scheren, wie es dir und den Kindern geht, nur weil ich mir für diese Art von Arbeit zu schade bin?«

»Es ist... entwürdigend, dich so reden zu hören. Wie stehe ich nur da! Mein Mann geht Kohlen schaufeln! Wühlt im Dreck, um ein paar Cent nach Hause zu bringen! Und er wagt es auch noch, mich zurechtzuweisen!« Ihre Stimme kletterte in schrille, hysterische Höhen, während sich ihr Gesicht in ohnmächtiger Wut verfärbte. »Als ob du uns nicht schon genug zugemutet hättest, als wir mit dir in diesen Ort ziehen und uns mit deinem lächerlichen Verdienst als Buchhalter zufriedengeben mußten! Nein, du zwingst uns noch tiefer in die Gosse! Von *Abbott Steam* vor die Tür gesetzt! Nicht einmal als Buchhalter hast du offenbar etwas getaugt! Auch da hast du versagt! Jawohl, du hast versagt! Wie du in allem versagt hast! Ein Versager bist du, ein Versager auf der ganzen Linie!«

»Na ja, Gilbert ist zwar ein sturer Hund und so besessen von seiner Karriere bei der Versicherung, daß ich manchmal an die Decke gehen könnte«, murmelte Heather mit einem hämischen Unterton, »aber so etwas werde ich ihm wohl nie vorzuwerfen brauchen.«

Daphne litt mit ihrem Vater. Es war jedoch sinnlos, etwas zu seinen Gunsten sagen zu wollen. Wenn ihre Mutter giftige Galle spritzte wie jetzt, brachte sie jedes Widerwort nur noch mehr in Rage. Und Heather nahm die Gelegenheit doch nur wahr, um von ihrem eigenen Streit mit Gilbert abzulenken. Sie war viel zu kurzsichtig und gedankenlos, um zu begreifen, worum es überhaupt ging.

William stand abrupt vom Tisch auf, sein Gesicht eine graue Maske mühsam beherrschten Zorns. Daphne war erschrocken, wie alt er auf einmal wirkte.

»Ich habe in meinem Leben vieles falsch gemacht, Sophie, das ist gewiß«, sagte er mit gepreßter, angespannter Stimme. »Aber versagt, vor mir selbst, habe ich erst, wenn ich nicht mehr in der Lage bin, für meine Familie zu sorgen. Und da sei der Tod vor!«

Er verließ das Haus und kehrte erst am Morgen zurück. Sophie strafte ihn mit eisiger Nichtachtung und fragte auch nicht, wo und bei wem er die Nacht verbracht hatte. Daphne wußte es, und sie verstand ihn mehr denn je.

Zweites Kapitel

Es war ein langer harter Winter. Nicht nur für die Davenports. Am *thanksgiving day*, der wie immer am letzten Donnerstag im November gefeiert wurde, lag der Schnee in Bath schon fast zwei Fuß hoch. Von da an gab es kaum einen Tag, an dem es nicht schneite oder stürmte.

In der zweiten Dezemberwoche bedeckte eine feste Eisschicht den Moosehead Lake, in dem der Kennebec River entspringt, hundertfünfzig Meilen vom Meer entfernt. Auch der Fluß begann zuzufrieren. Doch da er ein starkes Gefälle besitzt und bis Augusta den Gezeiten unterliegt, brach das erste Eis im Wechsel von Ebbe und Flut immer wieder auf. Allmählich aber gewann das Eis von den Ufern aus an Dicke und engte den schiffbaren Kanal von beiden Seiten immer mehr ein, bis die weiße Eisdecke von Ufer zu Ufer reichte.

Am schlimmsten hatte Heather zu leiden. Zumindest ließ sie nichts unversucht, um diesen Eindruck zu erwecken. Am *thanksgiving day* teilte sie allen mit, daß sie definitv schwanger war.

»Kind, nein! Ich hätte nicht gedacht, daß du mich schon so schnell zur Oma machst!« meinte Sophie dazu, umarmte ihre Tochter aber mit freudestrahlendem Gesicht.

Daphne kam es so vor, als habe Gilbert wenig Freude daran, schon so schnell Vater zu werden. Aber bei seiner zurückhaltenden Art war das schwer zu beurteilen.

Von nun an ließ Heather sich von ihrer Mutter verwöhnen und nahm jede Gelegenheit wahr, um sich vor unangenehmen Arbeiten zu drükken, von denen es in den Wintermonaten viele gab. Ständig klagte sie über Schwindelanfälle, Übelkeit und Rückenbeschwerden, die es ihr angeblich unmöglich machten, Holz von der überdachten Veranda zu holen, die Ascheneimer zu leeren oder den Schnee vom Weg zum Haus zu räumen. Doch wenn sie mit ihren Freundinnen zusammentraf, ging es ihr wundersamerweise stets ganz ausgezeichnet. Und wenn es darum ging, mit Nancy und ihrem Verlobten eine Schlittenfahrt zu unternehmen, blieb sie ebenfalls von den Beschwerden ihrer Schwangerschaft verschont.

Tagsüber hatte Heather ein angenehmes Leben. Doch dafür bezahlte sie nachts mit gräßlichen Alpträumen. Ihre Bluttat verfolgte sie. Immer wieder durchlitt sie, wozu Gus sie in der Scheune gezwungen hatte. In jedem Alptraum rammte sie ihm erneut die Zinken der Heugabel in die Brust und sah, wie er sich blutüberströmt und unter Todesqualen am Boden wand. Sie hörte auch seine gräßlichen Schreie sowie das Prasseln des Feuers, das zum Komplizen ihrer mörderischen Tat geworden war. Und mehr als einmal fuhr sie schreiend aus dem Schlaf, schweißnaß und am ganzen Leib zitternd. Erst das Tageslicht brachte die Erlösung von den Alpträumen – und ein ruhigeres Gewissen, weil sie sich nichts vorzuwerfen wußte: Nicht genug damit, daß er sie geschwängert, um die versprochene Ehe betrogen und in der Scheune unsäglich geschändet hatte. Nein, er hatte sie auch weiterhin erpressen und damit ihr Leben zerstören wollen.

Was sie getan hatte, war daher Notwehr gewesen. Damit konnte sie Gus' Tod sehr gut rechtfertigen – doch nur tagsüber. Nachts war sie die Gefangene ihrer Ängste und ihres Entsetzens. Doch sprechen konnte sie mit keinem über das, was sie im Schlaf verfolgte. Daß sie am Tag diese und jene Beschwerden vorschob, um sich das Leben leichter zu machen, hielt sie für einen gerechten Ausgleich für das, was sie hatte durchmachen müssen und was sie so häufig um den Schlaf brachte.

Daphne ahnte nichts davon. Sie ärgerte sich insgeheim, daß sie nun auch noch die Aufgaben ihrer Schwester übernehmen mußte. Doch sie tröstete sich damit, daß es ihrer Freundin nicht viel anders erging. Und wenn sie sah, wie Sarah morgens zur Schaufel griff, ging auch ihr die Arbeit ein wenig leichter von der Hand. Sarah war ihr überhaupt eine große Stütze. Bei ihr konnte sie sich alles von der Seele reden, wenn Eleanor mal wieder einen besonders schlechten Tag gehabt hatte, und mit ihr konnte sie auch lachen – wie mit Scott. Leider sah sie ihn nicht mehr so häufig, da er von morgens bis abends auf dem Gelände der *Washburn Ice Company* tätig war.

Daphne konnte sich nicht vorstellen, daß dort jetzt schon soviel Arbeit anfiel, obwohl die Eisernte doch erst Mitte Januar begann. Scott erklärte es ihr, als er an einem Samstag Zeit fand, sie einmal von der Bücherei abzuholen. »Die Lagerhallen von Mister Washburn fassen mehr als zwanzigtausend Tonnen Eis. Feuchtigkeit und Kälte setzen den Gebäuden natürlich zu, so daß ständig Reparaturen vonnöten sind. Sogar im Hochsommer sind noch zwei Zimmerleute fest angestellt, um Schäden auszubessern und dafür zu sorgen, daß die Wände nicht unter dem enormen Druck der hochgestapelten Eisblöcke einbrechen. Aber du willst ja wissen, was im Augenblick zu tun ist«, kam er auf die Wintervorbereitungen zurück. »Ich könnte dir eine ganze Liste von Arbeiten herunterbeten, die erledigt sein müssen, bevor das erste Eisfeld angeschnitten und der erste Eisblock aus dem Wasser auf das Förderband gezogen werden kann. Doch das allerwichtigste ist jetzt, dafür zu sorgen, daß wir später ein erstklassiges schwarzes Eis einfahren können.«

Daphne sah ihn verwundert an. »Schwarzes Eis? Was ist denn das?«

Er lachte. »So nennt man Eis, das klar und dunkel ist und nur aus gefrorenem Fluß- oder Seewasser besteht.«

»Klar und dunkel? Das widerspricht sich aber.«

»Das scheint nur so. Gefrorenes Flußeis sieht nur von weitem weiß aus. In Wirklickeit ist es dunkel, gleichzeitig aber so klar, daß man auch bei einer Stärke von mehreren Inch noch hindurchblicken kann. Ein Block schwarzes Eis, das auf dem Markt den höchsten Preis erzielt, sieht fast so dunkel wie Schokolade aus – im Gegensatz zum Schneeis, das völlig blind und undurchsichtig ist.«

»Schneeis und Flußeis sind doch ein und dasselbe«, meinte Daphne verwirrt. »Wie kann man da einen Unterschied treffen?«

»Von wegen ein und dasselbe! Da liegen wahre Eiswelten dazwischen!« erwiderte er amüsiert. »Wenn die Wasseroberfläche eines Flusses oder eines Sees gefriert, entsteht, wie gesagt, das erstklassige, luftblasenfreie schwarze Eis. Doch dann fällt Schnee auf diese erste dünne Eisschicht. Und dieser Schnee ist Gift für eine spätere gute Ernte.«

»Aber er gefriert doch auch«, wandte sich ein.

»Ja und nein. Gemeinhin verbindet man Schnee mit Kälte. Doch Schnee hat auch einen hervorragenden Kälteschutzeffekt«, erklärte Scott. »Eine Lage Schnee auf dem Eis hat dieselbe Wirkung wie eine dicke Schicht Heu. Sie weist die Kälte ab. Und genau das darf nicht passieren, wenn die Eisdecke nach unten ins Wasser wachsen soll. Deshalb muß der Neuschnee täglich mit Pferdegespannen geräumt werden, die Räumbretter, sogenannte *scraper*, hinter sich herziehen.«

Daphne legte die Stirn in Falten. »Aber so dick ist das Eis doch noch gar nicht, daß es ein Pferd tragen könnte.«

»Das stimmt. Im Augenblick können wir noch nicht mit Pferden aufs Eis. Es ist sogar für einen Mann stellenweise noch zu dünn, so daß wir breite Bretter auslegen müssen, um das Gewicht auf eine größere Fläche zu verteilen.«

»Ist das nicht gefährlich?«
Er zuckte die Achseln. »Es hält sich in Grenzen. Man lernt mit der Zeit, das Ächzen und Knirschen des Eises richtig zu deuten. Aber um auf den Schnee zurückzukommen, der das schwarze Eis verdirbt: Mit Schaufeln können wir ihn in dieser Phase nicht wegräumen. Deshalb bohren wir in gewissen Abständen Löcher ins Eis. Das führt dazu, daß das Flußwasser bei Flut durch die Löcher hochsteigt, das Eisfeld überschwemmt, den Neuschnee auflöst und zu einer neuen Eisschicht gefriert, ohne dabei viel an Klarheit zu verlieren.«
»Das ist natürlich raffiniert! Ich hätte nicht gedacht, daß diese Eisernte ein so kompliziertes Unterfangen ist«, gestand sie.
»Oh, es ist noch viel komplizierter, als Sie sich das jetzt schon vorstellen können«, versicherte er. »Wenn es darum geht, ein Eisfeld auszulegen und zu schneiden, wird es erst richtig kompliziert. Das Markieren und Kerben der Linien eines Feldes, das Losbrechen und Schneiden der Blöcke – all das unterliegt ganz bestimmten Regeln. Dasselbe trifft auf die Arbeit am Förderband und beim Stauen in den fast vierzig Fuß hohen Lagerhallen zu.«
»Dann ist es ja doch nicht so einfach, wie Sie damals behauptet haben«, meinte sie und spielte auf sein Angebot an, ihrem Vater Arbeit bei der Eisernte zu beschaffen.
Er lächelte. »Ich habe nicht gesagt, daß es einfach ist, sondern daß man sich das, was man wissen muß, innerhalb von ein paar Tagen aneignen kann. Zudem wird sich Ihr Vater in seiner ersten Saison wohl kaum für den Posten des *field-boss* bewerben. Wie geht es ihm überhaupt?«
»Er schlägt sich so durch – sehr tapfer sogar«, antwortete sie und fügte in Gedanken hinzu: Nur Mom will davon nichts wissen und behandelt ihn in seinem eigenen Zuhause wie einen unwillkommenen Fremden. Das einzige, was sie mit ihm noch verbindet, sind wir, ihre Kinder. Und auch da gibt es gewichtige Unterschiede!
»Lassen Sie es mich wissen, wenn er bei uns arbeiten möchte. Der Tag auf den Eisfeldern ist lang und die Arbeit hart, aber dafür ist der Lohn auch anständig. Mit anderthalb Dollar Tageslohn kann er rechnen. Dazu kommen noch Überstunden. Wir arbeiten nicht selten bis gegen Mitternacht, wenn das Wetter es zuläßt. An manchen Tagen können da schon zwei Dollar zusammenkommen. Ein Vermögen ist es nicht...«
»Das versuchen Sie mal Missis Bancroft zu erzählen!« warf Daphne

grimmig ein. »Sie glaubt schon, daß ich mit den zwei Dollar, die sie mir wöchentlich zugesteht, überbezahlt sei.«
»Es gäbe bei der *Washburn Ice Company* auch Arbeit für Sie, wenn Sie Interesse haben«, bot er ihr an.
Sie schüttelte den Kopf. »Ich kann nicht von ihr weggehen, Scott, obwohl ich manchmal lieber heute als morgen alles hinschmeißen möchte. Sie ist auf Hilfe angewiesen, und ich fürchte, sie würde keinen Ersatz für mich finden. Nicht, daß ich mich überschätze, aber ich kann doch vieles wegstecken, weil ich mir sage, daß sie eine alte Frau ist. Und nach fast einem Jahr habe ich mich an ihre Art gewöhnt ... wenn mir auch manchmal der Kragen zu platzen droht.«
Er nickte verständnisvoll. »Wenn sie es bloß zu schätzeen weiß ...«
Sie machte eine abwehrende Handbewegung. »Das wäre von ihr wohl zuviel verlangt, und ich war damals ja auch ganz froh, daß sie mir überhaupt eine Chance gegeben hat ... Wann müssen Sie von meinem Vater Bescheid haben, Scott?«
»Es hat Zeit bis zur ersten Januarwoche.«
Daphne sprach am nächsten Tag noch einmal mit ihrem Vater darüber. Doch er zögerte noch, Scott zuzusagen, obwohl er das Angebot sehr zu schätzen wußte.
»Vielleicht kriege ich die Stelle des Lagerverwalters beim Eisenbahndepot. Die Bezahlung ist zwar nicht gerade fürstlich, aber es wäre eine sichere Arbeit und ich könnte noch ein paar Dollar nebenher verdienen. Die Entscheidung der Eisenbahn muß ich erst abwarten.«
Daphne hoffte auch, daß er die Stelle bekommen würde. Doch von Sarah wußte sie, daß ihr Vater nicht der einzige Bewerber war und seine Chancen nicht sehr gut standen. Es sah eher danach aus, als würde ein jüngerer Mann, der zudem noch den Vorteil besaß, in Bath geboren zu sein und über bessere Verbindungen zu verfügen, das Rennen machen.
William hatte die letzten Monate allerlei Arbeiten verrichtet und sich wahrlich nicht geschont. Doch auf fünfzig Dollar im Monat, die er als Buchhalter nach Hause gebracht hatte, kam er beim besten Willen nicht mehr. Einmal hatte er es auf stolze zweiundvierzig Dollar gebracht, doch meist hatte er am Ende eines Monats nicht mehr als fünfunddreißig Dollar verdient.
Daphne gab jetzt den Verdienst zu Hause ab, den ihr die Bücherei zahlte, und Gilbert hatte das wöchentliche Kost- und Logiergeld auf fünf Dollar erhöht, was er schon für ein Zeichen von außergewöhnli-

cher Großzügigkeit hielt. Alles zusammengenommen reichte aus, um ihren Lebensunterhalt wie bisher zu bestreiten und auch das monatliche Schulgeld für Edward zu bezahlen.

Die Entscheidung über die Stelle des Lagerverwalters beim Eisenbahndepot fiel in der Weihnachtswoche. William ließ sich seine Enttäuschung nicht anmerken, als der jüngere Bewerber den Posten erhielt. Schon am folgenden Tag suchte er Scott McKinley am New Meadow River auf, an dessen Ostufer die Gebäude der *Washburn Ice Company* standen. Die beiden fanden sich auf Anhieb sympathisch.

»Ich kann schon gleich nach Neujahr dort anfangen«, teilte er der Familie am Abend mit. »Wirklich ein netter Mann, dieser Scott McKinley. Wir haben uns ausgezeichnet unterhalten. Es hat mich überrascht, wie gebildet und belesen er ist.«

Daphne freute sich darüber, während ihre Mutter es nicht lassen konnte, dazu eine sarkastische Bemerkung zu machen: »Daß du von so einem Holzfäller und Eiscutter angetan bist, wundert mich überhaupt nicht. Du hast dich ja schon immer in Gesellschaft von einfachen Leuten am wohlsten gefühlt!«

»Es gibt auch so etwas wie natürlichen Adel«, erwiderte er ärgerlich.

»Du mußt es ja wissen!«

Tags darauf kam Edward nach Hause. Seine Gegenwart sorgte für eine allseits versöhnliche Stimmung, so daß wenigstens Weihnachten seinem Namen alle Ehre machte und als Fest des Friedens verlief.

Daphne verbrachte mit ihrem Bruder soviel Zeit wie möglich. Es machte ihr auch nichts aus, daß sie ihr Zimmer mit ihm teilen mußte. Im Gegenteil. Sie genoß es, mit ihm zu reden, wenn sie in ihren warmen Betten lagen und die Nacht im weißen Meer der Schneeflocken versank.

»Kommt ihr auch wirklich zurecht, wo Dad seinen Posten als Buchhalter verloren hat?« wollte er immer wieder voller Sorge wissen. »Die fünf Dollar, die meine Schule kostet, sind doch für euch jetzt eine Menge Geld.«

»Mach dir mal keine Gedanken, Waddy«, beruhigte sie ihn. »Wir nagen schon nicht am Hungertuch. Und für deine Ausbildung ist uns nichts zu teuer.«

»Das sagst du so. Wenn ich daran denke, daß ihr für mein Schulgeld hart schuften müßt, während es mir in Brunswick so gutgeht, dann habe ich richtig Gewissensbisse.«

»Du leistest genauso deinen Teil wie wir, Waddy. Gewissensbisse mußt du nur haben, wenn du schlechte Leistungen bringst. Aber Gott sei Dank gibt es das bei dir ja nicht. Wir sind alle sehr stolz auf dich, und nichts ist wichtiger als dein Collegeabschluß.«
»Ach, Daphne... wie soll ich das je wieder gutmachen«, seufzte er.
»Keine Sorge, wenn du erst einmal Anwalt oder Richter bist, wird sich schon einmal eine Gelegenheit ergeben, dich zu revanchieren«, scherzte sie.
Die Feiertage vergingen leider gar zu schnell. Im Handumdrehen schrieb man das Jahr 1867. Und während Daphne sich wieder in ihren gewohnten Trott bei Eleanor Bancroft und in der Bücherei schickte, zog William jeden Morgen noch bei Dunkelheit zu den Eisfeldern am New Meadow River hinaus.

Drittes Kapitel

Arktische Nordwinde hatten die Temperaturen auf unter minus fünfzehn Grad Fahrenheit sinken lassen. Der Himmel war wie eine klare blaue Platte aus Gletschereis. Seit zwei Tagen war kein Neuschnee mehr gefallen. Ein ideales Wetter für die Eisernte.
Die Eisdecke auf dem New Meadow River hatte mittlerweile die benötigte Stärke von zwölf bis vierzehn Inch erreicht. Vor den drei Lagerhallen der *Washburn Ice Company*, die jeweils zweihundert Fuß in der Länge, dreiunddreißig in der Breite und fast vierzig in der Höhe maßen, wimmelte es auf dem Eis von Männern und Pferdegespannen.
Scott McKinley hatte alle Hände voll zu tun. Er hatte die ersten Felder von hundert Fuß Länge und fünfzig Fuß Breite mit Pflöcken abgesteckt und dann die Arbeit der *marker* beaufsichtigt. Mit Winkeleisen und zwölf Fuß langen Richthölzern, deren daumenhoch aufragende Enden zum Anpeilen der Pflöcke dienten, rutschten diese Männer über das Eis und kerbten mit ihren scharfen, sägeblattähnlichen Handmarkern eine etwa anderthalb Inch tiefe Rinne in das Eis. In einem Abstand von sechsundvierzig Inch wurden anschließend

parallel zur ersten Längslinie weitere Kerben gezogen, bis das ganze Feld in hundert Fuß lange Streifen unterteilt war.
Während die *marker* schon das zweite Feld unterteilten, nahmen sich die *groover*, die Kerber, mit ihren Pferdegespannen des ersten Feldes an. Was jedes Gespann, das von einem Mann über die Linien geführt wurde, hinter sich herzog, ähnelte einem Pflug. Doch anstelle der Pflugschar waren in das lange Holz sieben hintereinanderstehende Schneideblätter eingelassen, sogenannte Zähne. Der Mann, der hinter den Pferden herging, setzte die lange Reihe der stählernen Zähne in die Kerbe und führte den *groover* an den beiden Griffenden wie ein Farmer einen Pflug auf dem Acker. Das Eis war jedoch zu dick, als daß man schon beim ersten Kerben einen Schnitt bis zur Wasseroberfläche hätte erreichen können. Deshalb wurden zuerst Sechs-Inch-Schneideblätter eingesetzt. Das folgende Gespann vertiefte den Einschnitt dann auf acht, das nächste auf zehn Inch. War das Eis besonders dick, kamen auch *Groover*-Gespanne mit Zwölf- und Vierzehn-Inch-Blättern zum Einsatz. Ein Rest von zwei bis drei Inch mußte jedoch unzerteilt bleiben, weil die Pferde bei den schmalen, nebeneinanderliegenden Streifen sonst eingebrochen wären. Den letzten Schnitt nahmen die Säger vor. Der Beginn einer jeden zehn Inch tiefen Kerbe wurde aufgemeißelt, dann setzten die Männer ihre Sägen an, die fast so lang waren wie sie selbst.
Die Streifen eines Feldes wurden anschließend in zweiundzwanzig Inch breite und vierundvierzig Inch lange Blöcke zerschnitten, die bei den Eismännern »Kuchen« hießen. Auf diese Größe war das Förderband geeicht, das bis ins flache Uferwasser reichte. Die Blöcke wurden nun von den *canalmen* mit langen, eisenhakenbewehrten Piken durch den stets eisfrei zu haltenden Kanal von den Feldern zum Fluß des Förderbandes geleitet, das von einer Dampfmaschine angetrieben wurde. Am Kanal zu arbeiten, erforderte viel Fingerspitzengefühl. Denn wenn die Blöcke zu schnell bewegt wurden, konnten sie sinken. Zudem war die Arbeit am offenen, eisigen Wasser noch um einiges ungemütlicher als auf den Feldern, besonders bei windigem Wetter, wenn das Wasser über die Kanten schwappte und spritzte.
Die Männer, die am Förderband standen und die Blöcke auf die Endloskette zogen, hatten eine nicht weniger verantwortungsvolle Tätigkeit. Manchmal war sie sogar ausgesprochen gefährlich. Denn trotz bester Wartung geschah es immer wieder, daß die Transportketten unter der tonnenschweren Eislast brachen. Hörten die Männer, wie

eine Kette mit einem scharfen Knall riß, rannten sie, so schnell ihre Nagelschuhe es zuließen, vom Kanal weg. Denn augenblicklich kamen ein Dutzend Eisblöcke und mehr die Rampe heruntergeschossen, klatschten in den Kanal und schleuderten mächtige Wasserfontänen in die Luft. Manchmal verkeilten sich dabei auch mehrere Blöcke am Fuß des Förderbandes, so daß auch mal ein einzelner Block auf die Eisfläche geschleudert wurde. Wer dann nicht schnell genug aus seiner Bahn sprang, konnte mit Leichtigkeit umgerissen werden und sich die Knochen brechen.

Die Männer im Lagerhaus lebten den ganzen Tag mit dieser Gefahr. Die Eisblöcke rutschten mit beachtlicher Geschwindigkeit von der Rampe des Förderbandes und schlitterten über den Boden, der so glatt wie ein Spiegel sein mußte. Zwei Männer waren Tag für Tag allein damit beschäftigt, winzige Kanten, Ecken und andere Unebenheiten zu beseitigen, die den glatten Lauf der Eisblöcke hemmen konnten.

In den Lagerhallen redete man nur von *live ice* und *dead ice*. Lebendes Eis waren die Blöcke, die in Bewegung blieben und die man mit Handpiken in die jeweiligen Räume dirigieren konnte, die gerade gefüllt wurden. Totes Eis waren jene Kuchen, die ihren Schwung verloren hatten und festsaßen. Sie wieder in Bewegung zu bringen erforderte eine Menge Muskelkraft und konnte einen Stauer besonders an feuchten Tagen, wenn das Eis schnell klebte, innerhalb von Stunden zermürben. Deshalb war allen das schnelle, lebende Eis zehnmal lieber, auch wenn so ein Block, wenn er nicht rechtzeitig abgefangen wurde, problemlos die doppelten und zur Isolierung mit Sägemehl gefüllten Trennwände durchschlagen konnte.

»Laß ihn nicht sterben!« schrien sich die Männer zwischen Rampe und Lagerraum daher immer wieder zu. »Nimm ihn, solange er noch heiß ist! Laß ihn laufen!... Paß auf, er stirbt gleich!«

Scott McKinley war froh, daß er sich nicht auch noch um die Lagerung kümmern mußte. Dafür war der *store-boss* verantwortlich. Er hatte draußen auf den Eisfeldern genug Arbeit und Probleme, mit denen er fertig werden mußte. Was einem *field-boss* am meisten Kopfschmerzen bereitete, war die konstante Bewegung des Eises. Es arbeitete Tag und Nacht. Ein guter *field-boss* hörte das Ächzen und Stöhnen und Reißen trotz der vielfältigen Geräusche, die auf dem Eisfeld herrschten. Da konnten die Ketten des Förderbandes noch so sehr rattern und die *groover* noch so laut durch das Eis schneiden, er hörte die beim Eis ganz eigenen Geräusche dennoch heraus.

Es hing viel davon ab, wann und wo er welches Eisfeld anschneiden ließ. Schätzte er die Kräfte, die im und unter dem Eis arbeiteten, falsch ein, konnte es passieren, daß plötzlich ein tiefer Riß mit einem scharfen platzenden Knall quer durch ein neues Feld schoß und die Ernte verdarb.

Bei schlechtem Wetter, wenn der Wind in die immer größer werdenden freien Wasserflächen greifen konnte, froren die Kerben fast so schnell wieder zu, wie sie geschnitten wurden. Dann mußten an den Rändern Spritzbretter aufgestellt werden. Aber sie schafften das Problem nicht aus der Welt, sondern milderten es bestenfalls.

Nicht einmal nachts hörte die Arbeit auf. Jede Nacht bestand die Gefahr, daß das offene Wasser wieder zufror. In wenigen Stunden konnten sich der Kanal und alle anderen freien Wasserflächen schließen. Zwei Inch starkes Eis hatte sich bis zum Morgen schnell gebildet. Deshalb mußten Nachtwachen mit einem kleinen Skiff den Kanal zwischen Förderband und erntereifen Feldern hin und her staken und das Eis zerschlagen, das sich bildete.

Kanal und eisfreie Felder mußten zudem mit Laternen gesichert werden, damit niemand in der Dunkelheit ins eisige Wasser fiel. Denn auf den zugefrorenen Flüssen waren auch nach Einbruch der Nacht noch viele Menschen unterwegs, da hier das Fortkommen meist leichter war als auf den zugeschneiten Straßen. Besonders die Fuhrleute, die für die vielen Eisgesellschaften entlang der Flüsse arbeiteten, zogen es vor, den Heimweg mit ihren Gespannen so weit wie möglich auf der ebenen, geschlossenen Eisdecke zurückzulegen, weil es die Kräfte der Tiere schonte.

Es gab wahrlich Arbeit im Überfluß. Und da es in Maine selten länger als zwei, drei Tage heftig schneite oder stürmte, mußten zudem fast jeden Morgen Tonnen von Neuschnee geräumt werden. Das erforderte sehr viel Sachverstand und Vorausplanung. Aus Kostengründen konnte der Schnee natürlich nicht allzu weit weggebracht werden. Doch türmten sich die Schneeberge zu nahe der Eisfelder auf, konnte ihr ungeheures Gewicht die Eisdecke zum Einbrechen bringen und meilenlange Risse wie eisige Blitze durch das gefrorene Gold schicken.

All das mußte Scott McKinley im Auge und im Kopf behalten. Der Colonel – Warren Washburn wurde von seinen Männern nur mit seinem früheren militärischen Rang angesprochen – ließ ihm zwar freie Hand. Doch er erwartete, daß er einen guten Schnitt mit seiner

Mannschaft erreichte. Und der Verlust an geborstenem oder aus anderen Gründen nicht verwendbarem Eis durfte bei einem *acre*, das gewöhnlich tausendzweihundert Tonnen Eis abwarf, nicht mehr als zweihundert Tonnen betragen. Brachte ein *acre* weniger als tausend Tonnen, hörte es mit Washburns Großzügigkeit auf. Wiederholte sich dies mehrmals innerhalb kurzer Zeit, hatte der *field-boss* seine gutbezahlte Arbeit verloren.
Scott war mit seinen *Acre*-Erträgen bisher noch kein einziges Mal unter diese magische Zahl gefallen, und er war entschlossen, alles zu tun, damit es auch dabei blieb.
Ein *field-boss* konnte jedoch noch so tüchtig sein, ohne eine gut aufeinander eingespielte Crew war er aufgeschmissen. Dasselbe galt, wenn die Arbeitsmoral nicht stimmte und es unter den Männern Zwistigkeiten und Reibereien gab. Deshalb hatte Scott bei der Zusammenstellung seiner gut vierzigköpfigen Mannschaft größte Umsicht walten lassen. Fast die Hälfte kannte er schon seit Jahren. Als Holzfäller hatte er mit ihnen so manche Saison in den Wäldern verbracht, und in der Einsamkeit dieses Camplebens in der Wildnis lernte man den wahren Charakter eines Menschen und seine Belastbarkeit in kürzester Zeit sehr gut kennen. Die Holzfällersaison endete gewöhnlich im Januar. Wenn dann die Stämme an den Ufern der Flüsse zu riesigen Bergen aufgeschichtet waren, kehrten die Holzfäller in die Städte zurück, verpulverten nicht selten den Lohn von drei, vier Monaten Arbeit in ein, zwei Wochen – und waren dann nur zu bereit, sich für einen »ehrlichen Dollar« auf den Eisfeldern zu verdingen. Nach der Eisernte zogen diejenigen von ihnen, die sich auf die gefährliche Arbeit des Flößens verstanden, wieder flußaufwärts, um mit der Frühjahrsschmelze die Stämme zu den Sägewerken zu bringen.
William Davenport war Scott auf Anhieb sympathisch gewesen, was auf die Arbeit bezogen jedoch nicht viel sagte. Ihm waren schon genügend Männer begegnet, die sich zu ihrem Nachteil verändert hatten, nachdem sie die ersten Tage auf den Eisfeldern gearbeitet hatten. Was auch nicht verwunderlich war. Es war mehr als nur harte Arbeit, denn die bittere Kälte kroch einem früher oder später doch in die Knochen. Da konnte man sich noch so warm anziehen, seine Hemden mit Zeitungspapier ausstopfen und sich sonstwas um die Füße wickeln: Vor der alles durchdringenden Kälte gab es kein Entkommen, wenn man zehn bis fünfzehn Stunden am Tag auf dem Eis war. Wenn dann auch noch ein arktischer Wind über den gefrorenen Fluß hinwegfegte, be-

durfte es schon größter Zähigkeit und Willenskraft, um weiter die Säge durch das Eis zu ziehen oder die Blöcke aus dem Kanal auf die Förderketten zu hieven.
William war für diese Knochenarbeit aus dem richtigen Holz geschnitzt und paßte sich bestens in den Ablauf ein. Die Monate, die er für die Eisenbahn gearbeitet hatte, waren eine gute Vorbereitungszeit gewesen. Sie hatten seinen Körper gestählt und ihm wieder die Muskeln verliehen, die ihn in seiner Jugend zur Schwerarbeit als Schlosser befähigt hatten. Es bereitete ihm deshalb keine Schwierigkeiten, das Tempo der anderen mitzuhalten. Scott setzte ihn zuerst als Säger ein, übertrug ihm aber schon bald eine verantwortungsvollere und damit auch besser bezahlte Arbeit am Förderband. Und so gab es nichts, was ihre freundschaftliche Beziehung trüben konnte.
Daß William zudem noch Daphnes Vater war, machte die Sache für Scott zu einem ganz besonderen Vergnügen. Jetzt war er nicht mehr allein darauf beschränkt, Daphne von der Bücherei abzuholen, wenn er das Verlangen hatte, sie zu sehen und zu sprechen. Er konnte an den freien Tagen einfach bei ihnen zu Hause vorbeischauen, um einen Plausch mit William zu halten. Daphne gesellte sich dann zwanglos zu ihnen. Daß ihre Mutter ihn mit weit weniger Herzlichkeit behandelte, nahm er dabei gern in Kauf. Daphnes Liebreiz und Wärme entschädigten ihn mehr als reichlich für Sophie Davenports frostiges Verhalten.

Viertes Kapitel

In der dritten Januarwoche begleitete Daphne ihren Vater eines Morgens zu seiner Arbeit am Meadow River. Ihre Mutter hatte über ihr Ansinnen verständnislos den Kopf geschüttelt. Sie begriff nicht, wie man sich als Frau für eine scheinbar so primitive Arbeit wie die Eisernte überhaupt interessieren konnte.
»Du entwickelst ein sehr merkwürdiges, um nicht zu sagen besorgniserregendes Gebaren. Eine Frau hat bei diesen... Leuten da draußen wahrlich nichts zu suchen«, mäkelte sie an ihr herum. »Du solltest

dein Augenmerk besser auf viel wichtigere Dinge richten. Immerhin wirst du demnächst schon achtzehn. Auf diesen Eisfeldern wirst du mit Sicherheit keinen Mann finden, der es wert ist, von dir als Ehegatte in Betracht gezogen zu werden.«

Das war natürlich auf Scott gemünzt, den ihre Mutter gar nicht gern sah. Daphne ging nicht darauf ein, weil es zwecklos war, sich mit ihr darüber auseinandersetzen zu wollen.

»Ich habe noch nie bei einer Eisernte zugeschaut, und es interessiert mich einfach.«

»Komm nur mit! Es schadet weder deinem Teint noch deinem guten Ruf, wenn du dir das einmal ansiehst«, meinte ihr Vater spöttisch.

Am nächsten Morgen stapfte Daphne in aller Herrgottsfrühe an der Seite ihres Vaters durch den Schnee. Bis zu den Eisfeldern der *Washburn Ice Company* war es ein Fußmarsch von einer guten halben Stunde. Es schneite, und ein unsteter Wind wirbelte ihnen die Schneeflocken um die Ohren.

»Die *scraper* werden jetzt schon auf dem Eis sein und mit ihren Gespannen den Schnee von den Feldern räumen. Für sie ist die Nacht schon um fünf zu Ende«, meinte William, als sie sich, noch bei Dunkelheit, den Lagerhallen näherten.

»Sechs ist auch nicht viel später, Dad.«

»Na, eine Stunde länger im warmen Bett liegen zu können kommt mir bei so einem Wetter schon wie ein Geschenk vor«, erwiderte er.

Die *teamster*, wie die Besitzer der Pferdegespanne bezeichnet wurden, waren schon auf dem Eis – und Scott mit ihnen. Als er Daphne an der Seite ihres Vaters erblickte, kam er jedoch sofort zu den beiden. Er trug einen langen Schaffellmantel, Fellhandschuhe, Fellmütze und schwere, genagelte Stiefel. Er bot einen Anblick strotzender Gesundheit und Tatkraft.

»Bringen Sie Verstärkung mit, William?« fragte er und lächelte Daphne zu. »Ein Paar Hände mehr könnte ich heute schon gut gebrauchen. Joshua liegt mit Fieber im Bett, und Leslie hat es eben erwischt. Eine schwere Quetschung an der rechten Hand. Kann ihn bestensfalls in den Maschinenraum schicken, damit er sich da ein wenig nützlich macht.«

»Ich glaube nicht, daß ich für einen von ihnen einspringen könnte«, antwortete Daphne und dachte, daß er so attraktiv aussah wie niemand sonst, den sie kannte. Irgendwie wärmte es ihr das Herz, wenn sie ihn sah: seine großgewachsene Gestalt, die herrliche rotblonde

Mähne, die er im Winter hatte länger wachsen lassen, seine markanten Gesichtszüge, das lebensfrohe Blitzen seiner blauen Augen – all das verschmolz zu einer einzigartigen Persönlichkeit. Es war schön, ihn zum Freund zu haben. An diesem Begriff hielt sie auch in ihren Gedanken fest. Wenn sie manchmal die Frage überfiel, was sie denn nun wirklich für ihn empfand, weigerte sie sich, nach einer ehrlichen Antwort zu forschen. Sie wollte die Antwort auch gar nicht wissen. So, wie es zwischen ihnen war, war es gut, und so sollte es vorerst auch bleiben.

»Da bin ich aber anderer Meinung, Daphne«, erwiderte Scott. »Sie schlagen Ihrem Vater nach, das weiß ich. Was Sie anpacken, das machen Sie auch richtig.«

»Finden Sie nicht, daß es für solche Komplimente an uns beide noch ein wenig zu früh am Morgen ist?« warf William scherzhaft ein.

Scott grinste. »Na ja, für Sie vielleicht, William.«

Sie lachten.

William erklärte ihm, weshalb Daphne mitgekommen war. Scott hatte nicht das geringste dagegen einzuwenden. »Bleiben Sie aber erst einmal vom Eis, Daphne! Vielleicht finde ich nachher Zeit, um Sie herumzuführen und zu erklären, was wir hier tun.«

»Oh, das ist nicht nötig, Scott. Dad hat mir schon so viel von der Eisernte erzählt, daß ich mir schon genug zusammenreimen kann. Und allzu lange kann ich ja auch gar nicht bleiben.«

»Wir werden sehen. Also dann, an die Arbeit, William! Füllen wir dem Colonel weiterhin die Hallen mit gefrorenem Gold!« rief Scott und kehrte auf das Eis zurück.

Der Tag dämmerte grau herauf, und Daphne ging am Ufer auf und ab, um sich warm zu halten. Voller Interesse beobachtete sie den Ablauf der Eisernte. Sie war überrascht, wie viele Leute auf dem Eis waren, die nichts mit dem Markieren, Kerben oder Zersägen des Eises und dem Einbringen der Blöcke zu tun hatten. Zu ihnen zählte etwa ein Junge, der jünger war als Edward. Er war den ganzen Tag damit ausgelastet, den Pferdekot vom Eis zu kratzen und wegzuschaffen, eine Arbeit, die fünfundsiebzig Cent am Tag einbrachte. Dann gab es da noch den *timekeeper*, der genau beobachtete, wer wo wie lange arbeitete, und der darüber genau Buch führte. Auf dem Eis hielt sich auch ständig ein Schmied auf, den jede noch so kleine Eisfirma auf ihrer Lohnliste stehen hatte. Er besaß sogar einen kleinen Werkschuppen mitten auf dem Eis, der dank seiner Kufen an jede beliebige Stelle gebracht werden konnte. Er benötigte diesen Wind- und Wetterschutz, da er den

ganzen Tag mehr oder weniger still auf einem Fleck stand und nicht nur schadhafte Hufeisen auswechselte, sondern auch die Sägeblätter und Schneiden der *groover* neu schärfte. Diese Gerätschaften wurden im Eis viel schneller stumpf, als der Laie vermutet hätte.
Scott nahm sich tatsächlich die Zeit, Daphne über das Eis sowie in die Lagerhalle zu führen, um ihr einige Abläufe näher zu erklären.
Es war kurz vor neun, als sie wieder ins Freie traten. Daphne bedankte sich bei ihm. Sie mußte jetzt schnell nach Hause, um pünktlich bei Eleanor zu sein.
»Schade, daß ich Ihnen hier keinen Job beschaffen darf«, sagte er zum Abschied.
»Schade? Wieso?«
»Dann würde ich Sie doch täglich sehen, Daphne! Und das auch noch von morgens bis abends.«
Sie errötete etwas. »Oh, ... Sie würden sich schon bald an mir satt sehen.«
»An Ihnen nie, Daphne«, erwiderte er ernst.
Jetzt war es wirklich höchste Zeit zu gehen! »So, ich muß jetzt los!«
Es hatte aufgehört zu schneien, doch der Wind war stärker geworden und schnitt wie mit Messerklingen in die Haut.
»Zum Teufel mit diesem verfluchten Nordostwind!« hörte sie einen der Männer am Kanal fluchen, als sie zu ihrem Vater ans Förderband lief, um ihm noch einen guten Tag zu wünschen und einen Kuß zu geben. »Da friert einem ja die Zunge am Gaumen fest!«
»Ja, und ein Königreich für etwas Handfestes und Heißes zwischen den Zähnen!« sagte ein hagerer Mann, dessen zotteliger Bart zu kleinen Eiszapfen gefroren war.
»Wirst dich bis zur Mittagspause noch ein paar Stunden gedulden müssen«, meinte ein dritter, der mit seiner Pike vorsichtig einen Doppelblock den Kanal hochführte.
»Hoffentlich vergißt Frank nicht wieder, unsere Henkelmänner rechtzeitig im Maschinenraum auf die Wärmplatte zu stellen!«
»Dann bekommt er aber von mir einen Satz warme Ohren!« rief der Mann, der fürchtete, seine Zunge würde am Gaumen festfrieren.
Dieser kurze Wortwechsel beschäftigte Daphne auf dem Heimweg. Er hatte irgend etwas in ihr ausgelöst, das sie auch später immer wieder daran denken ließ, bei Eleanor und in der Bücherei.
Vierzig hart arbeitende Männer, die den ganzen Tag der Kälte ausgesetzt waren, gut verdienten und bestimmt nicht auf den Cent sehen

würden, wenn sie die Möglichkeit hatten, eine warme Zwischenmahlzeit zu erhalten, ohne ihre Arbeit lange unterbrechen zu müssen! Könnte man da nicht etwas zusätzlich verdienen?
Der Gedanke ließ sie nicht mehr los, und bei der nächsten Gelegenheit sprach sie mit Scott darüber.
»Sie wittern da wohl ein kleines Nebengeschäft, was?« zog er sie auf.
Sie nickte ernst. »Aber das liegt doch auf der Hand, Scott. Sie alle sind doch schon vor dem Morgengrauen auf den Beinen. Die *teamster* müssen schon um fünf aus dem Bett, wie Dad mir erzählt hat, und die anderen werden auch nicht viel später als gegen sechs Uhr frühstücken. Würden Sie nicht auch zugreifen, wenn Sie dann so um halb neun, neun etwas Warmes angeboten bekämen? Keine große Sache, aber eben doch etwas Herzhaftes und Warmes?«
Er lachte belustigt. »Und ob! Nur, wie wollen Sie das machen, Daphne? Sie können ja schlecht eine Küche bei uns einrichten und Suppe ausschenken. Erstens würde der Colonel da nicht mitspielen, weil wir unsere Arbeit dafür zu lange unterbrechen müßten, und zweitens haben Sie gar nicht die Zeit dafür. Sie müssen doch um zehn schon bei Missis Bancroft sein.«
»Nein, an eine Suppe habe ich auch nicht gedacht, sondern an irgend etwas Festes, das ich schon zu Hause fertigmachen und dann herbringen kann.«
»In der Theorie klingt das sehr vielversprechend und nach einem guten Geschäft. Aber ich wüßte nicht, wie das funktionieren soll. Bis Sie mit dem Essen bei uns sind, ist es schon hart gefroren. Ich glaube, dieses Geschäft können Sie vergessen.«
Doch das tat Daphne nicht. Im Gegenteil. Sie zerbrach sich intensiver denn je den Kopf, was sie kochen, und vor allem, wie sie es einigermaßen warm zum New Meadow River schaffen könnte.
Das *was* zu klären bereitete ihr am wenigsten Schwierigkeiten: Kartoffelkuchen mit viel Ei, Speckwürfeln und Zwiebeln. Das war handfeste Kost, wie die Männer sie liebten. Gut drei Finger hoch und etwa so groß wie eine Handfläche. Sie überschlug, daß das größte Backblech, das in ihren Ofen paßte, etwa zwanzig Stück hergeben würde. Sie probierte es einmal aus und notierte dabei auf das Gramm genau, was sie an Kartoffeln, Speck, Zwiebeln, Butter, Milch, Mehl und Eiern für ein Blech benötigte. Anschließend addierte sie die entsprechenden Preise, teilte die Summe durch die zwanzig Kartoffelkuchen und kam auf etwas mehr als zwei Cent pro Stück.

»Ich werde fünf Cent nehmen«, entschied sie. Das bedeutete einen Gewinn von sechzig Cent pro Blech. Bei zwei Blechen kam sie auf einen Dollar zwanzig. Ein Dollar zwanzig Profit pro Tag! Das war ja fast soviel, wie ihr Vater pro Tag nach Hause brachte!
Jetzt konnte Daphne kaum noch an etwas anderes denken als daran, wie sie ihre Kartoffelkuchen einigermaßen warm zur *Washburn Ice Company* bringen konnte. Sie entschied sich schließlich für einen Handkarren auf Kufen als Transportmittel, den sie für ein paar Dollar erstand. Sie kaufte auch Heu, Sackleinen und zwei geschlossene Blechbehälter von der Größe eines Wassereimers. Die Kuchen wollte sie in diesen Blechbehältern aufschichten, die dann, mehrfach mit Sackleinen umwickelt, auf dem Karren zwischen dicht zusammengepreßtem Stroh stehen sollten. Darüber war eine weitere Lage Stroh sowie noch eine dreifache Lage Sackleinen vorgesehen.
So müßten die auf dem Ofen vorgewärmten Behälter die Wärme lange genug halten!
Heather hielt sie glattweg für verrückt, Sophie wollte es ihr verbieten, und William zeigte sich in höchstem Maße skeptisch, daß ihr Plan funktionierte. Doch er sorgte dafür, daß sie zumindest den Versuch unternehmen durfte.
Schon am Abend zuvor kochte und schälte sie die Kartoffeln und schnitt sie in Scheiben. Zwiebeln und Speck röstete sie ebenfalls schon vor. Am Morgen rührte sie dann Milch, Butter und ein wenig Mehl und Wasser unter anderthalb Dutzend Eier, schichtete die Kartoffelscheiben auf die beiden Bleche und goß das Rührei dazu. Eine Viertelstunde später waren die Kartoffelkuchen fertig. Nun hieß es sich sputen.
Sie verbrannte sich fast die Hände, als sie die Behälter vom Ofen nahm, mit heißen Kartoffelkuchen füllte, mit Sackleinen umwickelte und sie zwischen das Stroh auf dem Handkarren preßte, der schon vor der Veranda stand. Schnell warf sie Stroh über die Blechgefäße, preßte es zusammen und deckte es mit dem restlichen Sackleinen ab.
Der Karren mit den Behältern hatte kein sonderliches Gewicht, und die Kufen glitten leicht über den Schnee. Sie brauchte für die Strecke zur *Washburn Ice Company* nicht viel länger als vor fünf Tagen, als sie den Weg an der Seite ihres Vaters zurückgelegt hatte.
William hatte seine Kollegen schon davon unterrichtet, daß seine Tochter den Versuch unternehmen wollte, ihnen eine warme Zwischenmahlzeit anzubieten. Als Daphne um halb neun bei ihnen eintraf, konnte sie sich über mangelndes Interesse wahrlich nicht beklagen.

»Warme Kartoffelkuchen? Das wäre ja ein Ding!« meinte der bullige Silas Baker, der mit ihrem Vater am Förderband arbeitete. »Das wäre jetzt genau das Richtige, um den Eisklumpen aus dem Magen zu bekommen.«

»Sie kosten aber fünf Cent das Stück«, sagte Daphne, während sie das Sackleinen zurückschlug und das Stroh von einem der Behälter wegschob.

»Wenn sie warm sind, gehen fünf Cent schon in Ordnung«, meinte ein anderer.

Sie waren kalt. Nicht mal ein letzter Rest von Wärme war in ihnen. Und das Interesse der Männer verflüchtigte sich noch schneller, als sich Daphnes herrliche Kartoffelkuchen auf dem Weg von Bath zum New Meadow River abgekühlt hatten.

Zehn Portionen brachte sie an den Mann, für zwei Cent das Stück. Und sie wußte, daß man sie ihr auch nur aus Mitleid abnahm – dieses eine Mal.

Sie hatte Tränen der Enttäuschung in den Augen. William legte seinen Arm um ihre Schulter und versuchte sie zu trösten. »Nimm es nicht so schwer, mein Kind! Du hast es wenigstens versucht. Es ist nichts Ehrenrühriges, etwas Neues zu probieren und damit zu scheitern. Es klappt nun mal nicht, bei dieser Kälte und Entfernung. Sieh zu, daß du nach Hause ins Warme kommst, und vergiß die Enttäuschung!«

Bedrückt machte sie sich mit ihren restlichen dreißig kalten Kartoffelkuchen auf den Rückweg. Doch sie dachte nicht daran, nach diesem ersten mißlungenen Versuch schon aufzustecken. Es mußte einfach eine Möglichkeit geben, das Essen warm zu halten! Unablässig grübelte sie auf dem Heimweg darüber nach, ohne jedoch eine praktikable Lösung zu finden.

»Na, was machen denn die Geschäfte unserer Marketenderin?« spottete Heather, als Daphne nach Hause kam und ihre Schwester sah, daß die Blechbehälter noch voll waren. »Bist wohl mit deinen Eiskuchen auf wenig Begeisterung gestoßen, was?«

»Warte ab!« erwiderte Daphne nur kurzangebunden.

Den ganzen Tag dachte sie angestrengt über ihr Problem mit der Warmhaltung nach. Am Abend, als sie Holzscheite im Kamin des Eßzimmers nachlegte, fiel es ihr plötzlich wie Schuppen von den Augen.

Glut!

Sie mußte ihre Kuchen auf einer Schicht Glut transportieren! Am besten auf glühenden Kohlen!

Das war die Lösung – in der Theorie. Die praktische Umsetzung erwies sich als weitaus schwieriger als gedacht. Sie konnte ja schlecht einen halben Ofen auf ihrem Karren hinter sich herziehen.
Nachdem sie der Lösung ihres Problems nicht einen Schritt näher gekommen war, ging sie zu Scott. Noch nie war sie in dem winzigen Häuschen gewesen, das er an der Ecke Fitts und Tallman Street bewohnte. Sie hatte auch jetzt insgeheim Bedenken, ob es denn klug sei, ihn zu Hause aufzusuchen. Doch die Angelegenheit brannte ihr so sehr auf den Nägeln, daß sie nicht warten wollte.
Er war sichtlich überrascht, als er sie am späten Sonntagvormittag vor seiner Tür stehen sah. Er trug sandbraune Cordhosen und ein verwaschenes Flanellhemd. »Daphne! Das ist ja eine echte Überraschung, daß ich mal Besuch von Ihnen bekomme!«
»Ich habe ein Problem, Scott.«
»Wer hat das nicht. Aber kommen Sie rein! Nur schauen Sie sich bitte nicht zu kritisch bei mir um! Ich lebe hier allein und bin nicht gerade der ordentlichste Mensch auf Gottes wundersamer Erde.«
»Ich bin bestimmt nicht gekommen, um Ihr Zuhause zu inspizieren. Außerdem können Sie es sich in Ihren eigenen vier Wänden doch so einrichten, wie es Ihnen gefällt. Da hat Ihnen niemand Vorschriften zu machen«, sagte sie und trat ein.
Das Haus bestand eigentlich nur aus zwei Räumen und einer kleinen Küche. Das Wohnzimmer maß etwa fünf Schritte im Quadrat. An einer Seite stand ein altes, geblümtes Sofa, umrahmt von einfachen offenen Regalen, die mit Büchern gefüllt waren. Auf der anderen Seite stand vor dem Fenster ein schon arg ramponierter Eichenschreibtisch, dessen Aufsatz in viele Fächer und mehrere kleine Schubladen unterteilt und mit einem Rolladen zu verschließen war. Die Fächer waren mit allen möglichen Zetteln und Papieren vollgestopft, und auch auf der Schreibplatte herrschte ein heilloses Ducheinander. Zeitungen, zusammengerollte Papiere, Zeichenutensilien und vieles andere lag herum. Die Einrichtung des Zimmers wurde durch zwei Sessel, die nicht zum Sofa paßten, einen kleinen runden Tisch, einen schmalen Schrank neben dem Durchgang zum Schlafzimmer, mehrere einfache Läufer und einige gerahmte Landschaftszeichnungen vervollständigt. Aufgeräumt war es wahrlich nicht bei ihm, aber das Durcheinander, das hier herrschte, hatte etwas Gemütliches. Und eines war sicher: Dies war nicht das Zuhause eines einfachen, ungebildeten Holzfällers und *field-boss*.

Daphne erhaschte noch einen Blick auf ein ungemachtes Bett und einen offenen Bücherschrank im Nebenzimmer, bevor Scott schnell zum Durchgang trat und den Vorhang vorzog, der sich dort anstelle einer Tür befand.

»Auf Damenbesuch bin ich wirklich nicht vorbereitet«, entschuldigte er sich noch einmal, räumte den Stoß alter Zeitungen vom Sofa und wischte Brotkrümel von der Tischplatte.

»Damenbesuch ist wohl auch das falsche Wort, Scott«, erwiderte sie, amüsiert über seine plötzliche Geschäftigkeit. »Ich bin nicht gekommen, um Ihnen meine Aufwartung zu machen.«

»Nein? Das ist aber schade. Ich habe mir schon Hoffnungen gemacht, daß es vielleicht die Sehnsucht ist, die Sie zu mir getrieben hat«, sagte er halb scherzhaft, halb ernst, während er ihr den Umhang abnahm. »Unerfüllte Sehnsucht kann nämlich auch zu einem großen Problem werden.«

Daphne zog die Wollmütze vom Kopf und schüttelte ihr schimmerndes Haar aus. »Das ist es nicht, was mir Kopfzerbrechen bereitet, Scott, sondern meine Kartoffelkuchen und wie ich sie warm zu den Eisfeldern schaffen kann.«

Er seufzte betont geplagt. »Ich spreche von Sehnsucht und Sie von Kartoffelkuchen!« beklagte er sich. »Sie haben manchmal wirklich eine sehr ernüchternde Art, Daphne!«

»Sie machen mir nicht den Eindruck, als könnten Sie das nicht schadlos verkraften.«

»Ich habe mich eben fabelhaft im Griff.«

Das Gespräch drohte ihr zu entgleiten und in Bereiche vorzudringen, die sie besser nicht berührt wissen wollte. »Vielleicht können Sie mein Problem mit den Kartoffelkuchen auch so gut in den Griff bekommen.«

»Haben Sie diesen Plan noch immer nicht aufgegeben?«

»Ich gebe nur auf, wenn ich hundertprozentig weiß, daß es hoffnungslos ist.«

»Wieder etwas, was wir gemeinsam haben.« Er sah sie dabei mit einem Lächeln an, das sie bis in ihr Innerstes zu spüren glaubte.

»Glut ist die Antwort auf mein Problem.«

Sein Lächeln wurde noch eine Spur intensiver. »Die Glut der Leidenschaft?«

Sie wollte nicht, daß er sie so anblickte und verunsicherte. Sie hatte wahrlich Probleme genug. Ihr verläßlicher, herzlicher Freund sollte

er sein. Mehr nicht! Ihre Miene verschloß sich, und sie stand vom Sofa auf, wo sie Platz genommen hatte. »Sie nehmen mich nicht ernst, Scott! Und Sie haben offenbar vergessen, was Sie mir versprochen haben, als Sie mich baten, Sie beim Vornamen zu nennen. Ich glaube, ich gehe wohl besser wieder. Ich hätte nicht kommen sollen.«
Das Lächeln verschwand von seinem Gesicht, das nun Bedauern ausdrückte. »Bitte, bleiben Sie, Daphne! Es tut mir leid. Ich werde keine dummen Bemerkungen mehr machen, sondern mich ganz Ihrem Kartoffelkuchenproblem widmen. Ehrenwort!«
Sie setzte sich wieder.
»Kaffee? Er ist noch frisch. Und wenn ich mich auf etwas verstehe, dann auf guten Kaffee.«
»Ja, bitte, aber mit einem Löffel Zucker und viel Milch«, bat sie.
Er kehrte mit zwei Tassen zurück, setzte sich ihr gegenüber in einen der Sessel und hörte ihr aufmerksam zu. Von ihrer Idee, den Boden der Behälter mit Glut zu bedecken, hielt er jedoch nicht viel.
»Das funktioniert nicht. Auch nicht, wenn Sie einen gesonderten Einsatz verwenden. Das Blech ist viel zu dünn. Aber im Prinzip ist die Idee mit der Glut unter den Kuchen gar nicht mal so schlecht«, räumte er nachdenklich ein.
»Finden Sie wirklich?« fragte sie freudig erregt.
Er nickte ernst, ging zum Schreibtisch und holte Papier und Stift. »Was Sie brauchen, ist eine maßgefertigte Konstruktion für Ihren Kufenwagen. Und zwar brauchen Sie einen Einsatz, der die Glut und getrennt davon die Kartoffelkuchen aufnehmen kann. Nur darf die Hitze nicht allein von unten kommen. Denn dann haben Sie die Unterseite der Kuchen angekohlt, während sie oben kalt sind.«
»Aber wie soll das gehen?«
Er runzelte die Stirn. »Ja, das ist das Problem, das es zu lösen gilt. Außerdem darf die ganze Konstruktion ja auch nicht zu schwer sein, damit Sie den Wagen noch ziehen können.«
Scott begann zu zeichnen und Entwürfe anzufertigen. Voller Staunen sah Daphne, wie gekonnt er den Bleistift führte. Seine Zeichnungen hatten sogar die richtige Perspektive, so daß sie räumliche Tiefe besaßen.
»Das ist ja unglaublich, wie Sie das können!« rief sie überrascht. »Wo haben Sie denn so zeichnen gelernt?«
»Ach, das war noch in einem anderen Leben.«
»Und was war das für ein Leben?« fragte sie nach, denn sie hatte das

Gefühl, von dem Rätsel, das ihn umgab, jetzt endlich einen Zipfel lüften zu können.

»Es hatte seine Höhen und seine Tiefen. Letztere überwogen zum Schluß. Doch Vergangenes sollte man ruhen lassen – wie alles, was tot und jenseits jeder Hoffnung ist«, sagte er mit unerwartetem Ernst und schaute an ihr vorbei, den Blick auf einen imaginären Punkt seiner Vergangenheit gerichtet. Doch im nächsten Moment befreite er sich von den Erinnerungen, die ihn zu bedrücken schienen, und fuhr mit normaler Stimme fort: »Was das Zeichnen angeht, so war ich schon als kleiner Junge gut mit den Malstiften. Das hat sich dann in späteren Jahren zu einiger Fertigkeit entwickelt.«

»Die Zeichnungen an den Wänden sind von Ihnen?«

»Mhm«, machte er nur, während er weiterzeichnete.

»Sind Sie hier in Bath aufgewachsen?«

»Nein, in Bangor am Penobscot River.« Er klang sehr kurz angebunden, als wolle er sie abhalten, weitere Fragen über sein bisheriges Leben zu stellen.

Daphne nahm sich ein Herz, ihn offen daraufhin anzusprechen. »Sie reden nie viel über sich und schon gar nicht über Ihre Vergangenheit, Scott.«

Er zuckte die Achseln. »Ich habe meine Gründe.«

»Die Sie lieber für sich behalten möchten?« fragte sie kühn nach.

Er hob den Blick. »Ja, so ist es.«

»Sie kommen nicht aus einer einfachen Arbeiterfamilie, das habe ich schon von Anfang an gewußt. Sie sind auch nicht unter Holzfällern oder Eismännern aufgewachsen. Sie sind überaus belesen und gebildet. Und jetzt sagen Sie bloß nicht, daß sich jeder diese Bildung aneignen kann, wenn er es nur will. Ich wüßte gern, wer Sie wirklich sind«, sagte sie nachdenklich.

»Warum ist das so wichtig, Daphne? Können Sie mich nicht so nehmen, wie Sie mich kennen und wie ich jetzt bin?« fragte er eindringlich.

»Doch, natürlich«, versicherte sie. »Aber Sie geben mir manchmal Rätsel auf, deshalb würde es mich schon interessieren, was... was schon alles hinter Ihnen liegt.«

»Ich bin, was ich bin«, blockte er kategorisch ab.

»Sicher, doch ist es nicht die Vergangenheit, die uns zu dem gemacht hat, was wir heute sind?« versuchte sie ihn zu locken.

Er gab die Frage geschickt an sie zurück. »Dann liegt es also in Ihrer

Vergangenheit begründet, daß Sie so anders sind als die meisten jungen Frauen?«
Jetzt fand sie sich in die Defensive gedrängt. »Anders? Wie meinen Sie das?«
»Frauen in Ihrem Alter sind gewöhnlich daran interessiert, einen Mann zu finden, der zu ihnen paßt. Sie wollen versorgt sein und eine eigene Familie gründen. Denken Sie nur an Ihre Schwester, die schon bald ihr erstes Kind erwartet! Sie schlagen dagegen völlig aus der Art.«
»So? Finden Sie?« fragte sie und war auf der Hut.
Er nickte nachdrücklich. »O ja, das finde ich. Sie beteiligen sich überhaupt nicht an diesem ... Heiratsrennen, das in Ihrem Alter gang und gäbe ist. Sie interessieren sich vielmehr wie ein Mann für Geschäfte, wie diese Sache mit den Kartoffelkuchen beweist. Und Sie scheuen sich nicht vor Arbeit. Im Gegenteil; ich habe fast den Eindruck, als könnten Sie sich gar nicht genug Arbeit aufladen. Tüchtig zu sein ist gewiß eine Tugend. Aber bei Ihnen drängt sich mir der Verdacht auf, als wollten Sie Ihr Leben so mit Arbeit vollpacken, daß Ihnen für nichts anderes mehr Zeit bleibt – nicht mal, um über sich selbst nachzudenken.«
»Das ist aber sehr weit hergeholt!« wies sie seine Kritik zurück.
»Überhaupt nicht. Sie haben eine Stelle bei Missis Bancroft und arbeiten noch bis abends in der Bücherei. Doch jetzt wollen Sie auch noch einen Handel mit Kartoffelkuchen auf die Beine stellen. Ums Geld allein kann es Ihnen dabei doch nicht gehen, denn Hunger leidet Ihre Familie nun nicht. Wenn Sie eine unscheinbare, graue Maus wären, könnte man das ja noch verstehen. Aber neben Ihnen verblassen alle anderen Frauen, die ich kenne. Sie sind eine bildhübsche Frau ...«
»Scott, bitte!«
»Ich mache Ihnen keine falschen Komplimente, das wissen Sie doch selber«, fuhr er unbeirrt fort. »Sie sind bildhübsch, und wenn Sie wollten, könnten Sie im Handumdrehen die Frau eines gutsituierten Mannes sein.«
»Damit habe ich es nicht so eilig«, sagte sie schnell, denn sie fühlte sich bei dem Thema äußerst unwohl.
»Ja, das weiß ich.«
Sie hatte das Gefühl, sich verteidigen zu müssen. »Ich möchte eben unabhängig sein und mir irgend etwas aufbauen. Lachen Sie ruhig über mich ...«

»Nichts liegt mir ferner.«
»Ich weiß selber, daß dieses Kartoffelkuchengeschäft nichts Weltbewegendes ist, aber von anderen Dingen als Haushalt und Kochen verstehe ich nichts. Und diese Sache reizt mich einfach. Wenn es klappt, kann es ein hübsches Geschäft werden.«
»Sehen Sie, das ist es, was ich meine! Die Aussicht auf ein gewinnbringendes Geschäft reizt Sie zehnmal mehr als die Erfüllung der üblichen Träume, die Frauen in Ihrem Alter gemeinhin haben.«
»Also gut, dann bin ich eben anders, Scott«, gab sie widerstrebend zu. »Warum auch nicht? Die Ehe meiner Eltern und auch die meiner Schwester sind nun wahrlich keine Ermunterung für mich, an der Seite eines Mannes häusliches Glück zu suchen.«
»Ein fauler Apfel beweist noch lange nicht, daß alle Äpfel schlecht schmecken«, hielt er ihr vor.
»Nein, natürlich nicht. Aber vielleicht reizen mich andere Früchte mehr als Äpfel.«
»Ja, so sieht es aus.« Es klang bedauernd.
»Wie sagten Sie doch gerade? ›Ich bin, was ich bin‹, und so müssen Sie mich nehmen, Scott. Und ich wäre Ihnen sehr dankbar, wenn wir nun nicht weiter darüber reden würden. Erklären Sie mir lieber, was Sie da gezeichnet haben«, bat sie ihn.
Er machte eine resignierte Geste. »Nun gut, zurück zum Geschäft! Ich stelle mir das so vor: Der Einsatz muß doppelwandig sein. Dünnes Eisenblech außen, dann ein Hohlraum von vielleicht drei, vier Inch Stärke, anschließend ein etwas stärkeres Blech, das die Aufhängung für die Glutpfanne tragen kann. Sie muß etwa im unteren Drittel des Kastens hängen. Über die rechteckige Pfanne kommt dann ein Rost. Darauf stellen Sie das Blech mit den Kartoffelkuchen, das mit einem Deckel geschlossen wird. Ein zweiter, größerer Deckel schließt den ganzen Einsatz. Die Hitze, die von der Glutpfanne ausgeht, kann innerhalb des Behälters zirkulieren und hält das Blech mit den Kartoffelkuchen auch von oben her warm.«
»Das ist es!« rief Daphne begeistert.
»All das muß natürlich angefertigt werden und wird Sie einige Dollar kosten.«
Sie lachte. »Das macht nichts. Die kommen schnell wieder rein.«
»Freuen Sie sich nicht zu früh! Ich kann Ihnen nicht garantieren, daß meine Konstruktion auch den Anforderungen entspricht. Ich habe auch keine blasse Ahnung, wieviel Glut Sie brauchen und ob das nicht eine Totgeburt ist«, dämpfte er ihren Optimismus.

»Es *wird* funktionieren, das weiß ich!« Sie ließ sich nicht beirren. »Sagen Sie, kennen Sie zufällig eine Werkstatt, die mir so etwas anfertigen kann.«
»Und am besten noch bis morgen abend, nicht wahr?« machte er sich über sie lustig.
»Wenn es nicht schneller geht, werde ich mich auch damit zufriedengeben«, ging sie auf seinen Scherz ein.
»Lew Porter ist der beste Schmied, den ich kenne. Sie finden ihn gleich am Anfang der Walker Street. Wenn Sie sich beeilen, erwischen Sie ihn noch vor dem Mittagessen«, sagte er, als habe er ihre Gedanken erraten. »Aber vergessen Sie nicht, Ihren Handkarren mitzunehmen, damit er genau Maß nehmen kann!«
»Danke, Scott!« Sie hatte es nun eilig, zum Schmied zu kommen. Was machte es, daß es Sonntag war? Sie wollte ja nur mit ihm sprechen und ihm einen Auftrag erteilen, so daß er sich vielleicht wirklich schon am Monatg an die Arbeit machen konnte.
Lew Porter hörte sich erst mit Verwunderung, dann mit einem anerkennenden Schmunzeln an, was diese junge schöne Frau bei ihm in Auftrag geben wollte.
»So so, Scott McKinley hat Sie also zu mir geschickt. Ja, das ist ganz seine Handschrift. In einem Ingenieursbüro hätte man die Zeichnung auch nicht besser hingekriegt.«
»Was wird es denn kosten, Mister Porter?«
Der Schmied kratzte sich am Kinn. »Ein paar Stunden werde ich schon damit zu tun haben. Also sagen wir mal einen Dollar Arbeitslohn und gut siebzig Cent Material, so grob über den Daumen geschätzt. Kann aber auch zweieinhalb kosten, Miss. Muß mir das erst einmal in aller Ruhe anschauen.«
»Und wann können Sie den Einsatz fertig haben?«
»Ihnen ist es damit wohl sehr eilig, was?«
Sie nickte.
»Eine halbe Woche werden Sie mir schon Zeit geben müssen. Habe ja noch andere Arbeiten zu erledigen.«
»Natürlich, das verstehe ich«, sagte sie höflich. »Aber wenn Sie ihn morgen abend schon fertig haben, zahle ich Ihnen einen halben Dollar extra. Als Zulage!« Blitzschnell war ihr durch den Kopf gegangen, daß sie jeden Tag, den sie warten mußte, einen Dollar zwanzig verlor. Was waren da schon fünfzig Cent Bonus, wenn sie dafür ein paar Tage früher Geschäfte machen konnte!

Er lachte. »Sie sind mir aber eine clevere junge Miss! Einen halben Dollar werden Sie also drauflegen, ja? Na, mal sehen, was ich für Sie tun kann. Am besten lassen Sie Ihren Handkarren gleich hier.«

Fünftes Kapitel

Am Montag verstrich die Zeit für Daphne quälend langsam. Sie konnte sich nur schwer auf ihre Arbeit konzentrieren. Ob sich der Schmied schon an die Arbeit gemacht und den Einsatz fertig hatte, wenn sie von der Bücherei kam?

Er war fertig, und sie fand, daß er nicht nur ganz prächtig aussah, sondern gewiß auch die drei Dollar wert war, die sie dem Schmied zahlen mußte – inklusive Bonus.

»Was willst du denn mit diesem verrückten Blechkasten auf dem Karren?« fragte Heather, als Daphne nach Hause kam.

»Geld verdienen«, antwortete sie fröhlich.

Ihre Schwester tippte sich an die Stirn. »Du hast sie wirklich nicht mehr alle!«

Auch ihre Mutter fand, daß es langsam zu weit gehe mit ihren »unmöglichen Eskapaden«, wie sie Daphnes Vorhaben nannte. »Du wirst das schön seinlassen! Eine Schnapsidee, die du dir da in den Kopf gesetzt hast! Du willst doch wohl nicht mit diesem ... komischen Ding da wie ein Hausierer herumziehen!«

»Ich will nicht hausieren gehen, sondern Kartoffelkuchen verkaufen!« Daphne bemühte sich um eine ruhige Stimme.

»Das ist dasselbe. Aber ich lasse das nicht zu. Du machst uns ja zum Gespött der Leute!«

Daphne dachte nicht daran, ausgerechnet jetzt klein beizugeben. »Wenn ich alt genug bin, um zu heiraten, Kinder zu kriegen und einen eigenen Haushalt zu führen, dann werde ich ja wohl auch alt genug sein, um das zu tun, was *ich* für richtig halte – besonders bei so einer Angelegenheit, wo ich mir doch bloß mit ehrlicher Arbeit noch ein bißchen was dazuverdienen möchte!«

Sophie funkelte sie an. »Wie redest du mit mir? Diesen respektlosen Ton will ich nicht gehört haben! Du tust, was ich dir sage!«

Der Respekt, den sie einmal vor ihrer Mutter gehabt hatte, war längst einer Mischung aus Mitleid und Unverständnis gewichen. Sie hätte den Streit mit ihr lieber vermieden, doch sie fürchtete ihn nicht. Sie würde ihr die Stirn bieten!
Williams Eingreifen machte dies überflüssig. »Ich weiß gar nicht, was du dich so aufregst«, sagte er zu Sophie. »Daphne hat nun mal eine geschäftstüchtige Ader. Ich bin zwar eher skeptisch, was den Erfolg ihres Unternehmens betrifft, aber etwas in den Weg legen werde ich ihr nicht – und du wirst es auch nicht tun, weil es dafür keine Gründe gibt. Soll sie es doch versuchen!«
»Es hätte mich auch wirklich gewundert, wenn du ihr nicht die Stange gehalten hättest!« zischte Sophie erbost. »Aber ihr haltet ja immer gegen mich zusammen! Bei Daphne ist die Frucht wirklich nicht weit vom Baum gefallen!«
Das tat weh. »Mom, es geht doch nicht gegen dich! Ich will doch nur...«
»Ach, mach doch, was du willst!« fuhr Sophie ihr wütend ins Wort. »Von euch fragt ja doch keiner mehr, was ich billige und was nicht! Der Mann hurt herum, und du scheinst offenbar auch eine große Schwäche für das primitive Volk zu haben. Ein Trost, daß wenigstens Heather mich nicht enttäuscht hat!« Und damit rauschte sie an ihnen vorbei aus dem Zimmer.
Daphne kaute schwer an den verletzenden Worten ihrer Mutter. Ihr Vater hatte es da leichter. Er blieb die Nacht mal wieder bei Mabel Briggs. Daphne konnte es ihm nicht verdenken. Sie selbst saß noch bis gegen Mitternacht in der Küche, um die Vorbereitungen für den morgigen Versuch mit Scotts Einsatz zu treffen.
Da sie völlig ohne Erfahrung war, wie viele Schaufeln glühender Kohlen nötig waren, hielt sie es für klüger, mit dem Wagen nicht zum New Meadow River hinauszufahren. Sie wollte sich den Spott der Männer ersparen, falls die Kartoffelkuchen dennoch kalt bei ihnen ankamen. Sie ließ den Wagen einfach draußen im Freien stehen, wartete vierzig Minuten ab – und schaute dann nach, in welchem Zustand sich ihre Köstlichkeiten befanden.
In einem überaus kläglichen und ganz sicher ungenießbaren! Schon als sie aus dem Haus in die Kälte hinaustrat, nahm sie den Geruch nach Angebranntem wahr. Als sie beide Deckel hochgehoben hatte und der Qualm entwichen war, fiel ihr Blick auf eine schwarze verbrannte Masse, die einmal ihre Kartoffelkuchen gewesen waren.

Als Daphne nach einem kurzen Moment der Enttäuschung laut aufjubelte, hielt Heather, die sie vom Küchenfenster aus beobachtete, sie für gänzlich verrückt.

»Es klappt!« rief Daphne überglücklich, als Sarah zu ihr in den Garten kam.

Ihre Freundin runzelte die Stirn, als sie einen Blick auf das lange, handtiefe Warmhalteblech geworfen hatte. »Na, das sieht aber nicht so aus, als könntest du dafür auch nur einen Cent das Dutzend nehmen!«

Daphne lachte überschwenglich. »Und wie es klappt! Es funktioniert sogar so toll, daß mir die Kuchen in der Zeit noch verbrannt sind! Das bedeutet aber doch, daß der Einsatz die Wärme ausgezeichnet hält. Ich muß jetzt bloß noch herausfinden, wieviel Glut ich unten in die Pfanne kippen muß.«

Sarah sah verblüfft drein. »Du hast recht. Du mußt bloß weniger Glut nehmen!«

Es kostete Daphne zwei Tage, um die richtige Dosierung der Glut herauszufinden. Dann kam der Morgen, an dem sie mit ihrem Kufenkarren wieder am New Meadow River auftauchte.

»Heiliger Lazarus, sie sind ja wirklich noch durch und durch warm!« rief Silas Barker begeistert und mit vollem Mund. »Und schmecken tun sie auch noch. Ich glaub', ich gönn' mir noch einen zweiten! He, Fred!... Richie! Jake! Kommt her!«

Zehn Minuten später war das Blech leer, und in ihrer Manteltasche klimperten die Münzen. Sie hatte vierzig Stück verkauft und wäre gut und gern noch zehn, zwölf weitere losgeworden. Das machte einen Gewinn von einem Dollar und zwanzig Cent!

Scott freute sich mit ihr. Auch er hatte zwei Kartoffelkuchen gekauft. Den ersten aus Sympathie, den zweiten, weil dessen Qualität die fünf Cent tatsächlich wert war.

»Ich werde Sie an meinem Geschäft beteiligen, Scott. Das haben Sie sich verdient.«

»Das vergessen Sie besser schnell wieder.«

»Nein, ohne Ihre... Erfindung hätte ich heute nicht ein einziges Stück verkauft. Deshalb möchte ich Sie auch am Gewinn beteiligen.«

»Kommt gar nicht in Frage!« wehrte er energisch ab. »Ich nehme kein Geld von Ihnen.«

»Aber irgendwie möchte ich mich bei Ihnen bedanken. Ich meine, ein einfaches Dankeschön ist mir zuwenig...«

Er lächelte. »Lassen Sie sich doch etwas anderes als Geld oder Worte einfallen... mehr etwas Persönliches, das nicht jeder von Ihnen bekommt, Daphne.«
Sie handelte spontan, stellte sich auf die Zehenspitzen und gab ihm einen Kuß mitten auf den Mund. Es war kein gar so flüchtiger Kuß. »Danke, Scott! Vielen, vielen Dank!« Ihr Gesicht glühte, und ihre Augen strahlten vor Freude.
Er berührte seine Lippen mit den Fingerspitzen, als könne er nicht glauben, daß dort soeben ihr Mund gelegen hatte – so warm und weich und unglaublich erregend. Einen Augenblick lang schaute er sie wortlos an. Dann fragte er mit einem schiefen Lächeln: »Werden Sie sich jetzt jeden Tag auf diese Weise bedanken?«
Sie lachte nur als Antwort. Es war sehr angenehm gewesen, ihn zu küssen und seine Lippen zu schmecken. Ihr Körper hatte sehr wohl auf diesen Kuß reagiert. Doch in ihrem Glücksgefühl war es ihr unmöglich zu sagen, was sie warum empfunden hatte. Es gab zudem jetzt auch andere Dinge, die ihr Denken völlig in Anspruch nahmen, als sie sich auf den Weg zurück in die Stadt machte.
Es gärte hinter ihrer Stirn. Ihr war, als habe der für sie grandiose Erfolg die Tür einer neuen Gedankenwelt aufgestoßen, in die sie sich vorher nicht einmal im Traum gewagt hätte.
Immer wieder rechnete sie im Geiste. Wenn sie auch einmal weniger verkaufen sollte als an diesem Morgen, so war ein Dollar Profit doch immer drin. Täglich! Die Eisernte ging noch bis Ende März, manchmal sogar noch in den April hinein, wie sie gehört hatte. Ihr blieben also noch sieben Wochen, um mit ihren Kartoffelkuchen Geschäfte zu machen. Ein Gewinn von fünfundvierzig Dollar war damit realistisch.
Aber was machte sie, wenn sich bald Nachahmer einfanden? Die Sache mit ihren warmen Kartoffelkuchen würde sich gewiß rasch herumsprechen, und dann würde die Konkurrenz nicht lange auf sich warten lassen. Und den Einsatz nachzubauen würde auch nicht schwierig sein. Die Männer sahen ja, wie er konstruiert war, wenn sie den Deckel hob, und sie würden es schon herumerzählen, einfach weil es interessant war.
Die Konkurrenz muß ich mir irgendwie vom Halse halten, beschloß sie. Andere sollten nicht ernten, was sie gesät hatte. Es blieb nur die Frage, wie sie es anstellen sollte.
Sie grübelte am Abend nach dem Essen beim Kartoffelschälen dar-

über nach und ging mit dieser Frage auch zu Bett. Doch dann kam ihr eine Idee, und beruhigt schlief sie ein.
Am nächsten Morgen stand sie noch früher auf als sonst. Sie traf auch eine gute Viertelstunde eher als am Tag zuvor auf dem Gelände der *Washburn Ice Company* ein. Ihre warmen Kartoffelkuchen mit Ei, Speck und Zwiebeln gingen wieder ruck, zuck weg.
Dann suchte sie Warren Washburn auf, der neben dem Maschinenraum ein kleines Büro besaß. Dort kontrollierte er täglich die Bücher und zahlte am Wochenende den Männern auch ihren Lohn aus.
Der Colonel war ein kleiner, drahtiger Mann mit kurzem, eisgrauem Haar und scharfen Augen. In derber Kleidung saß er an einem Schreibtisch und addierte gerade eine Zahlenreihe. Der kleine, bullig warme Raum war vom Rauch seiner überlangen Zigarre erfüllt, die in seiner Hand wie eine Brechstange wirkte.
»So, Sie sind also die Tochter von William Davenport«, sagte er, als sie sich vorgestellt und ihn um ein kurzes Gespräch gebeten hatte. »Ein tüchtiger Mann.«
»Ja, das ist er bestimmt, Mister Washburn«, pflichtete sie ihm bei. »Aber ich bin nicht wegen meines Vaters hier, sondern wegen der Kartoffelkuchen, die ich Ihren Männern verkaufe.«
Er schmunzelte. »Ja, davon habe ich auch schon gehört, wenn ich auch noch nicht das Vergnügen hatte, mich persönlich von Ihren Kochkünsten zu überzeugen. Aber das werde ich bei Gelegenheit schon noch nachholen.«
»Ich werde Ihnen morgen ein Stück reservieren, Mister Washburn.«
Er nickte wohlwollend. »Gut, gut. Aber was ist es, was Sie mit mir bereden möchten, Miss Davenport?«
Daphne druckste ein wenig herum. »Das ganze Uferstück vor den Eisfeldern gehört doch Ihnen, nicht wahr?«
Ihre Frage verwunderte ihn sichtlich. »Ja, natürlich...«
»Und es liegt demnach in Ihrer Hand, wem Sie Zugang zu Ihrem Gelände erlauben, richtig?« fragte sie schnell weiter.
»In der Tat, aber Sie brauchen sich keine Sorgen zu machen, Miss Davenport«, glaubte er sie beruhigen zu müssen. »Ich habe nicht das geringste dagegen, daß Sie meinen Männern Ihre Kartoffelkuchen verkaufen.«
»Ja, dafür danke ich Ihnen auch sehr. Doch ich möchte Ihnen ein Geschäft anbieten.«
»*Sie* wollen *mir* ein Geschäft anbieten?« Verblüffung sprach aus seinen

Augen und seiner Stimme. »Ich wüßte wirklich nicht, wie das aussehen soll – es sei denn, Sie wollen mir ein paar Tonnen Eis abkaufen. Aber die werden Sie für Ihre Geschäfte nun bestimmt nicht benötigen.«

»Ich möchte mit Ihnen einen Vertrag schließen, daß nur ich auf Ihrem Gelände etwas Warmes zu essen verkaufen darf«, eröffnete sie ihm und fuhr hastig fort: »Es war meine Idee, und obwohl alle über mich gelacht haben, habe ich es letztlich doch noch möglich gemacht. Ich fände es ungerecht, wenn man mir nun das, was ich mir erkämpft habe, einfach so abnimmt, indem man es mir nachmacht...«

»Tja, Konkurrenz ist das Salz eines jeden Geschäftes«, meinte er spöttisch. »Manche Suppen sind damit leicht und schmackhaft gewürzt, andere sind dagegen unverdaulich versalzen. Wie bei fast allen wichtigen Dingen im Leben kommt es eben auch dabei auf das richtige Fingerspitzengefühl an.«

»Aber bestimmt würden Sie es nicht zulassen, wenn jemand Ihre Eisblöcke wegschleppen wollte, nachdem Sie die ganze Arbeit geleistet haben.«

Nachdenklich drehte er die Zigarre zwischen seinen Lippen. »Mhm, das würde ich ganz gewiß nicht zulassen. Mir leuchtet auch ein, daß Sie sich nicht das Geschäft verderben lassen wollen. Doch was ich nicht verstehe, ist, was das mit dem Vertrag auf sich haben soll, den Sie da angesprochen haben. Ich meine, weshalb sollte ich daran interessiert sein, so eine Vereinbarung zu unterschreiben?«

»Weil Ihre Unterschrift bares Geld wert ist, Mister Washburn«, erwiderte Daphne, zog ein gefaltetes Blatt Papier hervor und reichte es ihm. »So in etwa habe ich es mir vorgestellt.«

»Sieh an, Sie haben diesen Vertrag also schon zu Papier gebracht!« stellte er verblüfft fest. »Na, dann will ich doch mal lesen, wie die Pflichten und Rechte verteilt sind.« Er begann zu lesen. »Drei Jahre soll die Vereinbarung gelten, mit einer Option auf drei weitere? Sie scheinen ja schon weit in die Zukunft zu planen, Miss Davenport.«

»Sie bauen ja auch keine neue Lagerhalle für nur eine Eisernte!« erwiderte sie schlagfertig.

»Ah, jetzt kommen wir zu meinen Rechten«, sagte er, die Zigarre zwischen den Zähnen und die Mundwinkel belustigt hochgezogen. »Wie ich sehe, ist Ihnen meine Unterschrift fünf Dollar wert.«

»Pro Monat während der Saison!« betonte sie und kam sich plötzlich lächerlich vor. Was waren schon fünf Dollar für einen Mann wie ihn,

der zwanzigtausend Tonnen Eis im Sommer zu fünf bis sechs Dollar die Tonne verkaufte!
»Davon könnte ich ja gerade dem Jungen, der die Pferdeäpfel vom Eis sammelt, seinen Wochenlohn bezahlen.«
»Sie rechnen falsch, Mister Washburn«, sagte sie mit einem Anflug von Ärger. »Ohne mein Geld müssen Sie den Jungen aus *Ihrer* Tasche bezahlen. Mit meinem Geld arbeitet er für Sie quasi eine Woche umsonst – und Sie kostet das nur eine Unterschrift.«
»Fünf Dollar...«
»Ich weiß, daß es für Sie nicht viel ist, aber für mich ist es eine Menge Geld. Mehr kann ich Ihnen auch nicht geben, Mister Washburn.«
»Verdammt noch mal, fünf Dollar sind fünf Dollar!« sagte er plötzlich so vehement, daß Daphne im ersten Moment zusammenfuhr. »Ich bin als junger Mann mit lausigen fünfundvierzig Cent in der Tasche in Bath angekommen. Der Teufel soll mich holen, wenn ich Ihr Geschäft ausschlage!« Schwungvoll setzte er seine Unterschrift unter den Vertrag.
Daphne biß sich auf die Lippen, um vor Freude nicht laut loszujubeln. Die *Washburn Ice Company* war von nun an ihr alleiniges Revier.
Er streckte ihr seine Hand hin. »Auf gute Geschäfte, Miss Davenport!«
»Ja, besten Dank, Mister Washburn!« Sie strahlte ihn an. Sie hatte mit einem Mann wie Warren Washburn einen richtigen Vertrag geschlossen! Ihr Vater würde Augen machen. Und Scott nicht minder.
»Colonel – für meine Geschäftspartner!« Er zwinkerte ihr zu und hüllte sie in Zigarrenrauch.
Daphne hatte das Gefühl, auf Wolken zu schweben. Sie war jetzt eine richtige Geschäftsfrau! Nicht mehr nur Haushaltshilfe und Büchereiangestellte, nein, Geschäftsfrau! Sie hatte es schwarz auf weiß. Für sechs Jahre waren ihr im Winter nach Abzug des Geldes für den Colonel drei bis vier Monate lang etwa zwanzig Dollar im Monat sicher, also rund zwanzig Dollar zusätzlich. Das war wirklich ein sehr lukratives Nebengeschäft.
Wenn man doch bloß an mehreren Stellen zur selben Zeit sein könnte, bedauerte sie, als sie daran dachte, wie viele Eisgesellschaften es doch allein in der näheren Umgebung von Bath gab.
Sie sprach mit Sarah darüber. »Wäre das nicht auch etwas für dich?« fragte sie. »Du mußt doch auch erst um zehn bei Missis Moore sein, und fünf Dollar extra die Woche sind doch gar nicht so übel.«

»Gar nicht so übel?« echote ihre Freundin. »Das ist doppelt soviel wie mein jetziger Wochenlohn. Aber wo soll ich es denn versuchen?«
»Paß auf!« sagte Daphne. »Du übernimmst morgen früh meine Tour zur *Washburn Ice Company*, während ich mich nach einer zweiten Absatzmöglichkeit am New Meadow River umschaue. Da gibt es ja noch mehrere andere Firmen, die Eis ernten.«
Daphne wies Sarah schon am Abend ein, zeigte ihr am Morgen, wieviel Glut sie auf die Pfanne im Einsatz gab und zog mit ihr zum New Meadow River. Sie fand noch zwei weitere Eisgesellschaften, für die zwischen fünfzig und bis siebzig Männer auf dem Eis arbeiteten und die von Bath aus innerhalb einer dreiviertel Stunde zu erreichen waren. Kurzentschlossen führte sie mit den Besitzern ein Gespräch, um auch mit ihnen eine Vereinbarung zu treffen, wie sie Colonel Washburn unterschrieben hatte.
Sie hatte Erfolg. Die Erwähnung, daß der Colonel solch einen Vertrag mit ihr geschlossen hatte, erwies sich dabei als sehr hilfreich. Und wer wollte die fünf Dollar auch ausschlagen, wo er doch nichts dafür zu tun brauchte?
»Aber zwei Firmen an einem Morgen schaffe ich doch gar nicht!« wandte Sarah ein, als Daphne ihr freudestrahlend davon berichtete.
»Dann suchen wir uns eben noch jemanden, der sich ein paar Dollar dazuverdienen möchte. Es gibt bestimmt genug Jungen und Mädchen, die dafür geeignet sind.«
»Aber sie haben doch keinen Karren, und ob sie die Kartoffelkuchen so gut hinkriegen wie du...«
»Wagen und Essen stelle ich«, beschloß Daphne. »Ich übernehm' das Risiko. Sie müssen nur verkaufen, und dafür werden sie anständig bezahlt. Hör du dich doch mal um, wer daran interessiert ist!«
Allein in ihrer Nachbarschaft gab es mehr als genug Interessenten. Daphne dämmerte auf einmal, daß sie auf eine kleine Goldmine gestoßen war, wenn sie es nur richtig anstellte und sich beeilte.
Am nächsten Tag gab sie bei Lew Porter fünf weitere Einsätze in Auftrag und kaufte von ihren Ersparnissen ebenso viele Handwagen, obwohl sie erst drei Verträge in der Tasche hatte. Doch sie war zuversichtlich, daß sie noch mit drei weiteren Eisgesellschaften entsprechende Vereinbarungen treffen konnte. Nicht alle Unternehmen, die sie aufsuchte, waren für ihre Zwecke geeignet. Denn wenn die Firmen eigene Logierhäuser für die Saisonarbeiter unterhielten, bestand kein Bedarf an ihrem Service, da eine warme Küche in unmittelbarer Nähe

der Eisfelder vorhanden war. Doch am Winnegance Creek, der eine knappe Meile südlich von Bath in den Kennebec mündete, gelang es ihr, zwei Firmeninhaber für sich zu gewinnen. Den sechsten Vertrag erhielt sie schließlich von der *Great American Ice Company*. Sie lag auf der anderen Seite des Kennebec, knapp zwei Meilen flußaufwärts bei Day's Ferry. Von Bath aus war dieser Ort im Winter dennoch innerhalb einer halben Stunde zu erreichen, weil man quer über den zugefrorenen Fluß gehen konnte.

Bis die fünf neuen Essenswagen einsatzbereit waren, verging über eine Woche. Das gab Daphne Zeit, sich genau auszurechnen, wie sie Ted, Jane, Lily und Diane, die bis auf den vierzehnjährigen Jungen alle aus der Nachbarschaft kamen und in ihrem Alter waren, an ihrem Geschäft beteiligen sollte. Am Sonntag vor dem ersten »Großeinsatz« bestellte sie ihre Truppe, wie sie sie nannte, zu sich. Die sechs Wagen standen unter dem Dach der Veranda aufgereiht. Sarah, Lily, Diane, Jane und Ted bildeten einen Halbkreis um Daphne und waren sichtlich gespannt, was sie ihren anzubieten hatte.

»Wie ihr seht, sind die Wagen mit den speziell angefertigten Warmhalteeinsätzen einsatzbereit«, begann Daphne. Sie hielt es für angebracht, sie gleich zu Anfang darauf hinzuweisen, daß dieses Geschäft nicht nur ihre eigene Idee gewesen war, sondern daß sie auch alles zur Verfügung stellte, was dafür nötig war. »Ich habe auch mit den jeweiligen Firmen, die ihr aufsuchen werdet, Verträge geschlossen. Sie garantieren mir, daß mir dort niemand Konkurrenz macht. Zwar muß ich monatlich eine hübsche Summe bezahlen, aber dafür braucht auch keiner von euch zu fürchten, auf den Kuchen sitzenzubleiben und mit leeren Taschen nach Hause zu kommen.«

Ted, ein blonder schlaksiger Lockenkopf, grinste. »Ganz schön clever, Miss Davenport.«

»Wenn sie nicht clever wäre, würdest du heute nicht hier stehen«, meinte Sarah leicht zurechtweisend.

»Ihr habt euch um nichts anderes als den Verkauf zu kümmern«, fuhr Daphne fort. »Punkt Viertel vor acht erwarte ich euch hinten vor der Küchentür. Dann übernehmt ihr die Wagen – gefüllt mit Glut und vollen Blechen. Jeder fängt mit vierzig Kuchen an. Sollte der Bedarf bei einem größer sein, können wir die Stückzahl erhöhen. Ihr müßt gegen halb neun die Eisfelder erreicht haben, weil das die günstigste Zeit für solch eine warme Zwischenmahlzeit ist. Spätestens um zwanzig vor zehn erwarte ich euch hier zurück. Dann rechnen wir ab.«

»Was springt denn nun dabei für uns heraus?« fragte die sommersprossige Jane, die sechzehnjährige Tochter der Browns von gegenüber.
Alle sahen Daphne erwartungsvoll an.
»Ihr seid höchstens zwei Stunden auf den Beinen, von Viertel vor acht bis Viertel vor zehn«, unterstrich Daphne. »Ein Pferdejunge bekommt auf den Eisfeldern sieben Cent die Stunde.«
»Bei Missis Bancroft bekomme ich auch nicht viel mehr«, warf Sarah ein.
»Jetzt macht ihr es aber spannend«, meinte Ted.
»Ich zahle euch einen Cent pro Kuchen«, unterbreitete Daphne ihnen nun ihr Angebot. »Das sind vierzig Cent pro Tag oder zwei Dollar vierzig Cent in der Woche. Ich denke, das ist eine faire Bezahlung.«
Allgemeines Nicken und entspannte Gesichter folgten ihren Worten. Vierzig Cent für zwei Stunden Arbeit – das war der Lohn eines Vorarbeiters. In den Textilfabriken lag der Lohn für Frauenarbeit bei unter zehn Cent die Stunde.
Auch Daphne war zufrieden, daß ihre Konditionen freudigen Zuspruch fanden. »So, dann wollen wir mal festlegen, wer welche Eisgesellschaft übernimmt«, sagte sie. Zehn Minuten später war auch das geklärt, und sie gingen auseinander.
»Unglaublich, wie du das gemacht hast«, sagte Sarah bewundernd. »Du bist noch nicht einmal achtzehn, und schon arbeiten fünf Leute für dich.«
»Vier«, verbesserte Daphne ihre Freudin. »Du betreibst das Geschäft auf eigene Rechnung.«
»Ich kriege meinen Cent pro Kuchen, wie alle anderen auch, und mehr nicht. Der Rest gehört dir.«
»Das kommt gar nicht in Frage! Du bist meine Freundin!«
»Aber es ist dein Geschäft! Zudem haben Wagen und Einsatz ja auch was gekostet. Nein, das kann ich nicht annehmen, Daphne!«
»Also gut, aber dann kriege ich von dir drei statt vier Cent pro verkauftem Kuchen.«
»Aber nur, wenn du zuläßt, daß ich dir einen Teil der Arbeit abnehmen und morgens beim Backen helfen kann.«
Daphne dachte an die Berge von Kartoffeln, die zu schälen und zu schneiden waren, und die Pfannen voll Speck und Zwiebeln. Sie würde ganz sicher Ärger mit ihrer Mutter bekommen, weil sie die Küche morgens und abends mehrere Stunden in Beschlag nehmen

mußte. Aber Dad würde ihr schon beistehen. Die Hauptarbeiten fielen ja immer in die Zeit nach dem Abendessen. Da war die Küche frei. Und morgens würde sie einfach noch etwas früher aufstehen, um die zwölf Bleche rechtzeitig fertig zu bekommen, ohne daß das Frühstück für ihre Familie darunter zu leiden hatte. Irgendwie würde sie es schon schaffen – zumal Sarah ihr jetzt zur Hand ging. »Abgemacht! Und jetzt lade ich dich ein. Wir gehen in *Molly Elvin's Teahouse* und feiern.«

»Weißt du, daß das eine richtige Firmengründung ist?«

Daphne lachte. »Ach was! Nun machst du aus einer Mücke einen Elefanten, Sarah. Ich schick' doch nur ein paar Karren mit Kartoffelkuchen los, das ist alles.«

»Daphne Davenports Kartoffelkuchen Company! Na, wäre das nicht ein toller Name für dein Unternehmen?« Sarah war an diesem Tag besonders gut gelaunt.

»Gleich ziehe ich meine Einladung zurück!« drohte Daphne im Scherz.

»Dann lade ich eben dich ein«, erwiderte Sarah fröhlich. »Ich habe nämlich auch einen Grund zum Feiern.«

Daphne sah ihre Freundin fragend an.

»Ich habe Post von Jerry bekommen.«

»Von Jerry Marston?«

Sarah nickte eifrig. »Ich habe ihm im letzten Jahr doch schon so oft geschrieben, doch nie hat er auf meine Briefe geantwortet. Doch gestern habe ich endlich einen Brief von ihm bekommen. Es sind zwar bloß ein paar Zeilen, mit der linken Hand gekritzelt, und er schreibt nur über das schlechte Gefängnisessen und seine kalte Zelle, aber immerhin, er hat mir geschrieben! Du kannst dir gar nicht vorstellen, wie glücklich ich bin, daß er sein Schweigen endlich aufgegeben hat.«

Daphne machte eine skeptische Miene. Daß Sarah noch immer so sehr an ihm hing, gefiel ihr gar nicht. »Vielleicht hättest du besser daran getan, ihm nicht zu schreiben und ihn zu vergessen, Sarah. Mein Gott, er sitzt im Gefängnis, und wer weiß, wann er da herauskommt? Und überhaupt...«

Sarah senkte den Blick. »Ich weiß, du verstehst es nicht, daß ich noch immer zu ihm halte, aber ich kann gegen meine Gefühle nun mal nicht an. Ich... ich habe ihn geliebt... und ich liebe ihn noch immer. Und ich weiß, daß er sich damals nicht von mir abgewandt hat, weil er mich nicht mehr liebte. Er war verzweifelt, als er bei dem Unfall seine rechte

Hand verlor, und auch seelisch aus dem Gleichgewicht gebracht. Nein, ich gebe ihn noch längst nicht auf, Daphne. Ich spüre, daß ich ihm so sehr fehle wie er mir. Wenn er in zwei, drei Jahren entlassen wird und mich dann noch will, werde ich für ihn dasein.«
Sarahs unerschütterliche Liebe, ihr Glaube an das Gute in Jerry und ihre Bereitschaft, noch Jahre auf ihn zu warten, beschämten Daphne.
»Ich kenne deinen Jerry nicht. Deshalb steht es mir eigentlich auch nicht zu, solch ein Urteil über ihn abzugeben«, entschuldigte sie sich. »Nur du kannst entscheiden, ob er es wert ist, daß du für eine so vage Hoffnung lebst und wartest.«
»Wenn man wirklich liebt, dann ist diese Liebe jedes Opfer wert«, erwiderte Sarah schlicht.
Daphne drückte ihre Hand. »Dann wollen wir auch feiern, daß du endlich Post von ihm bekommen hast«, sagte sie und fragte sich im stillen, ob auch sie bereit wäre, für die große Liebe ein ähnliches Opfer zu bringen. Sie hatte ihre Zweifel – an ihrer Opferbereitschaft, besonders aber an der Existenz dieser sogenannten großen Liebe.

Sechstes Kapitel

Daphnes Kartoffelkuchen Company, ein Name, der auch bei ihr haftenblieb, ließ sich ganz ausgezeichnet an. Die organisatorischen Probleme, die die Zubereitung solcher Mengen mit sich brachte, waren nach wenigen Tagen überwunden. Zwölf Bleche überforderten den Ofen, und so kam sie mit Sarah überein, daß sie die morgendliche Backarbeit aufteilten. Jeder übernahm sechs Bleche. Auf diese Weise schafften sie es, alle Wagen mit frischen Kuchen auf den Weg zu schicken.
Die Arbeit fraß sie förmlich auf. Die Vorbereitungen hielten sie bis spät in die Nacht auf den Beinen. Mit tränenden Augen sowie schmerzenden Händen und Armen sank sie erschöpft ins Bett, um in einen bleiernen Schlaf zu fallen. Manchmal fand sie nicht einmal mehr die Kraft, sich auszuziehen. Morgens, nach viel zu wenigen Stunden Schlaf,

zwang sie sich als erste aus dem Bett und nahm mit schmerzenden Gliedern die Arbeit in der Küche wieder auf. Sie durfte nicht daran denken, was für ein langer Tag vor ihr lag: erst die Wagen fertigmachen, dann der Marsch hinaus zum New Meadow River, Rückweg und Reinigung der Wagen, fünf Stunden Plackerei im Haus von Eleanor, der Büchereidienst und danach wieder die endlosen Stunden in der Küche mit dem Schälmesser in der Hand.
»Immer einen Schritt nach dem andern!« machte sie sich jeden Morgen selber Mut. »Jetzt müssen erst einmal die Kartoffelkuchen gelingen. Dann sehen wir weiter.« Oder wenn ihr der eisige Wind auf dem Weg zur Eisgesellschaft wie mit tausend Messern ins Gesicht schnitt und die Kälte ihr den Speichel auf den Lippen gefrieren ließ: »Noch eine halbe Stunde, und ich habe es für heute geschafft und kann den Rest des Tages im Warmen verbringen.« Nachts in der Küche munterte sie sich ähnlich auf: »Schon die erste Schüssel Kartoffeln fertig! ... Mit den Zwiebeln habe ich das Schlimmste hinter mir ... Noch eine Pfanne mit Speckwürfeln, dann kann ich schlafen.« Und immer wieder sagte sie sich: »Nur noch drei Tage bis zum Sonntag ... Nur noch zwei Tage! ... Nur noch einen! ... Morgen brauche ich nicht raus. Morgen kann ich bis acht ausschlafen.«
Die Arbeit drohte sie immer wieder in die Knie zu zwingen. In den ersten beiden Wochen war sie mehr als einmal versucht, zu kapitulieren und das zermürbende Joch, das sie sich selbst auferlegt hatte, abzuwerfen. Doch sie widerstand der Versuchung, biß die Zähne zusammen, ignorierte den Muskelkater und machte weiter – schon um ihrer Mutter und Heather zu beweisen, daß sie sehr wohl in der Lage war, diese enorme Aufgabe zu bewältigen, was beide immer wieder bezweifelten.
Wenn sie meinte, einfach nicht aus dem Bett kommen oder die Hand nicht nach der nächsten Kartoffel ausstrecken zu können, brauchte sie nur an ihre Mutter und an Heather zu denken und was sie sagen würden, wenn sie jetzt aufsteckte.
»Ich habe doch gleich gewußt, daß du dich übernommen hast! Das konnte doch gar nichts werden! Du mit deinen lächerlichen, hochtrabenden Plänen!« hörte Daphne sie dann im Geiste sagen und fand auf einmal neue Kraft, um ihre Arbeit fortzusetzen.
Sie hielt durch, und allmählich begann sich ihr Körper an den neuen, harten Tagesrhythmus zu gewöhnen. Der Erfolg half ihr dabei, und es war wahrhaftig ein Erfolg, der sich sehen lassen und auf den sie

stolz sein konnte. Der Verkauf pendelte sich nämlich bei zweihundertvierzig Stück Kartoffelkuchen am Tag ein. Als ihr größter Abnehmer erwies sich die *Great American Ice Company* bei Day's Ferry. Dort waren über achtzig Arbeiter beschäftigt, und wenn auch nicht jeder zum Stammkunden wurde, so konnte Ted, dem dieses Revier zugefallen war, doch im Schnitt stolze sechzig Kunden abrechnen. Dafür kam Jane, die eine Firma am Winnegance Creek übernommen hatte, nur auf fünfunddreißig. Doch auch sie war zufrieden, besonders als Daphne ihren Betrag jedesmal auf vierzig Cent aufrundete.
Daphne hatte allen Grund, sich von ihrer großzügigen Seite zu zeigen. Zwar schlugen die Kosten, die sie aus ihren Verträgen hatte, monatlich mit dreißig Dollar zu Buche. Aber dem standen tägliche Gewinne von fast fünf Dollar gegenüber, was im Monat einen Betrag von knapp einhundertzwanzig Dollar ausmachte. Unter dem Strich blieben ihr also etwa neunzig Dollar. Die Kosten für die Wagen und Einsätze hätte sie davon zwar noch abziehen müssen. Aber da ihre Verträge eine Laufzeit von sechs Jahren hatten und sie entschlossen war, dieses lukrative Geschäft so lange wie nur irgendwie möglich wahrzunehmen, kostete sie jeder Wagen kaum einen Dollar im Jahr.
Der einzige Wermutstropfen war die Tatsache, daß sie erst so spät auf die Idee gekommen war. Ihr blieben gerade noch fünf Wochen, um ihren großartigen Geschäftserfolg mit der Kartoffelkuchen Company auszukosten. Anfang April, bald nach ihrem achtzehnten Geburtstag, fand die Eisernte ihr diesjähriges Ende. Die Wagen würden dann ein letztes Mal gereinigt und dann im Schuppen von Matthew Young bis zum nächsten Winter untergestellt werden.
William war von der Courage und dem durchschlagenden Erfolg seiner Tochter hellauf begeistert. »Es ist einfach umwerfend, wie du dieses Geschäft auf die Beine gestellt hast! Ich bin richtig stolz auf dich. Du wirst es noch weit bringen, das weiß ich. Denn du hast nicht nur Einfallsreichtum und eine gehörige Portion Mut, sondern auch einen unglaublich wachen Geschäftssinn.«
»Das habe ich bestimmt von dir, Dad.«
»Ja, wenn ich dich so sehe, dann fühle ich mich an meine eigene Jugend erinnert. Da habe ich auch weder Tod noch Teufel gescheut, wenn ich ein gutes Geschäft gewittert habe. Mein Gott, was waren das doch für aufregende Zeiten!« sagte er, und ein wehmütiger Unterton schwang in seiner Stimme mit. Doch im Grunde genommen war er zufrieden. Er fand Liebe und Zärtlichkeit bei Mabel und brauchte

sich nicht den Kopf zu zerbrechen, wo er bis zur nächsten Eisernte Arbeit bekommen sollte. Scott hatte dafür gesorgt, daß er auch weiterhin auf der Lohnliste des Colonels blieb. Die *Washburn Ice Company* hielt in den Sommermonaten, wenn die Eisfracht verschifft wurde, immerhin ein gutes Dutzend Männer in Brot und Arbeit. Zu ihnen gehörte er nun. Und daß Daphne sich so prächtig bewährte, erfüllte ihn mit väterlichem Stolz.

Auch Scott bewunderte ihren Unternehmungsgeist und ihre geschäftliche Weitsicht, die sie mit den Verträgen bewiesen hatte. Doch in seine Anerkennung mischten sich auch leicht kritische Töne.

»Ihr Erfolg überrascht mich nicht«, sagte er. »Sie sind die ehrgeizigste und strebsamste Frau, die ich kenne, und ordnen alles Ihren geschäftlichen Interessen unter. Sie arbeiten von morgens bis abends, haben für nichts anderes Zeit und sind doch zufrieden. Na ja, vielleicht muß man so besessen sein wie Sie, um es zu etwas zu bringen.«

»Die Eisernte ist kurz. Die Zeit muß ich eben ausnutzen.«

Er lächelte freudlos. »Und wenn die Eisernte das ganze Jahr dauern würde, Sie würden nicht eine Woche davon verschenken.«

»Ich bin, wie ich bin«, erinnerte sie ihn.

»Nein, Sie sind mehr als das, was Sie von sich zeigen«, erwiderte er ernst. »Sie haben nur Angst, es preiszugeben, aus welchen Gründen auch immer.«

»Ich muß weiter, Scott. Ich muß zu Hause sein, wenn meine Truppe zurückkommt.«

»Sicher, Daphne, sicher...« Versonnen schaute er ihr nach, wie sie eilig durch den Schnee stapfte, den Wagen hinter sich herziehend und den Kopf hocherhoben. Er verharrte so, bis sie aus seinem Blickfeld entschwunden war. Zum Glück stand das Ende der Eissaison bevor. Dann würde sie wieder mehr Zeit haben. Es sei denn, ihr kam eine Idee, wie sie auch die Sommermonate über ein Geschäft machen konnte. Er hätte seinen ganzen Winterlohn darauf gewettet, daß sie sich jetzt schon darüber Gedanken machte – und er hätte diese Wette gewonnen.

Daphne hatte sich tatsächlich nicht mit der Vorstellung abfinden können, daß ihre Karren acht Monate nutzlos herumstehen sollten. Schon im März hatte sie daher Überlegungen angestellt, wie aus der viermonatigen Kartoffelkuchen Company ein ganzjährig tätiges Unternehmen werden könnte.

Wie es ihre Art war, behielt sie ihre Überlegungen so lange für sich, bis sie meinte, die Lösung ihres Problems gefunden zu haben. Dann erst setzte sie sich mit Sarah zusammen, um zu hören, was diese von ihren Ideen hielt.

»Du willst im April nicht Schluß machen?« fragte Sarah erstaunt.

»Natürlich nicht! Zwölf Monate Umsatz bringen mehr Profit als nur drei oder vier. Eine simple Rechnung. Und wo ich sowohl Wagen als auch Leute an der Hand habe, wäre es doch dumm, mich den ganzen Sommer und Herbst auf die faule Haut zu legen.«

»Ich glaube aber nicht, daß du im Sommer mit warmen Kartoffelkuchen ein Geschäft machen kannst«, meinte ihre Freundin skeptisch.

»Damit bestimmt nicht, aber wohl doch mit eiskalten Getränken und Ingwerbrot zum Beispiel«, rückte Daphne nun mit ihrem Plan heraus. »Wenn der Kennebec wieder schiffbar ist, geht es auf den Piers und Werften wieder hoch her, und dann liegen Tag für Tag neue Schiffe vor den Lagerhäusern der Eisgesellschaften vor Anker, um das Eis zu laden und in alle Welt zu bringen. Ich erinnere mich noch gut an einen Zeitungsartikel im letzten Sommer, als darüber berichtet wurde, daß an einem einzigen Tag fast hundert Schiffe den Fluß hochgekommen sind.«

»Aber nicht alle nach Bath.«

»Für meine Zwecke kommen mehr als genug«, meinte Daphne zuversichtlich. »Und egal, wo gearbeitet wird, ob auf Werften oder beim Be- und Entladen der Schiffe, die Leute kommen dabei gehörig ins Schwitzen und werden für einen Becher schön kalter Limonade oder Apfelcidre gewiß zu begeistern sein – wie auch für ein Stück Ingwerbrot. Die Wagen dafür haben wir ja. Wir brauchen nur die Kufen zu entfernen. Denn was die Wärme gut hält, hält die Kälte genauso gut. Ich kann vom Colonel Brucheis zu einem Spottpreis bekommen, und gute Limonade anzusetzen macht bei weitem nicht so viel Arbeit wie die Kartoffelkuchen.«

Sarah schüttelte belustigt den Kopf. »Das hast du dir mal wieder ganz clever ausgedacht. Nur wirst du diesmal keine Verträge abschließen können, um dir die Konkurrenz vom Hals zu halten. Vor den Werften und auf den Landungsstegen kann jeder seine Ware verkaufen.«

Daphne zuckte die Achseln. »Das macht doch nichts. Gut, die Gewinne werden bei weitem nicht so hoch sein wie in den Wintermonaten, aber viel Kleinvieh macht auf die Dauer auch einen ganz ordentlichen Misthaufen. Außerdem können die Leute ja auch den ganzen Tag auf den Straßen bleiben. Zwei Dollar Gewinn werden bei sechs Wagen täglich wohl hängenbleiben.«

»Du, ich kann meine Stelle bei Missis Moore aber nicht aufgeben.«
»Das tue ich doch auch nicht, Sarah. Ich heure einfach noch zwei Jungen an, die einen Job suchen. Wir kümmern uns nur um das Eis, backen genügend Ingwerbrot und sorgen für die Getränke. Den Gewinn teilen wir uns. Du ein Drittel, ich zwei Drittel. Und fang jetzt bloß nicht wieder damit an, daß du nichts haben willst! Ich will, daß du bei mir im Geschäft bleibst!«
Und so wurde es auch gemacht.
Als der Frühling kam, die Tage wärmer wurden und die Blütenpracht der Blumen schließlich die eisigen Wintermonate in Vergessenheit geraten ließ, nahmen drei flinke Jungen und Daphnes bewährte Mädchen das Sommergeschäft auf.
Daphne verhielt im Haus von Eleanor Bancroft nun öfter als sonst vor den Fenstern im Obergeschoß, wenn sie dort putzte und das Bett der zänkischen Frau machte. Dann gönnte sie sich eine kurze Pause, ließ ihren Blick zum breiten Kennebec wandern, auf dem wieder reger Verkehr herrschte, und schaute über die Stadt hinweg. Dort unten, zwischen all den Häusern, Lagerhallen und Werften, war *ihre* Truppe unterwegs. Manchmal glaubte sie sogar, die Stimmen zu hören, wie sie Limonade und Ingwerbrot anpriesen, sowie den klaren Ton der kleinen Messingglocken, das Scheppern der Becher, das Klappern der Deckel und das helle Planschen, wenn die Trinkgefäße im Wassereimer gespült wurden, der hinten am Karren an einem Haken hing – und natürlich hörte sie auch den einzigartigen Klang der Münzen, die den Besitzer wechselten.
Sechs Wagen, die durch die Stadt und entlang der Ufer dieses wunderbaren Flusses zogen, der ihr die Möglichkeit geschenkt hatte, mehr aus ihrem Leben zu machen als nur zu heiraten und Kinder zu gebären. Hätte das Schicksal sie nicht an die Ufer des Kennebec verschlagen, wo das Eis ein Segen war, wie wäre ihr Leben dann wohl verlaufen? Als Ehefrau von John Singleton, wohlbehütet in einem stattlichen Haus, aber beschränkt auf die traditionellen Pflichten einer verheirateten Frau, die sich nur für ihre Kinder, die Küche und den Kirchgang zu interessieren hatte!
Wie beschränkt und armselig erschien ihr jetzt solch ein Leben, nachdem sie das Blut einer ganz anderen Leidenschaft geleckt hatte. Nein, sie weinte der Vergangenheit nicht eine Träne nach, was sie betraf. Hier am Kennebec hatte sie zum erstenmal ein Gefühl dafür bekommen, was es heißt, frei zu sein und das Leben nach eigenem Gutdün-

ken zu gestalten. Diese Erfahrung war wie eine Droge, und sie wußte, daß sie davon nie genug bekommen würde. Sie wollte sich nicht einengen lassen, ihr Leben sollte so sein wie dieser herrliche Fluß, der sich nicht zähmen ließ und allein bestimmte, in welche Richtung und mit welcher Geschwindigkeit er floß. Ein besseres Symbol der Freiheit und der unbändigen Lebenskraft vermochte sie sich nicht vorzustellen. Und ihr war, als habe der Kennebec das, was schon immer tief in ihren Träumen geschlummert hatte, an die Oberfläche gespült. In diesen kurzen Momenten, die sie dort oben im Haus auf der Anhöhe am Fenster stand, liebte sie diesen Fluß ihrer Träume mit einer Inbrunst wie sonst nichts auf der Welt.

Siebtes Kapitel

Ihre ungewöhnliche Geschäftstüchtigkeit brachte Daphne jedoch nicht nur Bewunderung ein, sondern weckte auch Mißgunst. Sogar in der eigenen Familie. Während sich Edward über ihren Erfolg freute und in seinen regelmäßigen Briefen immer darum bat, sie möge ihm ja genau schreiben, wie ihr Geschäft lief, nagte der Neid an Heather. Das Angebot ihrer Schwester, sich doch zu beteiligen und einen Teil der Küchenarbeit zu übernehmen, hatte sie im Winter hochmütig und als Zumutung abgelehnt. Wozu sollte sie sich in Schweiß arbeiten, wo ihr Mann doch einen guten Verdienst nach Hause brachte? Außerdem hatte sie angenommen, daß Daphne mit ihrer scheinbar lächerlichen Kartoffelkuchen Company schwer auf die Nase fallen würde. Daß sich das als Irrtum erwies, ärgerte sie.
Heather tat den Erfolg ihrer Schwester nach außen hin stets mit Geringschätzung ab. Doch insgeheim neidete sie ihr, daß sie jeden Tag ein paar Scheine mehr in ihr Sandelholzkästchen legen konnte, zumal Gilbert sich als ausgesprochen geizig erwies. Wenn sie sich irgendeine Kleinigkeit kaufen wollte, mußte sie ihm schmeicheln und tagelang betteln, bevor er das Geld herausrückte. Die Notwendigkeit neuer Kleider sah er einfach nicht ein, wenn ihre alten noch nicht abgetragen waren. Wenn sie ihr mit fortschreitender Schwangerschaft zu eng

wurden, verlangte er von ihr, daß sie im Rücken einfach eine halbe Bahn einsetzte. Nur zwei bessere Kleider für den sonntäglichen Kirchgang billigte er ihr zu. Und nach einem Haus, in das sie nach der Niederkunft ziehen konnten, hatte er sich auch noch nicht umgeschaut. Er war mit den beiden Räumen vollauf zufrieden und hielt Heather auf ihre Beschwerden hin vor, daß sie es doch gar nicht besser treffen könnten, brauchte sie sich im Haus doch um kaum etwas zu kümmern.

»Außerdem können wir uns ein viel schöneres Haus leisten, wenn wir das Geld noch etwas zusammenhalten«, vergaß er nie, sie zu vertrösten.

Sein ausgeprägter Geiz und seine Absicht, die Gründung eines eigenen Hausstandes noch möglichst lange hinauszuschieben waren es jedoch nicht allein, was ihr das Zusammenleben mit ihm schwermachte. Seinen sexuellen Appetit zu ertragen kostete sie viel mehr Überwindung. Die bittere Ironie dabei war, daß sie sich selbst die Schuld zuschreiben mußte, seine Lust am Geschlechtsakt so angestachelt zu haben. In den Wochen vor ihrer Hochzeit war es ihr als Notwendigkeit erschienen, ihn mit ihrer vorgetäuschten Leidenschaft zu betören und ihm das Gefühl zu geben, daß sie ihn wahrhaftig liebte und von seiner Männlichkeit geradezu überwältigt war. Und er hatte ihre Bereitschaft weidlich ausgekostet, als wolle er nun in kürzester Zeit nachholen, was er in den Jahren zuvor versäumt hatte. Nicht selten hatte er sie am Abend *und* am Morgen genommen. Und sie hatte ihm noch Lust vorspiegeln müssen, während sie in Wirklichkeit Abscheu empfand und ganz dankbar dafür war, daß er meist schon nach ein paar Stößen kam.

Als sie ihm dann endlich sagen konnte, daß sie schwanger war, hoffte sie, seiner Triebhaftigkeit vorerst entronnen zu sein. Auch nach der Geburt würde sie sich noch einige Monate Schonzeit erbitten. Gilbert zeigte sich auch verständnisvoll, als sie ihm mitteilte, daß sie nun enthaltsam leben müßten, weil der Beischlaf das junge Leben in ihr gefährden könnte. Ganz die liebende leidenschaftliche Ehefrau, versicherte sie ihm, wie sehr auch sie es bedauere, leider so lange auf die wollüstigen Freuden mit ihm verzichten zu müssen und ihn nun nicht mehr mit ihrem Körper verwöhnen zu können. Sie hätte klüger daran getan, ihre Lügen nicht zu dick aufzutragen. Denn Gilbert nahm sie beim Wort und zeigte ihr, daß sie auch ohne Beischlaf noch sehr wohl in der Lage war, ihm wollüstige Freuden zu bereiten – nämlich mit ihren Händen. Sie hatte keine andere Wahl, als ihm auf die Weise Erleichterung zu verschaffen. Und dabei mußte sie auch noch so tun, als empfinde sie es als erregend, wenn sie sein steifes Glied in den Händen hielt und sie auf und ab bewegte, bis es aus ihm herausspritzte. Er fand regelrecht Gefallen daran, und anstatt Ruhe vor seinem Trieb zu haben, mußte sie ihn genauso häufig wie vorher befriedigen.

Die Nächte und frühen Morgenstunden waren für Heather eine Welt auch seelischer Dunkelheit, erfüllt von Angst und Ekel, Scham und Gewissensnot. Gus Atkins grausamer Tod ließ sie einfach nicht los. Ihre Schändung im Heuschober und ihre blutige Tat verschmolzen zu einer Einheit, zu einer quälenden Erinnerung, die sich wie ein Geschwür in ihrem Gehirn festsetzte. Ein Geschwür, das unaufhaltsam wuchs und mit seinen Wucherungen immer tiefer in ihre Seele vordrang. Was am Tag funktionierte, verlor in der Nacht seine Wirksamkeit. Sie hatte Gus sehr gemocht, trotz allem, was er ihr angetan hatte. Daß sie ihn abgestochen hatte wie ein Schwein, quälte sie und weckte in ihr mehr und mehr den perversen Wunsch, dafür bestraft zu werden. Keine Strafe im Sinne des Strafrechts, sondern eine Strafe, die den Schmerz ihres Gewissens durch einen anderen auslöschte, ihr jedoch die persönliche Freiheit ließ. Daß sie ihren Abscheu überwand und Gilberts sexuelle Wünsche erfüllte, empfand sie als Teil dieser Strafe. Doch es war nicht genug, um ihr in diesen einsamen, peinigenden Nachtstunden das Verlangen nach Buße zu nehmen und ihr das Gefühl zu geben, daß sie für ihre Tat bezahlte.

Wenn der neue Tag heraufdämmerte und das erste Licht die Schwärze im Zimmer aufhellte, verlor die Pein an Kraft und zog sich in die dunklen Winkel ihres Unterbewußtseins zurück. Dann quälten sie andere, viel greifbarere Ängste – nämlich ihre verfrühte Niederkunft.

Sie würde ihr Kind nicht irgendwann im Juni bekommen, wie Gilbert und ihre Familie annahmen, sondern spätestens Anfang Mai. Wie sollte sie ihnen das erklären? Gilbert war nicht auf den Kopf gefallen. Er würde Argwohn schöpfen und die Nacht Ende September, als er sie angeblich entjungfert hatte, mit anderen Augen sehen. Wer weiß, wie er dann reagierte, wenn er erkannte, daß sie ihm das Kind eines anderen untergeschoben hatte.

Es mußte einen plausiblen Grund für ihre verfrühte Niederkunft geben. Ihre ständigen Klagen über körperliche Beschwerden sollten die

Version von Komplikationen, die zu einer Frühgeburt geführt haben, untermauern. Aber sie wußte, daß dies allein nicht reichte.

Je näher der Frühling gekommen war, desto unruhiger war sie geworden. Sie zermarterte sich das Gehirn auf der Suche nach einer Möglichkeit, ihre Familie und Gilbert zu täuschen.

Anfang April kam ihr schließlich der rettende Einfall. Er war so simpel, daß er wiederum schon genial war. Alle Angst fiel von ihr ab. Jetzt galt es nur, den richtigen Zeitpunkt abzuwarten.

Sie hatten Dorothy Gifford als Hebamme verpflichtet, eine korpulente zupackende Frau in den späten Vierzigern, die in der Nachbarschaft einen makellosen Ruf besaß. Heather ließ sich von ihr genauestens darüber unterrichten, was ihr bevorstand. Ihr ganz besonderes Interesse galt den Wehen und wie ihr Körper ihr mitteilen würde, daß die Geburt kurz bevorstand. Sie verbarg ihr Interesse hinter der vorgetäuschten Angst, die Geburt möglicherweise zu verschlafen.

Die Hebamme lachte darüber. »Machen Sie sich nur keine Sorgen, Missis Everson! Noch hat keine Frau die Geburt ihres Kindes verschlafen. Sie werden schon merken, wann Ihr Kind das Licht der Welt erblicken will. Da kann der Herrgott sie mit dem tiefen Schlaf eines Engels gesegnet haben, im Schlaf werden Sie auch dann nicht niederkommen.«

An einem sonnigen Morgen Anfang Mai war es dann soweit. Heather stand am Waschtisch, als die erste Wehe sie überraschte. Es war wie ein Krampf, der ihren Unterleib erfaßte. Glücklicherweise hatte Gilbert das Schlafzimmer schon verlassen. Rasch kleidete sie sich an und fuhr in die Holzpantinen, die sie sich schon vor Wochen gekauft hatte.

Als sie auf den Flur hinaustrat, hörte sie Stimmen aus den unteren Räumen. Daphne war längst auf den Beinen und in der Küche tätig. Auch ihre Eltern waren schon unten. Jetzt mußte es geschehen.

Sie ging die Treppe hinunter. Ihre Holzpantinen klapperten laut auf den Stufen. Auf halber Höhe machte sie dann zwei hastige, unregelmäßige Zwischenschritte, als stolpere sie, schleuderte die Pantinen von den Füßen, ging in die Hocke, schlug mit den Händen gegen die Wand und rutschte hastig die restlichen Stufen hinunter. Sie gab einen gellenden Schrei von sich, als sie den Treppenabsatz erreicht hatte, und warf sich dann auf den Boden, die Augen geschlossen, als sei sie bewußtlos geworden.

»O mein Gott, da ist etwas passiert!« hörte sie die schrille Stimme ihrer Mutter, die auch zuerst bei ihr im Flur war. Entsetzt schrie Sophie

auf. »Daphne!... Gilbert!... Heather ist die Treppe heruntergestürzt!«
Heather rührte sich nicht und gab auch kein Lebenszeichen von sich, als ihre Mutter sich neben sie kniete und an der Schulter rüttelte. Ihr Herz hämmerte, während erschrockene Stimmen das Haus erfüllten.
»Um Gottes willen, Sie ist doch nicht...« Ihr Vater sprach das Entsetzliche nicht aus.
»Nein, sie ist nur bewußtlos!... Das Riechsalz! Hol einer das Riechsalz!«
Natürlich war es Daphnes Hand, die sie vor ihrem Mund und dann an ihrem Puls spürte! Ihre clevere Schwester, die auch jetzt die Nerven nicht verlor.
»Sie muß gestolpert sein. Bestimmt waren die Pantinen daran schuld. Ich war gar nicht damit einverstanden, daß sie sich ausgerechnet diese Dinger kaufen mußte.«
Gilbert, dieser Dummkopf! Nur er konnte in dieser Situation Gedanken an die Pantinen verschwenden.
»Wo bleibst du bloß mit dem Riechsalz, Frau?«
»Heather muß ja nicht unbedingt hier auf den harten Dielen liegenbleiben. Kommt, wir legen sie drüben auf die Couch!«
Sehr rücksichtsvoll, Daphne!
»Laß, das mache ich mit Gilbert.« Die besorgte Stimme ihres Vaters.
Ein bißchen Stöhnen war jetzt wohl angebracht. Zwischen den Wehen lag jetzt noch viel Zeit. Aber je eher sie Schmerzen vortäuschte, desto besser.
»Ich glaube, sie kommt zu sich.«
»Wenn sie sich bloß keine inneren Verletzungen zugezogen hat. Ein Sturz in ihrem Zustand!«
»Du solltest den Arzt benachrichtigen!«
»Hier ist das Riechsalz!«
Gräßlich dieser ätzende Geruch unter ihrer Nase. Jetzt nur nicht zu schnell aus der Bewußtlosigkeit erwachen! Und nicht vergessen, das Gesicht vor Schmerz zu verziehen! Aber bei diesem Gestank brauchte sie sich gar nicht so sehr anzustrengen.
»Heather, hörst du mich?«
Heather schlug stöhnend die Augen auf, blickte scheinbar verwirrt in die ängstlichen Gesichter über ihr. »Aah... was... was ist passiert?«
»Du bist gestürzt. Hast du Schmerzen, mein Kind?« fragte ihre Mutter aufgeregt.

»Ja... es tut weh.« Sie tastete über ihren geschwollenen Leib. Unbeholfen tätschelte Gilbert ihre Wange. »Bleib ganz ruhig liegen! Ich hol' den Arzt.«
»Nein, nein, das ist nicht nötig«, wehrte sie ab. »Ich habe mir schon nichts gebrochen.« Sie richtete sich auf und zwang sich zu einem Lächeln. »Ich fühle mich nur etwas benommen, aber das legt sich bestimmt bald wieder.«
Es war ein Glück, daß Gilbert und ihr Vater zur Arbeit mußten und Daphne sich um ihre Wagen zu kümmern hatte. Die nächsten Wehen vor ihrer Mutter und ihrer Schwester zu verbergen, war nicht schwierig. Richtige Schmerzen hatte sie noch keine. Sie wartete ab, bis auch Daphne das Haus verlassen hatte und sie mit ihrer Mutter allein war. Dann tat sie, als wolle sie aus der Küche ins Nebenzimmer gehen. In der Tür jedoch schrie sie unterdrückt auf, taumelte und suchte Halt am Türrahmen.
Ihre Mutter sprang entsetzt auf. »Heather! Was hast du?«
»Ein Schmerz, Mom!... Es ist wie ein Krampf!... Hier unten!« stieß sie hervor und preßte die Hand auf ihren Bauch.
»Um Gottes willen, das Kind kommt! Wir hätten doch besser nach dem Arzt geschickt.«
»Gib für alle Fälle auch der Hebamme Bescheid, Mom... O Gott, wenn ich doch nur nicht mein Baby verliere! Ich könnte Gilbert nicht mehr in die Augen blicken«, schluchzte sie.
»Du mußt dich sofort ins Bett legen! Es wird alles gut, glaube mir! Du wirst dein Baby nicht verlieren!« Doch Sophies Gesicht war kreideweiß.
Von nun an lief alles so, wie Heather es geplant hatte. Zuerst traf Dorothy Gifford ein. Als der Arzt kam, konnte dieser nur noch die Diagnose der Hebamme bestätigen.
»Sie haben eine Frühgeburt, Missis Everson, verursacht durch den schweren Sturz von der Treppe«, teilte er ihr mit sorgenvoller Miene mit.
Heather täuschte Verzweiflung vor. »Wird... wird... mein Baby lebensfähig sein?«
Der Arzt zögerte. »Es besteht kein Grund, die Hoffnung aufzugeben. Ihr Kind ist fast ausgetragen. Ich habe schon mehr als ein Baby fünf Wochen zu früh zur Welt kommen und gesund und munter heranwachsen sehen. Also, Kopf hoch! Missis Gifford und ich werden unser Bestes tun.«
So leicht die Monate der Schwangerschaft gewesen waren, so schwer

war Heathers Niederkunft. Sie hatte mit acht bis zwölf Stunden gerechnet. Doch das Kind kam weder am Abend noch in der Nacht. Ihr war, als würden die Schmerzen sie um den Verstand bringen. Sie begann das Baby in ihr zu hassen, das sich mit allen Kräften dagegen zu wehren schien, den warmen, dunklen Mutterleib zu verlassen. Mit scharfen Messern schien es in ihrem Leib um sich zu schlagen. Erst am Morgen, fast vierundzwanzig Stunden nach der ersten Wehe und nach einer Nacht der Agonie, hatte die Qual ein Ende.
»Es kommt!... Ich sehe schon den Kopf! Nicht nachgeben, Missis Everson!... Pressen!... Pressen!... Ja, gleich ist alles vorbei!«
Heather spürte, wie das Bündel Leben zwischen ihren Schenkeln aus ihrem Leib glitt, gezogen von den Händen der Hebamme. »Lebt es?... Lebt es?«
»Ja, es lebt!... Es ist ein Junge!« Und ein wütender Schrei des Neugeborenen brachte die letzte Bestätigung.
Heather sah den verwunderten Ausdruck auf den Gesichtern des Arztes und der Hebamme, die einen wissenden Blick tauschten. Dann sagte der Arzt langsam: »Es ist ein sehr kräftiges Kind für eine Frühgeburt, Missis Everson. Ich glaube nicht, daß Ihr Sohn besonderer ärztlicher Beobachtung und Fürsorge bedarf.« Er vermied es, sie dabei anzusehen.
Heather tat, als bemerke sie den zurückhaltenden Ton des Arztes nicht. Es fiel ihr auch nicht schwer, Tränen zu vergießen. »Ich bin ja so glücklich... und mein Mann wird es auch sein.«
Der Arzt murmelte eine unverständliche Erwiderung und hatte es nun eilig, das Zimmer zu verlassen. Vor der Tür traf er auf einen völlig entnervten Gilbert.
»Wie geht es ihr, Doktor? Und dem Kind?«
»Es geht beiden ganz ausgezeichnet, Mister Everson.«
»Ist das Kind auch gesund?«
»Sie haben einen sehr kräftigen Sohn. Man sieht ihm nicht an, daß er um einiges vor der Zeit gekommen ist.«
Gilbert stutzte. »Wie meinen Sie das?«
»Wie ich es gesagt habe.«
Gilbert packte ihn am Ärmel. »Doktor, wollen Sie damit sagen, daß...«
»Ich will gar nichts sagen. Wenn Sie mich jetzt bitte entschuldigen würden? Es war eine lange Nacht, und ich würde ganz gern ein paar Stunden schlafen. Wer weiß, wer heute noch meine Hilfe braucht«,

fuhr er ihm schroff ins Wort. »Einen guten Tag noch... Ach ja, meinen Glückwunsch, Mister Everson!« Damit hastete er die Treppe hinunter.
Als Gilbert zu Heather ins Zimmer trat, räumte die Hebamme eiligst das Feld. »Sie werden jetzt gewiß einen Augenblick unter sich sein wollen«, sagte sie, um ein fröhliches Lächeln und einen freudigen Tonfall bemüht. »Das erste Kind ist immer etwas Besonderes, und wenn es dann auch noch ein Junge ist... Sie können stolz sein, Mister Everson... auf Mutter und Sohn!«
Gilbert gab keine Antwort, starrte auf das kräftige Baby in Heathers Armen und wartete, bis die Hebamme die Tür hinter sich zugezogen hatte.
Heather bekam es mit der Angst zu tun, als sie das verschlossene Gesicht ihres Mannes sah. Doch sie zwang sich zu einem glücklichen Lächeln. »Oh, Gilbert, er ist gesund! Unser Kind...«
»Es ist nicht mein Kind!« schnitt er ihr das Wort ab.
Sie gab sich verständnislos. »Aber Gilbert! Was redest du denn da? Christopher...«
»Wage es ja nicht, ihn nach meinem Vater zu benennen!« stieß er hervor. »Glaubst du, du könntest mich für dumm verkaufen? Von wegen Frühgeburt! Eine wirklich kräftige Frühgeburt, die du da in den Armen hältst! Ich weiß, wie ein Baby aussieht, das vier, fünf Wochen zu früh auf die Welt kommt.«
Heather versuchte, ihre Angst unter Kontrolle zu bekommen. Sie durfte jetzt nicht eine Sekunde schwanken und Unsicherheit erkennen lassen. Ihre Ehe stand in diesem Moment auf des Messers Schneide.
»Ich verstehe nicht, was du da redest, Gilbert!« erwiderte sie verstört. »Nicht jede Frühgeburt ist kränklich und lebensschwach. Er hat eben unsere robuste Konstitution.«
»Lüg mich nicht an! Du hast mir diesen Bastard untergeschoben.«
Scheinbar schockiert sah sie ihn an. »Gilbert! Bist du von Sinnen? Wie kannst du so etwas sagen? Es ist *unser* Kind! Das Kind, das ich mir so sehr von dir gewünscht habe. Wie kannst du so etwas Gemeines von dir geben, wo ich doch in deinen Armen meine Unschuld verloren habe!« Sie schluchzte.
»Ich weiß nicht, was du in meinen Armen verloren hast. Doch ich bezweifle, daß es deine Unschuld war. Du hast mich betrogen, von Anfang an. Ich weiß nicht, wie du das angestellt hast, aber ich war es nicht, der dir dieses Kind gemacht hat.«

Wie gut, daß sie fast auf Kommando weinen konnte. »Du tust mir schrecklich weh, Gilbert. Ich liebe dich, habe dich immer geliebt... Ich habe dein Kind ausgetragen und mich so schrecklich lange damit gequält. Fast umgebracht hätte es mich, doch statt dich mit mir über unser Kind zu freuen, bringst du diese unglaublichen Beschuldigungen gegen mich vor, nachdem du es warst, der mich verführt hat. Ja, ich weiß, ich hätte es nicht zulassen dürfen, aber ich liebte dich doch!... Wie kannst du nun so etwas Absurdes sagen? Ich bin deine Ehefrau, Gilbert! Du hast mich erst zur Frau gemacht, und es ist dein Kind!«

Finster blickte er auf sie hinunter. »Ich glaube dir nicht, Heather!«

»Ich schwöre es, Gilbert!«

Er dachte an das blutige Bettlaken. Unsicherheit befiel ihn. »Bei allem, was dir heilig ist?«

»Bei allem, was mir heilig ist!« bekräftigte sie, ohne zu zögern.

Einen Moment lang fixierte er sie schweigend. Wenn sie ihm das Kind untergeschoben hatte, war ihr Schwur so viel wert wie die Liebesbeteuerungen einer Hure. Doch wenn sie tatsächlich die Wahrheit sagte, machte er sich eines großen Unrechts schuldig. Nur war der Zweifel an seiner Vaterschaft stärker als alles andere. Dennoch, ihm fehlte der schlüssige Beweis, die Sicherheit, daß sie ihn in jener Nacht übertölpelt hatte. Wenn nicht das gottverdammte blutbefleckte Bettlaken gewesen wäre!

»Ich werde das Kind als meinen Sohn annehmen!« erklärte er schließlich mit kalter Stimme. »Aber er wird nicht den Namen meines Vaters tragen. Und ich werde mir nie sicher sein, ob du mich nicht doch schändlich getäuscht hast.«

»Er ist dein Sohn!« beteuerte sie noch einmal und hatte Mühe, sich ihre unsägliche Erleichterung nicht anmerken zu lassen. Er würde sie nicht verstoßen! »Gilbert, nimm ihn doch nur einmal in deine Arme, dann wirst du sehen, daß er die Frucht unserer Liebe ist!«

»Liebe!« Er spie das Wort aus, wandte sich jäh ab und verließ das Zimmer. In dieser Nacht kam er zum erstenmal in seinem Leben betrunken nach Hause.

Falls sich Daphne und ihre Eltern ebenfalls Gedanken über die kräftige, gesunde Natur ihres Sohnes machten, so ließen sie sich das nicht anmerken. Ihre Mutter war von ihrem Enkel, der den Namen Harold bekam, hellauf begeistert und fand nun neben ihrer Arbeit bei den Temperenzlern ein neues Betätigungsfeld.

Heather überließ ihr den Jungen nur zu gern, zumal er sich zu einem regelrechten Schreihals entwickelte. Erstaunlicherweise machte das ihrer Mutter gar nichts aus, während Heather bei diesem Geschrei mehr als einmal die Nerven zu verlieren drohte. Es war Gus Atkins' Sohn, der da an ihren Brüsten saugte und sie mit seinen kleinen, aber doch erstaunlich kräftigen Händchen kniff. Und je öfter sie ihn ansah, desto mehr Ähnlichkeiten mit seinem tatsächlichen Vater schien sie in seinem Gesicht entdecken zu können ... und desto häufiger mußte sie auch daran denken, daß sie es gewesen war, die den Vater ihres Kindes getötet hatte. Jetzt verfolgte ihre Schuld sie nicht mehr allein in ihren Träumen, sondern auch tagsüber. Die Folge davon war, daß sie mit Harold so wenig Zeit wie möglich verbrachte und ihn nur zu gern der Obhut ihrer Mutter überließ.
Gilbert erwähnte seinen Verdacht, einem Bastard seinen Namen gegeben zu haben, in den nächsten Wochen mit keinem Wort mehr. Doch er nahm seinen Sohn auch nicht zur Kenntnis. Nur in Gegenwart anderer zwang er sich zu einer unverbindlichen Bemerkung. Heather entschuldigte sein Verhalten damit, daß er nun mal leider nichts mit Babys anzufangen wisse – wie doch die meisten jungen Väter. Außerdem lasse ihm sein Beruf wirklich wenig Zeit, sich seiner Familie zu widmen.
Es war jedoch weniger der Beruf, der ihn so wenig Zeit zu Hause verbringen ließ. Gilbert, den es früher nie in Tavernen gezogen hatte, machte es sich nun zur Gewohnheit, nach dem Abendessen solche aufzusuchen. Anfangs gab er sich noch die Mühe, Geschäftsbesuche bei wichtigen Kunden vorzuschützen, die angeblich nur abends Zeit für eingehende Versicherungsgespräche hätten. Doch schon bald verzichtete er darauf und gab überhaupt keinen Grund mehr an, warum er das Haus verließ.
Heather hütete sich, ihn zu fragen, wohin er ging. Es erübrigte sich auch. Wenn er spät in der Nacht nach Hause kam und betrunken ins Bett fiel, wußte sie auch so, wo er gewesen war. Einmal fand sie Spielkarten in seiner Jackentasche. Die Geburt des Kindes hatte ihren Mann verändert, das stand außer Zweifel. Sie litt ganz schrecklich unter ihren Schuldgefühlen. Doch sie war dem Herrgott dankbar, daß Gilbert sich nicht von ihr getrennt hatte und zumindest nach außen hin den Schein wahrte.
Es war sechs Wochen nach Harolds Geburt, als Gilbert wieder einmal sehr spät in der Nacht nach Hause kam. Sie hatte die ganze Zeit wach

gelegen und sehnte sich danach, daß er endlich wieder mit ihr sprach. Er hatte sie in diesen Wochen nicht einmal berührt und sich von ihr auch nicht anfassen lassen. Früher war sie ganz erleichtert gewesen, wenn sie ihren unerfreulichen ehelichen Pflichten einmal eine Woche lang nicht nachzukommen und nicht Leidenschaft vorzutäuschen brauchte, die sie nicht empfand. Doch jetzt wünschte sie sich nichts mehr, als von ihm genommen und somit wieder als seine Frau akzeptiert zu werden. Das Verlangen, zumindest auf diese Art Sühne zu tun, war stärker denn je.

Die Nacht war warm, und sie trug kein Nachthemd. Schon seit Tagen nicht. Sie hoffte, ihn mit ihrer Nacktheit zu reizen und sich endlich wieder mit ihm zu versöhnen, zumindest einen Anfang zu einer Versöhnung zu machen.

Er kleidete sich im Dunkeln aus. Als sie die dünne Decke zurückschlug und sich ihm nackt darbot, fragte er schroff: »Warum schläfst du nicht?« Seine Zunge war schwer vom Alkohol.

»Ich konnte nicht. Ich habe auf dich gewartet, Gilbert. Du fehlst mir so sehr... in jeder Hinsicht«, flüsterte sie und setzte sich auf.

»So? Was fehlt dir denn?«

»Du fehlst mir.« Sie streckte die Hände nach ihm aus und berührte ihn.

»Seit wann fehlt einer Hure der Ehemann?«

»Gilbert...« Sie streichelte ihn und spürte, wie er unter ihren Händen erregt wurde.

»Zum Teufel!« Er stieß ihre Hände weg. »Du bist eine Hure, aber du bist auch meine Frau. Und wie eine herumhurende Frau werde ich dich auch nehmen. Los, knie dich aufs Bett!«

»Tu alles mit mir, was du willst, aber sprich wieder mit mir! Nimm mich wieder als deine Frau!«

Er nahm sie, grob und zornig. »Du hättest eine ganz andere Strafe verdient, du Hure!« keuchte er. »Eine ganz andere.«

Plötzlich überkam es Heather. Ohne sich richtig bewußt zu werden, was sie da sagte, stieß sie hervor: »Ja, bestrafe mich, Gilbert! Ich weiß, ich habe dich nicht verdient! Strafe mich! Demütige mich! Nimm mich so!« Sie entzog sich ihm, umfaßte sein Glied und schob es etwas höher. »Tu es!... Ich will, daß du mich bestrafst!«

Gilbert zögerte einen Moment, schockiert von ihrer Bitte. »Du Hure!« keuchte er dann. »Du dreckige Hure! Du sollst es bekommen!«

Fast hätte Heather vor Schmerz laut aufgeschrien. Doch gleichzeitig hieß sie den Schmerz auch willkommen. Es sollte weh tun. Sie hatte diese Strafe und Erniedrigung verdient. Alles in ihr hatte danach verlangt. Dieser brutale Akt befreite sie. Es war wie damals im Heuschober. Wirklichkeit und Vergangenheit vermischten sich. Nicht Gilbert, sondern Gus nahm sie so von hinten mit roher Gewalt. Und es war Gus, der ihre Brüste schmerzhaft knetete, während er immer und immer wieder in sie hineinstieß.

Gus! Gus! Ich hab' dich doch geliebt! Oh, Gilbert! Ja, ja, ja!

Plötzlich verwandelte sich der heiße, brennende Schmerz in ungekannte Lust, die ihren ganzen Körper erfaßte. Ihr unterdrücktes Stöhnen war nicht länger Ausdruck des Schmerzes, den er ihr zufügte. Nein, es war ein himmlisches, berauschendes Gefühl, das in ihr anschwoll. Nie hatte sie etwas ähnlich Wunderbares gespürt, wenn sie den Geschlechtsakt auf normale Weise über sich hatte ergehen lassen, weder mit Gus noch mit Gilbert.

Die Lust explodierte in ihr und ließ sie ihren ersten Orgasmus erleben. Später lag sie zitternd an seinen Rücken geschmiegt. Er gab ein ärgerliches Grunzen von sich, stieß sie jedoch nicht zurück. Zum erstenmal seit fast einem Jahr schlief sie tief und traumlos. Von dieser Nacht an war sie ihm hörig.

Achtes Kapitel

Daphne machte sich so ihre Gedanken. Wie wohl jeder andere, der das gesunde, kräftige Kerlchen sah, das angeblich um einiges vor seiner Zeit zur Welt gekommen war. Für sie stand fest, daß die beiden schon lange vor der Eheschließung miteinander intim geworden waren. Sie verurteilte ihre Schwester deshalb jedoch nicht. Es stand ihr nicht zu, sich zur Moralrichterin über Heather aufzuschwingen. Was vor deren Ehe geschehen war, ging nur Gilbert und Heather etwas an.

Es gab da natürlich noch eine andere Möglichkeit, doch die war so ungeheuerlich, daß Daphne diesen Gedanken fast beschämt von sich wies und ihn nie wieder in Erwägung zog. Ihre Schwester liebte Gilbert, das stand außer Frage. Vor Harolds Geburt war man sich dessen nicht so sicher gewesen. Nun aber sprang es einem förmlich ins Auge. Ihre Schwester himmelte ihren Mann geradezu an und bemühte sich wie nie zuvor, es ihm rechtzumachen. Sie stritt sich auch nicht mehr mit ihm. Kein Wort mehr über ein eigenes Haus oder ein Kleid, das sie angeblich dringend brauchte. Ihr Benehmen war fast schon unterwürfig zu nennen, denn sie nahm es auf einmal widerspruchslos hin, wenn er ihr schroff über den Mund fuhr und sie herumkommandierte, was er bis dahin nicht getan hatte. Ja, auch er hatte sich verändert. War er früher ein strebsamer und eher schüchterner Mann gewesen, der seine freie Zeit oben im Zimmer der beruflichen Weiterbildung geopfert und nichts für Kneipen übriggehabt hatte, so legte er nun ein selbstbewußtes, ja beinahe herrisches Benehmen an den Tag und verbrachte halbe Nächte in den Tavernen am Hafen.

Daphne fand die Veränderungen, die sich bei Gilbert und Heather zeigten, äußerst verwunderlich. Aber da die beiden offenbar damit zufrieden waren, wie ihr Leben verlief, gab es für Daphne keinen Grund, sich den Kopf darüber zu zerbrechen. Sie hatte genug anderes, was sie zu bedenken hatte.

Das Ingwerbrot, eigentlich mehr eine Art Kuchen, erfreute sich wie ihre Limonade großer Beliebtheit. Ihre Wagen fuhren alle gute Gewinne ein – bis auf den von Leslie, einem der neuengagierten Jungen.

»Leslie haut mich übers Ohr«, teilte Daphne ihrer Freundin mit. »Ich weiß nicht, wie er das macht, aber ich weiß, daß er es tut.«

Sarah blickte skeptisch drein. »Bringt er denn soviel weniger als die anderen Wagen?«

»Nicht immer. Manchmal bringt er sogar mehr als alle anderen...«

»Jeder Verkauf schwankt, Daphne. Du weißt doch, daß an kühleren Tagen weniger weggeht als an so heißen wie gestern etwa.«

Daphne verzog das Gesicht. »Und ob ich das weiß. Er bringt auch immer die entsprechende Menge Ingwerbrot und Limonade zurück, wenn er angeblich mal einen schlechten Tag gehabt hat. Die Reste stimmen dann schon mit den Einnahmen überein, wenn wir abrechnen...«

»Aber das beweist doch, daß er kein falsches Spiel mit dir treibt.«

»Von wegen! Es beweist einzig und allein, daß er ein ganz schön gerissener Bursche ist und es eben sehr geschickt anstellt. Ich bin felsenfest davon überzeugt, daß dieses Schlitzohr häufig genug auf eigene Rech-

nung fährt.« Sie zog ein Blatt Papier hervor. »Hier, schau dir das an! Ich habe mal eine Liste von Leslies Umsätzen der letzten zehn Tage gemacht und sie denen der anderen gegenübergestellt. Fällt dir daran irgend etwas auf?«
Sarah sah sich die Aufstellung ganz genau an. »Mhm, an vier Tagen liegt er mit allen anderen etwa gleich... An zweien hat er sogar mehr umgesetzt... und an vier Tagen liegt er fast einen Dollar unter den Werten der anderen.« Sie zuckte die Achsel. »Ich weiß wirklich nicht, was du da herauslesen willst. Es variiert doch auch bei den anderen.«
»Sicher, das ist völlig normal. Doch was mich stutzig macht, ist folgendes: An den eher kühlen, trüben Tagen liegt der gute Leslie mit den anderen gleichauf. Zweimal bringt er sogar mehr nach Hause. Aber da alle anderen wenig umgesetzt haben, fällt dieses Mehr bei ihm nicht weiter ins Gewicht. Doch jetzt schau dir mal die vier Tage, an denen er weit unter den anderen Umsätzen bleibt, hier in meinem Kalender an! Sieh, was ich da täglich notiert habe!«
»Heiß!... Heiß und schwül!... Wieder ein sehr heißer Tag... Hochsommerhitze«, las Sarah und stutzte. »Jetzt verstehe ich. Der Bursche pickt sich nur die extrem heißen Tage heraus, um dich übers Ohr zu hauen!«
Daphne nickte. »Ich sagte doch, daß er nicht dumm ist!«
»Was wirst du tun?«
»Ihm das Handwerk legen. Und zwar am nächsten heißen Tag«, beschloß sie grimmig. Sie würde sich von niemandem auch nur um einen Cent betrügen lassen. Schon gar nicht von einem zwölfjährigen Bürschchen, das glaubte, sie mit seinen Tricks hinters Licht führen zu können.
Sie brauchte nicht lange zu warten. Am Dienstag vor dem vierten Juli, dem Nationalfeiertag zu Ehren der amerikanischen Unabhängigkeit, schien die Sonne schon früh am Morgen so kraftvoll, daß man erraten konnte, wie heiß der Tag werden würde.
Daphne ließ sich nichts anmerken, als sie Leslie Gray den Handkarren mit den beiden großen Blechkannen voll Zitronenlimonade und zwanzig dicke Scheiben Ingwerbrot übergab. Sie behandelte ihn genauso wie alle anderen.
»Einen guten Tag, und bis heute abend!«
Ihre Truppe zog los, und sie heftete sich unauffällig Leslie an die Fersen. Sein Revier umfaßte den nördlichen Teil der Stadt. Alles, was oberhalb der Grove Street lag, gehörte zu seinem Gebiet. In diesem

Stadtbezirk hatten sich eine Menge Werften am Ufer des Kennebec angesiedelt. Ein Stück oberhalb der Grove Street, die auf die Uferstraße namens Front Street führte, machten sich drei Werftunternehmen innerhalb von hundertfünfzig Yards gegenseitig Konkurrenz. Ein Stück weiter flußaufwärts befand sich das große Dock von Mister Potter, und noch etwas weiter höher traf man auf das weitläufige Gelände von *Clark & Sewall*, die zu den berühmtesten und erfolgreichsten Schiffsbaufirmen von Bath zählten. Aber damit erschöpfte sich Leslies Revier noch längst nicht. Entlang der Bowery Street hatten noch zwei Schiffsausrüster ihre Geschäfte und Lagerhallen, die Eisenbahn verfügte hier über ein eigenes Gelände, und ein Sägewerk lag auch nicht weit entfernt. Dazu kamen noch ein gutes Dutzend Seitenstraßen, die er abklappern konnte. Leslie war damit ein ausgezeichnetes Gebiet zugefallen.

Daphne hoffte, schnell herauszufinden, wo und wie er sie hinterging, denn ihr blieben nur zwei Stunden Zeit. Dann mußte sie sich auf den Weg zu Eleanor machen.

Über eine Stunde ließ sie ihn nicht aus den Augen, ohne daß sie jedoch irgendeine Unregelmäßigkeit feststellen konnte. Indessen waren sie auf der Uferstraße bis zur Cedar Street gelangt. Er bog nun links in die schmale Gasse ein und verschwand mit dem Wagen hinter einem kleinen Haus.

Daphne wagte sich näher heran, zwängte sich zwischen zwei Fliederbüschen hindurch – und erhielt nun die Bestätigung ihres Verdachtes. Sie sah, wie er ihre Kannen gegen zwei ähnliche austauschte und auch ihr Ingwerbrot durch eigenes ersetzte. Die junge Frau, die ihm die Sachen anreichte, ähnelte ihm, war jedoch zu jung, um seine Mutter zu sein.

Vielleicht seine ältere Schwester, dachte Daphne und zog sich nun schnell zurück, denn sie hatte genug gesehen. Alles andere hatte Zeit bis zum Abend.

Um kurz vor acht kehrten die Mädchen und Jungen mit den Wagen zu Daphne in die Pearl Street zurück. Sie ließ Leslie bis zum Schluß warten.

»Lief heute nicht so gut«, meinte er achselzuckend. »Hatte Konkurrenz. Ein Bursche, der ein kleines Faß mit Bier auf Eis auf seinem Wagen hatte.«

Daphne nahm das Geld entgegen. »Na gut, dann wollen wir es dabei belassen«, sagte sie und machte keine Anstalten, ihm seinen Anteil auszuzahlen.

»Das macht fünfundvierzig Cent, Miss Davenport«, erinnerte er sie.
Sie sah ihn scheinbar überrascht an. »Du willst noch Geld von mir?«
»Meinen Anteil! Wie immer«, sagte er verblüfft.
»Aber du hast heute doch mehr als genug verdient.«
»Ich? Ich habe Ihnen doch gerade alles Geld gegeben!«
»Aber nicht das, was du mit dem Verkauf deiner *eigenen* Limonade und deines *eigenen* Ingwerbrotes erzielt hast, Leslie«, hielt sie ihm ruhig vor. »Ist das deine Schwester, die dich in der Cedar Street immer damit versorgt?«
Er erschrak. Dann lief sein Gesicht dunkelrot an. »Ich... ich... verstehe nicht«, stammelte er.
»Du verstehst sehr gut, Leslie. Du hast wohl geglaubt, ich würde es nicht merken, daß du mich schon seit Wochen betrügst. Aber um mich hinters Licht zu führen, muß schon ein anderer kommen als du. Und jetzt mach, daß du verschwindest! Du bist gefeuert!«
Er flehte sie an, ihr doch noch eine Chance zu geben, und versprach hoch und heilig, sie nie wieder auch nur um einen Cent zu betrügen.
»Du hast keine zweite Chance verdient, Leslie«, sagte sie schließlich. »Aber ich werde es mir noch einmal überlegen. Morgen sage ich dir, wozu ich mich entschlossen habe.«
Bleich und mit hängenden Schultern stand er am nächsten Morgen schon eine halbe Stunde vor dem Eintreffen der anderen vor der Küchentür.
»Ich werde dir noch eine Chance geben«, teilte sie ihm mit. »Aber ohne Strafe kommst du nicht davon. Wenn du deinen Job bei mir behalten willst, wirst du eine Woche lang frühmorgens das Eis von der *Washburn Ice Company* am New Meadow River abholen.«
»Alles, was Sie wollen, Miss Davenport. So etwas wird nie wieder vorkommen«, versicherte er zerknirscht und dankbar zugleich.
Daphne wußte nicht, ob sie die richtige Entscheidung getroffen hatte. Doch die Zukunft bewies, daß es kein Fehler gewesen war, ihm noch eine Chance zu gewähren. Denn von dem Tag an hatte sie nie mehr etwas an seinen Umsätzen auszusetzen. Er legte sich mehr noch als die anderen ins Zeug und erzielte mit schöner Regelmäßigkeit häufiger als jeder andere die höchsten Einnahmen – auch an den heißen Tagen.
Scott amüsierte sich köstlich darüber, als Sarah ihm am Donnerstag erzählte, wie Daphne dem Jungen auf die Schliche gekommen war.

Ganz Bath war auf den Beinen, um den vierten Juli zu feiern. Es gab mehrere Paraden auf der breiten Washington Street, Musikkapellen zogen durch die Straßen, auf den freien Plätzen im Zentrum der Stadt standen Buden und Festzelte und an der Western Avenue zog ein Rummelplatz die Kinder wie ein Magnet an.

Scott hatte Daphne eingeladen, den Unabhängigkeitstag doch mit ihm zu verbringen. Sie hatte seine Einladung gern angenommen – nachdem er sich seufzend damit einverstanden erklärt hatte, daß auch ihre Freundin Sarah mit von der Partie sein würde.

»Ihnen liegt das Geschäftliche wohl so sehr im Blut, daß Sie für solche Sachen wohl einen sechsten Sinn entwickelt haben... während andere Sinne bei Ihnen ein eher kümmerliches Dasein führen«, sagte er doppeldeutig, während sie die geschmückte Washington Street hinuntergingen.

»Da bin ich aber anderer Meinung, Scott«, erwiderte sie. »Meine Sinne sind so gesund und ausgeprägt, wie ich es mir nur wünschen kann. Und im Augenblick sagen sie mir, daß es Zeit ist, das Raubtier in meinem Magen zu besänftigen.«

Sarah griff das sofort auf. »Auf dem Platz vor dem Eisenbahndepot hat der Metzger Wright eine Grillbude aufgebaut. Bei ihm soll es die leckersten Würste und Spieße geben.«

»Na, dann nichts wie hin!« sagte er. »Mich wundert nur, daß unsere tüchtige Geschäftsfrau nicht auch hier mit einer eigenen Bude vertreten ist.«

»Meine Truppe ist unterwegs, das reicht«, erwiderte Daphne, die diesen freien, sonnigen Tag an seiner Seite trotz der gelegentlichen Sticheleien sehr genoß.

Seine tiefe Zuneigung wärmte sie wie die Sonne, die vom Himmel lachte und die bunten Farben der Straßengirlanden leuchten ließ.

Doch näher sollte er ihr nicht kommen, weil sie sich nicht verbrennen wollte.

Am späten Nachmittag verloren sie Sarah aus den Augen. Scott machte kein Hehl daraus, daß sich sein Bedauern darüber sehr in Grenzen hielt. Daphne hegte den heimlichen Verdacht, daß Sarah sich ganz bewußt von ihnen getrennt hatte, doch als sie ihre Freundin tags darauf danach fragte, versicherte diese ihr mit treuherzigem Augenaufschlag, daß ihr das doch nie und nimmer in den Sinn gekommen wäre.

Ob nun gewollt oder zufällig, sie fanden sich jedenfalls auf einmal ohne Sarah wieder, als sie sich unter die große Menschenmenge mischten, die am Ufer des Kennebec die Segel- und Ruderwettkämpfe mit lautem Gejohle und Anfeuerungsrufen begleitete. Teams aus dem gegenüberliegenden Woolwich traten gegen Mannschaften aus Bath an. Bei einigen dieser Wettkämpfe ging es allein um den Spaß, so zum Beispiel, als vier Riesenwürste ausgelost wurden für das Team, das den Fluß am schnellsten überquerte – und zwar rückwärts rudernd. Dieser Späße gab es ähnliche mehr.

Ein fast halbstündiges, aufwendiges Feuerwerk bildete den krönenden Abschluß des turbulenten Nationalfeiertages. Als ein Dutzend Raketen fast zur selben Zeit am Nachthimmel zerplatzten und einen atemberaubenden Goldregen über das schwarzsamtene Firmament ergossen, griff Daphne, die mit Scott am Ufer des Kennebec im Gras saß, unwillkürlich nach seiner Hand.

»Schauen Sie nur! Ist das nicht ein wunderbarer Anblick?« rief sie ergriffen von der Lichterpracht, die sich hoch über ihnen für zauberhafte Sekunden entfaltete, um dann in der Schwärze zu verlöschen. »So schön und doch nur so flüchtig...«

»Oh, ja, das ist er«, pflichtete Scott ihr bei. Doch er sah dabei nicht zum Himmel hoch, sondern schaute sie an. Das Licht der Feuerwerkskörper warf schon die ganze Zeit glitzernde Sprenkel auf ihr Haar. Nun verzauberte der Goldregen die blauschwarze Flut ihrer Haare in einen märchenhaften Wasserfall der Nacht. »Aber nicht alles Schöne muß flüchtig sein...«

Ob sie ihn nicht gehört hatte oder es vorzog, darauf besser nicht zu reagieren, er wußte es nicht zu sagen. Jedenfalls erhielt er keine Erwiderung. Doch sie entzog ihm ihre Hand nicht.

»Gehen wir noch auf eine Stunde ins Festzelt?« fragte er, als das Feuerwerk vorbei war und die Menge sich aufzulösen begann.

Daphne dachte daran, daß im Festzelt getanzt wurde, und war einen Moment lang versucht, der Stimme ihres Herzens nachzugeben. Es war schön, seine Hand zu halten und am Flußufer entlangzugehen, doch es würde gewiß noch schöner sein, mit ihm zu tanzen.

Diese Versuchung währte jedoch nur ganz kurz. Dann übernahm ihre Vernunft wieder das Kommando. »Besser nicht, Scott. Es war ein schöner, aber auch sehr langer Tag. Ich muß morgen wieder ganz früh raus, um das Eis für meine Wagen vom New Meadow River zu holen.«

Er seufzte enttäuscht. »Müssen Sie denn *immer* nur an Ihr Geschäft und Ihre Pflichten denken?« beklagte er sich.

»Wenn ich es nicht tue, tut es keiner. So ist es nun mal, wenn man ein Geschäft und Leute hat, die für einen arbeiten«, bedauerte sie.

»Aber Sie brauchen das Brucheis doch nicht unbedingt vom Colonel direkt zu kaufen!« wandte er ein, während sie die North Street hochgingen. »Es gibt doch auch hier in der Stadt mehrere Eisdepots, wo Sie Ihren Bedarf an Eis preisgünstig decken können. Dann bräuchten Sie doch nicht in aller Herrgottsfrühe mit Ihrem Handkarren zu den Hallen raus und müßten sich auch nicht so abschleppen. Ich weiß, was so ein Karren voll Brucheis für ein Gewicht hat.«

Daphne schüttelte den Kopf. »Ich habe mit dem Colonel einen Preis vereinbart, der noch ein gutes Drittel unter dem günstigsten in der Stadt liegt. Und jeder Cent, den ich einsparen kann, ist ein Cent Gewinn.«

»Gewinn! Gewinn! Gewinn kann doch nicht alles sein, Daphne!« beschwor er sie. »Sie müssen sich doch auch einmal Zeit für sich nehmen! Wenn ich mich morgens auf den Weg zum New Meadow River mache, kommen Sie mir meist schon mit Ihrem schweren Eiskarren entgegen. Und wenn ich am Abend mal bei Ihnen vorbeischaue, dann putzen Sie mit Sarah die Einsätze, setzen Limonade an oder backen Ingwerbrot!«

Sie lachte ihn an. »Wem führen Sie hier das Wort, Scott? *Ich* beklage mich jedenfalls nicht. Ich bin froh, daß mein Geschäft so gut geht, und die Arbeit scheue ich nicht. Ich glaube auch nicht, daß sie mir schadet. Oder sehe ich so aus, daß Sie beunruhigt sein müßten?«

Er stöhnte leise und geplagt auf. »Nein, Ihnen scheint Ihre Arbeitswut tatsächlich nicht zu schaden. Sie sehen vielmehr mit jedem Tag schöner und betörender aus, Daphne.«

»Scott, bitte!« ermahnte sie ihn, doch eher kokett als ernsthaft.

»Was mich beunruhigt, ist, daß Sie nur noch Ihre Arbeit sehen. Es gibt auch noch andere Dinge im Leben, als dem Dollar hinterherzujagen und sich von seinem Geschäft auffressen zu lassen.«

»Habe ich mir nun diesen Tag freigenommen und mich mit Ihnen herumgetrieben oder nicht?« fragte sie und hob herausfordernd das Kinn.

Er lachte unwillkürlich. »Herumgetrieben ist ja wohl das falsche Wort. Wir sind ganz sittsam durch Bath spaziert und nie in Gefahr geraten, uns allzusehr von der Menge zu entfernen. Dabei hatte ich gehofft, Sie heute an einem verschwiegenen Ort dazu bringen zu können, es noch einmal mit dem Küssen zu versuchen.« Scherz und Ernst hielten sich in seinen Worten die Waage. »Vielleicht erinnern Sie sich nicht mehr, was bei der großen Zeitspanne nur zu verständlich wäre, aber seit dem letzten Kuß ist fast ein halbes Jahr verstrichen.«

»Dem letzten und dem einzigen!«

»Bisher.«

»Ja, bisher«, sagte Daphne und blieb unweit ihres Wohnhauses stehen. Sie sah ihm in die Augen. Und mit veränderter, leiser Stimme sagte sie: »Jeder Mensch hat wohl für alles sein eigenes Tempo, Scott. In manchen Dingen bin ich sehr schnell und mutig. Andere dagegen brauchen sehr viel Zeit.«

»Mache ich auf Sie einen ungeduldigen, drängenden Eindruck, Daphne?«

»Nein, das tun Sie nicht, und dafür bin ich Ihnen auch sehr dankbar. Danke für den schönen Tag, und eine gute Nacht, Scott!« Sie beugte sich vor und gab ihm einen Kuß.

»Ich freue mich schon auf Weihnachten«, sagte er mit belegter Stimme. Alle sechs Monate ein Kuß. Oh, Gott! Wenn sie in dem Tempo weitermachten, konnten Heathers Enkel gut und gerne als ihre Trauzeugen fungieren!

»Und ich freue mich auf jeden neuen Tag!« Sie warf ihm noch einen Handkuß zu und lief dann zum Haus hinüber, wunschlos zufrieden mit ihrem Leben, wie es derzeit verlief. Der Kuß gehörte dazu. Doch nichts, was darüber hinausging.

Neuntes Kapitel

Die Sommermonate flogen nur so dahin. Daphne fand nicht viel Zeit, darüber nachzudenken, welchen Platz sie Scott in ihrem Leben einräumen wollte. Ihre Tage waren von morgens bis abends mit Arbeit ausgefüllt. Das Geschäft lief in den heißen Wochen des August besser denn je, so daß sie sogar mit dem Gedanken spielte, es noch weiter auszubauen. Allein die Tatsache, daß sie im Winter wohl keine Verwendung für zwei, drei weitere Wagen hatte, ließ sie davon Abstand nehmen. Denn mehr als die zwölf Bleche Kartoffelkuchen würden Sarah und sie kaum bewältigen können.

Edward verbrachte einen Teil seiner Ferien bei ihnen, was für die ganze Familie eine große Freude war. Er war noch ein Stück gewachsen und hatte schon viel von seiner Kindlichkeit abgelegt. Der Stimmbruch, in dem er sich befand, wies darauf hin, daß er sich vom Jungen zum jungen Mann entwickelte. Zwar teilte er wie immer das Zimmer mit Daphne. Doch er zeigte nun eine bisher ungekannte Schamhaftigkeit beim Zubettgehen und morgendlichen Waschen. Daphne verstand es und half ihm aus der Verlegenheit, indem sie einen Wandschirm zwischen Bett und Waschtisch aufstellte.

Edward verbrachte die meiste Zeit mit William am New Meadow River. Er konnte nicht genug von den Schiffen bekommen, die dort ihre Eisfracht an Bord nahmen. Sich auf den Dreimastern herumzutreiben, mit den Seeleuten zu reden, die unglaubliche Geschichten von ihren Fahrten um die Welt zu erzählen wußten, und hier und da mal mit Hand anzulegen, das bedeutete für ihn nach dem strengen Schulreglement der *Junior Academy* den Inbegriff von Ferien.

Die Wochen, die er in Bath verbrachte, vergingen viel zu rasch. Dann kam auch schon der Tag seiner Abreise, und er bestieg den Zug nach Bowdoinham. Ein Schulfreund, dessen Eltern dort eine große Farm mit Pferdezucht besaßen, hatte ihn eingeladen, die zweite Hälfte der Ferien bei ihm zu verbringen.

»So beginnt jeder, sich sein eigenes Leben mit seinen eigenen Freunden aufzubauen und zu leben«, sinnierte William, als der Zug die Station in Bath verließ.

Mitte September verließ Scott überraschend die Stadt für vier Wochen. Die Lagerhallen der *Washburn Ice Company* hatten sich bis auf einige wenige tausend Tonnen geleert, so daß der Colonel gar nicht mal so unglücklich darüber war, seinen Lohn einzusparen.

»Sie sind für vier Wochen weg?« fragte Daphne verblüfft, als er ihr das mitteilte. »Fahren Sie vielleicht wieder nach Boston wie damals, als ich Sie an Bord der *David Burton* traf?«

»Nein, nach Boston fahre ich nicht. Ich bleibe schon in Maine. Es gibt da einige persönliche Dinge, um die ich mich kümmern muß.« Er blieb vage in seinen Erklärungen.

Wieder wurde sich Daphne des Geheimnisvollen bewußt, das ihn umgab. Nur zu gern hätte sie mehr erfahren, doch sie spürte, daß er nicht über die Gründe seiner vierwöchigen Abwesenheit reden wollte, und deshalb stellte sie auch keine weiteren Fragen.

»Dann wünsche ich Ihnen alles Gute, Scott.«

»Ja, ich mir auch«, sagte er nachdenklich. »Ich hoffe, Sie werden mich vermissen.«

Ihre Antwort fiel sehr unbekümmert und scherzhaft aus, doch sie stellte bald fest, daß sie ihn tatsächlich vermißte, sehr sogar. Wenn sie aufgrund ihres enormen Arbeitspensums auch nie viel Zeit miteinander verbracht hatten, etwas längere Spaziergänge an den Sonntagen ausgenommen, so war dennoch kaum ein Tag vergangen, an dem sie sich nicht gesehen hatten. Ja, sie vermißte das kurze Gespräch am frühen Morgen, wenn sie sich auf der Landstraße zum New Meadow River begegneten, oder am Abend hinter dem Haus, wenn sie die Einsätze putzte und für den nächsten Tag vorbereitete. Es fehlte ihr auch, daß er nun nicht mehr kam, um sie von der Bücherei abzuholen und nach Hause zu begleiten. Es schienen nur Kleinigkeiten zu sein, doch ihr dämmerte, daß er zu einem wichtigen Bestandteil ihres Lebens geworden war.

War es Liebe, wenn man einen Menschen vermißte und sich dabei ertappte, daß man die Tage bis zu seiner Rückkehr zählte? Es war beunruhigend, denn für Liebe hatte sie keine Zeit. Sie war besessen von der Idee, ihrem Geschäft ein weiteres solides Standbein zu geben. Doch ihr fehlte noch der zündende Einfall wie damals mit der Kartoffelkuchen Company. Wenn sie daran dachte, wie viele Eisgesellschaften es oberhalb von Bath gab, zuckte es ihr vor Tatendrang förmlich in den Fingern. Was Bath und die nähere Umgebung zu bieten hatten, war im Vergleich zur Ansammlung der Eisfirmen zwischen Richmond und Augusta ausgesprochen kläglich. Auf diesen rund zwanzig Meilen hatte sich doch eine Company neben der anderen niedergelassen! Was für ein gigantischer Markt! Sie hätte zwei Dutzend Wagen auf dieser Strecke einsetzen können – wenn sie bloß gewußt hätte, wie die organisatorischen Probleme zu lösen waren! Sie konnte sich ja nicht in Stücke reißen und überall zur selben Zeit sein. Und wer sollte ihr die vielen Bleche voll Kartoffelkuchen backen?

So wanderten ihre Gedanken stets schnell von Scott zurück zu ihren Geschäften, als wolle sie sich hüten, bei intensivem Nachdenken in die Gefahr zu geraten, sich Rechenschaft über ihre Gefühle ihm gegenüber ablegen zu müssen.

An einem Abend Anfang Oktober holte Sarah Daphne von der Bücherei ab. Sie hatte das noch nie getan. Daphne wußte daher, daß ihre Freundin einen wichtigen Grund haben mußte. Einen erfreulichen, denn ihr Gesicht war ein einziges glückliches Strahlen.
»Sarah! Du strahlst ja wie ein Leuchtturm! Als hätte Jerry dir endlich einen schriftlichen Heiratsantrag gemacht!« Daphne wußte, daß sich ihre Freundin nichts sehnlicher als das wünschte.
»Noch hat er sich nicht dazu durchringen können, aber er ist auf dem besten Wege dorthin«, erwiderte Sarah ausgelassen und hakte sich bei ihr ein. »Allmählich begreift er, daß ich das Beste bin, was ihm widerfahren kann.«
Daphne schmunzelte. »Er hat dir wieder geschrieben?«
»Ja, und er ist jetzt einverstanden, daß ich ihn besuchen komme.«
»*Das* Ziel hast du also erreicht. Meinen Glückwunsch! Ich weiß, du freust dich sehr darauf, ihn nach so langer Zeit wieder sprechen und sehen zu können. Doch ich hoffe nur, daß es für dich keine Enttäuschung wird.«
»Ganz bestimmt nicht!«
»Wann willst du denn nach Augusta fahren?«
»Kommenden Sonntag ist Besuchstag.« Sie zögerte kurz. »Ich würde mich sehr freuen, wenn du mit mir kommen würdest.«
»Ich?« fragte Daphne verwundert.
»Ja, ich habe mir gedacht, daß wir schon am Samstag morgen aufbrechen, uns einen schönen Tag in Augusta machen und am Sonntag abend nach Bath zurückfahren«, sprudelte sie hastig hervor. »Die Fahrt und die Übernachtung spendiere ich. Ich habe mich schon nach einem seriösen Haus umgehört, wo wir absteigen können. Ich bin dir sowieso mal was Besonderes schuldig, wo du so viel für mich getan hast.«
»Nun redest du aber dummes Zeug, Sarah. Schuldig bist du mir überhaupt nichts«, wehrte Daphne energisch ab. »Und was diese Fahrt nach Augusta betrifft, so geht das leider nicht. Missis Bancroft wird mir sonstwas erzählen, wenn ich Samstag einfach nicht komme. Außerdem habe ich ja auch noch die Bücherei...«
»Für diesen einen Tag wird sich die alte Hexe eben mal mit einer Aushilfe begnügen müssen. Ich habe Karen schon gefragt. Sie ist bereit, am Samstag für dich einzuspringen.«
»Du machst ja wirklich Nägel mit Köpfen!« stellte Daphne mit belustigter Verblüffung fest.

»Meine Mutter übernimmt es, am Abend die Wagen entgegenzunehmen und mit deinen Leuten abzurechnen. Und Missis Walsh wird dir garantiert einen freien Tag geben«, fuhr ihre Freundin fort. »Du hast bisher noch nicht einen Tag wegen Krankheit gefehlt, und Urlaub genommen hast du doch auch noch nicht.«

»Urlaub? Was ist das?« fragte Daphne spöttisch.

»Genau! Du mußt dir auch mal etwas Entspannung gönnen! Den ganzen Winter und Sommer hast du dich abgerackert. Da wirst du dir jetzt wirklich zwei unbeschwerte freie Tage gönnen können, oder?« redete Sarah auf sie ein. »Außerdem brauche ich dich!«

Daphne hob zweifelnd die Augenbrauen. »So? Wobei denn?«

»Ich bin noch nie weiter als bis Woolwich und Arrowsic Island gewesen. Ich kenne mich mit dem Reisen einfach nicht aus, ganz im Gegensatz zu dir. Und wer weiß, ob ich mich in einer fremden Stadt zurechtfinde. Augusta ist immerhin die Hauptstadt von Maine.«

Daphne lachte. »Du bist gut! Ich bin nur einmal mit dem Dampfer von Boston nach Bath gefahren! Das macht mich nicht gerade zur welterfahrenen Reisenden. Und Augusta kenne ich so wenig wie du.«

»Dennoch findest du dich da bestimmt leichter zurecht als ich«, beharrte Sarah. »Dich schreckt das Fremde und Unbekannte nicht. Du bist eben eine richtige Geschäftsfrau!«

Daphne wußte beim besten Willen nicht, was ihre Limonaden und Kartoffelkuchen Company damit zu tun haben sollte. Sarah wohl auch nicht. Ihr ging es einfach nur darum, sie zum Mitkommen zu überreden.

»Bitte, tu mir den Gefallen und fahr mit!« bat sie eindringlich. »Wir haben garantiert viel Spaß zusammen.«

Daphne überlegte kurz, dann zuckte sie die Achseln. »Also gut, wenn dir so viel daran liegt, komme ich mit nach Augusta.«

Sarah stieß einen freudigen Jauchzer aus. »Ich wußte es! Ich wußte es! Du, ich sage dir, das werden zwei ganz herrliche Tage!«

Daphne verzog das Gesicht. »Mag sein. Aber vor dem Spaß kommt zuerst mal der Ärger mit Eleanor. Zeter und Mordio wird sie schreien und mich rundheraus für übergeschnappt erklären, wenn ich ihr sage, daß ich aus purem Vergnügen nach Augusta fahren und ihr eine Aushilfe zumuten will.«

»Dann erzähl ihr doch irgend etwas von wichtigen Geschäften«, schlug Sarah ihr vor.

»Dann wird sie mich erst recht für größenwahnsinnig halten. So oder so, ein Vergnügen wird es nicht. Aber sie wird sich damit abfinden müssen.«

Empört war Eleanor Bancroft, als sie hörte, daß Daphne am Samstag ihren Pflichten nicht nachkommen wolle, wie sie sich ausdrückte. »Mir ein fremdes Mädchen ins Haus zu schicken! Was für eine Zumutung! Das ist also der Dank! Vielleicht ist es an der Zeit, mir zu überlegen, ob ich dich überhaupt noch behalten soll, wo du tausend andere Sachen im Kopf hast, die dir offenbar wichtiger sind.«

Daphne zeigte sich nicht im mindesten beeindruckt. »Ja, das sollten Sie vielleicht tun, Missis Bancroft. Das Wochenende ist dafür ja lang genug.« Einschüchtern ließ sie sich von Eleanors scharfer Zunge nicht mehr. Daß sie immer noch zu ihr ins Haus kam, hatte weniger mit dem Lohn zu tun, der ja nun wirklich kläglich war, als vielmehr mit dem Gefühl, die alte Frau nicht im Stich lassen zu können. Mit ihrer Gesundheit stand es nicht zum besten. So manchen Tag mußte sie schon im Bett verbringen. Wen hätte sie denn als Ersatz gefunden, wenn Daphne ihr den Dienst aufgekündigt hätte?

Wie verbohrt und mißmutig Eleanor Bancroft auch sein mochte, Daphne war doch fest davon überzeugt, daß sie schon wußte, was sie an ihr hatte und es sich zehnmal überlegen würde, bevor sie die Kündigung aussprach. Und diese Einschätzung sollte sich auch als richtig erweisen.

Da sie nur eine Nacht bleiben wollten, brauchten sie nicht viel mitzunehmen. Die alte bauchige Reisetasche, die noch aus Dorchester Hights stammte und die William ihr als kleines Mädchen zum Aufbewahren ihrer Spielsachen überlassen hatte, reichte völlig aus. Mit ihrem arg verschlissenen Gobelinstoff sah sie zwar nicht sehr ansprechend aus, aber sie fuhr ja nicht nach Augusta, um unterwegs und dort einen großen Eindruck auf die Leute zu machen.

Die beiden Kleider sowie Schuhe und Unterwäsche waren am Freitag abend im Handumdrehen eingepackt. Die Waschutensilien würden am Morgen oben draufkommen.

Geld darf ich nicht vergessen, sagte sie sich und holte ihr Sandelholzkästchen aus der Wäschetruhe. Sie würde nicht zulassen, daß Sarah für sie Fahrt und Unterbringung bezahlte.

Anders als früher quoll das Kästchen von Geldscheinen fast über.

Welche Freude bereitete es ihr jedesmal, wenn sie Münzen im Wert von zehn Dollar zur Bank brachte und in eine Note umtauschte. Hatfields Schein lag noch immer ganz unten, zu einem dünnen Röllchen zusammengerollt und mit Garn umwickelt.
Daphne hatte an diesem Tag nicht viel eingenommen, was kein Wunder war. Weder war es noch warm genug für Eislimonade, noch war es kalt genug, um schon ein Geschäft mit warmen Kartoffelkuchen machen zu können. Bei der abendlichen Abrechnung waren die Gesichter auf beiden Seiten lang gewesen. Kaum Umsätze. Doch Daphne hatte ihren Jungen und Mädchen deutlich zu verstehen gegeben, daß sie auch während dieser paar Wochen Sauregurkenzeit bei der Stange bleiben mußten, wenn sie im Winter an den guten Geschäften mit ihren Kartoffelkuchen teilhaben wollten.
Sie hatte das wenige Kleingeld daher erst gar nicht in ihre Geldschatulle gelegt. Als sie nun den Deckel hob, stutzte sie. Irgend etwas war anders. Im Kästchen stapelte sich noch immer ein hübscher Haufen Geldscheine auf, aber es waren sichtlich weniger, als eigentlich hätten dasein müssen.
Jemand hat sich an meinem Geld zu schaffen gemacht! fuhr es Daphne erschrocken durch den Kopf. Hastig leerte sie den Inhalt auf ihre Bettdecke und zählte das Geld. Sie zählte es dreimal, weil sie es einfach nicht glauben wollte. Aber jedesmal kam sie zu demselben Ergebnis.
Dreihundertzwölf Dollar und achtzehn Cent! Somit fehlten auf den Cent genau hundertzwanzig Dollar!
Irgendwer hatte hundertzwanzig Dollar aus ihrer Geldschatulle genommen. Nein, *gestohlen* hatte man sie ihr! Hundertzwanzig Dollar! Das war mehr, als Eleanor Bancroft ihr in einem ganzen Jahr an Lohn zahlte.
Wer hatte sie bestohlen?
Von Wut gepackt, sprang sie vom Bett hoch, riß die Tür auf – und blieb abrupt stehen. Ihre Schwester stand auf dem Flur. Ihr Ausdruck war ein einziges Schuldbekenntnis.
»Heather!«
»Ich muß mit dir reden, Daphne!« flüsterte sie und schaute ängstlich die Treppe hinunter.
»Ich denke, ich weiß, worüber.« Daphne mußte sich beherrschen, sie in ihrer Wut nicht laut anzubrüllen. Von der eigenen Schwester bestohlen zu werden!

»Bitte, laß uns in dein Zimmer gehen! Ich möchte nicht, daß Mom und Dad etwas davon mitbekommen.«
»So? Möchtest du nicht? Aber vielleicht ist es genau das, was *ich* jetzt tun sollte – nämlich Mom und Dad rufen!« stieß Daphne gereizt hervor, machte ihre Drohung jedoch nicht wahr, sondern gab die Tür frei. Sie schloß sie hinter ihrer Schwester mit einem Ruck, wies auf die Geldschatulle auf dem Bett und fragte scharf: »Du hast die hundertzwanzig Dollar gestohlen, nicht wahr?«
Heather schluckte. »Ja, aber stehlen wollte ich sie nicht.«
Daphne funkelte sie an. »Ach nein, was du nicht sagst! Sich unerlaubt von fremder Leute Geld zu bedienen ist für mich immer noch Diebstahl. Aber vielleicht habe ich beim Kirchgang nicht so gut aufgepaßt wie du.«
Heather knetete nervös ihre Hände. »Ich wollte dich wirklich nicht bestehlen, Daphne, bestimmt nicht. Ich wollte mir das Geld nur leihen. Das mußt du mir glauben.«
»Ich sehe keinen Grund, weshalb ich das *müßte*!« erwiderte Daphne schneidend. »Wenn du dir wirklich nur Geld hast leihen wollen, warum hast du dann nicht mit mir darüber gesprochen?«
»Weil du vorhin, als ich das Geld dringend brauchte, nicht da warst. Ich hätte dich bestimmt erst gefragt, wenn du zu Hause gewesen wärst. Aber dafür war ja nicht die Zeit.«
Daphne musterte ihre Schwester verständnislos. »Wieso hast du so dringend hundertzwanzig Dollar gebraucht?« wollte sie wissen.
Heather wich ihrem forschenden, verärgerten Blick aus. »Ich... ich kann nicht darüber sprechen«, murmelte sie.
Daphne schnaubte wütend. »Das wirst du aber schon müssen, verdammt noch mal!« fauchte sie und ließ sich zu einem Fluch hinreißen. »Du glaubst doch wohl nicht im Ernst, daß du dich mit diesem blöden Satz so einfach aus einem Diebstahl herauswinden kannst? Hundertzwanzig Dollar! Dafür habe ich mich ein Jahr lang bei Missis Bancroft abgeschuftet und mir Stunde für Stunde ihr Gezänk anhören müssen. Und du willst angeblich nicht darüber sprechen können, warum du mich um einen Jahreslohn bestohlen hast!«
»Ich zahle dir das Geld bis auf den letzten Cent zurück!«
»Und ob du das wirst!« bekräftigte Daphne wutentbrannt. »Du hast mir jedoch noch immer nicht gesagt, warum du es genommen hast. Aber vielleicht fällt es dir leichter, diese Frage vor Mom und Dad zu beantworten.«

Heathers Kopf ruckte hoch. »Warum mußt du mich so quälen? Reicht es dir denn nicht, wenn ich dir sage, daß ich das Geld dringend brauchte? Es war nicht für mich bestimmt. Und du hast doch genug davon! Du schwimmst doch im Geld! Häufst es fein säuberlich auf und zählst es jeden Abend wie... wie ein Wucherer!« schleuderte sie ihr mit verzerrtem Gesicht entgegen. »Du weißt mit dem vielen Geld gar nicht wohin, aber mir, deiner eigenen Schwester, willst du nicht helfen. Lieber sitzt du auf deinem zusammengeschacherten Geld!«
Daphne war im ersten Moment bestürzt und sprachlos über die unerhörte Anklage ihrer Schwester und den beinahe schon flammenden Haß, der sie aus ihren Augen ansprang. Dann aber loderte die Wut in ihr auf.
»Das ist ja wohl der Gipfel der Frechheit! Du wirfst *mir* Geiz vor, weil ich mir nicht zu fein gewesen bin, mit meiner Hände Arbeit Geld zu verdienen, während du hier herumgesessen und Patiencen gelegt hast?« zischte sie. »Du wirfst *mir* vor, daß ich mein Geld zusammenhalte, während du nur bei jedem die Hand aufhältst? Ja, sag mal, bist du denn von allen guten Geistern verlassen? Glaubst du denn, ich schufte mich von morgens bis abends ab, damit sich meine feine verheiratete Schwester, der jeder Handgriff zuviel ist, mit meinem Ersparten nach Gutdünken bedienen kann? Du mußt verrückt sein, Heather, wenn du glaubst, mir deinen Diebstahl vorwerfen zu können! Ich gebe dir eine letzte Chance, mir zu sagen, warum du das Geld genommen hast!« Ihre Stimme war wie ein frisch geschärftes Rasiermesser. »Oder du wirst dich vor den Eltern und deinem Mann dafür verantworten müssen. Entscheide, was dir lieber ist!«
Heathers absurde Auflehnung fiel augenblicklich in sich zusammen. Angst und Scham zeichneten ihr Gesicht. »Entschuldige, ich... ich weiß nicht, warum ich das gesagt habe... Ich verstehe es selber nicht«, stammelte sie und blickte zu Boden, während sie ihre Hände nicht eine Sekunde stillhalten konnte. »Das... Geld... es ist... Gilbert... Gilbert hat es dringend gebraucht.«
Eine steile Falte bildete sich auf Daphnes Stirn. »Gilbert?« Mißtrauen lag in ihrer Stimme.
Heather nickte mit gesenktem Kopf. »Er... er... hat Schulden gemacht... hundertzwanzig Dollar... und er war verzweifelt, weil er nicht wußte, wo er das Geld hernehmen sollte... und da habe ich das Geld von dir genommen und es ihm gegeben...«
Das wurde ja immer verworrener! Doch Daphnes lodernde Wut ließ

allmählich nach. Sie kannte ihre Schwester. Diese Bedrückung war nicht vorgetäuscht. »Wieso hat Gilbert hundertzwanzig Dollar Schulden? Außerdem müßt ihr doch im letzten Jahr viel mehr als diese Summe zusammengespart haben.«

»Es ist alles weg«, sagte Heather mit tonloser Stimme. »Er hat das Ersparte bis auf den letzten Cent beim Kartenspiel verloren – und dazu noch hundertzwanzig Dollar Schulden gemacht.«

Daphne wollte es erst nicht glauben. »Gilbert ein Spieler? Das ist doch unmöglich!«

Heather warf ihr einen bitteren Blick zu. »Ja, das wollte ich erst auch nicht glauben, aber es ist so. Er muß da wohl in eine Gruppe von Kumpanen hingeraten sein, die ihn nach Strich und Faden ausgenommen haben.«

Daphne fiel ein, daß Gilbert in den vergangenen Monaten häufig bis spät in die Nacht weg gewesen war. Einige Male hatte sie ihn auch in angetrunkenem Zustand zurückkehren sehen. So unmöglich, wie sie gedacht hatte, war es also doch nicht. Aber wenn er tatsächlich unter die Spieler gegangen war, dann hatte er sich sehr verändert – zu seinem Nachteil.

»Das tut mir wirklich leid für dich«, sagte sie nun in versöhnlichem Ton zu ihrer Schwester. »Und es ist doch selbstverständlich, daß ich dir helfe, wenn du in echten Schwierigkeiten bist. Aber dennoch hättest du vorher mit mir sprechen müssen.

»Ich sagte dir doch, dafür war keine Zeit«, beteuerte Heather. »Du warst noch in der Bücherei, als Gilbert ganz verzweifelt nach Hause kam – und mir alles beichtete. Ich war entsetzt, als ich hörte, daß er alles Geld verloren hat. Das Haus und die Einrichtung, die wir uns kaufen wollten, alles verspielt. Das war schon schlimm genug. Aber es kam noch viel schlimmer. Die hundertzwanzig Dollar Schulden hatte er schon seit zwei Wochen, ohne daß er wußte, woher er das Geld nehmen soll. Die Burschen, bei denen er in der Schuld stand, hatten ihm eine letzte Frist gesetzt. Wenn er ihnen das Geld nicht bis heute abend acht Uhr brachte, werden sie ihm beide Arme brechen – das haben sie ihm angedroht. Daphne, er hatte Angst, ganz schreckliche Angst!«

Daphne war bestürzt und schämte sich nun beinahe, daß sie ihre Schwester so wutentbrannt angefahren hatte. »Das ist ja entsetzlich, Heather! Um Gottes willen, mit was für Leuten hat sich dein Mann denn bloß eingelassen?«

»Ich weiß es nicht«, murmelte sie bedrückt. »Ich wußte mir jedenfalls keinen anderen Rat, als mir diese hundertzwanzig Dollar bei dir zu... holen. Ich wollte sie dir wirklich nicht stehlen. Du bekommst das Geld zurück, das verspreche ich dir. Einen Dollar die Woche kann ich dir bestimmt zahlen.«
»Ist schon gut. Das werden wir bestimmt irgendwie regeln.« Ihre Schwester tat ihr leid. Nicht allein, daß sich Gilbert zu einem Haustyrannen entwickelt hatte und wenig Vaterstolz zeigte, nein, jetzt war er auch noch dem Glücksspiel verfallen! Das hätte sie nie für möglich gehalten. Aber wie heißt es doch so treffend: Stille Wasser sind tief! Und wer weiß schon, was wirklich in einem Menschen vor sich geht, auch wenn er sich nach außen hin noch so bieder gibt?
»Du darfst dir aber nicht anmerken lassen, daß ich dir alles erzählt habe!« beschwor Heather sie. »Das würde er mir nicht verzeihen, und alles wäre nur noch schlimmer. Daß es dein Geld ist, das ich ihm gegeben habe, weiß er nicht. Er glaubt, es wäre mein Gespartes.«
»Mach dir darüber keine Gedanken! Ich werde ihn ganz sicher nicht darauf ansprechen«, beruhigte sie ihre Schwester. »Aber wie wird es mit Gilbert weitergehen?«
»Er hat mir hoch und heilig versprochen, nie wieder Spielkarten in die Hand zu nehmen. Und ich glaube ihm. Er war todkrank vor Angst. Vielleicht hatte diese entsetzliche Drohung dieser Schurken doch ihr Gutes«, meinte Heather.
Daphne hoffte, daß sie recht behielt. Doch als sie zu Bett ging und noch einmal über alles nachdachte, kamen Zweifel in ihr auf. Wenn es mit Gilbert schon so weit gekommen war, daß er alles Geld, das er in den letzten Jahren mühsam angespart hatte, verspielte und noch nicht einmal mit dem letzten verlorenen Dollar die Karten aus der Hand legte, dann mußte er dem Glücksspiel schon sehr verfallen sein. Wie man sich doch in einem Menschen täuschen kann! Heather hatte geglaubt, mit Gilbert einen guten Fang gemacht zu haben. Bescheiden, häuslich, ehrgeizig und mit den besten Aussichten auf eine steile Karriere – diesen Eindruck hatte er auf sie alle gemacht. Und nun dies! War die Ehe somit nicht auch ein Glücksspiel mit verdeckten Karten? Wer weiß denn, was man in dem Blatt findet, das man aufnimmt und auf das man sein ganzes Leben setzt?
Was heute geschehen ist, kann sich jederzeit wiederholen, dachte sie und beschloß, gleich am Montag ein Konto bei der *First National Bank* zu eröffnen und nur noch so viel Geld zu Hause zu behalten, wie

sie für ihre Einkäufe benötigte. Es war schon schmerzlich genug, daß sich die Rückzahlung der hundertzwanzig Dollar über gut zweieinhalb Jahre hinziehen würde. Zudem hatte sie das ungute Gefühl, noch froh sein zu können, wenn sie von dem Geld überhaupt jemals etwas wiedersah.

Zehntes Kapitel

»Nehmen wir den Zug nach Augusta oder das Dampfschiff?« hieß es für Sarah und Daphne. Seit die *Kennebec & Portland Railroad* ihren Schienenstrang bis nach Augusta gelegt und ihr Streckennetz schließlich auch noch um die fünfzehn Meilen bis nach Waterville erweitert hatte, stellte der Zug die schnellste Verbindung zur Hauptstadt dar. Das milde, sonnige Herbstwetter verlockte Sarah jedoch zu einer längeren, dafür aber auch beschaulicheren Reise mit dem Raddampfer. Daphne, ohnehin dem Kennebec tiefer verbunden als der Eisenbahn, hatte nichts dagegen einzuwenden. Was machte es, wenn sie ein paar Stunden länger unterwegs waren! Sie hatten den ganzen Samstag und auch den halben Sonntag zu ihrer freien Verfügung. Und so bestiegen sie kurz vor sieben den etwas betagten Raddampfer *Harvest Moon*.

»Du glaubst ja gar nicht, wie aufgeregt ich bin!« sagte Sarah mit glänzenden Augen und geröteten Wangen, als die *Harvest Moon* wenig später von der Roger Pier ablegte und den Kennebec stromauf dampfte. Sie standen oben auf dem Sonnendeck an der Reling. Wie Baumwollflocken auf einem glatten, azurblauen Meer nahmen sich die wenigen Wolken am Himmel aus. Zwischen den Lagerschuppen am Hafen und den Häuserzeilen im Stadtzentrum lagen noch dunkle Schatten, doch die Dächer der Häuser auf den Anhöhen leuchteten schon im Sonnenlicht. Deutlich hob sich das stattliche Haus von Eleanor Bancroft von den anderen Gebäuden in seiner Nähe ab.

Daphne lachte. »Na, den Eindruck der sprichwörtlichen Ruhe in Person machst du ganz sicher nicht.«

»Es ist ja auch meine erste Reise!«

Es wurde ein Ausflug, den sie beide sehr genossen. Allein die Laubfärbung der Wälder zu beiden Seiten des Flusses war die Fahrt schon wert. Die Natur schien in einen wahren Rausch der Farben gefallen zu sein. Meilenweit erstreckte sich der bunte Laubteppich mit seinen intensiven Tönen von Rot, Geld, Braun und Violett. Sie kamen in allen möglichen Variationen vor und boten dem menschlichen Auge eine Herbstsinfonie der Farben, die beim nachdenklichen Betrachter andächtiges Staunen über das Werk der Schöpfung weckte.
Die *Harvest Moon* machte kurz Zwischenstation in Richmond, Gardiner und Hallowell. Einige Minuten nach zehn tauchte Augusta vor ihnen auf. Hier überspannte eine überdachte Brücke, die nur für Schiffe bis zu hundert Tonnen passierbar war, den Fluß.
»Schade«, bedauerte Sarah. »Von mir aus hätte die Fahrt ruhig noch etwas dauern können. So schnell vergehen mir die Stunden bei Missis Moore nie – und dir bei deiner Missis Unverträglich bestimmt auch nicht.«
»Wahrlich nicht«, pflichtete Daphne ihrer Freundin vergnügt bei. Sie fühlte sich so unbeschwert wie schon lange nicht mehr. Einmal zwei Tage tun und lassen können, wonach ihr der Sinn stand! Kein Gezanke zu Hause und bei Eleanor. Keine Pflichten. Kein Hin- und Herhetzen von einer Arbeit zur andern. Zwei Tage, die ihr allein gehörten und die sie in Gesellschaft ihrer besten Freundin verbringen durfte. Sie war jetzt froh, daß Sarah sie zu dieser Reise überredet hatte.
»Sieh mal da drüben! Das Gebäude mit der Kuppel. Das ist bestimmt das Parlamentsgebäude«, rief Sarah. »Ach, ich kann es gar nicht erwarten, durch die Straßen zu spazieren und all die schönen Geschäfte anzuschauen, die es hier geben soll.«
»Na, Bath gefällt mir auch.«
»Schon, aber Hauptstadt ist eben Hauptstadt. Da geht es bestimmt um einiges feiner zu als bei uns.«
Die *Harvest Moon* legte unterhalb der Brücke am Market Square an, und sie gingen mit ihrem leichten Gepäck von Bord. Eine ganze Reihe von Droschken wartete vor der Anlegestelle, und junge Burschen boten sich als Gepäckträger an.
»Kein Bedarf, mein Kleiner. Noch fallen wir nicht vom Fleisch. Und wenn es sein müßte, würde ich dein Gewicht auch noch bewältigen«, wimmelte Daphne einen allzu lästigen Jungen ab, der ihr kaum bis zur Schulter reichte und partout ihre Tasche tragen wollte.

Sie fanden auch die Ausgaben für eine Droschke an diesem herrlichen Herbsttag für unnötig, ließen sich von einem älteren Kutscher den Weg zu ihrem Hotel erklären und gingen die breite Winthrop Street hoch, eine der Hauptstraßen der Stadt, die vom Market Square schnurgerade bis zu den nordwestlichen Randbezirken führte.
Das Hotel, das Missis Moore ihnen empfohlen hatte, lag nur sechs Querstraßen von der Uferstraße entfernt in der Pleasant Street, die ihrem Namen alle Ehre machte. Die ruhige Seitenstraße der Winthrop Street wurde von Buchen und Roteichen gesäumt. Gleich am Beginn der Pleasant Street befand sich ein Altersheim für Frauen. Ihr Hotel *Harlow House* lag gleich hinter der eindrucksvollen Episkopalkirche an der Ecke zur Oak Street.
Das *Harlow House* glich mehr einer größeren Familienpension. Das Gebäude war fast so klein wie das von Eleanor Bancroft, und die Zahl der zu vermietenden Zimmer belief sich gerade auf zehn. Ernest Harlow, seine mollige Frau Pamela und ihre drei fast schon erwachsenen Töchter führten das Haus ohne fremde Hilfe. Die Annehmlichkeiten des Hotels außerhalb der Gästezimmer beschränkten sich auf einen gemütlichen Salon und einen sich anschließenden Speiseraum, wo das serviert wurde, was Pamela Harlow in der Küche zubereitete.
Diese sehr familiäre Atmosphäre und die Überschaubarkeit der Gäste machten das *Harlow House* für alleinreisende Frauen zu einer idealen und sicheren Unterkunft.
Ernst Harlow, ein kräftiger Mann von sympathischer Erscheinung, hieß sie herzlich willkommen, nahm mit schwungvoller Schrift ihre Personalien in sein dickes Gästebuch auf und klingelte dann nach seiner ältesten Tochter Anne, damit diese den neuen Gästen ihr Zimmer zeige.
Sie hatten das beste genommen, was Mister Harlow ihnen hatte anbieten können. Es ging nach hinten zu den Gartenanlagen der Kirche hinaus, war sehr gemütlich eingerichtet, hatte ein schönes breites Bett – und verfügte über ein richtiges Waschkabinett mit eingebautem Wasserspeicher über Waschtisch und Badewanne. Für Sarah war das ein faszinierender Luxus, daß man einfach nur einen Hahn aufzudrehen brauchte, um die Waschschüssel mit Wasser zu füllen, und nicht erst einen einfachen Bottich ins Zimmer schleppen mußte, wenn man ein Bad nehmen wollte.
Es war überhaupt aufregend, zum erstenmal in einem Hotel zu sein

und sich von anderen verwöhnen zu lassen. »Hast du das gehört? Morgen früh bringt man uns eine Tasse Tee mit Gebäck schon vor dem Aufstehen ans Bett, und wenn wir irgend etwas haben wollen, brauchen wir nur am Klingelzug zu ziehen! Weißt du was? Heute abend lasse ich mir ein Bad richten! Und zum Essen gehen wir heute abend auch!«
»Du bist ja eine richtige Genießerin. Das hätte ich von dir gar nicht gedacht«, machte sich Daphne über sie lustig, während sie ihre Sachen aufhängten oder in die Kommode einräumten.
»Wenn ich etwas tue, dann auch richtig. Heute und morgen will ich mal nicht den Cent zehnmal umdrehen müssen, bevor ich ihn ausgebe«, erklärte Sarah fröhlich. »Diese beiden Tage möchte ich genießen. Immerhin haben wir ja hart genug dafür gearbeitet, du noch mehr als ich. Und jetzt laß uns gehen! Ich kann es gar nicht erwarten, mehr von der Stadt zu sehen.«
Sie besichtigten die Stadt zu Fuß, was bei dem milden Wetter ein wahres Vergnügen war. Als sie zur Mittagszeit Hunger verspürten, kehrten sie nach der Besichtigung des Parlamentsgebäudes in einem gutbürgerlichen Restaurant an der Court Street ein, das sich *Joshua's Kitchen* nannte und offenbar der bevorzugte Treffpunkt der mittleren Verwaltungsangestellten vom Parlament und dem nahe gelegenen Gericht war.
Das Essen war ausgezeichnet und zudem noch preiswert. Sarah erzählte von Jerry und wie sehr sie sich darauf freue, ihn morgen um zwei nach so langer Zeit wiederzusehen. Wo das Gefängnis lag, hatten sie bei ihrem Rundgang schon herausgefunden. Es war ein schwerer, abweisender Bau aus dunklem Granit, umgeben von einer hohen Mauer mit Wachtürmen. Aber nicht einmal dieser bedrückende Anblick hatte Sarahs fröhliche Stimmung nachhaltig beeinflussen können. Wichtig war für sie nur, daß Jerry sie gebeten hatte zu kommen, weil er sich nach ihr sehnte. Daß sie noch zwei Jahre auf seine Entlassung warten mußte, wog nichts im Vergleich zu ihrer Glückseligkeit, daß er wieder zu ihr zurückgefunden hatte.
Den ganzen Nachmittag verbrachten sie damit, über die State Street zu schlendern, auf der das Leben von Augusta pulsierte, und sich die Auslagen der Geschäfte zu besehen. Sarah kaufte in einem Herrenausstattungsgeschäft ein farbiges Halstuch, das sie Jerry zusammen mit dem Tabak, den sie schon in Bath gekauft hatte, schenken wollte, sofern es die Gefängnisvorschriften zuließen. Für sich selbst erstand sie

ein paar Hutbänder. Daphne wurde von der Kauflust ihrer Freundin angesteckt und erstand ein Paar fellgefütterte Handschuhe, die ihr im kommenden Winter gute Dienste leisten würden, wenn sie wieder mit dem Wagen zum New Meadow River hinauszog. Vorausschauend, wie sie war, nahm sie die Gelegenheit und die große Auswahl in den Geschäften wahr, um schon dieses und jenes Geschenk für ihre Eltern und Geschwister auszuwählen, das sie ihnen unter den Weihnachtsbaum legen würde.

Mit den Päckchen unter dem Arm, machten sie sich schließlich auf den Weg zurück zum *Harlow House*. Gerade wollten sie in die Oak Street einbiegen, als hinter ihnen eine Stimme voller Überraschung rief: »Mein Gott, träume ich schon am hellichten Tag, oder sind Sie es wirklich, Daphne?«

»Das ist doch Mister McKinley!« rief Sarah.

Ungläubig fuhr Daphne herum. Es war wirklich Scott, der da auf sie zueilte. »Scott! Sie auch hier? Das ist ja nicht zu glauben!« Ihr Herz machte vor Freude einen Sprung, als sie sein lachendes Gesicht und seinen rotblonden Schopf sah. Wie schön es war, ihn wiederzusehen! Wie lang waren ihr doch die Wochen ohne ihn geworden!

Sein Blick umfing sie mit zärtlicher Freude. »Ich kann es noch gar nicht glauben, daß Sie hier tatsächlich vor mir stehen.«

Daphne lachte. »Ja, daß wir uns ausgerechnet in Augusta treffen, ist wirklich ein verrückter Zufall.«

»Sie wissen ja, daß ich nicht viel auf die Theorie der Zufälligkeit des Lebens gebe. Ich halte es mehr mit der Vorsehung. Ich bin sicher, Sie haben gespürt, wie sehr Sie mir gefehlt haben, Daphne. Und daraufhin hat die Vorsehung es gefügt, daß wir uns an diesem Ort und zu dieser Stunde über den Weg gelaufen sind«, erwiderte er mit entwaffnender Offenheit und einem breiten Lächeln.

Daphne errötete. »So eine Selbstüberschätzung kann auch nur von Ihnen kommen!« tadelte sie ihn, doch ohne echten Nachdruck. Seine Worte hatten etwas in ihr angesprochen, das ihr sagte, daß er damit vielleicht gar nicht so falsch lag. Sie hatte ihn ja tatsächlich vermißt. Nur würde sie den Teufel tun und das jetzt eingestehen. Sie vor Sarah so in Verlegenheit zu bringen! Dafür hätte er eigentlich einen viel stärkeren Dämpfer verdient.

Sarah schmunzelte. »Ich finde auch, daß viele Zufälle in Wirklichkeit Vorsehung sind.«

»Da wir uns ja nun über den wahren Anlaß Ihres Aufenthaltes in Au-

gusta einig sind«, fuhr Scott scherzhaft fort, »würde es mich doch mal interessieren, wie die Vorsehung es denn geschafft hat, Sie an diesen Ort zu bringen.«
»Die Vorsehung war meiner Überzeugung nach eher daran interessiert, Sarah nicht allein nach Augusta reisen zu lassen«, antwortete Daphne spöttisch, »als Ihnen Ihre recht zweifelhaften Wünsche zu erfüllen, Scott.«
Er spürte, daß er sich keinen Gefallen tat, wenn er sie erneut in Verlegenheit brachte. Manchmal war Daphne so scheu wie ein Reh. Deshalb wandte er sich Sarah zu. »Darf ich fragen, was Sie denn in Augusta zu tun haben, Miss Young? Sofern es sich dabei nicht um eine indiskrete Frage handelt...«
»Mit Ihrem Talent für vorwitzige Bemerkungen haben Sie sich die indiskreteste Frage, die Sie Sarah überhaupt stellen konnten, herausgesucht«, sagte Daphne streng, um ihrer Freundin weitere Fragen zu ersparen.
»Oh, das tut mir leid. Das lag nicht in meiner Absicht, Miss Young«, entschuldigte er sich. »Dann behandeln wir Ihren Aufenthalt in Augusta eben als privates Geheimnis.«
Sarah schüttelte den Kopf. »Ach, so geheim ist es nun auch wieder nicht. Sie können ruhig wissen, weshalb ich hier bin. Es ist wegen Jerry Marston. Er sitzt im Gefängnis ein, schon seit zwei Jahren, und ich werde ihn morgen zum erstenmal besuchen dürfen. Ich bin sehr glücklich darüber, weil Jerry mir... sehr, sehr viel bedeutet«, sagte sie mit einem leicht verlegenen Lächeln. »Und weil ich so aufgeregt und noch nie gereist bin, habe ich Daphne gebeten, mich doch zu begleiten. Das ist schon das ganze Geheimnis.«
»Ihr Jerry darf sich glücklich schätzen, daß eine so aufrechte, tapfere Frau wie Sie unbeirrbar zu ihm hält«, sagte er mit ernster Bewunderung.
Sarah zuckte nur die Achseln. »Ich liebe ihn nun mal«, sagte sie schlicht. »Und was kann man dagegen tun?«
»Ja, was kann man gegen Liebe tun?« pflichtete er ihr nachdenklich bei. Doch schon im nächsten Moment verschwand der ernste Ausdruck von seinem Gesicht. »Wenn ich es recht betrachte, haben wir alle Grund, uns zu freuen. Und dieses unerwartete Wiedersehen ausgerechnet hier in Augusta schreit doch förmlich danach, gebührend gefeiert zu werden. Deshalb möchte ich Sie beide heute abend zum Essen ausführen. Es gibt da ein nettes Restaurant, das Ihnen be-

stimmt gefallen wird und etwas zu bieten hat, was man in Bath vergeblich suchen würde.«
»Das ist wirklich reizend von Ihnen, aber ich weiß nicht, ob das ausgerechnet heute so eine gute Idee ist«, meinte Daphne zurückhaltend. »Es war ein langer Tag, und ich könnte mir denken, daß Sarah kaum der Sinn danach steht, am Abend noch auszugehen.«
»Aber warum denn nicht!« widersprach ihre Freundin fröhlich. »Ich finde, wir sollten Mister McKinley keinen Korb geben. Bist du schon mal zum Abendessen ausgeführt worden? Nein? Ich auch nicht. Das sollten wir uns also nicht entgehen lassen.«
Scott schenkte ihr einen dankbaren Blick. »Dann ist es also abgemacht, ja?« Er sah Daphne an. »Sie würden mir damit eine große Freude machen. Bitte, sagen Sie nicht nein!«
Die Aussicht, mit ihm auszugehen, versetzte sie genausosehr in freudige Erregung, wie sie dunkle Befürchtungen weckte. Sie wollte, glaubte aber gleichzeitig, es sei besser, wenn sie diesem Wollen straffe Zügel anlegte. Aber Sarah kam ja mit, und deshalb gab nun auch sie ihre Zustimmung.
Scott strahlte vor Freude und begleitete sie noch bis zu ihrem Hotel. »Um halb acht hole ich Sie ab«, verabschiedete er sich vor dem *Harlow House* von ihnen.
»Aber Sie müssen schon mit dem an Garderobe vorliebnehmen, was wir mitgebracht haben«, warnte Daphne ihn. »An abendliche Einladung haben wir bestimmt nicht gedacht, als wir unsere Reisetaschen gepackt haben. Also überlegen Sie sich gut, wohin Sie uns führen wollen, damit wir uns nicht deplaziert vorkommen!«
Er lächelte sie an. »Keine Sorge. Teure Abendroben sind dort nicht vonnöten, wo ich Sie hinzuführen gedenke. Zudem wird an Ihnen auch das schlichteste Kleid zu etwas Besonderem.«
Sarah lachte hell. »Das ist ein wahres Wort! Noch in einem Kartoffelsack sieht sie umwerfend aus.«
»Jetzt macht aber mal einen Punkt!« protestierte Daphne verlegen. »Ich könnte ja fast glauben, Sie hätten sich mit Sarah abgesprochen, Scott.«
Er schmunzelte: »Die Wahrheit spricht nun mal nur eine Sprache, Daphne.«
Sie wich seinem Blick aus. »Also dann, bis um halb acht!«
Im Zimmer angelangt, warf sich Sarah auf das Bett. »Ist das nicht ein herrlicher Tag? Und daß wir auch noch deinen Scott getroffen haben...«

»Nun übertreib mal nicht! Er ist nicht *mein* Scott«, erwiderte Daphne und stellte ihre Päckchen auf der Kommode ab.
Ihre Freundin zwinkerte ihr zu. »Aber er würde es gerne sein. Und du magst ihn doch auch, nicht wahr? Sehr sogar, wenn ich mich nicht total täusche.«
»Ach, Sarah...«
»Ja ja, ich weiß, du sprichst nicht gern darüber. Aber du kannst mir nicht erzählen, daß dir Scott McKinley gleichgültig ist. Er ist dir alles andere als gleichgültig, auch wenn du das immer herunterspielst und dich in die Floskel von der guten Freundschaft flüchtest. Was uns verbindet, dich und mich, das ist eine tiefe Freundschaft. Doch was zwischen dir und Scott besteht, ist etwas ganz anderes... und ich bin sicher, daß du genau weißt, was es ist – auch wenn du nichts unversucht läßt, um so zu tun, als sei da gar nichts. Ich wünschte, ich wüßte, warum du ihm und dir das antust«, sagte Sarah bedrückt. »Ich finde es traurig, daß du die Augen mit aller Macht vor der Wahrheit verschlossen halten willst. Warum nur?«
»So schlimm, wie du es jetzt darstellst, ist es nun auch wieder nicht«, erwiderte Daphne betont unbeschwert, während ihr Sarahs Kritik in Wirklichkeit ganz schön zusetzte. »Ich bin in diesen... Dingen vielleicht ein bißchen langsamer und zurückhaltender als andere. Aber du kannst mir schon glauben, wenn ich dir sage, daß ich nicht die Absicht habe, mir irgend etwas anzutun, was meinen eigenen Wünschen widerspricht.«
Sarah bedachte sie mit einem skeptischen Blick. »Manchmal merkt man gar nicht, daß man sich selbst einen großen Schmerz zufügt... oder aber man merkt es zu spät.«
»Deine Sorge um mich ist ganz lieb, aber wirklich unbegründet. Und im Augenblick solltest du dir vielmehr den Kopf darüber zerbrechen, ob du dein Bad noch vorher nehmen willst und wer wann wem die Haare macht«, wechselte Daphne geschickt das Thema.
»Erst mache ich dir die Haare, anschließend versinke ich im Bad«, entschied Sarah. »Zum Glück sind wir ja der Qual der Kleiderwahl enthoben, haben wir beide doch nur unser Sonntagskleid dabei.«
»Gut, dann gehe ich mich schon mal waschen, damit sie dir die Wanne füllen können, während du mich frisierst«, sagte Daphne, kleidete sich rasch aus und begab sich in das Waschkabinett, um sich zu erfrischen. Sarah gab indessen Anne Harlow Bescheid, daß sie ein warmes Bad wünschte. Als die Tochter des Hotelbesitzers mit den ersten Ei-

mern heißen Wassers aufs Zimmer kam, saß Daphne schon in frischer Unterwäsche und mit ihrem Morgenrock bekleidet vor dem Frisiertisch. Sarah ging sehr geschickt mit Kamm und Bürste um. Doch um noch mit der Brennschere Locken nachzuformen, fehlte die Zeit. Daphnes Haar machte dies auch nicht nötig. Sarah überredete ihre Freundin, ihre blauschwarze Flut offen und nur mit einer grünen Schleife am Hinterkopf zu tragen, die farblich genau zu ihrem flaschengrünen Kleid mit dem weißen Spitzenkragen paßte. Mit weißer Spitze waren auch der dezente Ausschnitt sowie die enganliegenden Ärmel gesäumt, die bis zu den Handgelenken reichten.

»Ihr Bad ist gerichtet, Miss Young. Badesalz steht auf der Ablage«, sagte Anne dann und zog sich zurück.

»Fertig! Auf die Minute! Wenn das nicht Maßarbeit ist!« freute sich Sarah, legte den Kamm aus der Hand und betrachtete ihr Werk mit Wohlgefallen. »Wie hübsch du aussiehst! Diese Frisur macht dein Gesicht noch weicher, Daphne. Scott wird nicht wissen, worauf er seinen bewundernden Blick zuerst richten soll.«

»Sieh zu, daß du in die Wanne kommst!«

»Bin schon halb drin!« gab Sarah lachend zurück und fuhr aus ihren Sachen. Mit einem wohligen Seufzer sank sie in die Wanne. Großzügig verteilte sie das wohlriechende Badesalz im Wasser.

Daphne kleidete sich indessen an und war einmal mehr froh, daß ihre schlanke Figur keines Korsetts bedurfte. Sich so einzuschnüren, daß einem kaum Luft zum Atmen blieb, hielt sie für ein unsinniges, ja fast unzumutbares Modediktat. Sie verstand auch nicht, daß ihre Mutter noch immer an dieser Gewohnheit festhielt. Vermutlich war sie die einzige in der Pearl Street, die sich in so ein Korsett zwängte.

Ihre Gedanken beschäftigten sich eine Weile mit ihren Eltern, die sich außer verletzenden Worten nichts mehr zu sagen hatten. Sie dachte auch an Heather und die Sorgen, die Gilbert ihr zweifellos machte. Sie wünschte ihrer Schwester von ganzem Herzen, daß ihr Mann noch rechtzeitig erkannte, welch gefährlichen Weg er eingeschlagen hatte. Was für ein Wahnsinn, die Ersparnisse von Jahren harter Arbeit in einigen wenigen Nächten am Kartentisch zu verspielen!

Daphne fuhr aus ihren Gedanken auf, als am Ende des Ganges eine Tür zufiel, und sie merkte, wie spät es schon war. Sie trat zur Tür, die ins Waschkabinett führte und klopfte.

»Ja, komm nur rein.« Sarah lag noch immer in der Wanne, einen entspannten und zugleich versonnenen Ausdruck auf dem Gesicht.

»Es wird höchste Zeit, daß du dich aus deinem Schaumberg erhebst, sonst wird Scott warten müssen!« drängte Daphne.
»Ich komme heute abend nicht mit.«
Daphne glaubte, ihre Freundin falsch verstanden zu haben. »Wie bitte?«
»Ich möchte, daß du den Abend allein mit Scott verbringst. Es wäre nicht richtig, wenn ich mitkäme.«
»Natürlich kommst du mit! Das haben wir so abgemacht. Du kannst mich doch jetzt nicht einfach hängenlassen!« protestierte Daphne. »Los! Raus mit dir aus der Wanne!«
Sarah schüttelte den Kopf. »Nein, ich möchte nicht. Sei mir bitte nicht böse! Ich habe das wirklich nicht so geplant. Als er uns einlud, dachte ich, daß es mir gefallen würde, mit euch auszugehen. Aber da war ich in einer anderen Stimmung. Weißt du, ich muß ständig an Jerry und an morgen denken, und es wäre nicht richtig, wenn ich euch den Abend verderben würde, weil ich so in mich gekehrt bin. Ich möchte viel lieber allein sein, Daphne.«
»Und was ich möchte, interessiert dich gar nicht?«
Sarah sah sie an. »Wenn du deine Gefühle einmal ganz ehrlich befragst, dann möchtest du im Grunde genommen genauso gern mit Scott allein sein, wie ich es mir in dieser Situation wünschen würde, wenn Jerry frei wäre.«
»Das stimmt nicht!«
»Und ob es stimmt. Scott liebt dich, Daphne! Schon seit langem, das weißt du.«
»Das mag ja sein...«
»Das mag nicht so sein, das ist so! Punktum! Darüber brauchen wir gar nicht zu diskutieren. Wir wissen beide, daß es stimmt. Und du liebst ihn«, fuhr Sarah energisch fort. »Hör doch endlich auf, dir und mir und auch Scott etwas vormachen zu wollen! Du liebst ihn. Ich habe doch gesehen, wie du ihn am vierten Juli manchmal angeblickt hast, wenn du glaubtest, unbeobachtet zu sein. Es ist mir überhaupt ein unbegreifliches Rätsel, daß du deine Gefühle für ihn fast schon verbissen zu ignorieren versuchst.«
»Das ist jetzt wirklich der denkbar schlechteste Zeitpunkt, um darüber zu streiten, Sarah«, versuchte Daphne das Thema abzubiegen.
»Ganz und gar nicht! Warum stehst du denn nicht zu dem, was du für Scott empfindest? Männer wie er laufen einer Frau nicht zu Dutzenden über den Weg. Er sieht nicht nur gut aus, sondern ist auch warm-

herzig, tüchtig und zudem auch noch mit einer wahren Engelsgeduld gesegnet, denn sonst hätte er dich schon vor vielen Monaten als hoffnungslosen Fall abgeschrieben. Himmeldonnerwetter, er ist ein Mann, der es verdient, von dir geliebt zu werden!« hielt Sarah ihr fast ärgerlich vor. »Was hast du also bloß an ihm auszusetzen?«

»Ich habe nichts an ihm auszusetzen!« erwiderte Daphne heftig. »Ich habe höchstens etwas daran auszusetzen, daß ich dir Rechenschaft darüber ablegen soll, warum ich mein Leben so und nicht anders lebe und selbst entscheide, welcher Mann wann für mich der richtige ist.«

Sarah zuckte wie unter einer Ohrfeige zusammen. »Entschuldige, Daphne«, murmelte sie. »So war es nicht gemeint. Es tut mir leid, wenn ich unsere Freundschaft zu großzügig ausgelegt habe und dir zu nahegetreten bin. Natürlich mußt du niemandem Rechenschaft ablegen, am wenigsten mir. Wer bin ich schon? Nein, der einzige, dem gegenüber du zur Wahrheit verpflichtet bist, bist du selber.«

Das Schweigen, das nun eintrat, bedrückte beide gleichermaßen. Daphne bereute augenblicklich, daß sie Sarah so barsch angefahren hatte. Freundschaft hieß nun mal nicht allein blinde Zustimmung, sondern bedeutete auch Kritik, die man sich nicht nur gefallen lassen, sondern als ebenso wichtige Säule der Freundschaft wie Treue und Verläßlichkeit schätzen mußte – auch wenn es gelegentlich schwerfiel.

»Nein, ich bin es, der sich entschuldigen muß«, brach Daphne schließlich das Schweigen. »Ich hatte kein Recht, dir so über den Mund zu fahren, nur weil du... den Finger wohl auf eine wunde Stelle bei mir gelegt hast. Es tut mir leid, Sarah. Verzeih mir, daß ich so aus der Haut gefahren bin!«

Sarahs Augen schimmerten feucht. Erleichterung lag in ihrem Blick. »Ach, was! Da gibt es nichts zu verzeihen. Man muß sich auch mal in die Haare geraten können, ohne daß gleich die Welt untergeht. Vergessen wir es! So, und jetzt mach, daß du nach unten kommst!«

»Nein, nein! So haben wir nicht gewettet, Sarah! Du hast zuerst Scotts Einladung angenommen. Du wirst jetzt keinen Rückzieher machen, aus welchen Gründen auch immer. Ohne dich gehe ich nicht aus dem Haus!« drohte sie.

Und Daphne ging doch.

»Ihre Freundin kommt nicht mit?« fragte Scott überrascht, als er um halb acht mit einer Mietkutsche vor dem *Harlow House* vorfuhr und nur von Daphne erwartet wurde – in einem grünen Kleid, das ihr ganz wunderbar zu Gesicht stand und seine Augen mit Bewunderung füllte.

»Nein. Sarah läßt sich entschuldigen. Sie hat es sich anders überlegt. Ihr ist irgendwie nicht nach Ausgehen zumute«, erklärte Daphne, von zwiespältigen Gefühlen geplagt. Und in ihrer Unsicherheit, wie sie diesen Abend nur bewältigen sollte, fügte sie etwas forsch hinzu: »Ich hätte wohl auch abgesagt, wenn ich gewußt hätte, wo Sie zu erreichen gewesen sind.«

Es war, als spürte Scott, daß hinter ihrer kühlen Bemerkung eine verwirrte Seele stand, denn statt betroffen zu sein, verzog sich sein Gesicht zu einem Lächeln. »Ich bin im *Statesman* abgestiegen, unweit des Parlamentes. Aber das zu wissen, hätte Ihnen auch nicht geholfen. Mir wäre schon etwas eingefallen, Sie von diesem fatalen Fehler abzuhalten, Daphne. Ich hätte mich nämlich um nichts auf der Welt um das Vergnügen bringen lassen, mit Ihnen an meiner Seite anzugeben. Und nun sehen Sie mich bitte nicht mehr so grimmig an, als hätte ich Ihnen schon einen Heiratsantrag gemacht! Der steht auf meinem Verführungsplan erst zwischen Nachtisch und Champagner in meinem Hotelzimmer. Zudem habe ich Ihnen doch versprochen, daß ich Sie so lange in meinem Netz zappeln lassen werde, bis Sie mir zuerst einen Antrag machen. Wollen wir?« Er bot ihr seinen Arm an.

Daphnes innere Verspannung löste sich bei seiner humorvollen Erwiderung, und sie konnte nicht umhin, auch zu lächeln.

»Ich werde mich mit dem Nachtisch begnügen und Ihnen den Champagner zum alleinigen Genuß überlassen«, ging sie auf seinen Tonfall ein.

»So gefallen Sie mir schon besser«, sagte er, während sie sich bei ihm einhakte. »Und was den Champagner betrifft, so wollen wir doch den Dingen nicht vorgreifen.«

»Wo bringen Sie mich überhaupt hin, Scott?« erkundigte sie sich, als sie in der Kutsche saßen.

»In den *Sanford Club* auf der State Street. Das ist ein Restaurant, das seinen Gästen ein wenig mehr als nur gutes Essen und Getränke bietet. Lassen Sie sich überraschen! Ich bin sicher, daß es Ihnen gefallen wird.«

Und wie es Daphne gefiel, all ihren Bedenken zum Trotz! Der *Sanford Club* gehörte zu den Etablissements der gehobenen Preisklasse, jedoch ohne die steife Vornehmheit, die viele der besseren Restaurants kennzeichnet. Wer in den *Sanford Club* kam, wollte in den

halbrunden, mit dunkelblauem Samt ausgeschlagenen und von kleinen Gasleuchten erhellten Nischen gut zu Abend essen, sich aber gleichzeitig auch gut amüsieren. Und für diesen unterhaltsamen Teil sorgte ein buntes Programm, das den Gästen auf einer richtigen, wenn auch kleinen Bühne mit Vorhang dargeboten wurde.
»Na, habe ich Ihnen zuviel versprochen?« fragte Scott, als Daphne nach einem burlesken Sketch begeistert in den allgemeinen Applaus einfiel.
»Im Gegenteil! Das hätte ich wirklich nicht erwartet. Es ist wunderbar, Scott!« Sie hatte noch Lachtränen in den Augen. »Schade nur, daß Sarah diesen Abend verpaßt.«
»Ja. Ich hätte ihr das Vergnügen auch gegönnt. Aber ich müßte schon ein Lügner sein, wollte ich behaupten, daß mir Ihre alleinige Gegenwart die Freude trübt«, räumte er ein.
»Sie sind und bleiben ein Schmeichler, Scott!«
»Das Wort Schmeichler gefällt mir im Zusammenhang mit Ihnen überhaupt nicht. Aber wenn Sie schon darauf bestehen, dann bin ich höchstens ein Schmeichler aus tiefster Überzeugung.«
»Sie haben mir noch gar nicht gesagt, warum Sie so viele Wochen von Bath weg sind und was Sie ausgerechnet in Augusta zu tun haben«, schnitt Daphne ein anderes Thema an.
»Finden Sie, daß ich sehr lange von Bath weg bin?« hakte er sofort nach. »Darf ich hoffen, daß Sie mich zumindest dann und wann vermißt haben?«
Eine leichte Röte überzog ihre Wangen und bewies, daß sie mit ihrer Frage mehr preisgegeben hatte als beabsichtigt und daß er mit seiner Vermutung ins Schwarze getroffen hatte. »Ich habe gelegentlich an Sie gedacht«, gab sie zu. »Aber man beantwortet eine Frage nicht mit einer Gegenfrage. Zumindest gehört sich das nicht für einen Gentleman.«
»Wie ich Ihnen schon sagte, ich hatte persönliche Gründe, die mich zwangen, Bath für ein paar Wochen den Rücken zu kehren«, antwortete er recht vage. Er bemerkte ihren fragenden Blick und fügte dann hinzu: »Mein Vater und ich, wir haben erhebliche Differenzen. Ich hoffte, sie endlich beilegen zu können. Aber das hat sich leider als Irrtum herausgestellt. Es ist traurig, es sagen zu müssen, aber wir sind uns so fremd geworden, wie sich zwei Menschen von einem Fleisch und Blut nur fremd werden können.«
»Das tut mir leid, Scott. Sind es denn so schwerwiegende Probleme, daß sie sich nicht aus der Welt schaffen lassen?« fragte sie.

»Unsere Probleme beruhen weniger auf Meinungsverschiedenheiten, obwohl wir auch davon genug haben, als auf Tatsachen. Und Tatsachen lassen sich nicht aus der Welt schaffen, Daphne. Entweder man akzeptiert sie und arrangiert sich mit ihnen, oder man versucht, sie zu verändern. Ignorieren kann man Tatsachen auf Dauer jedoch nicht, zumindest nicht ohne schwerwiegende Konsequenzen«, sagte er und warf ihr einen bedeutsamen Blick zu. »Das Problem meines Vaters ist, daß er einfach nicht gewillt ist, sich mit den Tatsachen abzufinden – und daß er seine Macht bösartig ausnutzt, um seinen Willen durchzusetzen. Er versteht einfach nicht, daß er bei einem Menschen mit gesunder Selbstachtung damit genau das Gegenteil erreicht.«
»Familiäre Macht?«
Scott zögerte einen winzigen Moment. »Nein, wirtschaftliche Macht. Mein Vater besitzt ein sehr großes Bauunternehmen in Bangor, und sein Einfluß ist dementsprechend.«
Daphne lächelte. »Jetzt wird mir einiges klar.«
»So? Was denn?« fragte er spöttisch.
»Ihre Art, sich auszudrücken, Ihr starkes Interesse an Literatur, Ihr ganzes Auftreten«, antwortete Daphne. »Schon auf der *David Burton* hat mich das verwundert. Es schien so gar nicht zu einem Mann zu passen, der vorgab, ein Holzfäller und Eiscutter zu sein.«
»Aber genau das bin ich!«
»Sicher, jetzt. Aber das ist nicht Ihre Herkunft.«
»Ich habe es immer gehaßt, daß man Menschen nach ihrer Herkunft beurteilt. Und ich dachte, Sie gehörten nicht zu diesen Verblendeten, die den Wert eines Menschen nur nach seinem familiären Hintergrund beurteilen«, sagte er fast vorwurfsvoll.
»Habe ich das behauptet, Scott? Ich habe nur gesagt, daß ich mir Gedanken über Sie gemacht habe und daß Ihre Herkunft vieles erklärt, was ich bisher nicht recht einzuordnen wußte. Das ist alles.«
Er lächelte wieder. »Entschuldigen Sie! Ich glaube, bei diesem Thema reagiere ich wohl immer etwas zu empfindlich und bin zu schnell gereizt.«
»Würde ich Sie sehr reizen, wenn ich Sie frage, weshalb Sie sich mit Ihrem Vater überworfen haben?« formulierte sie ihre Frage sehr vorsichtig.
»Nein, denn die Antwort ist sehr einfach und schnell gegeben: Ich habe den starken Willen meines Vaters geerbt und getan, was *ich* für richtig hielt – und zwar gegen seinen erklärten Willen. Das reichte ihm, mich zu enterben.«

»Wir sind noch nicht einmal bei der Vorspeise, Scott«, sagte Daphne. »Meinen Sie nicht, daß Sie sich ruhig etwas mehr Zeit für ein paar Einzelheiten nehmen könnten?«

»Sie wollen es genauer wissen? Gut, warum nicht. Mein Vater wollte mich in ein Leben pressen, das ich verabscheue und das meiner Natur zuwiderlief«, erzählte er mit grimmigem Tonfall. »Er war es gewohnt, daß jeder genau das tat, was er befahl – sowohl in der Firma als auch zu Hause. Sein Wort war Gesetz. Und er hatte es sich in den Kopf gesetzt, daß ich Ingenieur werden und später die Firma übernehmen solle. Dieser Werdegang, den er sich für mich zurechtgelegt hatte, war für ihn seit meiner Geburt so unumstößlich gewesen wie ein Naturgesetz. Darüber gab es auch keine Diskussionen. Schon als Kind wußte ich, daß ich dem, was mein Vater von mir erwartete, nie gerecht werden könnte. Doch ich wagte nicht, ihm zu widersprechen und ihm zu sagen, daß seine Zukunftspläne für mich sich ganz und gar nicht mit dem deckten, was ich wollte.«

Daphne sah ihn mitfühlend an. »Das muß schwer für Sie gewesen sein, Scott.«

Ein bitteres Lächeln trat auf sein Gesicht. »Ein Familientyrann, der zudem auch noch große wirtschaftliche Macht in den Händen hält, ist für jeden Heranwachsenden so etwas wie ein riesiger Felsblock, der über alles seinen Schatten wirft, einen zu erdrücken droht... und so manch einen auch unter sich zerquetscht.«

Nach einer kurzen Pause fuhr Scott dann fort: »Für ein Leben in einem Büro, wie er es mir aufzwängen wollte, bin ich nicht geschaffen – und wenn das mit noch soviel Geld und Macht verbunden ist. Mich zog es in jeder freien Minute hinaus in die Natur. Ich liebte die Wälder und jede Arbeit, die ich mit der Kraft meiner Hände verrichten konnte. Die legendären *Bangor tiger*, die Holzfäller und Flößer, waren meine heimlichen Idole. Ich wollte so wie sie draußen in der Wildnis leben, unter hart arbeitenden Männern in einem Camp, wo Freundschaft und Mannschaftsgeist herrschen, wo jeder auf den anderen angewiesen ist und auch weiß, daß er sich auf den anderen verlassen kann. Dieses freie Leben stand in einem krassen Gegensatz zur Welt meines Vaters, in der es immer nur um Geld, Macht und Vorteile auf Kosten anderer geht und wo der Ruin eines Konkurrenten als höchster Triumph gilt.« Verachtung sprach aus seiner Stimme.

Daphne dachte sofort an Rufus Hatfield. Scotts Vater schien aus demselben Holz geschnitzt zu sein. Machtversessen und skrupellos. Sie war versucht, ihm zu sagen, wie vertraut ihr all das war, was er ihr da erzählte. Doch sie wollte ihn nicht unterbrechen.

»Das also waren meine Jugendträume. Doch ich hatte, wie gesagt, lange Zeit nicht den Mut, mich meinem Vater zu widersetzen. Das hatte noch niemand gewagt. So brachte ich denn die Schule hinter mich und begann am Technischen Institut in Bangor meine Ausbildung zum Ingenieur. Ich haßte jeden Tag, den ich dort verbringen mußte. Im zweiten Jahr meiner Ausbildung schickte mich mein Vater in den Sommerferien nach Augusta. Das war vor acht Jahren. Damals unterhielt mein Vater hier noch ein Baubüro. Ich sollte die Sommerferien nutzen, um praktische Erfahrungen zu sammeln. Und das tat ich auch, aber anders, als mein Vater sich das vorgestellt hatte. Ich bekam Kontakt mit Holzfällern, die in den Sommermonaten für das Bauunternehmen meines Vaters arbeiteten. Die räumliche Trennung von meinem Elternhaus bewirkte zudem, daß ich endlich den Mut fand, mich von den Zwängen meines Vaters zu befreien. Im Herbst, genau vier Tage nach meinem einundzwanzigsten Geburtstag, zog ich mit einer Gruppe Holzfäller in die Wälder. Mein Vater erfuhr von meinem Entschluß, die Ingenieursausbildung aufzugeben und auch die Nachfolge in seiner Firma auszuschlagen und meinem jüngeren Bruder zu überlassen, erst durch einen Brief von mir, als es schon zu spät war, um mich zurückholen zu können. Er wußte auch gar nicht, welcher Mannschaft ich mich angeschlossen hatte. Zudem hatte ich mich vorsichtshalber unter falschem Namen verdingt, so daß all seine Erkundigungen ohne Ergebnis blieben. Als ich dann Monate später aus den Wäldern zurückkam, nahm das Drama seinen Lauf. Mein Vater tobte und drohte mir sogar Prügel an, was natürlich lächerlich war, da ich ihn am ausgestreckten Arm hätte verhungern lassen können. Eine Chance wollte er mir noch geben. Ich lehnte ab. Für mich gab es kein Zurück mehr. Ich ging nach Augusta und suchte mir dort Arbeit. Mein Vater ließ nun nichts unversucht, um mich auf die Knie zu zwingen.« Sein Gesicht nahm einen verbitterten, harten Ausdruck an. »Er schreckte nicht einmal davor zurück, andere Existenzen zu zerstören, um mich über sie zu treffen und zum Einlenken zu zwingen. Er ruinierte den Besitzer einer kleinen Eisgesellschaft und trieb ihn dadurch in den Tod, weil der sich weigerte, mich zu entlassen.«

»Nein!« stieß Daphne bestürzt hervor.

»O doch!« Ein freudloses Lächeln zuckte um Scotts Mundwinkel.

»Mein Vater schreckte vor nichts zurück, um mir zu zeigen, daß er die Macht besaß, um alles zu vernichten, was mir etwas bedeutete... Freunde, Arbeitgeber, einfach alles. Er konnte es nicht verkraften, daß ich ihm die Stirn geboten und in seinen Augen Schande über die Familie gebracht hatte. Und er ist überzeugt, daß nichts die Macht des Geldes zu übertrumpfen vermag. Er behauptete, daß jeder käuflich ist und nur der Preis variiert.« Es war, als legte sich ein dunkler Schatten über Scotts Gesicht, begleitet von einem schmerzlichen Ausdruck in seinen Augen. »Das Deprimierende ist, daß er sehr oft recht behalten hat. Nur mich hat er nicht kaufen können. Es wird ihm auch nie gelingen. Ich hatte nur gehofft, ihn nach den vielen Jahren, die wir uns nicht mehr gesehen haben, versöhnlicher vorzufinden. Doch das war leider nicht der Fall. Seine fast haßerfüllte Unversöhnlichkeit hat mich zutiefst erschreckt.«

Daphne spürte das Verlangen, Scotts Hand zu nehmen und ihn zu trösten. Doch ausgerechnet in diesem Moment brachte der Kellner ihre Vorspeise, eine Pilzrahmsuppe. Und auf der kleinen Bühne trat nun ein Gesangstrio auf, das bekannte Lieder zum besten gab.

»So, das zu meiner bewegten Vergangenheit«, sagte er in veränder-tem, wieder heiterem Ton, als sich der Kellner entfernt hatte. »Aber für heute abend soll es damit genug der Lebensbeichte sein. Ich habe Sie wahrlich nicht eingeladen, um wegen meines tyrannischen Vaters in Trübsinn zu verfallen. Es besteht dafür auch nicht der geringste Grund, denn ich bin mit dem Leben, das ich führe, glücklich... vor allem mit Ihnen an meiner Seite.« Er hob sein Glas.

Sie stießen an, und sein Blick ließ sie innerlich erschauern. »Zum Wohl, Scott!«

»Auf *unser* Wohl, Daphne!« sagte er. »Und auf einen schönen Abend nach so langen Wochen der Trennung!«

Sie spürte, wie sie erglühte, und beugte sich schnell über ihre Suppe.

Der Abend verlief so harmonisch, wie sie ihn sich schöner nicht hätte wünschen können. Das Essen machte dem guten Ruf des *Sanford Club* alle Ehre, was auch auf die Tanzgruppen und Musiker sowie den Jongleur und Zauberer zutraf, die zu den Höhepunkten des Programms zählten. Zwischendurch unterhielten Daphne und Scott sich auch immer wieder angeregt über alles mögliche. Die Bezeichnung, daß ihre Gespräche »Gott und die Welt« zum Thema hatten, traf bei ihnen sogar buchstäblich zu, denn sie diskutierten genauso über seinen katholischen Glauben wie über Bücher, den neusten Klatsch aus

Bath sowie über die kommende Eisernte und die Möglichkeiten, ihre Kartoffelkuchen Company noch zu vergrößern. Es zeigte sich deutlicher denn je, sie hatten so viele Anknüpfungspunkte und gemeinsame Interessen, daß ihnen auch nach Stunden der Gesprächsstoff noch immer nicht ausging.

Es war schon halb zwölf, als sie den *Sanford Club* verließen. Scott legte ihr den Umhang um die Schultern. »Möchten Sie eine Kutsche nehmen, oder sollen wir zu Fuß gehen?« fragte er. »Ich würde einem Spaziergang den Vorzug geben, denn weit ist es ja nicht.«

»Ein wenig Bewegung nach diesem üppigen Essen könnte uns wirklich nicht schaden«, stimmte sie ihm zu und nahm seinen Arm. Sie gingen die von Gaslaternen beleuchtete Straße hinunter, die um diese späte Stunde längst nicht so ausgestorben war wie die vergleichbare Washington Street in Bath. Mehrere Kutschen rollten an ihnen vorbei, und es begegneten ihnen auch Passanten.

Die Nacht war kühl, aber nach der drangvollen Enge im *Sanford Club* war es eine angenehme, erfrischende Kühle. »Sie haben mir mit diesem Abend ein unvergeßliches Geschenk gemacht, Scott. Dafür möchte ich Ihnen danken.«

»Ich möchte Ihnen immer unvergeßliche Geschenke machen, Daphne«, erwiderte er und legte seine Hand auf die ihre, die auf seinem Arm ruhte. »Sie wissen doch, wieviel Sie mir bedeuten.«

Ihr Herzschlag beschleunigte sich. »Ihre Freundschaft bedeutet mir auch viel, Scott.«

Er blieb plötzlich stehen und wandte sich ihr zu. Eindringlich sah er sie an. Sein Gesicht zeigte einen fast gequälten Ausdruck. »Daphne! Wann wird das ein Ende haben? Wie lange soll das noch so weitergehen?«

»Wovon reden Sie?« fragte sie verstört zurück.

»Du weißt genau, wovon ich rede. Es ist nicht Freundschaft, was ich für dich empfinde, Daphne!« brach es aus ihm heraus. Er konnte das, was ihm schon so lange auf Herz und Lippen lag, nicht länger unterdrücken. Einmal mußte es heraus. Und diese Nacht in Augusta war so gut und so schlecht wie jede andere Stunde an jedem anderen Ort. »Ich liebe dich, Daphne! Ich liebe dich seit langem!«

»Scott!«

»Erschrecke ich dich? Aber das kann nicht sein, denn du weißt doch längst, daß ich dich liebe«, sprach er hastig weiter. »Schon als ich dich das erste Mal dort an Deck der *David Burton* sah, rührtest du etwas in mir an, das ich erst nicht zu deuten wußte. Als ich dich dann in der Bücherei wiedersah, war mir, als hätte ich etwas ungeheuer Kostbares wiedergefunden, das ich verloren hatte, ohne mir dessen bewußt zu sein. Und bald war mir klar, daß ich nur aus einem einzigen Grund immer wieder dafür sorgte, mit dir zusammenzusein: weil ich dich liebe.«

Daphne fühlte sich von seiner Liebeserklärung überrumpelt und aus dem Gleichgewicht gebracht. Ihr war, als habe er eine stumme Übereinkunft gebrochen und an ein Thema gerührt, das doch tabu sein sollte.

»Scott, ich... ich weiß nicht, was ich dazu sagen soll«, stammelte sie ganz verwirrt. »Ich mag dich sehr, das weißt du... aber...«

»Mein Gott, warum hörst du nicht auf, dich und mich belügen zu wollen?« fiel er ihr fast verzweifelt ins Wort. »Du liebst mich, wie ich dich liebe! Warum hast du bloß solche Angst, es zuzugeben? Warum bist du ständig auf der Flucht vor deinen eigenen Gefühlen?«

»Du nimmst dir jetzt mehr heraus, als dir zusteht!« wies sie seinen Vorwurf heftig zurück. »Wie kannst du behaupten zu wissen, was ich für dich empfinde?«

»Weil ich es *spüre* und oft genug in deinen Augen gelesen habe, Daphne! Deshalb! Glaubst du, ich könnte nicht zwischen Freundschaft und Liebe unterscheiden? Immer wenn wir zusammen sind, gibt es diese merkwürdige Spannung zwischen uns, weil wir eben mehr als nur herzliche Freundschaft füreinander empfinden. Es ist die Liebe, die wir mit aller Macht zu ignorieren versucht haben und die doch immer fast mit den Händen zu greifen ist, wenn wir zusammen sind. Es ist die Sehnsucht nach Zärtlichkeit und der Wunsch, mit dem dummen Versteckspielen endlich aufzuhören.«

»Ich kann mir nicht erklären, was auf einmal in dich gefahren ist. Ich habe nie mit dir Verstecken gespielt. Vielleicht habe ich gespürt, daß du mich... liebst«, erwiderte sie mit belegter Stimme. »Aber du begehst einen schrecklichen Irrtum, wenn du dir einredest, daß ich... genauso empfinde wie du. Sicher, ich würde nie leugnen, daß du ein sehr anziehender Mann bist und mich bestimmt nicht gleichgültig läßt. Doch daraus gleich den Schluß zu ziehen, ich würde... dich so lieben wie du mich, wäre töricht.«

»Ach, Daphne! Warum sagst du nur so etwas? Was ist nur der Grund, daß du dich mit Händen und Füßen gegen die Tatsachen wehrst?« fragte er gequält und verständnislos. »Wenn wir uns mal einen Tag nicht gesehen haben, haben wir einander schmerzlich vermißt – du so wie ich. Aber du willst es einfach nicht wahrhaben, und das verstehe ich nicht. Warum hast du Angst vor der Liebe?«

»Ich und Angst? Das ist ja lächerlich!« rief sie erregt. »Wie kommst du bloß auf so einen Unsinn?«

»Nein, es ist nicht lächerlich, sondern tragisch, denn *daß* du Angst hast, steht für mich zweifelsfrei fest. Ich habe das entsetzliche Gefühl, als wolltest du dir deine eigenen Gefühle am liebsten mit einem langen Stock vom Leibe halten. Aber wovor hast du nur Angst, Daphne? Vor einer Bindung? Vor der Verantwortung? Vor mir als Mann?« Er faßte sie am Arm, als wolle er sie wachrütteln. »Daphne! Rede mit mir! Sage mir, was dir solche Angst bereitet, daß du deine Gefühle mit aller Macht zu verleugnen suchst! Fürchtest du vielleicht, zurückgewiesen und enttäuscht zu werden? Oder sind dir deine Geschäfte und deine Freiheit wichtiger als die Liebe eines Mannes? Glaubst du, auf das eine verzichten zu müssen, wenn du das andere wählst?«

»Du... du... bist unverschämt!« keuchte sie und riß sich los. »Hör endlich auf, dich wie... wie ein Großinquisitor aufzuführen! Du maßt dir etwas an, was dir nicht zusteht. Keinem! Ich bin dir über meine Gefühle keine Rechenschaft schuldig.«

Unbändiger Schmerz stand in seinen Augen. »Ja, das stimmt. Entschuldige, wenn ich die Kontrolle über mich verloren habe! Es... es hatte sich einfach zuviel angestaut im letzten Jahr. Verzweiflung, aber noch mehr Hoffnung«, murmelte er tonlos. »Doch ich bin ein Narr gewesen zu glauben, es würde *uns beiden* helfen, endlich einmal offen darüber zu reden. Ich dachte, du würdest dich genauso befreit fühlen wie ich... Und ich fühle mich befreit, daß es endlich heraus ist, auch wenn ich statt des erhofften ›Ich liebe dich, Scott!‹ sozusagen eine Ohrfeige von dir bekommen habe. Ja, ich war wohl anmaßend und unverschämt zu dir. Das gebe ich zu.« Er machte eine Pause und sah ihr fest ins Gesicht. »Doch du bist grausam, Daphne.«

Bestürzt wich sie vor ihm zurück und schüttelte den Kopf. »Grausam! Nein, das kannst du mir nicht vorwerfen! Dazu hast du kein Recht... und auch keinen Grund.«

Er nickte schwer. »Doch, ich habe beides. Wenn du mich nicht lieben würdest, hättest du recht. Aber du verleugnest deine Liebe, und das ist wohl mit das Grausamste, was du mir antun kannst – und dir dazu.«

Bleich und stumm starrte sie ihn an.
»Sag mir doch ins Gesicht, daß du mich nicht liebst und schwöre auf die Bibel oder was dir sonst heilig ist, daß es die reine Wahrheit ist!« forderte er sie auf. »Wenn du das tust, werde ich dir glauben. Komm schon, sag und schwöre es!«
»Du quälst mich!« stieß sie hervor und kämpfte mit den Tränen. »Laß mich in Frieden, Scott! Hörst du? Laß mich in Frieden! Ich will nach Hause!«
Fast mitleidig sah er sie an. »Arme Daphne«, sagte er voller Schmerz und Trauer. »Wenn ich dir doch nur helfen könnte. Warum...«
»Besorg mir eine Kutsche! Dann ist mir geholfen«, fiel sie ihm mit zitternder Stimme ins Wort.
Ein langer Blick, dann wandte er sich um und winkte die nächste freie Droschke heran. »Bringen Sie die Dame bitte zum *Harlow House* in die Pleasant Street. Und warten Sie, bis sie sicher im Hause ist«, trug er dem Kutscher auf und gab ihm ein großzügig bemessenes Entgelt.
»Selbstverständlich«, versicherte der Kutscher. »Ich werde sie persönlich bis vor die Tür begleiten, als wäre sie meine eigene Tochter. Sie haben mein Wort drauf.«
»Danke.«
»Gern zu Diensten, mein Herr.«
Wortlos schlug Scott den Schlag zu.
Aufgewühlt bis auf den Grund ihrer Seele und zugleich wie benommen, saß Daphne in der Kutsche. Seine Worte hallten noch immer in ihr nach.
»Du bist grausam, Daphne!... Du bist grausam!«
Nein, sie war nicht grausam, zumindest wollte sie es nicht sein, schon gar nicht zu ihm. Aber warum hatte er sie nur mit seiner Liebeserklärung so überfallen? Er hatte kein Recht dazu, sie so in die Ecke zu drängen und zu verlangen, daß sie ihm ihre Gefühle offenbarte.
Sie hatte Angst, das stimmte. Aber hatte sie nicht guten Grund dazu? Liebesschwüre! Was waren sie schon wert? Hatte John ihr nicht auch ewige Liebe geschworen und sie dann von sich gestoßen. Liebe! Liebe! Wohin führte Liebe? Zu Schmerz und Tränen und noch größerer Einsamkeit.
War sie wirklich grausam zu ihm gewesen? Tat sie ihm vielleicht ein großes Unrecht an, daß sie ihn dafür bezahlen ließ, was ihr ein anderer Mann angetan hatte?
Die Gedanken jagten sich hinter ihrer Stirn. Ihr kam wieder in den

Sinn, was Sarah ihr vorgehalten hatte. Hatte sie nicht fast dasselbe gesagt wie Scott, nämlich daß sie sich selbst und ihm etwas vorspielte? Hatte sie Scott jetzt verloren?
Dieser Gedanke machte ihr plötzlich mehr angst als alles andere. Sie wollte ihn nicht verlieren! Um nichts auf der Welt! Wie zauberhaft der Abend im *Sanford Club* mit ihm gewesen war! Wie geborgen hatte sie sich stets in seiner Nähe gefühlt, und wie sehr hatte sie ihn die letzten Wochen vermißt. Natürlich liebte und brauchte sie ihn! Mein Gott, was war nur in sie gefahren? Wie hatte sie ihm nur so ins Gesicht lügen können? Bisher hatte sie geglaubt, daß er immer für sie dasein und alles so weitergehen werde wie bisher – in einem gefahrlosen Zustand unausgesprochener Liebe. Nun aber erkannte sie, daß es tatsächlich grausam war, was sie von ihm verlangt hatte, und sie einer Entscheidung nicht länger aus dem Weg gehen konnte.
Die Droschke hielt vor dem *Harlow House*. Der Kutscher sprang vom Bock und öffnete ihr den Schlag. »Wir sind da.«
Daphne zögerte einen Moment, dann schüttelte sie den Kopf. »Bitte fahren Sie mich zum *Statesman*. Mir ist etwas Wichtiges eingefallen, was keinen Aufschub duldet.«
Der Kutscher war schon zu lange in diesem Gewerbe, um sich noch über das oft wunderliche Verhalten seiner Kundschaft den Kopf zu zerbrechen. Hauptsache, die Kasse stimmte. Und der Begleiter dieser jungen Schönheit hatte ihn mehr als generös bezahlt.
»Ganz wie Sie wünschen«, sagte er deshalb nur, schwang sich wieder auf den Kutschbock und setzte seinen Fahrgast wenig später vor dem dreistöckigen Gebäude des *Statesman* ab, das zu den exklusiveren Hotels von Augusta zählte.
Daphne hoffte, daß man ihr die Aufregung und Beklemmung nicht anmerkte, als sie durch die leere Hotelhalle zur Rezeption schritt. Ein älterer Herr mit grauen Schläfen und müden Augen tat Dienst.
»Was kann ich für Sie tun, gnädige Frau?« erkundigte er sich höflich.
»Ist Mister McKinley schon zurück?«
Der Mann brauchte keinen Blick auf das Schlüsselbrett zu werfen, um diese Frage zu beantworten. »Ja, er ist erst vor wenigen Minuten auf sein Zimmer gegangen.«
»Würden Sie so freundlich sein, mir seine Zimmernummer zu nennen?« bat Daphne. »Ich habe eine wichtige Nachricht, die ich ihm persönlich überbringen muß.«

Der Nachtportier taxierte sie kurz und entschied mit dem sicheren Blick des erfahrenen Hotelmannes, daß sie nicht zu den käuflichen Schönheiten zählte, die manche Gäste für ihre Ehefrauen ausgaben und mit auf ihr Zimmer nahmen. Sie machte zudem einen irgendwie erschöpften und bedrückten Eindruck. Und Mister McKinley würde sie schon von der Tür weisen, wenn ihm ihr Erscheinen nicht genehm sein sollte.
»Selbstverständlich. Mister McKinley bewohnt Zimmer Nummer zwölf. Sie finden es im ersten Stock auf der rechten Seite gleich neben der Treppe«, teilte er ihr mit.
»Besten Dank.«
»Keine Ursache.«
Mit klopfendem Herzen stieg sie die teppichbespannte Treppe in den ersten Stock hoch. Die Gaslampen an den Wänden brannten mit kleiner Flamme. Was sollte sie bloß sagen, wenn sie ihm gleich gegenüberstand? Und wie?
Schließlich stand sie vor seiner Zimmertür, ein entsetzlich flaues Gefühl der Angst im Magen. Kein Wort würde sie herausbekommen! Sie klopfte zaghaft, während ihr das Herz bis zum Halse schlug, als wollte es sie ersticken. Warum nur hatte sie es so weit kommen lassen, daß sie Angst haben mußte, Scott zu tief verletzt und verloren zu haben?
Die Tür ging auf, und Scott stand vor ihr. Jackett und Krawatte hatte er schon abgelegt. »Ja, bit...?« Mitten im Wort brach er ab. Der müde Ausdruck wich schlagartig von seinem Gesicht und machte ungläubigem Staunen Platz. Einen Augenblick standen sie sich sprachlos gegenüber.
Zutiefst niedergeschlagen, ja ausgesprochen verzweifelt und zum erstenmal in seiner Hoffnung erschüttert, eines Tages Daphnes Liebe zu erringen, war er ins Hotel zurückgekehrt. Er hatte sich bittere Vorwürfe gemacht, daß er die Beherrschung verloren und ihr derart zugesetzt hatte. Er hatte geglaubt, sie sei nun für ihn erst recht in unerreichbare Ferne gerückt. Doch jetzt stand sie vor ihm, Tränen in ihren wunderschönen rauchblauen Augen, und schaute ihn an, daß ihn ein Schauer durchlief und sich eine Gänsehaut auf seinen Armen bildete. Eine Woge unaussprechlichen Glücks erfaßte ihn, denn er wußte, daß jedes Wort, das er auf der Straße zu ihr gesagt hatte, der Wahrheit entsprach. Sie erwiderte seine Liebe! Und sie war gekommen, weil sie nicht länger Augen und Herz vor den Tatsachen verschließen konnte.

»Oh, Daphne...«, sagte er leise.
»Scott, verzeih mir!... Ich will nicht grausam zu dir sein! Niemals!... Ich... ich liebe dich doch!« brach es aus ihr heraus, und die Tränen liefen ihr über das Gesicht.
Auch er bekam feuchte Augen. »Mein Liebling...«
Daphne flog in seine Arme. »Verzeih mir, was ich gesagt habe. Es... es stimmt, ich hatte Angst, dir zu sagen, daß ich dich liebe«, brachte sie schluchzend hervor. »Und ich habe noch immer Angst... Angst, daß ich dich verliere...«
Scott stieß die Tür leise mit dem Fuß zu, während er seine Arme um sie legte. »Es ist vorbei, Daphne«, flüsterte er mit belegter Stimme, strich über ihren Rücken und ihr Haar. »Du brauchst keine Angst mehr zu haben. Du wirst mich und meine Liebe nie verlieren.«
Sie blickte zu ihm auf. »Du mußt mir viel Zeit lassen, Scott.«
Er streichelte zärtlich ihre Wange und lächelte glücklich. »Reicht dir mein Leben?«
»Ich habe dir so viel zu erzählen, Scott... damit du mich verstehst, warum ich mich so sehr dagegen gewehrt habe, mir... einzugestehen, daß ich... dich... liebe«, sagte sie stockend. Es drängte sie danach, ihm von John zu erzählen und auch von Rufus Hatfield. Ihre Scham war nicht so stark wie das Verlangen, sich ihm anzuvertrauen und ihm von jenen erniedrigenden Erlebnissen zu berichten, die sie all die Jahre wie eine zentnerschwere Last auf ihrer Seele mit sich herumgetragen hatte. Sie mußte es tun, denn nur wenn er alles wußte, würde er begreifen, daß ihre Angst vor der Liebe eines Mannes und ganz besonders vor der Ehe einen sehr realen Hintergrund hatte und daß sie viel Geduld und Liebe brauchte, um darüber hinwegzukommen. Die Sehnsucht nach Zärtlichkeit und Liebe war so mächtig wie die Angst davor.
»Wir haben alle Zeit der Welt, meine liebste Daphne«, sagte er sanft und tupfte eine Träne mit seiner Fingerkuppe von ihrer Wange. »Doch was immer du mir zu erzählen hast, nichts kann so wichtig sein, wie die wunderbare Tatsache, daß du mich liebst, so wie ich dich liebe.«
»Ja, das tue ich!« versicherte sie mit glänzenden Augen.
Er sah sie an, streichelte zärtlich über ihre Stirn und nahm dann ihr Gesicht in beide Hände. Wortlos schauten sie sich an. Dann legte Daphne ihre Arme um seinen Hals und kam ihm entgegen, als er sich zu ihr herabbeugte. Ihre Lippen verschmolzen zu einem Kuß voll

Zärtlichkeit und Glückseligkeit. Mit geschlossenen Augen versank Daphne in diesem Kuß, der ihren ganzen Körper von jeglicher Erdenschwere zu befreien und in eine Welt der Geborgenheit davonzutragen schien.

Später dann erzählte sie ihm von ihrem Leben in Boston und welch abruptes Ende ihr behütetes Dasein in jenen Septembertagen vor zwei Jahren genommen hatte. Sie sprach mit leiser, aber fester Stimme, während er an ihrer Seite vor dem Kamin saß, dessen schwaches Feuer die einzige Lichtquelle im sonst dunklen Zimmer war, und ihre Hand hielt.

Als sie auf Hatfield zu sprechen kam, stockte ihr jedoch mehrmals die Stimme, und so manche Träne begleitete ihre Beichte. Scott bat sie, sich doch nicht weiter zu quälen, doch sie wollte es so. Es war erlösend, sich dieses schreckliche Erlebnis buchstäblich von der Seele zu reden, auch wenn sie die genauen Einzelheiten nicht über die Lippen brachte.

»Ich hatte ihm meinen Körper verkauft... war ihm splitternackt ausgeliefert... doch ich zitterte und weinte in meiner Verzweiflung so heftig, daß er... sein Vorhaben schließlich doch nicht in die Tat umsetzte«, zwang sie sich mit tränenerstickter Stimme, so nahe, wie sie es gerade noch ertragen konnte, an der entsetzlichen Wahrheit zu bleiben. »Er... er war jedoch sehr erregt... und er verlangte von mir, daß ich... ihm... auf andere Art... Befriedigung... verschaffte... mit meinen... Händen.«

»O mein Gott, dieses Schwein!« stöhnte Scott neben ihr auf und knirschte in ohnmächtigem Zorn mit den Zähnen. »Was hat dir dieses Schwein nur angetan! Wenn ich ihn in der Nähe wüßte, ich würde ihn umbringen! Dich so zu schänden!«

»Ich... ich habe damals in Hatfields Haus nicht meine Unschuld verloren, aber ich habe seitdem Angst, daß... daß ich einen Mann nie wirklich werde lieben können, Scott!... Es bedrückt mich so sehr, weil... ich mich wie... ein Krüppel fühle, wie ein seelischer Krüppel!« stieß sie verzweifelt hervor und gestand ihm damit ihre geheimsten Ängste. »Ich weiß nicht, ob ich je so leidenschaftlich lieben kann... mit meinem Körper, wie du es verdienst... und wie jeder Mann es sich von seiner Frau wohl sehnlichst wünscht...«

Er nahm sie in seine Arme. »Daphne, bitte! Zerbrich dir doch jetzt nicht darüber den Kopf! Ich liebe dich, und alles andere bringt die Zeit.«

Sie schüttelte heftig den Kopf. »Nein, nein, es macht mir angst... und sosehr ich dich auch liebe, ich werde nie deine Frau werden, wenn ich nicht weiß, daß ich dir das geben kann, was ich dir so gerne schenken möchte... Liebe und Leidenschaft von Seele und Körper... Ich weiß nicht, wie lange es dauert, bis meine Angst und Verklemmung überwunden sind. Vielleicht gelingt es mir nie...«

Er lächelte. »Ach, Daphne, deine Angst ist völlig unbegründet. Wenn man sich wirklich liebt, dann gelingt es einem auch, solch ein häßliches Erlebnis vergessen zu machen. Wir haben sowieso mehr Zeit, als du denkst. Aber eines weiß ich: Du bist zur Leidenschaft geboren. Das spüre ich mit jeder Faser meines Körpers. Und eines Tages wirst du verwundert darüber lachen, daß du mal Angst gehabt hast, eine Frau zu sein, die nicht fähig ist, den Mann, den sie liebt, wunschlos glücklich zu machen und auch in seinen Armen das Glück zu finden.«

»Versprich mir, daß du mich nie dazu drängen wirst, deine Frau zu werden, solange ich nicht selber mit mir im reinen bin! Laß mir die Freiheit, bis ich fühle, daß die Zeit für diesen Schritt gekommen ist!« bat sie eindringlich und unter Tränen. »Ich könnte es nicht ertragen, dich zu lieben und dich doch gleichzeitig unglücklich zu machen.«

Ein trauriges Lächeln huschte über sein Gesicht. Doch sie konnte es nicht sehen, denn er wiegte sie in seinen Armen. »Ich werde dich auch lieben, ohne dein rechtmäßiger Mann zu sein, Daphne. Und habe ich dir nicht schon versprochen, darauf zu warten, daß du mir eines Tages einen Antrag machst?«

»Oh, Scott, halte mich! Halte mich ganz fest!« flüsterte sie und klammerte sich an ihn, als wolle sie ihn nie mehr loslassen.

»Bleib die Nacht bei mir, Daphne!«

»Aber...«

»Ich kann dich jetzt nicht gehen lassen, mein Schatz. Du brauchst keine Angst zu haben, daß ich versuchen könnte, die Situation auszunutzen. Ich möchte dich nur in meinen Armen halten und spüren, daß du bei mir bist.«

»Ja, das wünsche ich mir auch. Aber was ist mit Sarah?«

»Sarah wird es verstehen. Die Treue, die sie ihrem Jerry hält, sagt genug über ihren Charakter. Sie wird nicht den Stab über dich brechen, weil du die Nacht bei mir geblieben bist.«

»Nein, bestimmt nicht. Sie wird sich viel eher für mich freuen, daß ich nicht länger vor mir und vor dir weglaufe«, gab Daphne zu. »Aber wenn sie morgen aufwacht und ich nicht da bin, wird sie sich Gedanken machen...«

»Das Problem ist leicht gelöst. Ich schicke ihr eine kurze Nachricht und bitte sie, zum Frühstück ins *Statesman* zu kommen. Ich werde mich etwas später einfinden, damit ihr Zeit habt, unter vier Augen zu reden«, schlug Scott vor. »Sie kann dann auch gleich deine Sachen mitbringen. Bitte, sag nicht nein! Geh jetzt nicht von mir! Wer weiß, wann wir wieder einmal Gelegenheit haben werden, so ungestört und unbeobachtet zusammenzusein.«

»Ich will auch nicht fort von dir«, flüsterte sie. »Ich bleibe bei dir, Scott.«

Er küßte sie. »Ich gehe schnell nach unten und sorge dafür, daß Sarah morgen früh die Nachricht erhält. Ich bin gleich wieder zurück.«

Als Sarah wenig später ins Zimmer zurückkehrte, lag sie schon im Bett. Sie trug nur noch ihre Leibwäsche. Rasch zog auch er sich im Dunkeln bis auf die Unterhose aus und schlüpfte zu ihr unter die Decke.

»Es kommt mir wie ein wunderbarer Traum vor, daß ich hier bei dir liege, ein Bett mit dir teile und mich so geborgen fühle«, raunte sie, als sie in seine Arme kam und sich an seine nackte Brust schmiegte.

Er streichelte sie. »Und das Schönste daran ist, daß dieser Traum nie ein Ende nehmen wird«, gab er zurück und lag noch wach, als sie schon längst in seinen Armen eingeschlafen war. Er wollte auch nicht schlafen, sondern jede Sekunde, die sie so an ihn geschmiegt lag, bewußt auskosten. Wie sehr hatte er sich all die Monate danach gesehnt, Daphne in seinen Armen zu halten und ihren Körper ganz nahe zu spüren! Und nun war dieser sehnsüchtige Wunsch endlich in Erfüllung gegangen. Er spürte den sanften Druck ihrer Brüste an seiner Seite, die flache Wölbung ihres Bauches an seiner Hüfte und die nackte Haut ihres Beines, dort wo der Rüschensaum ihres Höschens endete. Auch wenn sie gänzlich nackt an seiner Seite gelegen hätte, sie würde ihn kaum mehr erregt haben als in diesem Moment. Schlafend hatte sie sich noch dichter an ihn gekuschelt, in blindem Vertrauen und voller Ahnungslosigkeit, welch einen Sturm des Begehrens sie durch ihre intime Nähe in ihm hervorrief. Wie gern hätte er ihren betörenden Körper mit Lippen und Händen liebkost und ihr gezeigt, wie sehr er sie liebte und wie beglückend diese körperliche Liebe sein konnte.

Doch wie stark sein Verlangen auch war, er würde ihr Vertrauen nie mißbrauchen. Er hatte keine Eile. Jetzt, wo sie zueinandergefunden

hatten, war alles andere nicht so wichtig. Sie liebten sich, und er hegte nicht den geringsten Zweifel, daß die sinnliche Leidenschaft, die noch unter ihren Ängsten begraben lag, bei ihr eines Tages durchbrechen und ihre Liebe vollkommen machen würde.
Nein, Daphnes Befürchtung, nicht zu wahrer Leidenschaft fähig zu sein, bereitete ihm keine Sorge. Etwas anderes bedrückte ihn zehnmal mehr.
Irgendwann muß ich es ihr sagen. Ich darf es ihr nicht verheimlichen. Daphne muß es erfahren. Aber wann ist dafür der richtige Augenblick? grübelte er. Noch ist es zu früh. Es ist gut, daß wir noch soviel Zeit haben!
Zärtlich streichelte er ihren Arm, den sie quer über seine Brust gelegt hatte, und verfluchte in Gedanken seinen Vater. Warum gab er sich nicht damit zufrieden, ihn enterbt und verstoßen zu haben? Hatte er nicht schon genug Unheil und Elend angerichtet? Warum nur versuchte sein Vater in seinem blinden, unerbittlichen Zorn, alles zu zerstören, woran er glaubte?
»Oh, nein! Ich werde nicht zu Kreuze kriechen, Vater!« flüsterte er in die Dunkelheit, als könnte der ihn hören. »Ich werde um Daphne und um unser Glück kämpfen! Und ich werde gewinnen! Alles Geld der Erde wird das nicht verhindern können!«

Elftes Kapitel

Nicht nur Daphne, auch Sarah kehrte am Sonntag nachmittag in einem Zustand der Glückseligkeit nach Bath zurück. Die Stunde, die sie mit Jerry im kahlen Besucherraum des Gefängnisses unter den Augen der Wärter hatte zusammensein dürfen, hatte ihr mindestens soviel gegeben wie Daphne die Nacht, die sie mit Scott in aller Keuschheit verbracht hatte.
Als Daphne ihre Freundin am Morgen in den Frühstücksraum des *Statesman* kommen sah, stand ihr die bange Frage, ob sie Sarahs Zuneigung und Verständnis vielleicht nicht doch auf eine zu harte Probe gestellt hatte, ins Gesicht geschrieben.

Doch schon mit ihren ersten Worten befreite Sarah Daphne von ihrer Befürchtung. »Ich bin ja so glücklich, daß ihr euch beide endlich gefunden habt! Es wurde auch höchste Zeit!« rief sie und schloß sie mit einer überschwenglichen Herzlichkeit in ihre Arme, die Daphne die Tränen in die Augen schießen ließ.

Tränen gab es auch, als Sarah ihrem Jerry Stunden später gegenübersaß und ihn sagen hörte, daß er es jetzt selber nicht mehr verstehe, wie er sich damals von ihr habe abwenden und behaupten können, sie nicht mehr zu lieben.

»Ich wußte es all die Zeit, daß er mich liebt!« sagte Sarah hinterher überglücklich zu Daphne. »Und er braucht mich jetzt mehr denn je. Er möchte, daß ich ihn so oft wie möglich besuchen komme.«

Von da an fuhr Sarah einmal im Monat nach Augusta. Daphne begleitete sie jedesmal. Sophie hielt diesen scheinbaren Freundschaftsdienst für reichlich übertrieben, während Heather ihrer Mutter einmal nicht zustimmte. Der Dollar, den sie ihrer Schwester wöchentlich zurückzahlte, erinnerte sie wohl daran, daß es ihr nicht gerade gut zu Gesicht stand, an Daphnes Verhalten Kritik zu üben, auch wenn diese regelmäßigen Reisen ihren Neid weckten. Allein ihr Vater begrüßte es ausdrücklich, daß sie sich einmal im Monat diese Fahrt nach Augusta gönnte.

»Daphne arbeitet für drei, und da ist es ja wohl mehr als recht, wenn sie sich einmal im Monat das Vergnügen dieser Fahrt leistet. Und ihren guten Ruf wird sie genauso umsichtig zu wahren wissen wie ihre geschäftlichen Interessen«, erklärte er, als Sophie sich über die unnütze Geldverschwendung und die Unschicklichkeit echauffierte, in diesem Alter als unverheiratete Frau allein die Nacht in einem Hotel zu verbringen. Denn Sarah, die doch keinen Hehl daraus machte, zu einem verurteilten Verbrecher zu halten, zählte nicht für sie. Nur ein Flittchen, so ließ sie durchblicken, könne einen Verbrecher lieben und freiwillig einen Fuß in ein Gefängnis setzen.

Wie gut, daß Mom nicht ahnt, was ich in Augusta treibe – und mit wem ich nachts das Bett teile! dachte Daphne manchmal und fragte sich, ob ihr Vater nicht einen Verdacht hegte. Er ließ sich nicht so leicht täuschen. Doch wenn er gewisse Zeichen richtig deutete, so behielt er das für sich. Und verbrachte er nicht so manche Nacht im Haus von Mabel Briggs?

Die beiden Freundinnen nahmen stets den Zug am Samstag nachmittag und kehrten am Sonntag abend nach Bath zurück. Am Bahnhof in

Augusta trennten sie sich jedoch. Denn auch Scott fuhr an diesen Tagen in die Hauptstadt. Er holte Daphne am Bahnsteig ab und gab sie im *Statesman* als seine Frau aus. Sie fühlte sich auch so.
Daphne freute sich schon den ganzen Monat auf dieses geheime Rendezvous in Augusta. Die harte Arbeit, die der einsetzende Winter mit sich brachte, bewältigte sie mit der unerschöpflichen Kraft, die die Liebe in einem Menschen freisetzt. Wenn sie morgens die Wagen einsatzfertig machte und dann bei Wind und Wetter zum New Meadow River hinauszog, war ihr auch bei heftigem Schneetreiben der Schritt so leicht, als laufe sie barfuß über eine Sommerwiese, denn gleich würde sie Scott sehen und ein paar Minuten bei ihm sein können. Und nachts, wenn sie gegen die Erschöpfung ankämpfte und Kartoffeln schälte sowie Zwiebeln und Speckwürfel röstete, hielt sie sich mit dem Gedanken aufrecht, daß wieder ein Tag verstrichen war und der Samstag immer näher rückte, an dem sie mit Scott in Augusta eine wunderbare Nacht und fast den ganzen folgenden Tag zusammensein würde.
Natürlich kamen sie nicht nur in Augusta zusammen. Aber die Arbeit, mit der ihre Kartoffelkuchen Company sie in Atem hielt, sowie ihre Anstellungen bei Eleanor Bancroft und der Bücherei reduzierten ihre freie Zeit auf die wenigen Stunden zwischen dem sonntäglichen Kirchgang und dem frühen Abend, wenn sie wieder mit den Vorbereitungen für den Montagmorgen beginnen mußte. Ließ das Wetter es zu, unternahm sie mit Scott Spaziergänge und kleinere Ausflüge in die nähere Umgebung. Bei schlechtem Wetter suchten sie ein Teehaus auf, oder sie saßen in der Küche der Youngs bei einer Tasse Tee, manchmal auch bei ihnen zu Hause, wenn ihre Mutter nicht da war – oder aber sie trafen sich in Scotts Wohnung. Doch die wachen Blicke der neugierigen Nachbarn machten es ihr unmöglich, allzu lange in seinem Haus zu verweilen. Manchmal kam ihr Vater mit, dann war es egal, wie lange sie blieb. Aber sosehr sie auch an William hing, sie wollte doch in den wenigen freien Stunden am liebsten mit Scott allein sein. Deshalb war das Augusta-Wochenende verständlicherweise für sie beide der unübertreffliche Höhepunkt eines jeden Monats.
Daphne war glücklich. Scott war so zärtlich und geduldig mit ihr, daß sich ihre Ängste schon fast verflüchtigt hatten. Sie schämte sich bald nicht mehr, sich ihm nackt zu zeigen, und wenn er ihren Körper streichelte und ihre Brüste liebkoste, genoß sie seine Zärtlichkeiten. Als er zum erstenmal ihre Brüste küßte und die Warzen mit Zunge und

Lippen reizte, war sie über die Erregung, die er in ihr weckte, selber am meisten erstaunt.
Allmählich begann sie auch ihre Abscheu vor dem nackten männlichen Körper zu verlieren, zumindest vor *seinem* Körper. War sie anfangs noch immer zurückgezuckt, wenn sie sein steifes Glied gespürt hatte, so legte sich diese Abwehr und wich langsam einer immer stärker werdenden und mit Neugier gepaarten Sinnlichkeit. Es war ihr ureigenster Wunsch, seine Zärtlichkeiten zu erwidern, der sie nach und nach dahinführte, seine Männlichkeit als wundersamen Teil ihrer gemeinsamen Liebe zu begreifen und dabei zu lernen, seine Erregung auch zu der ihren zu machen. So wie er sie lehrte, ihren eigenen Körper zu entdecken und die Hemmungen abzubauen, die ihrer sinnlichen Entfaltung im Wege standen, so lernte sie auch, seinen Körper zu erkunden und seine Reaktionen auf ihre intimen Zärtlichkeiten als unverzichtbaren Bestandteil eines beglückenden Liebesspiels anzunehmen.
Der dunkle Schatten von Rufus Hatfield schrumpfte immer mehr zusammen. Die schreckliche Erfahrung mit ihm verblaßte in ihrer Erinnerung und ganz besonders in ihrem Gefühlsleben und wurde schließlich zu dem, was sie war: eine einzelne abscheuliche Episode, die mit der Liebe zweier Menschen und ihrer Lust so wenig zu tun hat wie eine einzige madige Frucht mit den gesunden, herrlich saftigen Äpfeln eines Baumes.
Daphne war glücklich mit Scott. Und dieses Glück wuchs mit jedem Tag.

Zwölftes Kapitel

Daphne hatte sie noch nie so lächeln sehen. Das hagere, scharfe Gesicht von Eleanor Bancroft hatte einen weichen, völlig entspannten Ausdruck.
»Sie ist tot«, stellte Doktor Turnbull unnötigerweise fest, ließ die Hand der Toten los und wandte sich zu Daphne um, die neben ihm am Bett stand. »Wann haben Sie sie gefunden, Miss Davenport?«

»Vor gut einer Stunde. Ich bin, wie an jedem Wochentag, um zehn zu ihr gekommen«, antwortete Daphne ruhig. Die Gegenwart der Toten weckte keine Beklommenheit in ihr. Jetzt nicht mehr. »Daß sie nicht unten in ihrem Rollstuhl saß und auf mich wartete, hat mich nicht verwundert. Sie wissen ja selbst, daß Missis Bancroft in den letzten Monaten immer weniger den Antrieb fand, das Bett zu verlassen.«
Der kleinwüchsige Doktor mit dem schütteren Haar nickte. Er war seit vielen Jahren Eleanors Arzt gewesen. »Die Gicht hat ihr schwer zugesetzt, aber daran hat es wohl nicht gelegen. Ich denke, sie ist des Lebens überdrüssig gewesen und hat beschlossen zu sterben. Und solche Menschen sterben dann tatsächlich über Nacht, ohne an einer akuten lebensgefährlichen Krankheit zu leiden. Ihr Herz bleibt einfach stehen, und das ist bei Missis Bancroft zweifellos der Fall gewesen.«
»Was mich nur stutzig machte war, daß sie nicht wie gewöhnlich nach mir rief, nachdem ich mir auf der Veranda doch den Schnee von den Schuhen abgetreten und anschließend die Tür vernehmlich hinter mir geschlossen hatte«, fuhr Daphne fort. »Wenn sie im Bett blieb, vergaß sie nämlich nie, die Tür zum Flur offenstehen zu lassen, und ihr Gehör funktionierte noch ausgezeichnet.«
Doktor Turnbull verzog das Gesicht. »Ja, für ihre sechsundsiebzig Jahre hörte sie tatsächlich noch besser als so mancher in meinen Jahren«, pflichtete er ihr bei.
»Sie war schon sechsundsiebzig?« fragte Daphne überrascht. »Für so alt habe ich sie nie gehalten. Aber sie hat darüber auch nie ein Wort verloren. Fast auf die Woche genau zwei Jahre war ich bei ihr im Haushalt, aber nie hat sie auch nur einmal von sich erzählt.«
»Sie war in der Tat eine sehr eigensinnige und verschlossene Frau, um es höflich auszudrücken«, sagte Doktor Turnbull, der mit ihrer galligen, zänkischen Art nur zu gut vertraut war.
»Ich bin zu ihr nach oben gegangen und habe erst gedacht, sie schläft. Als ich merkte, daß sie tot war, bin ich sofort zu Ihrer Praxis gerannt, doch Sie waren bei einer anderen Patientin auf Hausbesuch, wie man mir sagte. Ich habe dann hier auf Sie gewartet«, sagte Daphne und dachte daran, wie still es im Hause gewesen war. Sie hatte das Zimmer der Toten erst meiden wollen. Doch es hielt sie unten im Salon nur ein paar Minuten, dann zog es sie nach oben. Mit Verwunderung stellte sie fest, daß es ihr leichter fiel, am Bett der Verstorbenen zu sitzen und über die Jahre, die sie in ihren Diensten gestanden hatte, und vieles

andere nachzudenken, als ganz allein dort unten zu sitzen und die Tote ebenso allein in ihrem Zimmer zu wissen. Vielleicht war es auch das friedliche Lächeln auf dem Gesicht von Eleanor Bancroft gewesen, das ihr die Scheu vor der Nähe des Todes genommen hatte.
»Tote bedürfen nicht mehr der beschränkten Möglichkeiten ärztlicher Kunst«, erwiderte Doktor Turnbull. »Sie hätten sich auch nicht zu beeilen brauchen, Miss Davenport. Kein Arzt der Welt hätte noch etwas für sie tun können. Missis Bancrofts Herz hat irgendwann in der Nacht zu schlagen aufgehört. Sie war schon lange tot, als Sie sie fanden. Die Leichenstarre hat längst eingesetzt.«
»Gibt es irgend etwas, was ich tun kann?« fragte Daphne ein wenig ratlos.
Er schüttelte den Kopf. »Gehen Sie nach Hause! Für Sie gibt es in diesem Haus nichts mehr zu tun«, sagte er mit der nüchternen Art des Arztes, der mit dem Tod so gut vertraut ist wie mit der Geburt von Leben.
»Aber wer kümmert sich denn jetzt um ihr Begräbnis?«
»Dafür hat Missis Bancroft meines Wissens schon zu Lebzeiten gesorgt. Sie war keine Frau, die irgend etwas dem Zufall überließ und sich mit dem zufriedengegeben hätte, was andere für sie entscheiden«, sagte er mit einem Anflug von Sarkasmus. »Man wird Sie sicher benachrichtigen, wann die Beerdigung stattfindet.« Und mehr zu sich selbst fügte er hinzu: »Die Totengräber werden sie dahin wünschen, wo sie schon ist, wenn sie die gefrorene Erde aufhacken müssen, um die Grube für ihren Sarg auszuheben. Irgendwie bleibt sich Missis Bancroft sogar noch im Tode treu.«
Daphne trat kurz an das Fenster und blickte über die verschneite Stadt und den zugefrorenen Fluß. Wie liebte sie diesen Ausblick. Aus den Kaminen stieg der Qualm der Holz- und Kohlefeuer. Sanft und lautlos rieselte der Schnee vom Himmel. Ein Fuhrwerk zog vor dem Haus vorbei. Der Atem von Pferd und Kutscher verwehte wie Dampf. Ein Mann hackte Holz unter einem schützenden Vordach. Die trockenen Scheite splitterten unter seiner Axt, als wären sie aus Eis. Zwei Raben hockten wie aus Kohle geschnitzt auf dem Rand einer schneegefüllten Regentonne. Vom Hafen kam der schrille Ton einer Dampfsirene.
Schwermütig riß sie sich von dem winterlichen Panorama los, legte sich Schal und Mantel um, zog die Wollmütze über ihr hochgestecktes Haar und trat hinaus in den kalten Januartag. Sie begab sich nicht

auf dem kürzesten Weg nach Hause, sondern ging ohne bestimmtes Ziel durch die Straßen.
Eleanor Bancroft war tot. Merkwürdig, daß Daphne nicht nur ein Gefühl der Leere in sich spürte, sondern regelrecht um sie trauerte.
Sie suchte Missis Moore auf, weil sie das Bedürfnis hatte, mit jemandem über Eleanors Tod zu sprechen. »Sie hat ja wirklich kein gutes Haar an mir gelassen«, sagte sie. »Aber dennoch weiß ich schon jetzt, daß sie mir fehlen wird. Dabei hätte ich das nie für möglich gehalten.«
»Ihr habt euch trotz allem verstanden, das ist es. Auch wenn sie sich eher die Zunge abgebissen hätte, als das zuzugeben, so hat Eleanor doch das, was du die Jahre für sie getan hast, bestimmt zu schätzen gewußt«, meinte Catherine Moore, die den Tod ihrer Bekannten mit der gelassenen Trauer eines Menschen hinnahm, der schon viele Familienmitglieder und Freunde zu Grabe getragen hat.
Daphne blickte sie zweifelnd an. »Dann hat sie sich aber zwei Jahre lang perfekt verstellt!«
»Manchen Menschen ist es einfach nicht gegeben, Herz zu zeigen«, seufzte Catherine Moore. »Eleanor gehörte leider zu ihnen. Möge sie ihren Frieden finden!«
Die Beisetzung von Eleanor Bancroft fand drei Tage später in aller Stille statt. Kaum ein Dutzend Trauergäste hatte sich eingefunden.
Tags darauf bekam Daphne Besuch von Paula Cane, die Eleanor jahrelang mit Lektüre aus der Bücherei versorgt hatte. Sie redeten eine Weile über die Verstorbene. Dann sagte Paula Cane: »Ich komme gerade von Mister Maycock. Er hat mich gebeten, Ihnen dieses Schreiben zu übergeben.«
»Wer ist Mister Maycock?«
»Dwight Maycock war der Anwalt der seligen Missis Bancroft. Er bittet Sie, sich zur Testamentseröffnung am kommenden Freitag in seiner Kanzlei an der Washington Street einzufinden«, erklärte sie ihr.
»Testamentseröffnung?« fragte Daphne verwundert. »Aber was soll ich denn da?«
»Nun, offensichtlich hat Missis Bancroft Sie in ihrem Testament ebenso bedacht wie mich, die Bücherei und die Methodistenkirche, der sie angehörte.«
Daphne wollte es erst nicht glauben. Doch das Schreiben des Anwalts ließ keine Zweifel. Sie gehörte zu den Begünstigten der Verstorbenen!

»Was wird dir diese alte Hexe schon groß hinterlassen haben«, meinte ihre Mutter abfällig, als sie davon erfuhr. »Ein Almosen bestenfalls!«
»Freu dich nur nicht zu früh«, meinte auch Heather. »Diese alten Tanten, die keinen mehr haben, vererben ihr ganzes Hab und Gut der Kirche, weil sie glauben, sich dadurch einen Platz im Himmel erkaufen zu können.«
Daphne war gespannt, wie Eleanor Bancroft sie bedacht hatte. Sie konnte nicht so recht glauben, daß diese Frau, von der sie zwei Jahre lang ausgesprochen rüde behandelt worden war, auf einmal ihr Herz für sie entdeckt haben sollte.
Irgendeinen Haken hat die Sache bestimmt, sagte sie sich, um erst gar keine übertriebene Hoffnung aufkommen zu lassen. Und damit lag sie dann auch gar nicht so falsch.
Am Freitag fanden sich in der gediegenen Kanzlei des Anwaltes vier Personen ein: Jonathan Clarke, der Pfarrer der Methodistenkirche, Elizabeth Walsh in ihrer Funktion als Leiterin der Bücherei sowie Paula Cane und Daphne Davenport.
Dwight Maycock war ein gesetzter Mann in den Fünfzigern, wohlbeleibt, dezent in gutes Tuch gekleidet und bis auf einen grauen Haarkranz fast kahl. Seine berufsmäßige Freundlichkeit war so angenehm wie seine sonore Stimme, die zum Verlesen von Testamenten geradezu geschaffen war.
Als er nun das versiegelte Testament aufbrach und den Letzten Willen von Eleanor Bancroft verlas, war Daphne wohl nicht die einzige im Raum, die zu ihrer Verwunderung erfuhr, daß die Verstorbene eine recht vermögende Frau gewesen war.
Fast das gesamte Vermögen von mehr als zwanzigtausend Dollar fiel zu gleichen Teilen an die Kirche und die Bücherei. Paula Cane wurde von der Verstorbenen mit einem Legat bedacht, das tausend Dollar betrug, was sie völlig aus der Fassung brachte, hatte sie doch bestenfalls mit einem Erinnerungsstück in Form eines besonderen Buches oder eines anderen Gegenstandes gerechnet.
»Tausend Dollar!« murmelte sie fast verstört und zog ihr Taschentuch hervor. Das war mehr Geld, als sie für die Erfüllung ihrer geheimsten Wünsche benötigte. Endlich konnte sie sich einen neuen Ofen in der Küche kaufen und die abgewetzte Wohnzimmergarnitur durch neue Möbel ersetzen. Danach blieben ihr aber immer noch mehr als siebenhundert Dollar.
»Und nun zu Miss Daphne Davenport«, sagte der Anwalt, während er umblätterte.

Es ist nur noch das Haus übrig! schoß es Daphne durch den Kopf. Doch es war mehrere tausend Dollar wert. Das hatte sie ihr nie und nimmer hinterlassen! Das war unmöglich!
Dwight Maycock suchte kurz ihren Blick, lächelte ihr zu und las vor, was Eleanor Bancroft hinsichtlich ihrer Person als ihren Letzten Willen bestimmt hatte: »Sofern Miss Daphne Davenport zum Zeitpunkt meines Todes noch in meinen Diensten steht, überlasse ich ihr die wirtschaftliche Nutzung meines Hauses. Die Zeitdauer dieser Nutzung errechnet sich wie folgt: Für jede Woche, die sie seit dem ersten Januar 1866 für mich gearbeitet hat, steht ihr ein Monat Nutzungsrecht zu...« Der Anwalt hielt im Vorlesen inne und warf einen Blick auf einen Zettel, auf dem er sich Notizen gemacht hatte. »Missis Bancroft ist am neunten Januar dieses Jahres verstorben. Nach meinen Berechnungen kommen also hundertundfünf Monate oder acht Jahre und neun Monate heraus, Miss Davenport.«
Daphne spürte die wohlwollenden Blicke der Anwesenden auf sich und wußte nicht, was sie sagen sollte. Dieses wunderbare Haus sollte ihr für fast neun Jahre gehören? Sie konnte es kaum glauben.
»Es geht jedoch noch weiter«, sagte der Anwalt und nahm das Testament wieder auf. »Weiterhin verfüge ich, daß mein Haus bei meinem Tode von einem unabhängigen Gutachter, den Mister Maycock zu benennen hat, geschätzt wird. Sollte Miss Daphne Davenport nach Ablauf ihres Nutzungsrechtes Interesse am Erwerb des Hauses haben, so kann sie es zu dem Wert des Gutachtens abzüglich zwanzig Prozent erstehen. Die Einrichtung ist bei der Wertschätzung nicht mit einzubeziehen, fällt jedoch beim Erwerb durch Miss Daphne Davenport dieser ohne weiteren Aufpreis zu. Andernfalls sind Haus und Einrichtung durch Mister Maycock an den meistbietenden Interessenten zu verkaufen und der Erlös zu gleichen Teilen der Methodistenkirche und der Stadtbücherei auszuzahlen. In jedem Fall unterliegt das Nutzungsrecht der Bedingung, daß Miss Daphne Davenport für dieselbe Zeit meine Grabpflege übernimmt. Bei wiederholter Mißachtung dieser Verpflichtung, die Mister Maycock und der jeweils amtierende Pfarrer der Methodistenkirche übereinstimmend festzustellen haben, erlischt das Nutzungsrecht vier Wochen nach selbiger Benachrichtigung durch Mister Maycock. Die Kosten für die Grabpflege hat Miss Daphne Davenport genauso zu übernehmen wie die anfallenden Anwaltskosten bei einer etwaigen Aufkündigung ihres Nutzungsrechtes.«

Daphne konnte sich eines Schmunzelns nicht erwehren. Bei aller unerwarteter Großzügigkeit, aber das war die Eleanor Bancroft, wie sie sie kannte.
»Wie sie von meinem Haus Gebrauch macht, steht allein im Ermessen von Miss Daphne Davenport, solange sie für die üblichen Instandhaltungsarbeiten am Haus Sorge trägt«, ging es dann weiter. »Sollte sie bei Testamentseröffnung verheiratet sein, hat Mister Maycock dafür zu sorgen, daß weder das Nutzungsrecht noch der spätere Erwerb mit dem Vermögen ihres Mannes verschmilzt oder sonst eine Person diesbezüglich Entscheidungen trifft. Im Zweifelsfall entscheidet Mister Maycock.« Der Anwalt ließ das Testament sinken und fragte nun auch sie: »Soweit die Ausführungen von Missis Bancroft. Nehmen Sie das Erbe, so wie ich es Ihnen verlesen habe, mit seinen Bedingungen und Verpflichtungen an, Miss Davenport?«
»Ja, das tue ich«, erklärte Daphne und tat der alten Frau insgeheim Abbitte, daß sie sie für herzlos und geizig gehalten hatte. Das Testament hatte sie eines anderen belehrt. Sie wünschte jedoch, daß nicht erst der Tod vonnöten gewesen wäre, ihr den wahren Charakter von Eleanor Bancroft zu offenbaren. Warum nur hatte sie geglaubt, im Leben so hart und abweisend sein zu müssen und ihre Wohltaten erst nach ihrem Tod erweisen zu können?
Sophie war sprachlos, als Daphne nach Hause kam und berichtete, was Eleanor ihr vermacht hatte. Dann reagierte sie mit Undankbarkeit und Verärgerung.
»Nutzungsrecht! Was ist das schon bei solch einem Vermögen! Zwanzigtausend Dollar an Kirche und Bücherei zu verschenken! So ein Irrsinn! Und wieso kriegt diese Paula Cane von ihr tausend Dollar, während du noch ihr Grab pflegen mußt, um in den Genuß dieses idiotischen Nutzungsrechtes zu kommen? Sie hätte dir das Haus vererben sollen!« erregte sie sich. »Immerhin hast du dich ja lange genug für diese alte Vettel abgerackert und nie ein Wort der Anerkennung erhalten!«
Genausowenig wie von dir, Mom, dachte Daphne und sagte gereizt: »Sie hätte mir überhaupt nichts zu vererben brauchen. Ich bin nichts weiter als eine Haushilfe gewesen. Und ich finde es mehr als großzügig, daß sie mich auf diese Weise bedacht hat. Ihr Grab pflege ich gerne. Daß sie mich darum gebeten hat, ist mir im nachhinein Anerkennung und Dank genug.«
»Sie hat dich nicht darum gebeten. Es ist eine Bedingung!« hielt Sophie ihr vor.

Daphne lächelte verhalten. »Du hast Eleanor nicht gekannt, Mom. Sonst wüßtest du, daß sie eine solche Bitte nie über die Lippen gebracht hätte. Sie hat mich auf ihre eigene Art darum gebeten.«
»Na ja, ein Gutes hat dieses verrückte Testament ja«, meinte ihre Mutter dann. »Wir kommen endlich aus diesen beengten Verhältnissen raus. Und wer weiß, was in neun Jahren ist.« Sie wandte sich Heather zu, die mit verschlossener, neidischer Miene an ihren Fingernägeln gekaut hatte. »Ihr zieht natürlich mit uns in das Haus, Heather. Ich bin zwar noch nicht drin gewesen, aber es ist ja mindestens doppelt so groß wie unser Haus. Da ist Platz für uns alle, und dann kommen wir auch endlich aus dieser Gegend weg.«
Heathers Gesicht hellte sich auf. »Oh, das ist natürlich gar nicht so schlecht.«
Daphne war erst sprachlos vor Überraschung, wie ihre Mutter über ihren Kopf hinweg das Haus für sich in Anspruch nahm. Zorn schoß dann in ihr hoch. Doch sie beherrschte sich. »Ich bin nicht sicher, ob Dad bereit ist, eine so hohe Miete zu bezahlen.«
»Miete?« fragte ihre Mutter verständnislos. »Aber für das Haus fällt doch überhaupt keine Miete an, mein Kind! Du kannst es doch neun Jahre so nutzen, wie du möchtest.«
»Richtig, so wie *ich* es möchte!« betonte Daphne.
Verblüfft starrte Sophie sie an, und Daphne fiel in diesem Moment mit erschreckender Deutlichkeit auf, wie aufgeschwemmt das Gesicht ihrer Mutter war. »Willst du damit sagen, daß du deiner eigenen Familie diesen kleinen Vorteil eines etwas geräumigeren Zuhauses verwehren willst?« fragte sie schnippisch und untertrieb dabei maßlos, denn das Haus der Verstorbenen war gut und gern dreimal so groß wie das, das sie bewohnten.
»Das habe ich nicht gesagt. Ich mag es nur nicht, daß du über das, was Eleanor *mir* vermacht hat, mit einer Selbstverständlichkeit verfügst, als hätte ich dazu überhaupt nichts zu sagen.«
»Das wäre ja auch noch schöner!« brauste ihre Mutter auf. »Es ist ja wohl schon großzügig genug von uns, daß du nicht alles Geld, das du verdienst, bei uns abliefern mußt. Und es ist eine Selbstverständlichkeit, daß wir in dieses Haus einziehen werden.«
»O nein, das ist es nicht. Und *wir* werden dort nicht einziehen!« erwiderte Daphne mit entschlossener, kalter Stimme. »Jetzt erst recht nicht! Ich lasse mich nicht wie ein dummes Kind herumstoßen, Mom! Für jeden Cent, den ich eingenommen habe, habe ich hart gearbeitet.

Und ich habe mich auch bei Eleanor abgeschuftet – ohne zu ahnen, daß sie es mir – ja *mir*! – eines Tages so danken würde. Deshalb werde ich das Haus so nutzen, wie ich es will! Und das Testament gibt mir dazu das Recht. Es besagt eindeutig, daß niemand außer mir über die Nutzung des Hauses entscheiden kann. Hörst du, Mom? Niemand!«
»Du kommst deiner eigenen Mutter mit Paragraphen?« schrie Sophie wutentbrannt und wollte sie ins Gesicht schlagen. Doch der starre Blick von Daphnes funkelnden Augen brachte sie davon ab. »Die eigene Tochter stellt sich gegen mich! Du solltest dich schämen!«
»Ich stelle mich nicht gegen dich, aber ich lasse es auch nicht zu, daß du einfach über das nach deinem Gutdünken verfügen willst, was ich mir in mühseliger Arbeit aufgebaut habe«, erwiderte Daphne innerlich verletzt, aber unbeugsam in ihrem Entschluß.
»Du denkst immer nur an das Geld, das du verdienen kannst«, warf Heather ihr vor.
»Wäre es dir lieber gewesen, ich hätte nicht so hart gearbeitet und mein Geld nicht zusammengehalten?« fragte Daphne scharf.
Heather errötete unter ihrem stechenden Blick und schaute schnell zur Seite.
Daphne ging ihrem Vater an diesem Abend entgegen. Es schneite noch immer. Sie traf William auf halber Wegstrecke. Er war allein. Scott war noch auf dem Fluß, um das neue Feld abzustecken, das am kommenden Morgen angeschnitten werden sollte.
Daphne war enttäuscht, hatte sie doch gehofft, auch ihn zu treffen. Sie berichtete ihrem Vater nun von Eleanors Letztem Willen und den Streit, den sie mit ihrer Mutter gehabt hatte.
»Das ist wirklich eine schöne Nachricht«, freute sich William, als er vom Nutzungsrecht hörte. »Das hast du auch verdient, mein Kind.« Der Streit mit Sophie erbaute ihn weit weniger.
»Wenn du meinst, daß wir wirklich in die Lincoln Street umziehen sollen, dann werde ich mich nicht dagegen sträuben«, erklärte sie. »Es hat mich nur so verletzt, daß Mom mich noch nicht einmal gefragt hat...«
Er ging einen Augenblick schweigend neben ihr her. »Das Haus in der Pearl Street ist für uns groß genug. Nein, wir bleiben da. Aber hast du dir schon überlegt, was du mit Missis Bancrofts riesigem Kasten anfangen willst?«
»Ich möchte dort selber einziehen.«
Überrascht blieb er stehen. »Das geht beim besten Willen nicht! Du kannst unmöglich allein in diesem Haus wohnen!« meinte er.

»Das will ich ja auch gar nicht.«
Er runzelte die Stirn. »Was hast du denn nun wieder ausgebrütet?«
Daphne hatte Zeit genug gehabt, um sich Gedanken darüber zu machen, wie das große Haus am zweckmäßigsten zu nutzen war – sollte ihrem Vater nicht auch an einem Umzug gelegen sein, was zum Glück nicht der Fall war.
Aufmerksam hörte er sich nun an, was sie sich zurechtgelegt hatte. Und was sie ihm da auseinandersetzte, hatte Hand und Fuß. »Allmählich muß ich vor meiner eigenen Tochter den Hut ziehen«, sagte er mit amüsierter Bewunderung. »Die Rechnung, die du mir da aufgemacht hast, ist bestechend. Das Haus anders zu nutzen wäre angesichts dieser Verdienstmöglichkeiten geradezu eine kaufmännische Todsünde.«
»Dann hast du also nichts dagegen, Dad?« fragte sie in freudiger Erregung.
Er lachte. »Ich habe nie in meinem Leben etwas gegen ein gutes Geschäft gehabt. Aber mir wäre wohler, wenn du Sarah auch wirklich für dein Vorhaben gewinnen könntest.«
»Das gelingt mir bestimmt!« versicherte sie. »Ich wollte deiner Entscheidung nur nicht vorgreifen. Aber sobald wir zu Hause sind, gehe ich zu den Youngs und frage sie.«
Als Daphne bei den Youngs in der bullig warmen Küche saß, fühlte sie sich zehnmal mehr zu Hause als im Gebäude nebenan, wo ihre Mutter ihrem Vater jetzt vermutlich in den Ohren lag, ihr diese Sache mit dem Nutzungsrecht nicht ungestraft durchgehen zu lassen. Hier freute man sich mit ihr, beglückwünschte sie zu dem, was Eleanor ihr hinterlassen hatte, und sparte auch nie mit anerkennenden oder aufmunternden Worten, wenn ihr die Last der Arbeit einmal zu schwer war und sie an der Richtigkeit ihres eigenen Handelns zweifelte. Hier fand sie die familiäre Geborgenheit, die sie vor Jahren verloren hatte, als ihr Vater über Nacht zu einem armen Mann geworden und ihre Familie auseinandergebrochen war, langsam, aber unaufhaltsam. Zudem war Neid im Haus der Youngs ein Fremdwort.
Audrey schob ihr eine Holzschüssel mit warmen Krapfen zu, die sie gerade aus dem Fett geholt hatte. »Lang nur kräftig zu, bevor Collin die Schüssel leergeputzt hat!«
Matthew goß ihr von dem Kaffee nach, der bei den Youngs stets mit einer kräftigen Prise Kakao verfeinert wurde. »Was willst du denn nun mit diesem halben Herrensitz anfangen, Daphne?« scheute er

sich nicht, sie direkt zu fragen. Sie waren immer offen zueinander gewesen, und so sollte es auch bleiben.

»Ich möchte aus dem Haus eine Pension machen – zusammen mit Sarah.«

»Mit mir?« fragte diese verblüfft.

Daphne nickte. »Ja, natürlich nur, wenn du Interesse hast und deine Eltern nichts dagegen einzuwenden haben«, fügte sie hinzu und erläuterte ihnen, wie sie sich das gedacht hatte: »Es soll eine Pension nur für Frauen und junge Mädchen sein, die vom Land kommen oder aus welchen Gründen auch immer allein wohnen und sonst auf schäbige Kammern mit karger Kost zu überhöhten Preisen angewiesen sind. Wir könnten mindestens zwölf in dem Haus unterbringen, ohne daß es eng wird. Für Kost und Logis nehmen wir dreieinhalb Dollar die Woche. Dafür erhalten sie eine viel bessere Unterbringung als in anderen Häusern dieser Art, gutes Essen, die Sicherheit, vor Belästigungen geschützt zu sein und zudem noch die Möglichkeit, unter einem Dach mit gleichgesinnten alleinstehenden Frauen Kontakt zu bekommen, ja vielleicht sogar die eine oder andere Freundschaft zu schließen. Es ist für beide Seiten ein guter Handel«, schloß sie. Schon am Nachmittag hatte sie ausgerechnet, daß sie bei zwölf Logiergästen einen Gewinn von siebzehn Dollar machen würde – wöchentlich! Und damit waren noch nicht einmal alle Möglichkeiten, die dieses Haus bot, ausgeschöpft.

Audrey schob sich einen Krapfen in den Mund. »Ein Wohnhaus nur für alleinstehende Frauen«, sagte sie mit vollem Mund und nickte. »Das halte ich für eine ausgezeichnete Idee. Die Mädchen von den Tuchfabriken werden sich darum reißen, bei dir ein Zimmer zu kriegen. Ich kenne die Löcher, mit denen viele sich zufriedengeben müssen. Und die Wohnhäuser, die die Fabrikherren unterhalten, sind wegen ihres strengen Reglements nicht weniger verhaßt, von den Preisen und dem Massenfraß einmal ganz abgesehen. Ja, du wirst das Haus im Handumdrehen voll bekommen. Ich habe nicht den geringsten Zweifel, daß du Erfolg hast, wie bei allem, was du mit deiner unglaublichen Unternehmungslust anpackst. Aber eines verstehe ich nicht: Wieso brauchst du Sarah dafür?« wollte sie wissen. »Du bist doch selber tüchtig genug, um so ein Haus zu führen und fest im Griff zu halten. Das hast du mit deiner Kartoffelkuchen Company doch schon eindrucksvoll genug bewiesen.«

Daphne lächelte. »Das mag ja sein, aber Sarah ist mit Abstand die bessere Köchin von uns beiden.«

»Jetzt stellst du dein Licht aber gehörig unter den Scheffel!« meinte Sarah, freute sich aber über das Lob ihrer Freundin.
»Nein, nein, dir könnte ich nie das Wasser reichen, Sarah«, beteuerte Daphne. »Du bist für meinen Plan wirklich so gut wie unentbehrlich. Ich kann nicht alles im Auge behalten und zwölf Logiergäste bekochen, zumal ich vorhabe, den Verkauf der Kartoffelkuchen ganztägig auszubauen. Jetzt, wo ich nicht mehr von zehn bis um drei im Haushalt arbeiten muß, bleibt mir genügend Zeit, um noch Kartoffelkuchen für eine zweite Tour zu backen. Aber ohne Hilfe schaffe ich das nicht. Außerdem würde ich mich viel wohler fühlen, wenn ich dich mit im Haus wüßte.«
»Tja, das ist natürlich ein verlockendes Angebot«, gab Sarah zögernd zu und blickte ihre Eltern fragend an.
Daphne wußte nur zu gut, daß ihre Freundin nichts lieber täte, als sich dem Einfluß ihrer doch sehr beherrschenden Mutter ein wenig zu entziehen und auf eigenen Beinen zu stehen, sosehr sie auch an ihren Eltern hing. Sie hatten schon oft darüber gesprochen. Doch bisher war das nur ein Wunschtraum gewesen, zumal bis zu Jerrys Entlassung noch zwei lange Jahre waren. Deshalb setzte Daphne Sarahs Eltern nun ein wenig unter Druck. »Allein würde ich vielleicht davor zurückschrecken. Immerhin machen zwölf permanente Logiergäste doch eine Menge Arbeit. Und morgens ziehe ich ja noch selber zur *Washburn Ice Company* hinaus. Sarah wäre mir wirklich eine große Hilfe. Und es wird sich für sie auch rentieren. Zwanzig Dollar kann ich ihr zahlen, dazu natürlich freies Wohnen und freie Kost.«
»Zwanzig Dollar? Das kann ich unmöglich annehmen!« protestierte Sarah.
So gefühlsbetont Audrey in vieler Hinsicht auch war, so sah sie die Dinge doch stets auch von ihrer praktischen Seite. Verbieten konnten sie ihrer Tochter sowieso nichts mehr. Dafür war sie schon zu alt. Und zwanzig Dollar bei freier Kost und Logis waren eine Menge Geld, die Sarah auf die hohe Kante legen konnte. Eine gute Mitgift war nicht zu verachten, auch wenn sie möglicherweise Jerry Marston zugute kam. Aber wer wußte schon, was noch in den nächsten Jahren alles geschehen konnte. Hätte jemand gedacht, daß Missis Bancroft Daphne überhaupt einen Cent hinterlassen würde, geschweige denn das Nutzungsrecht an ihrem Haus für fast neun Jahre?
»Sarah hat recht. So ein günstiges Angebot wird sie nicht alle Tage bekommen, und daß Daphne eine gute Freundin der ganzen Familie ist,

macht es uns leichter, ihr unsere Zustimmung zu geben«, sagte sie schließlich nach kurzem Nachdenken. »Was meinst du dazu, Matthew?«

Er schmunzelte. »Du hast mir das Wort aus dem Mund genommen, Frau.«

»Dann ist es also beschlossene Sache?« vergewisserte sich Daphne noch einmal.

Sarahs Eltern nickten. »Ja, seht nur zu, daß ihr für Ordnung und einen guten Ruf sorgt!«

Sarah war vor Freude ganz aus dem Häuschen und fiel ihrer Freundin um den Hals. Sie nutzten die Zeit, die sie bei den abendlichen Vorbereitungen für die Kartoffelkuchen verbrachten, um Pläne zu schmieden. Am nächsten Tag nahm Daphne sie mit in *ihr* Haus und ging mit ihr durch alle Räume.

»Mein Gott, das ist ja noch geräumiger, als ich gedacht habe!« stellte Sarah begeistert fest. Allein im Obergeschoß gab es acht Zimmer. Davon waren drei so groß, daß man in ihnen gut jeweils zwei Logiergäste unterbringen konnte.

»Die Doppelzimmer geben wir preiswerter ab«, entschied Daphne, »und zwar für einen halben Dollar weniger die Woche. Es gibt bestimmt genug, die ein Zimmer mit einer Freundin teilen wollen.«

»Und die vier Dienstbotenkammern unter dem Dach?« fragte Sarah.

Daphne zögerte. »Na ja, die sind schon etwas klein.«

»Aber bei weitem nicht so klein wie die Verschläge, in denen einige meiner damaligen Arbeitskolleginnen gehaust haben«, meinte Sarah. »Die kannst du getrost vermieten.«

»Aber dann nur für zwei Dollar fünfundsiebzig die Woche.«

»Ich sage dir, die werden zuerst belegt sein!« prophezeite Sarah.

»Den großen Salon bauen wir um als Aufenthaltsraum für alle«, sagte Daphne, als sie wieder in die unteren Räume zurückkehrten. »Aber für das Eßzimmer brauchen wir einen größeren Tisch und mehr Stühle. Zudem müssen wir noch mindestens acht Betten und ebenso viele Waschtische besorgen. Das ist unsere erste und wichtigste Aufgabe.«

»Und diese wunderbaren Möbel bleiben alle hier stehen?«

»Sicher! Natürlich kannst du dir für dein Zimmer aus der Einrichtung hier zusammenstellen, was du möchtest«, stellte Daphne ihr frei. Für sie beide gab es im unteren Stockwerk Platz genug. Jede erhielt ihr eigenes, gemütliches Zimmer. Den Raum, der dazwischenlag, woll-

ten sie als ihren ganz privaten Salon benützen, wenn sie unter sich sein wollten.
»Dann wird deine Pension das schönste Logierhaus weit und breit sein«, sagte Sarah mit glänzenden Augen.
»Warum auch nicht? Die Frauen und Mädchen, die sich den ganzen Tag in den Fabriken plagen müssen, sollen sich wenigstens am Abend und an ihrem freien Tag wohl fühlen«, meinte Daphne. »Und du wirst schon ein Auge darauf halten, daß die Sachen pfleglich behandelt werden. Dafür bist du ja auch die Vorsteherin im ... *Davenport House*!«
»Ich bin Köchin, nichts weiter«, wehrte Sarah ab.
»Von wegen! So billig kommst du mir nicht davon!« widersprach Daphne. »Du wirst hier die Leiterin sein, meine Liebe. Und zwar ganz offiziell. Wenn eine etwas auf dem Herzen hat, hat sie sich an dich zu wenden. Du kümmerst dich um alles, was im Haus abläuft. Ich besorge den Einkauf der Lebensmittel und gehe dir bei den Mahlzeiten zur Hand. Aber alles weitere mußt schon du übernehmen. Falls es zuviel Arbeit ist, stellen wir einfach ein junges Mädchen ein. Das kann hier wohnen, bei dir in die Lehre gehen und sich außerdem noch ein paar Dollar im Monat verdienen. Denn ich habe ja noch meine Kartoffelkuchen Company und werde selbst mit einem Wagen herumziehen, und zwar nicht nur morgens, sondern auch noch einmal gegen Mittag. Was mich darauf bringt, daß wir unbedingt noch einen zweiten großen Ofen in der Küche aufstellen müssen. Zum Glück ist sie ja geräumig genug.«
Sarah lachte. »Ja, ein halber Ballsaal!« Sie konnte es noch immer nicht recht glauben, daß sie mit Daphne in diesem wunderschönen Haus wohnen sollte und eine richtig verantwortungsvolle Aufgabe erhielt. Sie sollte Leiterin einer Pension sein, die fast so groß wie das *Harlow House* in Augusta war! Leiterin vom *Davenport House*! Es war wie ein Traum. Missis Moore würde natürlich traurig sein, sie zu verlieren, sich aber für sie freuen und gewiß schnell Ersatz finden.
Daphne stürzte sich mit einer Begeisterung und Betriebsamkeit in die vielfältigen anfallenden Arbeiten, daß sogar Sarah kaum mit ihr Schritt zu halten vermochte, und dabei war sie hartes Arbeiten gewöhnt. Es konnte Daphne nicht schnell genug gehen, das Haus so herzurichten, wie sie es für ihre Logiergäste haben wollte. Dabei war sie aber auch noch gewissenhaft und duldete keine schlampige Arbeit.

Sie war morgens schon um kurz nach fünf auf den Beinen und fiel manchmal erst gegen Mitternacht völlig erledigt ins Bett. Sarah, Scott und auch ihr Vater redeten ihr gut zu, doch zumindest die Arbeit in der Bücherei aufzugeben. Auf diesen Verdienst könne sie nun doch gut verzichten. Aber sie war da ganz anderer Meinung.

»Noch weiß ich nicht, wie das mit der Pension anlaufen wird. Es wäre übereilt, schon jetzt eine so sichere Arbeit aufzugeben. Außerdem kann ich jeden Dollar gebrauchen. Ich habe Ausgaben genug.«

Sie hätte weniger Ausgaben gehabt, wenn sie beim Schmied nicht noch zwei weitere Einsätze bestellt hätte, um ihre Kartoffelkuchen Company auf acht Wagen zu erweitern.

»Sie kriegt den Rachen einfach nicht voll«, hieß es, aber auch: »Wenn sich Daphne Davenport etwas in den Kopf gesetzt hat, dann schafft sie es auch.«

»Du siehst erschöpft aus. Du hast dunkle Ringe unter den Augen. Du solltest ein wenig langsamtreten«, sagte Scott so manches Mal zu ihr, wenn sie morgens mit ihrem Handwagen auf die Eisfelder kam. »Ich mache mir Sorgen um dich, mein Schatz.«

»Wenn das Haus erst einmal läuft, habe ich Zeit genug, um Atem zu holen.«

»Du siehst wirklich übermüdet aus!«

Sie hob die Augenbrauen. »Willst du mich vielleicht loswerden?« fragte sie und fügte ganz leise hinzu: »Das letzte Mal hast du mir aber gar nicht den Eindruck gemacht, als hättest du an meinem Körper auch nur irgend etwas auszusetzen, ganz im Gegenteil. Und eingeschlafen bin ich ja wohl auch nicht, als du mich so... gestreichelt hast.«

Er sah sie zärtlich an. »Erinnere mich nicht daran, Daphne! Sonst bin ich gleich mit den Gedanken woanders und leiste mir einen Riß, der ein ganzes Eisfeld ruiniert«, sagte er sehnsüchtig.

Nein, Daphne ließ sich nicht einmal von Scott zu einer weniger hektischen, aufreibenden Gangart bewegen. Dabei wußte sie schon bald, daß es wirklich keine Schwierigkeiten bereiten würde, alle Zimmer zu vermieten. Es sprach sich schnell herum, daß sie Dauerlogiergäste aufnehmen und nur an Frauen vermieten wollte. Die ersten Interessentinnen wurden schon in der Woche nach der Testamentseröffnung bei ihr vorstellig. Sarah behielt recht. Die vier Dachkammern waren innerhalb von zwei Tagen vergeben. Dann folgten die drei Doppelzimmer. Von den fünf anderen Räumen mußte sie den letzten sogar auf den Wunsch von zwei Schwestern in ein Doppelzimmer umwandeln, weil die unbedingt zusammen und bei ihr wohnen wollten. Ende Januar war das Haus restlos belegt – mit insgesamt sechzehn Frauen und Mädchen zwischen vierzehn und zweiunddreißig Jahren.

In der Zwischenzeit war auch schon der von Mister Maycock beauftragte Gutachter im Haus gewesen, ein verschlossener Mann, der sich wortlos Notizen gemacht und sich nach einer Stunde mit einem knappen Gruß wieder empfohlen hatte. Tags darauf bekam Daphne Besuch vom Anwalt.

»Mister Vernon hat mir heute morgen sein Gutachten überreicht, und ich dachte, ich suche Sie gleich persönlich auf, um Sie über das Ergebnis der Schätzung zu unterrichten«, sagte er.

»Das ist wirklich sehr freundlich von Ihnen, daß Sie sich diese Mühe machen«, bedankte sich Daphne. »Ich bin sehr gespannt, welchen Preis er festgesetzt hat.«

Er schmunzelte. »Wenn es Ihnen möglich ist, werden Sie von Ihrem Vorkaufsrecht Gebrauch machen, nicht wahr?«

»Und wenn ich jeden Cent zusammenkratzen müßte!« versicherte sie.

»Ja, so habe ich Sie auch eingeschätzt. Ich habe Mister Vernon deshalb auch gebeten, sein Augenmerk mehr auf die Mängel als auf die Vorzüge dieses Hauses zu richten«, teilte er ihr mit einem Augenzwinkern mit. »Ich denke, das war ganz im Sinne der seligen Missis Bancroft. Der Gutachter hat den Wert des Hauses mit viertausendachthundert Dollar festgelegt. Das bedeutet, daß Sie es in knapp neun Jahren für dreitausendachthundertvierzig Dollar erwerben können.«

Daphne konnte ihre Freude kaum bezähmen. Das Haus war viel mehr wert, als der Gutachter angesetzt hatte. »Dreitausendachthundertvierzig? Das schaffe ich, Mister Maycock. Ich habe das Haus schon jetzt so gut wie gekauft!«

Er lachte. »Ja, davon gehe ich auch aus. Am besten legen Sie sich ein separates Konto an, auf dem Sie diese Summe bis in neun Jahren ansparen.«

»Das werde ich noch heute tun.« Sie setzte sich sofort hin und rechnete aus, wieviel Geld sie weglegen mußte. Sechsunddreißig Dollar und siebenundfünfzig Cent im Monat oder neun Dollar und vierzehn Cent die Woche lautete das Ergebnis. Das war gut zu schaffen.

Zwei Tage später überraschte Sarah sie mit einem Geschenk, das sie mit Stolz und Freude erfüllte. Es war am frühen Vormittag, und sie saß gerade über ihren Rechnungsbüchern, als Sarah zu ihr ins Zimmer kam.

»Kommst du bitte mal mit vors Haus?« bat sie.

»Was ist denn?«

Sarah lachte verschmitzt. »Frag nicht! Du wirst schon gleich sehen. Es soll eine Überraschung sein. Hoffentlich gefällt sie dir auch.«

»Eine Überraschung? Also wirklich, Sarah...«

»Nun komm schon!« drängte diese.

Daphne mußte die Augen schließen und sich von ihrer Freundin die Stufen von der Veranda hinunterführen lassen. »Himmel, wo führst du mich denn hin?«

»So, das reicht. Jetzt dreh dich um, und mach die Augen auf!«

Daphne öffnete die Augen. Ein langes Schmuckschild mit verzierten Kanten hing über dem Aufgang. Auf weißem Grund stand in grünen, schwungvollen Lettern, die mit einem feinen Goldrand abgesetzt waren, der Schriftzug: *Davenport House.*

»Du bist verrückt!« stieß Daphne überwältigt hervor und dachte sofort daran, wie teuer das wohl gewesen war. Sarah hatte dafür mindestens einen halben Monatslohn abgeben müssen.

»Freust du dich? Gefällt es dir auch?«

»Und wie! Es ist wunderbar! Aber so ein teures Geschenk kann ich nicht annehmen. Laß mich wenigstens etwas dazutun!« Stürmisch umarmte sie ihre Freundin, die von Geld jedoch kein weiteres Wort hören wollte. Dann stand Daphne noch eine Weile andächtig da, blickte zum Schild hoch, spürte die Kälte überhaupt nicht und dachte mit Entschlossenheit, zugleich aber auch mit stiller Verwunderung: In acht Jahren und neun Monaten wird mir dieses Haus gehören!

Dreizehntes Kapitel

Noch von der Liebe erhitzt, nackt, die Arme hinter dem Nacken verschränkt und seine Blöße nur mit einem Zipfel der Bettdecke bedeckt, lag Scott auf dem zerwühlten Laken, gestützt auf ein Kissen. Mit einer Mischung aus wohliger Ermattung und unstillbarer Sehnsucht sah er zu, wie Daphne sich vor seinen Augen ankleidete. Wie bei allem, was sie tat – die Liebe ausgenommen, denn nur da kannte sie weder Eile noch Ungeduld –, ging sie rasch und zielstrebig vor.
Sie ist sich noch nicht einmal bewußt, wie ungemein aufreizend sie sich mir darbietet, ging es ihm durch den Kopf. Sie war bis auf den Strumpf am rechten Bein splitternackt. Nun fuhr sie in den anderen Wollstrumpf, rollte ihn über ihr schlankes, wohlgeformtes Bein und griff dann zu den Strumpfbändern. Sanft wippten ihre hohen Brüste im Rhythmus ihrer fließenden Bewegungen.
Er seufzte. Draußen heulte der Februarwind ums Haus, rüttelte an den geschlossenen Schlagläden und wirbelte den Schnee von den Dächern.
Daphne blickte zu ihm hinüber. »Was seufzt du, mein Liebling? War es nicht schön?« fragte sie mit einem glücklichen Lächeln und fuhr in die dicke, lange Winterunterhose. Der Saum ging ihr bis über die Knöchel. Doch diese wenig reizvolle Leibwäsche, die einzig dem eisigen Wetter Rechnung trug, vermochte ihre erotische Ausstrahlung nicht im mindesten zu schmälern. Sie konnte tragen, was sie wollte, ihrem verführerischen Liebreiz tat es keinen Abbruch.
»Gerade weil es so schön war! Ich möchte dich einfach noch nicht gehen lassen«, sagte er und dachte, wie sehr sie sich doch in den vergangenen Monaten von ihrer Schamhaftigkeit und ihren Hemmungen befreit hatte. Zwar hatten sie den Akt der Vereinigung noch nicht vollzogen, aber hingebungsvoller als an diesem Abend hätte keine andere Frau auf seine Zärtlichkeiten reagieren können. Wie leidenschaftlich ihr Körper doch geantwortet und wie verzückt sie aufgestöhnt hatte, als seine Finger ihr zartes Fleisch geteilt und ihr eine ekstatische Lust bereitet hatten.
Sie zog ihr Leibchen über und knöpfte es zu. »Ich würde auch viel lieber bei dir bleiben. Aber ich bin schon viel länger geblieben, als wir es eigentlich verantworten können. Du weißt doch, wie schnell die Nachbarn mit dem Klatsch bei der Hand sind.«

»Es ist immerhin beruhigend zu wissen, daß sie im schlimmsten Fall die Wahrheit über uns verbreiten«, scherzte er gequält.
»In zwei Wochen ist es wieder soweit«, tröstete sie ihn und sich. »Diesmal können wir schon den Mittagszug nach Augusta nehmen. Louisa hat sich wirklich blendend eingearbeitet. Die anderthalb Tage kommt sie auch ohne uns klar. Zudem hat Audrey uns versprochen, nach dem Rechten zu sehen.«
Louisa Blake war ein vierzehnjähriger Rotschopf, deren Eltern am Ende der Pearl Street wohnten. Als sich gezeigt hatte, daß Sarah und Daphne die anfallenden Arbeiten beim besten Willen ohne Hilfskraft nicht mehr bewältigen konnten, hatte Audrey sie auf das Mädchen aufmerksam gemacht. Sie war ein flinkes, aufgewecktes Ding, das sich im Handumdrehen in ihren Arbeitsablauf eingefügt hatte und den Lohn mehr als wert war.
»Ich wüßte gern, wohin es mit dir noch führen wird«, sagte Scott nachdenklich.
»Hoffentlich noch sehr weit!« gab Daphne lachend zur Antwort, streifte die langen Unterröcke über und stieg dann in ihr grobkariertes Wollkleid.
»Manchmal vergleiche ich dich mit meinem Vater.«
»Na, da hast du mir aber schon mal reizendere Komplimente gemacht!«
»Was deinen unbeugsamen Ehrgeiz und Arbeitseifer betrifft, stehst du ihm in nichts nach.«
»Faul bist du aber auch nicht gerade«, erwiderte sie und drehte ihm ihren Rücken zu. »Knöpfst du mir bitte das Kleid zu?«
Scott schwang sich aus dem Bett, wie er war, trat hinter sie, schob seine Hände von hinten unter ihr Kleid und umfaßte ihre Brüste. »Ich ziehe es vor, dich auszuziehen«, flüsterte er ihr ins Ohr und drückte seinen Mund auf ihren Halsansatz.
Sie schmiegte sich kurz in seine Arme. »Scott! Das ist wirklich nicht fair! Ich muß nach Hause, und du führst mich so in Versuchung!«
»Warten dort vielleicht kleine Kinder auf dich, die nach ihrer Mutter schreien?«
»Nein, aber Sarah. Du weißt, wie sehr ich es hasse, wenn jemand unpünktlich ist. Und was ich von anderen verlange, muß ich auch selber beherzigen. Ich muß jetzt wirklich los.«
Widerstrebend gab er sie frei und knöpfte ihr Kleid zu. »Es wird Zeit, daß wir einmal ernsthaft miteinander reden, Daphne«, sagte er.

Sie wandte sich zu ihm um und lächelte ihn zärtlich an. »Was kann es zwischen uns Ernsthaftes zu bereden geben?« fragte sie. »Was wir uns zu sagen haben, sagen wir uns doch ganz wunderbar auch ohne Worte. Laß es noch so, wie es ist, Scott! Wenn der Winter hinter uns liegt, ist es zum Reden noch früh genug.«

Er zögerte einen Augenblick. »Gut, ganz wie du meinst.«

Sie küßten sich noch einmal leidenschaftlich, dann huschte Daphne mit hochgeschlagenem Mantelkragen hinaus in die eisige, windgepeitschte Dunkelheit.

Der Wind zerrte an ihrem Mantel und ließ das Ende ihres Schals wehen, als sie die Fitts Street hinuntereilte und dann auf die North Street gelangte, die zu den stadtauswärts führenden Straßen zählte.

Fast wäre sie an dem hohen, geschlossenen Kastenwagen vorbeigehastet, der hundert Yard vor der Kreuzung North und High Street halb in einer Schneewehe stand. Es war das klägliche Wiehern des Pferdes, das ihre Aufmerksamkeit auf das Gespann lenkte.

Daphne stutzte und blieb stehen. Sie erinnerte sich daran, daß ihr der Wagen ein gutes Stück oberhalb auf der North Street begegnet war, als sie sich vor knapp einer Stunde auf den Weg zu Scotts Haus gemacht hatte. Auf dem Kutschbock hatte eine dunkle, vermummte Gestalt gesessen. Doch nun war der Kutschbock leer.

Aber wieso stand der Wagen so mutterseelenallein zu dieser späten Stunde hier am Wegesrand? Und dann auch noch bei diesem eisigen Wind, der einem bis ins Mark drang? Das Pferd gehörte in einen warmen Stall, wenn es sich nicht den Tod holen sollte.

Daphne zögerte. Der Wind wechselte die Richtung und trieb Schneewirbel über die Straße. Weshalb bloß ging sie nicht weiter? Was zerbrach sie sich den Kopf über anderer Leute Angelegenheiten. Wenn nur das arme Tier nicht gewesen wäre... Ihm zitterten vor Kälte schon die Flanken.

Ein ersticktes Husten, gefolgt von einem entsetzlichen Röcheln drang plötzlich aus dem Wageninnern und ließ Daphne zusammenfahren.

Sie überlegte nun nicht mehr lange. Diese Geräusche klangen so, als ob derjenige, der sich dort drinnen befand, dringend Hilfe nötig hätte. Niemand hielt bei diesem Wetter freiwillig auf offener Straße an und setzte sich über eine Stunde an einer so ungeschützten Stelle diesem schneidenden Wind aus, ebensowenig sein Pferd.

Sie trat auf die eiserne Trittstufe, raffte Mantel und Röcke und zog sich auf den Kutschbock hoch. In die Front des Kastenwagens war eine Tür eingelassen, besser gesagt eine Luke, die unten mit dem Kutschbock abschloß und oben bis ans vorgezogene Vordach reichte. Ein erwachsener Mann konnte gut hindurch, wenn er den Kopf einzog und sich etwas bückte. Die Luke stand einen Spalt offen.

»Ist da jemand? Brauchen Sie Hilfe?« rief Daphne in das dunkle Wageninnere hinein.

Sie bekam keine Antwort, hörte jedoch ein kurzatmiges Keuchen. Wollte sie da vielleicht jemand in die Falle locken? War es nicht besser, einen Wachmann auf den Wagen aufmerksam zu machen und ihm eine nähere Untersuchung zu überlassen?

Aber wenn der oder die Unbekannte tatsächlich in Not war und sofortige Hilfe brauchte?

Sie überwand die in ihr aufsteigende Furcht, was sie dort im Aufbau des Kastenwagens wohl erwarten mochte, und stieß die Luke auf, soweit es ging. Dann zwängte sie sich hindurch. Es war so dunkel, daß sie kaum ihre eigene Hand vor Augen sehen konnte. Schmerzhaft stieß sie mit dem Kopf an eine Kante.

Ein schnelles, rasselndes Atmen erfüllte die Dunkelheit. Aber auch so roch und spürte sie die Gegenwart eines anderen Menschen. Vorsichtig tastete sie sich vor – und berührte plötzlich etwas Weiches, Felliges.

Es war der Pelzbesatz eines Mantelkragens. Jemand lag rechts von ihr in einer Art Koje. Aber sie konnte kaum mehr als schemenhafte Umrisse ausmachen, ja fast nur erahnen. Sie war sich jetzt jedoch sicher, es mit einem Mann zu tun zu haben. Im nächsten Augenblick glaubte sie, ihre Hand auf eine kochendheiße Ofenplatte gelegt zu haben. Sie brauchte ein paar Sekunden, um zu begreifen, daß es die Stirn des Fremden war, die wie Feuer unter ihren erneut zögernd vortastenden Fingern glühte. Der Mann lag im Fieber!

Sie beugte sich zu ihm hinunter. »Können Sie mich hören? Verstehen Sie mich?« rief sie eindringlich, während sich die Gedanken hinter ihrer Stirn jagten. »Sie sind krank! Sie müssen zu einem Arzt.«

Die Antwort, wenn es denn überhaupt eine war, bestand aus einem Stöhnen.

Daphne überlegte kurz, was sie tun sollte. Sie konnte diesen Mann, der in hohem Fieber lag, nicht allein lassen. Kurzentschlossen zwängte sie sich wieder nach draußen, setzte sich auf den Kutschbock und griff nach den Zügeln.

»Hüh! ... Los, setz dich in Bewegung! Na, los! Wird es bald!« schrie sie dem apathischen Tier zu, zerrte an den Zügeln und ließ sie mehrmals auf den Rücken des Pferdes klatschen. »Trab an, oder es ist um euch beide geschehen!«
Als hätte das Tier sie verstanden, legte es sich auf einmal ins Geschirr. Daphne lenkte den auf Kufen gleitenden Kastenwagen auf die Straße zurück.
Sarah und Louisa hatten schon den Abwasch bewältigt und waren dabei, große Töpfe mit Kartoffeln zu kochen und Berge von Zwiebeln kleinzuschneiden. Beiden liefen die Tränen über das Gesicht, als Daphne zur Tür hereingestürzt kam.
»Louisa! Zieh dir etwas über, und lauf, so schnell du kannst, zu Doktor Turnbull hinüber!« rief sie dem Rotschopf zu. »Und sag ihm, daß es um Leben und Tod geht!«
Louisa sah sie mit großen, erstaunten Augen an, stellte jedoch keine Fragen, sondern ließ augenblicklich alles stehen und liegen, um den Auftrag auszuführen, so neugierig sie auch sein mochte. Und das war es, was Daphne und Sarah so sehr an ihr schätzten: Sie vertrödelte keine Zeit.
»Um Gottes willen, was ist passiert?« stieß Sarah erschrocken hervor. »Es ist doch nichts mit Scott, oder?«
»Nein! Komm mit nach draußen! Du mußt mir helfen. Der Mann muß rasch ins Warme gebracht werden, und das Pferd gehört so schnell wie möglich in einen Stall!«
Verständnislosigkeit stand auf Sarahs Gesicht. »Welcher Mann und was für ein Pferd?«
»Nun komm schon! Für Fragen ist jetzt keine Zeit. Bring deine Lampe mit!« Schon hastete Daphne wieder hinaus in das nächtliche Schneegestöber.
Als Sarah den Kastenwagen neben dem Haus stehen sah, verstand sie noch weniger, was das alles zu bedeuten hatte. Doch sie kletterte nun geschwind zu ihrer Freundin hinauf.
»Er liegt da drin und hat hohes Fieber. Wir müssen sehen, daß wir ihn ins Haus kriegen!« drängte Daphne.
»Wer ist es denn?«
»Ich weiß es nicht. Ich weiß nur, daß der Wagen schon eine gute Stunde auf der North Street gestanden hat und Mann und Tier Hilfe brauchen«, antwortete Daphne, während sie sich ins Innere zwängte. »Er liegt hier rechts.«

Es war kein leichtes Stück Arbeit, den fremden Mann aus der Schlafkoje zu heben und durch die Luke zu schaffen. Doch noch schwieriger war es, ihn vom Kutschbock herabzulassen. Allein hätten sie es wohl kaum geschafft. Mittlerweile waren aber einige ihrer Logiergäste, die Zimmer auf dieser Seite des Hauses bewohnten, auf sie aufmerksam geworden und kamen ihnen nun zu Hilfe. Mit acht Paar Händen gelang es schließlich, den Mann sicher vom Wagen zu heben.

»Kathleen, du kennst dich doch gut mit Pferden aus, nicht wahr?« rief Daphne dem sehnigen Mädchen zu, das mit ihrer Schwester Annabelle vom Lande kam und ein Zimmer bewohnte.

»Ja, Miss Davenport.«

»Dann schirr bitte das Pferd aus, und bring es so schnell wie möglich zu Mister Harding in den Mietstall! Er soll es gut versorgen – die arme Kreatur! Ich melde mich morgen bei ihm.«

»Mache ich, Miss Davenport!«

Sie trugen den Fieberkranken durch die Küche in Daphnes Zimmer, zogen ihm den pelzbesetzten Mantel und die schweren Stiefel aus und legten ihn aufs Bett. Daphne schickte die anderen Frauen hinaus.

»Er ist wirklich sehr krank«, stellte Sarah erschrocken fest. »Wenn ich nur wüßte, ob wir etwas für ihn tun können. Aber was ist, wenn er eine ansteckende Krankheit hat?«

Darüber wollte Daphne lieber nicht nachdenken. »Doktor Turnbull wird bestimmt gleich kommen. Er wird es schon feststellen. Ein kühles feuchtes Tuch auf die Stirn wird ihm bestimmt guttun«, murmelte sie.

»Ich hole es!« Sarah eilte aus dem Zimmer.

Daphne betrachtete den Fremden, den sie in ihr Haus geholt hatte. Der dicke Pelzmantel mit dem schweren Pelzkragen hatte ihn größer und breiter erscheinen lassen, als er in Wirklichkeit war. Er überragte sie höchstens um einen halben Kopf und war von eher sehniger Statur. Was sein Alter betraf, so fiel es ihr schwer, es einigermaßen genau zu schätzen.

Er wird irgendwo in den Vierzigern sein, vermutete sie. Sein Gesicht, das von Schweiß bedeckt war, erinnerte sie ein wenig an das von James Jenkins. Es war das gegerbte Gesicht eines Mannes, der sich sein Lebtag Wind und Wetter ausgesetzt hat. Das Kinn war kräftig, ausgeprägt die Nase und hoch die Stirn. Ein dichter Walroßschnurrbart, dessen Spitzen bis zum Kinn reichten, verdeckte seine Ober-

lippe. In seinem ungewöhnlich krausen, schwarzen Haar fanden sich hier und da schon einige graue Strähnen. An der linken Hand trug er einen goldenen Ring mit einem schwarzen Stein, in den die Buchstaben S und L eingraviert waren.
Sarah kehrte mit einer Waschschüssel und sauberen Leinentüchern zu ihr zurück. Daphne tränkte ein Tuch mit dem kühlen Naß und wischte dem Mann den Schweiß von der Stirn.
»Es steht nicht gut um ihn«, meinte Sarah düster.
Doktor Turnbull ließ nicht lange auf sich warten. Er untersuchte den Fremden, horchte ihn ab und stellte dann fast lakonisch fest: »Schwere Lungenentzündung.«
»Wird er durchkommen?«
Doktor Turnbull warf einen skeptischen Blick auf den Kranken. »Das kommt ganz darauf an, welche Konstitution er hat – und wie stark sein Lebenswille ist. Ist beides nur durchschnittlich, wird er die Nacht kaum überstehen«, erklärte er erbarmungslos. »Aber auch wenn er morgen noch unter den Lebenden ist, stehen die Chancen, daß er durchkommt, sehr schlecht.«
»Können Sie denn gar nichts für ihn tun?« fragte Daphne beklommen.
»Eine Arznei, die etwas gegen eine Lungenentzündung auszurichten vermag, ist noch nicht erfunden«, bedauerte er. »Das einzige, was helfen könnte, das Fieber zu senken, sind kühle Umschläge, Waden- und Brustwickel. Beten kann zudem auch nicht schaden. So mancher meiner Patienten hat seine Krankheit ausgeschwitzt. Aber keiner hatte eine auch nur vergleichbar schwere Lungenentzündung wie dieser Mann. Wer ist er überhaupt, wenn ich fragen darf?«
»Wir wissen es auch nicht«, sagte Sarah.
»Wie bitte?« fragte Doktor Turnbull ungläubig.
Daphne berichtete ihm, wie dieser Fremde in ihr Haus gekommen war, und schloß mit den Worten: »Ich konnte ihn in seinem Zustand doch nicht einfach da liegenlassen, oder?«
»Manch einer hätte das getan. Immerhin werden Ihnen Kosten entstehen.«
»Um die Begleichung Ihrer Rechnung brauchen Sie sich keine Sorgen zu machen, Mister Turnbull. Die können Sie getrost mir vorlegen, sollte dieser … Mann nicht in der Lage sein, sie selber zu begleichen«, entgegnete Daphne ein wenig schroff.
Er lächelte verhalten. »Sie sind eine bemerkenswerte Frau, Miss Da-

venport. Doch es war nicht die Sorge um mein Honorar, die mich zu dieser Bemerkung veranlaßte. Aber lassen wir das! Sehen Sie sich doch mal im Wagen um! Vielleicht finden Sie dort Briefe oder andere Papiere, die Aufschluß über seine Person geben... und über mögliche Verwandte, die bei seinem Tod zu benachrichtigen wären. Ich werde ihn indessen entkleiden, denn in diesen Sachen kann er schlecht hier liegen bleiben, das heißt, sofern Sie beabsichtigen, ihn hier zu lassen.« Fragend sah er sie an.
»Sicher, ich werde nebenan auf der Couch schlafen«, sagte Daphne ohne langes Zögern.
»Unsinn!« meinte Sarah sofort. »Mein Bett ist breit genug für zwei.«
Doktor Turnbull nickte. »Da das nun geklärt ist, wäre es recht günstig, wenn Sie unter seinen Sachen so etwas wie ein Nachtgewand finden und mir bringen würden.«
Daphne fand mit Hilfe einer Lampe in dem Wagen, der mit Waren und Kleidungsstücken aller Art nur so vollgestopft war, ein halbes Dutzend warmer Nachthemden sowie eine Geldkassette und ein schon sehr abgegriffenes, ledergebundenes Buch. Es lag in der Schlafkoje, trug den merkwürdigen Titel *Haggada* und war für sie nur deshalb von Bedeutung, weil dieses Buch ihr den Namen des Fieberkranken verriet. Denn im Innendeckel stand in steiler, sauberer Schrift geschrieben: *Solomon Leigh.* Sie erinnerte sich sofort an den Ring mit den beiden Buchstaben SL.
»Er heißt also Solomon Leigh«, meinte Doktor Turnbull, als sie mit Nachthemden, Buch und Kassette ins warme Haus zurückkehrte. »Na ja, so wird sein Grabkreuz wenigstens nicht namenlos bleiben, falls er es nicht übersteht.«
Daphne wollte ihm die Geldkassette anvertrauen, doch er wehrte ab. »Bei Ihnen ist sie genauso gut aufgehoben. Hier, das trug er um den Hals. Bewahren Sie es für ihn auf!« Er reichte ihr ein dünnes Lederband, an dem ein Schlüssel hing, der zweifellos zur Geldkassette gehörte. Dann bat er sie, kurz aus dem Zimmer zu gehen, damit der dem Kranken das Nachthemd überziehen konnte.
Anschließend erklärte er ihnen noch einmal, was sie für den Mann tun konnten. Viel war es nicht. »Warm halten, regelmäßig kalte Umschläge und seine Brust mit dieser Salbe hier einreiben. Achten Sie darauf, daß Sie seine Lippen feucht halten! Vielleicht gelingt es Ihnen auch, ihm Tee oder Wasser einzuflößen. Durch das Fieber verliert er viel Körperflüssigkeit, die ersetzt werden muß, sonst brennt ihn das

Fieber noch diese Nacht aus. Aber machen Sie sich nicht allzuviel Hoffnung. Es könnte nicht schaden, schon mal den Priester zu benachrichtigen.«
»Sie haben wirklich eine sehr ermutigende Art, Doktor«, meinte Sarah mit blassem Gesicht.
Er schloß seine Arzttasche. »Leider liegt das manchmal in der Natur meines Berufs, Miss Young. Für Trost und fromme Worte ist der Priester zuständig. Ich komme morgen früh wieder. Alles Gute!«
»Wir werden uns abwechseln müssen«, sagte Sarah, als er gegangen war. Sie betrachtete es als Selbstverständlichkeit, daß sie ihrer Freundin die Pflege dieses fremden Mannes nicht allein überließ.
Daphne dachte an die Arbeit, die in der Küche auf sie wartete, und nickte dankbar. »Ja, es wird wohl eine lange Nacht.« Nie hätte sie sich träumen lassen, daß dieser Tag so ein Ende nehmen würde. Daß sie noch vor einer Stunde nackt in Scotts Armen gelegen und die wunderbaren Freuden der Sinnlichkeit ausgekostet hatte, kam ihr wie ein Traum vor, der sehr weit zurücklag.
Solomon Leigh rang mit dem Tode. Er schien von innen zu verglühen, und sein mühsamer Atem war in der Stille der Nacht bedrükkend. Manchmal kamen Worte in einer fremden Sprache über seine Lippen, gepreßt und abgehackt wie ein letzter Gruß an das Leben. Mehr als einmal glaubte Daphne, die in den frühen Morgenstunden an seinem Bett saß, daß es nun um ihn geschehen sei, und sie redete dann mit leiser beschwörender Stimme auf ihn ein, am Leben festzuhalten, nicht aufzugeben und gegen das wütende Fieber anzukämpfen.
Er lebte noch, als der neue Tag heraufdämmerte. Doch Doktor Turnbull stellte keine Verbesserung seines Zustandes fest. Noch immer hing sein Leben an einem seidenen Faden, der jeden Augenblick reißen konnte.
»Immerhin, er kämpft«, war alles, was es Positives zu sagen gab.
Der Tag wurde Sarah und Daphne schrecklich lang. Sie hatten die Nacht kaum Schlaf gefunden, und jetzt warteten nicht nur sechzehn Logiergäste darauf, ein deftiges Frühstück vorgesetzt zu bekommen, sondern auch die Bleche mit den Kartoffelkuchen für sechs ihrer acht Wagen mußten rechtzeitig fertig sein. Sie selbst würden an diesem Morgen nicht zum New Meadow River marschieren. Diese Aufgabe übertrugen sie den beiden zusätzlich eingestellten Jungen, die sonst mit ihrem Wagen durch das Hafenviertel zogen.

Daphne schien es, als stellte sich nach dem Mittag eine leichte Besserung bei dem Kranken ein. Seine Stirn fühlte sich nicht mehr gar so heiß an. Doch ihre aufkeimende Hoffnung wurde mit Anbruch des Abends zunichte gemacht, als sich sein Zustand wieder verschlechterte.

Sie kannte diesen Mann nicht, wußte nur seinen Namen, und doch litt sie mit ihm. In der dritten Nacht hatte sie derart Angst, er könne jeden Moment sein Leben aushauchen, daß sie sogar ihre bleierne Müdigkeit vergaß und auch Sarah nicht weckte, damit sie sie ablöste. Immer wieder wechselte sie die Wadenwickel, rieb seine Brust mit der Salbe ein, kühlte sein Gesicht, benetzte ihm die Lippen – und betete zu Gott für seine Gesundung.

Als Sarah am Morgen erwachte und voller Schuldgefühl, ihren Teil der Nachtwache verschlafen zu haben, zu Daphne ins Zimmer eilte, fand sie ihre Freundin zusammengekauert im Sessel vor dem Bett, das Gebetbuch in ihrem Schoß und einen noch tropfenden Lappen in der Hand, der verriet, daß sie erst vor kurzem eingeschlafen war.

Ihr Atem war ruhig und gleichmäßig – wie der von Solomon Leigh! Er hatte die Krise offenbar überstanden.

Daphne schreckte zusammen, als Sarah ihr den Lappen aus der Hand nahm. »Oh! Du bist es!« Sie fuhr sich über die Augen und richtete sich auf. »Ich glaube, er hat das Schlimmste überstanden.«

»Ja, Gott sei gedankt! Aber du hast mich die ganze Nacht schlafen lassen! So war das nicht ausgemacht!« rügte Sarah sie und bestand darauf, daß sie sich nun Ruhe gönnte.

»Nur eine halbe Stunde! Versprich mir, daß du mich dann weckst«, murmelte Daphne todmüde, als sie sich im Bett ausstreckte. »Die Wagen...«

»Ja ja, die Wagen werden pünktlich wie immer auf die Straße kommen«, fiel Sarah ihr ins Wort und deckte sie wie ein kleines Kind zu. Daphne sank schon im nächsten Moment in tiefen Schlaf.

Sarah ging lächelnd in die Küche, wo Louisa schon das Feuer in den beiden Öfen anfachte. »Heute morgen wird nicht mit Tellern und Besteck geklappert. Lauf auf Socken nach oben und sag allen, sie möchten sich gefälligst so leise wie möglich bewegen und keinen Lärm machen, wenn sie die Treppe herunterkommen! Solomon Leigh ist über den Berg. Aber Miss Davenport hat jetzt ein paar Stunden ungestörten Schlaf mehr als verdient.«

»Ja, Miss Young.« Louisa huschte davon. Stille legte sich über das

Davenport House. Doch es war nicht die angespannte Stille der letzten Tage, als der Tod auf der Türschwelle gestanden und seine Hand nach Solomon Leigh ausgestreckt hatte. Es war die friedvolle Ruhe der Erschöpfung nach einem schweren Ringen, das einen guten Ausgang genommen hatte.

Vierzehntes Kapitel

Am späten Vormittag nahm Solomon Leigh seine Umwelt zum erstenmal seit zwei Tagen und drei Nächten wieder bewußt wahr. Er war noch sehr geschwächt, doch seine grauen Augen blickten klar, als Daphne in einem frischen Kleid ins Zimmer trat. Sarah flößte ihm gerade Fleischbrühe ein. Sie strahlte, als sie ihre Freundin sah, und wies mit dem Löffel auf sie.

»Das ist meine Freundin und Chefin Daphne Davenport«, sagte sie voller Stolz zu ihm. »Ihr verdanken Sie Ihr Leben.«

»Laß gut sein, Sarah«, sagte Daphne, die sich noch immer wie gerädert fühlte.

»Aber das stimmt doch! Wenn du Mister Leigh nicht hierhergebracht hättest, hätten Leichenbestatter und Abdecker Arbeit bekommen«, erklärte sie und fand nun, da ihr fremder Gast über dem Berg war, nichts daran, es so drastisch auszudrücken. Er sollte ruhig wissen, was er Daphne verdankte – nämlich nicht mehr und nicht weniger als sein Leben.

Solomon Leigh ließ Daphne nicht aus den Augen, die bei ihrem Eintreten Überraschung verraten hatten. »Ich stehe tief in Ihrer Schuld, Miss Davenport.« Seine Stimme war so schwach wie sein Körper und trug nicht weit, doch ihr dunkler Klang war angenehm und fast melodiös. »Irgendwie habe ich Sie mir nach den Worten von Miss Young älter vorgestellt... und bei weitem nicht so schön.«

Daphne schmunzelte. »Mir scheint, Sie sind jetzt wirklich außer Gefahr, Mister Leigh. Wenn Männer solche Reden führen, dann stehen sie mit den Beinen fest im Leben.«

Er blieb ernst. »Es war nicht als Schmeichelei gedacht, sondern nur eine Feststellung. Ich danke Ihnen sehr für das, was Sie für mich ge-

tan haben, und es tut mir leid, daß ich Ihnen in den vergangenen Tagen soviel Arbeit und Umstände bereitet habe. Das hier ist doch Ihr Zimmer, nicht wahr?«
Daphne nickte. »An Zimmern herrscht in diesem Haus kein Mangel. Es war in jener Nacht einfach das praktischste, Sie in meinem Zimmer unterzubringen«, ging sie schnell darüber hinweg. »Und Ihr Dank gebührt meiner Freundin in gleichem Maße. Zudem war es wirklich nicht sehr viel, was wir für Sie tun konnten.«
Ein schwaches Lächeln huschte über sein eingefallenes Gesicht, das inzwischen dringend der scharfen Klinge eines Rasiermessers bedurfte. Schwarze Bartstoppeln hoben sich von seiner kranken, blassen Haut ab. »Ich möchte nicht mit meiner Lebensretterin darüber streiten, doch erlauben Sie mir, daß ich mich Ihrer Meinung in diesem Punkt nicht anschließen kann.«
»Und nun erlauben *Sie,* daß ich Sie weiter füttern kann, Mister Leigh«, griff Sarah energisch ein. »Sie müssen wieder zu Kräften kommen, wenn Sie nicht wollen, daß wir mehr Arbeit als nötig mit Ihnen haben.« Ihr fröhlicher Blick nahm ihren Worten die Schärfe.
»Sehr wahr!« pflichtete Daphne ihr bei.
Das kurze Gespräch schien ihn sehr angestrengt zu haben, denn schon nach fünf, sechs weiteren Löffeln überfiel ihn wieder das Schlafbedürfnis.
Er schlief fast den ganzen Tag. Gegen Abend brachte Daphne ihm eine leichte Mahlzeit aus pürierten Kartoffeln und einem Stück Hühnerfleisch, während Sarah und Louisa ihren Logiergästen ein bedeutend handfesteres Essen auf den Tisch stellten.
»Ich habe Ihre Geldkassette aus dem Wagen geholt«, teilte sie ihm mit, weil sie annahm, daß er sich wohl schon Gedanken über sein Hab und Gut gemacht hatte. »Sie steht hier unter dem Bett. Die Lederschnur mit dem Schlüssel, die Sie um den Hals trugen, habe ich drüben in meinem Sekretär eingeschlossen. Ich bringe sie Ihnen gleich.«
»Damit hat es keine Eile, Miss Davenport. Ich weiß mein Geld bei Ihnen in besten Händen. Wer einen Fremden in sein Haus nimmt, ihn gesund pflegt und darüber auch sein Pferd nicht vergißt, vergreift sich nicht an seinem Geld«, sagte er.
»Es hätte nicht viel gefehlt, und Ihr Pferd wäre elendig erfroren. Mister Harding, dem der Mietstall gehört, wollte schon keinen Cent mehr für das Leben Ihres Tieres geben, wie Louisa sagte.«
Solomon Leigh lächelte. »Horace und ich, wir sind beide Veteranen

der Landstraße und dementsprechend zäh. Und wenn wir mal in Not waren, hat der Herr stets seine schützende Hand über uns gehalten. Ich bin überzeugt, daß auch er es war, der uns Sie geschickt hat.«
»Wie kam es überhaupt, daß Sie in Ihrem schwerkranken Zustand und bei diesem Wetter auf der Straße waren?« wollte Daphne nun wissen.
Er zuckte die Achseln. »Ich hatte die Erkältung schon ein paar Tage in den Knochen und wäre besser in Winslow Village geblieben, um sie auszukurieren. Aber ich wollte es unbedingt noch bis Bath schaffen, weil ich vorhatte, hier meine Warenvorräte aufzufüllen, und wie das so ist, wenn man sich etwas in den Kopf gesetzt hat, habe ich die Warnungen meines angeschlagenen Körpers in den Wind geschlagen und bin weitergezogen.« Er seufzte. »Jetzt weiß ich, wie dumm das von mir war. Ich muß schon den ganzen Weg über hohes Fieber gehabt haben. Was mich dazu gebracht hat, mich so kurz vor meinem Ziel in meine Koje zu legen, ist mir ein Rätsel. Sicher ist nur, daß ich den nächsten Morgen bei der Kälte gewiß nicht erlebt hätte.«
»Bestimmt nicht«, bekräftigte Daphne und fragte dann interessiert: »Sind Sie denn den ganzen Winter mit Ihrem Wagen unterwegs?«
Er nickte. »Frühling, Sommer, Herbst und Winter. Das ganze Jahr ziehe ich mit Horace durch das Land, wie ein ewiger Wandervogel«, erklärte er mit Stolz in der Stimme. »Ich behaupte, daß niemand das Gebiet zwischen dem Kennebec und dem Penobscot River so gut kennt wie Solomon Leigh und sein treuer Gefährte Horace.«
»Und was verkaufen Sie?«
Er lachte sie an. »Alles, was Sie sich denken können, und noch einiges mehr. *Solomon Leigh's Wonder Store,* unter diesem Namen kennt man mich auf dem Land und in den Wäldern, auf den Einsiedlerhöfen und in den Massenunterkünften der Emigranten, die für die Eisgesellschaften an den Flüssen arbeiten. Bei mir gibt es alles, was ihr Herz begehrt, aber auch vieles, von dem sie bis dahin gar nicht gewußt haben, daß sie es zu besitzen wünschen. Erst ich wecke diesen Wunsch in ihnen, und was ist die Welt ohne Wünsche? Doch da ich ihnen die großen Träume nicht erfüllen kann, beglücke ich sie wenigstens mit den kleinen Freuden des Lebens. Ein solides Messer zu einem vernünftigen Preis ist eine sinnvolle Anschaffung. Aber es sind nicht immer die sinnvollen und praktischen Anschaffungen, die Licht und Freude in den grauen Alltag eines hart arbeitenden Mannes oder einer Frau bringen, sondern das scheinbar Unnütze – wie eine hübsche

Brosche oder ein besonders schönes Rasiermesser mit Elfenbeingriff – läßt die Augen glänzen. Ach, es gibt nichts Schöneres auf der Welt, als einem Menschen den Glanz der Freude in die Augen zu treiben und ihn mit einem Hauch von Luxus zu erschwinglichen Preisen zu beglücken.«

Daphne kannte Leigh bisher nur als todkranken, geschwächten Mann, der noch am Morgen nicht die Kraft besessen hatte, den Löffel allein zum Mund zu führen. Seine lebhafte Rede und das freudige Funkeln seiner Augen überraschten sie deshalb. Es war eine angenehme Überraschung. Zweifellos verstand und liebte er sein Gewerbe. Sie vermochte sich sehr gut vorzustellen, daß er ein Händler von mitreißendem Verkaufstalent war – so lebhaft, wie er jetzt schon war, kaum daß er dem Tod ein Schnippchen geschlagen hatte.

»Daß so etwas Freude macht, kann ich mir denken«, sagte sie belustigt. »Zumal wenn sich das Glück Ihrer Kundschaft bei Ihnen in klingender Münze niederschlägt.«

Er zwinkerte ihr zu. »Ich müßte lügen, wollte ich behaupten, daß dies ein unangenehmer Nebeneffekt wäre. Auch die kleinen Freuden haben nun mal ihren Preis, und nicht nur meine Tasche will gefüllt sein, sondern auch der Hafersack meines treuen Gefährten Horace. Gott küßt nun mal die Fleißigen, Miss Davenport. Und wenn ich sehe, wie sehr er mich für meinen Fleiß belohnt, regt es mich an, ihm meine Tüchtigkeit noch mehr zu beweisen. Ach, ich gebe zu: Ich liebe es, Geschäfte zu machen. Fast kann man sagen, es ist mein Leben.«

Sie schmunzelte, verstand sie doch nur zu gut, was er meinte. Auch sie wurde wöchentlich, ja täglich jedesmal von einer fast schon sinnlichen Erregung gepackt, wenn sie mit ihren sechs Jungen und Mädchen abrechnete oder Sarah ihr das Wochengeld der Logiergäste brachte. Es war ein ungemein stimulierendes Gefühl zu sehen, wie sich die Zahlen aneinanderreihten, wie die Summen langsam, aber beständig wuchsen und der Gewinn Dollar um Dollar in die Höhe kletterte. Wie herrlich ließ es sich träumen, wenn sie an ihrem Sekretär saß und die Rechnungsbücher führte. Scott hatte einmal im Spaß behauptet, sie sei ins Geschäftemachen mindestens genauso verliebt wie in ihn. Das war natürlich Unsinn, weil sich beides nicht miteinander vergleichen ließ. Immerhin arbeitete sie ja nicht nur aus purem Vergnügen von früh bis spät. Doch als sie einmal darüber nachgedacht hatte, wie sie sich entscheiden würde, wenn sie zwischen Scott und ihren Geschäften wählen müßte, hatte sie ein sehr beunruhigendes Gefühl beschlichen und sie veranlaßt, die Gedanken darüber abzubrechen. Sie liebte Scott mit Leib und Seele. Und da er sie genauso sehr liebte, würde er gar nicht auf die Idee verfallen, sie vor eine derart absurde Alternative zu stellen. Er wußte, daß sie sich nie nur mit der Aufgabe als Hausfrau und Mutter zufriedengeben könnte, nicht nach diesen Jahren eigenständiger Tätigkeit, wie lächerlich klein der finanzielle Umfang ihrer Geschäfte auch sein mochte. Nein, er würde nie verlangen, daß sie damit aufhörte und ein Leben wie Heather oder Mom führte.

Weil er wußte, daß sie sich dann doch gegen ihn entscheiden würde?

Daphne schob diese unbeantwortete Frage beiseite. »Möchten Sie noch etwas Püree und Huhn, Mister Leigh?«

Er schüttelte den Kopf. »Danke, es war ausgezeichnet, aber es war mehr als genug, und jetzt bin ich wieder müde, als hätte ich nicht schon den ganzen Tag geschlafen.«

»Es tut mir leid, wenn ich Sie mit meinen neugierigen Fragen ermüdet habe.«

»Das haben Sie nicht. Im Gegenteil. Es macht mir Spaß, mich mit Ihnen zu unterhalten, ganz besonders über Geschäfte. Das liegt mir einfach im Blut«, gestand er. »All meine Vorfahren haben Handel getrieben. Und wie ich den Bemerkungen von Miss Young entnommen habe, sind Sie ja selber eine bemerkenswerte Geschäftsfrau, trotz Ihrer Jugend.«

»Das liegt mir einfach im Blut«, antwortete sie ihm mit seinen eigenen Worten.«

Er lachte vergnügt, und sie stimmte mit ihrer hellen, silbernen Stimme in sein dunkles Lachen ein. Schon jetzt freute sie sich auf das nächste Gespräch mit ihm. Es gab noch eine ganze Menge, was sie ihn fragen wollte.

Solomon Leighs Genesung machte in der folgenden Woche gute Fortschritte. Doch vom Sterbelager auf den Kutschbock war es ein langer Weg. Die Krankheit hatte ihn sehr mitgenommen, so daß er sich schonen und seinem Körper genügend Zeit einräumen mußte, wieder zu Kräften zu kommen.

Daphne hatte mit dem Haus, ihrer Kartoffelkuchen Company und der Arbeit in der Bücherei alle Hände voll zu tun. Zudem hatte sie sich selber die Pflicht auferlegt, jeden zweiten Tag ihrer Mutter und Heather einen Besuch in der Pearl Street abzustatten. Es war zumeist keine übermäßig angenehme Pflicht, denn ihre Mutter hatte es ihr

noch immer nicht verziehen, daß sie Eleanors Haus nicht der Familie zur Verfügung gestellt, sondern eine Pension daraus gemacht hatte. Daß ihre Tochter damit ein zweites lukratives Geschäft auf die Beine gestellt hatte, was zu ihrer aller Sicherheit beitrug, ließ sie nicht gelten. Kam Daphne zu Besuch, kehrte sie mehr denn je die Leidende und die von ihrer eigenen Familie Enttäuschte heraus. Einzig Heather war ihr angeblich als Stütze geblieben.
Ihre Schwester trug wenig dazu bei, ihre Mutter versöhnlich zu stimmen und für eine freundlichere Atmosphäre zu sorgen, wenn Daphne die beiden besuchen kam. Sie gefiel sich vielmehr darin, zu sticheln und Bemerkungen über ihre Geschäftstüchtigkeit zu machen, die zwar schmeichelhaft klangen, aber mit Sicherheit ganz anders gemeint waren. Ihr Neid war unterschwellig immer spürbar, und das setzte Daphne fast noch mehr zu als der Groll ihrer Mutter.
Was mache ich nur falsch? fragte sie sich so manchesmal, wenn sie das Haus nach einer halben, dreiviertel Stunde niedergeschlagen verließ. Bin ich wirklich so geldgierig und herzlos, wie Heather meint? Ist es nicht genug, daß ich ihnen acht Dollar im Monat zahle, quasi die Miete für das Haus? Bin ich wirklich für sie mehr verantwortlich als Dad und Gilbert?
Daphne versuchte mehrmals, mit ihrer Schwester unter vier Augen über Gilbert und ihre Situation zu reden. Doch Heather hatte an einem solchen Gespräch kein Interesse. Bei ihnen stand offenbar alles zum besten, zumindest behauptete sie das. Den Schwager bekam sie kaum noch zu Gesicht. Er hatte Gewicht zugelegt, und wie sie von Dad und Scott hörte, verbrachte er noch immer viele Abende in den Tavernen am Hafen. Die Karten rührte er aber nicht mehr an, wie Heather ihr einmal versicherte, als sie ihr den wöchentlichen Dollar zusteckte, der nicht selten für zwei, manchmal auch für drei Wochen reichen mußte, denn Gilbert hielt sie äußerst knapp. Auf den Cent mußte sie ihm ihre Ausgaben belegen. Da war es schwer, einen ganzen Dollar pro Woche vom Haushaltsgeld abzuzweigen.
Daphne machte kein Aufheben darum. Wie hätte sie ihrer eigenen Schwester auch die Daumenschrauben ansetzen können? Sie hätte ihr unter anderen Umständen die Schulden erlassen und kein Wort mehr darüber verloren. Sie tat es jedoch nicht. Denn es ärgerte sie immer wieder, daß Großzügigkeit von ihrer Seite stets als etwas Selbstverständliches betrachtet, der Erfolg ihr andererseits aber geneidet wurde, ohne daß man ihre Arbeit auch nur mit einer freundlichen Bemerkung anerkannte.

»Du hast es ja!« hieß es dann immer. Zwar nicht laut ausgesprochen, aber doch so eindeutig gedacht, daß sie es fast zu hören glaubte, wenn sie Heather und ihre Mutter ansah.
Kein Wunder, daß sie sich häufig genug dazu zwingen mußte, nicht schon nach fünf Minuten wieder aufzustehen und zu gehen. Das Geschrei des kleinen Harold war dabei das wenigste, was sie störte, obwohl sie allmählich eine Abneigung gegen ihren kräftigen Neffen entwickelte. Heather und ihre Mutter erfüllten ihm nämlich jeden Wunsch und ließen ihm alles durchgehen, sowie er nur zu brüllen anfing. Daß sie ihn damit zu einem Tyrannen heranzogen, der es gewohnt war, auf der Stelle seinen Willen durchzusetzen, bemängelte Daphne nur einmal. Dem Sturm der Entrüstung, den sie damit auslöste, und den bissigen Bemerkungen wollte sie sich nicht noch einmal aussetzen.
»Wenn du selbst Mutter wärst, würdest du anders reden! Aber du bist ja noch nicht einmal verheiratet! Du verstehst doch nur etwas vom Schachern und Feilschen! Kein Wunder, daß Männer einen großen Bogen um dich machen – ausgenommen einfaches Volk wie Holzfäller und Eiscutter!« Das waren noch die mildesten der Vorhaltungen gewesen, denn ihre Mutter hatte die Gelegenheit sofort genutzt, um ihr ins Gewissen zu reden, wie sie es nannte, und ihr noch einmal vor Augen zu führen, welch schändlichem Leben sie eigentlich doch den Vorzug gegeben hatte. Und als Heather dann auch noch süffisant einwarf, daß sie mittlerweile ihr zweites Kind von Gilbert erwarte und Mutterglück das schönste Glück der Welt sei, hatte es Daphne zum erstenmal fast unwiderstehlich gereizt, ihrem dumpfen Zorn Luft zu machen und ihnen ins Gesicht zu schreien, wie sehr ihre Heuchelei sie anwiderte.
Sie behielt sich jedoch unter Kontrolle und kam auch weiterhin, wenn ihr die Besuche auch wenig Freude machten und sie stets traurig stimmten. Wenn doch Edward noch zu Hause gewesen wäre! Er fehlte ihr sehr. Sie sah ihn viel zu selten. Er wäre bestimmt öfter mal zu ihr gekommen. Wie er ihr schrieb, konnte er es nicht erwarten, sich ihr *Davenport House* anzusehen. Heather und ihre Mutter hatten dagegen nicht das Bedürfnis, ihr auch nur einmal einen Besuch abzustatten und sich anzuschauen, wie sie das Haus zu einer Pension umgestaltet hatte. Es interessierte sie so wenig wie das, was ihr Vater auf den Eisfeldern der *Washburn Ice Company* leistete, ganz zu schweigen von Scotts verantwortungsvoller Arbeit. Leider hatte sie auch von

ihm sehr wenig. Die Eisernte war in vollem Gange, und wenn die Nächte klar und schneefrei waren, hielt ihn die Arbeit bis Mitternacht auf dem Eis. Ihr einziger Trost war, daß sie in wenigen Tagen wieder ein Wochenende in Augusta verbringen würde.

Daphne verbrachte viel von ihrer freien Zeit bei Solomon Leigh. Sie hatten schnell gespürt, daß sie verwandte Seelen besaßen und eine Sprache sprachen, so daß die fast dreißig Jahre Altersunterschied überhaupt nicht ins Gewicht fielen. Wenn er von seinem Leben erzählte, lauschte sie mit wachem Interesse und sog jedes Wort begierig in sich auf.

Sie erfuhr, daß er ein gebürtiger Pole jüdischen Glaubens war und aus einer kleinen Stadt bei Lodz stammte. »Mein Vater, Abraham Fliederbaum, war ein gottesgläubiger Straßenhändler, der so unerschütterlich an das Gute im Menschen glaubte wie an den Lohn ehrlicher Arbeit. Er kannte sich im *Talmud* fast so gut aus wie ein Rabbi, und er lehrte mich, die *Haggada*, das ist der mehr erzählende Teil des *Talmud*, mit ihren volkstümlichen Erzählungen so zu lieben, wie er es tat.«

»Darum tragen Sie dieses Buch wohl auch immer bei sich, nicht wahr?«

Er nickte. »Ich bin schon längst kein strenggläubiger Jude mehr. Ich habe mir schon vor vielen Jahrzehnten die langen Locken abgeschnitten und darauf verzichtet, einen langen Bart und das Samtkäppchen zu tragen«, gestand er. »Aber wiesehr man sich auch von den alten Traditionen abwendet und sich den Gepflogenheiten einer anderen, modernen Welt anpaßt, im Kern seines Herzens und Wesens bleibt man doch Jude. Ob man nun koscher lebt und die Gebetsriemen trägt oder nicht, sind letztlich nur Äußerlichkeiten. Dem Judentum entflieht man nicht.«

»Wie sind Sie aus Polen nach Amerika gekommen?«

Ein bitterer Zug legte sich um seinen Mund. »Seit Jahrhunderten gibt man den Juden die Schuld, wenn irgendwo eine Mißernte zur Hungersnot führt, der Zar eine Schlacht verloren hat oder ein anderes Unglück die Menschen heimsucht. Man neidet uns unsere Tüchtigkeit, wie man uns wegen unserer auch äußerlichen Andersartigkeit demütigt. Mit den Hexenverbrennungen hat man aufgehört, doch die Judenverfolgung geht ununterbrochen weiter. Immer wieder wird unser Volk bei Pogromen gesteinigt, zu Tode geknüppelt und um Hab und Gut gebracht. Einem solchen Pogrom fielen mein Vater und alle anderen meiner Familie bis auf meine Mutter zum Opfer. Er wurde auf der Straße zu Tode geprügelt. Vor meinen Augen. Ich war gerade neun, wollte ihm helfen und hätte fast selber daran glauben müssen. Als der Mob weiterzog, lag mein Vater tot in seinem Blut. Mir hatte ein Schlag mit dem Knüppel den linken Arm gebrochen. Ein zweiter hatte mich bewußtlos werden lassen, was mir vermutlich das Leben gerettet hat, denn man hielt mich wohl für tot und ließ mich dort liegen.«

Daphne erschauerte und schlug entsetzt die Hand vor den Mund. »Oh, mein Gott! Wie können Menschen so etwas tun!«

»Mein Vater hatte genauso recht wie unrecht. Der Mensch ist zu den heldenmütigsten und edelsten Taten fähig – wie auch zu den unvorstellbarsten Grausamkeiten. Die wahren Barbaren sind die Zivilisierten.« Er atmete tief durch. »Meine Mutter, die meinen Vater schon mit sechzehn geheiratet und im Jahr darauf mich zur Welt gebracht hatte, schloß sich einer Gruppe von Männern und Frauen an, die genug von diesem Leben in Angst hatten und nach Amerika wollten. Es dauerte fast zwei Jahre, bis wir in Deutschland waren und genug Geld für die Überfahrt zusammen hatten. In Portland verdingte sich meine Mutter als Magd und hatte das Glück, die Zuneigung eines verwitweten Bäckers zu gewinnen. Er störte sich nicht daran, daß sie eine polnische Jüdin war und einen Halbwüchsigen in die Ehe bringen würde. Er heiratete sie und war so glücklich mit ihr, daß er mich sogar adoptierte. Mayhew Leigh war mir ein guter zweiter Vater, und ich werde sein Andenken stets in Ehren halten. Er trug es sogar mit Fassung, als ich mir nichts aus dem Bäckerberuf machte. Die Tatsache, daß meine Mutter ihm kurz hintereinander zwei gesunde Jungen und ein Mädchen gebar, war dabei wohl nicht ganz ohne Bedeutung.« Er lächelte nachsichtig. »Mich zog es auf die Straße, und ich war noch keine sechzehn, als ich zu meiner ersten großen Überlandfahrt aufbrach – und zwar als Gehilfe von Reverend George Tyburn.«

»Als Gehilfe eines Geistlichen?« fragte Daphne verwundert.

Solomon Leigh lachte trocken auf. »George Tyburn hatte es weniger mit dem Geistlichen als mit dem Weltlichen, das kann ich Ihnen versichern. Den Titel hat er sich in seiner großzügigen Art selbst zugelegt. Er war ein Scharlatan und hat den Leuten Traktate und Heilmittel aufgeschwatzt, die ich unter seiner Anleitung zusammenmischen mußte. Und es war nichts dabei, das auch nur irgendein kleines Wehwehchen hätte heilen können. Aber er konnte verkaufen! Was für eine Begabung er hatte! Er hätte sogar dem Teufel seine eigenen glühenden Kohlen verkauft, wenn sich ihm diese Möglichkeit geboten hätte!«

»Da sind Sie aber in eine äußerst seltsame Lehre gegangen«, meinte Daphne etwas spöttisch. »Ein Wunder, daß Sie nicht auch als Reverend durch die Lande ziehen und Heiltinkturen verkaufen. So wie Sie erzählen, muß das doch ein sehr einträgliches Geschäft gewesen sein.«

Er schmunzelte über ihren Einwurf. »Keine Frage! Der gute Reverend hat sich eine goldene Nase verdient – und den tödlichen Messerstich eines eifersüchtigen Ehemannes eingehandelt, mit dessen Frau er sich eingelassen hatte.«

»Oh!« machte Daphne.

»Einem Frauenrock konnte er so wenig widerstehen wie einem profitablen Geschäft, auch wenn es krumm war. Eine Ironie des Schicksals, daß ihm nicht all seine Betrügereien das Genick gebrochen haben, sondern daß eine eher verzeihbare Schwäche zu seinem Verhängnis geworden ist«, meinte er sarkastisch. »Ich will jedoch freimütig gestehen, daß ich ihm keine einzige Träne nachgeweint habe. Ich habe ihn gehaßt. Keinen Cent habe ich von ihm zu sehen bekommen. Wie ein Sklave mußte ich für die karge Kost und meinen Schlafplatz schuften. Aber in den beiden Jahren, die ich bei ihm aushielt, bis ihn sein ungnädiges Schicksal in einem Kaff vor Rockland ereilte, habe ich eine Menge gesehen und gelernt – unter anderem, daß man auch ohne Betrug und Scharlatanerie gute Geschäfte auf der Straße machen kann.«

»Aber ist das nicht eine sehr mühsame Art, sein Brot zu verdienen?« meinte Daphne skeptisch.

Er warf ihr einen amüsierten Blick zu. »Sie nehmen fünf Cent für einen Kartoffelkuchen, nicht wahr?«

Sie nickte.

»Ich schätze mal, daß Sie etwa zwei bis drei Cent Gewinn pro Stück haben.«

»Damit liegen Sie gar nicht mal so schlecht.«

»Nehmen wir einmal an, es bleiben im besten Fall zwei Cent in Ihrer Tasche hängen, nachdem Sie alle Kosten inklusive Provision abgezogen haben. Zwei Cent. Was ist das schon? Lächerlich. Dieser Colonel, von dem Sie mir erzählt haben, verdient an ein paar lächerlichen Blökken Eis, das ihm die Natur ohne eigenes Zutun beschert, gleich ein paar Dollar. Also, warum sich mit zwei Cent abgeben? Richtig?« fragte er herausfordernd.

»Falsch«, entgegnete sie und ahnte, worauf er hinaus wollte. »Die Menge macht es. Bei ein paar hundert Kartoffelkuchen kommt schon ganz schön was zusammen.«
Solomon Leigh nickte zustimmend. »Da haben Sie es! Erstens macht es nicht der Profit pro Stück, sondern die Menge. Und zweitens hängt der geschäftliche Erfolg immer davon ab, ob man einen Markt für seine Waren hat – und zwar einen kaufwilligen Markt, der noch nicht von zehntausend anderen beackert wird. Und um so einen Markt handelt es sich bei mir. Es sind nicht viele fahrende Händler in dieser Region auf den Straßen. Damit will sich keiner abgeben, weil es scheinbar bessere Möglichkeiten gibt, sein Geld zu verdienen – und weil die meisten der Ansicht sind, daß auf abgelegenen Farmen und in kleinen Weilern kein Geschäft zu machen ist. Doch weit gefehlt! Gerade diese Leute, die so abgeschieden leben und so selten in eine Stadt kommen, sind dankbar für jede Abwechslung. Sie müßten einmal die Frau und Töchter eines Farmers erleben, die meilenweit vom nächsten Nest entfernt wohnen, wenn ich ihnen mein Sortiment an Bändern, Schleifen, billigen Broschen und Halstüchern vorlege! Und von zehn Farmern ist höchstens einer darunter, der dann seine Börse krampfhaft verschlossen hält. Von wegen Geiz der Landbevölkerung! O ja, diese Menschen arbeiten hart und führen ein bescheidenes Leben, weil ihnen nicht viel für Unnützes bleibt. Aber sie haben auch ein großes, manchmal wundervoll kindliches Herz. Wer möchte seiner Frau und seinen Kindern nicht mal etwas gönnen, das ihnen die Tränen der Freude in die Augen treibt? Nein, ich lasse nichts auf diese Menschen kommen, weil ich sie kenne, seit nunmehr dreißig Jahren. Wenn man sie anständig behandelt, ihnen für ihr Geld anständige Ware bietet und nur zweimal im Jahr bei ihnen erscheint, hat man treue Kunden für Jahrzehnte, die einen jedesmal herzlich willkommen heißen, als gehöre man zur Familie.«
»Was Sie da erzählen, ist wirklich sehr aufschlußreich, Mister Leigh«, sagte Daphne mit nachdenklichem Interesse.
»Bitte, sagen Sie Solomon oder einfach nur Sol zu mir, wie all meine Freunde, und erlauben Sie mir, Sie Daphne zu nennen«, bat er sie. »Ich bin der Ältere von uns beiden, deshalb kann ich Ihnen das anbieten. Immerhin könnten Sie gut und gern meine Tochter sein. Was halten Sie von meinem Angebot?«
Sie lächelte ihn an. »Gern, Sol. Erzählen Sie mir noch mehr über Ihr Leben. Sie ziehen also von Farm zu Farm...«

Er unterbrach sie. »Nein, um Gottes willen! Ich beschränke mich nicht allein auf die Farmen, obwohl diese das sichere Rückgrat meines Gewerbes sind. Nein, im Herbst suche ich die Camps der Holzfäller auf. Mit den Männern lassen sich meist ausgezeichnete Geschäfte machen, denn die Gesellschaften, für die sie arbeiten, versorgen sie zwar regelmäßig mit allem, aber zu saftig überhöhten Preisen. Dasselbe gilt auch für die Saisonarbeiter, die im Winter auf den Eisfeldern für die großen Eisgesellschaften weiter flußaufwärts arbeiten und in Wohnhäusern zusammengepfercht sind, wo nachts hundert Mann wie die Heringe in einem riesigen Schlafsaal Seite an Seite liegen. Monatelang wissen sie nicht mehr, wie sich trockene Sachen anfühlen. Und in den Geschäften der Gesellschaften wird ihnen verschnittener Tabak zum doppelten Preis verkauft, während billiger Fusel so viel kostet wie erstklassiger Brandy in der nächsten Stadt – in die sie aber nicht kommen, weil sie weder die Zeit noch die Lust haben, nachdem sie vierzehn Stunden auf dem Eis gewesen sind. Wir haben in manchen Jahren Hunderte von Franzosen und Deutschen am Kennebec, die frisch vom Emigrantenschiff kommen und kaum mehr als ein paar Brocken unserer Sprache sprechen. Diese Leute werden ausgenommen wie ein Truthahn zu *Thanksgiving*.«
»Ja, von diesen Praktiken habe ich auch schon gehört«, sagte Daphne betrübt. Scott hatte ihr von diesen schändlichen, ausbeuterischen Zuständen erzählt, die bei manchen der großen Eisgesellschaften herrschten. Bei ihnen handelte es sich meist um finanzstarke Gruppen aus New York, gegen die ein Colonel Washburn ein Stichling in einem Teich von Haien war. Die schlechten Eisernten der letzten Jahre auf dem Hudson hatten diese millionenschweren Unternehmen veranlaßt, sich am Kennebec niederzulassen und unliebsame Konkurrenz entweder billig aufzukaufen oder sie mit der Macht ihres Geldes zu vernichten. Und was sie anpackten, das machten sie in großem Stil. Sie zogen riesige Lagerhallen von über siebenhundert Fuß Länge mit einer Kapazität von siebzigtausend Tonnen Eis hoch – und dementsprechend riesige Wohnhäuser für ihre Arbeiter, die sie mit Vorliebe unter den frisch Eingewanderten rekrutierten.
»Diese Leute sind zwar eine sehr kritische, aber dennoch gute Kundschaft«, fuhr Solomon Leigh fort. »Und egal, ob nun Emigrant oder Einheimischer, Familie hat fast jeder. Daher geht alles, was sich als Geschenk für Eltern, Ehefrauen, Kinder und Geschwister eignet, besser als das, was sie selbst gebrauchen können, obwohl ich auch da-

von immer noch viel los werde. Tja, und wenn die Eisernte vorbei ist, wird es auch schon wieder Zeit, die Farmen aufzusuchen. Darüber vergeht der Sommer, und im Herbst geht es dann zu den Camps der Holzfäller, während ich im Januar wieder an die Flüsse zurückkehre, womit der Kreis geschlossen ist.«

Daphne hatte ihm so gebannt zugehört, daß sie richtig durchatmen mußte. »Aus Ihrem Mund klingt das regelrecht verlockend, es Ihnen nachzumachen, Sol.«

Er hob lächelnd die Augenbrauen. »Wer hindert Sie daran?«

Sie lachte. »Wer weiß, vielleicht werde ich es wirklich tun und nachprüfen, ob es tatsächlich ein so lukratives Geschäft ist, wie Sie behauptet haben.«

»Es würde Ihr Schaden nicht sein, Daphne«, sagte er ernst. »Wenn mich jemand nach meinem Leben auf der Landstraße und meinen Geschäften gefragt hat, so habe ich bisher eine fröhliche Miene zu einem vorgeblich traurigen Spiel gemacht und tapfer versichert, daß ich mich noch durchschlage, obwohl die Zeiten häufig doch sehr hart seien.« Er machte eine Pause und lächelte. »Hätte ich Sie unter normalen Umständen getroffen, Sie hätten von mir nichts anderes zu hören bekommen. Daß ich Ihnen die Wahrheit gesagt habe, ist mein bescheidenes Geschenk an Sie.«

Daphne verstand und nickte. »Ich weiß Ihre Offenheit auch sehr zu schätzen, Sol. Eine gute Idee ist manchmal unbezahlbar, ebenso das Wissen, wie sie praktisch umzusetzen ist.«

Am nächsten Morgen zeigte er ihr, wie er sich seinen Wagen hatte umbauen lassen. Der ließ sich im Winter auf ein Kufengestell setzen und im Frühling genauso schnell wieder mit Rädern ausstatten. Der kleine Kanonenofen im hinteren, blechverkleideten Teil war ebenfalls schnell ausgebaut.

»Er nimmt zwar Platz weg, aber ohne Ofen geht es nun mal nicht«, erklärte er ihr. »Ich achte jedoch darauf, daß zwischen zwei Stationen immer nur eine halbe Tagesreise liegt. Bei den Farmern, Holzfällern und Eisgesellschaften überläßt man mir dann gegen ein kleines Entgelt irgendeinen Schuppen, so daß Horace und ich die Nacht über nicht ungeschützt dem Wetter ausgesetzt sind. Und wenn es stürmt, bleibe ich dort. Aber gelegentlich müssen wir uns doch einen Platz im Freien suchen, und dann ist dieser Ofen keine Frage des Komforts mehr, sondern eine des Überlebens.«

Daphne bewunderte die optimale Ausnutzung der Stauräume und

ließ sich jedes kleine Detail erklären. Sie war erstaunt, was sich alles in so einem Kastenwagen unterbringen ließ. Als zusätzlichen Stauraum hatte er sich außen auf beiden Seiten einen breiten verschließbaren Kasten anbringen lassen. Über jedem dieser Kästen hing eine gut sieben Fuß lange und vier Fuß breite Holzplatte. Unten waren sie mittels starker Eisenscharniere mit der Außenwand des Wagens verbunden. Oben wurden sie von drei Holzriegeln gehalten.

»Das sind meine Verkaufsstände für die hübschen Kleinigkeiten«, erklärte Solomon Leigh voller Stolz. Er nahm einen Stock, schob die Holzriegel an der Oberkante zurück – und klappte das Brett herunter, so daß es in der Mitte auf dem Deckel des Kastens zu liegen kam. Das Brett war durch drei Finger hohe Leisten in ein gutes Dutzend Felder unterteilt. »In diese Fächer kommen die Broschen, Rasierpinsel, Kämme, Scheren, Schuhbürsten, Hemdknöpfe und was ich sonst noch an derartigen Dingen anzubieten habe.«

»Das ist ja geradezu genial!« rief Daphne begeistert.

Er schmunzelte. »Ja, alles ist durchdacht. Die Leute müssen sehen können, was man anzubieten hat. Was man ihnen nicht zeigt, kann in ihnen auch nicht den Wunsch wecken, es besitzen zu wollen. Das Brett auf der anderen Seite hat übrigens keine Unterteilungen. Da breite ich Stoffe, Hemden, Strohhüte, Kappen, Schuhwerk, Socken, Hosenträger und so weiter aus. Haushaltsgegenstände wie Töpfe, Siebe und Pfannen stelle ich vor die Hinterfront des Wagens auf einen Extratisch. Dafür führe ich zwei Holzböcke und eine zusätzliche Platte mit, die unter die abklappbare auf der linken Seite geklemmt ist.«

»Sie haben wirklich einen kleinen Laden auf Rädern und Kufen!«

Er lachte. »Ja ja, *Solomon Leigh's Wonder Store* ist so leicht nicht zu übertreffen. Sie werden sich schon anstrengen müssen, wenn Sie mir Konkurrenz machen wollen, Daphne.« Er zwinkerte ihr dabei gutmütig zu, als wolle er sie herausfordern, gerade das zu tun.

»Sagen Sie, hätten Sie etwas dagegen, wenn ich einen Wagenbauer, den ich kenne, bitten würde, sich Ihre Konstruktion einmal näher anzusehen?« fragte sie.

»Was für eine Frage aus dem Mund meiner Lebensretterin! Lassen Sie ihn kommen! Aber schieben Sie es nicht auf die lange Bank! Horace und ich haben uns gut erholt, und es juckt mich förmlich in den Gliedern, wieder auf die Straße zu kommen. Ich habe schon mehr Zeit verloren, als mir lieb ist.«

»Besser zwei Wochen als Ihr Leben«, erinnerte sie ihn, während sie ins Haus zurückkehrten. »Und ein paar Tage sollten Sie wirklich noch warten. Sie haben die Krankheit zwar überstanden, aber völlig wiederhergestellt sind Sie noch immer nicht. Übereilen Sie nichts, Sol! Ich fahre morgen mit Sarah nach Augusta. Bleiben Sie bitte noch bis Anfang nächster Woche, damit Sie wirklich auskuriert sind, wenn Sie wieder weiterziehen. Denn einen Rückschlag werden Sie kaum überleben. Ich wiederhole nur, was Doktor Turnbull Ihnen gesagt hat.«

Er verzog das Gesicht. »Sie haben recht. Man wird so schnell undankbar, wenn man der akuten Gefahr entronnen ist. Also gut, ich werde mich noch ein paar Tage in Geduld üben.«

Daphne brachte Sam Forsyth dazu, noch am selben Nachmittag einen genauen Blick auf Solomon Leighs Gefährt zu werfen. Der Wagenmacher zollte der Konstruktion und der geschickten Aufteilung seine professionelle Anerkennung. »Solide Arbeit. Ausgezeichnet durchdacht. Wüßte nicht, was ich besser machen könnte.«

»Aber Sie könnten so einen Wagen nachbauen?« fragte Daphne.

Der spindeldürre Wagenmacher, der den Eindruck erweckte, als könne er keine zehn Minuten einen Hobel in der Hand halten, nickte. »Sicher, Nachbauen ist kein Problem, sondern nur eine Frage von Zeit und Geld.«

»Wie teuer wird so etwas werden, was schätzen Sie?«

»Na ja, so aus dem Stand läßt sich das schwer beantworten, Miss Davenport. In so einem Wagen steckt eine Menge Arbeit«, wich er einer konkreten Antwort aus.

»Aber Sie werden doch in der Lage sein, einen *ungefähren* Preis zu nennen«, ließ sie nicht locker.

Er nagte an seiner Unterlippe, ging noch einmal um den Wagen herum und sagte schließlich: »Nageln Sie mich später aber nicht auf den Preis fest, den ich Ihnen jetzt sage! Um Ihnen ein Angebot machen zu können, müßte ich es in aller Ruhe durchrechnen.«

»Schon gut, Mister Forsyth. Ich möchte ja nur eine grobe Schätzung von Ihnen.«

»Na ja, für unter hundertfünfzig Dollar werden Sie ihn bei mir wohl nicht bekommen, und ob ein anderer es Ihnen billiger machen kann, wage ich zu bezweifeln. Da stecken für mich und meine Leute gut zwei Wochen harter Arbeit drin, in so einem Wagen. Aber wenn Sie möchten, kann ich es Ihnen ganz genau ausrechnen.«

»Ja, tun Sie das bitte, Mister Forsyth«, forderte sie ihn auf.

Daphne ging immer wieder durch den Kopf, was Solomon ihr über sein Gewerbe berichtet hatte. Auch am nächsten Tag im Zug nach Augusta. Die Sache reizte sie ganz ungemein. Sie spürte, daß sie daran Gefallen finden würde. Ihre Stelle in der Bücherei würde sie dann natürlich aufgeben müssen. Aber im Vergleich zu den Verdienstmöglichkeiten, die Sol ihr geschildert hatte, waren die nicht mal zwei Dollar pro Woche nicht der Rede wert. Um ihre anderen Geschäfte würde sie sich auch keine Sorgen zu machen brauchen. Sarah bewältigte ihre Aufgabe ganz ausgezeichnet. Sie organisierte den Ablauf in der Pension mit einer Sicherheit und Übersicht, als hätte sie nie etwas anderes getan. Und was ihre Kartoffelkuchen- und Limonadentruppe betraf, so ließ sich dafür auch eine zufriedenstellende Regelung treffen. Sarah konnte die Oberaufsicht übernehmen und nötigenfalls noch eine Hilfskraft wie Louisa einstellen.

»Hast du wirklich vor, wie Solomon Leigh mit einem Wagen über Land zu ziehen?« sprach Sarah sie darauf auf der Fahrt an. Ihr war das starke Interesse ihrer Freundin an diesem Geschäft natürlich nicht entgangen.

»Es würde mich schon reizen«, antwortete Daphne vorsichtig. »Du hast in Bath doch alles bestens im Griff, und wenn ich ehrlich bin, fühle ich mich reif für etwas Neues.«

»Das gefällt mir aber gar nicht, Daphne«, meinte Sarah. »Und Scott wird bestimmt auch nicht davon begeistert sein, wenn er hört, daß du das ganze Jahr unterwegs sein willst. Was soll dann aus euch werden? Ihr liebt euch doch! Und wenn man sich liebt, gehört man auch zusammen. Dann kann man keine getrennten Wege gehen. So etwas hält keine Liebe aus, auch nicht die größte.«

Genau das war das eigentliche, große Problem: Scott. Die Vorstellung, von ihm getrennt zu sein, war ihr genauso unerträglich, wie sie es ihm gewesen sein würde. Andererseits bereitete ihr aber auch der Gedanke, für ewig in Bath oder wo auch immer angebunden zu sein, ausgesprochenes Unbehagen. Sie hatte einfach den Drang, sich in ein neues, aufregendes Unternehmen zu stürzen, und sie wußte nichts, was sie mit ihren begrenzten Mitteln in Bath hätte neu in Angriff nehmen können.

»Nein, das ganze Jahr kann ich natürlich nicht unterwegs sein«, räumte sie ein. »Aber ein paar Monate im Sommer bis in den Herbst hinein... ich meine, ich kann zwischendurch doch immer wieder nach Bath zurückkommen.«

Sarah machte ein sehr skeptisches Gesicht. »Na, ich weiß nicht, ob das funktioniert... und ob sich das dann noch rentiert.«

»Einen Versuch wäre es aber allemal wert.«
»Sprich doch erst mit Scott darüber, und hör dir an, was er dazu sagt! Ich glaube aber nicht, daß er dir gut zureden wird. Im Sommer habt ihr doch am meisten Zeit füreinander, und wenn du ausgerechnet dann losziehen willst...«
Daphne erwähnte ihr Vorhaben an diesem Wochenende Scott gegenüber mit keinem Wort. Sie wollte die Harmonie des Zusammenseins nicht trüben. Es hatte ja auch keine Eile. Der Sommer war noch weit, und bis dahin würde sich schon noch eine Gelegenheit finden, mit ihm darüber zu reden. Zudem mußte sie sich erst einmal selbst prüfen, ob es wirklich das war, was sie tun wollte.
Am folgenden Mittwoch brach Solomon Leigh auf. Es wurde ein bewegter Abschied. In den zweieinhalb Wochen hatte sich zwischen ihnen eine Freundschaft entwickelt, die ihnen beiden viel bedeutete. Daphne umarmte ihn, bevor er auf den Kutschbock kletterte. »Machen Sie es gut, Sol! Passen Sie auf sich auf, und viel Glück auf Ihren Wegen, wohin sie Sie auch führen mögen!« rief sie ihm zu.
»Ganz sicher immer wieder zu Ihnen nach Bath, Daphne! Wir sehen uns wieder, ganz bestimmt! Und wenn Sie selbst mit einem Wagen losziehen, wird es mir schon zu Ohren kommen, und dann fahren wir eine Strecke gemeinsam«, versprach er.
»Ja, das tun wir«, versicherte sie, doch sie glaubte nicht daran. Als Sam Forsyth ihr tags darauf sein Angebot brachte, das sich auf hundertvierundsechzig Dollar belief, legte sie es mit einem bedauernden Seufzen in die Schublade ihres Sekretärs – zu anderen unwichtigen Papieren.

Fünfzehntes Kapitel

Ende März glich der New Meadow River einem weißen Wal, aus dessen dicker Fleischschicht die Walfänger schon riesige rechteckige Stücke herausgeschnitten hatten. Wie klaffende Wunden nahmen sich die großen freien Flächen aus, die von Colonel Washburns Männern in monatelanger Arbeit aus dem Eis gesägt worden waren.

»Noch eine Woche, maximal zehn Tage, und die Eisernte liegt für dieses Jahr hinter uns«, sagte Scott und verzehrte den letzten Kartoffelkuchen, den Daphne an diesem Morgen noch übrigbehalten hatte. »Colonel Washburn kann zufrieden sein. Das Eis ist blasenfrei und von allererster Qualität. Wir haben diesmal auch besonders wenig Verlust durch Risse gehabt.«
»Dank eines erfahrenen und umsichtigen *field-boss,* der dafür mit einem Bonus belohnt werden sollte«, meinte Daphne.
Er lachte auf. »Ein Geizkragen ist der Colonel nicht, aber von einem Bonus wird er nichts wissen wollen.«
»Wer nicht fragt, bekommt auch keine Antwort.«
»Ach, Daphne. Ich bin bestimmt nicht schüchtern, aber so etwas liegt mir nicht. Er bezahlt mich gut, und ich bin mehr als zufrieden.«
»In manchen Dingen bist du sträflich leicht zufriedenzustellen. Aus dir wird nie ein Geschäftsmann.«
»*Ein* cleverer Geschäftsmann in der Familie reicht, findest du nicht?« neckte er sie. »Und dieses Manko mache ich doch mehr als wett, indem ich auf einem anderen Gebiet unersättlich bin, oder nicht?«
Sein Blick war wie eine zärtliche Liebkosung, und sie lächelte unter leichtem Erröten. »Was das betrifft, habe ich wirklich keinen Grund, mich zu beklagen«, gab sie zu.
»Dann ist ja alles in Ordnung, mein Liebling. Ein Bonus von dir ist mir eben zehnmal lieber als vom Colonel«, scherzte er, gab ihr einen Kuß und eilte wieder aufs Eis, hatte er seine Pause doch schon länger als alle anderen ausgedehnt.
Daphne rollte das Sackleinen zusammen, mit dem sie den Einsatz auf dem Hinweg abdeckte, um die Kälte abzuhalten. Dann hielt sie Ausschau nach Scott, um ihm zuzuwinken, bevor sie sich auf den Heimweg machte.
In dem Moment geschah das Unglück.
Ein scharfer, metallischer Klang übertönte plötzlich das Rattern des Förderbandes. Es war ein häßliches, durchdringendes Geräusch, das alle Männer auf dem Eis erschrocken herumfahren ließ.
»Kettenbruch!« schrie Silas Barker, der rechts vom Förderband am Eiskanal stand. »Alles weg vom Kanal!« Er warf seine Pike aufs Eis und rannte los.
Es hatte schon mehrmals Kettenbruch gegeben. William, der auf der anderen Seite des Kanals stand, reagierte augenblicklich, doch ohne Panik. Er wußte, daß er mit seinen genagelten Schuhen schnell genug

aus der Gefahrenzone kommen würde. Doch eine Verkettung unglücklicher Zufälle vereitelte diesmal die routinierte Flucht in sichere Entfernung.
Ein junger Bursche hatte gerade ein Pferdegespann mit einem *scraper* nahe des Förderbandes vom Ufer aufs Eis geführt und blockierte William den direkten Fluchtweg. Doch das allein hätte noch nicht zum Unglück geführt. Es war die gedankenlose Reaktion des jungen Mannes, die William zum Verhängnis wurde. Denn statt die Zügel loszulassen, das Weite zu suchen und die Pferde sich selbst zu überlassen, riß er diese herum und wollte sie mit sich fortziehen. Dabei schwang das schwere Holzgestell des *scrapers*, das sie hinter sich herzogen, wie ein Pendel über das Eis.
William fuhr herum und rannte, während der junge Mann das Gespann mit sich riß. Alles geschah zur selben Zeit. William hatte keine Chance, dem herumschwenkenden *scraper* auszuweichen. Die schweren Hölzer fegten ihn von den Beinen und schleuderten ihn rückwärts über das Eis, über die scharfe Kante hinweg in das eisige Wasser des Kanals.
Daphnes gellender Schrei des Entsetzens ging in dem ohrenbetäubenden Krachen der vom Förderband hinunterstürzenden Eisblöcke unter, die ins Wasser klatschten, von anderen getroffen wurden, unter dem Aufprall barsten und sich im Kanal verkeilten. Das Wasser spritzte nach allen Seiten weg und stieg wie eine Fontäne hoch in die Luft.
Und William befand sich mitten in diesem mörderischen Hexenkessel! Daphne sah mit Grauen, wie ein Block ihren Vater von rechts vor die Brust traf und ihn unter das Wasser drückte.
»Dad! ... Dad!« schrie sie und rannte los. Die Angst krallte sich um ihr Herz wie eine Klaue aus eisigem Stahl.
Silas Barker und Scott waren die ersten, die am Kanal waren. Entsetzen stand auf ihren Gesichtern, als sie William mit dem Gesicht unter Wasser zwischen den Eisblöcken treiben sahen.
Scott beugte sich weit vor, bekam ihn am Mantelkragen zu packen und zog ihn mit Silas Barkers Hilfe auf das Eis. »Er lebt!« stieß er hervor und riß den Mantel auf.
»Aber nicht mehr lange«, murmelte Silas Barker mit grauem Gesicht, als William Blut spuckte. Wie sich zeigte, hatten ihm die Eisblöcke die Hüfte zertrümmert und die rechte Brust eingedrückt. Mehrere gebrochene Rippen hatten vermutlich die Lunge durchstoßen.

»Holt warme Decken und ein Fuhrwerk!« schrie Scott seinen Männern zu. »Er muß so schnell wie möglich in die Stadt zu einem Arzt!«
William war bei Bewußtsein und schüttelte schwach den Kopf. »Keine Chance... für... den... Knochenflicker«, kam es abgehackt über seine Lippen. »Hat... mich... zu schwer... erwischt... Mache es... nicht mehr bis... in die Stadt.«
»Rede keinen Unsinn!« schrie Scott ihn fast an. »Und ob du es schaffen wirst!« Er sprang auf, weil er es nicht ertragen konnte, untätig zu sein. Wie hatte das nur passieren können? Das ganze Jahr über hatte es nicht einen schweren Unfall gegeben. Und nun dieser entsetzliche Vorfall, der William möglicherweise das Leben kostete. So kurz vor dem Ende der Eisernte! Welch ein Irrwitz!
Er rannte an Land, um persönlich dafür Sorge zu tragen, daß die Männer nicht eine Sekunde länger als nötig brauchten, um das Fuhrwerk zu dem Schwerverletzten auf das Eis zu bringen. »Wir brauchen Decken! Jede Menge Decken! Und polstert die Ladefläche mit einer dicken Lage Stroh, damit er nicht jede Bodenwelle spürt!« rief er und packte mit an.
Daphne kniete während dessen neben ihrem Vater auf dem Eis und hielt seine eiskalte linke Hand. Er hatte starke Schmerzen und bekam nur mühsam Atem.
»Daphne... mein... Kind... Wenn ich... gleich sterbe...«
»Oh, Dad!... Dad!... Sag so etwas nicht!« fiel sie ihm mit tränenerstickter Stimme ins Wort und rief beschwörend: »Du wirst noch lange nicht sterben... Du wirst wieder gesund! Du darfst nur nicht aufgeben!« Die Angst um ihren Vater raubte ihr fast den Verstand.
»Kämpfen... jetzt keinen... Sinn... mehr... Mabel... bringt mich zu Mabel!«
»Wir bringen dich nach Hause, Dad.«
Sein Gesicht verzerrte sich vor Schmerzen. »Mabel!... Bitte! Laßt mich... dort... sterben, wo... ich weiß, daß... ich... geliebt werde!... Bitte, nicht... nach Hause!... Mabel...«
Das Fuhrwerk kam. Als vier Männer William hochhoben und auf die strohbedeckte Ladefläche legten, schrie er auf und verlor vor Schmerz das Bewußtsein.
»Ich bringe ihn in die Stadt. Doyle, du kommst mit!« bestimmte Scott und schwang sich auf den Kutschbock. »Jake, du übernimmst hier das Kommando!«
»In Ordnung, Boß.« Graue, steinerne Gesichter umringten den Wa-

gen. Sie sahen den Tod, und es gab nichts dazu zu sagen. Ein Mann bekreuzigte sich.
Daphne stieg auf den Wagen und kauerte sich neben ihren Vater in das Stroh. Sie wischte ihm das Blut vom Mund. Doch mit fast jedem entsetzlich erstickten Atemzug bildeten sich blutige Blasen auf seinen Lippen. Dieses häßlich gurgelnde Geräusch bereitete ihr fast körperliche Schmerzen und ließ ihre Angst um sein Leben ins Unerträgliche wachsen.
Scott trieb die Pferde fast im Galopp über die verschneite Landstraße. Doch Daphne erschien es viel zu langsam. Ihr Vater würde ihr unter den Händen wegsterben!
»Geht es nicht schneller, Scott?« rief sie verzweifelt.
»Nein, beim besten Willen nicht!« rief er über die Schulter zurück. »Wenn wir aus der Spur geraten und plötzlich auf der Seite liegen, ist deinem Vater noch weniger geholfen. Ich tue wirklich, was ich kann.«
Daphne umklammerte die kalte Hand ihres Vaters. »Du darfst nicht sterben, Dad! ... Du darfst noch lange nicht sterben. Du mußt durchhalten, Dad! Hörst du mich? Oh, mein Gott, bitte laß ihn nicht sterben! Nimm ihn uns nicht!« Tränen liefen ihr über das Gesicht. »Alles kannst du haben, nur verschone ihn. Oh, Gott, hörst du? Laß ihn leben!«
Eine Meile vor Bath kam William wieder zu sich. »Daphne ... ich ... krieg keine ... Luft«, röchelte er, das Gesicht eine Maske der Qual. »Es ... tut ... so weh ... meine Brust ... Und Feuer ... überall Feuer!«
Ihre Ohnmacht peinigte sie. »Du darfst nicht sprechen! Bleib ganz ruhig! Wir bringen dich zu Doktor Turnbull!«
»Mir ... kann kein Arzt ... der Welt helfen«, antwortete er mühsam. »Du ... weißt es, so gut ... wie ich ...«
»Nein! Nein!« wehrte sich Daphne verzweifelt gegen das Wissen, daß der Tod ihres Vaters nur noch eine Frage der Zeit war. Es durfte einfach nicht sein! Nicht ihr Dad!
Schwach drückte er ihre Hand. »Du ... mußt jetzt ... tapfer sein ... Du bist ... die Stärkste ... von uns allen ... Kümmere dich um deine ... Mutter und ... Edward«, trug er ihr auf. »Edward ... seine Schule ... sorge dafür, daß ... er ... das College ...« Wieder spuckte er Blut.
Ihr Herz krampfte sich zusammen. »Edward wird aufs College gehen, das verspreche ich dir, Dad!«

Er nickte kaum merklich. »Ich... weiß, wie... sehr du... an ihm hängst... Ihr beide... schafft es schon... Bin stolz auf euch... besonders... auf dich, mein Kind... Bist... das Beste, was ich in meinem... Leben zustande gebracht... habe... Wäre schön gewesen, wenn... ich noch hätte miterleben können, was... du... noch alles... aus deinen... Geschäften... machst... Stehst ja erst... am Anfang, Daphne... Aber vergiß... darüber nicht... Scott... Geschäftliche... Erfolge... sind etwas... Wunderbares, doch... nichts... kann die... Liebe übertreffen...«

Sie war blind vor Tränen. »Ach, Dad!... Dad!« Schluchzend beugte sie sich über ihn, während sie die ersten Häuser passierten.

»Gräm dich nicht... mein Kind... Hatte von allem meinen... guten Anteil... vom Guten und Schlechten... Das Leben ist wie... ein Kreis... Manchen ist nur... ein kleiner Kreis, anderen ein großer vergönnt. Letztlich aber schließt sich... jeder Kreis«, murmelte er mit schwindender Kraft. »Wir Menschen hinterlassen... bestenfalls schwache... Abdrücke im Sand der Zeit, die die nächste... Flut... die nächsten Generationen verwischen... Der Tod... ist nicht nur ein Ende, sondern... auch ein Anfang... Ich weiß nicht, wovon... aber ich weiß, daß ich es bald wissen werde.« Er rang nach Atem.

»Ich liebe dich, Dad! Ich kann nicht glauben, daß du... daß du nicht mehr bei uns sein sollst!«

Er lächelte gequält. »Ich bin immer bei dir, Daphne... in dir, denn du bist... ein Teil von mir. Wein nicht um mich... Ich habe es bald hinter mir... Der Tod... ist immer am grausamsten... für die, die zurückbleiben...« Das blutige Gurgeln erstickte fast seine Stimme. »Bring mich bitte... direkt zu Mabel!... Ich weiß, daß ich... nicht mehr viel Zeit habe! Erfülle mir diese letzte Bitte!... Ich möchte sie noch... einmal sehen. Mabel hat mir... ihre bedingungslose... Liebe geschenkt, als ich schon nicht mehr an die Liebe... glaubte... Deine Mutter, ich... wollte ihr nie... weh tun. Doch an dem, was... geschehen ist, konnte ich... nichts ändern. Versprich mir, daß... ihr mich zu Mabel bringt!«

Er war von diesem Wunsch besessen, und Daphne erkannte, daß sie ihrem sterbenden Vater diesen letzten Wunsch nicht verwehren konnte, mochten sich die Leute hinterher auch das Maul darüber zerreißen, daß William Davenport im Haus seiner Geliebten gestorben war. Sein Seelenfrieden war ihr wichtiger als alles Gerede, das es geben würde.

»Wir bringen ihn zuerst zu Mabel Briggs«, rief Daphne Scott zu. »Er will es so.«
Scott nickte nur und gab damit zu verstehen, daß auch er genau wußte, wie es um ihren Vater stand: Der Tod hatte seine Hand schon auf ihn gelegt, und keine Macht der Welt konnte ihm William jetzt noch entreißen.
Als das Fuhrwerk wenig später vor der Taverne am südlichen Ende der Washington Street hielt, blieben einige neugierige Passanten und Arbeiter von der Seilerei gegenüber auf der Straße stehen. Daphne registrierte sie kaum. Sie rutschte von der Ladefläche und half den beiden Männern, ihren schwerverletzten Vater vom Wagen zu heben und ins Haus zu tragen.
Mabel Briggs, die gerade den Schankraum putzte, gab einen erstickten Schrei des Entsetzens von sich und wurde aschfahl im Gesicht, als die Tür aufflog und William hereingetragen wurde.
Daphne vermied es, die Geliebte ihres Vaters anzusehen. Es war Scott, der fast grob zu ihr sagte: »Er ist auf dem Eis verunglückt und liegt im Sterben. Er bestand darauf, daß wir ihn zu Ihnen bringen. Sagen Sie uns, wo wir ihn hinlegen können.«
Mabel wankte wie unter einem unsichtbaren Schlag und hielt sich an einem Stützbalken fest. Doch ihre Selbstbeherrschung war bewundernswert. Sie brach nicht in Tränen und Wehklagen aus. Nur ihrer zitternden Stimme und ihrem fast blutleeren Gesicht war anzumerken, wieviel Willenskraft es sie kostete, sich von ihrem Schmerz nicht übermannen zu lassen. »Das Schlafzimmer ist gleich hier hinten.« Sie ging vor, mußte sich dabei aber an der Wand abstützen.
Sie legten ihn, angekleidet, wie er war, auf das Bett. Die Männer zogen sich rasch zurück. »Ich hole Doktor Turnbull«, sagte Scott rauh.
Daphne und Mabel standen sich einen Augenblick unschlüssig und befangen gegenüber. Doch der Schmerz, den jede in den Augen der anderen las, verband sie – über alles hinweg, was sie trennte.
»Ich habe kein Recht, ihn in der Stunde seines Todes in meinem Haus zu haben«, brach Mabel dann das Schweigen, denn sie wußte sehr genau, was diese Entscheidung für Daphnes Familie nach sich ziehen würde.
»Er wollte es so, und damit haben Sie alles Recht der Welt«, erwiderte Daphne und fügte schlicht hinzu: »Er liebt Sie.«
Tränen liefen über Mabels Gesicht. »Ich werde es Ihnen nie vergessen, Miss Davenport.«

»Mabel!... Daphne!« rief William nach ihnen.
Er hatte nicht mehr lange zu leben. Doch es waren zehn entsetzlich lange, einsame Minuten, die sie an seiner Seite verbrachten. Hilflos mußten sie mitansehen, wie er sich abquälte und langsam an seinem eigenen Blut erstickte. Dann bäumte er sich auf. Noch einmal faßten seine Hände mit einem Aufflackern letzter Kraft fest zu, drückten die Hände der beiden Frauen, die er wie keinen sonst auf der Welt liebte. Ein Zucken ging durch seinen Körper. Ein letzter krampfhafter Atemzug, und im nächsten Moment wich das Leben aus seinem Körper. Mit gebrochenen Augen blickte er ins Nichts. Als Doktor Turnbull eintraf, konnte er nur noch seinen Tod feststellen.
Sie brachten den Toten in die Pearl Street. Als Scott und Doyle den Leichnam ins Haus trugen, wollte Sophie erst nicht glauben, daß William wirklich tot war. Dann warf sie sich schreiend über ihn, riß an seiner Jacke und schlug auf den leblosen Körper ihres Ehemannes ein. »Nein, das kannst du uns nicht antun! Nicht auch noch das!« gellte ihre sich überschlagende Stimme durchs Haus. »Du kannst uns hier nicht zurücklassen!... William!... William!«
Daphne empfand den Gefühlsausbruch und die Anklage ihrer Mutter fast als obszön, während Heather wie erstarrt dastand und lautlos weinte. Scott und Doktor Turnbull mußten ihre Mutter mit Gewalt von dem Toten reißen. Augenblicklich sank sie in sich zusammen, schlug die Hände vors Gesicht und wimmerte wie ein gequältes Tier, während ihr Körper vor und zurück wippte.
Daphne war vor Schmerz wie betäubt und erlebte die Tage bis zur Beerdigung wie in Trance. Dad war tot. Nie wieder würde sie ihn lachen hören, nie wieder würde seine schwielige Hand über ihr Haar fahren. Er war tot, doch sie begriff es einfach nicht. Sarah und Scott taten alles, was in ihrer Macht stand, um ihr Trost zu spenden und zu helfen, diesen unermeßlichen Schmerz, der in ihr tobte, zu ertragen. Doch letztlich mußte sie diesen Verlust allein verkraften – so wie der Tod auch ihren Vater allein auf einen Weg geschickt hatte, den kein Lebender kannte.
Ihre Mutter zog sich völlig in sich zurück. Sie wollte niemanden sehen und hören und schloß sich in ihr Zimmer ein. Sie trauerte auf ihre Art um William. Doch ihr Schmerz war von starkem Selbstmitleid und Vorwürfen gegen den Toten beherrscht, als hätte er Schuld an seinem Tod und sie absichtlich zu einer mittellosen Witwe gemacht.
»Das hätte er mir nicht antun dürfen!« sagte sie immer wieder. »Das

kann ich ihm nicht verzeihen!... Er hat sich davongestohlen!... Jawohl, davongestohlen hat er sich!«
Es war Daphne, die sich um alles zu kümmern hatte, und sie war dankbar für jede Arbeit, die sie ein wenig von ihrer Seelenqual ablenkte. Sie begrüßte die totale Erschöpfung, die sie zu müde zum Denken machte und nachts in einen bleiernen Schlaf fallen ließ. Sie war es, die den Leichenbestatter beauftragte sowie Sarg, Leichenhemd und Blumenschmuck aussuchte. Sie redete mit dem Pfarrer über die Totenfeier und kümmerte sich um die Einladungen zum anschließenden Leichenschmaus. Sie war es auch, die Edward telegrafisch benachrichtigte und ihn am Morgen der Beerdigung vom Bahnsteig abholte.
»Daphne!« Ein Ruf wie ein einziges verzweifeltes Aufschluchzen und zugleich ohnmächtiges Aufbegehren gegen einen als sinnlos und ungerecht empfundenen Tod.
»Waddy!... Oh, Waddy!«
Weinend klammerten sich die Geschwister aneinander, und sie schämten sich ihrer Tränen in der Öffentlichkeit nicht, ja sie nahmen die Menschen in ihrer schmerzerfüllten Trauer kaum wahr.
Es war ein klarer, sonniger Tag, und die Kirche war überfüllt. In den vergangenen Jahren hatte William Davenport die Achtung und die Freundschaft vieler Menschen errungen, und wer es eben einrichten konnte, war gekommen. Es gab nicht einen freien Platz. Die Trauergäste standen sogar hinter den Bänken noch in drei Reihen. Fast alle begleiteten den Wagen mit dem Sarg hinaus zum Maple-Grove-Friedhof, wo William Davenport beigesetzt wurde. Als Daphne an die Grube trat und ihre Handvoll Erde mit einem dumpfen Poltern auf dem Sarg aufschlug, glaubte sie, der Schmerz müsse sie in Stücke reißen und sie zu ihrem Vater ins Grab sinken lassen.
Es spendete Daphne viel Trost, als sie beim Leichenschmaus hörte, wie bewegt und betroffen die anwesenden Gäste über Williams Tod waren und wie gut sie über ihn sprachen. Sie wünschte jetzt, sie hätte den Mut gefunden, auch Mabel Briggs einzuladen. Doch das hatte sie ihrer Mutter nicht antun können, und sie wußte auch, daß Mabel nicht gekommen wäre. Dafür war sie eine viel zu empfindsame Frau.
Am späten Nachmittag war die Familie Davenport im Haus in der Pearl Street unter sich. Sie saßen in der Küche um den Tisch. Gilbert hielt es für angebracht, schon jetzt darüber zu reden, wie es weitergehen solle. Daphne fand insgeheim, daß es für dieses Gespräch noch zu früh war, stellte sich aber nicht quer.

»Ich bin dafür, daß wir auch weiterhin in diesem Haus wohnen bleiben«, sagte er und gab nichts auf den enttäuschten Blick seiner Frau, die vergeblich gehofft hatte, endlich in eine bessere Wohngegend umzuziehen. »Es ist groß genug für uns und in der Miete sehr günstig. Du kannst natürlich auch weiterhin bei uns wohnen bleiben, Mutter.«

Sophie ging nicht darauf ein. In ihrem Gesicht zuckte ein Muskel unkontrolliert, und ihre Hände zerrten an einem Spitzentaschentuch, als wolle sie es zerreißen. »Vierundsechzig Dollar!« murmelte sie in einer seltsamen Mischung aus leidvollem Ton und ohnmächtigem Zorn. »Vierundsechzig Dollar und diese schäbige Einrichtung sind alles, was er mir hinterlassen hat! Das ist mir nach all den Jahren geblieben! Der Lohn eines ganzen aufopfernden Lebens! Kann mir einer sagen, womit ich das verdient habe? Mein Vater war ein angesehener Arzt! Vierundsechzig Dollar! Und dieses dreckige Flittchen hat es doch tatsächlich gewagt, ans Grab zu treten und Blumen auf seinen Sarg zu werfen! Verflucht soll sie sein! Dreimal verflucht!«

Edward sah sie entgeistert und verletzt an, war jedoch zu verstört, um etwas zu sagen. Wie ein Häufchen Elend saß er am Tisch, die Augen geschwollen und rot geweint.

»Mom!« entfuhr es Heather schockiert, die doch selten einmal Stellung gegen ihre Mutter bezog, wenn es um ihren Vater gegangen war. Doch das war am Tag seiner Beerdigung auch ihr zuviel. »Versündige dich nicht!«

»Vierundsechzig Dollar! Ist das keine Sünde, was er mir da angetan hat?« zischte Sophie.

Es wäre noch bedeutend weniger, wenn ich nicht das Begräbnis und die Feier bezahlt hätte! dachte Daphne empört über diese groteske Vorhaltung gegenüber dem Toten. Wie konnte man nur Dads Tod mit Geld in Verbindung bringen? Was ging bloß im Kopf ihrer Mutter vor? Merkte sie denn gar nicht, wie schäbig ihr Gerede war?

Auch Gilbert runzelte sichtlich irritiert die Stirn. »Du brauchst dir wegen deines Lebensunterhalts keine Sorgen zu machen«, sagte er etwas reserviert. »Dafür kommen wir schon auf.«

»Ja, wir *alle*«, betonte Daphne, so stark der Groll auf ihre Mutter auch war.

»Er hat mich eurem Gnadenbrot ausgeliefert. Das Gnadenbrot ist alles, was mir geblieben ist!« stieß Sophie verbittert hervor, erhob sich abrupt und lief hinaus – wie schon so oft in der Vergangenheit.

Gilbert schüttelte den Kopf, und Heather sagte entschuldigend: »Mom wird sich schon wieder fangen. Es war einfach zuviel für sie. Aber diese Person hätte wirklich so viel Anstand besitzen müssen, nicht zur Beerdigung zu erscheinen!«
»Diese Person, wie du diese Frau nennst, hat Dad geliebt!« konnte sich Daphne nun nicht verkneifen zu sagen. »Und zwar als unsere Mutter ihm ihre Liebe aufgekündigt hatte, weil wir plötzlich ohne Vermögen dastanden. Sie hat ihn geliebt, so wie er war. Also wem willst du hier etwas vorwerfen?«
»Daphne hat recht«, pflichtete Edward ihr mit gebrochener Stimme bei. »Mom hat Dad immer nur verächtlich gemacht, und ich kann mir gut vorstellen...«
»Was du dir vorstellen kannst, steht hier nicht zur Debatte, Waddy!« fuhr Heather ihm barsch über den Mund. »Diese Person ist und bleibt ein Flittchen! Und wenn Mom erfährt, daß Dad in ihrem Haus gestorben ist...«
Nun fiel Gilbert ihr scharf ins Wort. »Das reicht jetzt! Wir sitzen hier nicht zusammen, um aufzurechnen, wer sich welcher Verfehlungen schuldig gemacht hat! Das wäre ein sehr weites Feld!« Das war eine deutliche Warnung an Heathers Adresse. »Wir wollen bereden, wie es weitergehen soll. Wir bleiben in diesem Haus wohnen und sorgen gemeinsam mit Daphne für deine Mutter. Darauf haben wir uns geeinigt. Aber was Edward betrifft, so wird er nicht mehr auf die Schule nach Brunswick zurückkehren können. Wir werden in Bath eine Lehrstelle für ihn suchen, das wird das Beste sein.«
»Das kommt überhaupt nicht in Frage!« widersprach Daphne heftig.
Gilbert sah sie mit zusammengekniffenen Augen an. »Ich glaube nicht, daß du mir Vorschriften machen kannst, Schwägerin!«
»Ich habe Dad versprochen, daß Edward die *Academy* absolviert und anschließend das College besucht!«
»Dein Versprechen in Ehren, aber ich habe ihm das nicht versprochen«, entgegnete Gilbert barsch. »Ich kann es mir nicht erlauben, auch noch seine Ausbildung zu finanzieren. Und ich sehe auch nicht ein, wozu das gut sein soll. Ich habe auch nicht studiert und bin dennoch etwas geworden.«
»Es macht mir nichts, wenn ich arbeiten gehen soll, Daphne. Die Schule bin ich eigentlich sowieso leid«, murmelte Edward bedrückt. »Vielleicht ist es ganz gut so.«

»Gar nichts ist gut so!« rief Daphne gereizt. »Du fährst zurück nach Brunswick und wirst auch aufs College gehen, ganz wie Dad es sich gewünscht hat! Das ist deine Chance, im Leben etwas zu werden, und du wirst sie, verdammt noch mal, auch nutzen!«

Gilbert verzog das Gesicht. »Willst *du* ihm die Ausbildung vielleicht bezahlen, wo du doch hinter jedem Dollar wie der Teufel hinter der armen Seele her bist?« fragte er spöttisch.

»Ja, das werde ich, Gilbert!« fauchte sie ihn an, und der Zorn über seine Borniertheit und dümmlich herablassende Art riß sie mit sich fort. »Edward wird das College mit einem erstklassigen Examen absolvieren. Und jeden einzelnen Cent, den die *Academy* und das College kosten, werde ich mit Freuden für meinen Bruder zahlen, weil ich weiß, daß er Grips im Kopf hat und diesen Grips auch zu nutzen weiß. Er wird eines Tages Arzt oder Anwalt sein, statt tagsüber Versicherungspolicen zu verkaufen, was ein sehr ehrenhafter Beruf ist, und abends seinen Lohn bei Schnaps und Kartenspielen zu verjubeln, was weit weniger ehrenhaft ist und schon gar nicht von viel Grips zeugt.«

Heather erbleichte, während Gilbert das Blut ins Gesicht schoß. Dann schlug er mit der flachen Hand auf den Tisch, daß die Kaffeetassen klirrten. »Diese Unverschämtheiten lasse ich mir von dir in meinem Haus nicht bieten! Mach, daß du in dein... deinen Weiberstall zurückkommst! Oder geh zu deinem Eiscutter, mit dem du herumhurst, wie ja jeder weiß!« schrie er sie an. »Aber hier bleibst du nicht!«

»Gilbert, bitte!« versuchte Heather ihn zu beruhigen. »Es ist doch heute...«

»Du hältst den Mund, Frau!« herrschte er sie an. »Und wenn sie zehnmal deine Schwester ist, ich lasse mich nicht von ihr beleidigen! Nicht in meinem Haus! Und dies ist jetzt mein Haus! Ich bezahle die Miete. Sie kann sich entschuldigen, dann will ich es vergessen. Aber so lasse ich nicht mit mir reden!«

Daphne sah ihn schweigend an. Wie hatte er sich doch verändert! Er führte das große Wort, plusterte sich auf und markierte den starken Mann, ohne zu merken, welch armselige Figur er dabei abgab. Doch wenn man von ihm abhängig war wie ihre Schwester, dann vermochte er wohl doch eine bedrohliche Wirkung auszuüben. Es war fast nicht zu glauben: Aus einem schüchternen, ruhigen, arbeitsamen Mann war ein schnell aufbrausender, tyrannischer Ehemann und Glücksspieler geworden. Welch ein rasanter Wechsel der Persönlichkeit!

Oder hatte sein wahrer Charakter nur so lange gebraucht, um durchzubrechen?
Aber wer von ihnen hatte sich denn in den Jahren, seit sie nach Bath gekommen waren, nicht verändert? Mom, Heather, Edward und sie selber, sie alle waren von den neuen Lebensumständen und Zwängen auf unterschiedliche Weise beeinflußt und auch ge- oder verformt worden. Merkwürdigerweise ließen Gilberts gemeine Bemerkungen über ihre Beziehung zu Scott sie völlig kalt. Der Schmerz über den Verlust ihres Vaters schien sie für diese Art Verletzung empfindungslos gemacht zu haben.
Daphne stand ohne Hast auf. Sie sah Gilberts angespannten Gesichtszügen an, daß er auf eine scharfe Erwiderung von ihr wartete. Doch sie war des ständigen Streitens müde. Wozu? Was konnte sie schon gewinnen, wo doch längst alles verloren war? Warum nur mußten sie sich ständig gegenseitig das Messer ins Herz rennen, als wäre die Welt außerhalb der Familie nicht schon feindlich genug?
»Du tust mir leid, Heather«, sagte sie mehr zu sich selbst als zu ihrer Schwester, während sie eine Hand auf deren Oberarm legte. »Du hast Gilbert wirklich nicht verdient.«
Heather schlug ihre Hand weg und sprang erregt auf. »Ich würde Gilbert nicht für zehn Scott McKinleys eintauschen!« fauchte sie und funkelte sie an, als wolle sie sich beim nächsten Wort Daphnes auf sie stürzen. »Verlasse unser Haus! Geh uns aus den Augen!«
»Dann gehe ich auch!« rief Edward.
»Du mußt wissen, zu wem du hältst!« beschied Heather ihn abweisend und stellte sich demonstrativ neben ihren Mann.
Wortlos verließ Daphne mit ihrem Bruder das Haus.
»Ich verstehe das nicht«, sagte Edward verstört. »Was ist nur in alle gefahren? Warum können wir uns nicht mehr so verstehen wie früher?«
Daphne legte einen Arm um seine Schulter, als sie die Tränen in seinen Augen sah. »Da gibt es nichts zu verstehen, Waddy. Wir sind alle überreizt und zudem so verschieden, daß ein Krach nun mal nicht ausbleibt«, versuchte sie ihn zu trösten. »Das wird sich mit der Zeit schon wieder einrenken. Wir haben uns noch immer wieder zusammengerauft. Das wird diesmal nicht viel anders sein.«
»Meinst du?« fragte er mutlos.
»Ganz sicher«, log sie, denn in Wirklichkeit hegte sie nicht die geringsten Zweifel, daß dieser Streit eben den endgültigen Bruch darstellte. Sie sah plötzlich ganz klar. Mit ihrem Vater war nicht nur ein innig ge-

liebter Mensch gestorben, sondern der Verlust war viel größer, denn mit seinem Tod war zugleich auch die Familie unwiderruflich auseinandergebrochen. Es mochte zwar sein, daß sich die aufgepeitschten Wogen ihrer Emotionen eines Tages wieder glätteten. Doch ein breiter Strom mit einer untergründigen reißenden Strömung würde sie und Edward von nun an von Heather und Gilbert trennen, und in diesem dunklen Strom war ihre Mutter wie ein schwankendes Rohr im Wind, das sich jedoch stets mehr zu Heathers Ufer hin als in ihre Richtung beugen würde.

Ihr Bruder würde davon wenig mitbekommen, denn sein Leben wurde vom Schulalltag in Brunswick bestimmt.

Doch ich habe mein Zuhause verloren, ging es Daphne durch den Sinn. Ebensogut könnte ich mit Dad auch Mom und Heather verloren haben. Von nun an bin ich völlig auf mich allein gestellt.

Sie erschauerte vor innerer Kälte.

Sechzehntes Kapitel

»Daphne! Du noch so spät?« rief Scott überrascht, als er auf das ungeduldige Klopfen hin öffnete und sie vor der Tür erblickte. Es ging schon auf elf Uhr zu.

Sie huschte an ihm vorbei ins Haus. »Ich hielt es bei mir nicht länger aus, Scott. Ich... ich fühlte mich so schrecklich allein. Ich mußte einfach zu dir kommen.« Sie war fast den ganzen Weg gerannt und nun außer Atem.

Er schloß die Tür und nahm sie in seine Arme. »Du kannst kommen, wann immer du möchtest, mein Liebling. Ich bin immer für dich da. Ich mache uns einen Tee, und dann reden wir«, sagte er, während er zärtlich und beruhigend über ihr seidiges Haar streichelte.

»Nein, ich will nicht reden. Es ist schon genug geredet worden, Scott. Ich will nur bei dir sein und spüren, daß du mich liebst«, stieß sie drängend hervor. »Ich will nicht daran denken, daß Dad tot ist und wie plötzlich alles vorbeisein kann. Ich will spüren, daß ich lebe, und geliebt werden. Und ich will die Nacht bei dir bleiben. Ich habe Angst davor, allein in meinem Bett aufzuwachen.«

»Aber...«
Sie löste sich etwas aus seinen Armen. »Es gibt kein Aber, Scott. Es gibt nur das Jetzt! Und ich wünsche mir jetzt nichts sehnlicher, als daß du mich liebst«, bat sie mit zitternder Stimme, und ihre Hände knöpften in beinahe fieberhafter Eile sein Hemd auf, zerrten es ihm aus der Hose. Dann zog sie ihm das Unterhemd aus und fuhr über seine nackte kräftige Brust. »Ich will, daß du mich richtig liebst, Scott!... Nicht nur mit deinen Händen und Lippen! Ich möchte dich heute in mir spüren und dich so innig lieben, wie eine Frau es nur tun kann!« Hastig streifte sie ihren Umhang von den Schultern und ließ ihn achtlos auf den Wohnzimmerfußboden fallen, während sie Scott durch den Durchgang zum Bett zog.
»Das geht nicht«, sagte Scott rauh und hielt ihre Hände fest, als sie nach seinem Gürtel faßten.
»Doch, ich will es so«, beteuerte sie. »Ich weiß, was ich tue. Du hast mir gezeigt, wie wunderbar die körperliche Liebe ist. Und jetzt möchte ich endlich richtig mit dir vereint sein.«
Er schluckte schwer. »Daphne, ich... ich kann es nicht tun! Ich kann dir deine Unschuld nicht nehmen!«
Sie lächelte ihn an. »Du nimmst sie mir nicht, mein Liebling, ich schenke sie dir... und ich kann es nicht erwarten, daß ich sie endlich an dich verliere.«
Er schüttelte den Kopf. »Nein, das kann ich nicht zulassen, Daphne. Dafür liebe ich dich zu sehr, um dir das anzutun. Ich habe mir geschworen, dich so nur dann zu lieben, wenn du auch meine Frau werden kannst«, sagte er bedrückt.
Sie lachte leise. »Ich weiß, du hast versprochen, mir nie einen Heiratsantrag zu machen und darauf zu warten, bis ich das tue«, sagte sie und bezog seine Abwehr auf dieses Versprechen. »Also gut, dann werde ich dich jetzt fragen: Möchtest du mich zur Frau, Scott McKinley?«
»Mein Gott, ja! Nichts auf der Welt wünsche ich mir mehr als das! Ich liebe dich, Daphne! Ich liebe dich, daß es mich verrückt macht!« rief er gequält.
Die Qual, die aus seiner Stimme klang und die sie auch in seinen Augen las, verstörte sie. »Was hast du, Scott?« Eine dunkle Ahnung beschlich sie.
»Ich liebe dich, Daphne!« beteuerte er noch einmal inständig und hielt ihre Hände. »Aber ich *kann* dich nicht zur Frau nehmen! Es ist unmöglich!«

»Warum nicht?« fragte sie voller Angst.
»Weil ich schon verheiratet bin!«
Daphne erblaßte und wankte, als hätte er sie geschlagen. Scott war verheiratet? Nein, das konnte nicht sein! Doch die Verzweiflung, die sein Gesicht zeichnete, sagte ihr, daß es die grausame Wahrheit war. Kraftlos sank sie auf das Bett. »Oh, mein Gott, nicht auch noch das!« murmelte sie erschüttert. Dann hob sie den Kopf und sah ihn an, den Mann, den sie liebte – und wohl doch nicht haben konnte. »Warum, Scott? ... Warum tust du mir das an? ... Warum hast du es mir nicht schon eher gesagt?«
Er wich ihrem Blick nicht aus. Er litt nicht weniger als sie. »Ich habe es mehr als einmal versucht. Ich wollte mit dir über uns reden, über unsere Zukunft ... und die Schwierigkeiten, die einer gemeinsamen Zukunft im Wege stehen«, antwortete er niedergeschlagen. »Aber irgendwie ist es nie dazu gekommen. Jedesmal wenn ich einen neuen Versuch unternahm, dir von meiner Ehe mit Marietta zu erzählen, kam ich über die ersten Worte nicht hinaus.«
Sie lachte bitter auf. »Und ich wollte nie über ein Später reden«, erinnerte sie sich. »Ja, ich habe jeden Versuch, über unsere Zukunft zu sprechen, im Keim erstickt. Ich habe es mir wohl selber zuzuschreiben.«
Er kniete sich vor sie und griff nach ihrer Hand. Einen Augenblick fürchtete er, sie würde sie ihm entziehen. Doch sie tat es nicht, und er schöpfte wieder Hoffnung. »Nein, dich trifft keine Schuld, Daphne. Du konntest nicht wissen, was mich all die Zeit gequält hat. Ich hätte nicht zulassen dürfen, daß du nichts davon hören wolltest. Doch es war einfacher, den Zeitpunkt für diese Beichte immer wieder hinauszuschieben. Ich hatte Angst, dich zu verlieren ...«
Sie hatte Tränen in den Augen. »Ich liebe dich, Scott. Ich hätte die Wahrheit schon ertragen ... so wie ich sie auch jetzt ertragen werde, so niederschmetternd sie auch ist.«
»Es war nicht nur die Angst, die mich immer zögern ließ, dir von Marietta und unserer verhängnisvollen Ehe zu erzählen«, fuhr er hastig fort. »Ich hoffte nämlich, ich könnte meinen Vater doch noch bewegen, mich endlich freizugeben. Aus diesem Grunde war ich letztes Jahr auch so lange fort.«
Verständnislos sah sie ihn an. »Was hat dein Vater mit deiner Ehe zu tun?«
»Er verachtet Marietta und kettet mich doch gleichzeitig an sie«, sagte

er fast mit Haß in der Stimme. »Aber das ist eine lange und komplizierte Geschichte.«
Sie seufzte schwer. »Was wir all die Zeit versäumt haben, werden wir jetzt wohl nachholen müssen. Erzähl mir von dir und... Marietta! Es soll nichts Unausgesprochenes mehr zwischen uns stehen.«
Er nickte. »Ich werde dir alles erzählen. Ich hole mir nur einen Brandy.«
»Bring mir einen mit. Ich kann ihn gebrauchen.«
Wenig später kehrte er zu ihr ins Schlafzimmer zurück. Sie hatte sich die Tränen aus den Augen gewischt und sah gefaßt aus. Sie tranken schweigend.
Dann begann Scott zu erzählen: »Erinnerst du dich noch, als ich dir im *Sanford Club* erzählte, wie ich in den Sommerferien nach Augusta ging und im Herbst mit einer Gruppe Holzfäller unter falschem Namen in die Wälder zog?«
Sie nickte.
»Im Frühjahr darauf kehrte ich nach Augusta zurück und fand Arbeit bei einer kleinen Eisgesellschaft, die sich *Kennebec Artic Ice Company* nannte. Jerome Lorimer hieß ihr Besitzer. Er hatte sich die Firma in langen Jahren harter Arbeit aufgebaut und war ein aufrechter Mann von unbeugsamem Charakter, wie man ihn nur selten findet. Marietta war sein einziges Kind und damals gerade siebzehn...«
»Und du verliebtest dich in sie«, folgerte Daphne.
Er schüttelte den Kopf. »Nein, nicht sofort. Ich fand sie reizend und schwärmte wohl auch für sie, doch sie schenkte mir kaum Beachtung. Das änderte sich erst, als mein Vater in Augusta erschien, Jerome Lorimer unter Druck setzte und von ihm verlangte, mich auf der Stelle zu entlassen. Er drohte ihm mit der Macht seines Namens und seines Geldes. Dadurch erfuhr auch Marietta, wessen Sohn ich war, und ihr Verhalten mir gegenüber änderte sich. Sie ermunterte mich dazu, um sie zu werben. Es ging mir jedoch erst viel später auf, daß sie mich nur als blendende Partie betrachtete.«
»Aber sie wußte doch, daß du mit deinem Vater gebrochen hattest«, wandte sie ein.
»Sicher, aber sie glaubte nicht daran, daß wir uns nicht wieder versöhnen würden, und daß mein Vater mich enterben würde, kam ihr erst recht nicht in den Sinn«, fuhr er fort. »Jerome schmiß meinen Vater aus seinem Büro und ließ sich auch nicht einschüchtern, als mein Va-

ter begann, ihm das Leben schwerzumachen. Diese Repressalien, denen wir alle ausgesetzt waren, führten dann dazu, daß ich mich ihm und seiner Tochter enger verbunden fühlte als irgendeinem anderen. Ich glaubte, Marietta würde zu mir halten, und es war wohl auch eine ganze Menge Trotz gegen meinen Vater im Spiel, daß ich Marietta dann reichlich überstürzt heiratete. Irgendwie hatten wir alle geglaubt, daß mein Vater sich nun mit den unabänderlichen Tatsachen abfinden würde. Doch das war ein schrecklicher Irrtum. Er tat das genaue Gegenteil und machte wahr, was er Jerome angedroht hatte: Er ruinierte ihn systematisch, und es kümmerte ihn nicht, daß ihn das ein kleines Vermögen kostete. Ein halbes Jahr nach unserer Heirat, im Februar, war Jerome bankrott. An dem Tag, als er seine Firma verlor, betrank er sich. Auf dem Heimweg von der Taverne mußte er dann am Ufer gestürzt sein und das Bewußtsein verloren haben. Als man ihn am Morgen fand, war er tot. Erfroren.«
»O Gott!« flüsterte Daphne entsetzt.
»Was mein Vater Jerome angetan hatte, konnte ich ihm nicht verzeihen«, nahm Scott nach einer langen Pause seinen Bericht wieder auf. »Und ich hatte auch kein Verständnis dafür, daß Marietta mich immer wieder bedrängte, doch endlich nachzugeben und wieder in die Firma meines Vaters zurückzukehren, wie er es von mir verlangte. Ich stellte fest, daß es keine Liebe war, die uns zusammengeführt hatte. Wir hatten uns gegenseitig falsch eingeschätzt, und bald bestimmte nur noch Streit unsere Ehe. An einem Sommerabend, als wir einen befreundeten Farmer besucht hatten und uns mit einem geliehenen offenen Landauer auf dem Heimweg befanden, gerieten wir in einen heftigen Streit. Ich hatte getrunken und sagte ihr klipp und klar, daß es mit uns so nicht weitergehen könne und unsere Ehe ein fataler Irrtum gewesen sei. Ich sagte ihr auch, daß ich mich entschlossen hätte, mich von ihr zu trennen, damit jeder von uns den Menschen finden könne, den er offensichtlich in dieser Ehe nicht gefunden hatte. Wir hatten keine Kinder, und daher erschien mir eine Scheidung das einzig Richtige, denn in unserer Beziehung gab es nichts mehr zu retten. Damit wäre alles ausgestanden gewesen, wenn nicht dieser entsetzliche Unfall passiert wäre. Kurz vor der Stadt kam uns in einer unübersichtlichen Kurve eine Kutsche entgegen, deren Gespann im Galopp lief. Die Straße war eng und an den Seiten abschüssig. Ich war nicht betrunken, aber vielleicht wäre nicht viel passiert, wenn ich ganz nüchtern gewesen wäre und schneller reagiert

hätte. Ich habe mir in den vergangenen Jahren immer wieder das Gehirn zermartert, ob ich das Unglück in nüchternem Zustand wirklich noch hätte vermeiden können, und ich habe nie eine Antwort darauf gefunden, die mein Gewissen beruhigt hätte.«
»Was ist denn passiert?« fragte Daphne beklommen.
»Der Zusammenstoß schien unvermeidlich, und so riß ich unseren Wagen scharf nach rechts«, sagte Scott düster. »Das Pferd brach aus, strauchelte und rutschte die Böschung hinunter. Natürlich wurde der Wagen mitgerissen. Er überschlug sich mehrmals, während die Kutsche weiterraste. Ich kam mit ein paar Prellungen und Hautabschürfungen davon. Doch Marietta erlitt schwere Verletzungen. Sie ist seit damals von der Hüfte abwärts querschnittsgelähmt.«
Daphne gab einen Laut des Entsetzens von sich.
»Wie konnte ich sie nun verlassen?« fragte er gequält. »Ich hatte sie zum Krüppel gemacht.«
»Nein, das war nicht allein deine Schuld!« rief Daphne nun. »Es war ein Unfall! Ein tragischer Unfall, an dem den Fahrer der Kutsche deinen Worten nach viel mehr Schuld traf als dich.«
»Marietta sah das aber anders. Auf jeden Fall blieb ich bei ihr. Zunächst. Bis sie sich dann mit meinem Vater verbündete.«
»Was? Das verstehe ich nicht. Hast du denn nicht gesagt, er sei *gegen* diese Ehe gewesen?« fragte sie verwirrt.
»O ja, und wie sehr er dagegen war! Aber er nutzte diesen schrecklichen Unfall auf seine skrupellose, perverse Art. Denn er wollte nicht nur, daß ich mich von ihr trennte, sondern daß ich auch zu Kreuze kroch und mich seinem tyrannischen Willen beugte. Deshalb schickte er Marietta jeden Monat hundert Dollar, damit sie versorgt war und sich eine Pflegerin nehmen konnte. Sie nahm es gegen meinen Willen an – und verlangte nun von mir, daß ich die Bedingungen meines Vaters erfüllte: Er hatte ihr schriftlich angeboten, ihr bis an ihr Lebensende hundert Dollar im Monat zu zahlen, plus eine einmalige Summe von zehntausend Dollar, wenn ich mich von ihr scheiden ließ *und* mich verpflichtete, meine Arbeit in seiner Firma wieder aufzunehmen!«
»Aber das ist ja glatte Erpressung!« stieß Daphne ungläubig hervor. »Ich verstehe nicht, wie jemand so etwas tun kann. Das ist ja... teuflisch! Wie kann ein Vater nur so sein?«
»Meiner ist es. Er will mir beweisen, daß jeder käuflich ist und keiner seinem Willen auf Dauer zu widerstehen vermag – nicht einmal sein

leiblicher Sohn«, sagte Scott bitter und starrte in sein leeres Glas. »Was Marietta betrifft, hat er ja auch recht bekommen. Sie ist bereit, sein Geld zu nehmen, obwohl er ihren Vater auf dem Gewissen hat. Doch ich kann vor ihm nicht in die Knie gehen. Ich würde jede Selbstachtung verlieren und zu einer lächerlichen Marionette werden, wie mein Bruder es geworden ist. Aber ich kann andererseits Marietta auch nicht verlassen, ohne sie versorgt zu wissen. Und mit meinem Verdienst schaffe ich es nicht. Ich hatte in den Jahren gehofft, daß die Ärzte etwas gegen die Lähmung unternehmen könnten. Ich bin mit ihr sogar nach Boston gefahren. Aber auch der Spezialist dort konnte ihr nicht helfen. Auf der Rückfahrt mit der *David Burton* sah ich dann dich das erste Mal. Ich liebe dich unsagbar, Daphne. Ich will dich zu meiner Frau, und ich möchte Kinder von dir. Aber wie kann ich damit leben, wenn ich mich von Marietta scheiden lasse? Was ich auch tue, ich renne immer wieder gegen diese brutale Wand, die mein Vater um mich herum hochgezogen hat. Nur sein Vermögen kann Marietta ein gesichertes Leben ermöglichen. Aber ich komme von ihr nur frei, wenn ich den achtjährigen Kampf gegen meinen Vater als verloren aufgebe. Dann war nicht nur Jeromes Tod sinnlos, sondern alles andere auch. Nein, ich kann es nicht tun, denn ich müßte mich dann auch von dir lossagen. Aber dazu wird keine Macht der Welt mich bringen können – nur du selbst. Wenn du dich von mir abwendest...«
Die Verzweiflung und Ausweglosigkeit seiner Situation, die ihn quälten, ertrug Daphne nicht länger. »Nie werde ich mich von dir abwenden«, versicherte sie. »Ich weiß im Augenblick keinen Rat, und ich weiß auch nicht, wie es mit uns werden soll. Doch ich verstehe dich und mache dir keine Vorwürfe, daß ich von Marietta erst jetzt erfahren habe. Es muß schrecklich sein, mit diesen Selbstvorwürfen und dem abscheulichen Handeln deines Vaters leben zu müssen. Irgendwie werden wir einen Weg finden, finden müssen. Doch heute will ich nicht darüber nachdenken. Heute brauche ich deine Liebe und Zärtlichkeit. Ich liebe dich, Scott, und ich möchte, daß du mich liebst.« Sie streckte die Arme nach ihm aus.
Zögernd kam er zu ihr. »Du willst, obwohl...?«
»Ja, ich will dich«, flüsterte sie und fuhr mit leicht gespreizter Hand über seinen Brustkorb. Mit sanftem Druck glitten ihre Fingerspitzen abwärts, und diese von sinnlichem Verlangen erfüllte Liebkosung ließ ihn seine Bedrückung und alles, was ihrem Glück im Wege stand, vergessen.

Sie küßten sich, und obwohl es sie danach drängte, sich nackt zu sehen und zu spüren, nahmen sie sich mit dem gegenseitigen Entkleiden viel Zeit. Sie machten daraus ein erregendes Liebesspiel, und mit jedem Kleidungsstück, das fiel, wuchs ihr Begehren.
Dann lagen sie sich Haut an Haut in den Armen, hielten sich küssend umschlungen und gaben sich ganz der leidenschaftlichen Zwiesprache von Zunge und Lippen hin. Sie wechselten von stürmischer Liebe zu verträumter Zärtlichkeit. So ging es hin und her. Und was sich Zunge und Lippen sagten, nahmen ihre Hände auf und trugen die Botschaft von Liebe und Leidenschaft mit unaufhörlichem Streicheln zu jeder Rundung, jeder sanften Wölbung und jeder verborgenen Vertiefung ihres Körpers.
Als Scott sich sanft aus Daphnes Umarmung löste, hatte er sie mit seinen kundigen Händen schon so erregt, daß sie meinte, ihr Körper erglühe. Er setzte seine zärtlichen Liebkosungen fort, indem er ihren ganzen Körper mit leidenschaftlichen Küssen bedeckte, ohne daß seine Hände aufhörten, sie zu streicheln. Küßte er ihre Brüste, wanderten seine Fingerspitzen von den Hüften hoch zu den Rippenbögen und brachten sie zum Erschauern, wenn sie unter den Achseln entlangfuhren, um dann beide Brüste zu umfassen, während seine Lippen ihre steifen Brustwaren umschlossen, an ihnen saugten und sie mit der Zungenspitze umkreisten. Schmiegte er seinen Kopf in ihren Schoß und teilte seine Zunge ihr zartes Fleisch, das in Flammen zu stehen schien, folgten seine Hände den geschwungenen Linien ihrer schlanken Beine und streichelten die Rundungen ihres Gesäßes.
Daphne wußte bald nicht mehr zu sagen, was ihr mehr Lust bereitete: die wunderbare Zärtlichkeit seiner Hände oder die betörende Hemmungslosigkeit seines Mundes. Beides verschmolz zu einem Rausch sinnlicher Liebe, in den sie vorbehaltlos eintauchte und den sie mit ihren Händen und Lippen noch verstärkte. So wie er von ihrem Körper nicht genug bekommen konnte, konnte auch sie nicht von ihm lassen. Sein Glied zu küssen und zu streicheln erregte sie genauso sehr, wie es zu schmecken und seine samtene Härte zwischen ihren Lippen zu spüren.
Als ihre Erregung kaum noch zu ertragen war und alles in ihr danach verlangte, es endlich in sich zu spüren, führte sie es mit beiden Händen zwischen ihre vor Ungeduld zitternden Schenkel, die sich um Scotts Hüften legten.
Er nahm ihr Gesicht in beide Hände, sah sie voller Liebe an und küßte

sie, während er in sie eindrang. Als er den Widerstand spürte und zögerte, kam sie ihm mit ihrem Becken entgegen.
Ein scharfer Schmerz durchzuckte sie, als das dünne Häutchen unter seinem harten vordringenden Glied riß. Doch dieser Schmerz war so flüchtig wie der Stich einer Nadel. Das beglückende Gefühl, nun wirklich mit ihm vereinigt zu sein und ihn tief in ihrem Leib zu spüren, ließ für keine andere Wahrnehmung mehr Platz.
Ihr war, als bliebe ihr die Luft weg, und ihr Rücken bog sich unter einem wollüstigen Schauer, als er sich nun in ihr zu bewegen begann. Mit großen, glänzenden Augen sah sie ihn an, während sie das wunderbare Gefühl hatte, als würde sein Glied sie völlig ausfüllen und ihren ganzen Körper durchdringen.
»Oh, Scott!... Oh, Scott!« flüsterte sie. »Es ist wunderschön! Es ist wie ein himmlischer Traum!... O Gott, ich kann dich überall in mir spüren!... Ich liebe dich!... Ich liebe dich!«
»Und ich liebe dich!« gab er zurück und sah ihr zärtlich in die Augen, während er tief in sie eindrang. Als er sich wieder über sie beugte und sie küßte, ging es wie ein Schlag durch ihren Körper. Sie bäumte sich unter ihm auf, umklammerte ihn mit Armen und Beinen und erzitterte unter den orgiastischen Wellen, die ihren Körper durchfluteten.
Es wollte und wollte nicht aufhören, und als Scott den Gipfel der Lust erreichte, erregte sie die Vorstellung, daß sein Glied so tief in ihren Leib hineinglitt und er sich nun in ihr verströmte, dermaßen, daß sie beinahe einen zweiten Höhepunkt erlebt hätte. Sie hatte Tränen in den Augen.
Hinterher lagen sie sich lange in den Armen, erhitzt und atemlos vor Glück. Dann liebten sie sich ein zweites Mal. Diesmal wurde ihre Vereinigung mehr von zärtlicher Hingabe als von stürmischem Verlangen bestimmt, das nach schneller Erlösung schrie. Auf seine Art war das zweite Mal noch beglückender, denn sie erreichten fast gleichzeitig den Höhepunkt.
»Nie hätte ich es mir so wunderschön vorgestellt«, murmelte Daphne hinterher ermattet und spürte Scott noch immer in sich.
»So schön ist es auch nur, wenn man sich bedingungslos liebt und vertraut«, erwiderte er, küßte sie auf die Stirn und streichelte über ihre Brust.
»Halt mich diese Nacht fest in deinen Armen«, bat Daphne, als sie merkte, wie das warme Gefühl der Glückseligkeit, das sich nach der

berauschenden Lust eingestellt hatte, von Trauer und sogar einem Hauch von Ernüchterung durchdrungen wurde. Auch eine gewisse Beschämung gesellte sich dazu, daß sie sich am Tag, an dem ihr Vater beerdigt worden war, in die wollüstige Ekstase mit Scott geflüchtet hatte.

»Ich werde dich immer fest in meinen Armen halten, mein Liebling. Irgendwie wird alles in Ordnung kommen, wenn wir uns nur Zeit lassen. Versuche jetzt zu schlafen«, sagte er zärtlich, als spüre er, was in ihr vor sich ging. Er zog die Decke über sie, und sie schmiegten sich aneinander wie zwei Katzen, die sich in der Kälte der Nacht gegenseitig wärmen.

Daphne konnte jedoch keinen Schlaf finden, so erschöpft sie körperlich und seelisch auch war. Wach lag sie an seiner Brust, als sein Atem schon längst den ruhigen gleichmäßigen Rhythmus des Schlafens angenommen hatte.

Auf bedrückende Weise war das, was sie getan hatte, richtig und falsch zugleich. Sie hatte von einer verbotenen Frucht gekostet, die ihr eine ganz neue, beglückende Welt eröffnet hatte, von der sie nicht genug bekommen würde, wie sie jetzt wußte. Doch gleichzeitig wünschte sie, sie hätte es nicht getan, denn sie wußte auch, daß es ihr nicht vergönnt war, dieses Glück zu halten und zum Grundstein einer gemeinsamen Zukunft zu machen. Und diese innere Zerrissenheit quälte sie.

Was sollte nur werden? Sie liebte Scott mit Leib und Seele, und das überwältigende Glücksgefühl, das ihre Vereinigung ihr beschert hatte, war ihr wie ein Wunder erschienen. Aber es war nur ein geborgtes Glück, ein Wunder auf Zeit. Denn Scott war nicht frei, wie sie geglaubt hatte, sondern verheiratet und anscheinend ausweglos an seine Frau Marietta gekettet.

Konnte sie sich damit abfinden, nur seine Geliebte zu sein? Mehr als ein Wochenende in Augusta oder in einer anderen Stadt, wo man sie nicht kannte, würde ihnen im Monat nicht gegönnt sein, um sich wie eine Ehepaar zu fühlen. Hier in Bath würden sie sich unter den Augen der klatschsüchtigen Nachbarschaft jede Stunde Zärtlichkeit stehlen müssen wie Diebe. Sie würden sich in der Öffentlichkeit noch mehr als bisher verstellen müssen. Schon Arm in Arm am Fluß entlang spazierenzugehen würde aus Rücksicht auf das Gerede und die verstärkte Aufmerksamkeit, die sie damit erregten, nicht in Frage kommen. Ja, sie würden gezwungen sein, das zu verleugnen, was ihnen am meisten

bedeutete: nämlich ihre Liebe. Wie etwas Anrüchiges, dessen sie sich schämen müßten.
Konnte sie mit diesem Zwang zur Verstellung leben? Und konnte sie sich damit abfinden, nur dann und wann einmal nachts sein Bett und seine Leidenschaft zu teilen, um lange vor dem Morgengrauen aus dem Haus zu schleichen, als müßte sie sich ihrer Liebe schämen? Würde sie solch ein Leben, das genauso viel Angst und Sehnsucht wie Seligkeit und Leidenschaft für sie bereithielt, verkraften? Und wenn ja, wie lange?
Und was war, wenn ihren Stunden der Hingabe Kinder entsprangen? Konnte sie es *ihnen* zumuten, mit dem unauslöschlichen Makel des Bastards auf die Welt zu kommen? Würden die ständige Verheimlichung ihrer intimen Beziehung und ihre Angst vor einer Schwangerschaft ihre Liebe auf die Dauer nicht zu stark belasten und sie letztlich zerstören?
Sie würde sich entscheiden müssen, ob sie sich mit einem Leben als Geliebte und dessen bitteren Konsequenzen zufriedengeben konnte oder nicht. Was war die größere Qual: bei Scott zu bleiben, ohne seine Ehefrau zu sein und ihm legitime Kinder schenken zu können, oder sich von ihm zu trennen, bis ihre Liebe aus dem Schatten der Angst ins Sonnenlicht treten konnte?
Was soll ich nur tun? fragte sie sich immer wieder in ratloser Verzweiflung, ehe sie endlich in einen unruhigen Schlaf fiel.
Ihre innere Uhr weckte sie gegen vier Uhr. Eine Weile starrte sie grübelnd in die Dunkelheit. Dann glitt sie vorsichtig aus dem Bett und zog sich im Dunkeln an.
Scott wachte auf, als sie sich über ihn beugte und ihn auf den Mund küßte. »Oh, Daphne! Mußt du schon gehen?« fragte er verschlafen und schlang seine Arme um ihren schlanken Leib. »Ich möchte dich aber nicht gehen lassen. Ich möchte dich küssen und lieben.«
»Ich dich auch, aber es ist Zeit, mein Liebster«, sagte Daphne und widerstand mit aller Kraft dem Verlangen, das seine Hände in ihr weckten, und dem Wunsch, sich noch einmal zu ihm zu legen und die schonungslose Wirklichkeit, die sie draußen erwartete, zu ignorieren.
Widerstrebend gab er sie frei. »Wir werden uns irgend etwas einfallen lassen müssen, damit du dich nicht immer in aller Herrgottsfrühe aus dem Haus stehlen mußt.«
»Ja, das müssen wir«, erwiderte Daphne, gab ihm einen letzten Kuß und schlich durch die Hintertür aus dem Haus.

Den Mantelkragen hochgeschlagen und ihre Wollmütze tief in die Stirn gezogen, eilte sie durch die dunklen, ausgestorbenen Straßen von Bath. Ihre innere Zerrissenheit ließ sie nicht mehr in Ruhe. In ihrer Pension begab sie sich in die Küche, entfachte ein Feuer im Ofen und machte sich einen starken Kaffee. Mit ihrem Becher ging sie nach oben und setzte sich in den Sessel, der vor dem Flurfenster stand. Dort saß sie und beobachtete, wie allmählich der Tag über Stadt und Fluß heraufdämmerte. Ihr war, als spüre sie die starke Strömung des Kennebec. War nicht ihr Leben so wie dieser Strom, der nicht wußte, was ihn an seinem Ende erwartete, der aber dennoch von seiner Quelle an kraftvoll und trotz zahlreicher Windungen unbeirrt diesem fernen Meer entgegenstrebte und schicksalhaft von ihm angezogen wurde?

Ganz langsam hellte sich die Schwärze der Nacht auf. Kaum fiel das erste Sonnenlicht über die Baumwipfel der Wälder am Ostufer und vergoldete den Kennebec, wußte Daphne, was sie zu tun hatte. Als Sam Forsyth kurz nach sieben aus seinem Wohnhaus trat, um den großen Schuppen seiner Wagenbauwerkstatt aufzuschließen, erwartete Daphne ihn schon.

»Oh, guten Morgen, Miss Davenport!« rief er erstaunt. »Was ist denn so dringend, daß Sie schon so früh vor meiner Tür stehen?«

»Bauen Sie mir den Wagen, Mister Forsyth!«

Siebzehntes Kapitel

Zweieinhalb Wochen später brach Daphne an einem strahlenden Frühlingsmorgen zu ihrer ersten Landfahrt auf. Der Kastenwagen, der von Sultan gezogen wurde, einem schwarzen Wallach mit vielen hellen Sprenkeln, war mit vielfältigen Waren im Wert von mehreren hundert Dollar beladen. Was zu regeln gewesen war, hatte sie mit der ihr eigenen Gründlichkeit erledigt. Für ihre Mutter war ebenso gesorgt wie für Edwards Schulgeld. Und ihre Geschäfte in Bath hatte sie in die vertrauensvollen Hände Sarahs gelegt. Die würde ihr Edwards Briefe nachschicken und Kontakt mit ihr halten, wohin es sie auch treiben mochte.

Nur die Freundin stand an diesem Morgen vor dem Haus, um sie zu verabschieden. Daphne hatte es so gewollt. Sie hätte es nicht ertragen, Scott in die Augen zu blicken und in ihnen den Schmerz und die Qual zu lesen, die auch sie erfüllten. Noch am Abend zuvor hatte er nichts unversucht gelassen, um sie von ihrem Vorhaben abzubringen. Er hatte sie beschworen, nicht zu gehen, und ihr in seiner Verzweiflung Versprechungen gemacht, von denen er so gut wußte wie sie, daß er sie nicht halten konnte. Es war für sie beide schrecklich gewesen – wie jeder Tag der letzten zweieinhalb Wochen.

»Ich hoffe inständig, daß du die richtige Entscheidung getroffen hast und weißt, was du tust«, sagte Sarah bedrückt und hatte Mühe, ihre Tränen zurückzuhalten. Sie wollte es ihrer Freundin nicht noch schwerer machen.

Daphne lächelte gequält. »Wenn ich wüßte, wie ich mich zu entscheiden habe, würde ich nicht auf die Fahrt gehen, Sarah«, erwiderte sie. »Ich brauche Zeit, viel Zeit, um mit mir und dem, was ich will und was ich nicht will, ins reine zu kommen. Und das kann ich nur, wenn ich allein und fern von Scott bin. Ich verlasse ihn nicht, sondern ich gehe fort, um mich zu suchen.«

Sarah machte ein zutiefst besorgtes Gesicht. »Ich weiß nicht, ob er das verstehen wird.«

»Nein, jetzt noch nicht«, räumte Daphne ein. »Aber wenn seine Liebe so stark ist, wie ich glaube, wird er es verstehen und mir die Zeit lassen, die ich brauche.«

»Wie lange wirst du fort sein?«

Sie zuckte die Achseln. »Ich weiß es noch nicht … wie auch so vieles andere nicht. Zuerst einmal werde ich Solomon Leigh suchen und eine Zeitlang mit ihm ziehen. Ich habe noch viel zu lernen, und er wird mich alles lehren, was ein reisender Händler wissen muß. Und dann … wer weiß?«

»Du wirst mir schrecklich fehlen, Daphne.« Sarah vermochte die Tränen nun nicht länger zurückzuhalten.

»Du mir auch, Sarah«, sagte Daphne nicht minder bewegt und schloß sie in ihre Arme. Einen langen Augenblick verharrten sie in dieser wortlosen und doch so ausdrucksstarken Umarmung. Dann schob Daphne ihre Freundin sanft von sich. »Ich muß jetzt los.«

Sarah wischte sich die Tränen aus den Augen. »Paß bloß auf dich auf, und vergiß nicht, daß du mir versprochen hast, mindestens einmal die Woche zu schreiben! Wenn du das nicht tust, schicke ich deine Wa-

gentruppe mit bitterer Limonade auf die Straße und laß auch das *Davenport House* vor die Hunde gehen!« drohte sie ihr.
Daphne schmunzelte. »Sicher, Sarah Young, die Schlampe, ja? Aber keine Sorge, ich schreibe dir. Paß auch du gut auf dich auf!« Sie schwang sich auf den Kutschbock und ergriff die Zügel. Sultan setzte sich in Bewegung.
»Wenn du schon unter die Landfahrer gehst, dann sieh auch zu, daß du dir ein dickes Stück vom Kuchen abschneidest!« rief Sarah ihr noch nach.
»Ich werde mich bemühen, dich nicht zu enttäuschen«, rief Daphne zurück, einen dicken Kloß im Hals, als sie Sarah so verlassen vor dem großen Haus stehen und ihr nachwinken sah. Auf was für ein Abenteuer hatte sie sich bloß eingelassen? Einen Moment lang stieg Angst vor dem, was vor ihr lag, in ihr auf. Angst vor der Einsamkeit der Landstraße und der Nächte, Angst vor dem geschäftlichen Wagnis und die Angst, Scott zu verlieren. Aber es gab kein Zurück mehr. Sie mußte raus aus Bath, sich der Herausforderung stellen und sich darüber klarwerden, was sie wollte – und welchen Preis sie dafür zu zahlen bereit war.
Sie würde die Quelle ihres inneren Stromes suchen, bis sie sie gefunden hatte, wie lange das auch dauern mochte. Und dann würde sie sich von ihrem Fluß der Träume führen lassen, bis sie wußte, wo die Mündung dieses Flusses lag und in welchem Meer des Lebens es ihr bestimmt war, sich zu entfalten und aufzugehen. Das Leben war ein Kreis, hatte ihr Vater am Tag seines Todes gesagt. Sie würde herausfinden, wie weit der Radius ihres Kreises reichte, und sie hegte dabei nicht den geringsten Zweifel, daß er sie eines Tages zu Scott zurückführen würde.

Bath blieb hinter ihr zurück. Sultan trottete in einer gemächlichen Gangart auf der Uferstraße. Die eisenbeschlagenen Räder knirschten über Sand und Kieselsteine. Vögel sangen hoch über ihr in den Ästen. Auf schattigen Rasenflächen glitzerte Morgentau. Der Fluß schimmerte klar und verlockend zwischen den Bäumen und Büschen hindurch.
Ein Gefühl des Friedens überkam sie. Mit welch üppiger Pracht die Forsythien doch blühen, dachte sie und ahnte nicht, daß dies eines von jenen Bildern der Wanderschaft sein würde, die sie bis an ihr Lebensende unauslöschlich in ihrer Erinnerung bewahren würde, wie sie auch nie die Spätsommernacht ihres Debütantinnenballs vergessen würde.

Nachwort und Danksagung

Ein Roman beginnt ebensowenig mit dem ersten Wort, wie er mit dem letzten Satz endet. Aus diesem Grund läßt sich auch schwer sagen, wo und wann dieser Roman im Kopf des Autors seinen Anfang genommen hat. In den Jahren, die ich in den USA wohnte, führten mich viele Reisen einige dutzendmal kreuz und quer durch die Staaten, von Küste zu Küste – und immer wieder auch nach New England. Die besondere Faszination, die Maine auf mich wie auch auf viele andere ausübte, war der erste, unbewußte Anstoß zu einem Buch über diese Region, die von Romanautoren bisher sträflichst vernachlässigt worden ist – nicht aus Mangel an geeigneten Stoffen, sondern aus Unkenntnis der Geschichte dieses Landes, die unermeßlich viele atemberaubende Geschichten birgt. Es ist zehnmal schwieriger, sich zu entscheiden, welche faszinierenden Ereignisse und Entwicklungen man *nicht* oder nur am Rande verarbeiten soll, als Stoff für spannende historische Romane zu finden.

Mit einem wichtigen Fund, der ein Zufallskauf war, begann die Geschichte der Davenports: Im Herbst 1983 erstand ich in einer alten Buchhandlung in Freeport, Maine, das Sachbuch *River of Fortunes – Where Maine tides and money flowed,* in dem Bill Caldwell die wirtschaftliche Entwicklung Maines entlang seiner großen berühmten Flüsse von der ersten amerikanischen Kolonie im Jahre 1607 bis in die fünfziger Jahre unseres Jahrhunderts skizziert. Dieses Buch, flüchtig überflogen, stand einige Jahre bei mir in einem Bücherregal, weil andere Figuren darauf warteten, die Welt des gedruckten Wortes zu erblicken. Doch die Idee zu einem Buch über Maine saß schon fest und nahm bald immer konkretere Formen an. Im Jahre 1987 waren die Vorarbeiten soweit gediehen, daß mit der heißen Phase der Recherchen vor Ort in Boston und in der Region um den Kennebec River begonnen werden konnte.

Viele hilfreiche Menschen, die das Reisen und Arbeiten in den USA stets zu einem besonders angenehmen Erlebnis machen, haben dazu beigetragen, daß ich dieses Buch überhaupt schreiben konnte. Sie alle namentlich zu erwähnen würde den Rahmen einer Danksagung sprengen. Doch die folgenden Namen zu unterschlagen wäre so ungerecht, wie nur den letzten Läufer einer langen Staffel zu ehren:
Professor *Will Holton* von der Soziologischen Fakultät der Northeastern University (Boston, Massachusetts) vermittelte mir einen unschätzbaren Einblick in das Leben in Boston am Ende des amerikanischen Bürgerkrieges. *Edwin Sanford* und *Henry Scannell* von der Boston Public Library halfen mir Tag um Tag unermüdlich durch das Labyrinth der Mikrofilmerfassung alter Tageszeitungen, Karten, Broschüren und anderer Texte. *Mary Grenci* und *Roberta Zonghi* vom Rare Book Department derselben Bibliothek taten das ihre, um meinen Wunsch nach alten Straßenkarten zu erfüllen und mich mit vielen Details zu versorgen, die in den von ihnen gehüteten Schätzen zu finden sind.
Zu bibliophilen Raritäten aus dem letzten Drittel des 19. Jahrhunderts, die nicht wieder in den Sicherheitsschränken und hinter Panzerglas in den klimatisierten Räumen des Rare Book Departments verschwanden, verhalfen mir *George* und *Kenneth Gloss,* die Inhaber des exzellent sortierten Antiquariats Brattle Book Shop in 9 West Street, Boston sowie *Lilian Berliawsky,* Antiquarian Bookseller, 25 Bay View Street, Camden, Maine. Sie bereicherten meine Bibliothek im selben außerordentlichen Maße, wie sie mich um meine Dollar erleichterten. Selten habe ich mein Geld besser angelegt.
In der Augusta Library suchten *Elaine Stanley, Louise Hinkley* und *Karen Berg* alles zusammen, was sie über die Eisernte, das Holzgeschäft und den Schiffbau in Maine finden konnten – und was ich davon auswählte und kopierte, reichte, um einen eigenen Koffer zu füllen. Daß es mir gelang, noch eine Ausgabe des seit langem vergriffenen Sachbuches *Tidewater Ice of the Kennebec River* von Jennie G. Everson in meinen Besitz zu bekommen, verdanke ich auch ihnen. *Jeffrey E. Brown* vom Maine State Archiv trug bei den Recherchen mit seinen Kopien alter Karten zwar nur unwesentlich zum Übergewicht meines Fluggepäckes bei, dafür aber um so mehr zur geographischen Detailtreue dieses Romans. Dasselbe gilt für die Bemühungen von *Lauren Mattor* vom Sacahodac County Court

House in Bath. Wertvoll waren auch die zahlreichen Hinweise und Buchempfehlungen, die ich im Maritime Museum Bath erhielt.
Daß die Wahl, welches meisterliche Gemälde eines amerikanischen Landschaftsmalers aus der Mitte des 19. Jahrhunderts den Schutzumschlag des Buches zieren soll, aufgrund großer Auswahl zu einer angenehmen Qual wurde, ist das Verdienst der ebenso charmanten wie kompetenten Kunsthistorikerin Dr. Caroline Wiemer vom Kölner Kunst- und Auktionshaus Lempertz. Ihre Begeisterung und ihr zeitintensives Engagement ließen meine Wunschvorstellungen für das Cover Wirklichkeit werden.
Den obengenannten Personen und vielen anderen, die nicht immer direkt mit den Recherchen zu tun hatten, aber dennoch zu deren Gelingen beitrugen, bin ich großen Dank schuldig, den ich an dieser Stelle aussprechen möchte. Doch der größte Dank gebührt meiner Frau Helga, die manch mühevolle Woche vor Mikrofilmgeräten, in Archiven, Museen und auf Landstraßen mit mir verbracht und unschätzbare Arbeit geleistet hat, wie in all den wunderbaren Jahren zuvor, während der sie Abenteuer und Strapazen in der Wüste genauso klaglos ertragen hat wie auf See und im Dschungel. Ihre unermüdliche Hilfe und ihr Beistand in der langen Zeit der Niederschrift dieses Romans strafen all diejenigen Lügen, die behaupten, die wahre Liebe gebe es gar nicht. Möge ihnen eines Tages vergönnt sein, was ich schon vor vielen Jahren mit Helga gefunden habe – das tiefe Glück meines Lebens.

Wipperfürth, den 18. Mai 1990